José Rodrigues dos Santos

Die französische Geliebte

José Rodrigues dos Santos

Die französische Geliebte

Roman

Aus dem Portugiesischen von
Barbara Mesquita, Karin von Schweder-Schreiner
und Marianne Gareis

Droemer

Originaltitel: A Filha do Capitão
Originalverlag: Gradiva, Lissabon

Besuchen Sie uns im Internet:
www.droemer-knaur.de

Die Folie des Schutzumschlags sowie die Einschweißfolie sind
PE-Folien und biologisch abbaubar.
Dieses Buch wurde auf chlor- und säurefreiem Papier gedruckt.

Redaktion: Ilse Wagner
Umschlaggestaltung: ZERO Werbeagentur, München
Umschlagabbildung: Collage unter Verwendung eines Bildes von
Getty Images / IFA Bilderteam
Satz: Adobe InDesign im Verlag
Druck und Bindung: C. H. Beck, Nördlingen
Printed in Germany
ISBN-13: 978-3-426-19721-9
ISBN-10: 3-426-19721-9

2 4 5 3 1

Für meinen Großvater mütterlicherseits,
den Gefreiten Raúl Campos Tetino,
der an einer Gasvergiftung im Ersten Weltkrieg starb.

Für meinen Großvater väterlicherseits,
Hauptmann José Rodrigues dos Santos,
der im Krieg von 1914–1918 diente.

»Der flüchtigste Gedanke
gehorcht einem unsichtbaren Plan.«
Jorge Luís Borges
Das Aleph

»Der Sinn der Welt muß außerhalb ihrer liegen.
In der Welt ist alles, wie es ist, und alles geschieht
wie es geschieht.«
Ludwig Wittgenstein
Tractatus logico-philosophicus

»Für die, die den Krieg mitgemacht haben, ist es sehr schwierig,
auf dem Feld der Literatur mit den Zivilisten zu kämpfen,
die ihn im Nachhinein in Büchern oder in den großen Zeitungen
beschreiben. Um eine heroische Tat treffend zu schildern, ist ein
Abstand von mindestens zweihundert Kilometern vonnöten.
Von Nahem wird Heldentum allzu leicht mit Dingen verwechselt,
die nicht im Geringsten etwas Heroisches an sich haben.«
André Brun
Die Kameraden aus dem Schützengraben

Verteidigungsplan der Alliierten

Portugiesischer Sektor

Flandern, Frankreich 1918

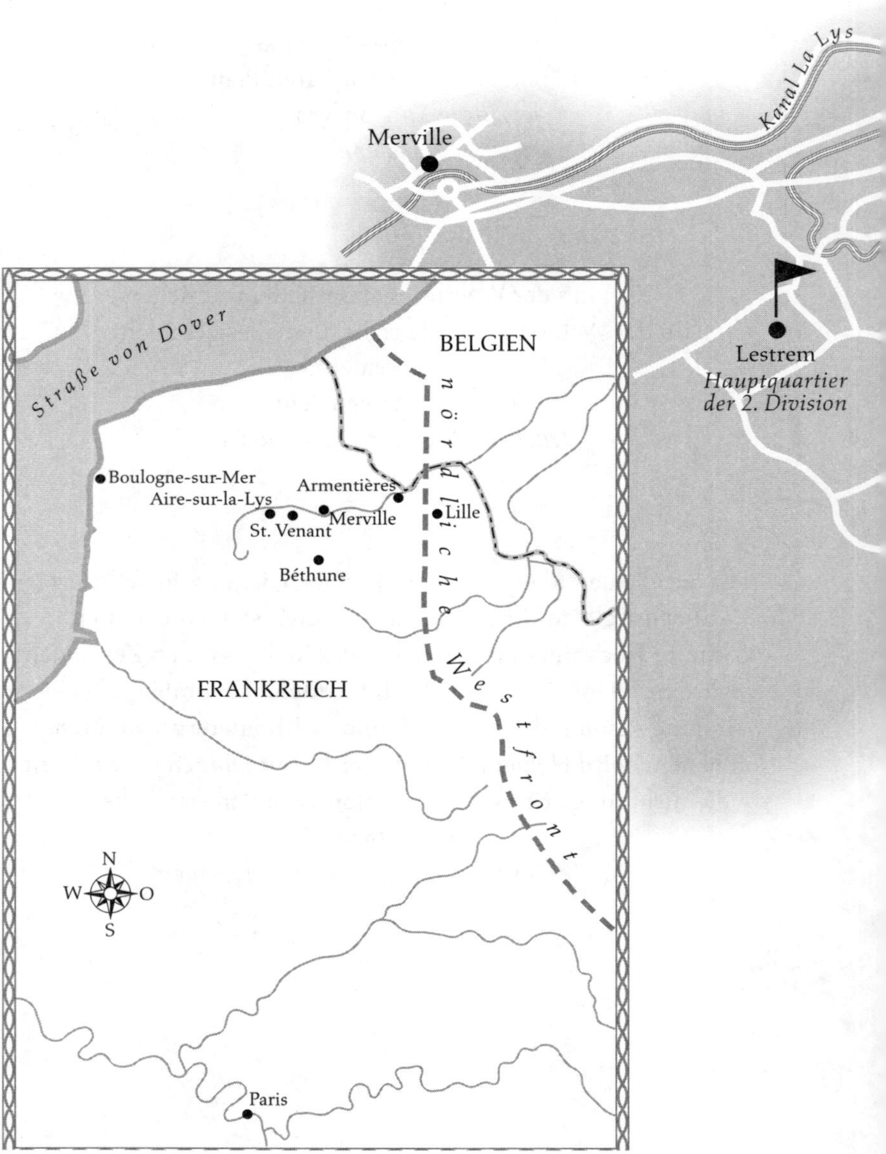

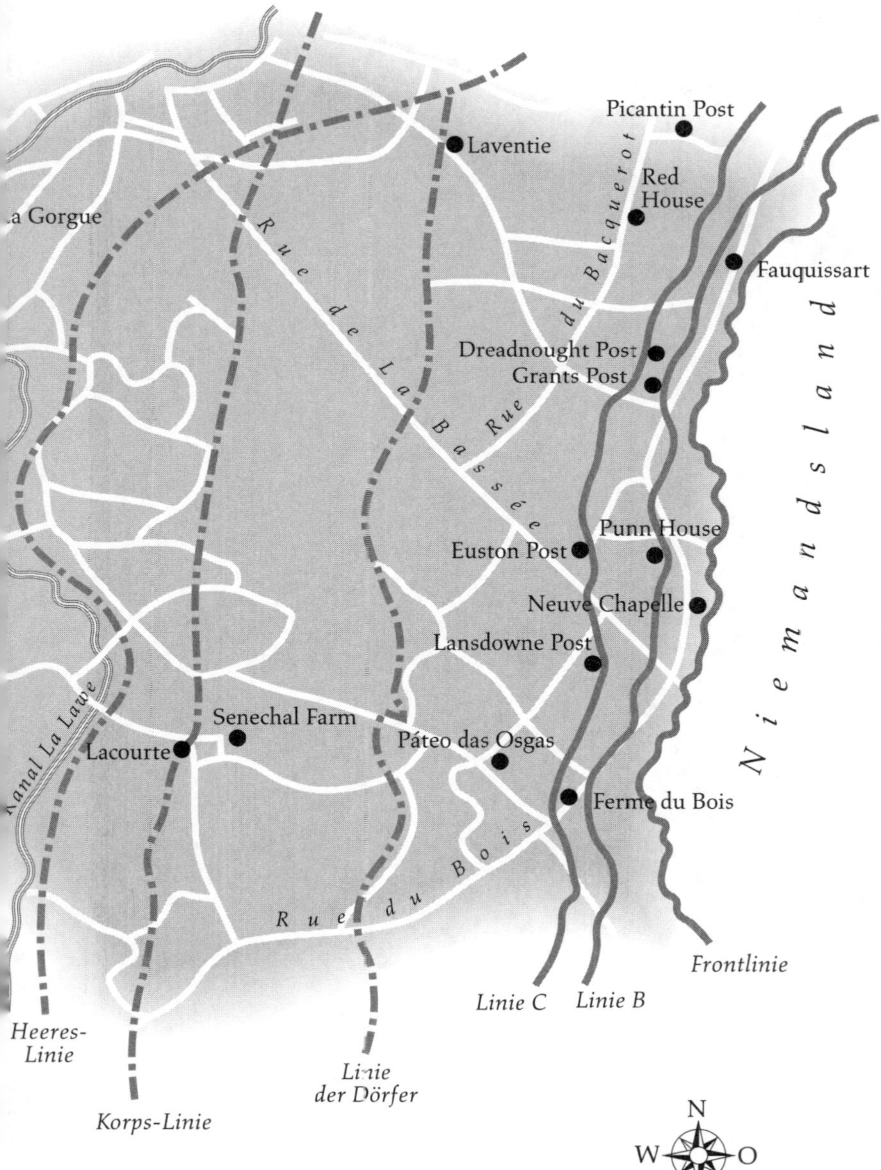

Picantin Post
Laventie
Red House
a Gorgue
Rue du Bacquerot
Fauquissart
Rue de La Bassée
Dreadnought Post
Grants Post
Niemandsland
Punn House
Euston Post
Neuve Chapelle
Lansdowne Post
Senechal Farm
Kanal La Lawe
Lacourte
Páteo das Osgas
Ferme du Bois
Rue du Bois
Frontlinie
Linie C
Linie B
Heeres-Linie
Linie der Dörfer
Korps-Linie
N
W
O
S

Erster Teil

Afonso und Agnès

I

Bereits als kleiner Junge hatte Afonso da Silva Brandão begriffen, dass das Leben eine ungewisse Straße voller Kreuzungen, Gabelungen, Brücken, Tunnel und Gassen war und dass jeder Weg zahllose Mysterien barg, Geheimnisse, die es zu entschlüsseln, Rätsel, die es zu lösen galt. Getrieben von einer unstillbaren Neugier und einer wachen, intuitiven Intelligenz, ahnte er schon früh, dass die Welt ein seltsamer Ort war, eine riesige Bühne der Illusionen, verräterisch und hinterhältig, ein Doppelspiel der Spiegel, in dem alles chaotisch wirkte, sich am Ende aber als geordnet entpuppte, in dem alle Dinge einen Sinn, aber nicht unbedingt eine Bedeutung hatten. Im Übrigen schwante ihm, dass genau in dem Vorhandensein einer Bedeutung das Rätsel vom Sinn des Lebens seinen Anfang nahm.

Es sollte eine Zeit kommen, in der er sich immer wieder die Frage nach diesem großen Geheimnis stellte, vielleicht einem der größten und ältesten Rätsel des Universums. Die Frage nach dem Sinn des Lebens. Nach dem Schicksal. Da sollte er versuchen, die verschlungenen Pfade des Lebens zu ergründen, den unerklärbaren Lauf der Tage, die ihn einer nach dem anderen in eine dunkle Richtung zogen. Vielleicht war der Kurs vorherbestimmt oder aber, wer weiß, von ihm selbst gewählt, von den Umständen erzwungen, und geleitete ihn durch ein labyrinthisches Gewirr sicher dem unausweichlichen Ende entgegen, so als seien die Dinge das Ergebnis eines schattenhaften Komplotts, ausgeheckt von den gesichtslosen Agenten einer aberwitzigen, heimlichen Verschwörung. Dort sollte er die Lösung des Rätsels suchen, das ihn so quälte.

Wenn diese Zeit gekommen wäre, sollte Afonso glauben, das Leben sei letztlich eine Tragödie oder vielleicht auch nur ein grandioses Theaterstück, ersonnen von einem namenlosen Autor, aufgeführt von schlafwandelnden Schauspielern, den unfreiwilligen Interpreten einer unbekannten Handlung, Figuren, denen nie jemand freundlicherweise den Inhalt der Geschichte erklärt hatte. Die Handlung war zwar vorherbestimmt, schien aber nach wie vor undurchsichtig. Vielleicht war diese Sichtweise die Frucht der besonderen Umstände seines Daseins, der Abfolge unvollendeter Wegstrecken, zu der sein Leben geworden war. Dann sollte er sich den aufgeschobenen Träumen und den nicht eingeschlagenen Wegen zuwenden, und von den gelebten Tagen würde er lediglich die grausame Sehnsucht nach dem bewahren, was hätte sein können, wären die Dinge anders verlaufen. Nichts war gerecht, alles entpuppte sich als willkürlich, jeder begnügte sich mit dem Versuch, dem Chaos des Lebens eine Bedeutung abzutrotzen, so als sei es wichtig, eine Geschichte, einen Sinn zu schaffen, einen Grund zu suchen, eine Erklärung zu finden für die Dinge, die ganz einfach passierten.

Im Leben hat jeder das Anrecht auf eine große Liebe, so würde eines Tages sein Fazit lauten. Die einen begegneten ihr an einer verlassenen Kreuzung und gingen mit ihr bis ans Ende des Weges, beharrlich und aufopferungsvoll, bis dass der Tod schiede, was das Leben gefügt hatte. Andere waren dazu bestimmt, die Liebe niemals kennenzulernen, nach ihr zu suchen, ohne sie je zu finden, einander an einer Ecke zu begegnen, ohne sich auch nur anzublicken, den Verlust nicht einmal zu bemerken, bis sie sich im Nebel verloren, der über den einsamen Gleisen schwebte, auf die das Leben sie geführt hatte. Und dann gab es jene, die das Schicksal für die Tragödie ausersehen hatte, die Liebenden, die sich fanden und alsbald erkennen mussten, dass ihre Begegnung letztlich vergänglich, flüchtig war, ein Hauch im Fluss der Zeit, ein grausames Zwischenspiel vor der schmerzlichen Trennung, ein Abschiedskuss auf dem Weg der Einsamkeit. Ihre Seelen waren erfüllt von düsterer Angst, von dem Wissen, dass es einen anderen Weg, ein anderes Leben gab, eine zweite Wahlmöglichkeit, die ihnen auf ewig verwehrt war. Das waren die Unglücklichen, die innerlich Zerrissenen, die schließlich von Resignation überwältigt wurden, jene, die die Straße des Lebens entlanggingen, gebeugt von der Sehnsucht nach dem, was hätte sein können, nach einer Zukunft, die es nicht gab, nach einem Weg, den sie nie zu zweit gegangen waren. Sie waren es, die für immer gezeichnet waren von der bitteren, tiefen Sehnsucht nach der unerfüllten Liebe.

Das Leben ist wahrhaftig ein riesiger Kessel voller Geheimnisse, angefangen bei den allereinfachsten, den harmlosesten und unschuldigsten, bei denen, die sich um den Ursprung unserer Existenz ranken. So hatte Afonso beispielsweise nie Gewissheit über das Datum, an dem er geboren wurde. Er wusste, dass es im März des Jahres 1890 gewesen war, doch war er im Zweifel, an welchem Tag genau. Seine Mutter behauptete, sie habe ihn am siebten März, eine halbe Stunde nach Mitternacht, zur Welt gebracht, aber war es nun in der Nacht vom sechsten auf den siebten oder vom siebten auf den achten März gewesen? Die Frage war nie richtig geklärt worden, auch wenn der siebte März in Afonsos amtlichen Papieren zu seinem Geburtstag geworden war.
Der Junge erblickte das Licht der Welt zum ersten Mal in einem armseligen Haus in Carrachana, einem öden Flecken am Ortseingang von Rio Maior in der Provinz Ribatejo. Er war das sechste und letzte Kind von Mariana, einer untersetzten Frau mit rosigen, runden Wangen und halbergrautem, hinten zu einem Knoten zusammengefasstem Haar, deren Namen ebenfalls eine groteske Ungewissheit umgab. Seine Mutter behauptete zwar, Mariana André Brandão zu heißen, doch dann wieder nannte sie sich Mariana Silva André oder Mariana da Conceição oder Mariana das Dores. Afonso hatte dieses Mysterium nie verstanden; er hatte sie zahllose Male danach gefragt, aber stets widersprüchliche oder ausweichende Antworten erhalten. In Afonsos Papieren stand, dass er der Sohn von Mariana André Brandão war, aber eines Tages stellte er fest, dass im Ausweis eines seiner Brüder als Mutter Mariana Silva André auftauchte. Die einzige Gewissheit war die, dass der Vorname der Mutter Mariana lautete.
Der Vater hieß Rafael Brandão Laureano, was ein neues Rätsel aufwarf. Denn warum hatte er, wenn sein letzter Nachname Laureano war, seinen Kindern den mittleren Namen, Brandão, gegeben? Auch hierfür gab es nie eine befriedigende Antwort; der Vater beschränkte sich darauf, mit den Schultern zu zucken, wenn er nach dieser Entscheidung befragt wurde. Rafael Laureano war ein hochgewachsener,

mit ein Meter fünfundsiebzig für einen Portugiesen ungewöhnlich großer Mann und tiefgläubig. Er hatte ein großflächiges, von langen Falten durchzogenes Gesicht, die in den Winkeln seiner kleinen Augen ansetzten; sein volles, widerspenstiges graues Haar wirkte wie ein Büschel Stroh auf seinem Haupt.

Rafael war von Beruf Tagelöhner und arbeitete gegen tageweise Bezahlung in der Landwirtschaft. Als Tagelöhner war Afonsos Vater zwar arm, aber kein armer Schlucker. Er besaß zwei kleine Stück Land, auf denen er Rotwein anbaute, den er an die Großhändler in Rio Maior verkaufte. Das Problem war, dass der Ertrag nicht für den Familienunterhalt ausreichte, aber da er in dem Ruf stand, ein guter Landwirt zu sein, wurde Rafael häufig von den Grundbesitzern des Ribatejo gerufen, tageweise auf ihren Ländereien zu arbeiten.

Rafael und Mariana heirateten sehr früh und bekamen das erste Kind bereits als Jugendliche. Er war damals fünfzehn, sie vierzehn Jahre alt. Mariana gebar einen prächtigen Jungen, den sie auf den Namen Manuel tauften. Dann folgten Jesuína, António, João und Joaquim. Im Jahr 1889 starb António während seines Dienstes bei der Kriegsmarine an Tuberkulose. Mariana war untröstlich und das Haus von Schmerz erfüllt. Rafael verfiel in Depressionen, verbitterte, war wie besessen von dem Unglück, das über die Familie hereingebrochen war. Damals starben viele Kinder, zumeist schon als Säugling, das war ganz normal, aber António war ja kein Kind mehr gewesen, er war ein junger Mann, hatte Wünsche und Pläne gehabt, wurde geliebt und bewundert.

Der Vater träumte nun allnächtlich von seinem toten Sohn. Er träumte, dass António doch nicht gestorben oder dass er wiederauferstanden war, dass er einen Jungen kennengelernt hatte, der ihm aufs Haar glich, oder dass er nach ihm rief, António ihn aber nicht hörte, oder, oder, oder. Stets war es ein anderer, häufig ein tragischer, manchmal ein verzweifelter, selten ein heiterer Traum. In einer schwülen Sommernacht träumte Rafael, er habe an dem Grab seines Jungen gekniet, als Gott ihm erschienen sei und zu ihm gesagt habe, ihm seien fünf Kinder bestimmt. Wenn eines stürbe, dann würde ein neues an seiner Stelle kommen. Als Rafael erwachte, stand seine Entscheidung fest, Mariana würde mit einem neuen Kind entschädigt, auf diese Weise würde die Freude in ihr Haus zurückkehren und die Pläne des Herrn erfüllt. So geschah es, dass Mariana im Jahr darauf bereits im Alter von fünfundvierzig Jahren Afonso gebar, den Kleinen, der nach Gottes Ratschluss an Antónios Stelle treten sollte.

Das Nesthäkchen der Familie wuchs in einer Welt auf, in der seine sämtlichen Geschwister sehr viel älter waren als es selbst. Manuel war einunddreißig, längst verheiratet und aus dem Haus. Er war Hufschmied und Vater eines Mädchens, das zwei Jahre älter war als sein jüngster Bruder. Dann folgte Jesuína; sie heiratete, als Afonso noch klein war. Seine erste Erinnerung an die Schwester war ein schmerzlicher Moment in der Küche: Jesuína, die tränenüberströmt und voller Verzweiflung über den Tod ihres ersten Kindes den Kopf an die Schulter der Mutter lehnt und von ihr getröstet wird. Vom dritten Bruder, António, jenem, dem er letztlich sein Leben verdankte, war nur eine große Fotografie an einer Wand im Wohnzimmer zurückgeblieben, auf der der Junge stolz seine Marineuniform zur Schau trug. Die Afonso am nächsten stehenden Geschwister waren João und Joaquim, die, beide halbwüchsig, in einem Sägewerk arbeiteten. Gemeinsam mit den beiden Brüdern schlief der kleine Afonso in ein und demselben Messingbett in einem türlosen Raum, dessen Eingang von einem abgenutzten Vorhang geschützt wurde. Je mehr der Jüngste heranwuchs, desto offenkundiger wurde, dass die drei nicht länger nebeneinander in das Bett passten. Also schlief Afonso, der stets in der Mitte lag, von nun an mit dem Kopf zu Füßen der Älteren.

Ab dem sechsten Lebensjahr wurden Afonsos Erinnerungen allmählich deutlicher. Zu der Zeit hatte er aufgehört, an dem Brot zu nuckeln, das ihm in Ermangelung von etwas Geeigneterem als Schnuller gedient hatte, doch seine schmale Kost bestand weiterhin aus Müdegäulersuppe, einer Mischung aus Brot und hausgemachtem Rotwein. Sie war seine Nahrung, seit seine Mutter ihn mit zwei Jahren abgestillt hatte, weil ihr die Milch ausgeblieben war. Mit der Einschulung trat auch die Welt ringsherum stärker in sein Bewusstsein. Er fing an, das dunkle, rohe Holz des Mobiliars zu Hause wahrzunehmen, den ständigen Gestank nach Schweinen, Mist und Most, der in das Schlafzimmer drang. Die Schweine wurden in einem kleinen Stall neben dem Haus gehalten, und ihr Geruch durchdrang das ganze Haus. Nicht, dass ihm das etwas ausgemacht hätte, ihm, der barfuß in alten, stinkenden Lumpen herumlief, die er von seinen Brüdern geerbt hatte.

Früh schon begann Afonso, seinem Vater zu helfen und Melonen zu säen, den Weinberg zu säubern und die Rebstöcke zu schwefeln. Seit mehr als zehn Jahren bedrohten Seuchen die Weinberge; dann war auf einmal die Rede von einer neuen Methode zur Bekämpfung des Übels, der Behandlung mit Kupfervitriol, doch bis diese Neuerung ins Ribatejo gelangte, eine entlegene Gegend, in der das Leben hart war, konnte Senhor Rafael einzig auf den Schutz der Jungfrau Maria zählen. Damals bewegte man sich mit dem Ochsenkarren fort; Rafael Laureano jedoch behalf sich mit einer Eselin, die ihn bei der Feldarbeit unterstützte. Afonso lernte, dass die Eselin mehr wert war, als ihr Name versprach, sie erwies sich sogar als gescheit und flink. Häufig gab der Vater dem Tier Anweisungen.

»Lauf nach Cidral!«, befahl Senhor Rafael und öffnete das Gartentor. »Los, lauf.«

Die Eselin trabte durch das Tor und verschwand gemächlich auf der staubigen, unbefestigten Straße, gefolgt von Bobby, dem Haushund. Bei solchen Gelegenheiten begleitete Afonso seinen Vater durch den Ort; wie ein treuer Hirtenhund lief er hinter ihm her. Sein Vater kam ihm stark und weise vor, bei ihm fühlte er sich wohl, sicher und geborgen. Wenn die beiden Stunden später auf dem Grundstück der Familie in Cidral eintrafen, fanden sie die Eselin und den Hund schon auf sie wartend vor.

»Bovi! Bovi!«, rief der Vater, der nicht imstande war, den Namen Bobby richtig auszusprechen. Er breitete die Arme aus und umschlang den Hund, der ihn mit stets neuer Begeisterung, den Schwanz wie einen Fächer hin und her wedelnd, empfing und sein Herrchen begrüßte, als hätte er es seit zehn Jahren nicht mehr gesehen. »Ach, Bovi.«

Senhor Rafaels Leben war hart. Von Montag bis Samstag stand er um fünf Uhr in der Früh auf, aß eine Suppe oder einen Kanten Brot mit Schweinswurst und machte sich an die Arbeit auf dem Feld. Um zehn

Uhr nahm er die Brotzeit ein, die seine Frau ihm in einem Korb brachte, und zum Mittag die Vesper. Die Arbeit auf dem Acker endete erst, wenn die Sonne unterging oder wenn um fünf Uhr nachmittags die Friedhofsglocken läuteten.

»Horch, das Avemaria!«, rief Rafael Laureano, indem er sich den Schweiß von der Stirn wischte und sich aufrichtete, um zum Horizont zu schauen und den Glocken in der Ferne zu lauschen. »Es ist Zeit.«

Sie gingen alle früh zu Bett. Um acht Uhr abends befahl Rafael seinem Sohn, den Schlafanzug anzuziehen, löschte die Öllampen und tauchte das Haus in Dunkelheit. Es war Zeit zum Schlafen. Nur sonntags durfte diese Gewohnheit durchbrochen werden. Am Tag des Herrn erwachten sie früh wie immer und zogen ihre besten, weil nicht zerrissenen, Kleider an. Das Bad war nahezu unbekannt, außer im Sommer, wenn die ganze Familie sich einmal im Monat an heiteren Sonntagmorgen zum Waschen aufmachte. Afonso schätzte diese Momente überhaupt nicht. Dünn, wie er war, kauerte er sich im Bottich zusammen und fühlte das eiskalte Wasser, das seine Mutter über ihn goss. Nachdem sie sich angezogen hatten, führte Senhor Rafael seine Familie in die Messe zu einem Vormittag der Tugend, doch am Nachmittag folgten das Laster und die Sünde. Dann nämlich ging der Vater mit seinen Brüdern in die Taverne von Silvestre oder Corneta, um sich mit Rotwein volllaufen zu lassen. Es war bekannt, dass ihm der Wein nicht bekam, denn wenn er sich betrank, wurde er übellaunig, und nicht selten beteiligte er sich an sinnlosen Raufereien. Zur Kontrolle schickte Mariana dem Vater Afonso als Begleiter mit. Er hatte die Aufgabe, ihn so früh wie möglich wieder nach Hause zu bringen, eine Mission, die der kleine Junge fürchtete, denn wenn der Vater getrunken hatte, wurde er reizbar. In solchen Momenten verwandelte sich dieser Fels der Sicherheit in einen bedrohlichen Berg, seine Hände waren unbeständige, unberechenbare Gesteinsbrocken, Afonsos Flehen machte ihn böse, und er ohrfeigte ihn brutal.

Der Wein war Teil ihres Lebens, schließlich war Rafael Laureano ein eifriger Kleinwinzer. Afonso gewöhnte sich daran, beim Keltern des Rotweins mitzumachen und die Weintrauben in die in einem Nebengebäude aufgestellten Mostbottiche zu werfen. Der Knabe half von nun an den Erwachsenen beim Auspressen der Trauben, eine Arbeit, von der ihm schwindelig wurde. Später begriff er, dass es der vom Most freigesetzte Alkohol war, der ihn berauschte. Dann wurde der Wein, je nach Alkoholgehalt, der zwischen zwölf und fünfzehn Prozent schwankte, in Fässer abgefüllt und an die Großhändler in Rio Maior verkauft. In den Mostbottichen blieb der ausgepresste Trester zurück. Ihn goss der Vater nun mit Wasser auf, und so entstand ein leichterer, sieben- oder achtprozentiger Wein, den sie Tresterwein nannten.

Wenn die Kinder fünf Jahre alt waren, steckte Senhor Rafael sie zu der Schar seiner Arbeitshelfer. Sie mochten ja noch sehr klein sein, aber der Vater befand sie für tauglich, bestimmte, einfache Aufgaben zu erfüllen. Im Jahr 1876 indes wurde die Grundschule von Rio Maior eröffnet. Für die älteren Kinder des Ehepaars Laureano war es zu spät, doch für João, Joaquim und in der Folge dann auch für Afonso stellte sich die Frage des Schulbesuchs. Zunächst widerstrebte es dem Vater, sie in die Grundschule zu schicken; sein Argument lautete, er brauche helfende Hände bei der Feldarbeit oder bei anderweitigen Tätigkeiten, um den Lebensunterhalt für die Familie zu verdienen. Es bedurfte des Einschreitens von Padre Gaspar Costa, des Pfarrers von Rio Maior, der seinen gesamten himmlischen Einfluss geltend machen musste, um sich gegen den starrköpfigen Rafael durchzusetzen. Am Ende aber erhielten die Jungen die Erlaubnis, in die Schule zu gehen.

An einem feuchtkalten Herbsttag des Jahres 1896 war die Reihe an Afonso. Dem eisigen Nordwind trotzend, der scharf vom Alto do Seixal herunterwehte, brachte Senhora Mariana ihren Jüngsten gleich frühmorgens von der Travessa do Rosmaninho, in der sie wohnten, zur Rua das Dálias. Eingewickelt in die dürftigen Kleider, die sie zum Schutz gegen die Kälte besaßen, überquerten sie eilends den Platz und bogen rechts in die Rua das Flores. Der Tag war rau angebrochen, morgendliche Tautropfen glänzten wie schimmernde Perlen auf den feuchten Blättern der Steineichen, die Blütenblätter der Blumen öffneten sich dem kalten Licht des frühen Morgens und dem ersten Tanz der Insekten, auf den geschlitzten Blättern der Beira-Eichen hatten sich Tränen gebildet, die an den weißlichen Härchen ihrer Unterseiten herunterkullerten, und der würzige Geruch von Harz, der in der Luft schwebte, war wie ein exotisches Parfüm, das sich auf dem durch das Grün geschlagenen unbefestigten Weg ausbreitete. Unberührt von dem Naturschauspiel des anbrechenden Tages, gingen sie dahin, bis sie an dem Feuerwehrturm vorbeikamen und die Grundschule von Rio Maior erreichten.

»Ist das nicht schön, Afonso, jetzt kommst du in die Schule«, sagte die Mutter unterwegs zu ihm. »Du freust dich doch, nicht wahr?«

Afonso nickte. Senhora Mariana hatte die letzten Tage damit verbracht, ihm die Schule in den schönsten Bildern auszumalen: Sie sei etwas Wunderbares, er würde dort eine Menge Freunde finden, würde lernen, »ein großer Mann« zu werden. Sie klang so begeistert, dass der Kleine ganz versessen darauf war, es möge endlich so weit sein. Deshalb war er ein wenig überrascht, als er beim Näherkommen vor dem Gebäude andere Kinder sah, die weinten und von ihren Müttern über den Bürgersteig gezerrt wurden. Das kam ihm merkwürdig vor; aus welchem Grund mochten die anderen Kinder solche Angst davor haben, in die Schule zu gehen?

Tatsächlich betrat Afonso, als er durch das Tor ging, eine ganz besondere Welt, in der andere Gesetze galten und das Betragen geregelt war, eine Welt, die ihm die Tür zu Horizonten öffnete, die sich weit über den von Carrachana hinaus erstreckten. Ein an der Schultür angebrachtes Schild besagte, dass die Eltern eine »Erklärung des Pfarrers über das Alter« und eine »Erklärung des Gemeindevorstehers über den Wohnsitz des Schülers in der Gemeinde« beizubringen hatten, ebenso wie ein »ärztliches Attest, dass die Kinder nicht an ansteckenden Krankheiten leiden und geimpft sind«. Senhora Mariana konnte zwar nicht lesen, hatte sich aber zuvor bei Padre Gaspar erkundigt und die drei verlangten Papiere dabei, die sie der Schuldienerin, der umsichtigen Dona Vadeia Figueiredo, aushändigte.

Afonsos erster Lehrer war Manoel Ferreira, ein forscher Mann aus Leiria, der vor über zwanzig Jahren nach Rio Maior gekommen war und die Schule eröffnet hatte, die einzige Grundschule für Knaben am Ort. Ferreira war ein energischer Anhänger strenger Disziplin im

Klassenzimmer und verlangte von Afonso, genau wie seine Schulkameraden einen Schulkittel zu tragen.

»Hier gibt es weder arm noch reich«, erklärte er Mariana, als diese sich über die Anordnung wunderte. »In der Schule sind alle gleich, und deshalb ziehen auch alle das Gleiche an.«

Die eiserne Disziplin verband Manoel Ferreira mit neuen, aktiven pädagogischen Methoden wie der Fibel von João de Deus. Der Lehrer war mit Dona Maria Vicência verheiratet, von der er elf Kinder hatte, fand mit seinen vierundvierzig Jahren aber trotzdem noch Zeit, die Gazetten *O Riomaiorense* und später *Civilisação Popular* zu leiten, zwei neben einer Druckerei von ihm gegründete Wochenzeitungen. Manoel Ferreira brachte Afonso auch das Lesen bei, wobei er getreu den neuen Lehrmethoden die Buchstaben mit Bildern und Tönen verknüpfte.

Die Verrichtungen in der Landwirtschaft, die Afonsos Vater dem Kleinen auftrug, waren hart, und so ging der Junge gerne in die Schule. Sie war für ihn ein Ort der Ruhe, der ihm die Gelegenheit bot, den Anforderungen der Arbeit auf dem Feld zu entfliehen. Afonso lernte fleißig, vor allem aber spielte er unermüdlich und rannte am liebsten beim Fangen und Bockspringen umher. Das Wichtigste jedoch war der Fußball, der im Allgemeinen mit einem aus Lumpen und alten Socken gefertigten Ball gespielt wurde. Um zwölf Uhr ging er heim, um etwas zu essen, und anschließend brachte er João und Joaquim, die im Sägewerk arbeiteten, in einem Korb ihr Mittagessen. Die beiden Brüder kamen ihm auf halber Strecke entgegen, um ihre Mahlzeit in Empfang zu nehmen, dann kehrte Afonso in die Schule zurück. Wenn der Unterricht zu Ende war, vergaß er die Zeit beim Fußballspielen mit seinen Freunden auf dem Largo João Franco, dem Hauptplatz von Rio Maior, bis er eines Tages mit einem lederbezogenen Ball die Fensterscheibe der Apotheke Barbosa einschlug. Da alle im Ort einander kannten, beschwerte Doktor Francisco Barbosa sich bei Afonsos Mutter; von dem Tag an war es aus und vorbei mit dem Ballspielen nach der Schule.

Die Fußballleidenschaft des kleinen Afonso war auf der einzigen Reise geboren worden, die er bis zu seinem zehnten Lebensjahr unternommen hatte. Als er sechs Jahre alt war, einige Monate vor seiner

Einschulung, erhielten die Eltern die Nachricht, dass eine entfernte Verwandte der Mutter, ihre Cousine Ermelinda, an Tuberkulose litt und im Sterben lag. Ermelinda lebte in Lissabon, und so wurde beschlossen, sie am darauffolgenden Sonntag zu besuchen. Sie waren noch nie in der Hauptstadt gewesen, und die Reise löste allergrößte Geschäftigkeit in der Familie aus. In Wahrheit war nur Senhora Mariana wegen der Krankheit der Cousine Ermlinda in Sorge; für Senhor Rafael und die Kinder war sie nicht mehr als ein geeigneter Vorwand für einen Besuch in der Großstadt. Man schrieb das Jahr 1896, der Verkauf der riesigen Weinfässer an die Großhändler war hervorragend gelaufen, und so war Geld für den ersehnten Ausflug vorhanden.

Am Sonntag, dem neunten August, standen sie um vier Uhr in der Früh auf, zogen ihre besten Kleider an und sprachen zur Entschädigung für die Messe, bei der sie würden fehlen müssen, ein Tischgebet. Afonso war zu jener Zeit ein schmächtiger Junge mit glattem, braunem Haar und schokoladenfarbenen Augen, die sich von seiner blassen Haut abhoben. Trotz seiner Müdigkeit schäumte er geradezu über vor Begeisterung und Aufregung und konnte die große Reise kaum erwarten.

Die Laureanos nahmen die beiden Taschen mit dem vorbereiteten Proviant und eine Korbflasche Rotwein und bestiegen das Fuhrwerk. Auf der Estrada Real Nr. 65 ging es mit Rückfahrkarte nach Caldas da Rainha. In Caldas kauften sie im Bahnhof Fahrscheine für den ersten Schnellzug, und um halb acht Uhr morgens kletterten die Laureanos und ihre drei jüngsten Kinder in die Eisenbahn. Sie hielt an Bahnhöfen und kleinen Zwischenstationen, zuerst in Óbidos und dann in anderen Orten, von denen Afonso noch nie gehört hatte, Bombarral, Outeiro, Ramalhal, Torres Vedras, er hatte sie nicht alle zählen können, doch in Porcalhota hatten sie das Gefühl, schon fast in der Hauptstadt zu sein. Es folgten Bemfica, Campolide und Alcântara, und um halb elf fuhren sie schließlich in den Bahnhof am Rossio ein.

»Gott steh mir bei, was für ein Durcheinander«, jammerte Mariana, die vor sommerlicher Hitze glühte und von dem quirligen Betrieb auf dem Bahnhof ganz benommen war. »Gehen wir zu Ermelinda?«

»Immer mit der Ruhe«, erwiderte ihr Mann, der neugierig war, die

Stadt kennenzulernen, und nicht das geringste Interesse hatte, die Zeit bei einer Todkranken zu verbringen, die er kaum kannte. »Wir haben noch genügend Zeit für deine Cousine, mach dir keine Sorgen. Zuerst unternehmen wir einen kleinen Spaziergang, auf geht's.« Er schaute sich um. Die Häuser wirkten merkwürdig erhaben, grandios, die Männer sahen aus wie Dandys, vor allem aber gab es vornehm dreinschauende Frauen mit Sonnenschirmen in der Hand, gepflegte Erscheinungen, wahre Blumen, gewiss lauter Herzoginnen. Er rieb sich strahlend die Hände. »Das sieht vielversprechend aus, jawohl, das tut es!«

All das war neu für sie. Zutiefst überzeugt von seiner Verantwortung als Familienoberhaupt, war Senhor Rafael besonders nervös. Um seine Befangenheit zu überspielen, versuchte er jedes Mal, wenn er jemanden etwas fragte, das Gespräch auf Rio Maior zu bringen. Auf diese Weise versetzte er sich an einen ihm bekannten Ort, und damit begann er gleich auf dem Bahnhof.

»Waren Sie schon mal in Rio Maior, mein Freund?«, fragte er einen Bediensteten der Königlichen Portugiesischen Eisenbahngesellschaft. Der Mann schaute ihn überrascht an. »Ich? Nein.«

»Schade«, erwiderte Rafael. »Sagen Sie mir bitte, wo sich der Schlossplatz befindet.«

Afonso war zwar noch klein, doch das hektische Gewühl des Stadtlebens entging nicht seiner Aufmerksamkeit. Ein aus Alverca kommender Maultierkarren nahm sie mit. Der Kutscher war ein Bauer aus dem Lissaboner Umland, der in die Stadt gekommen war, um Kartoffeln zum Campo das Cebolas zu bringen. Sie überquerten einen Platz von nie gesehener Größe, einen Platz so groß, dass sicher ganz Rio Maior darauf gepasst hätte.

»Dies ist die Praça D. Pedro IV.«, verkündete der Bauer und schnalzte mit der Zunge, um die Maultiere anzutreiben. »Das war der Platz der Inquisition, aber man kennt ihn jetzt als Rossio. Hier sind sogar Stierkämpfe veranstaltet und Ketzer verbrannt worden, stellen Sie sich das mal vor.«

Eine Straße führte rund um den weitläufigen Rossio, an dessen Enden Reihen üppiger Bäume wuchsen. Typisch portugiesisches Straßenpflaster mit einem Wellenmuster aus schwarzen und weißen

Steinen, unter den Bäumen Parkbänke, in der Mitte des Platzes eine schlanke Säule mit der Statue von D. Pedro IV. darauf, die prächtige Fassade des Theaters D. Maria II. im Hintergrund, dann die Gebäude rings um den Platz, viele von ihnen mit Geschäften darin, hier der Tabakwarenladen Mónaco, dort die Konfektionshandlung Martins, drüben die Konditorei Cardoso und etwas weiter vorne das Café Gelo.

Rasch ließ der Karren den Rossio hinter sich und bog in die Rua Augusta ein. Unterwegs staunten sie über den kunterbunten Betrieb, der die Straße mit Leben erfüllte, auf der einen Seite das Handarbeitsgeschäft Casa dos Bordados, auf der anderen die Schuhhandlung Lisbonense, weiter vorne die Casa Americana. Schließlich gelangten sie auf die prunkvolle Praça do Comércio, und der Bauer hielt den Karren an, damit sie aussteigen konnten. Sie bedankten sich, dass er sie mitgenommen hatte, und der Mann zog von dannen und ließ sie fröhlich lustwandelnd auf dem ehemaligen Schlossplatz zurück. Sie bewunderten den Kai und die Boote, die dort festgemacht hatten oder mit den Segeln im Wind über den Fluss glitten, und drehten dann, die Augen auf das imposante Reiterstandbild von D. José geheftet, eine Runde um den Platz. »Seht nur das schwarze Pferd!«, sagte Senhor Rafael zu den Kindern. Dann betrachteten sie mit respektvollem Schweigen die majestätischen gelben Gebäude, die den Platz geometrisch mit ihren weitläufigen Arkaden und Säulengängen und den Ecktürmen an den Außenenden umstanden. Schließlich bewunderten sie den Triumphbogen und die auf seiner Spitze stehende Statue, deren Hände über die Köpfe zweier kleinerer Figuren ausgestreckt waren. Auch wenn sie es wahrscheinlich nicht wussten, war das die *Gloria*, die *Genius* und *Valor* krönte, darunter die rätselhafte Inschrift VIRTUTIBUS MAIORUM. Sie entschlüsselten sie nicht, verstanden sie nicht, sie konnten kein Latein, sie konnten noch nicht einmal lesen. Zufrieden beschlossen sie, auf einem anderen Weg an ihren Ausgangspunkt zurückzukehren. Sie überquerten die Rua do Arsenal, bogen in die Rua Áurea ein und staunten über die hohen Glasvitrinen vor der Tür des Schmuckgeschäftes der Gebrüder Cunha, der Lieferanten des Königlichen Hofes, mit den darin ausgestellten Edelsteinen – »Ist das eine Pracht!« –, kamen an dem Handschuhgeschäft

Gatos vorüber, und ließen sich vor dem Schaufenster der Maison Parisienne, der Konditorei, die sich ihres Speiseeises »in allen Sorten« rühmte, das Wasser im Munde zusammenlaufen.
Abermals gelangten sie zum Rossio. Die heiße Sommersonne, in die der Platz erbarmungslos getaucht wurde und die die Leute in den schützenden Schatten trieb, hob die fröhlichen Farben der Geschäfte vor dem tiefdunklen Blau des Himmels angenehm hervor. Mit Befremden stellte Afonso fest, dass nur wenige Menschen dort barfuß gingen. Die meisten trugen Schuhe, was darauf hindeutete, das die Lissabonner vornehme, reiche Leute waren. Er bemerkte, dass viele Männer anstatt der ribetejanischen Mützen, die er in Rio Maior zu sehen gewohnt war, feine Hüte, Zylinder oder Melonen auf dem Kopf hatten. Zudem schwenkten sie Spazierstöcke in der Hand, und ihre sauber wirkenden Kleider waren mit Krawatten und Bindern geschmückt. Zu Hause hatten nur Doktor Barbosa, der Lehrer Ferreira und wenige andere die Angewohnheit, sich so elegant zu präsentieren.
Hier und da störten barfüßige Bauernjungen auf einem Maultier das Bild; einer, vermutlich ein Galizier, schleppte ein blaues Fass und pries lauthals »frisches Wasser« an. Ein magerer Mönch in einer schwarzen Kutte und mit einer Kordel um die Hüfte ging an zwei auf dem Bürgersteig sitzenden Männern vorüber, von denen der eine den Kopf in den Schoß des anderen gelegt hatte, welcher sein Haar inspizierte; hier war die Jagdsaison auf Läuse bereits eröffnet. Auf der anderen Seite des Platzes zog ein Junge ein Holzwägelchen voller Brotlaibe hinter sich her und versetzte dabei die Puten zweier Bauern aus dem Ribatejo in Aufruhr; das Federvieh flatterte wild um den Wagen herum, und die Bauern versuchten, es mit ihren Hirtenstäben unter Kontrolle zu bringen. Auf dem Rossio waren Pferde, Maultiere, Esel, Kutschen und Karren unterwegs, man sah Ziegen- und Kuhherden, die zu den Cafés und Schänken geführt wurden, um ihre Milch abzuliefern, aber das Merkwürdigste war ein kleiner Eisenbahnwaggon auf Schienen, der von zwei Pferden gezogen wurde. Die Leute bestiegen den Wagen bei der Genossenschaft »A Lusitana«, lösten einen Fahrschein, ließen sich auf der langen Mittelbank nieder und warteten darauf, dass der Kutscher losfuhr.

»Das ist der ›Amerikaner‹«, sagte ein Bauer bei einer Tränke, dem Bebedouro dos Quatro Anjinhos; er kam sich neben den Leuten aus der Provinz geradezu fein vor. »Der kutschiert die Leute durch die Stadt. Die Wagen fahren alle Viertelstunde, von sieben Uhr morgens bis sieben Uhr abends. Falls Sie also eine kleine Rundfahrt unternehmen möchten …«
Sie wollten nicht, es erschien ihnen für ihren Geldbeutel zu teuer. Lieber gingen sie zu Fuß.
»Gehen wir zu Ermelinda?«, schlug Mariana vor.
»Immer mit der Ruhe, Mädchen, wir haben Zeit«, rief Rafael aus. »Lasst uns weiterbummeln, es ist noch früh am Tag.«
Sie verließen den Rossio und bogen in eine steile Straße ein, die bergauf führte. Das moderne Antlitz der Stadt verlor sich allmählich, und nach und nach wurde das Elend sichtbar, in gewisser Hinsicht war Lissabon hier fast ebenso erbärmlich wie Rio Maior. Sie sahen Bettler, am Boden liegende Männer, die entsetzliche Wunden zur Schau stellten, um das Mitleid der Passanten zu erkaufen, dazu Hunde, Schweine, Hühner und Enten, die durch den Schlamm glitten. Das Schlimmste aber war der Schmutz, ein schmutzigerer Schmutz als in Carrachana, ein Schmutz aus Kloake und Gestank, der alles besudelte und überall eindrang. Den Exkrementen und Rinnsalen von Urin ausweichend, die die Straße hinunterrannen, hüpften Senhor Rafael und seine Familie barfuß von Stein zu Stein. Seitlich der Bürgersteige befanden sich offene Abwasserkanäle, die zum Fluss hinunterführten, doch viele Lissabonner waren zu faul, ihren Kot dorthin zu bringen, und zogen es vor, ihn mitten auf die Straße zu werfen, das bereitete weniger Mühe. Hier sah man keine gutgekleideten Leute, der Boden war allzu unrein für die Schuhe der besseren Gesellschaft.
»Diese Stadt ist voller Scheiße«, knurrte Senhor Rafael und versuchte, seine nackte rechte Ferse von einem Stück menschlichen Kotes zu säubern, das daran festklebte.
Die Ausflügler aus Rio Maior kämpften sich noch weiter durch die engen, steilen Gassen und erkundeten sie von oben bis unten, doch der Ruf »Achtung Wasser!«, gefolgt von dem Dreck, der aus einem Fenster auf die Straße geleert wurde, bewog sie zur Umkehr.
»Jesses, lasst uns bloß gehen, sonst bekommen wir noch ein Mistbad

ab«, empfahl Mariana mit nervösem Kichern und ließ dabei die umliegenden Fenster nicht aus dem Auge.

Ein weiteres Mal kehrten sie zum Rossio zurück. Immerhin war es dort sicherer, sie liefen nicht Gefahr, von einem Guss Exkremente erwischt zu werden. Sie waren Dreck durchaus gewohnt, aber nicht in diesem Ausmaß. Von dem zentralen Platz aus gingen sie in Richtung des Restauradores-Platzes, und fanden sich irgendwann neben dem grandiosen Bahnhof wieder, an dem sie angekommen waren, als vor ihnen eine merkwürdige, geräuschvolle Kutsche auftauchte, die sich ohne die Unterstützung von Vierfüßlern fortbewegte und einen schmutzigen, übelriechenden Qualm ausstieß. Alle blieben wie gelähmt stehen und gafften, außer Afonso, der sich erschrocken unter den weiten Röcken der Mutter verkroch. Das war nicht unbedingt nur eine typische Reaktion von Provinzlern; auch die Lissabonner hielten in diesem Augenblick auf dem Bürgersteig inne und erschienen in den Türen und Fenstern des imposanten Rossio-Bahnhofs, der Cafés und der Wohnhäuser ringsum und bestaunten dieses beispiellose Wunderding, diese qualmende Maschine, die dort lärmend über den Makadam rollte.

»Eine Kutsche ohne Pferde«, bemerkte Senhor Rafael ehrlich überrascht. »Ich habe bei Silvestre schon davon gehört, aber ich dachte, es sei ein Jux.«

Die Bemerkung über die Kutsche war gar nicht so töricht. Ebenso wie der *Benz*, von dem er inspiriert war, hatte dieser nagelneue, zweizylindrige *Panhard* mit Phönixmotor, den ein begüterter Graf soeben aus Frankreich mitgebracht hatte, tatsächlich die Form einer eleganten Kutsche; die Hinterräder waren größer als die vorderen, der scharlachrote Sitz war gepolstert wie bei prunkvollen, edlen Kutschen. Der geräuschvolle *Panhard* verschwand, eine flüchtige Spur schwarzen Rauchs hinter sich zurücklassend, in einer Kurve des Rossio, und das Leben schien wieder zur Normalität zurückzukehren. Ebenso wie die restliche Familie sinnierte auch Afonso noch eine Weile über das Rätsel der beunruhigenden, pferdelosen Kutsche, doch lenkten die Neuigkeiten Lissabons ihn rasch ab. Sie folgten der Rua do Príncipe weiter bis zum Restauradores, einem riesigen Platz, der wenige Jahre zuvor an der Stelle eines früheren Parks erbaut worden war, und promenierten die baumbestandene Avenida da Liberdade hoch bis zur Rotunde. Häufig blieben sie stehen, um die merkwürdigen Lichtmasten zu betrachten, die entlang der Avenida aufgestellt und die so ganz anders waren als die ihnen vertrauten Gaslaternen. Müde und hungrig ließen sie sich an einem Teich auf einem Stück Brachland mit Bäumen am oberen Ende der Rotunde nieder. Die Mutter verteilte an Mann und Kinder den Proviant aus hausgebackenem Brot und Schweinswurst, die mit dem Rotwein aus der Korbflasche begossen wurden. Gewohnt an den leutseligen Umgang auf dem Land, fing Senhor Rafael eine Unterhaltung mit einer anderen Familie an, die sich ebenfalls zum Picknicken niedergesetzt hatte, und im Anschluss an die obligatorische Frage nach einem möglichen Besuch in Rio Maior kam er auf das außergewöhnliche Phänomen der pferdelosen Kutsche zu sprechen.

»Das ist ja eine tolle Maschine«, sagte er zu dem Fremden und schlug sich mit der Hand auf den Oberschenkel.

»Stimmt. Und ist ihnen aufgefallen, wie sauber sie ist?«

»Allerdings. Statt Mist gibt sie Rauch von sich«, bemerkte Rafael. Er räusperte sich, denn ihm fiel ein, dass das womöglich eine Schwierigkeit für die Landwirtschaft darstellte. »Das Problem ist nur, dass Rauch nicht zum Düngen taugt.« Er verzog das Gesicht. »Aber das macht nichts. Die Maschine ist wirklich unerhört, ein Wunderding!«

»Das ist noch gar nichts, Mann!«, gab der andere grinsend zurück. »Sehen Sie die Pfähle dort an der Rotunde und auf der Avenida?«

»Selbstverständlich. Sie sind anders als die im Ribatejo.«

»Genau«, pflichtete der Mann ihm bei. »Es sind ja auch elektrische Lampen.«

»Was ist das?«

»Nun, das ist eine nächtliche Beleuchtung. Nur dass statt Öl, Gas oder Petroleum Elektrizität verwendet wird, damit sie brennt. Elektrische Lampen sind sehr viel heller, strahlen keine Hitze aus, setzen keinen Rauch und keine unangenehmen Gerüche frei und verursachen keine Brände. Sie sind großartig.«

»Toll!«

»Großer Gott, Rafael«, sagte Senhora Mariana, die das Gespräch aufmerksam wie ein Kind verfolgt hatte, voller Angst. »Aurinda hat mir schon von dieser *Elektrität* erzählt; sie hat gehört, dass sie sehr schädlich für die Gesundheit und gegen die Natur ist.«

»Unsinn, gute Frau«, schalt sie der Mann. »Die Elektrizität hat keine nachteiligen Auswirkungen, außerdem ist sie vielfältig verwendbar. Es heißt, dass in Amerika die Fuhrwerke künftig nicht von Pferden, sondern von der Elektrizität bewegt werden sollen, und das Gleiche wird mit allen modernen Maschinen passieren. Mit elektrischer Energie können außerordentliche, undenkbare Dinge vollbracht werden. Im vergangenen Monat gab es hier zum Beispiel ein Riesenspektakel. Da wurde im Königlichen Vergnügungspalast eine Schau mit lebenden Bildern gezeigt, eine tolle Sache, alles bewegt von der Elektrizität.«

»Donnerwetter!«, staunte Senhor Rafael. »Lebende Bilder?«

»Wenn ich es Ihnen doch sage. Sie haben einen Elektriker aus dem Ausland, aus Madrid, geholt, und er hat Fotografien gezeigt, die sich bewegten. Wir haben Menschen gesehen, die gingen, rannten, hüpften, eine Tanzveranstaltung in Paris, fahrende Eisenbahnen, eine Brücke in einer Stadt. Es war beeindruckend, wirklich beeindruckend. Die Bilder werden von der Elektrizität bewegt und animiert, deshalb heißt das ganze Animatograf.« Der Mann lächelte, den Blick in der Ferne verloren. »Ach, das waren zwei wirklich lustige Stunden! Sie haben ein Vermögen für die Vorstellung verlangt, aber denken Sie bloß nicht, dass sich die Leute davon hätten abhalten lassen. Keine Spur! Das war ein Trubel, ein Gedränge beim Verkauf der Eintrittskarten, alle waren ganz erpicht darauf, wir wollten alle unbedingt die Figuren sehen.«

»Und ist das schon vorbei?«

»Leider ja«, bestätigte der Mann seufzend. »Aber ich habe in der Zeitung gelesen, dass es im Theater Dona Amélia demnächst täglich Vorstellungen mit bewegten Bildern geben soll. Der Elektriker ist nach Porto gefahren, aber er will wieder nach Lissabon kommen. Es heißt, dass er jetzt nicht nur lebende Bilder aus Frankreich zeigen wird, sondern auch welche vom Stierkampf in der Arena am Campo Pequeno, vom Strand in Algés, von der Avenida da Liberdade und von der Boca do Inferno. Bilder mit den Menschen von hier, wissen Sie? Und so brennen alle darauf, diese Wunderdinge zu sehen.«

Senhor Rafael und seine Familie nahmen diese überaus erstaunliche Nachricht mit Skepsis auf, dachten gar, der Lissabonner mache sich über sie lustig. Es war doch unmöglich, dass Fotografien sich bewegten. Aber der Mann hatte noch weitere Neuheiten zu bieten und teilte den Ribatejanern mit, falls sie starke Gefühle erleben wollten, gebe es an diesem Nachmittag ein interessantes *football*-Spiel.
»Und was ist das, *Futbau?*«, fragte Rafael Laureano misstrauisch gegenüber dem modernen Zeug der Städter.
»*Football*«, korrigierte sein Gesprächspartner, amüsiert, einem Landsmann aus der Provinz ein englisches Wort erklären zu müssen. »Das ist ein englisches Spiel, bei dem die *player* zwei Mannschaften bilden und alle dem Ball solange *kicks* versetzen, bis sie ein *goal* schießen.«
Senhor Rafael hatte nicht recht verstanden, war nun aber voller Neugier. Vielleicht lohnte es sich, diesen *Futbau* anzuschauen und die Neuigkeiten anschließend in Silvestres Taverne zum Besten zu geben. Die pferdelose Kutsche würde schon reichlich Unterhaltungsstoff bieten, ebenso der Vortrag über Elektrizität und die bewegten Bilder; das Gleiche galt für den Umstand, dass viele Leute Schuhe trugen und wie Doktor Barbosa gekleidet waren. Womöglich gäbe diese andere Sache noch ein weiteres abendfüllendes Gesprächsthema her; der Ausflug in die Hauptstadt entpuppte sich wahrhaftig als kostbare Mine für Geschichten, über die sich endlos palavern ließe. Er würde vor seinen Kneipenfreunden glänzen.
»Und wo ist das, mein Freund?«
»Drüben beim Campo Pequeno, in zwei Stunden«, sagte der Mann und deutete nach links. »Sehen Sie die Straße dort? Das ist die Avenida Fontes Pereira de Melo. Die gehen Sie entlang bis zu einem großen Platz, dem Saldanha, und dann folgen Sie einer breiten Allee, bis Sie rechter Hand auf eine große Stierkampfarena treffen, die vor kurzem erbaut wurde. Eine halbe Stunde, und Sie sind da.«
Senhora Mariana zog ihren Mann am Arm.
»Und was ist mit Ermelinda, Rafael?«
»Immer mit der Ruhe«, erwiderte Rafael gereizt. »Deine Cousine läuft uns nicht weg, reg dich nicht auf. Wir machen unseren Bummel, und dann besuchen wir das Mädchen, keine Angst.«
Als die Mahlzeit beendet war, setzte sich die Familie Laureano ge-

mächlich in die angegebene Richtung in Bewegung. Nach fünfundvierzig Minuten standen die fünf vor dem gewaltigen, ziegelfarbenen Rund eines mit Arabesken verzierten Gebäudes voller Arkaden und Galerien, dessen zahlreiche Türme in neomaurischem Stil von himmelblauen Doppelkuppeln überragt wurden: Das war die in der Mitte eines verwilderten Grundstücks erbaute Stierkampfarena. Eine kleine Menschenmenge hatte sich dort versammelt, einschließlich einiger Damen der vornehmen Gesellschaft in prächtigen Kleidern, mit auffälligen Hüten und Pariser Sonnenschirmen; sie wurden von einem Gefolge aus Freundinnen und Dienern umringt. Seine Frage, ob dies der Campo Pequeno sei, wurde Senhor Rafael bestätigt. Vor ihnen erhob sich die Stierkampfarena. Er trat an den Kassenschalter und stellte fest, dass auf der Preisliste die billigsten Karten im obersten Rang in der Galerie zweihundert, die teuersten in den Logen erster Klasse zwölftausend Réis kosteten. Verwirrt fragte er den Bediensteten:

»Mein Freund, so viel Geld, um *Futbau* zu sehen?«

Der Bedienstete lachte.

»Hier gibt es nur Stierkämpfe, Mensch. Der Fußball ist dort drüben.«

Der Mann deutete auf die brache Fläche neben der Arena. Dort erstreckte sich ein Gelände, auf dem zwei große Rechtecke markiert waren, die laut den Worten des Mannes das Spielfeld waren. Das eine, direkt an die Arena grenzende Rechteck war nahezu eben, das andere jedoch hatte Senken und Löcher. Anscheinend fanden dort oft Spiele statt, und die Mannschaft, die zuerst kam, belegte das ebenmäßigere Karree mit Beschlag. Wer zu spät kam, musste sich mit dem voller Vertiefungen begnügen.

Die Familie aus Rio Maior trat näher an das in besserem Zustand befindliche Rechteck heran und musste nicht lange warten, bis es etwas zu sehen gab. Bald schon tauchten zwei Gruppen von Männern auf, die beide riesige Holzpfosten über das Brachgelände herbeitrugen. Zwei kleinere Pfosten waren jeweils parallel durch einen quer an einem ihrer Enden festgenagelten Balken miteinander verbunden. Sie überquerten das Feld, bis sie zu dem ebenerdigeren Teil gelangten.

»Das sind die Spieler vom *Real Gymnasio Club*«, erklärte ein Zuschauer Senhor Rafael. »Sie kommen aus Rego und bringen die Tore.«
Rafael Laureano hatte die Erklärung zwar nicht verstanden, schwieg aber und schaute zu. Die Männer platzierten die Balken jeweils an den Außenkanten der beiden Rechtecke und fingen wie aus heiterem Himmel an, ihre Jacken und Krawatten abzulegen. Sie gehörten offensichtlich der Oberschicht an, und so war die Familie aus Rio Maior von ihrem Verhalten entsetzt. Nachdem sie den Oberkörper entblößt hatten, zogen sie die Schuhe aus und ließen zu allem Überfluss auch noch die Hosen herunter. Senhora Mariana unterdrückte einen züchtigen Schrei, hielt sich die Augen zu und wandte sich ab, derweil ihre Kinder und ihr Mann wie angewurzelt und mit offenem Mund dastanden. Sie konnten nur schwer glauben, was sie dort sahen, bis sie in lautes Gelächter ausbrachen. Diese feinen Leute, die so zimperlich waren und zierten, zogen sich in aller Öffentlichkeit aus, und die Damen im Publikum begnügten sich damit, ihre Augen hinter ihren blumenverzierten Fächern zu verstecken. Einen Augenblick lang standen die Neuankömmlinge in Unterhosen da, ehe sie kurze, engen, knielangen Reiterhosen vergleichbare Beinkleider anzogen, dazu bunte Pullover, lange Strümpfe und dunkle Holzschuhe. Einer von ihnen holte einen braunen Ball aus einer Tasche, und alle rannten, den Ball mit den Füßen vor sich herstoßend, auf das rechteckige Feld hinaus. Kurz darauf trafen weitere Männer auf Fahrrädern ein, die das gleiche Aus- und Anziehritual hinter dem zweiten Tor wiederholten und ihre Kleider neben den Pfosten auftürmten, bevor sie ebenfalls das Feld betraten.
»Das ist der *Football Club Lisbonense*«, verkündete der Zuschauer, der sich im Stillen über die Reaktion der Leute vom Land amüsierte, die ihm lauschten. »Die Kerle sind großartig. Sie haben bisher nur ein Mal verloren, vor drei Jahren, gegen einen englischen Verein, und auch das nur um ein Tor.«
An die Hose seines Vaters geklammert, merkte sich der kleine Afonso genau, was nun folgte. Die beiden Gruppen trugen verschiedenfarbige Pullover, und plötzlich rannten alle wie verrückt auf dem Platz hin und her und traten nach dem Ball, unter dem aufgeregten Ge-

schrei des Publikums und der Aufsicht eines elegant in Tweed-Anzug und Krawatte gekleideten Mannes, der zwischen ihnen umherlief und Anweisungen erteilte.
»Das ist der Torwart«, erklärte der Zuschauer von zuvor.
Die Regeln waren simpel. Die Besucher aus Rio Maior begriffen, dass nur die beiden Männer im Tor den Ball mit den Händen berühren durften; allen anderen waren lediglich Fußtritte gestattet. Es gab ein paar Hellblonde oder Rothaarige, das waren die Engländer in den Mannschaften. Mitunter zankten sich alle, schrien, fuchtelten herum, schubsten einander. Dann wurde das Spiel unterbrochen, Zuschauer liefen aufs Spielfeld, um sich am Streit zu beteiligen, der Krawall schwoll an, um sich alsdann wieder zu legen. Die Spieler und der Mann mit dem Tweed-Anzug und der Krawatte schubsten die Leute vom Gelände, und alles begann von vorne. Ab und zu landete der Ball im Tor, dann hörte man großes Geschrei und Applaus von den Zuschauern, und die Spieler sprangen vor Freude in die Luft und umarmten einander überschwänglich.
»Der Kleine dort drüben ist Barley, ein hervorragender Engländer«, erklärte der Zuschauer begeistert und deutete auf einen Mann, der schnell zwischen den Seiten hin und her rannte. Er hatte soeben ein Tor geschossen und wurde in diesem Augenblick von mehreren Freunden beglückwünscht. »Aber der Dünne dort drüben, Paiva Raposo, gefällt mir noch besser. Das ist ein Spieler vor dem Herrn, ein Wunder beim Dribbeln und Kicken! Barley und Raposo waren beide in der Mannschaft des *Club Lisbonense*, der vor zwei Jahren den ersten Fußballpokal in Portugal gewonnen hat, da haben sie in Porto den *Football Club do Porto* zwei zu null geschlagen. Sogar der König war da und hat sich das Match angesehen.«
An diesem sonnigen Nachmittag besiegte der *Football Club Lisbonense* den *Real Gymnasio Club Portuguez* am Campo Pequeno drei zu eins und bestätigte damit einmal mehr, dass er die beste Fußballmannschaft war, die es in Portugal gab.
»Nun, dann lasst uns also zu Ermelinda gehen«, seufzte Senhor Rafael und wandte dem Campo Pequeno den Rücken.
»Schade, dass es hiermit bald ein Ende haben wird«, sagte der Zuschauer zum Abschied, als die Menge bereits auseinanderströmte.

»Warum?«, fragte Afonsos Vater verwundert und schaute zurück.
»Vor vier Jahren haben sie diese Stierkampfarena hier gebaut, und nun gibt es Anweisungen, dass die Spiele aufhören sollen. Dann sind die Jungs ihren Platz los.«
Der Mann wandte sich zum Gehen, doch Senhor Rafael hatte noch eine Frage an ihn.
»Mein Freund!«
Der Zuschauer drehte sich um.
»Ja?«
»Waren Sie schon mal in Rio Maior?«

II

Es war eine schwere Geburt, so wie es bei allen Geburten zu erwarten steht; Madame Michelle Chevallier hatte ein schmales Becken, und ihre Nieren protestierten unermüdlich, als sie spürten, dass die Stunde gekommen war, das Kind zu gebären. Die Hebamme zerschnitt die Nabelschnur, versetzte dem Kind einen Klaps, und ein kraftloses Greinen, ein gequältes Klagen geradezu, klang durch den Raum. Die Großmutter wusch das Kleine mit zuvor in einem Kessel erhitztem Wasser, hüllte es in einen weichen Schal und trat mit ihm aus dem Zimmer. Glücklich lächelnd, doch mit von der langen Nacht müden Augen, zeigte sie es dem Vater und dem Großvater, die aufgeregt vor der Tür warteten, seit sie Augenblicke vorher das schwache Geschrei vernommen hatten.

»Es ist ein Mädchen«, verkündete sie.

So wurde am Morgen des zweiten Oktober 1891 Paul Chevalliers zweite Tochter geboren. Stunden später, als das Kind unter den verzückten Blicken des Vaters, seiner aufgeregten Schwester, der kleinen Claudette, und der beiden noch lebenden Großväter an der mütterlichen Brust trank, war die Entscheidung gefallen, dass es Agnès heißen würde, genau wie seine Großmutter mütterlicherseits. In den darauffolgenden drei Jahren sollten noch zwei weitere Kinder, beides Jungen, zur Welt kommen, Gaston und François, womit die von den Eltern für angemessen und endgültig erachtete Zahl von insgesamt vier Geschwistern, sofern nichts Unvorhergesehenes geschah, erfüllt war.

Die Familie Chevallier lebte in einem alten Haus in der Rue du Palais Rihour, das inmitten einer Reihe schmaler, malerischer Wohngebäude aus dem siebzehnten Jahrhundert einen Schritt weit von der imposanten Grande Place de Lille gelegen war. Früh schon begann die

kleine Agnès Chevallier in dem Geschäft ihres Vaters ein und aus zu gehen, der Weinhandlung Château du Vin, die in der prunkvollen alten Börse, der Vielle Bourse, untergebracht war. Allein schon die Tatsache, ein Geschäft in der Vielle Bourse zu besitzen, war ein deutlicher Hinweis, dass jemand vermögend war, eine Beschreibung, die auf Pauls Lebensverhältnisse ungefähr zutraf. Agnès' Vater war ein hochgewachsener, schlanker Mann mit strohblondem Haar und vorspringenden Wangenknochen. Er besaß Ländereien in der Nähe von Reims, auf denen er Wein für einen Champagner anbaute, dessen Qualität ihn zu einem in Lille berühmten Weinfachmann gemacht hatte. Sein eigentliches Geschäft aber war der Weinhandel; von seinem häufig genug in ein Handelsbüro verwandelten Laden aus exportierte er Wein nach Belgien, Holland, Großbritannien und Deutschland.
Wie so viele Einwohner der Stadt waren die Chevalliers flämischer Herkunft, und das vergaßen sie nicht. Der ursprüngliche Name der Familie, Van der Elst, war der französischen Intoleranz gegenüber den flämischen Traditionen zum Opfer gefallen. Diese hatte einen während der Napoleonischen Kriege durch seine Taten bei der Kavallerie berühmt gewordenen Vorfahren dazu veranlasst, den Nachnamen in Chevallier zu ändern. Das Gleiche war im Übrigen auch Lille widerfahren, der vormals belgischen Stadt Rijssel, die innerhalb von tausend Jahren elfmal belagert, mehrfach dem Erdboden gleichgemacht und nacheinander unter flämische, französische, österreichische und spanische Herrschaft geraten war, ehe sie durch den Vertrag von Aix-la-Chapelle im siebzehnten Jahrhundert endgültig von den Franzosen annektiert wurde. Im Jahr 1667 eroberte Ludwig XIV. die Ortschaft, verlieh ihr den Rang der Hauptstadt Flanderns und nannte sie Lille, was sich von dem Wort *l'isle*, Insel, herleitete, war doch die Stadt rings um eine Burg auf einer der Inseln des Flusses Dêule entstanden. Auch das Gebäude der Alten Börse erinnerte an die flämische Vergangenheit Lilles, an deren Fassade die stolz in den Stein gehauenen vier Löwen Flanderns erhalten geblieben waren. Die Erhabenheit des Bauwerks beeindruckte die kleine Agnès jedes Mal, wenn ihre Mutter sie mitnahm, um den Vater zu besuchen. Die Alte Börse erhob sich majestätisch an der einen Seite des zentralen Platzes

der Stadt und stellte prunkvoll ihre grandiose Architektur zur Schau. Die Pilaster, flache Wandpfeiler, waren mit Karyatiden, die Fenster reich im Stil der flämischen Renaissance verziert, und den erhabenen ziegelroten Turm, der sich auf dem Mittelfirst des dunklen Daches erhob, schmückte eine Glocke. Obgleich die Vieille Bourse wie ein einziges Bauwerk wirkte, bestand sie in Wahrheit aus vierundzwanzig kleinen Handelshäusern, von denen eines das Château du Vin beherbergte.

Während ihrer Kindheit wurden die vier Geschwister zu Hause erzogen. Alle waren zweisprachig, beherrschten Französisch und Flämisch. Die Gespräche in der Familie wurden vorwiegend auf Französisch geführt, doch immer wieder floss das Flämische mit ein. Am Morgen wechselte man häufig ein *goedemorgen,* bat am Frühstückstisch um *gebak, melk* und *suiker* und verabschiedete sich mit einem *tot ziens*. Die von Michelle zubereiteten Mahlzeiten trugen den Stempel der flämischen Küche. Sie bestanden aus Geflügel und fetten Gerichten wie *boudin* und Blutwurst mit Apfelmus. Doch die Lieblingsspeisen der Kinder waren *waterzoï, gaufres* und Quittenmarmelade mit *maroilles,* dem beliebten Käse aus der Gegend.

Agnès hatte zwei gute Freundinnen. Die eine war ihre ein Jahr ältere Schwester, die spröde und herrschsüchtige Claudette. Agnès erwies sich zwar als sanfter und nachgiebiger, war aber, wenn es darauf ankam, unerwartet standhaft und unbeugsam. Die Spiele der beiden endeten regelmäßig in einem Streit, bei dem sie sich beschimpften, kniffen und kratzten. Die schlimmsten Worte waren *t'es méchante,* »du bist böse«, eine Grobheit, die im Allgemeinen einen raschen und schmerzhaften Körperkontakt zur Folge hatte. Dann erschien die Mutter, trennte sie und zwang sie, einander um Verzeihung zu bitten. Agnès war stolz und entschuldigte sich auf Flämisch, indem sie ein so grobes und unzartes *het spijt me echt!* ausspuckte, dass es eher wie eine neuerliche Beleidigung klang. Stets vermied sie es, Schwäche zu zeigen, und selten weinte sie, obgleich die Schwester ihr körperlich überlegen war und folglich bei diesen Zankereien ihren Willen durchsetzte.

Wenn die Spiele mit Claudette schlimm endeten, ging Agnès zu ihrer zweiten Freundin, einer Puppe aus Holz und Pappmaché, der sie den

Namen Mignonne gegeben hatte und von der sie unzertrennlich war. Mignonne war eine innen hohle, in einer Gussform gearbeitete *Jumeau*-Puppe mit braunen Glasaugen und einer blonden Lockenmähne. Der Kopf war in einen mehrteiligen Körper eingelassen, dessen Glieder sich an den Gelenken anwinkeln ließen, was eine Neuheit darstellte. Mit Mignonne auf dem Arm lernte Agnès stricken, und sie war stets dabei, wenn Agnès der Mutter beim Erzählen zuhörte. Meist waren es flämische Geschichten, wie die Legende vom Kampf zwischen Lydéric und Phinaert, den mythologischen Riesen und Gründern von Rijssel, oder der von Yan den Houtkapper, dem Holzfäller, der Karl dem Großen der Legende nach ein paar hölzerne Stiefel geschnitzt hatte. Eine erwiesenermaßen wahre Geschichte aber, die von Florence Nightingale, beflügelte die Phantasie des Mädchens am allermeisten, so sehr, dass sie allen Leuten erzählte, sie und Mignonne würden Krankenschwestern, wenn sie groß wären.

»Florence Nightingale?«, fragte Madame Chenu verwundert, eine Freundin ihrer Mutter, als sie Agnès irgendwann den Namen ihres Vorbilds erwähnen hörte. »Nun, wenn du anderen so gerne hilfst, dann solltest du in die Fußstapfen des großen Helden von Lille treten.«

»Von Lydéric?«, fragte Agnès zögerlich.

Madame Chenu lachte.

»Lydéric? Nein, Kleine, der ist schon lange tot. Ich spreche von Pasteur, unserem großen Pasteur, Gott hab ihn selig. Der ist ein Beispiel, dem man nacheifern sollte.«

Es war das erste Mal, dass Agnès von dem kurz zuvor verstorbenen Helden der Stadt hörte.

Louis Pasteur stammte aus der Gegend und hatte just in Lille die Forschungen betrieben, die ihn berühmt machen sollten. Er hatte die Rolle der Mikroorganismen bei der Fermentierung entdeckt und die Methode der Pasteurisierung entwickelt, um diesen Prozess zu bekämpfen. Wichtiger noch, er hatte das Impfen erfunden und die Wichtigkeit der Hygiene in den Krankenhäusern nachgewiesen, um die hohe Sterblichkeitsrate unter den stationär behandelten Patienten unter Kontrolle zu bringen. Alle diese Arbeiten, die hauptsächlich in den vergangenen zehn Jahren vollbracht worden waren, hatten dem französischen Wissenschaftler viel Beachtung eingebracht und ihn zu einem der berühmtesten Söhne Lilles und zum Stolz der Stadt gemacht.

Eine verschwommene Vorstellung von der Medizin im Kopf, besuchte Agnès ab dem neunten Lebensjahr das katholische Mädchengymnasium. Spindeldürr, mit strahlendem Lächeln und aparten Gesichtszügen, fügte sie sich rasch in die einheitliche Schar der Mädchen mit ihren Schulkitteln ein. Am ersten Tag nahm sie Mignonne mit in den Unterricht, doch die Lehrerin, eine ernste, spröde Nonne, machte ihr sogleich klar, dass sie diese Idee nicht schätzte. Mitten in der Schulstunde verstummte Schwester Pezard jäh und trat mit strenger Miene an Agnès' Pult.

»Was ist das hier?«, fragte die Nonne, indem sie die Puppe in die Hand nahm.

»Das ist Mignonne, Schwester«, teilte Agnès schüchtern mit. »Sie ist meine Freundin.«

Die Lehrerin ignorierte die Antwort.

»Puppen sind hier nicht erlaubt. Du bist alt genug, um mit solchem Kinderkram aufzuhören.« Sie drehte sich um und ging mit Mignonne in der Hand zu ihrem Schreibpult. »Hol dir die Puppe ab, wenn der Unterricht vorbei ist, und merk dir, ich will sie hier nicht wieder sehen.«

Agnès entwickelte große Angst vor Schwester Pezard, doch der Zwischenfall half ihr zu begreifen, dass im Gymnasium das Kindsein draußen vor der Tür bleiben musste. So wurden die Späße und Unterhaltungen mit der Puppe aus Pappmaché und Holz für den Abend aufgehoben, insbesondere für die Augenblicke vor dem Einschlafen. Natürlich glaubte Agnès irgendwann nicht mehr daran, dass Mignonne sie verstehen konnte, obgleich sie die Puppe nach wie vor liebte und mit ihr sprach, so wie man in sein Tagebuch schreibt. Das war eine Art und Weise, den Tag Revue passieren zu lassen und all das mit Worten zu ordnen, was sie gelernt und gesehen hatte. Die zweite Tochter der Chevalliers wuchs zu einem kräftigen Mädchen heran, das mit seinem prächtigen dunkelblonden, gelockten Haar und den lebhaften, eindringlichen grünen Augen, in denen sich vielleicht die blauen Augen des Vaters mit den braunen Augen der Mutter vermischt hatten, mehr der bereits verstorbenen Großmutter väterlicherseits ähnelte als seiner Mutter.

Aus dieser Zeit bewahrte Agnès ihre außergewöhnlichste und faszinierendste Kindheitserinnerung. Der Vater liebte es, von Paris zu erzählen, insbesondere von einem riesigen Turm, der dort erbaut worden war und der ein häufiges Gesprächsthema im Château du Vin darstellte. Die Kunden des Geschäfts, die der Einweihung des Bauwerks zwei Jahre vor Agnès' Geburt beigewohnt hatten, waren, was seine Bedeutung betraf, geteilter Meinung und erörterten ihre Argumente in intensiven, hitzigen Diskussionen. In einer Ecke des Ladens sitzend, hörte Agnès ihnen still, aber aufmerksam zu. Die einen behaupteten, der Turm sei ein Ungetüm, ein eiserner Schornstein, eine Torheit sondergleichen, eine Beleidigung der Pariser Baukunst, eine Bedrohung für die Sicherheit der Menschen gar; die Gesetze der Schwerkraft verdeutlichten, dass ein derartiger Auswuchs aus Metall unweigerlich umfallen würde. Aubier, der Schneider, erklärte sarkastisch, wenn er Paris besuche, dann halte er sich am liebsten auf dem Turm auf, denn dort sei der einzige Ort in der Stadt, wo er ihn nicht sehen müsse. In Wahrheit stammte dieser geistreiche Ausspruch nicht von ihm. Aubier hatte etwas Ähnliches in der Zeitung gelesen, das der Feder Guy de Maupassants zugeschrieben wurde, doch im Gespräch mit seinen Freunden war der Satz überaus wirkungsvoll, und er hatte keine Skrupel, ihn für seinen eigenen auszugeben.
Andere Kunden indes rühmten enthusiastisch die beeindruckende Größe und Genialität des Bauwerks, das sie als Beweis dafür erachteten, dass die französische Ingenieurskunst die beste der Welt war. Der Turm war bei der Weltausstellung 1889 dem Publikum präsentiert worden und stellte sowohl eine Hommage an die Industrialisierung Frankreichs als auch einen Meilenstein und ein Zeichen für den hundertsten Jahrestag der Französischen Revolution dar. Gleichzeitig führte er zu einer hitzigen öffentlichen Diskussion in den Zeitungen und weckte bei Architekten und Künstlern erbitterten Widerstand. Das Bauwerk war so umstritten, dass buchstäblich alle es sehen wollten. Wie jeder Franzose, der etwas auf sich hielt, verfolgte auch Paul

Chevallier die Kontroverse von fern, hatte die Ausstellung damals jedoch nicht besuchen können, um sich ein eigenes Urteil zu bilden. Erst später, bei mehreren Geschäftsreisen nach Paris zum Verkauf von Wein, fand er dazu Gelegenheit. Stets fuhr er allein, und wenn er nach Hause zurückkehrte, hielt er mit seinem Lob für die Großartigkeit des Bauwerks nicht hinterm Berg.
Auf Entschluss Louis Napoléons hin beherbergte Frankreich einmal in jedem Jahrzehnt eine große Weltausstellung, wobei die Abstände nicht mehr als zwölf Jahre betragen durften, so dass die nächste Schau in Paris für das Jahr 1900 festgesetzt worden war. An einem Frühlingsmorgen dieses Jahres machte Paul Chevallier seiner Familie beim Frühstück zwischen zwei Croissants eine feierliche Ankündigung.
»Es ist beschlossene Sache«, sagte er. »Dieses Jahr fahren wir zur Weltausstellung nach Paris.«
Im Haus herrschte helle Aufregung. Viele von Agnès' Schulkameradinnen im Gymnasium sollten mit ihren Eltern eigens nach Paris reisen, um die Ausstellung zu besuchen, und die, die keine solchen Pläne hegten, waren untröstlich ob der Aussicht, das große Ereignis des Jahres zu verpassen. Paul Chevalliers Kinder hatten wochenlang davon geredet, hatten gebettelt, gefleht, gedroht und sogar geweint, bis sie dem Vater schließlich an jenem Morgen das Versprechen hatten abringen können, dass sie zur Ausstellung fahren würden. Paul und Michelle mussten kein großes Opfer bringen; in Wirklichkeit waren beide ebenfalls ganz versessen darauf, sich Paris anzuschauen und an dem großen Ereignis teilzuhaben. Alle ihre Freunde würden hinfahren, und es war undenkbar, dass die Chevalliers ihnen darin nachstehen sollten.

An einem Spätvormittag im Mai traf die Familie am Pariser Nordbahnhof ein. Sie nahmen eine Kutsche zum Hotel im Zentrum der Stadt. Kaum hatte sich das Gefährt in Bewegung gesetzt, gelangten sie auf eine Anhöhe und sahen die schlanke Silhouette des Eiffelturms am Horizont aufragen. Unter den Kindern erklang ein aufgeregtes, bewunderndes »oh«. Sie hatten zwar bereits in der Zeitung und auf Postkarten der Weltausstellung von 1889 Bilder von dem umstrittenen Turm gesehen, aber ihn in Wirklichkeit zu betrachten war etwas Einmaliges und Herrliches. Was für eine fabelhafte, phantastische Konstruktion ganz aus Eisen und Genius, der wahre Sieg der Industrie. Im Pariser Flachland schien lediglich die weiße Gestalt der Kathedrale von Sacre-Cœur diesem Riesen aus Eisen die Stirn bieten zu wollen, doch das Gotteshaus blieb im Vergleich mit der Basilika Eiffels hinter dieser zurück. Zweifelsohne war dieser Turm ein Symbol der Arroganz des Menschen und seines Strebens nach dem Himmel, ein eindeutiges Zeichen für die Überlegenheit der Wissenschaft über den Aberglauben, der endgültige Beweis der Herrschaft des Lichts über das Dunkel des Obskurantismus.

»Er ist dreihundert Meter hoch«, erklärte der Kutscher stolz. »Er ist das höchste Bauwerk der Welt, höher noch als die ägyptischen Pyramiden.«

Sie bezogen ihr Quartier im Hotel Sribe und stiegen, ohne Zeit zu verlieren, in Châtelet in die Metro in Richtung der Place d'Italie. All das geschah unter großer Aufregung; sie konnten sich nicht vorstellen, dass es möglich sei, mit einem Zug unter der Erde entlangzufahren, wie großartig, wie wunderbar. An der Place d'Italie stiegen sie in eine andere Untergrundbahn und gelangten zur Place du Trocadéro, der Station der Weltausstellung, begaben sich zu den Eingangsschaltern, und Paul holte seine Brieftasche hervor.

»Wie viel kosten sechs Eintrittskarten?«

»Da es schon zwölf Uhr mittags ist, pro Person ein Franc«, teilte die Kassiererin mit.

»Aha. Und wenn wir früher gekommen wären?«

»Bis zehn Uhr kostet es zwei Francs pro Person, *Monsieur*. Danach einen.«

Eine riesige Menschenmenge füllte den Trocadéro, man kam nur langsam voran. Die Chevalliers betraten das Gelände und gelangten unverzüglich zu dem exotischen Pavillon Madagaskars. Auf einer oberhalb des Gehwegs befindlichen Bühne sang eine Gruppe Männer mit Strohhüten und gestreiften Umhängen fröhliche Lieder, und die Menge ringsherum erfreute sich an den Klängen und dem heiteren Spektakel. Es waren Straßenhändler, die Postkarten verkauften, elegante Damen mit pompösen Sonnenschirmen, Herren mit Spazierstock und Zylinder, Kinder, die wie Erwachsene gekleidet waren, ein allenthalben wogendes, strömendes Menschenmeer, ein immenses Gedränge. Das war die Belle Époque in all ihrem Glanz und all ihrer Pracht.

»Papa, die wollen wir anschauen«, bettelte Agnès hopsend und deutete auf die munteren madegassischen Musiker.

Claudette echote ihr nach.

»Gehen wir hin?«

Besorgt wegen der Zeit, schüttelte Paul den Kopf. Seine Freunde hatten ihm geraten, nicht bei der erstbesten Attraktion den Kopf zu verlieren.

»Jetzt nicht, Kinder. Zuerst machen wir einen Rundgang, und dann suchen wir aus, was wir uns anschauen wollen.«

»Aber ich will die Musik dort hören«, beharrte Agnès. »Sie ist lustig.«

»Später, mein Kind, später.«

Die sechs begaben sich in den Trocadéro-Park und kamen zu der Schau der Kolonien und ihrem Gemisch aus architektonischen Stilen: Säulen aus dem alten Ägypten, Brama-Pagoden, gebogene japanische Dächer, arabische Kuppeln, Bambus- und Strohhütten, Zelte, Medinas, und all dies bevölkert von den einheimischen Bewohnern – Beduinen, Chinesen, Buschmännern, Indianern, Bantus, Sikhs, Mongolen, Melanesiern –, die den Platz mit bunter Exotik erfüllten. Sie gingen den rechten Gang hinunter durch den Park, zu ihrer Linken eine geometrische Kaskade, die sich stufenweise in einen See ergoss, rechter Hand die französischen Kolonien Martinique, Guadeloupe, Guyana, Réunion, Tonquin. Auf der anderen Seite des Sees waren die Niederlassungen fremder Länder vertreten, das russische Asien, Transvaal, die portugiesischen Kolonien, das holländische Westindien. Das waren andere Imperien, also uninteressant, außer vielleicht das merkwürdige Gebäude an der Ecke, eine Replik des javanesischen Tschandi-Sari-Tempels, der zwischen zwei Häusern aus der Hochebene von Sumatra eingezwängt stand. Sie verweilten noch im Gang der französischen Kolonien und standen plötzlich vor der Tür eines tunesischen Hauses zu ihrer Rechten. Dann kamen Nachbauten der Oase Tozeur, der Säulenhalle der Moschee von Sidi-Mahres, des Minaretts

der Moschee von Barbier, eines Kaffeehauses aus Sidi-Bou-Saïd, von Gassen der Souks, das war Tunesien. Ebenfalls rechter Hand befand sich der Palast von Algier, ein weißer, mit gekachelten Friesen und behauenen Steinen verzierter Bau, daneben die Altstadt von Algier mit ihrer pittoresken Kasbah, offenen Dachterrassen, Kuppeln und vom islamischen Halbmond gekrönten Minaretten, darin ein Couscous-Restaurant, Mädchen aus Ouled Nils, die mit ihrem gewagten Säbeltanz eine staunende Menge anzogen, und auf der anderen Seite die englischen Kolonien, die uninteressant waren.
Agnès war sprachlos angesichts der Kulturenvielfalt ringsum. Alles erschien ihr fremd, exotisch, fast magisch, üppig in seiner Mannigfaltigkeit, so ganz anders als das, was sie sonst zu sehen gewohnt war, und sie schaute zu ihrem Vater als Quelle der Antwort auf die zahlreichen Fragen, die sie bestürmten.
»Aber warum haben sie dunkle Haut, Papa?«
»Das kommt von der Sonne, mein Kind.«
Das Mädchen betrachtete das marmorne Weiß ihres Arms.
»Ich gehe doch auch in die Sonne und bin ganz hell.«
»Aber dort, wo sie zu Hause sind, halten sie sich viel mehr in der Sonne auf als wir, die Sonne scheint dort monatelang fast ohne eine Wolke.«
Agnès machte ein skeptisches Gesicht.
»Monatelang Sonnenschein? Haben sie denn keinen Winter?«
»Offenbar nicht. Monsieur Dongot, der kleine Dicke, der manchmal in den Laden kommt, um Lieferungen für Hué zu kaufen, der mit dem Schnurrbart, weißt du? Der ist öfter in Indochina unterwegs. Er hat mir erzählt, dass die Leute in den Tropen nie einen Mantel anziehen und dass das Wasser im Meer so warm ist, als wenn es in einem Kessel heißgemacht worden wäre.«
Agnès schaute ein paar Minuten lang den exotischen Gestalten zu, die sich ringsherum bewegten, und stellte sie sich in einer Welt voller Sonne und warmem Wasser vor, einer Welt, in der man keine Mäntel benötigte und die Menschen von der Hitze braun wurden. Es war schwer, das zu glauben, aber wenn der Vater es sagte …
Zu guter Letzt erhob sich die mächtige Konstruktion des Eiffelturms gebieterisch über den Trocadéro-Park. Die Chevalliers bestaunten das

eiserne Monument, das sie von der anderen Flussseite anzog wie ein faszinierender, herrischer Riesenmagnet. Sie überquerten den eigens für die Ausstellung verbreiterten Pont d'Jena und gingen dann zwischen zwei Trinkhallen hindurch auf das Marsfeld. Vor ihnen zerteilte der Metallkoloss den Himmel; das Gelände ringsum war von prächtigen Bauten aus Eisen und Glas okkupiert, rechts befanden sich das *Kineorama* und das *Palais de la Femme*, dahinter das *Palais de l'Optique*, der Optikpalast, rechter Hand die Bank *Crédit Lyonnais*, ein Kiosk mit ausländischen Tabakwaren, das exotische *Panorama du Tour du Monde* mit seiner reichverzierten, aufwendigen Fassade, die von einem japanischen Götzen beherrscht wurde, ein türkisches Minarett und ein Turm aus Angkor, kambodschanische Tänzerinnen, die die Zuschauer vor dem Haupttor anlockten, daneben das kleine Holzchalet des *Club Alpin* und anschließend das *Palais du Costume*, der Kostümpalast. Unterhalb des Eiffelturms erstreckte sich ein geometrisch angelegter französischer Garten mit zwei Musikpavillons, in denen laute Marschmusik gespielt wurde, und zu beiden Seiten wanden sich kleine Seen durch einen harmonischen englischen Landschaftsgarten mit dichtem Gras zwischen Felsen und Anhöhen und einer üppigen tropischen Vegetation aus Baumfarnen, schmalwedeligen Palmen, dichten Büschen, Wegen, die sich durch das Grün schlängelten, Brücken über dem Wasser, auf dem sanft heitere, zarte Seerosen schwammen.

In einem zwischen dem *Palais du Costume* und dem Gebäude des Post- und Telegrafenamtes gelegenen Restaurant mit Blick auf den See und den Eiffelturm aßen die Chevalliers Crêpes mit Käse und Schinken zu Mittag.

»Papa, was erzählt Monsieur Dongot von den Leuten, die er dort gesehen hat?«, wollte Agnès wissen, während sie den geschmolzenen Käse in ihrem Crêpe probierte.

»Wo? In Indochina?«

»Ja.«

»Er sagt, das seien wilde, primitive Menschen, die aussehen wie dunkelhäutige Chinesen und die nichts als Reis essen.«

»Sind sie nett?«

»Monsieur Dongot scheint sie nicht zu mögen.« Er zwinkerte mit dem Auge. »Aber das will nichts heißen, sie mögen Monsieur Dongot wahrscheinlich auch nicht.«

Anschließend stiegen sie in eine kleine Bahn, die außen um das Ausstellungsgelände herumfuhr, und von ihrem bequemen Sitz auf den Bänken der lustigen Wagen aus bewunderten sie den eindrucksvollen Turm. Aus der Nähe war er zweifellos noch größer und imposanter, als es aus der Ferne oder auf Illustrationen und Postkarten den Anschein hatte. Es ging weiter über den Quai d'Orsay zur Besichtigung der Paläste und Pavillons entlang der Seine. Dort befanden sich die internationalen Vertretungen Großbritanniens, Spaniens, der Vereinigten Staaten, Griechenlands, Portugals, Österreichs und kurzweilige Vergnügungen wie das *Maison du Rire*, der *Grand Guignol*, die *Roulotte*, die *Chanson Française*, die *Tableaux Vivants*, ein rumänisches Restaurant und das tschechische Bistro. Die Bahn fuhr über die Esplanade des Invalides mit ihren prachtvollen Geschäften für Mobiliar, Tapisserien, Fayencen und Glaswaren, kehrte dann, den Eiffel'schen Giganten hinter sich lassend, erneut zum Quai d'Orsay und zu dem großen, betriebsamen Platz am Marsfeld zurück und tauchte in die lange Allee mit ihren riesigen Platanen ein. Ein geometrisch angelegter Garten mit Rasenflächen, Büschen und Blumenbeeten umgab die eleganten Jugendstilgebäude der Weltausstellung, ein babylonisches Wunder, geschmückt von gewaltigen Palästen, auf denen allenthalben mannigfach fröhlich die Trikolore wehte, links das prächtige *Palais des Mines et de la Métallurgie*, das schicke *Palais des Fils, Tissus et Vêtements*, gefolgt von dem eindrucksvollen *Palais des Industries Mécaniques* und gegenüber der gebieterische Elektrizitätspalast und das stolze Wasserschloss. »Warten Sie, bis es Nacht ist, *Mesdames et Messieurs*, warten Sie, und Sie werden sehen, wie majestätisch dieser Palast und dieser Wasserfall sind. Warten Sie, bis es Nacht wird, und sehen Sie, wie die gute Fee der Elektrizität all diese Wunderdinge erleuchten wird, die Nacht ist der Clou, die Nacht wird zum Tag, und der Mensch triumphiert über die Dunkelheit«, rief der Führer. Agnès geriet bei seinen Worten ins Träumen und sah schon die von der verzauberten Fee hell erleuchtete Nacht vor sich. Während sie träumte, nahm die Bahn eine Kurve und fuhr unter dem immerwährenden Getöse der aus den Musikpavillons dröhnenden

Marschmusik an dem Palast der Chemischen Industrie vorbei. Nachdem der Zug den geschäftigen Transportmittelpalast, das wuchtige *Palais du Génie Civil* und schließlich den vornehmen Palast für Lehre, Wissenschaft und Kunst passiert hatte, vollendete er seine Runde und kehrte zurück zum Eiffelturm. Er wollte nun von neuem auf den Quai d'Orsay in Richtung Invalides einbiegen, doch die Chevalliers hatten bereits alles gesehen. Sie wollten jetzt dort verweilen, denn es war an der Zeit, sich die Dinge aus der Nähe anzuschauen.

Sie stiegen aus, reckten die Köpfe und betrachteten den riesigen Eisenturm, der vor ihnen in den Himmel ragte.

»Gehen wir?«, fragte Paul als Aufforderung an seine Familie, den Turm zu besteigen.

»Oh ja!«, rief der kleine Gaston begeistert und vor Aufregung hüpfend.

»Ouuuiiii!«, bekräftigte François.

Die Mädchen und ihre Mutter schauten einander besorgt an.

»Ist das nicht zu gefährlich?«, fragte Agnès, die sich an die Gespräche im Geschäft ihres Vaters erinnerte, vor allem an das Argument, der Turm sei zum Umfallen verdammt, weil er die Gesetze der Schwerkraft herausfordere.

»Unsinn, Mädchen«, protestierte Paul. »Jetzt sind wir nach Paris gekommen und gehen nicht auf den Turm? Obendrein können wir mit dem Aufzug hochfahren, das ist was ganz Modernes, ihr werdet sehen.«

Agnès zögerte noch; sie fürchtete sich vor der Höhe, doch von der Neugier getrieben, schloss sie sich der Gruppe an. Schließlich war das ein Abenteuer, das sie später mit den Schulkameradinnen im Gymnasium teilen konnte. Wenn sie nicht hinaufginge, würde sie das ganze Jahr über aufgezogen werden. Um hochzufahren, stellten sich die Chevalliers in die lange Schlange. Als sie an der Reihe waren, stiegen sie in einen großen, verglasten Kasten. Die Türen wurden geschlossen, der Kasten ruckte und erzitterte und begann dann, zur großen Überraschung aller, langsam in die Höhe zu gleiten. Michelle wurde nervös und hielt sich die Augen zu, ihr Mann und die Kinder aber hatten ihren Spaß. Die beiden Kleinen, Gaston und François, waren sehr aufgeregt. Der Fahrstuhl war erst wenige Jahre zuvor erfunden worden, und dass er in den Turm eingebaut worden war, bewies, dass sie es hier mit geballter Spitzentechnologie zu tun hatten. Sie fuhren zur ersten Plattform hinauf, besuchten den Vorstellungssaal, warfen einen Blick in die beiden Restaurants und die englisch-amerikanische Bar, genossen die Aussicht und stellten sich dann erneut in die Schlange vor dem Aufzug.

»Dieser Turm ist wie eine Stadt«, bemerkte Paul bewundernd. »Eine richtige Stadt. Habt ihr schon gesehen, dass es dort drüben ein Tabakwarengeschäft und einen Laden mit Fotografien gibt?«

Sie fuhren zur zweiten Plattform hinauf und waren verblüfft, dass sich auch dort Geschäfte befanden, eine Bar und eine Druckerei, in der eine Sonderausgabe des *Figaro* hergestellt wurde. Bei einem neuerlichen Rundgang bewunderten sie Paris und stellten sich alsdann wieder in die Schlange, um zur dritten und letzten Plattform hinaufzugelangen.

»Ich glaube, diesmal fahre ich nicht mit«, sagte Michelle, Gaston und François an der Hand.

»Warum denn nicht?«, fragte Paul überrascht.

»Es ist zu hoch, ich habe Angst.«

»Ich habe auch Angst, Papa«, beeilte sich Agnès zu sagen.

»Aber wovor habt ihr Angst, um Gottes willen?«

»Die Leute sagen, der Turm könnte umfallen.«

»Das ist eine fixe Idee! Jetzt sind wir sowieso schon hier, und wenn er umfällt, ist es egal, ob wir uns im zweiten oder im dritten Stockwerk befinden, das kommt aufs selbe heraus. Und überhaupt, wollt ihr nicht den höchsten Ort der Welt besuchen?«

»Ich will, ich will!«, schrien Gaston und François im Chor und hopsten herum.

Den Gipfel des höchsten Bauwerks der Welt zu besteigen, das war ein starkes Argument, und mit Mühe ließ Agnès sich überreden. Ihrer Unschlüssigkeit zum Trotz fasste sie Mut und stellte sich mit ihrem Vater und ihrer Schwester in die Schlange. Die Mutter blieb auf der zweiten Plattform mit den beiden Brüdern zurück, die weinten, weil sie nicht mitfahren durften. Michelle erklärte ihnen, dass sie noch zu klein seien für derartige Höhenflüge. Paul und seine beiden Töchter stiegen in den Fahrstuhl. Agnès schloss die Augen, während der rie-

sige Kasten in die Höhe glitt, und öffnete sie erst wieder, als sie oben waren, um furchtsam und staunend durch das Schutzglas die Stadt zu betrachten, die sich zu ihren Füßen erstreckte. Matt schlängelte sich die Seine mit ihren Dampfern und Segelbooten dahin, durch den Abstand hatte sich der Triumphbogen in ein winziges Denkmal in der Mitte der sternförmig zusammenlaufenden Place de l'Étoile verwandelt, in der Ferne Sacre-Cœur, Notre-Dame und der Louvre und auf der anderen Seite weiter entfernt der Panthéon. Von dort oben aus betrachtet, wirkte Paris wie eine Spielzeugstadt, ein Gewirr von Miniaturen, die echte Repliken der berühmten Originale waren. Alles schien nah, mit einem einzigen Blick erfasste man den Bois de Boulogne und den Jardin des Tuilleries. Die Menschen waren nicht mehr als sich auf den Bürgersteigen bewegende Pünktchen, die sich wie ein Ameisenhaufen überall sammelten, auf dem Marsfeld, auf dem Trocadéro, dem Quai d'Orsay, den Invaliden. Das Riesenrad auf der Grande Roue drehte sich zur Avenue de Suffren gewandt, gemächlich und schleppend erhoben sich seine Gondeln fast hundert Meter in die Höhe. »Da oben hat man bestimmt eine Mordsangst«, sagte Agnès staunend. Sie stand ebenfalls oben, aber auf festem Boden, ohne das schwindelerregende Pendeln im Riesenrad.
An diesem Abend gingen sie zum Essen ins Restaurant Kammerzell, an dessen Wänden das sensationelle Ballon-Kineorama-Spektakel angekündigt wurde. Bereits seit sechs Jahren ging die Rede um von einer bedeutenden Erfindung, den lebenden Bildern, und diese Neuheit stellte eine der Hauptattraktionen der Weltausstellung dar. In einer im Kammerzell ausliegenden Broschüre las Paul, dass die lebenden Bilder 1894 von einem amerikanischen »Elektriker« namens Thomas Edison erfunden worden waren, der sein Verfahren Kinetoskop getauft hatte. In dem Prospekt stand, dass die erste Vorführung in Frankreich von Étienne Marey ausgerichtet worden war, der in demselben Jahr in der Akademie der Wissenschaften einen chronofotografischen Film gezeigt hatte. Agnès fand all das befremdlich und bemerkte, so etwas sei unmöglich, Fotografien könnten sich nicht bewegen, worin alle ihr zustimmten, doch die Plakate im Restaurant und die Broschüre beteuerten das Gegenteil. Obgleich Paul schon in den Jahren zuvor nach Paris gereist war, hatte er von dieser Erfindung

noch nichts gehört, und so beschloss er, als der Kellner ein mit Sauerkraut und Bier beladenes Tablett vorbeitrug, sich bei diesem zu erkundigen.
»Jawohl, die Fotografien bewegen sich und werden lebendig«, versicherte der Kellner amüsiert über die staunenden Leute aus der Provinz. »Das erste Parlor-Kinetoskop wurde vor sechs Jahren am Boulevard Poissonière eröffnet; ich habe fünfundzwanzig Centimes bezahlt, um es mir anzuschauen.«
»Und das nennt sich Kinetoskop?«
»Es gibt viele Namen und viele verschiedene Systeme«, erklärte der Kellner, offensichtlich ein begeisterter Kenner der Materie. »Das Erste war das Kinetoskop, aber es gibt auch das Stroboskop, das Praxinoskop, das Pantoptikon, das Eidoloskop, das Fotozootrop, den Kinematografen, den Fototachygrafen, den Theatrografen, den Animatografen und den Chronofotografen, eine ganze Reihe neuer Apparate also, die uns bewegte Fotografien zeigen.«
»Und das kann man am Boulevard Poissonière sehen?«
»Ja, aber es gibt noch andere Orte und noch viel Besseres als das Parlot-Kinetoskop.«
»Besseres?«
»Selbstverständlich. Der Kinematograf zum Beispiel ist ganz phantastisch.«
»Der Kinematograf? Und wo gibt es den?«
»Oh, vielerorts. Sie können ins Café Eldorado am Boulevard de Strasbourg gehen, ins Olympia, in die Galleries Dufayel am Boulevard Barbès oder in etlichen Lumière-Kinematografen, die es überall in der Stadt gibt. Aber da Sie nun schon einmal hier sind, haben Sie immer die Möglichkeit, die verschiedenen Vorführungen bei der Ausstellung anzuschauen.«
Nach dem Abendessen, als es bereits stockdunkel war, besuchten sie die Elektrizitätsschau im *Palais d'Electricité,* einer majestätischen, dem Ruhm des Lichts geweihten Galerie, die das Marsfeld gegenüber dem Eiffelturm beherrschte. Gemeinsam mit Tausenden von anderen Menschen näherten sich die Chevalliers gebannten Blickes dem Lichtmonument, verzaubert und hypnotisiert von dem außerordentlichen, feengleichen Schauspiel vor ihren Augen. Der Palast war

buchstäblich entbrannt, das Gebäude funkelte farbig, Schnüre von leuchtenden Glühbirnen waren zu sehen, aufscheinende Lichtbögen und auf dem First das Standbild des Erfinders der Elektrizität, der seine von einem Glorienschein umstrahlte Fackel schwenkte. An der gesamten Fassade mit ihren eisengefassten, bunten Scheiben schillerten Blitze und erstrahlten phantastische Lichter in wechselnden Farben, die Bewegungen andeuteten, und stolz waren entlang der gesamten Allee auf Masten und Balustraden Sträuße französischer Fahnen gehisst. Gegenüber dem Palast war nun auch das Wasserschloss erleuchtet. Die Kaskade des mit Glühlampen angestrahlten Wassers schien zu lodern und stürzte, Skulpturen aus flüssigem Feuer beschreibend, dreißig Meter in die Tiefe wie glühende Lava, die rasend in die Dunkelheit des Sees eintauchte. Der Lichtbrunnen verzauberte die faszinierte Menschenmenge.

Ehe die Chevalliers an diesem Abend zum Schlafen ins Hotel Scribe gingen, kaufte Paul vorausschauend einen Ausstellungsführer; er wollte weder abermals von neuen Erfindungen überrascht werden noch das Risiko eingehen, sie zu verpassen, weil er von ihrer Existenz nichts wusste. In dem Führer stand, dass auf dem Marsfeld an insgesamt siebzehn Vorführungsorten und in zwölf Pavillons verschiedene kinematografische Experimente gezeigt wurden. Es gab das Panorama, das Phonorama, das Photorama, das Theatroskop, das Phono-Kino-Theater, den Cinématographe Algérien, das Cinéorama und den Cinématographe Lumière.

»Was möchtet ihr sehen?«, fragte Paul, in der Rezeption des Hotels auf einem Kanapee sitzend, seine rings um ihn versammelte Familie.

»Alles«, rief Claudette aus, worin sie von ihren Geschwistern geräuschvoll unterstützt wurde.

»Das geht nicht, wir können nicht alles anschauen«, erwiderte der Vater kopfschüttelnd. »Wir haben nur noch einen Tag und müssen gut auswählen.«

»Oooh!«

»Warum fragen wir nicht den Concierge?«, schlug Michelle vor.

Paul ging zum Empfangstresen des Hotels und erkundigte sich bei dem jungen Mann, welches die beste Vorführung von lebenden Bildern sei. Der Angestellte musste nicht lange überlegen.

»Die Vorführungen sind alle verschieden«, sagte er. »Aber etliche unserer Gäste haben sich den Cinématographe Lumière angeschaut und sind begeistert zurückgekehrt.«

»Und wo ist dieser Cinématographe Lumière?«

»In der Ausstellung, Monsieur. Im Maschinenpavillon.«

Sie beschlossen, den Ratschlag zu befolgen, und gingen hinauf in ihre Zimmer. Bevor Agnès sich ins Bett legte, stellte sie sich ans Fenster und betrachtete die farbige Silhouette des Eiffelturms, sein über und über von einem Gewirr aus Glühlampen übersätes Eisengerippe. Die Elektrizität hatte Einzug gehalten und erfüllte das Marsfeld mit Licht, der Turm erstrahlte in seiner ganzen Höhe und sandte von seiner Spitze zu drei verschiedenen Punkten der Stadt mächtige Lichtkegel aus.

»Du wirst sehen, eines Tages werden wir zu Hause elektrisches Licht haben«, seufzte Claudette, die neben der Schwester am Fenster stand.

Am nächsten Morgen fuhren sie abermals mit der Metro zum Trocadéro, bezahlten zwei Francs für die Eintrittskarten und begaben sich auf das Ausstellungsgelände. Sie hatten sich entschieden, den Optikpalast zu besuchen; es hieß, dort könne man auf einen Meter Entfernung den Mond sehen, eine phantastische, einzigartige Sache, man konnte mit dem Teleskop verreisen. Insgeheim wollte Agnès sich vergewissern, ob man am Himmel Feen beobachten konnte. Diesen Pavillon durfte sie entschieden nicht verpassen. Nachdem sie den Pont d'Iena überquert hatten und an dem Cinéorama vorbeigegangen waren, standen sie unvermittelt vor dem *Palais de l'Optique,* einem unter strenger Beachtung des Längenkreises in Nordsüdrichtung erbauten Gebäude mit einer großen Halbkuppel oberhalb der Fassadenmitte, an deren Spitze sich Intarsien der zwölf Tierkreiszeichen befanden. Der Eingang wurde von persischen Säulen geschützt, die Außenwände waren mit Zeitmessern, Sonnenuhren, Stundengläsern und Klepsydren verziert. Basreliefs, die astronomische Zeichen zeigten, schmückten zwei weitere, kleinere Halbkuppeln an den Außenenden. Die Chevalliers gingen die Treppe des Haupteingangs hinauf und begaben sich auf die Mittelgalerie des Gebäudes, die von den bunten Scheiben der Hauptkuppel in diffuses Licht getaucht wurde.

Sie traten auf die Teleskopgalerie und staunten über das enorme Rohr des Riesenfernglases; das sechzig Meter lange Teleskop wurde von einer Reihe fest in den Boden eingelassener Träger gestützt.
»Es ist das Größte der Welt«, flüsterte Paul den Kindern zu, nachdem er die Informationstafel gelesen hatte.
Sie gingen auf den Balkon und betrachteten es respektvoll. Das lange Teleskop war waagerecht aufgestellt und zeigte auf ein Foucault'sches Sternenbeobachtungsgerät, einen großen Spiegel von zwei Metern Durchmesser, der leicht nach oben geneigt war, um die Sterne in die Linse des Teleskops zu reflektieren.
Gutgelaunt über Jules Verne plaudernd, verließen sie den Optikpalast, und Paul erzählte von dem Vorhaben des Gun-Clubs, das in *Von der Erde zum Mond* und *Reise um den Mond* beschrieben wird. Die Bücher waren schon gut dreißig Jahre alt und immer noch aktuell.
»Aber Papa, kann man wirklich zum Mond fliegen?«, fragte Agnès.
»Monsieur Verne behauptet das, und tatsächlich entwickelt sich die Artillerie gerade so, dass es vielleicht eines Tages eine Kanone geben wird, mit der man eine Kugel bis zum Mond schießen kann. Warum nicht?«
»Mit Leuten darin?«
»Ja, aber das wird schwierig werden. Das Hauptproblem besteht darin, den Schuss so abzudämpfen, dass der Initialstoß im Inneren der Kugel nicht allzu stark spürbar ist. Das ist vielleicht durch ein Federungssystem möglich. Dann ist es wichtig, genau zu zielen, man darf nämlich nicht direkt auf den Mond schießen. Es sind viele mathematische Berechnungen vonnöten, damit die Kugel und der Mond sich zur gleichen Zeit am gleichen Ort befinden.«
»Und was essen sie dort drinnen in der Kugel?«, mischte Michelle sich ein. Sie war neugierig, wie verhindert werden sollte, dass die Speisen unterwegs verdarben.
»Oh, das ist ganz einfach. Man müsste Hühner und Puten mitnehmen, die dann bei Bedarf geschlachtet würden.«
»Und wenn das geht, warum fliegen wir nicht hin?«, wollte Agnès wissen.
»Weil es bisher weder eine so leistungsfähige Kanone noch Kugeln

für diesen Zweck gibt«, erklärte Paul und streichelte ihr über die Locken. »Außerdem, mein Schatz, müssen noch weitere Probleme in Betracht gezogen werden. Wisst ihr, auf den Mond zu gelangen, mag ja noch angehen, aber zurückzukommen ist verteufelt schwer, denn dort gibt es keine Kanonen, die die Kugel wieder zurückschießen könnten.«

So ins Gespräch vertieft, schlenderten die sechs entrückt umher, umrundeten geistesabwesend den Touring Club und den See und bogen dann in die ausgedehnte Allee des Marsfeldes ein, wobei sie fast einen Pfeiler des Eiffelturms gestreift hätten. Den Musikpavillons ausweichend, bewunderten sie im Vorübergehen die Rosen, Tulpen, Magnolien, Veilchen und Margariten, die den Gärten Farbe verliehen, und verstummten erst, als sie beim Elektrizitätspalast angelangten, einer grandiosen Konstruktion aus gewundenem, gewölbtem Stahl, deren verglaste Armierung das Innenleben aus Eisen, Spiegeln, Säulen, Bögen, Krümmungen und Arabesken erkennen ließ. All das war in einer Architektur versammelt, die zu einem Fest aus Metall, einer Orgie aus Eisen, verglasten Kuppeln und pompösen, in die fröhlichen Farben der Trikolore gehüllten Fassaden geraten war. Oben im ersten Stock staunten sie über die aufleuchtenden Geissler'schen Röhren, über Radiatoren, die ohne Brennholz Hitze ausstrahlten, über Klingeln, die ohne Kette läuteten, Glühbirnen, die ohne Kerzen leuchteten, Theatrophone, Telegraphone, Telefone, die Nachrichten aufschrieben, und über Miniatureisenbahnen, die auf winzigen Gleisen fuhren. All das erwies sich in Wahrheit als ein befremdliches, verwirrendes elektrisches Konzert, das regellos von einem unsichtbaren, konfusen Dirigenten geleitet wurde.

Die Vorführung im Cinématographe Lumière sollte in Kürze beginnen, und so begaben sich die sechs eilends zu dem Festsaal, einer großen, kreisförmigen Metallkonstruktion in der Mitte des riesigen Maschinenpalastes, einem Pavillon aus Eisen, der für die Weltausstellung 1889 zur Feier des Sieges der Industrie und der Technik erbaut worden war und der nun als altmodisch galt. Als sie bei dem zwischen dem Elektrizitätspalast und der Avenue de la Motte-Picquet eingezwängten Bau ankamen, trafen die Chevalliers auf eine riesige Menschenmenge, die zu demselben Spektakel strömte, und so mussten

sie in der Schlange anstehen, um auf die Galerie zu gelangen. Der Maschinenpalast war eine gigantische, über vierhundert Meter lange Konstruktion aus Eisen und Glas, deren Eingangstür ebenso bogenförmig geschwungen war wie das Deckengewölbe über dem riesigen Innenraum. Ein Plakat kündigte die Uraufführung des ersten großen Cinématographe Lumière an, und Tausende von Menschen waren unterwegs zu der Galerie, um dem Ereignis beizuwohnen.
Über die beiden Absätze des gewaltigen Treppenhauses betraten die Chevalliers den Festsaal des Maschinenpalasts und nahmen auf den entlang dem gesamten Rund des Gebäudes aufgestellten Stühlen Platz. Fünfundzwanzigtausend Sitzgelegenheiten standen zur Verfügung, und offensichtlich war das keineswegs zu viel angesichts des außerordentlichen Interesses, das das Spektakel erregte. Agnès machte es sich zwischen Claudette und ihrer Mutter bequem und starrte auf das riesige weiße Tuch, das senkrecht in der Mitte der weitläufigen Galerie, direkt unterhalb der verglasten Kuppel, angebracht worden war. Auch wenn sie es nicht wusste, war es eine vierhundert Quadratmeter große Leinwand, die mit Abstand größte der Welt. Das riesige Tuch war nass und hing von der Glaskuppel an einem Haken über einem breiten Wasserbecken herab, aus dem es in die Höhe gehisst worden war. Agnès fragte sich nach seinem Zweck; all das wirkte keineswegs so technisch und fortschrittlich wie die Eisenkonstruktionen ringsherum.
Als keine weiteren Menschen mehr auf der Galerie Platz fanden, wurden die ovalen Tore geschlossen, und nach einer kurzen, erwartungsvollen Pause zerschnitt eine Lichtgarbe das Dunkel und fiel auf die Riesenleinwand. Die Menge stieß ein begeistertes »ah« aus, und Agnès sah mit Erstaunen, wie sich Menschen auf dem feuchten Tuch bewegten. Das wassergetränkte Gewebe absorbierte das Licht, und mit abgehackten Bewegungen traten schwarzweiße Formen auf der Leinwand zutage. In fünfundzwanzig Minuten wurden fünfzehn Filme gezeigt, genug, um die Menge zu hypnotisieren und Agnès von der Welt des Kinos zu faszinieren.
Der Besuch der Weltausstellung in Paris hinterließ bei Agnès einen tiefen Eindruck; es waren zweifellos die zwei glücklichsten Tage ihrer Kindheit. Zurück in Lille, sah sie in der Erinnerung wieder und wie-

der all die Wunderdinge, die Eisentürme, die Fotografien, die sich auf nassen Tüchern bewegten, und die Teleskope, die den Mond in einem Meter Entfernung zeigten. All dies war Thema von Unterhaltungen, von Spekulationen, von Träumen und Phantasien. Wie herrlich würde dieses zwanzigste Jahrhundert werden, das nun begann, wie schön die Zukunft, die diese Maschinen erahnen ließen, wie groß war doch die Erfindungsgabe des Menschen, wie ruhmreich die französische Wissenschaft.

III

Senhora Mariana war eine gläubige Frau mit Prinzipien. Jeden Montag ging sie zur Truhe, in der ihr Mann den Weizen aufbewahrte, entnahm ihr eine Handvoll Getreide und brachte es in die Mühle von Silvestre, demselben, dem auch die Taverne gehörte. Dort wurde der Weizen zu Mehl gemahlen. Wenn sie wieder nach Hause kam, heizte sie den Ofen mit dem Feuerholz, das die Eselin aus Cidral herbeigeschleppt hatte, und buk ein Brot, das sich bis zum Sonntag stets frisch hielt.

Als Afonso seine Mutter eines Tages zur Mühle begleitete, war er so fasziniert von dem Eisengewicht der Dezimalwaage, dass er es ohne Arg in die Tasche steckte. Erst zu Hause entdeckte Mariana das gestohlene Gewicht und zerrte den Sohn am Ohr den ganzen Weg zurück zur Mühle, wo sie es zurückgab und ihn zwang, um Entschuldigung zu bitten. Der kleine Junge lernte zwei Dinge auf einmal: Er verstand, was Diebstahl bedeutete und dass seine Mutter sehr böse wurde, wenn er etwas wegnahm.

Senhora Mariana bereitete auch eine sehr gehaltvolle Suppe zu, die *panela de misturados*, einen Eintopf, in den alle möglichen Zutaten hineinkamen, von Gemüse, Bohnen und Kartoffeln bis hin zu Fleisch und sogar Schweinswürsten. Eine ribatejanische Version der nordportugiesischen *sopa de pedra*, die an die Stelle der Müdegaulsuppe seiner Kindheit trat. Ebenso wie das Brot hielt sich die Suppe die ganze Woche, ohne zu verderben. Häufig wurde ihr Mehl oder zerkleinertes Maisbrot beigefügt, zusammen mit Olivenöl und kleingehacktem Knoblauch, was einen deftigen Schmaus ergab. Andere Nahrungsmittel stammten aus dem Meer. Häufig begleitete Afonso seine Mutter auf den Markt und hüpfte vor Aufregung, wenn sie Fisch einkaufte. Von jeder Sardine und, was der kleine Junge noch lieber aß, von jedem Stichling, mussten zu Hause zwei Personen satt werden. Afonso teilte seinen Fisch stets mit Joaquim. Er bekam das Kopfstück und sein Bruder den Rest. Bei den Sardinen verschlang er den Kopf im Ganzen, einschließlich der Gräten, doch mit den Stichlingen verhielt es sich anders. Er unterzog sie einer wahren Autopsie, sezierte sie, säuberte mit der Zunge die Knorpel des Kopfes und ließ sich die Augen munden, als seien sie unvergleichliche Leckerbissen. Das Problem war nur, dass von einem einzigen Fischkopf sein Hunger nicht gestillt wurde, und so kletterte er nicht selten heimlich in fremden Gärten auf die Obstbäume, um die Mahlzeit mit frischen Früchten zu vervollständigen.

Bei der Körperpflege ging es entspannt zu, um es mit einem wohlmeinenden Euphemismus auszudrücken. Das sonntägliche Bad, das im Übrigen nur im Sommer stattfand, stellte das einzige wirkliche Reinigungsritual der Familie dar und wurde hastig und nicht eben gewissenhaft erledigt. Schließlich schreckte alle das eiskalte Wasser von einer gründlichen Säuberung ab. Die Notdurft wurde in der Hocke im Garten neben dem Schweinestall oder zwischen den Bäumen des Pinienwaldes verrichtet, der sich hinter dem Haus erstreckte. Nachts verhielt es sich anders; Afonso und seine beiden Brüder verwahrten ein kleines irdenes Becken unter dem Bett, in das sie sich erleichterten, wenn sie im Schlaf das Bedürfnis danach verspürten, und dessen Inhalt gleich frühmorgens in die Jauchegrube entleert wurde. Die Angewohnheit, sich den Hintern abzuwischen, war in Afonsos ersten Lebensjahren noch unbekannt. Dann begann João, für zehn Réis die Zeitung *O Século* zu kaufen, um die Stellenzeigen zu studieren und den Verlauf der Spiele des *Football Club Lisbonense* gegen seine Rivalen von der *Real Casa Pia*, dem *Club de Campo de Ourique* und die Engländer vom *Carcavellos Club* zu erfahren. Wenn die Lektüre beendet war, benutzten die drei Brüder die riesigen Zeitungsblätter, um sich nach dem Geschäft zu säubern, doch die Eltern waren für solche neumodischen Dinge nicht zu gewinnen. Senhor Rafael war Analphabet und befand, er habe für Zeitungen keine Verwendung, noch nicht einmal zum Hinternabwischen, und Senhora Mariana teilte seine Ansicht. Manchmal sah Afonso, wie seine Mutter in den Garten ging, im Stehen die Beine breit machte und sich, ohne auch nur den Rock zu lüften, erleichterte. Sie trug keinen Schlüpfer, und so wurde die Notdurft ohne große Umstände verrichtet.

Im Jahr 1900 vollendete Afonso sein zehntes Lebensjahr und verließ die Schule. Er war der Meinung, er sei nun schon ein junger Mann, und beschloss, bei seinen Brüdern im Lager des Sägewerks zu arbeiten. Es war ein großes Lager, und da der Junge aufgrund seines zarten Alters eine schwache Konstitution hatte, blieb er zunächst von den härteren Tätigkeiten verschont. Senhor Guerreiro, der dem Lager vorstand, setzte ihn anfangs zum Saubermachen und als Botenjungen ein. Im Gegensatz zu seinen Brüdern wurde Afonso nicht mit Geld, sondern in Naturalien bezahlt. Er erhielt Mittagessen und ein Vesperbrot, was den schmalen Geldbeutel zu Hause entlastete. Nach einem Jahr jedoch beteiligte er sich allmählich an den schwereren Arbeiten, zerteilte Baumstämme und bediente die Sägen, mit denen das Holz für die Möbelanfertigung zugeschnitten wurde. Er staunte über die Geschicklichkeit der Tischler, die den grob mit der Axt behauenen Stämmen Form verliehen, aber das war auch das einzig Reizvolle, was er dem Sägewerk abgewinnen konnte. Die Arbeit entpuppte sich als schwer, und Afonso hatte zwei linke Hände, so dass in diesem Beruf für ihn kein Fortkommen war.

Eine Anzeige im Schaufenster der Casa Pereira mitten im Zentrum von Rio Maior weckte Afonsos Aufmerksamkeit, als er eines Tages auf dem Weg nach Feira dos Passos daran vorüberging. Die Casa Pereira war ein Geschäft, in dem Stoffe, Tuche, Knöpfe, Nähgarne und Ähnliches verkauft wurden und das für kleine Verrichtungen einen Jungen suchte. Afonso zog sich ordentlich an, ließ Senhor Guerreiro durch einen seiner Brüder ausrichten, dass er an diesem Tag nicht zur Arbeit kommen könne, weil er Fieber habe, und wurde in dem Laden vorstellig.

»Ich will arbeiten«, verkündete er.

Die Inhaberin der Casa Pereira hob den Blick von den Rechnungen ihrer Buchführung und schaute den dünnen, selbstsicheren Jungen an, der kerzengerade vor ihrem Schreibtisch stand.

»Kannst du lesen?«

»Jawohl, das kann ich. Der Lehrer Ferreira hat es mir beigebracht.«
»Und rechnen?«
»Das kann ich auch, gnädige Frau.«
Sie sah ihn prüfend an und bemerkte die zerkratzten Knie und die Schorfspuren auf seiner Haut. War er etwa ein Raufbold? »Woher hast du das?«
»Vom Fußballspielen.«
»Du spielst Fußball?«
»Manchmal. Es macht mir Spaß, zu kicken und Tore zu schießen.«
Die Geschäftsinhaberin, Dona Isilda Pereira, fand Gefallen an Afonso und stellte ihn ein. Man schrieb das Jahr 1902, als er im Alter von zwölf Jahren in die Casa Pereira eintrat und von Dona Isilda unter ihre schützenden Fittiche genommen wurde, die ihn von nun an mit Mittagessen, Vesperbrot und neuen Kleidern versorgte und ihm dazu noch eine Handvoll Kleingeld für zu Hause mitgab. Bei ihr aß der Junge zum ersten Mal frittierte Krapfen, wahre Leckerbissen, die von der Inhaberin nach einem alten Familienrezept zubereitet wurden. Und bei ihr probierte er auch das Tragen von Schuhen aus, eine Forderung der Chefin, die es nicht angeraten fand, dass im Geschäft ein barfüßiger Angestellter arbeitete.

Dona Isilda war früh verwitwet und hatte ihre Tochter allein großgezogen. Carolina, ein elfjähriges, rotblondes Mädchen mit sommersprossenübersätem Gesicht, war aufsässig und wild. Es dauerte nicht lange, da fing die Kleine an, mit Afonso zu spielen, schließlich trennte die beiden nur ein Jahr. Zunächst reagierte der Junge verhalten. Er war es nicht gewohnt, mit Mädchen zu verkehren, sie gingen nicht in seine Schule, und er hatte noch nie mit einer Altersgenossin gesprochen. Er beschränkte sich darauf, sie sonntags in der Messe aus der Ferne zu betrachten. Daher zog Afonso sich zunächst schüchtern und verwirrt zurück. Sie aber blieb beharrlich, und so näherte er sich ihr brennend vor Neugier allmählich an, ganz langsam, als wolle er eigentlich nichts von ihr wissen. Carolina half ihm bei seiner Arbeit im Geschäft, und Afonso erbot sich in seiner Freizeit und übernahm, je nachdem, was sie gerade spielten, die Rolle des Ehemanns oder des Doktors. Die Vater- und Mutterspiele traten zeitweilig an die Stelle des Fußballspiels und führten zu einer noch unschuldigen Liebelei zwischen den beiden, bei der sie heimlich vertraute Blicke und Billets hinter dem Tresen oder im Lager der Casa Pereira tauschten. Einmal küssten sie sich in einer entlegenen Ecke des Ladens im Dunkeln unter der Treppe, doch als sie wieder herauskamen, schämten sie sich und mochten einander kaum anschauen, denn das war eine Todsünde. Von da an spielten sie lieber ihre vieldeutigen Kinderspiele, taten so, als seien sie verheiratet, doch in ihrer Phantasie war all das tiefster Ernst.

Dona Isilda war eine gebildete Frau, sie sprach sogar Französisch und verstand ein wenig Messlatein, hatte aber gleichermaßen Sinn für die praktischen Dinge des Lebens, und als erfahrene Frau entging ihr nicht die Annäherung zwischen ihrer Tochter und dem jungen Angestellten. Sie empfand Sympathie für Afonso, zweifellos, aber den Spielen der beiden konnte sie wenig abgewinnen. So beschloss sie, Maßnahmen zu ergreifen, damit es nicht mit dem Teufel zuginge und Carolina, erwiesenermaßen ein ebenso eigensinniges Geschöpf wie ihr verstorbener Vater, sich auf den Jungen kaprizierte. Zu jener Zeit waren Hochzeiten im Jugendalter keine Seltenheit, die Geschichte von Afonsos Eltern war der beste Beweis dafür, und Dona Isilda wollte keinen Habenichts zum Schwiegersohn und noch viel weniger schon so früh ein Enkelkind in den Armen halten.

Das Einfachste wäre gewesen, den Jungen kurzerhand zu entlassen, doch Dona Isilda kannte ihre Tochter und ihren irritierenden Hang zu verbotenen Früchten. Als vernünftige Frau, die sich mit der menschlichen Natur auskannte, argwöhnte sie, dass es den beiden in einem so kleinen Ort wie Rio Maior nicht schwerfallen würde, sich weiterhin heimlich zu treffen. Es gab zuhauf Geschichten von verbotenen Liebeleien, die mit einem unerwünschten Ehebund endeten. Mithin waren drastischere Maßnahmen vonnöten, wobei ein subtiles Vorgehen gleichermaßen wichtig war.

Nach langem Überlegen machte Carolinas Mutter sich auf, um mit Afonsos Eltern zu sprechen. Bei einer verlegenen Senhora Mariana wurde sie in Carrachana vorstellig; noch nie im Leben hatte eine so vornehme Dame das bescheidene Haus betreten. Die Gastgeberin überschlug sich vor Artigkeiten, rannte hierhin, entschwand dorthin, holte dies und jenes herbei, eilte hinters Haus und rief nach ihrem Mann. Es herrschte eine nie dagewesene Aufregung in den vier Wänden.

»Ach, gnädige Frau, ich bin ja so nervös«, jammerte Mariana und wischte sich fahrig die dicken, feuchten Finger an der schmutzigen Schürze ab. »Gott steh mir bei, Sie hätten wenigstens vorher Bescheid sagen können.« Ängstlich besorgt, was Dona Isilda wohl beim Anblick des Wohnzimmers denken mochte, schaute sie sich um. »Jesses, so eine feine Dame und kommt hier in unser kleines Haus ... da gerät man in Verlegenheit, nicht wahr?«

»Ach, machen Sie sich keine Sorgen, es ist alles bestens.«

Dona Isilda bemühte sich, den Jauchegestank zu ignorieren, der die Luft in dem armseligen, baufälligen Gemäuer verpestete, und ein heiteres, gelassenes Gesicht zu wahren. Doch zu sehen, aus was für einem Loch Afonso stammte, bestärkte sie nur noch mehr in ihrem Entschluss, den Jungen von ihrer Tochter fern zu halten; sie wünschte sich für Carolina sehr viel mehr als das, was sie dort sah. Gleichzeitig war ihr bewusst, dass sie ihre Karten mit Bedacht ausspielen musste. Kluge Diplomatie würde sehr viel fruchtbarer sein als rücksichtslose Härte.

Senhora Mariana wies Dona Isilda einen Sessel, der beste Platz im ganzen Haus und ausschließlicher Besitz von Senhor Rafael.

»Setzen Sie sich, gnädige Frau, und fühlen Sie sich wie zu Hause.«

Verstohlen schaute Isilda auf den Sessel und spürte, wie beim Anblick der Fettflecken, die ihn sprenkelten, in ihr das Bedürfnis, sich zu übergeben, hochstieg. Doch sie unterdrückte den Ekel, gab sich einen Ruck und setzte sich.

»Sie haben wirklich ein reizendes Heim, Senhora Mariana. Es ist ganz bezaubernd.«

Afonsos Mutter, die schon für gewöhnlich rosige Wangen hatte, errötete noch mehr.

»Ach, gnädige Frau, das ist doch nichts Besonderes, ein ganz einfaches, bescheidenes Häuschen. Wissen Sie, wir sind arme Leute.« Sie zog die Augenbrauen hoch und lächelte. »Arm, aber rechtschaffen.«

»Gewiss doch, Senhora Mariana, gewiss.«

Mit übelriechendem Kot an den Armen betrat Senhor Rafael den Raum; er war im Schweinestall gewesen und hatte einige Holzbretter an der Umzäunung festgenagelt. Es gefiel ihm keineswegs, die Besucherin in seinem Lieblingssessel sitzen zu sehen, doch er verbarg seinen Ärger. Spröde begrüßte er Dona Isilda und setzte sich auf einen Hocker.
»Und, was verschafft uns die Ehre Ihres Besuches, gnädige Frau?«, fragte er ohne Umschweife.
Isilda holte tief Luft. Sie musste geschickt vorgehen, um das anzubringen, was sie im Sinn hatte.
»Nun, wie Sie wissen, arbeitet Afonso in meinem Laden.«
»Hat der Strolch irgendetwas ausgefressen?«, unterbrach Rafael sie mit düsterem Gesicht.
»Nein, nein«, rief Dona Isilda aus. »Ganz im Gegenteil, der Junge ist eine Perle, wir haben ihn alle sehr gerne. Tatsächlich schätze ich ihn so sehr, dass ich es schade fände, wenn er als Angestellter in meinem Laden versauern würde.«
Rafael und Mariana schauten einander verständnislos an.
»Aber uns ist es eine große Ehre, dass er bei Ihnen im Geschäft ist, gnädige Frau«, versicherte Senhor Rafael.
»Und mir ist es eine große Ehre, dass er dort arbeitet«, erwiderte Isilda und ordnete ihr Haar.
»Ich denke allerdings, er sollte weiter zur Schule gehen, um seinen Horizont zu erweitern und es im Leben zu etwas zu bringen.«
»Ach, gnädige Frau, das hätten wir auch gerne«, erwiderte Mariana. »Aber Sie wissen ja, wir haben nicht die Mittel, wir sind arme Leute und brauchen jede Hilfe, die wir bekommen können. Und dass Afonso in Ihrem Geschäft arbeitet, ist ein Segen für unser Haus, ein wahrer Segen!«
»Glauben Sie mir, auch für mich ist es ein Segen«, beteuerte Isilda. »Aber es wäre wirklich gut, wenn er weiter die Schule besuchen würde. Ich verstehe das Problem, das Sie angesprochen haben, Sie haben nicht die Mittel dafür, und genau aus diesem Grund habe ich Ihnen einen Vorschlag zu unterbreiten.«
»Einen Vorschlag?«, fragte Senhor Rafael verwundert.
»Ja«, bestätigte Isilda. »Wissen Sie, einer meiner Brüder, Álvaro, ist

Pfarrer in der Provinz Minho und mit dem Regens des Priesterseminars der Erzdiözese Braga befreundet. Ich will nicht angeben, aber er ist ein ganz reizender Mann, es ist eine Freude mit ihm. Nun, wenn Sie mir die Erlaubnis erteilen, könnte ich mit ihm sprechen, damit er Afonso zu einem Platz im Seminar verhilft.«

Überrascht von dem Vorschlag, schauten Afonsos Eltern einander an.

»Aber das ist nicht das Problem, gnädige Frau«, unterbrach Rafael sie verwirrt. »Das Problem ist, dass wir kein Geld haben, um das Seminar zu bezahlen, das heißt ...«

»Ich komme dafür auf«, übertönte Isilda den Hausherrn. »Ich habe vor der Jungfrau Maria das Gelübde abgelegt, einem mittellosen Jungen zu helfen, das Priesterseminar zu besuchen. Und ich habe Afonso dafür ausgewählt. Er scheint mir ein vernünftiger, folgsamer Junge zu sein. Sie werden sich doch gewiss nicht der Erfüllung eines Gelübdes vor der Jungfrau Maria widersetzen wollen, oder?«

»Nein, nein«, beeilte sich Mariana zu antworten, ängstlich besorgt, sie und ihr Mann könnten womöglich die Mutter Jesu beleidigen. Sie waren beide gottesfürchtig und wollten keine Schwierigkeiten mit dem Allmächtigen. »Bloß nicht, Gott steh mir bei, gnädige Frau. Nie und nimmer.«

»Ich nehme an, Sie haben auch nichts dagegen einzuwenden, dass Ihr Sohn Pfarrer wird?«, wollte Dona Isilda wissen, die mit züchtig übergeschlagenen Beinen im Sessel saß und bei der Frage engelsgleich lächelte.

Senhor Rafael schwieg einige Momente lang gedankenverloren und dachte über den unverhofften Vorschlag nach. Er würde die Einkünfte einbüßen, die der Sohn nach Hause brachte, das stimmte, aber auf der anderen Seite hätte er ein hungriges Maul weniger zu stopfen. Außerdem war es nicht zu verachten, einen Pfarrer in der Familie zu haben, das würde gesellschaftliches Ansehen bringen, den Respekt der Nachbarn, es wäre ein Sprung, von dem er niemals geglaubt hätte, dass jemand aus der Familie ihn tun könnte. Und dann war da noch die religiöse Dimension zu bedenken. Ihm fiel der Traum wieder ein, in dem der Engel ihm geraten hatte, noch ein Kind zu zeugen, und er befand, das sei eine Prophezeiung gewesen. Als gläubiger, religiöser

Mensch gelangte er zu dem Schluss, Dona Isildas Vorschlag könne nur ein neuerliches Zeichen Gottes sein.
»Also gut, gnädige Frau«, stimmte er schließlich zu. »Afonso soll Pfarrer werden.«

Der Junge verließ die Familie an einem kühlen Oktobermorgen des Jahres 1903. Hartnäckig klammerte er sich am Rockzipfel der Mutter fest und weinte, bis Padre Álvaro, der Bruder Dona Isildas, ihn zur Kutsche zerrte. Verzweifelt brüllte Afonso aus dem Fenster des Wagens – es war das erste Mal, dass er von der Familie getrennt wurde – und verstummte erst, als das Haus und Carrachana in der von der Kutsche auf dem Makadam der Königlichen Straße Nr. 65 aufgewirbelten Staubwolke hinter einer Kurve verschwunden war. Dann ließ er sich mit gesenktem Kopf auf den Sitz fallen; erstickt neben dem Fremden im Priesterrock schluchzend, liefen ihm die Tränen übers Gesicht. Er schämte sich ein wenig für sein Benehmen, aber er hatte tatsächlich klar und unmissverständlich seine Auflehnung dagegen zum Ausdruck bringen wollen, dass er fortgeschickt wurde. Er hatte Angst vor dem Unbekannten und hing an seinem Zuhause in Carrachana. Nun, wo er von seiner Familie fort war, fühlte er sich allein und bange; voller Entsetzen malte er sich aus, sie hätten ihn im Stich gelassen, und fragte sich wieder und wieder, was aus ihm werden sollte und ob er seine Eltern und Geschwister je wiedersehen würde.
Padre Álvaro entpuppte sich indes als liebenswürdiger, gutgelaunter Mann, der während der Reise nach und nach Afonsos Vertrauen eroberte. Er war ein untersetzter Mann mit breitem Gesicht und vorspringendem Unterkiefer und hatte halb ergrautes, kurzgeschnittenes, zu Berge stehendes Haar. Er hätte gut ein Bauer aus dem Ribatejo sein können, war jedoch ein Mann Gottes. Um neun Uhr vierzig stiegen sie im Bahnhof von Sant'Ana in den Zug. Die Reise nach Porto dauerte fast zehn Stunden. Zum Glück war Padre Álvaro betucht und ein Mann der Bequemlichkeit, nicht umsonst war er der Bruder Dona Isildas, und so hatte er anstandslos über sechstausend Réis pro Fahrkarte bezahlt, um komfortabel in der ersten Klasse zu reisen. Es war bereits finstere Nacht, als es so weit war und sie die

gefürchtete Eisenbrücke Dona Maria Pia über den Douro überquerten. Mit Schrecken sah Afonso unter der zerbrechlichen Eisenkonstruktion in der Tiefe den dunklen Schatten des Flusses dahinströmen. Da schloss er die Augen und lehnte sich schutzsuchend an den Pfarrer, sein Widerstand war endgültig gebrochen.
Da es in der Nacht keinen Anschluss mehr zum Minho gab, schliefen sie im *Grande Hotel do Porto* in der Rua de Santa Catarina, einem als Gasthof errichteten Gebäude, der seinen Besuchern einen raffinierten Nebenraum zum Baden und Duschen bot. Nach dem eilig eingenommenen Frühstück verließen sie am nächsten Tag zeitig das Hotel und gingen zum Bahnhof. Abermals kaufte der Pfarrer Billets für die erste Klasse, und um acht Uhr morgens stiegen sie in den Zug. Die Fahrt nach Braga dauerte zweieinhalb Stunden, mehr Zeit als genug, um endlich ein normales Gespräch zu beginnen, welches erst unterbrochen wurde, als die Eisenbahn in die Stadt im Minho einfuhr. Stumm an die Hand des Pfarrers geklammert, stieg der kleine Afonso aus dem Zug; die Augen gingen ihm über bei all dem Neuen, das die merkwürdige, unbekannte Stadt bot.

Padre Álvaro Pereira unterstand die Pfarrgemeinde São Vicente, zu der auch der weitläufige Friedhof von Monte de Arcos gehörte. Ebenso wie die gesamte Familie Dona Isildas, stammte auch er aus Rio Maior. Die ersten Schritte von Afonsos Ausbildung übernahm er höchstpersönlich. Der Junge hatte lediglich die Grundschule besucht, doch das reichte bei weitem nicht, um in das Seminar eintreten zu können. In Braga gab es keine unteren Seminare, in denen Kinder seines Alters auf die humanistischen Studien vorbereitet wurden, und so musste Padre Álvaro ihm die nötigen Unterweisungen erteilen, damit er einen Platz im Seminar der Erzdiözese erhielt. Ein Jahr lang verbrachte Afonso seine Tage damit, Latein und Grammatik zu pauken, deren Kenntnis für alle, die im höheren Seminar weiterstudieren wollten, als unentbehrlich angesehen wurde. An den Wochenenden half er dem Pfarrer bei den Vorbereitungen zur Messe, fegte den Kirchboden, entzündete die Kerzen und diente als Ministrant bei der Liturgie.
An den Sonntagnachmittagen ging Padre Álvaro mit ihm spazieren.

Sie bewunderten die Torre de Menagem, einen imposanten mittelalterlichen Turm und markanten Punkt der ehemaligen Stadtbefestigung, oder unternahmen Rundgänge zu den religiösen Bauwerken der Stadt. Sie stiegen die Rua de São Marcos hinauf, warfen einen Blick in die Coimbras-Kapelle oder bogen in die Rua Nova de Sousa zum ehemaligen Bischofspalast ein; linker Hand gelangten sie dann unweigerlich zum Dom. Trotz ihres nüchternen, mittelalterlichen Charakters war Afonso gerne in der großen Kathedrale aus dem dreizehnten Jahrhundert. Er setzte sich ganz nach hinten unter die grandiose Orgel, deren üppige Barockschnitzereien gegen die übrige raue Schlichtheit des Heiligtums abstachen, und die erhabenen Melodien, die geradewegs aus dem Himmel herabzuklingen schienen, erfüllten seine Seele. Bei anderen Gelegenheiten gingen sie zu dem gegenüber vom Rathaus auf dem Hauptplatz der Stadt gelegenen Markt, wo der Pfarrer seinem Schützling geröstete Kastanien spendierte.

Die dienstäglichen Marktbesuche liebte der Junge besonders; er staunte über die vielfältigen Waren, die die Stände feilboten, und über die unermüdlich hin und her eilenden Menschen, die Bäuerinnen in kurzen Jacken und blauen Unterröcken, kniehohen Stiefeln und gestreiften Kopftüchern, manche von ihnen waren Schnitterinnen, die barfüßig gekommen waren und einen riesigen schwarzen Hut auf dem Kopf und eine glänzende Sichel an der Taille trugen. Die Männer liefen mit großkrempigen Hüten und dunklen Jacken umher und hatten fast alle einen Schnurrbart, nur einige Elendsgestalten gingen in Lumpen.

Die gleiche Fauna, zu der sich noch die Gecken hinzugesellten, trafen die beiden, wenn sie durch den öffentlichen Park gegenüber den Arkaden bummelten. Dort hatte sich früher der Campo de Santa Ana befunden, ein brachliegender Platz, der nun einer Steinmauer mit einem Eisengitter gewichen war, die den üppigen Park umzäunte, in dem die Einwohner Bragas flanierten. Wenn es heiß war und die Sonne schien, saß Afonso gerne mit dem Pfarrer im Schatten einer riesigen Weihrauchkiefer nahe dem Eingangstor, doch an grauen Tagen spazierten die beiden durch den Park oder gingen in die daneben gelegene Kirche, von der aus Afonso einen Blick in das benachbarte Gymnasium und die öffentliche Bibliothek werfen konnte, die beide

in dem ehemaligen Kloster der Congregados do Oratório untergebracht waren.
Diese Routine wurde einzig zu Weihnachten unterbrochen, als Padre Álvaro zu seiner Schwester nach Rio Maior fuhr, um den Heiligabend bei ihr zu verbringen, und seinen kleinen Schützling mitnahm. Afonso blieb zwei Wochen bei seiner Familie; als es an der Zeit war, nach Braga zurückzukehren, fiel ihm die Trennung weniger schwer als beim ersten Mal. Der Junge fürchtete sich nicht mehr vor dem Unbekannten, er hatte gelernt, dem Pfarrer, der ihn aufgenommen hatte, zu vertrauen.
Latein und Grammatik waren die schwierigsten Fächer, die das größte Gähnen hervorriefen und Afonso Augenblicke profunder Langeweile bescherten. Aber er hatte keine Wahl, und so beschloss er, wenn er all das tatsächlich auswendig lernen musste, ohne es zu verstehen, dann schnell, um sich umso schneller von diesen hermetischen, undurchdringlichen Dingen zu befreien. Während dieser Studien waren die spannendsten Momente des Tages immer noch die Mahlzeiten und die Katechismusstunden, und der Höhepunkt der Woche war zweifellos der Samstag, wenn er sich zu dem Papierwarengeschäft Cruz & Companhia in der Rua Nova de Sousa stahl und begierig die Sportseite des *Comércio do Porto* mit ihren raren Meldungen über die Fußballspiele des *Football Club do Porto*, des *Boavista Football Club* und des *Real Vela Club* auf dem Gelände des *Oporto Cricket and Lawn-Tennis Clubs* und so manche völlig veraltete Ausgabe der Zeitschrift *Tiro Civil* studierte, die es nicht versäumte, von den Heldentaten seines geliebten *Club Lisbonense* zu berichten. Nur aktuelle Nachrichten waren eine Seltenheit.
Der Winter war hart; Afonso stellte fest, dass die Kälte im Minho sehr viel strenger war als im Ribatejo. Nach klaren, eisigen Nächten glänzten am Morgen die Erde und die Pflanzen von den Kondenswassertropfen des Taus, der sich am Boden bildete. Wenn im Morgengrauen das Thermometer unter null sank, sah er bei Tagesanbruch, dass Steine, Gräser und Blätter weiß angemalt waren. Zunächst dachte er, das sei der berühmte Schnee, von dem Padre Álvaro ihm so viel erzählt hatte, doch als er den Pfarrer danach fragte, schüttelte dieser den Kopf.

»Das ist kein Schnee, mein Sohn«, sagte er. »Das ist Raureif.«
Der Raureif war allerorten zu sehen; Eiskristalle überzogen die Fensterscheiben außen mit einem Spitzenbesatz oder zeichneten sich in wunderschönen, zarten geometrischen Formationen weiß und schimmernd auf den Zweigen und an den Spitzen der Blätter und Gräser ab. Der von einem glänzenden Kristallmantel bedeckte Bürgersteig wurde gefährlich glatt, und viele Pflanzen starben, wenn sie mit dieser eisigen Feuchtigkeit in Berührung kamen. Später lernte Afonso, dass der auch als Frost bekannte Raureif in der gesamten Provinz Minho im Winter sehr verbreitet war.
Die Kälte veranlasste Afonso dazu, im Haus in der Nähe des Kamins zu bleiben. Da er außer den drei Stunden Unterricht und den Katechismusunterweisungen, die Padre Álvaro ihm erteilte, nichts weiter zu tun hatte, las er. Die meisten Bücher im Hause des Pfarrers waren religiöse Werke, und so vertiefte sich der Junge in die Lektüre einer reich bebilderten Bibelausgabe. Afonso zeigte sich lebhaft davon beeindruckt, wie Jesus den Armen geholfen hatte, mit denen er sich naturgemäß identifizierte. Die Gebetsverse waren für ihn nun nicht mehr eine bloße Abfolge gereimter Worte ohne verständlichen Sinn. Er fing an, darüber nachzudenken, was sie tatsächlich besagen wollten. Er lernte den Katechismus nicht mehr nur passiv auswendig, sondern setzte dem Pfarrer seine Zweifel auseinander und stellte ihm Fragen, die seine wachsende, ehrliche Neugier widerspiegelten. Er sprach sogar Probleme an, die bereits eine gewisse, bei einem dreizehnjährigen Jungen nicht zu erwartende philosophische Gedankentiefe erkennen ließen und die aus seiner Ungewissheit über die Allmacht Gottes herrührten. Denn wenn Gott allmächtig war, so Afonsos Überlegung, wie konnte Er dann zulassen, dass es auf der Welt das Böse gab? Und wenn der Mensch zwar nach dem Ebenbild Gottes geschaffen, aber nun einmal zum Bösen fähig war, bedeutete das nicht, dass das Böse auch in Gott lag? Padre Álvaro fand stets Antworten auf seine Fragen. Er betonte, Gottes Wille sei, dass der Mensch seinen eigenen Weg einschlage, um dem Bösen zu entsagen, und dies könne er nur, wenn das Böse existiere. Worin schließlich bestehe das Verdienst, ein guter Mensch zu sein, wenn es sowieso keine andere Wahl gebe? Das Gute habe nur dann einen Wert, wenn

es die Ablehnung des Bösen bedeute, lautete das Argument des Pfarrers. Wenn Gott das Böse ausmerze, dann sei der Mensch aus fremdem und nicht aus eigenem Willen heraus gut. Afonso dachte über diese Antworten nach und stellte neue Fragen. Bei der Lektüre der Passagen des Neuen Testaments, in denen Jesus als Heiler der Kranken beschrieben wurde, fragte er sich, ob das tatsächlich eine gute Tat war. Denn wenn Jesus einige Kranke heilen konnte, warum dann nicht alle? Und wenn Lazarus von Jesus wieder zum Leben erweckt worden war, warum konnte er dann nicht alle Toten wiederauferstehen lassen? Warum Unterscheidungen treffen? Wenn es keine Krankheiten gäbe, würde auch niemand sterben. War das tatsächlich gut? War nicht der Tod einiger eine notwendige Voraussetzung für das Leben anderer?

Als der Sommer 1904 kam, merkte Padre Álvaro, dass ihm allmählich die Antworten ausgingen, und er beschloss, sein Schützling mit nunmehr vollendeten vierzehn Jahren sei bereits geeignet, in das höhere Priesterseminar einzutreten. An einem heiteren Julimorgen brachte der Pfarrer ihn nach einem Abstecher in die Rua Nova de Sousa, wo sie in dem neueröffneten Café *A Brasileira* einen Kaffee zu sich nahmen, zu seinem Freund Dom João Basílio Crisóstomo, dem Subregens des Konzilseminars São Pedro e São Paulo. Es war das einzige Priesterseminar in Braga und lag an einem beschaulichen Platz bei der Porta de São Tiago, dem Tor im südlichen Teil der ehemaligen Stadtmauer. Auf dem Platz angelangt, blieb Afonso vor dem langgestreckten weißen Seminargebäude stehen und betrachtete das Denkmal zu seiner Linken, einen hohen mittelalterlichen Turm, der es beinahe berührte und der das Stadttor bewachte. Der Platz war üppig mit Bäumen bestanden und von einem mit dem erzbischöflichen Kreuz gekrönten Brunnen geschmückt, dem Zeichen, das alle Bauwerke trugen, die der Erzbischof hatte errichten lassen. Außerdem befanden sich dort ein Kiosk und an der Ecke eine kleine zylindrische Konstruktion.
»Das ist ein öffentliches Pissoir«, erklärte der Pfarrer zur Antwort auf den fragenden Blick seines Schützlings. »Musst du mal?«
Der Junge schüttelte den Kopf, und so gingen sie weiter bis zum Ein-

gangstor. Sie stiegen die wenigen Stufen der gepflasterten Freitreppe hinauf, deren Seitenwände mit blauweißgelben Kacheln geschmückt waren, die Blumenvasen und geometrische Muster zeigten, und durchquerten die Kreuzgänge im Inneren; unwillkürlich mussten sie zu den nüchternen steinernen Säulen schauen, die einen kleinen Innengarten umstanden. Die Schritte drangen geräuschvoll durch die Stille der Flure und hallten von dem Steinboden wider, und die Luft war von einem unbestimmten, reinen und milden Geruch erfüllt. Sie gingen hinauf in den ersten Stock zum Amtszimmer des Subregens. Dom Crisóstomo empfing sie mit einem erfreuten Lächeln.

»Du willst also Pfarrer werden, mein Sohn?«, fragte der Hausherr Afonso nach den üblichen Höflichkeitsbekundungen in väterlichem Ton.

»Ja, Herr Subregens.«

»Aber eigentlich bist du noch ein bisschen zu jung dafür.«

Afonso verstummte. Er war dort, weil es ihm so befohlen worden war. Padre Álvaro antwortete für ihn.

»Dom Crisóstomo, der Junge ist begabt.«

»Was heißt das?«

»Ich hatte vor, ihn noch ein, zwei Jahre als Akolythen bei mir zu behalten, aber er hat großes Interesse bekundet und innere Berufung gezeigt, und ich sehe nicht die Notwendigkeit, ihn nur, weil er noch so jung ist, dem Seminar vorzuenthalten.«

Der Subregens schaute Afonso nachdenklich an.

»Warum willst du Pfarrer werden?«

»Ich weiß nicht, Herr Subregens«, murmelte der Junge und senkte den Kopf.

»Du weißt es nicht?«

Afonso zögerte verschüchtert. Er war es gewohnt, nur mit Padre Álvaro über diese Dinge zu sprechen, und fühlte sich dem Subregens gegenüber gehemmt. Verstohlen blickte er zu dem Pfarrer und sah, dass dieser ihn mit einer leichten Kopfbewegung zum Sprechen ermunterte. Afonso fasste Mut, hob den Kopf und sah den Subregens herausfordernd an.

»Ich will die Wahrheit herausfinden.«

»Die Wahrheit? Die Wahrheit worüber?«

»Die Wahrheit über alles. Über die Welt, über die Dinge, über die Menschen, über das Leben.«

Dom Basílio Crisóstomo lehnte sich in seinem Stuhl zurück und lächelte wohlgefällig.

»Sehr gut, da bist du hier richtig«, rief er aus und nickte zustimmend. Dann wandte er sich zu Padre Álvaro. »Ich werde Anweisung geben, so bald wie möglich mit den üblichen Befragungen deines Zöglings anzufangen.«

Einige Tage später begann die Seminarverwaltung mit der Befragung Afonsos; seine Familie, seine Vergangenheit, seine Lebensgewohnheiten, das Profil und die Interessen des Kandidaten wurden unter die Lupe genommen. Die im Jahr 1620 abgefassten, zuvor von Padre Álvaro konsultierten Statuten des Seminars sahen als Bedingung vor, dass die Kandidaten garantiert »reine Altchristen ohne jüdisches, maurisches oder anderes ungläubiges Blut« waren; dieses Erfordernis war überholt und musste als einziges nicht erfüllt werden. Padre Álvaro diente als Zeuge, und am Ende wurde sein Schützling, obwohl für zu jung erachtet, zum Besuch des höheren Seminars zugelassen. Schon früher hatte es Fälle von Kindern gegeben, die mit zwölf oder dreizehn Jahren in das Seminar eingetreten waren. Die Statuten selbst besagten, dass die Seminaristen »mindestens zwölf Jahre alt« sein mussten, weshalb die Aufnahme des vierzehnjährigen Jungen zwar nicht üblich, aber auch nichts Außergewöhnliches war.

Im Oktober 1904 trat Afonso in das Seminar der Apostel Sankt Peter und Sankt Paul ein. Alles dort wirkte alt, nüchtern und feierlich, ein Eindruck, der der Geschichte des Priesterseminars durchaus entsprach. Die Institution stammte aus dem Jahr 1572, als in der Folge des Tridentiner Konzils auf dem Campo da Vinha, mitten im Zentrum von Braga, das Seminar des heiligen Petrus eröffnet worden war. Ein Teil des Unterrichts fand indes in dem weitläufigen Gebäude der von Jesuiten geleiteten Sankt-Paul-Schule bei der Porta de São Thiago statt. Im Jahr 1759 wurden die Jesuiten jedoch vertrieben, und Nonnen übernahmen das Gebäude, bis 1881 das Seminar dorthin verlegt wurde und der Name des heiligen Paulus in den der Einrichtung mit aufgenommen wurde.

Der frischgebackene Seminarist wurde in seiner Zelle untergebracht, einem spartanisch eingerichteten kleinen Raum, in dem es ein wenig muffig roch. Darin befanden sich ein an der Wand stehendes Bett, ein Tisch mit Schubladen für die Wäsche, eine Kerze, eine Petroleumlampe, ein Hocker sowie Besen, Becken, Seife, ein weißes Handtuch und ein Eimer mit Wasser. Das kleine Fenster zeigte auf einen begrünten Innenhof, doch der Ausblick wurde teilweise von dem noch belaubten Zweigen einer mächtigen, ausgewachsenen Eiche verdeckt. Unter dem aufgeregten Geflatter der Spatzen bewegten sich die Blätter, und das den Innenhof erfüllende Zwitschern der Vögel flutete mit köstlichem Wohlklang in sein Zimmer. Er legte den Koffer aufs Bett, klappte ihn auf und räumte die Wäsche in die staubigen Laden des Tisches. Es war nur dunkle Kleidung gestattet, und so hatte Afonso zwei Anzüge mitgebracht, einen schwarzen und einen grauen, beide Geschenke von Padre Álvaro. Außerdem besaß er kurze und lange Unterhosen sowie schwarze Strümpfe, Kleidungsstücke, die er in Rio Maior nie gekannt hatte und die er nun nicht mehr entbehren konnte; er verstaute sie zusammen mit dem Rest. Was die Schuhe anbetraf, so besaß er nur das Paar, das er an den Füßen trug.
Gleich am nächsten Morgen wurde der Seminaralltag festgelegt. Der schrille Ton der Glocke, die an einer Kordel in den Fluren geläutet wurde, weckte Afonso. Es war halb sieben in der Früh. Zitternd vor Kälte sprang er aus dem Bett, urinierte in das Becken und wusch sich flüchtig Hände und Gesicht mit dem eisigen Wasser aus dem Eimer. Er legte den schwarzen Anzug an, machte das Bett und fegte die Zelle aus. Kurz vor sieben ging er mit dem Becken auf den Flur, entleerte es in die Latrine und brachte es in die Zelle zurück, um sich alsdann in Begleitung der übrigen Seminaristen zum Morgengebet in die Kapelle zu begeben. Die Messe wurde von dem Subregens, den Rücken den Gläubigen zugewandt, auf Latein gelesen, so wie es in allen Kirchen üblich war. Wie überall zeigte der Altar auch in diesem Gotteshaus nach Osten, und nach Osten gewandt beteten die Zelebranten, denn der Glaube besagte, dass von dort die Erlösung zu erwarten sei, schließlich hatte Ezechiel geschrieben: »der Ruhm des Herrn kommt von Osten«, von dort, wo die Sonne aufgeht. Die Messe dauerte eine halbe Stunde, nach deren Ablauf sie sich ins Refektorium begaben.

Afonso bemerkte, dass manche Seminaristen sich unterwegs im Flur flüsternd unterhielten. Das Refektorium war ein großer Saal, in dem eine Vielzahl von Holztischen mit je vier Stühlen stand. Die Seminaristen verteilten sich um die Tische, und auch der Subregens nahm seinen Platz ein. Verschiedene Brotsorten und Maisbrei wurden auf die Tische gestellt. João Basílio Crisóstomo erhob sich, und alle taten es ihm nach.

»*Benedic, Domine, nos et haec tua dona quae de tua largitate sumus sumpturi, per Christum Dominum nostrum*«, verkündete er auf Latein und bat um Gottes Segen für die Speisen auf dem Tisch.

»*Jube Domine benedicere*«, stimmte dem Ritual folgend ein Diakon an.

»*In nomine Patris et Filii et Spiritus Sancti*«, schloss der Subregens, segnete die Anwesenden und die Speisen und bedeutete den Seminaristen, mit dem Essen zu beginnen.

Das Frühstück wurde in absoluter Stille eingenommen, und rasch sollte Afonso merken, dass diese Regel für alle Mahlzeiten galt. Um acht Uhr kehrten sie in ihre Zimmer zurück. Es war an der Zeit, noch einmal den Lehrstoff durchzugehen. Padre Álvaro hatte Afonso darauf hingewiesen, die Pause zu nutzen und noch einmal einen Blick ins Lateinbuch zu werfen, wahrscheinlich würden seine Kenntnisse der römischen Sprache geprüft werden. Da hatte der Junge bereits begriffen, dass Latein zwar auf der ganzen Welt eine tote Sprache sein mochte, in dem Seminar aber war sie womöglich lebendiger als das Portugiesische. Er nahm seinen ganzen Mut zusammen und machte sich daran, eingeschlossen in seiner Zelle, mit leiser Stimme Deklinationen aufzusagen. Eine halbe Stunde später rief die Glocke sie ins Atrium. Afonso begab sich zu dem Ort, an dem der Subregens die Seminaristen erwartete, um den Lehrstoff abzufragen. Der neue Schüler wurde nicht verschont; der Subregens prüfte ausführlich seine Lateinkenntnisse, wollte wissen, was der Neuzugang des Seminars wert war. Aufgeregt und mit zitternder, unterwürfiger Stimme stotterte Afonso die Antworten. Die Stunden bei Padre Álvaro waren eine gute Grundlage, doch das Latein, das er in der Pfarrgemeinde São Vicente gelernt hatte, erwies sich eindeutig als unzureichend für die Erfordernisse des Seminars, und Dom Basílio Crisóstomo machte

ihm deutlich, dass er weit mehr von ihm erwartete. Am Ende der Zusammenkunft im Atrium war Afonso erschöpft und niedergeschlagen und glaubte, alle lachten ihn aus.
Der Unterricht begann um neun Uhr morgens. Sein erstes Fach, Kasuistik, wurde von einem dicken, gutmütigen Lehrer erteilt, der eigentlich Pfarrer in der Diözese Braga war und als Dozent ins Seminar kam. Im ersten Jahr des höheren Seminars herrschten mit Philosophie, Kasuistik und Rhetorik die philosophischen Wissenschaften vor, die durch Grammatik und Latein vervollständigt wurden. Ein zusätzliches Angebot machte Padre Fachetti, ein Neapolitaner mit sanfter Stimme, der nach Braga gekommen war, um Portugiesisch zu lernen. Padre Fachetti war erstaunlich polyglott und stand den Seminaristen mit seinen Talenten zu Diensten, indem er Interessierten Italienisch, Englisch, Französisch und Deutsch beibrachte. Etliche Schüler schrieben sich für seine Fächer ein, und wohl eher aus dem Wunsch, sich zugehörig zu fühlen und akzeptiert zu werden, folgte Afonso ihrem Beispiel und beschloss, alles zu lernen. Das zweite und dritte Studienjahr des Seminars konzentrierte sich hauptsächlich auf die Theologie. Der Stoff teilte sich auf in Kirchengeschichte, Dogmatik, Moraltheologie, die Sakramente, Kanonisches Recht, Liturgie, Hermeneutik und Gesang, abgesehen natürlich von den fremdsprachlichen Fächern Padre Fachettis und dem unvermeidlichen Latein und der Grammatik.
Das Mittagessen wurde um zwölf Uhr aufgetragen. Genau wie beim Frühstück wurden die Speisen direkt auf den Tisch gestellt, doch niemand rührte sie an, ehe der Subregens auf Latein den Segen für die Mahlzeit erbeten hatte. Nach dem Gebet setzen sich alle und bedienten sich. Es gab Weizen- und Maisbrot, Gemüsesuppe, gesottenes Rindfleisch, gekochte Eier und Kastanien und zu trinken Wasser. Sie aßen schweigend und bedeuteten einander durch Gesten, Brot, Fleisch oder Wasser herüberzureichen. Nach einiger Zeit geschah, im Vergleich zum Frühstück, etwas Neues. Ein vielleicht sechzehnjähriger Seminarist erhob sich vom Tisch und ging mit einem kleinen Buch in der Hand zur Kanzel des Refektoriums. Er schlug das Buch auf einer markierten Seite auf und fing an, mit monotoner Stimme eine Passage aus dem Leben des heiligen Franz Xaver vorzulesen. Afonso hatte

das Gefühl, dass der Junge nicht verstand, was er las. Die Betonung war abgehackt und ausdruckslos, und das machte es schwer, den Text zu verstehen, die Stimme wurde so zu einem bloßen Hintergrundgeräusch. Als zum Nachtisch die Äpfel gebracht wurden, beendete der Prediger die Lesung. Kurz darauf erhob sich der Subregens und nötigte damit alle anderen, ebenfalls aufzustehen, leitete das Schlussgebet und erklärte das Mittagsmahl für beendet.
Sie gingen auf den Hof hinaus. Afonso stellte fest, dass die meisten der Seminaristen sich schon kannten und sich hier und da zu Gruppen zusammenfanden. Die Atmosphäre war freundschaftlich, doch der Neue gab sich schüchtern und in sich gekehrt. Fast alle waren älter, manche hatten sogar schon einen Bartflaum, so dass Afonso sich fehl am Platze fühlte. Um nicht tatenlos herumzustehen, versetzte er einem kleinen Stein diskret ein paar Fußtritte und stellte sich vor, er spiele auf dem Campo Pequeno Fußball gegen das ruhmreiche Trikot des *Club Lisbonense*. In seiner Phantasie war eine der Eichen das Tor, das von einem Spieler des *Carcavellos Clubs* verteidigt wurde, dem Verein, der ihm besonders zuwider war, weil ausschließlich Ausländer darin spielten und er als Einziger den *Club Lisbonense* besiegt hatte. Afonso zielte auf die Eiche und tippte leicht gegen Stein, um den imaginären englischen Torwart zu täuschen. Dann wieder überquerte er den Innenhof, indem er den Stein mit kurzen Berührungen vor sich herbewegte und so tat, als dribble er, und die Gegner hatten das Nachsehen. Er gab vor, spazieren zu gehen, und bemühte sich, nicht aufzufallen. Ihm war bewusst, dass es falsch ausgelegt werden könnte, wenn er ostentativ einem Stein Tritte versetzte.
Das Läuten der Glocke bedeutete ihnen, dass die Pause zu Ende war. Um zwei Uhr zogen sie sich in ihre Zellen zurück, um sich abermals dem Stoff vom Vormittag zu widmen. Einen Teil des Nachmittags verbrachte Afonso damit, Kasuistik zu lernen, den Rest der Zeit über plagte er sich mit dem unglückseligen Latein, wegen dem er sich bei der Zusammenkunft im Atrium so geschämt hatte. Um halb sechs rief die Glocke sie in die Kapelle, und um halb sieben begaben sie sich wieder ins Refektorium zum schweigsamen Abendessen. Nach dessen Beendigung um halb acht gingen sie auf den Hof, bis die Glocke sie eine Stunde später erneut in die Zellen schickte. Nachdem er seine

Sachen für den nächsten Tag bereitgelegt und der Latrine einen letzten Besuch abgestattet hatte, legte Afonso sich um neun Uhr abends ins Bett, löschte das Licht und schlief ein.

Nach diesem Muster wiederholten sich die Tage monoton, einer wie der andere, mit wenig Abwechslung. Die wichtigsten Neuigkeiten boten die Mittags- und Abendmahlzeiten, bei denen die Speisen variierten. Mal gab es Rindfleisch, dann wieder Schwein oder Hammel. Nur Fisch kam nie auf den Teller, und Afonso hatte Sehnsucht, mit der Zunge den Kopf eines Stichlings auszulutschen. Sie aßen Huhn, Kastanien, Kartoffeln, Brot- und Gemüsesuppen und Semmelbrösel. Sonntags kam als besonderer Leckerbissen Reis auf den Tisch, und an Feiertagen manche nach klösterlichen Rezepten zubereitete Süßspeise. Wein war ebenfalls speziellen Anlässen vorbehalten, doch der Geschmack des Roten befremdete Afonso. Statt des milden Aromas, das er aus Rio Maior gewohnt war, erwies sich dieser als äußerst fruchtig. Ihm wurde erklärt, dass es sich um einen spritzigen Rotwein handelte, den er nicht kannte und der aus verschiedenen Gegenden im Minho, wie Ponte da Barca, Ponte de Lima und Melgaço oder aus dem Sousa-Tal in der Douro-Region, stammte.
Donnerstags und sonntags verließen die Schüler das Seminar und machten Ausflüge. Ernst und in sich gekehrt folgten sie in Zweierreihen dem Subregens auf Spaziergängen nach Montariol oder Fraião. Wenn der Tag besonders schön zu werden versprach, wanderten sie zu dem Portikus im Park zwischen der Kapelle der Agonie Christi und der Kapelle des letzten Abendmahls oder stiegen die spektakuläre Freitreppe zur Bom-Jesus-Kirche hinauf, zunächst die Via Sacra mit den Kapellen, die die vierzehn Stationen des Kreuzwegs darstellen, und dann die steilen Stufen der Fünf Sinne; zum Schluss schleppten sie sich bereits mit hängender Zunge und bleischweren Beinen die Treppe der Drei Tugenden hinauf. Oben angekommen, lehnten sie sich keuchend und schwitzend an die gekalkten Wände, setzten sich auf den harten Granitboden und erfrischten sich am Pelikanbrunnen. Wenn sie sich erholt hatten, besuchten sie zu guter Letzt die imposante Bom-Jesus-Kirche, zu deren Füßen sich Braga erstreckte. Ein andermal stiegen sie, anstatt auf den Berg zu klettern, zum eisigen

Wasser des Rio Cávado hinunter und spielten. Ab und an wanderten sie auch zu einer Kapelle aus dem zwölften Jahrhundert, der Capela de São Frutuoso de Montélios, oder gingen auf der Straße nach Barcelos bis zu dem wunderschönen Kloster Tibães mit seinen Gärten aus dem elften Jahrhundert. Das erklärte Ziel war, dass sie frische Luft schnappen und sich die Beine vertreten sollten, doch manche Lehrer lachten und gaben zu verstehen, dass man sie mit dieser List lediglich müde machen wollte.

Höhepunkt der Woche waren Padre Álvaros Besuche am Sonntagmorgen. Der Pfarrer brachte seinem Schützling stets eine Handvoll in der Konditorei Suissa erstandener Süßigkeiten mit, und da er die Interessen des Jungen kannte, zudem einige Exemplare des *Tiro Civil*, die er in der Papierwarenhandlung oder dem Buchladen kaufte oder die er extra aus Lissabon geschickt bekam. So erfuhr Afonso, dass sein geliebter *Football Club Lisbonense* nicht mehr existierte. Er fühlte sich auf unerklärliche Art verwaist und traurig. Die Siege des Vereins hatten seine Träume beflügelt, und er konnte gar nicht fassen, dass die Farben, die er einst auf dem Campo Pequeno so herrlich hatte erstrahlen sehen, nun kein Fußballfeld mehr erfüllen würden.

Eine Woche lang trauerte er um den Verlust des *Club Lisbonense* und vertraute seine Gefühle nur Américo an, einem fünfzehnjährigen, pummeligen Seminaristen, mit dem er sich angefreundet hatte. Afonso hatte versucht, ihm das Fußballspielen beizubringen, doch Steinen Fußtritte zu verpassen hatte den rundlichen, dem Müßiggang und der Gefräßigkeit zugetanen Freund nicht überzeugen können. Américo stammte aus Vinhais in der Provinz Trás-os-Montes und war der Sohn wohlhabender Kaufleute, die meinten, ein Pfarrer in der Familie sei eine Auszeichnung. Afonso hatte seinen Spaß, wenn er Américo bei den Mahlzeiten zusah. Gewöhnt an die frugalen Speisen zu Hause in Carrachana, wo ein simpler Fischkopf als Mahlzeit diente, waren die Mittag- und Abendessen im Refektorium für den Jungen aus Rio Maior üppige Bankette, doch der von den besten, in seinem begüterten Elternhaus in Vinhais im Überfluss servierten transmontanischen Speisen verwöhnte Américo litt entsetzlich unter der Diät, die seiner Ansicht nach eher für Tuberkulose- und Rachitiskranke geeignet war, und so seufzte er beständig vor Heimweh.

Das Schuljahr ging rasch zu Ende, und der inzwischen fünfzehn Jahre alte Afonso wurde mit einem *suficit* in Grammatik, einem *cum laude* in Latein, Kasuistik und Rhetorik und einem *summa cum laude* in Philosophie belohnt; darüber hinaus hatte er mit einem *aprovatus* in den fremdsprachlichen Fächern von Padre Fachetti bestanden. Américo hingegen, der im Seminar zutiefst unglücklich war, wurde mit einem *suficit* und gar mit zwei *nicht bestanden* in Rhetorik und Kasuistik abgespeist. Afonso fuhr den Sommer über nach Rio Maior. Mit stolzgeschwellter Brust fand er sich zu Hause ein; noch nie hatte es jemand in der Familie mit der Bildung so weit gebracht. In den ersten Tagen fühlte er sich fremd in dem Haus in Carrachana, es kam ihm allzu ärmlich und schmutzig vor. Er war erstaunt darüber, dass er sich früher nie an dem Elend, an der Not gestört hatte, in Wirklichkeit waren sie ihm nicht einmal aufgefallen. Er war dort geboren, und die Entbehrungen erschienen ihm ganz natürlich, er hatte sie stets als eine Tatsache des Lebens hingenommen.
Seiner Pflicht eines Günstlings gehorchend, ging der junge Seminarist zur Casa Pereira und stattete Dona Isilda, die ihm die Möglichkeit, in Braga zu studieren, verschafft hatte, einen Besuch ab. Von seiner künftigen Rolle als zölibatär lebender Pfarrer überzeugt, wollte er Carolina nicht sehen, was die Witwe mit Zufriedenheit erfüllte. Dona Isilda schloss daraus, dass ihre Strategie, den Jungen von ihrer Tochter fernzuhalten, funktionierte, und feierte den Sieg im Stillen mit einem Glas Portwein.
Afonsos Eltern waren von seinem Eifer beim Beten und seinem zurückhaltenden Benehmen beeindruckt. Zuweilen überraschte er sie mit Ergüssen auf Italienisch, aber auch auf Deutsch, Französisch oder Englisch, pompösen, wortreichen Sätzen, die lediglich dazu dienten, sich mit dem erworbenen Wissen zu brüsten und auf subtile Weise der Familie gegenüber Überlegenheit zu bekunden. Es trat indes nicht ein, was zu erwarten gewesen wäre. Den Jungen störte es ein wenig, wie die Familie sich verhielt, es mochte an den Sauberkeitsgewohnheiten liegen oder an den Gesprächen, die ihm wenig erhebend zu sein schienen, denn es wurde nur über die Ernte, die Preise auf dem Markt, den Durchfall der Nachbarin, den Geiz von Senhor Ferreira und das Beinproblem der Eselin geredet. Das

Schlimmste aber waren die Räusche des Vaters am Sonntagnachmittag; singend und laut krakeelend kam Senhor Rafael unsicheren Schrittes aus Silvestres Taverne getorkelt und erfüllte Afonso mit Scham.

Deshalb kehrte der junge Seminarist erleichtert nach Braga zurück, um sein Studium fortzusetzen. Seine Zelle roch zwar muffig, das stimmte, aber sie war sauber, und im Vergleich zu Carrachana war das Leben im Seminar geradezu als üppig und vornehm zu bezeichnen. Afonso traf auch Américo wieder, der noch pummeliger aus den Ferien zurückgekommen war, und die beiden wurden unzertrennlich. Im zweiten Jahr ließen sie die Philosophie hinter sich; der Unterricht konzentrierte sich nun auf die theologischen Fächer. Afonso vertiefte sich so sehr in das Studium des Göttlichen, dass er voller Mitgefühl das Schicksal derer bedauerte, die durch nicht in ihrer Macht liegende Lebensumstände nicht in einem katholischen Milieu geboren worden waren. Denn wenn der Katholizismus der wahre Glaube war, dann waren die Ketzer in den nördlichen Ländern zu den ewigen Flammen der Hölle verdammt. Und das nur, so sinnierte der Junge, weil sie bedauerlicherweise am falschen Ort zur Welt gekommen waren. Er konnte sich eines gewissen Erstaunens nicht erwehren, dass die Protestanten die Wahrheit so hartnäckig ignorierten. Zeigte die Großartigkeit der Geschichte Roms nicht augenfällig, dass nur dort der Weg zur Erlösung lag? Wurde durch seine Güte und Erhabenheit nicht deutlich, dass der Heilige Vater der wahre Stellvertreter des Herrn war? Wie konnten diese Völker in ihrer Blindheit und ihrem arroganten Ehrgeiz nur die Augen vor dieser offenkundigen Tatsache verschließen? Ganz zu schweigen von den Juden, die das Neue Testament und das Wort Jesu nicht anerkannten, oder den Mohammedanern, die den wahren Propheten falsche hinzugefügt hatten. Und was sollte man zu den anderen Völkern sagen, die nicht einmal das Alte Testament anerkannten, wie die Hindus und die Buddhisten? Welche Mauer des Unwissens hielt sie gnadenlos von der Erlösung fern? Afonso empfand Stolz, als er lernte, welche Rolle die portugiesische Kirche bei der Verbreitung des Glaubens in Brasilien, Afrika, Indien, China, in Japan und auf den Molukkeninseln gespielt hatte, und bekam Lust, einer jener Missionare zu werden, die in Peking zu

Vertrauten des Kaisers geworden waren oder die die Bandeirantes bei der Bekehrung der Wilden in Brasilien begleitet hatten. Das portugiesische Indien war zum katholischen Glauben bekehrt worden, und nun war noch viel Arbeit in Afrika zu tun. Der junge Seminarist fing an, insgeheim den Traum zu hegen, Missionar zu werden und in so entlegenen Ländern wie Guinea, Angola oder Mosambik den wahren Glauben zu verbreiten. Diese Pläne aber hatte er nur Padre Fachetti und Américo anvertraut.

Die Dogmatikstunden gestatteten ihm, tiefer und ausgiebiger in die unergründlichen Geheimnisses Gottes und des Lebens einzutauchen. Das Fach wurde von Padre Francisco Nunes unterrichtet, einem unerwartet liberalen und wenig orthodoxen Geistlichen aus der Provinz Beira, der in Rom Theologie studiert und ein Aufbaustudium der Philosophie an der Universität Heidelberg in Deutschland absolviert hatte. Auch wenn Afonso es noch nicht wusste, so sollten diese Unterrichtsstunden ihm doch dank seiner naturgegebenen Neugier und der offenen, vorurteilsfreien Art, mit der der Lehrer philosophische Probleme anging, überraschende Einblicke in die Welt eröffnen. Padre Nunes war ein dünner, gebeugter Mann mit kleinen Augen, schütterem Bart und sanfter Stimme und hatte zwei dominierende Eigenschaften. Die erste war, dass er lispelte und das S mit zischendem Pfeifen hervorstieß, und die zweite rührte von seiner Leidenschaft für das Lateinische her, die ihn dazu bewog, im Gespräch mit lateinischen Redensarten nur so um sich zu werfen. Afonso stellte dem Lehrer die gleichen Fragen wie zuvor Padre Álvaro, also auch die nach Gut und Böse, die der jüdisch-christlichen Moral zugrunde lag. War das Gute nun die Antithese des Bösen, oder sollten beide nicht mehr als die zwei Seiten ein und derselben Münze sein?
»Tatsächlich kann *a fortiori* das, was für den einen gut ist, für den anderen schlecht sein«, pflichtete Padre Francisco Nunes ihm zischend bei. »Wenn ich dich beim Schachspiel schlage, ist das gut für mich und schlecht für dich. *Dura lex sed lex*. Im Leben sind viele Dinge so.«
»Aber wenn Gott gut ist, warum gibt es dann das Böse? Warum hat Gott, wenn er allmächtig ist, nicht ein anderes System erschaffen,

eines, bei dem das Ergebnis des Schachspiels für beide Spieler gut ist?«, fragte Afonso nach, der sich bereits an das Zischen gewöhnt hatte.

»Die Antwort auf diese Frage, mein werter Afonso, hat vor zweihundert Jahren ein deutscher Philosoph gegeben«, erwiderte der Lehrer. Er wandte sich zur Tafel und schrieb mit Kreide »Gottfried Leibniz« darauf. »Leibniz hat *ad litteram* bemerkt, dass Gut und Böse nicht voneinander zu trennen sind, weil keines von beiden ohne das andere einen Sinn ergibt«, sagte er lispelnd. »Das Gute hat nur einen Wert, wenn es das Böse als Alternative gibt, wenn wir uns ihm verschreiben, weil es unser Wunsch ist, und nicht, weil wir keine andere Wahl haben. Und diese Dualität von Gut und Böse ist nur möglich, weil wir es mit zwei zusammenhängenden Begriffen zu tun haben, für die wir uns aus freiem Willen entscheiden. Man kann das Gute gewissermaßen als eine Gesamtheit von Regeln und Verhaltensweisen definieren, die gute Ergebnisse für jeden Einzelnen und für die Gemeinschaft im Allgemeinen hervorbringen, und das Böse als eine Gesamtheit von Regeln und Verhaltensweisen, die für den gleichen Kosmos negative Folgen zeitigen. Es ist klar, dass *a priori* jede Gesellschaft oder Religion unterschiedliche oder gar gegensätzliche Regeln und Verhaltensweisen aufstellen kann. *Id est*, es geschieht mitunter, dass eine Sache von manchen Kulturen für gut erachtet wird, von anderen aber für böse, und deshalb müssen wir uns von dem Wort Gottes leiten lassen, so wie es in der Heiligen Schrift verewigt wurde. Sie ist die *alma mater* unserer Moral, sie ist unser Leitfaden bei der Definition von Gut und Böse, bei der Aufstellung von Verhaltensregeln, die wir beachten, und solchen, die wir ablehnen müssen. In der *Genesis* stellt die Unterscheidung von Gut und Böse den dritten Schritt dar, den der Mensch tut, und genau an der Stelle setzt die Bestimmung unserer Moral ein.«

»Und was ist die wichtigste Verhaltensweise oder Regel, die wir beherzigen müssen, um Gutes zu tun?«, fragte der Schüler.

»Die Liebe«, sagte Padre Nunes, ohne zu zögern. »Die Juden glaubten anfangs, das Gute werde praktiziert, wenn wir unseren Nächsten lieben, und so steht es auch im Alten Testament geschrieben. Das Problem ist, dass die Juden der Meinung waren, das erwählte Volk zu sein und dass Gott nur sie liebe. Christus ging über diese Vorstellung hinaus, indem er dafür eintrat, dass Gott zwar sehr wohl die Juden liebe, aber – *magister dixit* – auch alle anderen Völker, alle seien Gottes Kinder, die göttliche Liebe sei universell. Im Übrigen vertraten bereits die Griechen die Ansicht, dass alle Menschen Brüder sind, eine Idee, die Jesus in das Christentum mit aufgenommen hat.«

Ruhelos zerbrach sich Afonso abends im Bett in seiner Zelle den Kopf über diese Gedanken und las mit doppelter Aufmerksamkeit in der Bibel. Manchmal ging er rasch in die Seminarbibliothek, schaute in den theologischen Texten etwas nach und kehrte mit neuen Fragen in Padre Nunes' Unterricht zurück.

»Padre Nunes, in der letzten Stunde haben Sie gesagt, dass Gut und Böse nur deshalb einen Wert haben, weil wir uns zwischen ihnen entscheiden können«, bemerkte der Schüler, als es wieder an die Dogmatik ging. »Aber ich habe den Brief des heiligen Paulus an die Römer gelesen, und dort steht, dass alle Menschen Sünder sind und dass Gott auswählt, wem Er sein Gnade gewährt und wen Er erlöst. Diese Wahl wurde vor dem Beginn der Zeit, bevor die Welt geschaffen wurde, im Voraus von Gott getroffen.«

»Und was folgerst du aus diesen Worten, mein Sohn?«

»Ich folgere daraus, dass Gott Seine Gnade unabhängig von den Verdiensten derer gewährt, die sie erhalten. Wir sind alle Sünder, und Gott obliegt es, willkürlich zu entscheiden, wer erlöst wird. Und da diese Wahl noch vor der Erschaffung der Welt getroffen wurde, ist es unerheblich, was wir tun, Gott hat die Entscheidung bereits gefällt, ehe wir Gutes oder Böses getan haben. Das heißt, was auch immer wir tun, es zählt überhaupt nicht, denn die Dinge wurden schon beschlossen, ehe sie geschehen.«

»Genau an diesem Punkt besteht *ab ovo* ein Gegensatz zwischen Katholizismus und Protestantismus«, bemerkte Padre Nunes und strich sich über den schütteren Bart. »Es ist möglich, dass der heilige Paulus mit diesem Gedanken von Gottes Gnade das Christentum in einen Bereich geführt hat, in den Jesus sich vielleicht nicht begeben hätte. Andere Heilige haben dieser Vorstellung widersprochen und auf dem Grundprinzip bestanden, dass ein Glaube, der nicht durch Taten untermauert wird, keinen Wert habe. Weißt du, die Bibel ist ja eine Sammlung von verschiedenen Texten, die wir als Gottes Wort ansehen, doch in Wirklichkeit wurden sie von Menschen verfasst. Das bedeutet, dass diese Texte bis zu einem gewissen Punkt die menschliche Auslegung des göttlichen Willens sind und als solche zuweilen Widersprüche oder sogar den einen oder anderen *lapsus calami* enthalten können.«

»Aber wie lautet die Antwort auf dieses Problem?«

»Ich weiß es nicht, ich müsste Gott befragen«, erwiderte der Lehrer lachend. »Ich würde sagen, dass es vielleicht eine Möglichkeit gibt, die beiden Standpunkte miteinander zu versöhnen. Sicherlich haben die einen Recht, wenn sie dafür eintreten, dass man Gutes tun müsse, um sich einen Platz im Himmel zu verdienen. Doch der heilige Paulus vertritt eine andere Wahrheit, nämlich die, dass Gottes Güte unendlich ist, *mirabile dictu*, und das bedeutet, dass allen vergeben werden kann, selbst denen, die nur Böses getan haben. Ich gebe zu, dass hierin ein Widerspruch liegt, doch in Ermangelung einer besseren Antwort würde ich *hic et nunc* sagen, die Wege des Herrn sind unergründlich.«

Afonso war zwar mit Padre Nunes' Antwort auf seine Frage nicht zufrieden, doch er begriff, dass der Lehrer tatsächlich keine bessere hatte. Das hinderte ihn nicht daran, weitere Gesichtspunkte des Problems anzusprechen, wie es inzwischen zu seinem Markenzeichen geworden war.

»Aber wie ist es möglich, dass die Dinge beschlossen sind, noch ehe sie geschehen?«

»Alles ist vorherbestimmt.«

»Aber wenn es vorherbestimmt ist, dann deshalb, weil es keinen freien Willen gibt. Das heißt, die Entscheidung für das Böse liegt nicht beim Menschen, sondern bei Gott.«

Padre Nunes seufzte. Was für ein schwieriger Schüler, dachte er, und sein Rücken krümmte sich umso mehr, je beherzter er sich auf das Problem stürzte.

»Der heilige Augustinus beantwortet deine Frage«, lispelte er. »Stell dir vor, dass die Zeit wie der Raum ist. Wenn wir reisen, bewegen wir uns von einem Punkt zum anderen. Ich bin in Braga und fahre nach Viana do Castelo. Natürlich kann ich hier von Braga aus Viana nicht sehen, aber Viana ist da. Wenn ich aber mit einem von diesen Flugzeugen oder Luftschiffen, von denen jetzt in der Zeitung die Rede ist, in den Himmel hinaufsteige, dann kann ich von dort oben aus beide Städte gleichzeitig sehen, Braga auf der einen und Viana auf der anderen Seite. *Mutatis mutandis* ist es mit der Zeit das Gleiche. Ich reise von der Vergangenheit in die Zukunft. Von dem Punkt aus, an dem ich mich befinde, kann ich die Zukunft nicht sehen, obwohl es sie gibt. Gott aber ist dort in der Höhe, und *ipso facto* sieht er beide Punkte, Vergangenheit und Zukunft, zugleich. Hast du verstanden?«

»Ja«, antwortete Afonso zögernd. »Aber inwiefern beantwortet das meine Frage?«

»Mit dieser Abwandlung des Beispiels des heiligen Augustinus habe ich dir die Vorbestimmung erklärt«, erwiderte der Lehrer mit triumphierendem Lächeln. »Nicht Gott hat die künftigen Taten des Menschen gemacht, sondern der Mensch selbst. Gott hat den Vorteil, dass er von dort oben aus gleichzeitig Vergangenheit und Zukunft sieht, und er kann erkennen, was der Mensch tun wird, noch ehe er es tatsächlich getan hat. Gott sieht *ab initio* in der Vergangenheit, welche Wahl wir aus freiem Willen eines Tages in der Zukunft treffen werden, deshalb muss er nicht auf die Zukunft warten, um sein *veredictum* zu verkünden und zu entscheiden, wen er erlösen wird.«

»Also«, folgerte der Schüler, »ist die Zukunft vorherbestimmt.«

»Ja.«

»Und trotzdem haben wir einen freien Willen.«

»Ich gebe zu, dass das *grosso modo* wie ein Widerspruch klingt«, räumte Padre Nunes ein, bemüht, seine Ratlosigkeit zu kaschieren. »Dennoch ist es so. Die Zukunft ist vorbestimmt, seit die Welt erschaffen wurde, und trotzdem ist der Mensch in seinem Willen weiterhin frei.«

»Das verstehe ich nicht«, erklärte Afonso. »Mein Wille kann nur dann frei sein, wenn ich die Zukunft verändern kann, wenn ich Herr meines Handelns bin. Wenn die Zukunft aber bereits vorherbestimmt ist, bedeutet das, dass ich sie nicht ändern kann. Und wenn ich sie nicht ändern kann, dann ist mein Wille nicht wirklich, sondern nur scheinbar frei.«

»Das ist nicht ganz richtig«, sagte Padre Nunes am Rande der Verzweiflung. »Wir sind es, die unsere Zukunft in der Hand haben. *Nihil obstat*. Gott beschränkt sich darauf, unser Handeln im Voraus zur Kenntnis zu nehmen.«

Afonso war nicht recht überzeugt und kehrte zu seinen Büchern zurück. Er zog die Seminarbibliothek zu Rate und bekam sogar die Erlaubnis, kurz in die beim Park neben der Kirche gelegene öffentliche Bibliothek zu gehen. Tage später hob er zu Beginn von Padre Nunes' Unterrichtsstunde die Hand.

»Was gibt es, Afonso?«

»Padre, ich habe eine Antwort auf die Frage des freien Willens gefunden.«

»Des freien Willens? Wovon sprichst du?«

»Erinnern Sie sich? Wir haben in der letzten Stunde über die Vorbestimmung gesprochen, und Sie sagten, der Umstand, dass Gott unser Handeln im Voraus kenne, nehme uns nicht die Freiheit, selbst zu entscheiden?«

»Ja, das Gespräch über den heiligen Augustinus.«

»Ich habe herausgefunden, dass Spinoza dem heiligen Augustinus widerspricht.«

Padre Nunes machte große Augen.

»Spinoza?«

»Ja, Padre«, erklärte Afonso enthusiastisch und blätterte in dem Heft, in dem er sich seine Notizen gemacht hatte. »Spinoza hat gesagt, unsere Überzeugung, frei zu handeln, sei nichts weiter als eine Illusion, die darauf beruhe, dass wir uns der wahren Beweggründe unserer Handlungen niemals bewusst seien.« Afonso blickte von seinem Heft auf und schaute den Lehrer triumphierend an. »Das heißt, wir sind nicht frei, wir glauben nur, dass wir frei sind.«

»Es stimmt, dass Spinoza das geschrieben hat«, gab der Padre mit einem Seufzer zu. »Aber wenn du Spinoza richtig liest, dann wirst du sehen, er hat auch gesagt, dass wir eine Freiheit haben, nämlich die, uns unsere Handlungen bewusstzumachen. Wir werden frei, wenn wir die Dinge verstehen.«

»Das ursprüngliche Problem, dass der freie Wille eine Illusion ist, bleibt ab trotzdem bestehen.«

»Das behauptet Spinoza«, gab Padre Nunes zu. »Aber lass dir eines gesagt sein, Afonso, Spinoza war kein Katholik. Er war Jude, und auch von den Juden wurde er wegen seiner ketzerischen Ideen exkommuniziert. Deshalb musst du ihn *quantum satis* lesen. Wenn ich zwischen Spinoza und dem heiligen Augustinus wählen müsste, würde ich zweifellos Augustinus recht geben.«

Die theologischen und philosophischen Diskussionen faszinierten und beflügelten Afonso, und so war es nicht weiter verwunderlich, dass Dogmatik zum Lieblingsfach des Jungen wurde. In Padre Francisco Nunes' Unterrichtsstunden begriff er etwas, worüber er nie nachgedacht hatte, dass nämlich die göttlichen Texte von Menschen geschrieben worden und nichts weiter waren als unvollkommene Auslegungen von Gottes Willen. Die Einsicht, dass die Heiligen Schriften womöglich fraglich und für verschiedene Lesarten offen waren, erschreckte ihn. Das war eine ungeheuerliche Vorstellung, denn es bedeutete, dass ihre Verfasser sich geirrt haben konnten und Grundsätze verbreitet hatten, deren Ursprung nicht in Gott lag. Er las die Bibel nun mit doppelter Aufmerksamkeit und versuchte herauszufinden, was tatsächlich das Wort des Herrn und was lediglich die subjektive Interpretation des Autors war, doch er merkte rasch, dass dies unmöglich war. Schon die Übersetzung selbst erwies sich als Auslegung, und je nach Übersetzung veränderte sich der Text auf subtile Weise.

Trotz dieser Zweifel war aus Afonso ein frommer, fleißiger Junge mit großem Interesse für die Welt geworden. Je weiter er von den einfachen, naiven Fragen zu komplexeren und tiefgründigeren theologisch-philosophischen Problemen vordrang, umso mehr wuchs seine Bewunderung für Padre Nunes' Wissen. Nach einer Dogmatikstunde knüpfte er ein einziges Mal ein Gespräch an, das nicht ausschließlich von religiösen Themen handelte, und fragte den Lehrer, wo er eigentlich sein Wissen erworben habe.

»Ich war in Rom, mein Sohn«, erwiderte der Padre, amüsiert über die Frage, während er seine Unterlagen ordnete, um zu gehen. »Ich habe die Bibliothek des Vatikan besucht. Genau dort hatte ich mein *fiat lux*.«

»Haben Sie alles dort gelernt?«

»Nicht alles. Manche Dinge habe ich während meines Studiums in Deutschland gelernt.«
»Aber ist das nicht ein protestantisches Land?«
»In der Tat«, pflichtete Padre Nunes ihm bei. »Aber in der Philosophie ist es ganz groß.«
»Glauben die deutschen Philosophen an Gott?«
»Einige ja, andere nicht.«
»Und welche glauben nicht an Ihn?«
»Was weiß ich, einige.«
»Aber welche?«
»Nun, Schopenhauer, Fichte …«
»Die glauben nicht an Gott?«
»Nein.«
»Und wer hat ihrer Ansicht nach die Welt erschaffen?«
Padre Nunes schaute Afonso unverwandt an, seufzte und ließ sich schwer auf den Stuhl fallen.
»Schopenhauer war der erste erklärt atheistische Philosoph«, erläuterte der Lehrer, der sich bereits damit abgefunden hatte, dass er das Klassenzimmer nicht so schnell verlassen würde. Schließlich kannte er den Schüler, den er vor sich hatte. »Er war der Ansicht, nicht Gott habe den Menschen nach Seinem Ebenbild geschaffen, sondern vielmehr habe der Mensch Gott nach seinem Bild geformt. *Sic.* Somit wäre Gott nicht mehr als eine anthropomorphe Schöpfung, eine Projektion des Menschen …«
»So wie bei den Griechen?«
»Welchen Griechen?«
Afonso schaute in seine Notizen.
»Protagoras«, rief er aus. »Protagoras hat behauptet, der Mensch sei das Maß aller Dinge.«
»Nun ja«, pflichtete der Padre ihm mit einer unbestimmten Geste bei. »Aber es gibt noch mehr. Schopenhauer hat sogar die Vorstellung von der Seele verworfen und behauptet, alles Wissen liege im Gehirn und nicht im Geist. Er war der Meinung, die Welt habe keine Bedeutung, verfolge keinen Zweck, existiere um ihrer selbst willen *et cetera*. Das heißt, die Welt hat keinen Sinn, wir sind es, die ihr einen Sinn geben, wir erfinden einen Sinn, um uns zu trösten.«

»Und Sie glauben das?«
»Bewahre, Afonso, natürlich nicht. Wenn ich das glaubte, wäre ich nicht Geistlicher, Gott steh mir bei.«
»Halten Sie nichts von dem, was er gesagt hat, für wahr?«
»Nun, das ist etwas anderes. Weißt du, für Schopenhauer war die Welt grausam, ein Ort des Leidens, an dem man töten muss, um leben zu können. Die Tiere zum Beispiel töten ständig andere Tiere, das sind jede Sekunde Tausende und Abertausende von Tode auf der Welt. *Vae victis*. Damit ein einziges fleischfressendes Tier ein Jahr lang leben kann, um ein einziges Lebewesen zu ernähren, müssen hundert Tiere sterben. Und ein einziger Pflanzenfresser kostet im selben Jahr eine Menge Vegetation das Leben, um ihn zu sättigen. Andererseits gedeihen die Pflanzen dank der Verwesung des Fleischs der Tiere und der Überreste anderer Pflanzen. Das heißt, das Leben nährt sich stark vom Tod. *Dura lex sed lex*. Schopenhauer meinte, dass die Welt der Menschen demselben Gesetz gehorche, dass die Menschen ein Leben voller Leid durchlaufen, in dem sie Sklaven ihrer Bedürfnisse und Wünsche sind. Es sei ein Leben, das aus Gewalt, Frustration, Schmerz, Krankheiten, Angst, Sklaverei, Kampf, aus kurzfristigen Siegen und permanenten Niederlagen bestehe, eine ständige Abfolge von Verlusten, und das Schlimmste sei, dass all das stets übel ausgehe. Das Leben ende unabänderlich mit dem definitiven Verlust, dem Tod. In unserem Dasein gebe es nie ein glückliches Ende.«
»Das hört sich erschreckend an.«
»Es ist deprimierend.«
»Meinen Sie, dass das stimmt?«
»In gewisser Weise, ja«, sagte der Lehrer. »Leben heißt leiden. Und was am seltsamsten ist, obwohl das Leben ein permanentes Leiden ist, klammern wir uns mit all unserer Kraft daran, als sei es der größte Schatz, die größte Kostbarkeit. Doch das Leben ist immer *in articulo mortis*. Es entflieht uns, es zerrinnt uns zwischen den Fingern, mit jedem Atemzug sterben wir, mit jedem Wort, jedem Blick, von Moment zu Moment wird der Abstand kürzer, der uns von unserem Ende trennt, wir werden geboren, und schon sind wir zum Tode verdammt. Das Leben ist vergänglich, es ist nicht mehr als ein flüchtiger Moment, ein kurzfristiges Aufleuchten im Dunkel der Ewigkeit.«

»Meinen Sie?«
»Du kannst dir das noch nicht vorstellen, Afonso, du bist noch sehr jung.« Der Lehrer lächelte traurig. »Wenn wir jung sind, kommt uns alles langsam und endlos, beinahe ewig vor. Aber das ändert sich mit dem Alter. Gerade neulich noch war ich fünfzehn Jahre alt, und *pari passu* bin ich nun bald vierzig. Es scheint, als beschleunige sich das Leben, als werde mit den Jahren die Geschwindigkeit immer größer, und das erschreckt mich. Sieh nur Dom Crisóstomo, er ist sechzig. Mit sechzig ist man in einem Alter, in dem man noch arbeitet, in dem man noch aktiv ist. Aber wenn man es genau betrachtet, dann wird er in zehn Jahren wahrscheinlich nicht mehr am Leben sein. Zehn Jahre sind nichts, mein Sohn. Zehn Jahre sind bloß ein Hauch im Staub der Zeit.«
Afonso ließ sich davon nicht beeindrucken. Für ihn waren zehn Jahre eine lange Zeit, waren zwei Drittel seines Daseins, waren ein ferner Tag, der sich in der Ewigkeit der Zukunft verlor. Das Leben war lang, daran glaubte er, er hatte noch einen weiten Marsch vor sich und fand dieses Gespräch widersinnig. Ihm ging es darum, das Leben zu verstehen, um es erobern und bewältigen zu können, und nicht darum, von ihm erdrückt zu werden.
»Wenn die atheistischen Philosophen im Leben keinen Sinn sehen, wofür leben sie dann?«
»Gute Frage.« Padre Nunes lachte; auf diesem Terrain fühlte er sich zu Hause. »Das genau ist Schopenhauers Problem; ohne Gott bleibt die Welt leer, absurd, ohne Daseinsgrund. An die Stelle Gottes setzt er nun der Begriff der Kunst. Schopenhauer behauptet, durch die Kunst befreie sich der Mensch zeitweise von der Sklaverei des Begehrens und der Qual des Daseins, er wird den Fesseln von Raum und Zeit entrissen und in eine erhabene, himmlische Parallelwirklichkeit versetzt. Was uns, mein teurer Afonso, zu der Schlussfolgerung führt, dass Gott ein Künstler ist.«
»Oder dass die Kunst göttlich ist.«
»Ganz genau«, pflichtete der Padre ihm lachend bei.
Afonso schaute ihn unverwandt an und zögerte kurz, beschloss dann aber, nachdem er über die Worte nachgedacht hatte, die Frage zu stellen, die ihn bei dieser Unterhaltung am meisten quälte.

»Padre, ist es möglich, dass wir uns Gott ausgedacht haben, um der Welt einen Sinn zu geben?«
Padre Nunes' breites Lächeln verschwand, er seufzte. Er fragte sich, wo der Junge diese fast schon an Ketzerei grenzenden Gedanken hernahm.
»Das ist die schrecklichste aller Fragen«, sagte er ernst. »Vielleicht sollte sie aus diesem Grund nicht einmal eine *vexata quaestio* sein. Anstatt *ex cathedra* darüber zu sprechen, müssen wir glauben und darauf vertrauen, dass es Gott unabhängig von unserem Willen gibt. Die Überzeugung von Seiner Existenz hängt weder von der Logik noch vom wissenschaftlichen Nachweis ab, sondern einzig von unserem Glauben. Aber wenn man eine logische Folgerung von mir verlangte, so würde ich mit einer anderen Frage antworten: Wären wir denn hier, wenn dies nicht irgendjemandes Wille wäre?«
»Aber kann man beweisen, dass Gott existiert?«
»Direkt beweisen, will ich nicht sagen, zumindest nicht nach den sogenannten wissenschaftlichen Kriterien, von denen jetzt so viel die Rede ist«, erwiderte er. »Es gab einen schottischen Philosophen, Hume, der die Ansicht vertrat, die Existenz Gott sei eine faktische Frage, entweder es gibt Ihn, oder es gibt Ihn nicht. Hume zufolge können faktische Fragen nur durch Beobachtung gelöst werden. Du musst bedenken, dass Hume Empiriker war, er glaubte an die Beobachtung. Nun, es liegt auf der Hand, dass wir Gott nicht beobachten können, Seine Existenz ist nicht *in vitro* zu beweisen, aber das, so behaupte ich, bedeutet nicht, dass es Ihn nicht gibt. Nach Beweisen zu suchen ist in Wahrheit nicht mehr als *lana caprina*. Ich habe die Stadt Bragança nie gesehen, aber ich weiß, dass es sie gibt. Hume hat festgestellt, dass es keinen direkten Beweis für die Existenz Gottes gibt, sondern dass sie eine Schlussfolgerung ist. *Verbi gratia* deutet die bestehende Ordnung des Universums darauf hin, dass dieses von einer höheren Intelligenz geschaffen wurde. Das ist ein Indiz und kein endgültiger Beweis, das gebe ich zu. Wenn du so willst, hat vielleicht Descartes das stärkste Indiz für die Existenz Gottes geliefert. Descartes hat es logisch erklärt, indem er darauf hingewiesen hat, dass der Mensch zwar unvollkommen ist, in seiner Vorstellung aber einen Begriff von der Vollkommenheit hat. Da jedoch niemand imstande

ist, sich nur im Rückgriff auf sich selbst etwas Größeres vorzustellen, muss diese Idee ihren Ursprung in der Wirklichkeit haben. Wenn ich aus mir selbst heraus nicht in der Lage bin, mir ein vollkommenes Wesen vorzustellen, und es dennoch tue, dann deshalb, weil dieses Wesen tatsächlich existiert.«

»Aber wenn Gott existiert, wo ist Er dann?«

»Er ist in allem«, erklärte der Lehrer, indem er die Arme ausbreitete und rings umherdeutete. »Dein Freund Spinoza mag zwar ein ketzerischer Jude gewesen sein, aber auf deine Frage hat er eine gute Antwort gegeben. Newton hat gesagt, Gott habe die Welt erschaffen, habe sich dann aber herausgehalten und sie nach den von Ihm aufgestellten Regeln funktionieren lassen. Doch Spinoza fand, dieser Gedanke sei falsch formuliert. Denn wenn Gott unendlich ist, dann deshalb, weil Er in allem ist. Wäre Er etwas von der Welt und den Menschen Getrenntes, eine Art außenstehende Wesenheit, dann wären die Welt und die Menschen Seine Begrenzung. Das kann nicht sein. Etwas Unendliches kann per Definition keine Begrenzungen haben. Da Gott unendlich ist, kann Er nicht eine Sache und die Welt und die Menschen eine andere sein. Es kann nichts geben, das nicht Gott ist. Wenn also Gott unendlich ist, dann ist Gott *a fortiori* alles.«

»Das widerspricht dem, was die deutschen Philosophen sagen«, erwiderte Afonso, dessen Kopf von einer Flut von Zweifeln erfüllt war. »So, wie ich es verstanden habe, befindet sich für sie der Mensch im Kampf mit der Welt.«

»In gewisser Weise ja. In ihrem *quid pro quod* nehmen die atheistischen Philosophen Gott aus ihrer Gleichung heraus und neigen dazu, zwischen Welt und Mensch zu trennen. Fichte war einer von ihnen; er behauptete, die Welt der unbelebten sei von der Welt der belebten Materie getrennt. Doch Vorsicht, andere deutsche Philosophen waren da anderer Ansicht. Sie meinten, in etwa so wie Spinoza, alles sei ein und dasselbe. Schelling, zum Beispiel, vertrat *inter alia* die Auffassung, die Natur sei eine allumfassende Wirklichkeit, und das Leben als natürliche Evolution der Dinge sei ein Teil dieser Wirklichkeit. Für ihn ist die Natur ein Prozess, und der Mensch ist Teil dieses Prozesses. Das Leben ist nicht von der unbelebten Materie getrennt, sondern ihre Fortsetzung. Wirklich eigenwillig an diesen Gedanken

Schellings ist, dass sie den Menschen als Teil der Natur betrachten. Schelling hat bemerkt, dass die Natur in ihrem schöpferischen Prozess kein Bewusstsein von sich selbst hat, der Mensch aber sehr wohl. Wenn also der Mensch Teil der Natur ist, dann hat er das Bewusstsein in die Natur hineingebracht. Das ist sein großer Beitrag zum natürlichen Werden. Mit dem Menschen hat die Natur ein Bewusstsein ihrer selbst erlangt.«

»Glauben Sie das auch?«

»Selbstverständlich nicht. Es war Gott, der die Natur und den Menschen *ex nihilo* erschaffen hat, und es war Gott, der entschieden hat, dass der Mensch ein Bewusstsein habe und die Natur keines. Das Bewusstsein ist das Werkzeug, das Gott dem Menschen gegeben hat, um seine animalische Natur zu unterdrücken und nach der Vollkommenheit des Geistes zu streben. Ohne Bewusstsein wäre der Mensch ebenso ein Tier wie die anderen Tiere. Das Bewusstsein ist das göttliche Moment in der menschlichen Natur.«

»Aber widerspricht das nicht dem Grundsatz, dass Gott unendlich ist, Padre? Sie haben gerade eben gesagt, dass es keine Trennung zwischen Gott, der Welt und dem Menschen gibt, Gott ist in allem. Aber wenn Gott in allem ist, weil er unendlich ist, dann kommen wir zu dem alten Problem zurück, dass Er auch in der Sünde ist. Wie ist es dann möglich, dass ...«

»Das habe nicht ich behauptet, Afonso«, unterbrach ihn der Lehrer stirnrunzelnd und mit erhobenem Finger. Das liberale Denken des Padres hatte seine Grenzen, und auf dieses sumpfige Gelände wollte er sich lieber nicht begeben. »Das hat Spinoza gesagt. Und Spinoza war Jude und ein Ketzer, vergiss das nicht. Im Zweifel halte dich an den heiligen Augustinus, mein Sohn, der ist das *vademecum*.«

Um diese Zeit begannen die Probleme der menschlichen Natur, Afonso zutiefst zu beunruhigen. Seine Beschäftigung damit rührte nicht nur aus den durch die Gespräche mit Padre Nunes angeregten philosophischen Betrachtungen, sondern auch aus dem Umstand, dass sein eigener Körper sich in einer Weise entwickelte, mit der sein Geist offenbar nicht mithalten konnte. Über den Mundwinkeln und an seinem eckigen Kinn sprossen die Haare, und er rasierte sich nun

allwöchentlich mit einer Klinge. Zudem wurde ihm heiß zwischen den Beinen. Er verspürte ein Verlangen, das er vor dem Einschlafen in seiner kleinen Zelle bekämpfte, indem er sein Geschlecht befingerte, eine Todsünde, für die er anschließend mit intensiven, inbrünstigen Gebeten in der Kapelle nach Vergebung suchte.
Mit fünfzehn Jahren bekam er in der Nacht regelmäßig Samenergüsse, für die er sich entsetzlich schämte und die ihm unerträgliche Schuldgefühle bereiteten. Er wusste nicht, wie er der Sache Herr werden sollte, und dachte, der Teufel sei ihm in den Leib gefahren, um ihn in den unvorbereitetsten Momenten zur Sünde zu zwingen, besonders im Schlaf. In dem Glauben, niemandem sonst widerfahre dergleichen, flehte er tagtäglich zur Jungfrau Maria, sie möge ihn von der Versuchung erlösen und die Dämonen von ihm fernhalten, die sich im Schlaf seine Bewusstlosigkeit zunutze machten. Er quälte sich mit dem Gedanken, Gott habe dies bereits vorhergesehen und ihn von vorneherein von der Erlösung ausgeschlossen. Hatte nicht schon der heilige Augustinus das geschlechtliche Begehren als eine Versuchung des Teufels angesehen? Afonso hatte im Dogmatikunterricht gelernt, dass das Geschlechtliche etwas Animalisches, Unreines sei und dass diesem Trieb zu widerstehen uns erst zu Menschen mache. Dem heiligen Augustinus zufolge war die geschlechtliche Versuchung eine Vergewaltigung unseres freien Willens. Gott wollte, dass wir frei seien, also konnte er nicht verantwortlich sein für das geschlechtliche Begehren. Wenn das stimmte, dann konnte die Versuchung des Fleisches nur vom Teufel herrühren. Folglich bedeutete das Zölibat den Sieg des Menschen über das Tier, den Sieg Gottes über den Satan. Wenn man so wollte, stellte das Zölibat den Sieg des freien Willens über die Fesseln des Animalischen dar. Wenn es meinem Willen nicht gelingt, diese Versuchung zu bezwingen, dachte Afonso, dann, weil jetzt der Teufel von mir Besitz ergreift. Um zu der ursprünglich von Schelling aufgeworfenen Frage zurückzukehren, wenn auch den Sinn der Überlegungen des deutschen Philosophen verkehrend, dann ist der Satan in unserer Natur, unserer Animalität, und nur unser bewusster Wille erlaubt uns, ihn zu bekämpfen. Das Problem beunruhigte ihn so sehr, dass er nicht einmal bei der Beichte zu erzählen wagte, was mit ihm vor sich ging. All das gehörte in den

Bereich des Unaussprechlichen, des Peinlichen. Darüber hinaus befürchtete er, exkommuniziert zu werden, falls irgendjemand merkte, dass manchmal der Teufel von ihm Besitz ergriff. Wer weiß, so überlegte er, ob das nicht ein Zeichen war und Gott meinte, dass seine nächtlichen Sünden ihn für die Priesterweihe unwürdig machten. Schließlich würde er nie ein so unbefleckter Mann sein können wie Dom João Basílio Crisóstomo, wie Padre Álvaro, wie Padre Nunes oder Padre Fachetti, die wahrhaft keusch, zölibatär und frei von Versuchungen lebten.

Die Plagen des Fleisches fingen an, auch auf seine Seele überzugreifen. Um die Dinge noch schwerer zu machen, konnte Américo zu seinem großen Bedauern nicht mit ihm Schritt halten. Nicht, dass sein Freund aus Trás-os-Montes nicht eifrig genug im Glauben war. Das Problem lag darin, dass er kein Freund des Lernens war und nicht gerne in der Klausur des Seminars lebte. Das führte am Ende des Jahres schließlich zu mehreren *non aprovatus*, woraufhin sein Vater ihn auf Nimmerwiederkehr nach Vinhais zurückberief.

So begann für Afonso das dritte Jahr im Seminar mit einem Gefühl großer Einsamkeit. Er war nun sechzehn, ebenso alt wie die neuen Studenten, die in diesem Jahr ins Seminar eingetreten waren, doch seine Kameraden aus der dritten Klasse waren mit neunzehn Jahren allesamt älter. Sie zeigten sich freundlich und höflich, aber der Altersunterschied war trotz Afonsos lebhafter, anregender Neugier für die Geheimnisse des Universums unübersehbar. Manche, oh Sünde!, interessierten sich für »Mädchen«; der Junge aus Rio Maior hörte sogar, wie einer von ihnen, Abílio, einem Mädchen beim Überqueren des Largo de São Tiago aus seiner Zelle ein Kompliment nachrief, und war verwirrt von diesem gedankenlosen Verhalten. Als er überheblich seine moralische Tugendhaftigkeit bekundete und ihn zur Rede stellte, zuckte der Seminarist und Leichtfuß nur mit den Schultern.

»Die Sünde besteht nicht darin, eine Frau zu begehren, sondern in das Begehren einzuwilligen«, gab Abílio hochnäsig zurück.

»Wer hat das gesagt?«

»Abaelardus.«

»Wer?«

»Petrus Abaelardus, ein Philosoph und Theologe aus dem zwölften Jahrhundert.«

»Das ist Ketzerei«, urteilte Afonso fest überzeugt. »Der heilige Augustinus hat nichts dergleichen gesagt.«

»Der heilige Augustinus kann mir mal im Mondschein begegnen!«, rief Abílio unter dem empörten Blick seines Kameraden.

Aber das war noch nicht alles. In einer Lateinstunde ertappte der Lehrer einen anderen Mitschüler, Rudolfo, mit einem unter Titus Livius versteckten Exemplar des *Dekameron*; der Junge wurde vom Subregens des Seminars verwiesen. Enttäuscht und einsam spürte Afonso, wie seine Motivation schwand und er sich in sich selbst verschloss. Er nahm seine Spiele im Hof wieder auf und verbrachte die Pausen damit, Steinen Fußtritte zu verpassen, unsichtbare Spieler mit Finten zu täuschen, fiktive Torhüter zu schlagen, spektakuläre Tore zu schießen und sich in seiner Phantasie die ruhmreiche Rückkehr des *Club Lisbonense* mit atemberaubenden Dribbelpässen unter seiner Führung auszumalen.

Die fiktiven Spiele wurden immer wilder. Grimmig rannte Afonso über den Hof und kickte die Steine mit ungewöhnlich heftigen Fußtritten vor sich her. Eines Tages traf einer davon einen Kameraden, der an den Stamm einer Eiche gelehnt lernte, am Kopf; das reichlich aus der Kopfhaut quellende Blut veranlasste den Subregens dazu, den Jugendlichen in sein Amtszimmer zu zitieren und ihm einen Verweis zu erteilen. Der Geistliche erklärte ihm, sein Verhalten sei eines Seminaristen unwürdig. Wer Gott fromm dienen wolle, der dürfe sich nicht in solcher Weise aufführen, wie mondsüchtig habe er ausgesehen, als er im Hof nach den Steinen getreten habe. Mit gesenktem Kopf und den Blick starr auf den gebohnerten Holzboden gerichtet, hörte Afonso ihm zu. Einige Wochen lang verkniff er sich das imaginäre Fußballspielen, doch am Ende war die Versuchung stärker als die Vorsicht, und bald schon trat er wieder gegen die Steine, zunächst diskret, sachte, wie von ungefähr, dann immer frenetischer, bis er allen Anstand vergaß. Die Engländer vom *Carcavellos Club* sollten sehen, aus welchem Holz ein Spieler des ruhmreichen *Club Lisbonense* geschnitzt war.

Im Dezember senkte sich erbarmungslos eine durchdringende Kälte auf Braga herab. Jeder schützte sich vor dem Frost, wie er konnte. Die einen entfernten sich kaum vom Kamin, andere hüllten sich in dicke Jacken; Afonso zog es vor, sich beim Laufen, Springen und Kicken zu verausgaben. Doch mit den steifen Muskeln konnte er seine Bewegungen nur unzureichend kontrollieren, und das Unvermeidliche geschah. Ein etwas heftigerer Schuss, den der unsichtbare Torwart des *Carcavellos Club* nicht halten konnte, bedeutete für die Fensterscheibe des Gärtnerhäuschens ein scherbenreiches Ende.

Der Subregens befand, der Bogen sei überspannt. Afonso wurde als »übermütiger Bursche« eingestuft, ein Ausdruck, der für die Aufsässigen benutzt wurde, die zuweilen im Seminar auftauchten. Gleich am Morgen des darauffolgenden Tages rief Dom Basílio Crisóstomo Padre Álvaro zu sich und übergab ihm einen versiegelten Umschlag.

»Was ist das?«, fragte der Pfarrer und schaute den Umschlag an.

»Lies«, befahl der Rektor.

Neugierig geworden, gehorchte der Pfarrer und brach den Siegellack auf. Er entfaltete den Brief und las. Das Papier war unterzeichnet von João Basílio Crisóstomo; der Subregens erklärte darin, das Seminar habe beschlossen, Afonso da Silva Brandão sei zwar ein fleißiger und begabter Schüler, habe in Wirklichkeit aber nicht die Berufung zum Priesterdasein. Infolgedessen würde er auch nicht ordiniert werden. Padre Álvaro erblasste; nie wäre er auf die Idee gekommen, dass er herbestellt worden war, weil ihm ein Entlassungsschreiben übergeben werden sollte. Schließlich hatte Dom Basílio Crisóstomo seinen Schützling stets in den höchsten Tönen gelobt, was durch die guten Noten am Jahresende bestätigt wurde. Die Entscheidung kam somit völlig überraschend. Der Subregens erklärte seinem Freund die Umstände, die ihn zu diesem Entschluss bewogen hatten, doch es wurde vereinbart, dass Afonso das dritte Jahr des Priesterseminars abschließen durfte, um seine Ausbildung zu vervollständigen. Bedingung war, dass er sein merkwürdiges Verhalten auf dem Hof endgültig einstellte, um dem Gerede über seine geistige Gesundheit ein Ende zu bereiten. Wo hatte man je gesehen, dass ein Seminarist auf diese Weise nach Steinen trat?

Afonso war zutiefst betrübt und gekränkt, als Padre Álvaro ihm erklärte, er habe sein Entlassungsschreiben erhalten, und Afonso werde nun doch nicht zum Priester geweiht. Aus dem Jungen war ein einigermaßen frommer Katholik geworden, und er hatte sich trotz der nächtlichen Qualen des Fleisches bereits an die Idee gewöhnt, Pfarrer zu werden. Nun löste sich der Traum von einem Missionardasein in Afrika in Luft auf. Schlimmer noch, Unsicherheit über seine Zukunft erfasste ihn. Wenn er nicht zum Priester geweiht würde, was sollte dann aus seinem Leben werden? Die Rückkehr nach Rio Maior erschien ihm unvermeidlich, doch die Aussicht erfüllte ihn nicht eben mit Begeisterung. Die Stippvisiten in Carrachana in den drei vergangenen Sommern hatten ihn davon überzeugt, dass dort nicht mehr seine Welt war. Dort lag nicht die Zukunft, nur die Vergangenheit. Das Problem quälte ihn eine Zeitlang, ehe er es aus seinem Geist verbannte und abschüttelte wie ein vorübergehendes Unbehagen. Was auch immer passieren mochte, es war vorherbestimmt, dachte er schließlich voller Fatalismus und ergab sich gelassen in sein Schicksal.

Als der Mai des Jahres 1907 gekommen war, nahm er Abschied von Padre Fachetti, Padre Nunes, dem Subregens, von Padre Álvaro und von der Stadt Braga und fuhr heim zu seiner Familie. Er kam nicht mit einem Gefühl der Niederlage, sondern mit dem der Resignation nach Hause; wenn er nicht als Pfarrer zurückkehrte, dann war es für ihn nicht vorgesehen, dann war sein Schicksal ein anderes. Vier Jahre zuvor hatte er Carrachana mit zerfetzten Lumpen am Leib und Rotz und Wasser heulend, voller Zweifel über das, was ihn im Minho erwartete, verlassen. Nun, mit siebzehn Jahren, kehrte er wortkarg in dunkler, sauberer Kleidung und mit einer Krawatte um den Hals zurück und war noch immer voller Fragen. Manche waren metaphysischen Ursprungs, die meisten sehr viel prosaischer. Die große Frage aber war die, wie er unter den Ratschlüssen des Herrn seine wahre Bestimmung erkennen und wie ganz unmittelbar sein Leben in Rio Maior aussehen sollte.

IV

»Papa, warum liebst du Wein?«

Paul Chevallier blickte von der Flasche Chablis auf und sah seine Tochter erstaunt an. Der Besitzer des Château du Vin war mit einer Kerze in der Hand, die ihm den Weg leuchtete, in den Weinkeller des Geschäfts hinuntergestiegen, dessen Wände von Flaschen und dichten Spinnenweben bedeckt waren. Brennend vor Neugier rieb sich Agnès die kleinen Finger, während sie hinter ihm im Dunkeln wartete und versuchte, die eigentümliche Leidenschaft ihres Vaters zu verstehen. Wie sollte Paul ihr Bacchus' Genüsse erklären?

»Weißt du, wie es ist, wenn dir etwas samtig Süßes die Kehle hinunterrinnt?«, fragte Paul in geheimnisvollem Ton. Agnès schüttelte den Kopf. Der Vater hockte sich neben sie und strahlte übers ganze Gesicht. »Stell dir vor, es ist ein Wunder. Der Regen dringt in die Erde ein, die Wurzeln nehmen das Wasser auf, die Trauben reifen, wir verwandeln den Zucker des Saftes in Alkohol, und der Wein berauscht dann die Sinne.« Er atmete tief. »Wir schmecken sein Aroma, die Fruchtigkeit, die Struktur, das Bouquet. Er ist Safran und Poesie, er ist der Nektar einer Blume, die Tränen Gottes, das Gezwitscher einer Schwalbe, er ist ein Duft, eine Melodie, die Rundungen einer Frau, ein Frühlingshauch. Der Wein ist das Leben, mein Kleines.« Zärtlich kniff er sie in die Nase. »Hast du verstanden?«

Agnès schaute ihn mit großen, glänzenden Augen an; noch nie hatte sie ihren Vater so reden hören. Schweigend nickte sie, als habe sie begriffen, doch in Wirklichkeit war sie nur noch neugieriger als zuvor.

Was war nun der Grund dafür, dass ihr Vater den Wein so sehr liebte? Die geheimnisvolle Antwort im Weinkeller des Château du Vin hatte eine obsessive, unbezähmbare Wissenslust in ihr geweckt. Sie hatte

den Sinn der Worte nicht verstanden, aber die Kraft und die Macht darin hatte sie gespürt und war entschlossen, dies alles zu begreifen. Der Vater war vom Wein fasziniert, und sie wollte unbedingt verstehen, warum.
Agnès Aufmerksamkeit für alles, was sie umgab, wuchs, sie wurde aufgeschlossen für die Welt und entwickelte neue Interessen. Die Weltausstellung in Paris hatte eine unvergessliche Reise in die Zukunft dargestellt und einen Katalysator für die zunehmende Neugier des Mädchens für wissenschaftliche Dinge. Die naheliegendste Wissenschaft in ihrem Leben in Lille war indes die tagtäglich im Château du Vin präsente Arbeit des Vaters. Dank des väterlichen Einflusses und angespornt durch seine bestrickende, geheimnisvolle Antwort, aber auch durch den Geist von Kunst und Wissenschaft, der all das beseelte, was sie in Paris gesehen hatte, wurde sie mit dem Heranwachsen zu einer wahren Spezialistin der Weinkunst. Sie wollte alles verstehen und machte sich mit verstörender Begeisterung ans Werk. Sie war fasziniert von der fast schon andächtigen Behutsamkeit, mit der ihr Vater die Flaschen behandelte, mit der er die Flüssigkeit im Glas schwenkte, damit sich das Aroma entfalten konnte, und mit der er den Nektar kostete. Lange Stunden des Beobachtens und beharrliches Nachfragen gewährten ihr Zugang zu der geheimnisvollen Welt der Önologie, jener Wissenschaft, die bald ihre unmittelbare Aufmerksamkeit beherrschen sollte.
Im Alter von elf Jahren barg der Wein für Agnès bereits keine Geheimnisse mehr. Sie wusste, dass Kork den idealen Verschluss für die Weinflaschen bildete, weil er leicht, sauber, undurchlässig und elastisch war. Das Mädchen begleitete seinen Vater, wenn er die Korken einkaufen fuhr, die weich und doch fest in den Flaschenhals glitten. Sie sah zu, wie er die Korken mit einer Prägekapsel aus Bleiblech überzog oder den Flaschenhals altmodisch mit Lack versiegelte. Am eindrucksvollsten aber war, wenn zu Hause beim Abendessen mit Freunden alter, gelagerter Wein mit schon spröden und brüchigen Korken getrunken wurde und ihr Vater seine Husarenuniform anlegte, nach Manier der Champagne mit einem Säbelschlag den Flaschenhals köpfte und den Wein öffnete, ohne ihn zu entkorken. Das war stets ein vielbeklatschter Moment von großer Dramatik; wenn es in-

des alltäglicher zuging, benutzte er für junge Weine lieber den Korkenzieher, der die Flaschenkorken aufbrach.
Agnès wusste, dass es wichtig war, die Flaschen stets liegend zu lagern, damit der Korken durch die ständige Berührung mit dem Wein feucht gehalten wurde, und im Dunkeln, damit der Wein nicht durch Licht verdarb. Sie lernte, alte Weine zu dekantieren, indem sie ihrem Vater dabei zusah, wie er mit der Umfüllkaraffe hantierte, um die Trübstoffe abzuscheiden, doch das Faszinierendste an der gesamten Verrichtung war die Verkostung des Weines als solche. Als kleines Mädchen hatte sie dem Vater voller Staunen dabei zugesehen, wie er die Farbe und die Struktur des im Glas tanzenden Weines prüfte. Um daran zu riechen, steckte er buchstäblich die Nase hinein, doch am verwirrendsten war, wie er die Flüssigkeit kostete und mit der Zunge kleine schnalzende Laute von sich gab. Agnès lernte, dass roter *Cabernet* von einem intensiveren, tieferen Purpur war als *Pinot Noir,* dass gute *Bordeaux*-Weine im Glas eine Ellipse beschrieben und dass *Chardonnay* nur dann ein Aroma entwickelte, wenn er in Eichenfässern gelagert wurde.
Vom Zusehen und Riechen ging sie mit zwölf Jahren zum Probieren der Weine über. Als der Vater ihr zum ersten Mal zu kosten erlaubte, verstand sie nicht auf Anhieb, warum diesem Getränk so viel Wert beigemessen wurde; ihr schmeckte er herb und sauer wie Essig, nichts daran passte zu den geheimnisvollen Worten, mit denen der Vater sie im Keller des Geschäfts verzaubert hatte, doch mit der Zeit lernte sie, die Geschmacksrichtungen zu unterscheiden und zu beurteilen. Als Erstes wurde ihr erklärt, dass es nicht zwei gleiche Weine gab, der Geschmack hing von dem Winzer ab, der den Wein anbaute, von der Rebsorte, dem Klima und der Bodenbeschaffenheit. Dann lernte sie, zwischen einem trockenen weißen *Trebbiano* und einem leichten weißen *Gewürztraminer,* einem lieblichen weißen *Sauternes,* einem *Marsannay rosé,* einem fruchtigen *Chianti,* einem körperreichen *Bordeaux* und einem dunklen, roten *Châteauneuf-du-Pape* zu unterscheiden und mit welchem Fleisch, Fisch, Käse und Obst sie jeweils zu kombinieren waren. Der *Chablis,* zum Beispiel, passte gut zu Schalentieren, der *Sancerre* zu Roquefortkäse, der *Médoc* zu Lamm, der *Sauternes* zu *foie gras* und der *Sauvignon Blanc* zu Lachs. Als

Jugendliche hatte sie bereits ein so großes Wissen, dass ihr Vater ernsthaft überlegte, das Geschäft eines Tages nicht einem der beiden Jungen zu übergeben, wie es zunächst am naheliegendsten erscheinen mochte, sondern an seine eifrige, kompetente Tochter.
Paul Chevallier hatte mit allen möglichen Arten von Kunden zu tun, darunter auch mit solchen, die später zu Notabeln der Stadt werden sollten, wie Monsieur De Gaulle, der zuweilen mit seinem Sohn Charles im Geschäft auftauchte. Charles war ein hochgewachsener, schlaksiger Junge mit großer Nase, der ein Jahr älter war als Agnès und später der berühmteste Sohn Lilles werden sollte, abgesehen natürlich von dem kurz zuvor verstorbenen Pasteur. Schließlich war die Stadt klein, und alle kannten sich. Andere Kunden kamen aus der Oberschicht, waren Besitzer von Schlössern und Villen, die ihre Weinkeller gern gut gefüllt sahen, und so wurde Paul zu einem häufigen Gast in ihren Palästen und Herrenhäusern.

Besondere Freundschaft verband den Weinhändler mit Baron Jacques Redier, einem Kunden, der seine Methode, Flaschen nach Husarenart zu öffnen, schätzte und mit dem er im Sommer im Wald von Compiègne zu Pferd Kaninchen jagte. Die Baronin, Solange Redier, war eine zarte, kränkelnde Frau, der Agnès' Mutter manchmal Gesellschaft leistete und bei den Hustenanfällen beistand, die von einer schleichenden, offenbar chronischen Tuberkulose mit blutigem Auswurf verursacht wurden. Die beiden Töchter blieben dann bei der Mutter auf Schloss Redier, während Gaston und François mit auf die Jagd nach Compiègne gingen. In ihrer Phantasie war Agnès bei solchen Gelegenheiten Florence Nightingale und bemühte sich nach Kräften, der Baronin zu helfen, schließlich war sie ihre erste Patientin.
»Ihre Tochter ist ein Engel«, bemerkte die Baronin nach einer besonders heftigen Hustenattacke, die ihr zahllose Zärtlichkeiten ihrer tapferen kleinen Krankenschwester eingebracht hatte.
»Ja, sie ist sehr liebevoll«, pflichtete Michelle ihr bei, die im Stillen selbst überrascht war von der Aufmerksamkeit, mit der ihre Tochter die Gastgeberin umsorgte. »Sie war schon immer anders als ihre Geschwister.«
»Das Kind sollte spielen gehen, statt sich hier mit uns zu langwei-

len«, befand Baronin Redier und wedelte mit ihrem Fächer. »In dem Alter ist es reine Zeitverschwendung, sich mit einer Kranken wie mir abzugeben, finden Sie nicht?«
»Oh, machen Sie sich keine Sorgen, Baronin, meine Agnès liebt es, unter Erwachsenen zu sein. Manchmal sitzt sie stundenlang stumm in der Ecke und hört unseren Gesprächen zu, man bemerkt sie nicht einmal. Es irritiert mich ein bisschen, das stimmt, aber das ist nun mal ihr Naturell, was soll man da machen? Sie hat riesigen Spaß daran, mit Älteren zusammen zu sein.«
»Hat sie denn keine Freundinnen?«
»Doch, ihre Schwester und Mignonne.«
»Ist das ein Nachbarkind?«
»Nein«. Michelle lächelte. »Das ist ihre Puppe.«
Als die Männer von der Jagd zurückkamen, weckten ihre ansteckende Freude und Begeisterung bei den beiden Schwestern große Neugier. Sie erzählten von den Heldentaten der Jagd, von phantastischen Verfolgungen, von dem Hasen, der nur mit Mühe gefangen worden, dem Fasan, der entwischt war, dem Wildschwein, das sie zu Pferd umzingelten. Es schien eine aufregende Welt voller Abenteuer zu sein, ein unerschöpflicher Quell für Geschichten, ein Kosmos bewegender Gefühle, der den Mädchen ungerechterweise verschlossen war. Claudette langweilte sich auf Château Redier zu Tode und überredete ihre Schwester, sich ihr auf einem energischen Feldzug anzuschließen, um den Vater davon zu überzeugen, sie mitzunehmen. Agnès' Unterstützung zu suchen geschah nicht ohne Hintergedanken; Claudette wusste, dass Paul eine besondere Schwäche für ihre Schwester hatte, und war entschlossen, sich das zunutze zu machen.
»Kommt nicht in Frage, Claudette, Jagd ist nichts für Mädchen«, rief der Vater aus, als die ältere Tochter ihm die Bitte vortrug.
»Bitte, Papa, lass uns mit.«
»Das geht nicht, Kind. Wir müssen auf Pferden reiten, hinter den Füchsen hergaloppieren, und es wird geschossen. Das ist gefährlich.«
»Aber Gaston und François gehen doch auch mit.«
»Das ist etwas anderes, das sind Jungs.«
»Aber sie sind noch viel kleiner als wir, das ist ungerecht.«
»Stimmt, aber sie reiten ja auch nicht mit uns aus.«

»Nein? Und was machen sie dann?«
»Sie bleiben mit Marcel bei den Teichen von Saint-Pierre.«
Marcel, ein mürrischer Mann, den die Kinder nicht mochten, war der Verwalter von Château Redier.
»Können wir denn nicht bei ihnen bleiben?«
»Nein, Kind, das ist nichts für Mädchen.«
Claudette spürte, dass der Moment gekommen war, ihren Trumpf auszuspielen. Sie machte Agnès ein Zeichen, und die Schwester schmiegte sich bettelnd und mit sanftem Blick an den Vater.
»Bitte, Papa, sei lieb und lass uns mit …«
Paul starrte Agnès an und schluckte.
»Ja … ich …«, stotterte er. »Nun … hm … warum nicht?« Er seufzte. »In Ordnung. Morgen nehme ich euch mit.«
Sie umarmten ihn überschwänglich.
»Ist ja gut, ist ja gut«, sagte Paul, der bei der Umarmung dahinschmolz. »Aber ihr müsst euch ordentlich benehmen, habt ihr gehört?«
Es war das einzige Mal, dass der Vater einwilligte, die beiden Mädchen mitzunehmen. Am nächsten Morgen, einem grauen, feuchten Sonntag, steckte er die vier Kinder in einen von Marcel kutschierten Wagen, und sie machten sich mitsamt Auto, Pferden und Hunden mit großem Hallo auf in Richtung Wald. Sie überquerten den Fluss Aisne und fuhren in den Bois de Compiègne; unter mächtigen Eichen entlang ging es bis Beaux Monts, wo sie zu den Teichen von Saint-Pierre abbogen. Agnès und Claudette blieben an einem buchenumstandenen Weiher sitzen, während ihre Brüder unter den verdrießlichen Blicken Marcels im Gebüsch Krieg spielten und der Vater mit Baron Redier hinter Hunden und Hasen hergaloppierte. Die Schwestern fanden den Ausflug öde; es gab dort weder Abenteuer noch Aufregung, nur endlose Langeweile. Ernüchtert wollten sie nie wieder von Jagdpartien hören, da war ihnen die Langeweile auf Schloss Redier tausendmal lieber.

Paul war ein für seine Zeit fortschrittlicher Mann; als Claudette das Gymnasium beendete, beschloss er, ihr ein Universitätsstudium zu bezahlen. So belegte die älteste Tochter, die sich für Archäologie be-

geisterte, beflügelt von den jüngsten Funden in Ägypten und Mesopotamien, an der Sorbonne das Fach Geschichte.
Im darauffolgenden Jahr, 1911, war Agnès an der Reihe. Sie sollte die gleiche Möglichkeit erhalten. Die zweite Tochter des Ehepaars Chevallier entschied sich mit zwanzig Jahren, in die Fußstapfen ihres Vorbildes Florence Nightingale zu treten, was nicht weiter überraschend war, und schrieb sich ebenfalls an der Sorbonne für ein Studium der Medizin ein. Es war zwar keine Krankenpflege, aber das gleiche Metier. Agnès zog nach Paris und teilte mit Mignonne und ihrer Schwester ein hübsches kleines Appartement in St.Germain-des-Prés. Die Wohnung befand sich im ersten Stock eines Hauses in der Rue de Montfaucon neben dem Markt, und hier verlebte sie die schönsten Jahre ihres Lebens.
Claudette und Agnès besuchten unterschiedliche Fakultäten, so dass sie nur abends und an den Wochenenden zusammenkamen. Einmal im Monat fuhren sie nach Lille, um Samstag und Sonntag bei den Eltern zu verbringen und ihr monatliches Geld in Empfang zu nehmen. Es reichte für das Essen, das sie im Marché St. Germain gleich nebenan einkauften, und für die Miete des kleinen Appartements, das aus einer Küche und einem großen Wohnraum bestand, in dem es zwei Betten, ein Sofa, einen Schrank, einen Schreibtisch und eine Badewanne gab. Die Toilette befand sich im Erdgeschoss und war ein winziges Kabuff, in dem ein weißes Klosett mit blauen Verzierungen, Tätowierungen auf dem Porzellan, stand, das von allen Mietern des Hauses benutzt wurde.

Das Medizinstudium nahm Agnès ganz und gar in Anspruch; doch wirklich unvergesslich war die erste Anatomievorlesung. Agnès war eine der wenigen Frauen an der Fakultät, und mit großer Angst betrat sie den Seziersaal zur ersten Stunde in dem gefürchteten Fach. Mitten im Raum stand ein Tisch, auf dem ausgestreckt der Leichnam eines nackten Mannes lag. Fasziniert von dem Anblick des Toten, stellten sich die Studenten respektvoll schweigend rings um den Tisch. Lediglich der Professor wirkte entspannt, vielleicht sogar ein wenig amüsiert; er wusste nur zu gut, wie sehr die düsteren Experimente dieses Faches die Phantasie der Studenten anregten, besonders, bevor sie mit seinem Studium begannen. Professor Bridoux war unter den Medizinstudenten an der Sorbonne für seinen bizarren Umgang mit den Toten berühmt. Im Gegensatz zu den meisten Anatomieprofessoren, denen im Sezierunterricht ein Chirurg zur Verfügung stand, liebte er es, die Leichen selbst zu zerteilen und ihre Eingeweide bloßzulegen. Agnès kannte seinen legendären Ruf eines morbiden Menschen, eine Reputation, die in Wahrheit eine treue Klientel von Studenten anlockte, schließlich galt der Lehrstuhlinhaber für Anatomie allgemein als das eindrucksvollste Original der Fakultät.

»Großartig, meine Herren«, hub Professor Bridoux an und rieb sich die Hände. »Das Wort ›Anatomie‹ leitet sich aus dem griechischen *anatemnein* ab, was so viel heißt wie schneiden, öffnen.« Er hob einen Finger. »Sie werden nun in die älteste Disziplin der Medizin eingeführt, und es lohnt sich, an dieser Stelle an die historische Bedeutung dieses Berufes zu erinnern, wenn Sie mir gestatten.« Gebannt lauschten die Studenten jedem einzelnen Wort der Ausführungen dieser lebenden Legende der Medizinischen Fakultät. »Die ersten Obduktionen wurden dreihundert Jahre vor Christus durch Herophilus von Chalkedon und durch Erasistratos von Kos vorgenommen, doch im zweiten Jahrhundert wurde diese Praxis aus religiösen Gründen verboten.« Bridoux schaute herausfordernd in die Gesichter ringsum. »Die Religion ist eine Quelle des Obskurantismus, meine Lieben. Wenn sie euch in Versuchung führen sollte, so widersteht. Wenn sie euch bereits in Versuchung geführt hat, dann gebt auf. Wissenschaft und Aberglaube passen nicht zusammen, glauben Sie mir. Nehmen Sie unser edles, für die Kenntnis des Menschen so bedeutendes Fach als Beispiel. Nun, trotz seiner Bedeutung hat sich der religiöse Obskurantismus als so stark erwiesen und währte so lange, dass man bis zum vierzehnten Jahrhundert warten musste, bis in Europa abermals eine Obduktion durchgeführt wurde.« Bridoux ergriff ein Skalpell. »Während dieser Zeit verdankte die Medizin alles, was sie über die menschliche Anatomie wusste, der Arbeit des Griechen Galenos von Pergamon und des Arztes Marcus Aurelius, der an die hundert Publikationen mit dem Ziel veröffentlichte, Licht in das Dunkel zu bringen, wie er sagte. Aber erst im sechzehnten Jahrhundert nahm jemand die anatomischen Studien wieder auf und ging noch weiter als

Galenos, meine Herren.« Er blickte die Studenten an. »Wissen Sie, wer dieses Genie war?«

Ein spindeldürrer Junge, von dem Agnès wusste, dass er aus Bordeaux stammte, hob schüchtern den Finger; der Professor bedeutete ihm zu sprechen. »Morgagni?«

»Der kam später«, unterbrach Professor Bridoux ihn, das Skalpell schwenkend. »Der Arzt, der noch weiter ging als Galenos und der sogar dessen Schlussfolgerungen in Frage stellte, war der Belgier Andreas Vesalius. Vesalius war bekannt als ›der Verrückte‹, stellen Sie sich das vor. Er hatte diesen traurigen Ruf wegen seiner Leidenschaft für das Wissen. Er begann zunächst damit, zahlreiche Tiere zu sezieren und später dann die Leichen von Menschen, die in Brüssel hingerichtet worden waren. Er nahm sogar Obduktionen in der Öffentlichkeit vor, etwas noch nie Dagewesenes. Seine Erkenntnisse sind in *Tabulae anatomicae sex* und vor allem in *De humani corporis fabrica libre septem* beschrieben, der grundlegendsten Arbeit über die Entwicklung der Anatomie, die denjenigen, die gerne ihr Latein üben wollen, hier in der Bibliothek der Fakultät zur Verfügung steht.« Mit dramatischer Geste hob er die rechte Hand. »Aber nichts gilt der Prophet im eigenen Land. Vesalius wurde von seinen Kollegen derart dafür beschimpft, Galenus die Stirn geboten und einige der alten Lehren in Frage gestellt zu haben, dass er sich gezwungen sah, nach Spanien auszuwandern, wo er Hofarzt wurde.« Bridoux blickte den schmächtigen Studenten an, der kurz zuvor etwas gesagt hatte. »Ab dem siebzehnten Jahrhundert wurden Obduktionen dann nicht mehr bloß zum Studium der Anatomie vorgenommen, sondern um die Todesursachen der Menschen zu erforschen und damit den Lebenden zu helfen. Hier trat nun ein neuer Wissenschaftler auf den Plan. Und zwar wer?«

»Morgagni«, antwortete der Student lächelnd und errötete geschmeichelt von der liebenswürdigen Geste des Professors.

Bridoux breitete die Arme aus.

»*Voilà*. Giovianni Battista Morgagni«, sagte er, indem er den Namen affektiert mit italienischem Akzent aussprach. »Sie wissen ja, das Wort ›Pathologie‹ kommt ebenfalls aus dem Griechischen. Es verbindet *pathos,* Leiden, mit *logos,* Wort oder Lehrsatz. *Pathos logos*. Pathologie. Die Lehre vom Leiden. Nach den Pionierarbeiten des Galenus von Pergamon war es der italienische Arzt Giovanni Morgagni aus Padua, der die modernen Grundlagen des Studiums der Pathologie etablierte. Morgagni führte an die siebenhundert Autopsien durch und veröffentlichte seine Schlussfolgerungen in einem fünfbändigen Werk mit dem Titel *De sedibus et causis morborum*. Darin wurde die Verbindung zwischen den klinischen Symptomen und den Ergebnissen der Obduktionen hergestellt. Auf diese Weise versuchte Morgagni zu beweisen, dass es möglich war, *post mortem* die Ursachen für den Tod eines Menschen herauszufinden und eine Beziehung zwischen den Krankheiten und den an den sezierten Organen vorgefundenen Veränderungen herzustellen.« Er machte eine Pause. »Irgendwelche Fragen?«

Niemand sagte ein Wort.

»Großartig«, rief Bridoux zufrieden aus. »Ich sehe, Sie wissen bereits alles.« Er näherte das Skalpell dem Bauch des Leichnams. »Meine Herren, der Moment ist gekommen, Ihnen anhand des Studiums der Toten das Leben zu erklären«, verkündete er feierlich. Er blickte auf den nackten Körper und setzte mit veränderter Stimme zwei Töne tiefer hinzu: »Ich weiß, dass Sie ein wenig nervös sind, das ist immer so beim ersten Mal, aber stellen Sie sich einfach vor, wir seien beim Schlachter, und das hier sei lediglich ein Stück Fleisch. Im Übrigen muss man sich das gar nicht vorstellen. Es ist tatsächlich nur ein Stück Fleisch.«

Professor Bridoux zertrennte die Haut des Toten, und mit großer Anstrengung schaute Agnès ihm bei der Verrichtung zu; sie war entsetzt und fasziniert zugleich, wollte die Augen schließen und doch zusehen, wollte weglaufen und bleiben. Sie war überrascht, dass bei der gesamten Obduktion so wenig Blut zu sehen war, war verblüfft über die Würdelosigkeit des Leibes, der da auf dem Tisch lag, eine lädierte Marionette, eine leblose, ausgeweidete Masse. Aber paradoxerweise wurde sie immer ruhiger, je weiter sich die Leiche verwandelte. Es war immer weniger der Mensch und immer mehr ein Haufen Fleisch zu erkennen, ein erschreckender und doch beruhigender Anblick, und es schien wirklich so, als seien sie beim Schlachter. Das zerteilte, aufgeschnittene Fleisch unterschied sich in nichts von dem einer Kuh.

Um auf andere Gedanken zu kommen, ging Agnès nach dieser ersten Anatomiestunde zur Place de l'Opéra. Sie setzte sich ins Café de la Paix und bestellte einen Ptisane. Der Kellner brachte ihr eine Tasse und eine volle Kanne, Agnès fragte, wie viel es koste, und nahm ihre Tasche, um das Geld herauszuholen. Als sie sie öffnete, sah sie etwas Eigenartiges neben dem Portemonnaie liegen. Sie berührte es, es war weich. Sie ergriff das ungewöhnliche Objekt, holte es heraus – leichenblass geworden schaute der Kellner ihr zu – und stellte fest, dass es sich um ein abgeschnittenes Ohr handelte. Wortlos stand sie auf und verließ, unter dem fassungslosen Blick des Kellners, wütend über die Kommilitonen das Café. Nur zu gerne hätte sie gewusst, wer der Spaßvogel gewesen war. Es gab Scherze, die man einfach nicht machte.

Mühsam ertrug Agnès die schaurigen Anatomievorlesungen mit ihren abstoßenden Obduktionen von klapperdürren Toten und dem beständigen Geruch nach Formol, doch der wissenschaftliche Teil entschädigte sie reichlich für diese makabren Unannehmlichkeiten und weckte in ihr die Leidenschaft für die Medizin. Die vergangenen dreißig Jahre waren reich an wichtigen Entdeckungen gewesen. Pasteur hatte die Rolle der Bakterien bei der Verbreitung der Krankheiten herausgefunden und Impfungen zur Verbeugung gegen sie entwickelt, Iwanowsky und Beijerinck hatten die Viren entdeckt, Starling und Bayliss die Funktion der Hormone erkannt, Eijkman und Hopkins die Bedeutung der Vitamine bestimmt, und Bateson hatte die Funktionsweise der von Mendel aufgestellten Vererbungsgesetze begriffen.

Ihre größte Neugier aber weckte die Arbeit Freuds, der wenige Jahre zuvor die fremde Welt des Unbewussten, der Sexualität, der Träume und der Psychoanalyse entdeckt hatte. Agnès hörte zum ersten Mal auf einem medizinischen Symposium von Freud, bei einem Vortrag von Professor Maillet über Geisteskrankheiten. Maillet war ein Schüler des berühmten Neurologen Jean Charcot. In der Kaffeepause fasste sich die junge Studentin ein Herz und ging zu dem Redner.

»Professor Maillet«, sagte Agnès. »Verzeihen Sie die Störung, aber ich habe Ihnen zugehört und fand sehr interessant, was Sie über die-

sen österreichischen Arzt gesagt haben, der zur Heilung von Verrückten die Hypnose einsetzt. Funktioniert das tatsächlich?«
Maillet schaute sie mit arrogantem Gesichtsausdruck an. Als er jedoch bemerkte, dass die Frau, die ihn unterbrochen hatte, jung und zudem hübsch war, wurde er sofort beflissen.
»Natürlich, Mademoiselle.«
»Aber wie hat man das herausgefunden?«
»Oh, das war nicht einfach, das kann ich Ihnen versichern. Wissen Sie, die Krankheiten des Geistes waren schon immer ein Buch mit sieben Siegeln für die Medizin. Die Kranken kamen mit merkwürdigen Verhaltensweisen, und wir wussten nicht, was wir mit ihnen machen sollten. Wie sollten wir ihr Leiden diagnostizieren und heilen, wenn sie körperlich kerngesund waren? Das war ein echtes Rätsel.«
»Und dann kam dieser Österreicher …«
»Nun, es gab bereits vorher psychologische Studien, und für unser Verständnis dessen, was sich hier in unserem Köpfchen abspielt, hat die Neuroanatomie einen bedeutenden Schritt geleistet«, sagte er und pochte sich mit dem Zeigefinger gegen die Stirn. »Aber zweifellos hat Doktor Freud uns eine große Hilfe an die Hand gegeben. Er ist hier nach Paris gekommen und hat sich mit Doktor Charcot getroffen, der mein Lehrer und Mentor war. Doktor Freud war sehr frustriert, weil es ihm nicht gelang, Ängste, Neurosen und Zwangskrankheiten mit den herkömmlichen Kenntnissen und Werkzeugen der Medizin zu behandeln. Bei dem Studium der Symptome der Hysterie war ihm dann Doktor Charcot behilflich. Doktor Freud hat sich hier in Paris zum Studium bei Doktor Charcot eingeschrieben und die Technik der Hypnose erlernt, die er später in Nancy bei Doktor Bernheim vertiefte.«
»Genau das verblüfft mich, Professor Maillet«, unterbrach ihn Agnès. »Funktioniert die Hypnose tatsächlich?«
»Aber natürlich funktioniert sie.«
»Sie erscheint allerdings wie Hexerei oder wie eine Nummer aus dem Zirkus.«
»Im Gegenteil, Mademoiselle, sie ist eine völlig legitime Methode, um die Krankheiten des Geistes zu explorieren. Hier in Frankreich wird sie übrigens viel angewandt, und Doktor Freud hat ihre Wirk-

samkeit bescheinigt. Unser österreichischer Freund versucht, durch Suggestion und Hypnose traumatische Erfahrungen, die die Seele unterdrückt, an die Oberfläche zu holen. Wissen Sie, Doktor Freud glaubt, dass diese Traumata eine Art Ursünde und die Ursache einer Vielzahl von Krankheiten sind, die keinen organischen Ursprung haben. Er hat die Hypnose angewendet, um die Traumata offenzulegen und über das Unbewusste der Kranken die Seele zu bearbeiten.«

»Verwandt?«

»Ja, es scheint so, als habe er die Hypnose als Methode aufgegeben.«

»Aber warum, wenn sie so wirkungsvoll ist?«

»Oh, das weiß ich nicht, da müssen Sie ihn fragen.«

Nach dem Vortrag ging Agnès auf direktem Weg in eine der Buchhandlungen von St.-Germain-des-Prés und fragte nach Freud. Der Verkäufer drückte ihr ein Exemplar von *Die Traumdeutung* in die Hand, das Agnès mit nach Hause nahm. Sie fand nicht eher Ruhe, bis sie das Buch gelesen hatte, und verstand nun, weshalb Sigmund Freud die Hypnose aufgegeben hatte: Er hatte eine bessere Methode gefunden.

Im darauffolgenden Jahr entdeckte Agnès während der Pausen von ihren Ausflügen durch Geist und Physis des Menschen ihren eigenen Körper. Oder besser gesagt, sie stellte fest, dass sie eitel war. Bis zu ihrem zwanzigsten Lebensjahr hatte ihre Mutter sie eingekleidet, und zwar so vollendet, dass das junge Mädchen sich daran gewöhnt hatte, stets gut angezogen zu sein, ohne etwas dafür tun zu müssen. Doch Michelle war nicht in Paris, einer Stadt, in der – was erschwerend hinzukam – von den Frauen erwartet wurde, jede neue Mode mitzumachen, schließlich war es die stilführende Hauptstadt der Welt. Agnès merkte, dass sie sich anstrengen musste, und legte einen Teil ihres monatlichen Geldes zurück, um Stoffe zu kaufen, aus denen sie in der *Vogue* präsentierte Kleider nachnähte. Als sie aus Lille gekommen war, hatte sie ein Korsett getragen, das ihr unter ihren besten Kleidern den Leib zusammenschnürte. Diese mit Metallschienen versehenen Mieder machten die Taille gewaltsam schmaler, drückten die Brüste hoch und beschrieben eine sinnliche, wenngleich schmerzhafte Silhouette.

In Paris stellte sie allerdings zu ihrer Erleichterung fest, dass das Korsett aus der Mode gekommen war. Bereits seit zwei Jahren zeigte sich in der *Vogue* die Tendenz zum Orientalischen, doch die große Neuheit des Jahres 1911 war das Auftauchen von Frauenhosen. Die *pantalons* für die Dame waren ein echter Skandal, den die Modeschöpfer dadurch abmilderten, dass sie sie unter Röcke verbannten. Agnès traute sich nicht gleich bei ihrer Ankunft in Paris, Hosen zu kaufen, doch als sie 1912 ins zweite Studienjahr kam, nahm sie all ihren Mut zusammen und kopierte ein freches Modell aus der *Vogue*. Es war ein weißes, mit goldenen Füllhörnern verziertes orientalisches Kleid; der enge, seitlich geschlitzte Rock ließ dezent eine weite, um die Fesseln geschlossene Hose wie die der Türken erkennen. Mit ihren aus der *Vogue* entlehnten Modellen wurde Agnès an der Universität zu einer Sensation, und bald schon begann es, Einladungen von Herren zu regnen, die mit ihr ausgehen wollten.
Die Blume war erblüht und hatte eine attraktive Frau mit feinen, eleganten Zügen, sanftem Blick und vornehmem Lächeln zum Vorschein gebracht. Sie war keine auffallende Schönheit wie die üppigen Frauen, nach denen sich die Männer umdrehten, wenn sie das Café betraten, und denen sie mit grotesker Lüsternheit und Begierde nachblickten. Ihre Reize waren anderer Art, waren diskreter und lieblicher. Man musste ihr aufmerksam ins Gesicht schauen, um das Hypnotisierende ihrer verführerischen und eindringlichen grünen Augen zu entdecken, zu denen sich die makellosen Züge und die vollen Lippen hinzugesellten. Sie war eine jener Frauen, die nicht unverzüglich animalische Wollust weckten, sondern eine hoffnungslos zärtliche, platonische Leidenschaft.
Meist wurde sie auf ein Croissant bei Stohrer, einen Kaffee bei Tortini, einen Spaziergang in den Tuilerien oder am Ufer der Seine eingeladen; das bescherte ihr ein paar kurze Liebschaften und einige, weitgehend folgenlose Enttäuschungen.

V

Es gab in Carrachana keinen größeren Jungen als Afonso. Der jüngste Sohn der Laureanos war zwar erst sechzehn Jahre alt, als er im Sommer 1906 aus Braga zurückkehrte, aber bereits ein stattlicher Mann. Der für die üblichen Maßstäbe der armen, mittellosen Menschen im Ort reichhaltige Speiseplan im Refektorium des Priesterseminars hatte entscheidend zu seiner körperlichen Entwicklung beigetragen und ihn so groß werden lassen wie seinen Vater. Neben seinen außergewöhnlichen, für die damalige Zeit seltenen ein Meter siebenundsiebzig wirkten viele der Leute, die ihm auf der Straße begegneten und deren Köpfe ihm bis zur Schulter reichten, wie Zwerge.

Zu Hause hatte sich wenig verändert, allerdings war inzwischen im Schlafzimmer mehr Platz. João hatte geheiratet und lebte nun mit seiner Frau in einem Anbau in Rio Maior. Er hatte das Sägewerk verlassen und verdiente sein Geld jetzt als Angestellter in einem Weinlager. Von nun an teilte Afonso sich das Bett im Schlafzimmer in Carrachana mit Joaquim, der ihn übellaunig empfing.

»Das ist ja eine schöne Bescherung! Jetzt kommst du und gehst mir auf die Nerven!«, protestierte er scharf, als er sah, wie der jüngere Bruder Kleidung in einer Schublade verstaute, die er als die seine betrachtete.

»Joaquim, ich bitte vielmals um Entschuldigung, aber wohin soll ich meine Sachen deiner Meinung nach denn tun?«

»Ich bitte vielmals um Entschuldigung?« Der Bruder lachte auf und verzog verächtlich das Gesicht. »Du spielst hier wohl den Oberschlauen mit deinem gestelzten Gerede! Demnächst sagst du noch ›bewahre‹ und ›Gott steh mir bei‹...«

»Ja, aber wohin soll ich meine Sachen denn tun?«

»Was weiß ich! Unters Bett.«
»Unters Bett? Verzeihung, aber ich benötige eine Schublade.«
»Benötige? Mann, du kommst mir mit lauter geschraubten Wörtern. Sieh zu, dass du wie einer normaler Mensch redest. Ich habe keine Lust, neben einem Pfarrer zu schlafen, hast du gehört?« Er deutete auf die Schuhe. »Und dann dieses Getue von einem feinen Herren, nicht mal mehr barfuß gehen kannst du. Man könnte fast denken, du wärst andersherum!«
Joaquim war bereits ein ausgewachsener Mann; nur widerwillig teilte er das alte Messingbett mit dem jüngeren Bruder. Afonsos höfliche Manieren standen in krassem Gegensatz zu den rauen Sitten im Haus. Darüber hinaus war Joaquim gekränkt, weil er nicht die gleichen Bildungschancen gehabt hatte. Ja, er hatte lesen gelernt, aber über die Grundschule hatte er es nicht hinausgebracht, und nun vergeudete er seine Jugend im Sägewerk. Deshalb sah er mit Groll zu, wie sein kleiner Bruder die Möglichkeiten auskostete, die ihm selbst nie geboten worden waren, und so sollte er lange brauchen, bis er diesen neuen Afonso, der unverhofft in sein Zimmer eingedrungen war, akzeptierte.

Eine Woche, nachdem er sich in Carrachana eingerichtet hatte, ging Afonso zur Casa Pereira, um mit Dona Isilda zu sprechen. Er wollte sich für ihre Hilfe bedanken und ihr erklären, warum ihm im Seminar kein Erfolg beschieden gewesen war, aber er brauchte auch Arbeit und nährte die heimliche Hoffnung, dass seine Gönnerin ihn abermals in ihrem Geschäft anstellen würde. Beim Betreten des Ladens stolperte er geradewegs über Carolina und geriet in Verwirrung.
»Hallo, Afonso«, begrüßte sie ihn, überrascht, ihn dort zu sehen.
»Guten Tag«, erwiderte er unbeholfen.
Carolina hatte sich verändert. Sie war groß geworden, hatte feste Brüste, das rote Haar war ein klein wenig brauner geworden, und die Sommersprossen fielen weniger auf. Sie sah zwar nicht umwerfend aus, war aber zweifellos ein attraktives Mädchen.
»Bist du schon Pfarrer?«
»Nein«, stotterte er. »Ich habe aufgegeben, ich bin nicht dazu berufen.«

Er suchte in ihren Augen nach einer Reaktion auf diese Nachricht, aber Carolina ließ sich nichts anmerken, und so konnte Afonso nicht feststellen, ob sie sich über die Neuigkeit freute oder ob sie ihr tatsächlich gleichgültig war.
»Und was führt dich hierher?«
»Ich bin gekommen, um mit deiner Mutter zu sprechen. Ist sie da?«
Carolina brachte ihn zu ihrer Mutter, die im Büro Rechnungen prüfte. Dona Isilda hatte bereits von ihrem Bruder erfahren, dass Afonso entlassen worden war, aber sie war darüber nicht sonderlich enttäuscht. Dass sie dem Jungen geholfen hatte, nach Braga zu gehen, war nur ein Vorwand gewesen, um ihn von ihrer Tochter fortzubringen. Dieses Ziel war erreicht, und so blieb ihr jetzt nur noch, ihn weiterhin von Carolina fernzuhalten. Als Afonso fragte, ob sie eine Stelle im Laden für ihn habe, machte Dona Isilda ein geziemend trauriges Gesicht und sagte, leider gingen die Geschäfte nicht besonders gut und sie könne keinen weiteren Angestellten beschäftigen, sie bedauere, ihm dieses Mal nicht helfen zu können.
»Ein Kaufmann hat kein Herz«, erklärte sie ihm. »Er muss in erster Linie ans Geschäft denken. Die Dinge laufen schlecht, und wenn ich dich einstelle, werde ich die Verluste nur noch vergrößern. Tut mir leid, mein Junge, aber dieses Mal kann ich dir nicht behilflich sein.«
Afonso war zwar enttäuscht, ließ es sich aber nicht anmerken. Resigniert dankte er Dona Isilda abermals für all ihre Hilfe und verließ das Büro.
»Gehst du schon?«, rief ihm Carolina nach, als sie sah, dass er zur Tür ging.
Afonso blickte ihr unverwandt in die Augen und bemerkte Verwirrung darin. Er spürte, dass er ihr noch immer nicht gleichgültig war.
»Ich mache einen Spaziergang. Willst du mitkommen?«
»Wohin?«
»Lass uns zum Fluss gehen, ich war schon lange nicht mehr dort.«
Carolina schaute sich unschlüssig um. Die Angestellte hinter dem Tresen hatte offenbar nicht zugehört, sie schien mehr mit der Reinigung ihrer Nägel beschäftigt zu sein, und die Mutter war noch immer im Büro. Einer plötzlichen Eingebung folgend, entschied sie sich.

»Los.«
Zerstreut schlenderten sie die Straßen entlang zum Fluss, lauschten dem unruhigen Brausen des kalten, glasklaren Wassers des Rio Maior und gingen dann hinauf zur Mühle. Der Spaziergang erwies sich als ermüdend. An diesem sonnigen Vormittag war die Hitze drückend, aber Afonso war glücklich. Obwohl er das Seminar nur widerstrebend verlassen hatte und trotz der ungewissen Zukunft, missfiel es ihm durchaus nicht, von den eintönigen Ritualen, die drei Jahre lang sein Leben bestimmt hatten, befreit zu sein. Andererseits berauschte ihn die Gegenwart des Mädchens an seiner Seite. Die Frauen waren ihm ein Rätsel, ein Quell der Sünde und der Versuchung, aber auch eines unerklärlichen Wohlbehagens. Er mochte das planlose Geplauder und die Momente verlegenen Schweigens, er erlebte den Austausch von Blicken wie ein Spiel, hinter den kleinsten Gesten und einfachsten Worten versuchte er, die Absicht zu erraten, und ertappte sich dabei, wie er selbst offene und versteckte Zeichen gab.
Doch keiner der beiden war in der Kunst der Verstellung besonders bewandert und wollte es in Wahrheit vielleicht auch gar nicht sein. Während sie die Straße entlanggingen, kam Carolina ihm wie von ungefähr nahe, so dass ihre Arme einander mehrmals streiften. Wäre es nur ein, zweimal passiert, es wäre eine zufällige Berührung gewesen. Doch die Beharrlichkeit ließ eine Absicht dahinter erkennen. Von da an verlor Afonso die Kontrolle über sich und wurde allmählich erregt und erregter. Er spürte, wie sein Blut zu kochen begann, wie sein Herz pochte und in seiner Hose eine Erektion wuchs. Carolina ging wortlos an ihn gelehnt, und er rückte nicht von ihr ab. Keuchend und ohne sie anzublicken, tastete er mit den Fingern nach ihrer Hand. Er berührte sie und wartete einen Moment, um zu sehen, ob sie die Hand zurückzog, doch das tat sie nicht. Mit verschlungenen Händen gingen sie schweigend weiter, aufgewühlt von einem Strudel der Gefühle. Das Verlangen wuchs einem Sturm gleich, der sich am Himmel zusammenballt, aufbläht und innehält, ehe er furios auf die Erde niedergeht. Den gesamten Rückweg über gingen sie Hand in Hand. Kurz vor der Casa Pereira machte Carolina sich schließlich los.
»Warte hier an der Ecke auf mich, morgen früh um zehn«, sagte sie. Sie gab ihm einen flüchtigen Kuss und lief in den Laden. Das Liebes-

band zwischen ihnen war neu geknüpft, doch nicht an dem Punkt, wo es vier Jahre zuvor gelöst worden war. Trotz der Bedürfnisse seines Körpers musste Afonso aber erst einmal die Hemmungen überwinden, die er aus den Jahren im Seminar mitgebracht hatte. In der Nacht betete und flehte er zur Jungfrau, sie möge ihn vor dem Verlangen, der Wollust und der Sünde bewahren. Doch bevor er einschlief, war es nicht die Jungfrau Maria, an die er dachte, sondern die Jungfrau, die er liebte. Ihr Körper war reif, und er malte sich tausend heiße Sünden in ihren Armen aus.

Voll sehnsüchtiger Unruhe wurde er wach und lief gleich in der Früh, lange vor der verabredeten Stunde, zur Casa Pereira. Ungeduldig, nervös, voller Zweifel und Zaudern wartete er darauf, dass es zehn Uhr wurde; die Seele riet ihm zur Vorsicht, doch das Fleisch lockte, stachelte ihn auf. Als Carolina endlich erschien, gingen die beiden abermals Hand in Hand die Straße hinunter, dieses Mal zu den Salinen. In der Nähe des Pinienwaldes zog Afonso sie, übermannt von der Erregung, mit klopfendem Herzen und zitternden Händen von der Straße fort. Die beiden stürzten sich hinter einen Busch. Afonso suchte unter den Röcken, zerrte hastig und so linkisch an ihrem Schlüpfer, dass er ihn ein wenig zerriss. Er legte sich zwischen Carolinas Beine, ließ eilig seine eigene Hose herunter und drang leidenschaftlich in sie ein, beide keuchten und zitterten vor Verlangen, stöhnten und seufzten vor Wollust. Wie ein unbezähmbares Tier nahm sein Körper von ihm Besitz, trieb ihn zu raschen, rhythmischen Bewegungen an, und er liebte sie, bis sich ihre Augen mit Sternen füllten und ihr Fleisch vor Lust explodierte.

Es war Dona Alzira, Isildas Nachbarin, die der Mutter des Mädchens die Nachricht überbrachte.

»Dann hat Ihre Carolina also einen Bräutigam?«, fragte sie vom Balkon ihres Hauses herab, als sie in der Sonne Wäsche aufhängte. »Wann soll denn die Hochzeit sein?«

Darauf war Dona Isilda nicht vorbereitet, sie erschrak. Bleich geworden, wandte sie das Gesicht ab, um ihre Überraschung zu verbergen, war aber nicht schnell genug. Alzira merkte, dass sie der Nachbarin eine Neuigkeit mitgeteilt hatte, und lächelte boshaft.

Jedenfalls hatte die Inhaberin der Casa Pereira von nun an ein Auge auf die Tochter; zwei Tage reichten aus, und sie hatte begriffen, wer der Anwärter war. Sie war überrascht, nicht weil es sich um Afonso handelte, sondern weil sie so naiv gewesen war und geglaubt hatte, die Sache sei erledigt und die vier Jahre der Trennung mehr als ausreichend gewesen. Wie dumm sie nur war! Kannte sie denn ihre Tochter nicht? Wo hatte sie nur ihren Kopf gehabt, das eigensinnige Naturell des Mädchens zu ignorieren, das ihr schließlich nur allzu vertraut war?

Doch Dona Isilda war eine praktische Frau und wusste, dass es nicht lohnte, Zeit mit Selbstbezichtigungen zu verlieren, das würde das Problem nicht lösen. Was sie jetzt brauchte, war ein guter Plan. Sie überlegte hin und her, und nach reiflichem Nachdenken gelangte sie zu dem Schluss, dass sie das Unvermeidliche sowieso nicht würde verhindern können. Auch sie selbst hatte gegen den Protest ihrer Eltern mit ihrem Mann angebändelt, und der Widerstand hatte die Heirat nicht abgewendet. Wenn die beiden sich nun mal gern hatten, wie sollte sie das Problem lösen? Natürlich konnte sie die Tochter zu ihren Cousins und Cousinen nach Lissabon schicken, aber das würde nur dazu dienen, dass das unberechenbare Mädchen frei wie ein Vogel wäre und fern von ihrem wachsamen Auge weiß Gott was anstellte in dieser Stadt voller Nichtstuer und Leichtfüße. Nein, die Lösung müsste anders aussehen. Sie überlegte weiter. Afonso war zweifellos ein anständiger Junge, dachte sie, das Problem war nur, dass er mittellos war. Allerdings hatte er in Braga bereits einige Bildung erworben, erwog sie weiter. Er konnte sogar Latein und beherrschte Fremdsprachen, das machte ihn als Bewerber schon interessanter. Um Carolina zu heiraten, war es jedoch vonnöten, dass er seine Ausbildung vervollständigte, er musste Status erlangen und ein sicheres Auskommen finden. Bei diesem Punkt ihrer Überlegungen angekommen, ersann Dona Isilda einen neuen Plan. Ihr Cousin Augusto, Major bei der Artillerie des Heeres, kam ihr in den Sinn, und sie beschloss, ihm zu schreiben und ihn zu fragen, wie ein siebzehnjähriger Junge Offizier werden konnte. Die Antwort kam postwendend.

Lissabon, den 2. Juni 1907

Liebe Isilda,

ich danke Dir für Deinen Brief mit den Neuigkeiten aus Rio Maior. Uns geht es allen gut hier. Odete hat einen lästigen Husten, aber der Doktor sagt, es sei nicht schlimm, und verschreibt Rezepturen, die ich aus der Apotheke hole. Anscheinend haben die Deutschen ein paar sehr gute neue Medikamente für die Lungen. Die Jungen haben ihr den letzten Nerv geraubt, aber zum Glück geht André jetzt schon aufs Gymnasium.

Ich bin so frei, zu vermuten, dass Du bei der Frage bezüglich der Armee, die Du mir gestellt hast, an jemanden Bestimmtes denkst. Um Offizier zu werden, muss man die Heeresakademie hier in Lissabon besuchen.

Für die Aufnahme muss der Bewerber einige Fächer an der Universität oder am Polytechnikum bestanden haben, aber nichts allzu Schwieriges. Er muss ein Führungszeugnis und einen Strafregisterauszug des Bezirks vorlegen und darf nicht älter 24 Jahre sein. Wenn er noch minderjährig ist, benötigt er eine Erlaubnis seines Vater oder Vormunds. Die Einschreibegebühr beträgt zwischen fünf und sechstausend Réis. Es gibt eine begrenzte Anzahl von Plätzen, und die Bewerber müssen körperlich für den Offiziersdienst geeignet sein. Mit einem Wort: Beim Kommandanten der Akademie, General Sousa Telles, kann ich das für Dich regeln. Er ist häufig zu Gast im Hause meines Vaters.

In Erwartung Deiner Antwort und mit einem Kuss für Carolina grüßt Dich

Augusto

Als Dona Isilda den Brief zu Ende gelesen hatte, war ihre Entscheidung bereits gefallen. Sie ging zu Carolina, teilte ihr mit, dass sie über alles Bescheid wisse, und hieß die Tochter den Jungen rufen. Sie wollte mit ihm reden.

Am späten Nachmittag erschien Afonso in der Casa Pereira; nervös schob Carolina ihn ins Büro der Mutter. Als er erfuhr, dass Dona Isilda über das Liebesverhältnis im Bilde war, fiel es ihm schwer, ihr in die Augen zu sehen. Bedrückt setzte er sich auf den Stuhl und presste die Finger auf seinem Schoß zusammen. Er wusste nicht, was er sagen sollte, und sie schwieg dumpf. Erst als sie allein waren, brach Dona Isilda ihr Schweigen.

»Aus dir ist mir ja ein schöner Pfarrer geworden«, bemerkte sie trocken.

Afonso antwortete nicht. Er blickte verlegen zu Boden und wäre am liebsten darin versunken. Er kam sich wie ein Verräter vor, wie jemand, der das Vertrauen eines Menschen missbraucht hatte, der ihm behilflich gewesen war.

»Wenn ich richtig verstanden habe, bist du jetzt mit meiner Tochter liiert.«

Der Junge merkte, dass das eine Frage war, und gab ein bejahendes Brummen von sich.

»Und willst sie heiraten.«

Daran hatte Afonso noch nie gedacht. Er war erstaunt, dass Dona Isilda so schnell so weit dachte, doch ihm schwante, dass es in diesem Augenblick keinen guten Eindruck machen würde, seine ehrlichen Absichten zu leugnen, und so bejahte er abermals, diesmal mit einem stummen Kopfnicken.

»Und darf man erfahren, wie du sie zu ernähren gedenkst?«

Afonso verkroch sich noch mehr in sich selbst. Er wusste keine Antwort auf die Frage, er hatte sie sich noch nie gestellt. Mit gesenktem Blick schwieg er weiter, Angstschweiß trat ihm auf die Stirn. Es entstand abermals eine lastende Stille.

»Nun, wenn ich richtig verstehe, dann hast du zwar nicht die Mittel, sie zu ernähren, willst sie aber heiraten«, schloss Dona Isilda mit einem Seufzer, als wolle sie sagen, das habe sie sich schon gedacht. Neuerliche Stille. »Ich könnte dich natürlich als Angestellten in meinem Laden beschäftigen, da würdest du immerhin ein bisschen was verdienen, aber das reicht nicht. Da ich das Beste für meine Tochter will, habe ich beschlossen, dir zu helfen, deine Ausbildung zu beenden, damit du sie ernähren kannst.«

Der Junge hob den Kopf und machte große Augen.
»Danke, Dona Isilda«, stammelte er.
»Noch brauchst du dich nicht bei mir zu bedanken«, unterbrach die Witwe ihn spröde. »Ich habe mit einem Cousin von mir gesprochen; es besteht die Möglichkeit, dass du einen Platz in der Heeresakademie bekommst. Als Gegenleistung für mein Einverständnis mit dem Verlöbnis will ich, dass du dich in der Akademie immatrikulierst und Offizier wirst.«
»Aber das ist teuer, Dona Isilda.«
»Mach dir keine Sorgen wegen der Kosten, das ist mein Problem. Solange du noch nicht Offizier bist, will ich, dass das Herumpoussieren mit Carolina aufhört, damit nicht noch ein Unglück geschieht. Wenn du als Fähnrich wiederkommst, bist du so weit, dass du dich mit meiner Tochter verloben kannst. Einverstanden?«
Afonso schaute sie unschlüssig an.
»Einverstanden?«, drängte die Witwe ihn.
»Wie lange dauert die Ausbildung?«
»Lass mich sehen.« Sie ergriff eine Broschüre, die ihr Cousin ihr geschickt hatte, und schaute auf die Tabelle. »Bei der Infanterie sind es zwei Jahre, bei der Artillerie drei.«
»Zwei bei der Infanterie?«
»Ja.«
»Dann gehe ich zur Infanterie.«
Die Abmachung wurde besiegelt, und unter dem Vorwand, der Junge müsse sich für die Aufnahme in der Heeresakademie vorbereiten, schickte Dona Isilda Afonso schleunigst und unverzüglich zu ihrem Cousin Augusto. Strenggenommen war es gar kein Vorwand. Afonso hatte weder das Gymnasium noch das Polytechnikum besucht, und er musste in einigen Fächern wie sphärischer Trigonometrie, höherer Algebra, Zeichnen und analytischer und darstellender Geometrie Prüfungen bestehen, um die Anforderungen für eine Anmeldung bei der Infanterie oder der Kavallerie zu erfüllen.

Major Augusto Casimiro, Dona Isildas Cousin, lebte mit seiner Frau und zwei Söhnen in einer Wohnung in Belém. Nachdem Afonso am Rossio ausgestiegen war, befolgte er die handschriftlichen Anweisungen von Carolinas Mutter und bat den Kutscher, ihn in die Rua Direita de Belém zu bringen. Die Familie Casimiro nahm ihn freundlich auf und besorgte ihm sogleich Nachhilfelehrer für die besagten Fächer. Der Junge hatte nicht einmal zwei Monate Zeit, um sich auf die Prüfungen des Polytechnikums vorzubereiten und die Zeugnisse zu erlangen, die ihm den Eintritt in die Heeresakademie erlaubten, und so machte er sich fleißig ans Lernen. Er wusste, er hatte keine andere Wahl, dies war eine unverhoffte und kostbare zweite Chance. Wenn er versagte, würde er nach Carrachana zurückkehren, und ihm würde nichts anderes übrigbleiben, als in die Fußstapfen seines Vaters zu treten und in Cidral in der Landwirtschaft zu schuften oder ins Sägewerk zurückzukehren, wo Joaquim weiterhin seine Jugend vergeudete.

Die Frau des Majors, Dona Odete, litt offenbar unter Tuberkulose, denn sie hustete ganz fürchterlich. Von der im Seminar erworbenen christlichen Gesinnung durchdrungen, bemühte Afonso sich unermüdlich, ihr zu helfen. Häufig ging er zur Apotheke an der Straßenecke, an deren Fassade ein Schild über den eleganten Werksteinen der Türen und Fenster auf das »*Laboratório Franco* – Pharmazeutische Spezialitäten« hinwies, um die vom Arzt verordneten Medikamente abzuholen. Bei einem der Besuche in der Apotheke bemerkte er an der Wand die Fotografie einer Fußballmannschaft.

»Wer ist das?«, fragte er den Apothekenangestellten, während er auf die Besorgung des Rezepts wartete.

Der Mann lächelte.

»Das ist der *Grupo Sport Lisboa*«, sagte er stolz. »Die Mannschaft, in der ich spiele.«

»Sie spielen Fußball?«

»Jeden Sonntag«, rief er und deutete auf den anderen Apothekenangestellten. »Daniel, ich und sogar der Herr Graf.«

Der Graf war Pedro Franco, Conde do Restelo und Inhaber des Laboratório Franco.

»Wie heißt die Mannschaft noch gleich?«

»Mann, das ist der *Sport Lisboa*. Haben Sie noch nie davon gehört?«

»Nein.«

»Ich merke schon, Sie mögen keinen Fußball.«

»Im Gegenteil, ich liebe ihn sehr.«
»Sie lieben Fußball und haben noch nie vom *Sport Lisboa* gehört?«
»Nein.«
»Da haben Sie aber schlecht aufgepasst, Mann.«
»Wissen Sie, ich komme nicht aus Lissabon, ich bin er seit kurzem hier.«
»Ach so«, rief der Angestellte aus. »Die *Grupo Sport Lisboa* wurde vor drei Jahren in dieser Apotheke gegründet. Es ist ein Verein, der aus den Jungs hier aus der Straße besteht, den Brüdern Catatau, den Carrilhos und den Monteiros, alles Leute, die hier wohnen und sich der ehemaligen Truppe von der Casa Pia angeschlossen haben.«
»Und spielen Sie gut?«
»Ob wir gut spielen?« Der Angestellte lachte. »Mann, Sie leben wirklich auf dem Mond. Wir sind letztes Jahr bei der ersten Lissabonner Meisterschaft auf dem zweiten Platz gelandet. Auf dem zweiten Platz, haben Sie gehört? Besser als wir war nur noch der *Carcavelos Club*; der *Lisbon Cricket* und der *CIF* der Gebrüder Pinto Basto sind hinter uns zurückgeblieben.«
»Ach, Sie spielen gegen den *Carcavelos Club*?«, fragte Afonso nun ehrlich beeindruckt.
Schon zu Zeiten des *Club Lisbonense* war der *Carcavelos Club* die gefürchtetste Mannschaft gewesen, die es gab; sie bestand aus Engländern vom Unterseekabelbau. Wenn die Mannschaft des Apothekenangestellten gegen den *Carcavelos Club* spielte, überlegte Afonso, dann musste sie tatsächlich sehr gut sein.
»Wir sind Lissabonner Vizemeister«, wiederholte der Mann mit unverhohlenem Stolz.
»Darf ich Ihnen beim Spielen zuschauen?«
»Diesen Sonntag, wenn Sie wollen. Wir werden bei einem Freundschaftsmatch gegen den *Cruz Negra* antreten. Die Meisterschaft beginnt erst im Herbst.«
»Und wo wird das sein?«
»Hier gleich nebenan, auf dem Salésias-Feld bei der Kaserne. Um halb vier Uhr nachmittags.«

Afonso fehlte nicht bei der Begegnung. Am Sonntag hatte er es sich bereits um drei Uhr auf dem Salésias-Feld bequem gemacht, einem von Häusern umstandenen Stück Brachland, das zu einer Kaserne der Kavallerie gehörte. Im Hintergrund reihten sich Pferdeställe aneinander, auf der anderen Seite war der gemächlich gen Meer fließende Tejo zu sehen. Es hatte sich schon eine kleine Menschenmenge um das unbefestigte Feld versammelt, die ein paar Spielern beim Training vor den improvisierten Toren zuschaute. Manche trugen grüne Hemden mit einem auf die Brust gestickten schwarzen Kreuz, andere hatten rote Pullover und weiße Shorts an, darunter die beiden Angestellten des Laboratório Franco. Afonso begriff unschwer, dass Erstere zum *Cruz Negra* gehörten und die anderen zum *Sport Lisboa*. Nach einer halben Stunde rief ein Mann in langen Hosen, Krawatte und Weste die Kapitäne der beiden Mannschaften herbei, und die drei wählten das Feld und den Ball. Das war der Schiedsrichter.

Augenblicke später begann das spannende Match. Die Menge geriet in Aufregung und rief »aaaah«, wann immer ein Schuss auf das Tor zielte. An der unterschiedlichen Intensität des Geschreis, je nachdem, an welchem Tor die Gefahr lauerte, merkte Afonso, dass der *Sport Lisboa* die größere Sympathie der sonntäglichen Zuschauer hatte. Irgendwann stürzte ein Spieler des *Cruz Negra* in der Nähe vom Tor des *Sport Lisboa* zu Boden, und der Schiedsrichter entschied auf Elfmeter. Einige Zuschauer fanden sich damit nicht ab und rannten auf das Spielfeld, um von dem Schiedsrichter Genugtuung zu verlangen, all das so hitzig, dass die Spieler den Mann beschützen mussten. Als wieder Ruhe eingekehrt war, zielte einer der Spieler vom *Cruz Negra* zum Elfmeter und schoss ins Tor. Die Zuschauer reagierten kühl, an Stelle des aufgeregten »aaaah« war ein enttäuschtes »ooooh« zu vernehmen. Das Spiel begann von neuem, und irgendwann rollte der Ball vom Spielfeld. Einer der Zuschauer ergriff ihn und rannte mit ihm fort. Zwei Spieler in Rot liefen ihm nach und schafften es, den Ball zurückzuholen. Das Spiel wurde wiederaufgenommen, und kurz darauf bedeutete ein Freudengeheul, dass der *Sport Lisboa* den Ausgleich geschafft hatte. Am Ende gewannen die Roten das Match drei zu eins, und die Leute gingen zufrieden nach Hause.

Afonso schaute noch zu, wie sich die Spieler in einer Ecke des Spielfeldes auszogen und in Becken wuschen. Ein kleiner Junge ging mit einem Eimer zu einem Brunnen, um Wasser zu holen, und goss es über die Spieler. Afonso lächelte beim Anblick des Spektakels, verließ in aller Ruhe das Salésias-Feld und kehrte zurück nach Hause zu seinen Übungen in höherer Algebra.

Zwei Monate lang war das Afonsos Leben. Während der Woche paukte er mit den von Dona Isilda bezahlten Nachhilfelehrern, und am Sonntag schaute er zu, wie der *Grupo Sport Lisboa* auf dem Salésias-Feld, in Alcântara oder im *Lisbon Cricket Club* brillierte.

Wenn Spieler zur Vervollständigung der beiden Mannschaften fehlten, nahm er sogar manchmal am Training teil, aber es mangelte ihm an Talent und an der körperlichen Kondition, um bei dem Tempo der anderen mithalten zu können. So ging es bis Anfang August, als die Zeit gekommen war, um am Polytechnikum die Prüfungen abzulegen.

Die Examen verliefen gut, und nach einigen Tagen hielt Afonso die fünf benötigten Zeugnisse in der Hand. Major Augusto Casimiro brachte ihn zur Heeresakademie nach Bemposta zum Palast der Königin, dem Paço da Rainha, wo er alle erforderlichen Unterlagen und Bescheinigungen einreichte und als Einschreibgebühr für die Infanterie über fünftausend Réis bezahlte. Afonso musste noch Leibesübungen absolvieren, damit seine Eignung für das harte militärische Training festgestellt werden konnte, eine Prüfung, die er mit erstaunlicher Leichtigkeit bewältigte. Nun machte sich seine athletische Statur bemerkbar, umso mehr, als seine häufige Teilnahme beim Training des *Sport Lisboa* ihn in Form gebracht hatte. Dazu ließ Major Casimiro seine Beziehungen spielen und sprach mit General Sousa Telles, um die Dinge diskret voranzutreiben, denn es gab mehr Bewerber als Plätze, doch erwies sich das als unnötig. Am einunddreißigsten August wurde die Liste der ausgewählten Bewerber im Atrium der Akademie angeschlagen, und Afonsos sah, dass sich sein Name darunter befand. Er spürte, wie ihm eine Last von den Schultern genommen wurde und ein Strom frischer Luft seine Lungen blähte. Er wusste, ein Scheitern hätte schmerzliche Folgen für sein Leben gehabt, und

so fühlte er sich sehr erleichtert, in der Heeresakademie immatrikuliert zu sein.
Der Unterricht begann erst im Herbst, und so fuhr Afonso den September über nach Carrachana. Als Dona Isilda von der Anwesenheit des Jungen erfuhr, hielt sie Carolina im Haus hinter Schloss und Riegel. Vereinbarungen waren da, um eingehalten zu werden, so die Begründung der Witwe. Sie wollte keine Liebeleien, solange der Bewerber nicht das Kriegsstudium abgeschlossen hatte, das ihm die Türen zur Offizierslaufbahn öffnen sollte, sonst ginge es noch mit dem Teufel zu, und das Mädchen würde schwanger. Doch Dona Isilda entzog sich nicht ihrer Verantwortung als Protektorin und bezahlte die Anfertigung von Afonsos Feldwebelkadettenuniform in der Schneiderei Ulpio Brazão, der obligatorischen Bekleidung für alle jungen Männer, die die Heeresakademie besuchten.

Am Donnerstag, den vierundzwanzigsten Oktober, kehrte Afonso nach Lissabon zurück. Er meldete sich im Sekretariat der Akademie und schwor Tage später den Treueid, eine unerlässliche Bedingung, um bei den Truppenverbänden der Armee dienen zu dürfen. Von nun an war er Angehöriger der Heeresakademie und verdiente einen Sold von dreihundert Réis am Tag, was insofern merkwürdig war, als er eine Einschreibgebühr hatte zahlen müssen.
Ein Feldwebel führte ihn und eine Reihe anderer junger Männer, die sich ebenfalls an diesem Tag gemeldet hatten, zum Kasernenhof des Internats der Akademie, einem großen, von zweistöckigen, hellrosafarbenen Gebäuden umstandenen, unbefestigten Platz. Im Hintergrund jenseits der Mauer erhoben sich große Ulmen und zwei Masten; einer, an dem die blauweiße Fahne Portugals gehisst war, und ein anderer, an dem die Flagge der Heeresakademie mit den von zwei Lorbeerzweigen umkränzten portugiesischen Waffen in den Ecken wehte. Sie wurden zu dem linken mittleren Gebäude gebracht; beim Betreten merkte Afonso, dass es eher ein regelrechtes Kadettenlager als ein Schlafsaal war. In dem weitläufigen, ungeteilten Raum befanden sich links und rechts auf jeder Seite fünfzig Etagenbetten, insgesamt hundert an der Zahl, mit weißen Laken auf gewöhnlichem Holz. Nichts, was den Jungen aus Carrachana gekränkt hätte, denn durch

die Messingschlafstatt, die er jahrelang mit seinen Brüdern geteilt hatte, war er Schlimmeres gewohnt. Der Feldwebel wies ihnen ihre Betten zu, gab ihnen die Schlüssel für die Spinde und befahl ihnen, die zivile Kleidung abzulegen und von nun an lediglich die vorgeschriebene Uniform zu tragen.
Mit bloßen Füßen auf dem kalten Fliesenboden vor dem Spind stehend, entkleidete Afonso sich und legte die Uniform an, die er zuvor nur einmal beim Schneider in Rio Maior anprobiert hatte. Zuerst zog er die grauen Hosen, das Unterhemd und die Schuhe an und schlüpfte dann in das Prunkstück der Uniform, den Dolman. Das war eine prächtige blaue Jacke, die längsseits in der Mitte der Brust mit sechs Messingknöpfen geschlossen wurde, vorne leicht abgerundete Säume hatte und einen feuerroten Kragen mit dem goldenen Emblem der Akademie – auf die Ärmel gestickte, rote Rangabzeichen eines Feldwebels –, einem weißen Schulterriemen quer über der Brust und einem Patronengürtel um die Hüfte. Auf dem Kopf saß das blaue Barett. Als alle ihre Uniform angezogen hatten, führte der Feldwebel sie aus dem Schlafsaal auf den Kasernenhof und unterwies sie in den Ritualen, die sie von nun an täglich bei dem mittäglichen Antrittszeremoniell zu befolgen hatten. Dann händigten die Kadetten dem Unteroffizier ihre vorschriftsmäßig nummerierten Teller und Bestecke aus, damit sie in den Speisesaal gebracht wurden. Afonsos Teller und Besteck trugen die Nummer 190; den Offiziersanwärtern wurde mitgeteilt, welchen Platz im Speisesaal sie einnehmen sollten.
Das Zeremoniell begann um halb zwölf. Der Feldwebel erschien kurz vorher im Kasernenhof und befahl den Kadetten strammzustehen. Afonso und die anderen Neuen standen an einer der Außenseiten. Um Punkt zwölf Uhr mittags kam der Kommandant der Kadetten aus seiner Stube und trat auf den Kasernenhof. Es war Oberst Leitão de Barros, ein dickbäuchiger Mann in den Sechzigern mit zurückgekämmtem, grauem Haar, einem dichten, spitzen Schnurrbart und stark geschwungenen Augenbrauen. Der Kommandant nahm vor den Kadetten Haltung an und gab dem Feldwebel ein Zeichen.
»Rechtsum!«, brüllte dieser.
Die Offiziersanwärter drehten sich nach rechts; aufmerksam ihre Bewegung verfolgend, tat Afonso es ihnen gleich. Zu den Fahnen und

den Ulmen gewandt, die sich jenseits der Mauer reckten, blieben sie stehen.

»Im Gleichschritt, marsch!«, brüllte der Feldwebel erneut; seine gewaltige Stimme erfüllte den Kasernenhof.

Eine Handvoll Männer der Heeresblechkapelle begann zu spielen, und die Kadetten marschierten im Gleichschritt rund um den Kasernenhof, bis sie wieder an ihrem Ausgangspunkt angelangt waren. All das war neu für Afonso, der sich über sich selbst in seiner Rolle amüsierte. Auf Befehl des Feldwebels wurde das Zeremoniell beendet, die Kadetten strömten auseinander und liefen rasch zu dem Gebäude, das hinter ihnen auf der anderen Seite des Kasernenhofs und gegenüber den Schlafräumen lag. Afonso betrat einen riesigen Raum mit zwei langen Tischreihen auf jeder Seite, den Speisesaal. Die Kadetten gingen zu den Tischen, stellten sich hinter die Stühle und warteten ab. Als Oberst Leitão de Barros den Saal betrat, brüllte der Feldwebel abermals einen Befehl.

»Stillgestanden!«

Alle standen stocksteif da.

»Geben Sie Erlaubnis, dass ich Befehl zum Setzen erteile, Herr Oberst?«, fragte der Feldwebel leise.

»Jawohl, setzen lassen.«

Auf Anweisung des Feldwebels nahmen die Kadetten ihre Plätze ein. Afonso erkannte vor sich auf dem Teller und dem Besteck die Nummer 190 wieder und konnte nicht umhin, dieses Detail militärischer Organisation zu bewundern. Unverzüglich wurde der Eintopf serviert. Die Bediensteten brachten geschmorten Hammel mit Kartoffeln, Wasser und Rotwein. Zu Afonsos Überraschung war das Essen nicht schlecht zubereitet. Zum Nachtisch gab es Milchkaffee und Brot.

Es dauerte nur wenige Tage, bis er sich eingewöhnt hatte. Das Studienjahr begann am dreißigsten Oktober, und ein großes Ereignis warf seine Schatten voraus. Seine Majestät, der König Dom Carlos, sollte bei der öffentlichen Veranstaltung zum feierlichen Beginn den Vorsitz führen, und die Heeresakademie gab sich zu diesem wichtigen Anlass die allergrößte Mühe. Afonso hatte Seine Königliche Hoheit noch nie gesehen und brannte vor Neugier auf den Monarchen, den wichtigsten Mann des Landes, der Macht über Leben und Todes eines jeden und aller hatte.

Am Morgen des großen Tages traten die Kadetten in vier Kompanien vor dem Eingangstor der Akademie im Paço da Rainha an, an der Mauer des Kasernenhofs. Die Musikkapelle der Infanterie hatte sich dem Bataillon angeschlossen, während die Kompanie des sechzehnten Infanterieregiments, ebenfalls mit einer Musikkapelle, die Ehrenwache bildete. Für die obligatorischen Salutschüsse waren auf dem Exerzierplatz der Akademie sechs Geschütze des ersten Artillerieregiments aufgestellt worden. Das Warten war zeitraubend; Oberst Leitão de Barros und die Feldwebel inspizierten zahllose Male die Kadetten. Die Nervosität war bei allen offenkundig.

Gegen zehn Uhr morgens ritt die Kavallerie mit großem Getöse durch die Rua Gomes Freire in den Paço da Rainha und kündigte die Ankunft des Königs an; anschließend erschien ein schwarzes Automobil und hielt vor dem Bemposta-Palast.

Alle standen stramm; Afonso hatte noch nie einen so großen Wagen gesehen, sicher passten fünf Personen hinein. Die beiden Kapellen schmetterten los, unverzüglich wurde ein roter Teppich auf dem Bürgersteig ausgerollt, General Sousa Telles trat aus der Akademie, und mit Oberst Leitão de Barros an seiner Seite entbot er einen militärischen Gruß in Richtung des Autos; alle trugen ihre Galauniform. Die Artilleriegeschütze schossen den Salut. Die Wagentür öffnete sich, und eine Gestalt stieg aus, vor der sich die Offiziere höflich verneigten. Dom Carlos trat auf den Bürgersteig; er war ein dicker Mann in seiner geschmückten Uniform, in dessen breitflächigem Gesicht ein blonder Schnurrbart prangte. Beifall erklang, und mit gezwungenem Lächeln winkte der König zum gegenüberliegenden Bürgersteig, um die Frauen der Offiziere zu grüßen, die sich auf den Straßen und Balkonen versammelt hatten und ihre besten Sonntagskleider und Sonnenschirme nach Pariser Art zur Schau trugen, die an diesem grauen Tag bloßer Zierrat waren. Die Ehrenwache bildete ein Spalier, und Dom Carlos betrat mit General Sousa Telles an der Seite, der ihm den Weg wies, und dem restlichen Gefolge die Heeresakademie.

»Ob es wohl stimmt, was man sich über ihn erzählt?«, fragte Afonso im Flüsterton den Kadetten Mascarenhas, der neben ihm wartete und mit dem er bereits Freundschaft geschlossen hatte.
»Dass er impotent ist?«
»Nein, dass er Hörner aufgesetzt bekommen hat.«
»Was weiß ich«, erwiderte Mascarenhas und verzog das Gesicht. »Ich habe schon so viel gehört. Impotent, gehörnter Ehemann, Lustmolch, verrückt. Ich weiß nicht, ob es stimmt, aber wo Rauch ist, da ist auch Feuer.«
»Zumindest ist er ein Vielfraß«, folgerte der Junge aus Rio Maior. »Hast du seinen Bauch gesehen?«
Afonso und die anderen Kadetten verharrten zwei Stunden auf der Straße und warteten ungeduldig auf das Ende der feierlichen Zeremonie, die im Empfangssaal im ersten Stock stattfand. Gegen Mittag kehrte die Unruhe in den Paço da Rainha zurück, die Kapellen begannen erneut zu spielen, der König erschien wieder auf dem Bürgersteig, verabschiedete sich von den Offizieren, winkte den Damen und Jungfern zu, stieg in den Wagen, die Artilleriegeschütze feuerten ihre Salven ab, und inmitten des infernalischen Lärms der Pferdehufe, deren Getrappel über den Platz hallte, setzte sich das Auto mit der Kavallerie im Gefolge in Bewegung.

Mit diesem Festakt begann das Studienjahr. Afonso gewöhnte sich daran, um sechs Uhr morgens aufzuwachen, zum Frühstück Kaffee und Kekse zu sich zu nehmen und sich in den Unterrichtsräumen einzufinden. Montags ging es um sieben Uhr morgens los mit Fechten, gefolgt von einer Stunde Buchführung um halb neun und Topographie um elf. Um halb eins gab es Mittagessen, und um eins kam die Leichte Befestigungskunde dran, bei der er die Funktion von Biwak und Feldlager lernte sowie die militärischen Kommunikationsarten und die Anwendung der Fotografie im Krieg. Das waren zwar nicht so anregende Fächer wie seine Gespräche mit Padre Nunes über Dogmatik, doch Afonso bemühte sich, den neuen Gegenständen, die er studieren musste, Interessantes abzugewinnen. Nach dem Unterricht hatten sie für den Rest des Nachmittags frei und begaben sich im Anschluss an das Abendessen um neun Uhr in den Schlafsaal, wo

sie nach einem raschen, frugalen Nachtimbiss alsbald alle tief und fest schliefen.
Im ersten Studienjahr hatten Infanteristen und Kavalleristen gemeinsamen Unterricht. Von Montag bis Samstag verbrachten die Offiziersanwärter die Zeit beim Erlernen verschiedener Disziplinen wie Schießen, Gymnastik, Verwaltung und Buchhaltung, Infanterie- und Kavallerietaktik, Reiten, Grundbegriffe der Ballistik und Heeresorganisation. Besonderes Geschick erlangte Afonso auf dem Schießstand an dem Mauser Vergueiro, einem Karabiner, der ein Verschlussstück wie der Mauser besaß und den Oberst Vergueiro drei Jahre zuvor modifiziert und den kurzen Armen der portugiesischen Soldaten angepasst hatte. Afonsos Arme waren zwar eigentlich lang, aber er konnte mit dieser Waffe trotzdem wahre Wunder vollbringen. Ein weiteres von den Offizieren für wichtig erachtetes Fach war die Militärhygiene, die von einem Arzt erteilt wurde, der die seltsame Theorie vertrat, man müsse einmal im Monat ein Bad nehmen, und wenn es heiß war, sogar einmal pro Woche. Die Kadetten lachten über diese Übertreibung, so viel Baden bekam der Haut nicht und war ungesund, doch das Lachen verwandelte sich in Empörung, als sie merkten, dass sie sich dieser radikalen Erfahrung regelmäßig zu unterziehen hatten.
Der Unterricht und die Übungen weckten bei den Kadetten unersättlichen Appetit. Das Problem war allerdings, dass sich die Speisenfolge beim Mittagessen wiederholte. Abwechselnd gab es Innereien vom Schwein mit Reis, Steak mit Bratkartoffeln und gedünsteten Stockfisch mit gekochten Kartoffeln. Am Abend ging es vielfältiger zu; es gab gekochten Fisch, Kalbsschmorbraten, Schweinekopf mit weißen Bohnen und Gemüse oder Bratfisch mit Kartoffeln, ergänzt durch verschiedene Suppen mit Reis und Kichererbsen, weißen Bohnen oder Nudeln, dazu Salate aus Brokkoli oder grünen Bohnen und Brot. Der Nachtimbiss beschränkte sich dann auf Tee und Butterbrot, um über Nacht den Magen zu besänftigen.
Die Sonntage waren frei. Afonso leitete sie in der Kapelle der Akademie mit der Sonntagsmesse ein, aber am Nachmittag suchte er andere Zerstreuungen. Manchmal ging er in den Animatographen am Rossio oder zu den Chiado-Terrassen und schaute sich Filme an; da-

mals glänzten auf den Lissabonner Leinwänden die Produktionen von Méliès und Pathé, obgleich die Hauptattraktion die phantastischen Rollen Max Linders waren. Ein andermal schaute er sich in der Rua da Palma die Komödien an, die im Teatro do Príncipe Real gegeben wurden, oder er ging in die Rua Nova da Trindade, um sich bei den Lachfestivals im Teatro do Gymnasio oder dem Teatro da Trindade zu amüsieren. Die Abende verbrachte er mit seinen Freunden bei Musik im Bierlokal Jansen in der Rua do Alecrim, oder er ging zur Avenida da Liberdade und schaute zu, wie die Adligen mit Zigarre und Zylinder das große *Casino de Paris* betraten, um etliche Tausend Réis zu verjubeln. Wenn ihm nach einer anderen Art von Aufregung zumute war, setzte er sich in die Straßenbahn nach Sete Rios und fuhr von dort mit einer anderen Linie weiter nach Benfica, um sich auf einem Rundgang durch die Quinta das Laranjeiras für einhundert Réis beim Anblick der im zoologischen Garten zur Schau gestellten Tiere und den von ihnen hervorgerufenen Empfindungen zu ergötzen.

Meistens aber schaute er sich lieber die Spiele des *Grupo Sport Lisboa* an. In jenem Herbst begann die Meisterschaft, und wenn die rotweiße Mannschaft sich mit dem stets mächtigen *Carcavelos Club*, dem *Lisbon Cricket*, dem *CIF*, dem *Cruz Negra* und dem erst kürzlich angemeldeten *Sporting Club de Portugal* maß, ging es hoch her. Bei den Gesprächen mit den Angestellten des *Laboratório Franco* merkte Afonso, dass die Spieler des *Sport Lisoboa* dem *Sporting Club* gegenüber große Ressentiments hegten. Diese Abneigung hatte ihren Grund, denn der neue Verein hatte kurz zuvor versucht, den Roten ihre besten Spieler abspenstig zu machen. Im Gegensatz zum *Grupo Sport Lisboa*, dem Verein aus Belém, dessen Spieler ihre Badestube im Gepäck bei sich trugen und sich draußen wuschen, konnte der *Sporting Club* auf die Unterstützung betuchter Leute zählen, so auch die des wohlhabenden Visconde de Alvalade, der in der ehemaligen Quinta das Mouras ein modernes Spielfeld mit Bade- und Umkleideräumen hatte errichten lassen, ein Luxus, wie man ihn sonst nur aus englischen Stadien kannte. Der schlechten Bedingungen überdrüssig, unter denen sie spielten und trainierten, waren die großartigen Spieler des *Sport Lisboa*, vielleicht die besten des Landes, der

Aufforderung nachgekommen und zum *Sporting Club* übergewechselt. Insgesamt waren es acht Spieler, darunter die Brüder Catatau, und dieser Aderlass an Talenten hätte dem *Sport Lisboa* beinahe den Garaus gemacht. Deshalb hatte sich der Verein mit dem Adler als Wahrzeichen nur unter großen Schwierigkeiten und zu einem Zeitpunkt zur zweiten Lissaboner Meisterschaft anmelden können, als alle ihn für erledigt hielten.

Schritt für Schritt begann der Fußball, sich einen Platz im Leben der Offiziersanwärter zu erobern, die alles liebten, was Spiel war. Die Stimmung unter ihnen war vergnügt und wurde durch andere Spiele angeregt, die zuweilen hart an der Grenze zum Kindischen lagen. Abends sah Afonso seinen Kameraden zu, wenn sie die sogenannte »Furzmeisterschaft« austrugen und unter lautem Gelächter entweder am geräuschvollsten oder, wenn es zum Abendessen Bohnen gegeben hatte, am übelriechendsten um die Wette pupsten. Bevor sie die Darmwinde explodieren ließen, ahmten einige die Stimme der Artillerieinstrukteure nach und schrien »Feuer frei!«, gefolgt von der unvermeidlichen Entladung der Blähungen. Dies war ein Spiel, an dem Afonso sich nie beteiligte; bei solchen Dingen war seine Erziehung im Seminar immer noch so präsent, dass sie ihm den Spitznamen Aprumadinho, Musterknabe, gegeben hatten.

»Mensch, Aprumadinho!«, riefen sie manchmal. »Ist dir eigentlich schon mal aufgefallen, dass du der Einzige hier bist, der weder furzt noch Kraftausdrücke benutzt?«

Obwohl Afonso bei diesen Spielen nicht mitmachte, verfolgte er sie doch mit großer Aufmerksamkeit und begriff rasch, dass sie den Kadetten dazu dienten, sich zu messen. Sie verglichen die Lautstärke der Rülpser und sogar die Größe ihrer Penisse, doch hier lernten die Schwächeren schnell, ihre Zunge im Zaum zu halten, denn es war nicht angezeigt, mit den stämmigeren Kadetten zu wetteifern. Die größten Kerle waren nicht immer die bestausgestatteten und zeigten sich übersensibel, wenn jemand Uneingeweihtes sie auf dieses kleine Detail aufmerksam machte, vor allem dann, wenn sie mit irgendwelchen Hanswursten verglichen wurden, die sich als sehr viel besser bestückt erwiesen.

Ein ständiges Gesprächsthema waren »die Weiber«. In der Kaserne herrschte eine durch und durch männliche Atmosphäre, und so war es ganz normal, dass die sonntäglichen Ausgänge vor allem dazu dienten, den Mädchen nachzuschauen. Manche Offiziersanwärter gingen statt in die Messe in der Kapelle der Akademie lieber in zivile Kirchen. Ihr einziges Ziel dabei war natürlich, nach den Mädchen zu sehen, denen sie während der Liturgie diskrete Zeichen machten. Etliche ließen sich von den Uniformen verzaubern und willigten in einen Spaziergang mit den Kadetten ein, nachdem sie von ihren Eltern die Erlaubnis dazu erhalten hatten. Manche waren tatsächlich so naiv und glaubten ernsthaft, die prächtige Uniform an sich böte schon ausreichend Gewähr dafür, dass ihr Träger nur ein echter Kavalier sein konnte.

Wie selbstverständlich fand Afonso eine Gruppe von Freunden; darunter tat sich besonders Cesário Trindade hervor, ein linkischer Lissabonner und Sohn eines wegen seiner republikanischen Gesinnung vorzeitig in den Ruhestand versetzten Generals. Trindade hatte Berühmtheit erlangt, seit er mit einem Nieser eine Ladung bazillenträchtigen grünlichen Rotzes über den Professor für Grundbegriffe der Ballistik ausgeschüttet hatte. Die Kameraden rissen über den Zwischenfall ihre Witze und betrachteten den Nieser als echte Grundlektion in Ballistik, und so war Trindade seit jenem Tag als Ranhoso, der Rotzer, bekannt.

Das Vergnügen am Intellektuellen war es, was die beiden jungen Männer einander näher brachte. Sie waren die einzigen Offiziersanwärter mit einer Leidenschaft für die Philosophie. Ranhoso jedoch war ein Radikaler und vertrat Ideen, die mit den Werten kollidierten, die sich Afonso im Seminar zu eigen gemacht hatte.

»Meine Lieblingsphilosophen sind Hegel und Nietzsche«, verkündete Trindade eines Tages, als sie im Hof die Herbstsonne genossen.

»Aha. Und warum?«

»Weil sie Wunsch und Wirklichkeit nicht durcheinanderbringen und weil sie die Einzigen sind, deren Lehren für unsere militärische Laufbahn von Nutzen sind.«

»Tatsächlich?« Afonso wunderte sich. »In welcher Hinsicht von Nutzen?«

»Mensch, hast du sie denn nicht gelesen?«
»Klar habe ich sie gelesen, aber ja wohl nicht alles, oder? Das fehlte noch …«
»Nun, Hegel hat festgestellt: Der Krieg hilft uns zu begreifen, dass so triviale Dinge wie materielle Güter und das Leben der Menschen wenig wert sind. Er hat geschrieben, dass durch den Krieg die Gesundheit der Völker bewahrt wird. Faszinierend, nicht wahr?«
»Bist du nicht ganz bei Trost? Der Krieg verstößt gegen die göttlichen Lehren, gegen eines der wichtigsten Gebote: Du sollst nicht töten. Was ist daran so faszinierend?«
»Aprumadinho, machst du dich etwa über mich lustig? Was für göttliche Lehren? Welchen Lehren haben denn die Kreuzzüge gehorcht?«
»Gott hat gesagt: Du sollst nicht töten!«
»Verdammt! Du sprichst ja wie ein Pfarrer in der Katechismusstunde. Zu deiner Information: Der Krieg ist der wichtigste Katalysator der menschlichen Disziplin. Platon und Aristoteles, zum Beispiel, haben unentwegt Sparta gelobt, sie haben seine Nüchternheit, die strenge Disziplin und die Bekämpfung des Egoismus in dieser Kultur bewundert. Und was meinst du, woher die Werte der Strenge kamen? Von der ständigen Bereitschaft der Spartaner zum Krieg natürlich. Ob du willst oder nicht, der Krieg hat heilsame Wirkung auf diejenigen, die an ihm teilnehmen. Die Werte des Krieges können durchaus positiv für die Gesellschaft sein …«
»Und sie können sie zerstören«, unterbrach Afonso ihn. »Hör auf mit dem Blödsinn, Ranhoso. Auch wenn Hegel tatsächlich einige Vorteile des Krieges aufgezählt haben mag, so hat er ihn doch nie gerechtfertigt, er hat nie behauptet, es sei gut, sich im Krieg zu befinden.«
»Entschuldige, aber das ist in dem, was er geschrieben hat, implizit enthalten. Lies es. Im Übrigen hat selbst Moltke den Frieden kritisiert und seine falschen Tugenden angeprangert.«
»Moltke? Von dem habe ich noch etwas gehört. Ist das ein Schüler Hegels?«
Trindade lachte.
»Mensch, Aprumadinho, du weißt nicht, wer Moltke ist?« Er schüttelte den Kopf. »Kein Wunder, dass du all diesen Unsinn erzählst. Du

magst ja eine große philosophische Bildung haben, das will ich nicht bestreiten, aber deine Kenntnisse in Militärgeschichte, entschuldige, wenn ich dir das sage, lassen sehr zu wünschen übrig. Moltke, mein Lieber, war der preußische General, der 1870 in Frankreich einmarschiert ist. Ein großer General, wenn du meine Meinung hören willst.«

»Damit du's weißt, ich höre von dem Kerl zum ersten Mal.«

»Das habe ich schon gemerkt. Moltke nannte die Dinge beim Namen, er sprach aus, was viele dachten, aber nicht zu sagen wagten. Nun, er hat den Frieden angeprangert und behauptet, dauerhafter Frieden sei nicht mehr als ein Traum, noch dazu ein unangenehmer. Er hat etwas bemerkt, das auf der Hand liegt, über das aber niemand reden will, dass nämlich der Krieg ein notwendiger Teil der Ordnung Gottes ist.«

»Und das glaubst du, Ranhoso?«

»Warum sollte ich es nicht glauben? Sieh dir die Geschichte, sieh dir unsere Vergangenheit an, Afonso. Was erblickst du? Kriege, nichts als Kriege. Das kann nur eines bedeuten, dass die Kriege zu unserem Menschsein, zu unserer Natur dazugehören. Sie sind ein notwendiges Übel, und es wird sie immer geben. Moltke und Hegel haben recht, das kannst du mir glauben.«

»Ich könnte dir andere Autoren nennen, die genau das Gegenteil behaupten.«

»Zum Beispiel?«

»Zum Beispiel General Fortunato José Barreiros.« Das war ein ehemaliger Kommandant der Heeresakademie und Verfasser des *Essay über die allgemeinen strategischen und taktischen Grundlagen.* »Er ist der Ansicht, der Krieg sei die schlimmste Geißel, die ein Land nur erleiden könne, und es sei empfehlenswert, ihn so kurz wie möglich zu gestalten.«

»Barreiros ist überholt.«

»Es gibt auch noch Voltaire und Adam Smith, die meinen, der Krieg sei das Resultat falscher Gesetze, falscher Auffassungen und geheimer Interessen.«

»Lyriker.«

Afonso seufzte resigniert.

»Weißt du, Ranhoso, ich hoffe nur, dass es keinen Krieg gibt, der dich dazu zwingt, deine Ideen zu revidieren.«

»Und ich hoffe, dass es einen gibt, damit du siehst, dass ich recht habe.« Er hob den rechten Zeigefinger, seine Stimme wurde belehrend und feierlich: »Die Kriege sind es, die die großen Männer hervorbringen. Schau dir nur Graf Wellington, Napoleon, Afonso Henriques an. Lauter große Männer, lauter Kriegsherren. Töte einen Mann für Geld, und du bist ein Verbrecher. Töte tausend Männer um einer Idee willen, und du bist ein großes Genie. So liegen die Dinge. Selbst Nietzsche hat eingeräumt, dass der Zusammenbruch unserer Zivilisation ein geringer Preis dafür ist, Genies wie Napoleon zu haben. Nietzsche, mein werter Aprumadinho, hat erkannt, dass das Unglück belangloser Menschen nichts zählt, außer vielleicht in den Empfindungen der Mächtigen. Die vergeistigte und intensivierte Grausamkeit ist die höchste Form von Kultur.«

»Nietzsche ist ein Idiot.«

»Nein, Afonso. Nietzsche ist ein Genie.«

Die intellektuellen Plänkeleien mit Trindade weckten in Afonso ein ambivalentes Gefühl. Einerseits liebte er die Gedankenduelle, die Lust an philosophischen Diskussionen, die Entdeckung neuer Wege, die Erkundung unterschiedlicher Vorstellungen, die Offenlegung von Neuem. Andererseits aber kämpfte er mit einem widersprüchlichen Gefühl aus Faszination und Schrecken. Er stellte an sich selbst fest, dass diese radikalen, aggressiven Ideen ihn anzogen, und gleichzeitig erschreckte ihn diese Anziehung. Er verspürte eine moralische Abneigung gegen diese Werte, die den im Priesterseminar erworbenen diametral entgegengesetzt waren, und er ahnte, dass sein Freund in ihm eine animalische Rationalität weckte, die nur von moralischer Willenskraft gebannt werden konnte. Daher suchte er Trindade nur dann auf, wenn ihm nach einem anregenden, kontroversen Gespräch zumute war.

Aus diesen Gründen war nicht Ranhoso sein engster Freund, sondern Gustavo Mascarenhas, ein ruheloser Mensch aus Vila Real, den er gleich in den ersten Tagen kennengelernt hatte. Afonso fand es seltsam, dass seine beiden besten Freunde aus Trás-os-Montes kamen. Bereits im Seminar war sein liebster Kamerad, der dicke Américo, aus

Vinhais gewesen. Mascerenhas war zwar nicht dick, aber stämmig und muskulös und sah fast ein bisschen wie ein Höhlenmensch aus, obwohl er intelligent und amüsant war. Er stammte ebenfalls aus einer Soldatenfamilie; sein Vater war Oberst bei der Kavallerie, und Mascarenhas hatte vor, in seine Fußstapfen zu treten. Damit ihm nicht blinder Gehorsam und mangelnde Phantasie vorgeworfen werden konnten, hatte er sich jedoch für die Infanterie entschieden, zumal in Vila Real das 13. Infanterieregiment stationiert war und es ihm zupass kam, in der Nähe von zu Hause zu bleiben. Das war jedenfalls bequemer.

Da sich beide weit entfernt von ihren Familien befanden, nahm Afonso Mascarenhas sonntags häufig mit zum Fußball, doch ihre Sympathien gingen auseinander. Der Junge aus Rio Maior war ein Anhänger des *Sport Lisboa,* der Mann aus Vila Real hingegen zog den *Sporting Club* vor, und so stritten sich die beiden häufig über die brisante Frage, welche die bessere Mannschaft war. Afonso warf ihm an den Kopf, ohne die acht Spieler, die der *Sporting Club* dem *Sport Lisboa* abspenstig gemacht hatte, wäre er ein Nichts und würde gegen niemanden gewinnen, doch Mascarenhas verteidigte sich mit der Nennung von Francisco Stromp, dem Libero des Vereins mit dem Löwenemblem, der nicht von dem Adlerclub gekommen war, und bestand darauf, dass der *Sporting* ein echter Verein mit Spielfeld und entsprechenden Anlagen war, während der *Sport Lisboa* nicht mehr als eine Horde zerlumpter Kerle darstellte.

So drehten sich ihre Gespräche – natürlich neben »den Weibern« – um den Fußball und die Wettkämpfe, doch Afonso hatte auch andere Interessen. Ganze Nachmittage verbrachte er in der Bibliothek der Akademie. Er genoss den süßlichen Geruch nach altem Papier, der die Luft erfüllte, und erfreute sich an dem erhabenen Anblick der bücherbeladenen Schränke an den Wänden, ihrem geschnitzten Mahagoniholz, das gegen den hell lackierten Kirschholzboden abstach. In zwei Ecken der Bibliothek befanden sich Wendeltreppen, die auf einen Mahagonibalkon führten, der sich in etwa drei Metern Höhe entlang des gesamten Raumes erstreckte und auf dem sich noch mehr Bücher befanden. Der Kadett liebte es, hier zu wandeln und die Buchrücken auf der Suche so kuriosen Titeln wie *Instruktionen für den*

Kriegspferdewettkampf, Sanitätsarchitektur, Nomenklatur der Dampfmaschine oder *Der Kampf von Infanterie gegen Kavallerie* zu inspizieren. Der Großteil der dort aufbewahrten Werke waren Militaria, aber Afonso entdeckte auch in der *Collection Hetzel* erschienene Ausgaben der außergewöhnlichen Reisen von Jules Verne. Da er dank Padre Fachetti gut Französisch lesen konnte, verschlang er die *Reise zum Mittelpunkt der Erde* und *Der Kurier des Zaren* und verfolgte mit Vergnügen aufmerksam die absurden ballistischen Probleme in dem Buch *Von der Erde zum Mond*.

Verne versetzte ihn ins Träumen, doch in der Bibliothek gab es nur wenig erzählende Literatur, und so war Afonso gezwungen, häufig Romane mit dorthin zu nehmen und dort zu lesen, indem die Seiten von dem durch zwei große, in die Decke eingelassene Oberlichter fallenden Tageslicht diffus erhellt wurden. Hier lernte er Machado de Assis kennen und quälte sich mit Zweifeln, ob Capitu in *Dom Casmurro* Bentinho nun betrogen hatte oder nicht. Hier verschlang er Eça de Queiroz und war empört über *Das Verbrechen des Paters Amaro*, denn er hatte gedacht, nur er und einige wenige andere aus dem Priesterseminar würden von den Qualen des Fleisches gepeinigt. Zuerst weigerte er sich, sich damit abzufinden. Zu Recht hatte man ihn gewarnt, dass dies ein Buch der Sünde sei, der Wollust, wo hatte man je Geistliche so beschrieben gesehen? Wie hatte der Autor es wagen können, sie in der Figur des Padre Amaro auf diese Weise darzustellen? So eine Respektlosigkeit, es müsste verboten werden.

Doch als er am Abend über das Gelesene nachdachte, schwante ihm, dass es vielleicht gar nicht so abwegig war. Ihm fiel ein, dass der heilige Augustinus etwas über das Problem der Sexualität geschrieben hatte, und zog dessen *Bekenntnisse* zu Rate. Mitten im Text zwischen den verblüffenden Enthüllungen über die sexuelle Promiskuität des Heiligen als junger Mann, stach Augustinus' inständige Bitte an Gott hervor, in der er ihn anflehte: »Herr, mach mich keusch, aber noch nicht sofort.« Noch nicht sofort? Allmählich gelangte Afonso zu dem Schluss, dass das wohl eine universelle Versuchung war, »alle sind aus dem gleichen Holz geschnitzt«, dieser kurze, einfache und doch machtvolle Satz Eças brannte sich ihm ins Gedächtnis ein. Ja, es war offenkundig, alle waren aus dem gleichen Holz geschnitzt. Wenn man es recht betrachtete, dann war es genau so. Welch aufschlussreiche und wahre Aussage! Wenn sogar der heilige Augustinus der Versuchung durch die Sünde erlegen war, was sollte man dann erst von den anderen, von Padre Álvaro sagen? Ja, Padre Álvaro. Letztlich war selbst Padre Álvaro, der gute Padre Álvaro, der ihn in Braga aufgenommen und ihm geholfen hatte, aus diesem Holz geschnitzt. Selbst der strenge und keusche, unerbittlich strafende Subregens erlebte gewiss kleine Versuchungen. Wer weiß, wenn man seine Schwächen einmal unter die Lupe nähme, verdiente er vielleicht ebenfalls ein höfliches kleines Entlassungsschreiben wie jenes, das er Afonso für sehr viel Geringeres ausgestellt hatte und das er an sich selbst für vielleicht weitaus schlimmere Sünden niemals schicken würde. Oh, dieser Pharisäer!

Das Jahr 1908 begann bewegt. Am achtundzwanzigsten Januar ging im Schlafsaal der Heeresakademie die Nachricht um, dass eine Revolte zum Sturz der Monarchie im Gange sei. Die Regierung schlug den Aufstand nieder, verhaftete die Rädelsführer und erhielt vom König die Unterschrift unter ein Dekret, das jeden Verdächtigen ohne vorherige Gerichtsverhandlung in die Verbannung zu schicken erlaubte. Trindade war erschrocken, sein Vater war als Republikaner womöglich gefährdet. Afonso munterte ihn auf, indem er vorübergehend darauf verzichtete, ihn bei seinem Spitznamen Ranhoso zu rufen. Doch ein paar Tage später, am ersten Februar, überschlugen sich die Ereignisse. Die Kadetten hatten gerade Buchhaltungsunterricht, als plötzlich ein Offizier den Raum betrat, sich neben den Lehrer stellte und sich an die Klasse wandte.

»Der König ist tot«, rief er aus. »Es lebe der König!«

Der Unterricht wurde unterbrochen, die blauweiße Fahne Portugals auf halbmast gehisst. Einige Offiziere wirkten verstört; es gab ein Hin-und-Her-Gerenne, finstere Gesichter, Angst, Hoffnung, Wut, Freude, Tränen, Lächeln, Trauer. Was ist passiert? Ist er tatsächlich tot? Ist er nicht vielleicht verletzt? Nun hat der Fettwanst endlich ins Gras gebissen! Wer regiert? Dafür werden sie bezahlen! Die Monarchie ist gestürzt worden? Diese Republikanerschweine! Ob das die Geheimgesellschaft *Carbonária* war? Widersprüchliche In-

formationen kursierten, Wahres vermischte sich mit Gerüchten; Chaos, Gerede, Orientierungslosigkeit machten sich breit.
Unfähig, die Ungewissheit noch länger zu ertragen, und aufgeregt angesichts der Tragweite der Ereignisse, ging Afonso mit Gustavo Mascarenhas hinaus und fuhr mit der Straßenbahn zur Praça do Comércio. Es hieß, dort sei der König ermordet worden, und so war es auch tatsächlich. Die Geschäfte waren geschlossen, und der Platz wurde von der städtischen Polizei bewacht. Sie begaben sich in die Nähe des Kiosks. Dort hatte das Gemetzel stattgefunden, am Boden waren noch die Blutspuren zu sehen. Die Wachen, die den Ort zunächst widerstrebend, dann freiwillig sicherten, erzählten den Kadetten alles. Der König Dom Carlos war, in einer offenen Kutsche aus Vila Viçosa kommend, von einem Schuss niedergestreckt worden. Der Prinz und Erbe Dom Luiz Filipe war ebenfalls getötet worden, als er den Säbel aus der Scheide gezogen hatte. Der andere Prinz, Dom Manuel, war am Arm verletzt, und die Königin Dona Amélia, die sich wie eine wahre Heldin benommen hatte, stand unter Schock. »Stellen Sie sich bloß mal vor, die Ärmste hat versucht, die Kugeln mit einem Blumenstrauß aufzuhalten«, und dieser »Blumenstrauß« war ein vielkommentiertes Detail. Schließlich waren die beiden Attentäter mit einem Säbelhieb von den städtischen Polizisten getötet worden, tapferen Männern, die nun mit einem Eifer die verwaiste Praça do Comércio bewachten, die den Verstorbenen zum Stolz gereicht hätte.
Es waren bewegte Zeiten, die nun folgten. Die Straßen blieben auf beleidigende Weise leer, als der Leichenwagen mit den sterblichen Überresten des Königs passierte; stattdessen strömten die Lissabonner zur Beerdigung seiner Mörder zum Friedhof am Alto de São João. Ostentativ trug man rote Krawatten, um die Monarchisten in ihrer Trauer vor den Kopf zu stoßen. Mit den Aprilwahlen brachen Volksaufstände los, in den Theatern waren antimonarchistische Verse zu hören. Die Militärs konspirierten leise, die Gewehre wurden gezählt, dies hier ist unseres, das dort gehört zu ihnen. Afonso stand noch auf niemandes Seite, schließlich war er nichts als ein fußballinteressierter Kadett, ein junger Mann, der sich vormals dem Wort des Herrn und den Rätseln des Universums und des Lebens zu widmen versucht hatte und der sich nun vor allem mit der Handhabung des

Mauser Vergueiro und der Kontrolle über die Geheimnisse der Ballistik und des Todes beschäftigte.

Mit dem Juli kam die Zeit der Prüfungen. Afonso bestand sie allesamt, bis auf die Prüfung in Topographie, was ihn dazu nötigte, sie im zweiten Anlauf im Oktober zu wiederholen. Die erste Prüfungsphase endete am einunddreißigsten Juli, und er blieb nur wenige Tage länger, um den Augustjahrmarkt kennenzulernen, ein Ereignis, von dem die Lissabonner Offiziersanwärter schon im Vorhinein mit so viel Begeisterung sprachen, dass es bei den Auswärtigen größte Neugier weckte.

Afonso besuchte ihn gleich am Tag seiner Eröffnung und wurde nicht enttäuscht. Aufgebaut mitten auf der Rotunde, erwies sich der Markt als ein Ort lebhafter Betriebsamkeit. Es gab einen Flohzirkus, Vorführungen von Audiphonen und Edisonzylindern mit Wunschmusik, Marionettentheater, Wurfbuden, an denen man mit Stoffbällen Puppen umwerfen musste, Belustigungen wie die *Metropolitan Scenic Railway* und andere spannende Attraktionen. Die fliegenden Händler priesen in alle Himmelsrichtungen ihre Waren an. »Tänzerinnen! Tänzerinnen!«, verkündeten die einen, die Sardinen feilboten. »Dicknasen! Dicknasen!«, antworteten die mit den Stichlingen. »Hört nur die Meckerböcke! Hört nur die Meckerböcke!«, riefen die Paprikaverkäufer. Es wurden gekochte Seeschnecken verkauft, geröstete Saubohnen, Lupinenkerne, Brot und natürlich Getränke wie Steinrautensirup, Limonade und vor allem ein ordentlicher Tropfen. Mehrere Händler hatten große Flaschen Rotwein mit kleinen Gläsern ringsherum aufgestellt und brüllten »Wer will die Witwe und die Kinder?« Es war ein erstaunliches Rummel- und Festspektakel für ein Land, das tief in politischen Unruhen versunken war.

Schließlich fuhr Afonso heim nach Rio Maior, um dort zwei sehnsüchtig erwartete Ferienmonate zu genießen. Er konnte es kaum erwarten, das konspirative Klima an der Heeresakademie hinter sich zu lassen, die Proteste, die die Lissabonner Straßen erfüllten, und vor allem Gustavo, der ihn unermüdlich damit aufzog, dass der *Sporting Club* bei seinem Meisterschaftsdebüt auf dem zweiten Platz vor dem *Sport Lisboa* und hinter dem unvermeidlichen *Carcavelos Club*

gelandet war. Außerdem hatte er Sehnsucht nach Carolina und nährte die Hoffnung, dass es der Mutter des Mädchens bei den guten Noten, die er mit nach Hause brachte, vielleicht nichts ausmachte und sie erlaubte, die Liebschaft wiederaufzunehmen. Schließlich war er praktisch schon Offizier. Er konnte fechten, handhabte geschickt das Mauser-Gewehr, und Pferde waren ihm kein Geheimnis mehr.
Als er die Casa Pereira betrat, um Dona Isilda zu begrüßen und zu fragen, ob er Carolina sehen durfte, erwartete ihn eine herbe Enttäuschung. Dona Isilda empfing ihn freundlich und beglückwünschte ihn zu seinen Noten, doch als Afonso sich nach Carolina erkundigte, war er von der Antwort am Boden zerstört.
»Carolina ist verlobt.«
»Wie bitte?«
»Carolina ist verlobt, Afonso. Sie wird im Herbst heiraten.«
Bleich und wie angewurzelt stand der Junge da, schaute die Witwe an und versuchte, die Worte zu begreifen.
»Sie machen Witze, Dona Isilda.«
»Keineswegs. Sie wird einen Ingenieur von der Königlichen Portugiesischen Eisenbahngesellschaft heiraten, einen sehr schmucken jungen Mann aus guter Familie, angesehene Leute aus Santarém.«
Das war eine ungewöhnliche und sonderbare Situation, geradezu erniedrigend, wie Afonso fand; er wusste nicht, was er sagen sollte. Er war leichenblass geworden, war verwirrt und unschlüssig, was er nun tun sollte. Er bedankte sich und verließ eilends den Laden; er brauchte dringend frische Luft, um seine Gedanken zu ordnen. Draußen kamen ihm Zweifel an Dona Isildas Worten; ob sie versuchte, ihn zu täuschen? Er grübelte über die Sache nach und ging wieder und wieder das Gespräch mit der Witwe durch, um eine aufschlussreiche Nuance darin zu entdecken. Kein Zweifel, irgendetwas war da im Busch. Die Sache beschäftigte ihn so sehr, dass er in dieser Nacht kaum ein Auge zutat. Er murmelte zusammenhanglose Sätze – »und wenn es stimmt?« –, wälzte sich im Bett, »das kann nicht sein«, wälzte sich herum, »Unsinn, die Alte will mich hinters Licht führen«. Die Stunden vergingen; irgendwann schlief er, ohne es zu merken, ein. Am nächsten Morgen stellte er sich in aller Früh in der Nähe der Casa Pereira auf und beobachtete das Geschäft und die Wohnung im ersten

Stock, in dem die Besitzerin mit ihrer Tochter wohnte. Als Carolina das Haus verließ, passte er sie ab und verlangte eine Erklärung von ihr.

»Entschuldige, Afonso, aber ich kann nicht mit dir sprechen«, sagte sie, verlegen zu Boden blickend.

»Aber sag mir wenigstens, was los ist.«

»Was los ist?« Sie sah ihn wütend und gekränkt an. »Ich habe fast ein Jahr auf einen Brief von dir gewartet, aber es ist keiner gekommen, das ist los.«

»Ich konnte dir nicht schreiben. Das Studium, weißt du …«

»Das Studium, so ein Unsinn! Du hast nichts von mir wissen wollen, das ist es gewesen. Treibst dich dort in Lissabon herum wie Bruder Leichtfuß, gibst dich womöglich mit Fischweibern und Fado-Sängerinnen ab, und ich sitze hier und warte auf dich und höre nichts von dir, kein Sterbenswort, nicht hü und nicht hott. Schön blöd bin ich gewesen. Du hast mich nicht verdient, merk dir das. Was der eine verschmäht, ist dem anderen lieb und teuer. Leb wohl.«

Es war etwas Wahres dran an diesen Klagen, tief in seinem Inneren wusste Afonso das. Er mochte Carolina, keine Frage, aber er war nie wirklich verliebt in sie gewesen, zumindest hatte er nie eine so heftige Leidenschaft für sie empfunden wie die, von der er in den vergangenen Monaten in den großartigen Romanen von Eça de Queiroz und Machado de Assis gelesen hatte, in den tragischen Liebesgeschichten von Amaro und Amelinha, von Bentinho und Capitu. Trotzdem litt er unter der Zurückweisung. Jetzt begehrte er Carolina mehr denn je, er sehnte sich nach ihrer Nähe und wunderte sich über dieses Gefühl, über den Verlust, das Verlangen. Als sie sein gewesen war, hatte ihm das zwar gefallen, aber er hatte dem keine große Bedeutung beigemessen und hatte es als einen Umstand seines Lebens, als etwas Selbstverständliches betrachtet. Jetzt aber, wo er sie nicht mehr haben konnte, war sie auf einmal überaus wichtig. Er fand diesen Widerspruch seltsam und machte sich daran, seine Gefühle zu analysieren, verglich die Situation mit der Ursünde, über die er in der Bibel gelesen hatte, die Geschichte von Adam, der sich nur für die verbotenen Früchte interessierte. Es war viel Wahres dran an diesem Gedanken, überlegte er, aber die Erkenntnis linderte sein Leiden

kaum, und es tröstete ihn wenig, zu wissen, dass er am meisten liebte, was er am wenigsten besitzen konnte.
Er verspürte Eifersucht, er hasste Carolina, verwünschte sie, rächte sich in seiner Phantasie an ihr. Er würde sich eine Braut suchen und sie vor der Nase derjenigen, die ihn jetzt zurückwies, spazieren führen, sie würde schon sehen, würde leiden, würde es bereuen. Doch die Vergeltungswut verflog rasch, und er war derjenige, der Reue verspürte. Es ist meine Schuld, lautete sein bitteres Fazit. Abends in seinem Messingbett beschloss er, am nächsten Tag vor Carolina niederzuknien und sie um Verzeihung zu bitten, ihr zu versprechen, dass er ihr jeden Tag einen Brief schreiben würde. Er würde sie zur Königin machen, sie überreden, ihm noch eine Chance zu geben. Doch als er morgens vor der Haustür saß, schwand die Absicht. Was in der Nacht noch ein fester Entschluss gewesen, war nun nicht mehr als eine verrückte Idee. Er blieb sitzen und murmelte: »Zum Teufel mit ihr!«
In praktischer Hinsicht indes hatte sich an seinem Leben nichts geändert. Carolinas Verlöbnis bedeutete zwar, dass er nicht mehr auf Dona Isildas Protektion zählen konnte, aber in Wirklichkeit brauchte er diese Unterstützung auch nicht mehr. Die Immatrikulationsgebühr war für die beiden Jahre gültig, die das Kriegsstudium dauerte, und die Hauptausgabe der Kadetten, die Uniform, war bereits bezahlt. Er würde weiterhin dreihundert Réis Sold bekommen, so dass er seinen Lebensstil halten konnte. Es bestand also nicht die Gefahr, dass er aus Geldnot alles hinwerfen und nach Carrachana zurückkehren musste. Dort kam er her, aber dort lag nicht seine Bestimmung.

Langsam, heiß und träge verging der Sommer, die Tage in der Provinz schleppten sich mit unerträglicher Gleichförmigkeit dahin. Afonso lenkte sich damit ab, dem Vater beim Weinkeltern zu helfen, doch Anfang Oktober kehrte er erleichtert nach Lissabon zurück, denn er befand, dass das kein Leben mehr für ihn sei. Die Zeit des Weinkelterns war vorbei, dachte er während der Fahrt in der Eisenbahn.
Kurz nach seiner Ankunft in Lissabon legte er die Topografieprüfung ab und wartete auf das Ergebnis. Am Sonntag, den elften, wurden die Noten der Studenten, die bestanden hatten, im Atrium angeschlagen.

Afonso stand auf der Liste und begab sich ins Sekretariat, um die Waffengattung anzugeben, der er gerne angehören wollte. Das erste Jahr war für beide Waffengattungen gleich, doch im zweiten Jahr musste man sich spezialisieren. Der Kadett entschied sich für die Infanterie. Der Beginn des Unterrichts wurde auf das Monatsende gelegt, im Anschluss an eine Feierlichkeit zum Schuljahrsanfang, die mit Spannung erwartet wurde. Dazu bestand auch aller Grund; bei der Eröffnungsfeier sollte der neue König erscheinen, und niemand wollte den Augenblick verpassen, die tragische Gestalt zu sehen.

An dem großen Tag trat Afonso mit den übrigen Kadetten im Paço da Rainha an, und als der Konvoi des Monarchen eintraf, passte er genau auf. Da just in dem Moment, als Dom Manuel II. unter den dröhnenden Salutschüssen und dem kakophonischen Getöse der Militärkapellen aus dem Wagen stieg, ein anderer Kadett Afonso die Sicht verstellte, streckte er den Kopf vor, um den Monarchen sehen zu können. Erstaunt stellte er fest, dass der König nichts weiter war als ein großer Junge in seinem Alter. Das helle, fast kindliche Gesicht war zart geschnitten und so bartlos, dass auf der Oberlippe lediglich über den Mundwinkeln ein paar blonde Härchen zu ahnen waren. Seine Beine waren leicht nach außen gebogen. Es war geradezu schockierend, diesen Halbwüchsigen in der prächtigen Galauniform stecken zu sehen: Von der rechten Schulter herab quer über die Brust reichten die Bänder der Orden Christi, Sant'Iago de Espada und São Bento de Avis, auf dem Kopf trug er einen riesigen federverzierten, glänzenden Helm – ein Junge, der gerade die Marineschule verlassen hatte, umringt von erwachsenen Männern, die ihn inmitten des von den Kapellen verursachten Lärms militärisch grüßten.

»Ein Milchbart«, bemerkte Mascarenhas mit hämischem Grinsen.

Das unreife Aussehen des Regenten bot den Kadetten noch ein paar Tage lang Gesprächsstoff, doch rasch wurde ihre Aufmerksamkeit vom Studienbetrieb in Anspruch genommen. Das zweite Jahr brachte ihnen neue Fächer. Die Infanteriekadetten hatten Unterricht in Internationalem Recht, Militärgeschichte und Militärgeografie, Infanterietaktik, angewandter Taktik, Kolonialfeldzügen und in den Grundsätzen von Strategie und Permanenter Fortifikation, abgesehen von den gewohnten Übungen im Fechten, Schießen mit dem

Revolver, Körpertraining sowie Besuchen in den Fabriken und Lagern für Kriegsmaterial.

In der Freizeit gab es wieder die Fußballnachmittage, aber hier hatte sich eine Neuerung ereignet, die Afonso nicht unbedingt gefiel. Der *Grupo Sport Lisboa*, der Verein, der in seinem Herzen den Platz des aufgelösten *Club Lisbonense* eingenommen hatte, war im Sommer mit einem anderen Verein, dem *Sport Club de Benfica*, verschmolzen und hieß nun *Sport Lisboa e Benfica*. Missmutig ging Afonso zum Laboratório Franco und verlangte von den Angestellten eine Erklärung. Die beiden gaben an, die Fusion sei die einzige Möglichkeit gewesen, den Untergang des *Grupo Sport de Lisboa* abzuwenden. Ihren Worten nach hatte der *Sport Club de Benfica* zwar ein eigenes Spielfeld, aber keinerlei Berufung zum Fußball. In Wirklichkeit war er nichts weiter als ein Radsportverein, während der *Grupo Sport Lisboa* ein Fußballverein war, aber kein Spielfeld besaß, was die Moral der Jungen allmählich unterminierte. Die Lösung war, beide Vereine zu verbinden.

Afonso gefiel die Idee nicht, das Wort Benfica war ihm unsympathisch, denn es war der Name einer Straße, die nach Porcalhota führte, ein Umstand, der, so argwöhnte er, den Namen des *Sport Lisboa* irreversibel beschmutzen würde. Doch die Meisterschaft hatte bereits am fünfundzwanzigsten Oktober begonnen, genau am Vorabend des ersten Unterrichtstages, und der neue Verein sollte auf den *Sporting* treffen. Mascarenhas wollte sehen, wie sein *Sporting* es »diesen Blödianen zeigte«, und Afonso begleitete ihn leicht widerstrebend zum Spielfeld des *Sport Lisboa e Benfica*.

Als sie dort eintrafen und die Mannschaften beim Aufwärmen erblickten, war die erste große Überraschung für Afonso, dass sich nichts verändert zu haben schien. Die Mannschaft des *Sport Lisboa e Benfica* trug die früheren Trikots des *Grupo Sport Lisboa*, rote Pullover und weiße Shorts, und selbst das Adlerwappen auf der Brust war geblieben, nur dass jetzt noch ein Fahrrad, das Symbol des *Benfica*, hinzugekommen war. Die zweite Überraschung war, dass die Spieler der Mannschaft fast allesamt dieselben waren wie beim *Sport Lisboa*. Es war, als ob alles beim Alten geblieben wäre. Die dritte Überraschung war der unerwartete Sieg des *Benfica* über den *Sporting*, der

auf die acht dem ehemaligen *Sport Lisboa* abspenstig gemachten Spieler zählen konnte. Niedergeschlagen von dem Ergebnis ging Mascarenhas nach Hause. Afonso aber war euphorisch, sein Verein existierte also doch weiter.
Das Studienjahr schleppte sich mit einer Langsamkeit dahin, die ihn ungeduldig machte. Afonso war inzwischen achtzehn Jahre alt, aber die Zeit schien stillzustehen, er konnte es kaum erwarten, einundzwanzig und volljährig zu werden. Die drei noch fehlenden Jahre kamen ihm wie eine Ewigkeit vor. Die Woche verging mit Unterricht, am Sonntag bot der Fußball Zerstreuung. Zu Mascarenhas großer Enttäuschung wurde der *Sporting* abermals vom *Benfica* geschlagen, diesmal im Lumiar, und der Gipfel der Überraschung war, dass die Roten unentschieden gegen den gefürchteten *Carcavelos Club* spielten, der zwar abermals die Meisterschaft gewann, dem jedoch der Adlerverein als Zweitbester schwer zusetzte.

Die Fußballsaison und das Studienjahr endeten fast gleichzeitig, und ehe er sich's versah, las Afonso auch schon im Atrium die Liste der Studenten durch, die bestanden hatten. Selbstverständlich war sein Name dabei; auf der Liste stand »Afonso da Silva Brandão« mit einer Gesamtnote von 13,2 Punkten. Erst ab fünfzehn Punkten galt die Note als ausgezeichnet, ein wichtiger Gesichtspunkt bei der Wahl des Regiments, zu dem man kam. Wenn die Kadetten das Kriegsstudium beendet hatten, mussten sie ihren Stationierungsort beantragen, doch nur die mit den besten Noten kamen zu dem gewünschten Regiment, die anderen mussten sich mit dem begnügen, was übrig blieb. Afonso stand vor einem Dilemma. Er wäre gerne in Lissabon geblieben, aber das wollten alle, darauf war die Mehrheit aus, doch es gab Kadetten mit besseren Noten. Wählte er also Lissabon, würde er mit Sicherheit keinen Platz bekommen und unvermeidlich in irgendein Provinzkaff geschickt werden, zum Beispiel nach Bragança oder Abrantes. Die andere Möglichkeit war, sich sofort für ein Regiment in einer weniger begehrten Stadt zu entscheiden. Die Wahl hätte natürlich auf Santarém fallen müssen, das lag zumindest nicht weit von Rio Maior, aber es hatte einen Nachteil. Afonso wollte auf keinen Fall in der Nähe von Carolina stationiert werden. Sie war zwar weit weg, aus den Augen und aus dem Sinn, doch er war sich nicht sicher, wie er reagieren würde, wenn er sie sähe. Das war eine Wunde, die er nicht erneut aufreißen wollte, zumal der Bräutigam dort in der Nähe war. Also bewarb Afonso sich ganz selbstverständlich um einen Platz im Regiment von Braga, immerhin hatte er vier Jahre in der Stadt verbracht, und sie war ihm zu einer Art zweiter Heimat geworden.

VI

Der Nachmittag ließ sich unangenehm winterlich an, was nicht weiter verwunderte. Mit dem Oktober kamen die ersten Anzeichen, wie der Winter 1913 werden würde. Eisig wehte der Wind über die Seine, die Bäume bewegten sich unruhig mit lautem, nervösem Geraschel, trockene Blätter lösten sich von den Zweigen und trieben ziellos und verloren durch die Luft. Tief zogen schwere Wolken heran, blieben stumm über den dunklen Dächern hängen wie gespenstische Gebilde, wie schwarze Phantome, die misstrauisch die Stadt bewachten und sie unter einem alles bedeckenden, schmutzigweißen Überwurf erdrückten. Es waren sprachlose Schatten, eine ungeheure Dunstdecke, die die große Stadt bedrohte, förmlich erstickte. Die Atmosphäre war lastend, die Luft feucht, hier und da fielen Tropfen, bald würde es regnen.

Agnès musste für ihr Studium lernen, mochte jedoch nicht eingesperrt zu Hause sitzen; sie zog es vor hinauszugehen. Da das Wetter unwirtlich und unfreundlich war, suchte sie Zuflucht in der Brasserie Lipp. Das Lokal war brechend voll. Sie setzte sich an einen Ecktisch und lehnte sich an die Kacheln, die die Wände des Lokals schmückten. Dann bestellte sie ein Elsässer Bier und Sauerkraut und vertiefte sich in die Lektüre des Aufsatzes, den sie in den Händen hielt, eine Abhandlung über das Problem der Obstipation.

»Gestatten Sie?«, fragte jemand und wies auf den leeren Stuhl ihr gegenüber.

Agnès dachte, es sei der Kellner mit dem Bier und dem Sauerkraut, und blickte auf. Doch anstelle des Kellners sah sie einen gutgelaunt dreinschauenden jungen Mann mit gestutztem Schnurrbart und braunen Augen.

»Ja«, sagte sie und wollte sich schon wieder ihrer Lektüre zuwenden.

»Ich bitte um Entschuldigung, aber es ist alles besetzt, es gibt keinen anderen Platz.«
»Bitte sehr.«
Agnès versuchte, sich auf die Lektüre zu konzentrieren. Das dritte Jahr ihres Medizinstudiums hatte gerade begonnen, und sie versuchte, den Stoff vorzubereiten, doch der Mann war redselig.
»Das Lipp ist phantastisch, finden Sie nicht?«
»Ja«, antwortete Agnès und lächelte wohlerzogen. »Es ist eine sehr sympathische Brasserie.«
Der Mann streckte ihr die Hand entgegen.
»Ich heiße Serge«, stellte er sich vor. »Serge Marchand.«
»Sehr erfreut. Ich bin Agnès Chevallier.«
Sie schüttelten sich die Hand, und Agnès versuchte abermals, sich wieder ihrer Abhandlung zuzuwenden, doch Serge ließ es nicht zu.
»Kommen Sie aus Paris?«
»Nein, ich bin aus Lille.«
»Oh, wer hätte das gedacht!«
»Was gedacht?«
»Dass Sie nicht von hier sind. Wissen Sie, Sie sehen aus wie eine echte Pariserin.«
»Ich? Wie eine Pariserin?« Für eine Pariserin gehalten zu werden, hatte etwas. Geschmeichelt legte sie die Abhandlung beiseite. »Dann sagen Sie mir doch, was mich zu einer Pariserin macht.«
»Oh, eine ganze Menge.«
»Aber was?«, fragte sie lachend.
»Zuallererst Ihr Äußeres.«
»Was ist mit meinem Äußeren?«
»Es ist ein … ich weiß nicht. Vielleicht die geschmackvolle Erscheinung, das elegante, überaus modische Kleid, Ihre feinen Züge …«
Der Kellner kam mit dem Bier und dem Sauerkraut und stellte beides auf den kleinen Tisch. Serge verlangte ebenfalls ein Bier. Agnès nippte an dem ihren und blickte ihren Tischnachbarn an.
»Danke für das Kompliment, aber in der Provinz gibt es viele Frauen wie mich, was glauben Sie? Bei diesen Ansichten merkt man sofort, dass Sie aus Paris sind. Als ob es Chic nur in Paris gäbe und alle anderen schlichte Landpomeranzen wären.«

»Aber ich bin kein Pariser.«
Agnès stutzte. »Nein?«
»Sehen Sie, dass Sie genau wie ich sind? Auch Sie beurteilen die anderen nach ihrem Äußeren.«
»Das ist ja nichts Neues, das tun wir alle. Aber sagen Sie mir doch, woher Sie kommen.«
»Stellen Sie sich vor, aus der rückständigsten Gegend Frankreichs.«
»Aus Korsika?«
»Nun, ich bin zwar ein Hinterwäldler, aber man muss auch nicht übertreiben.« Serge lachte. »Nein, ich komme aus der Bretagne.«
»Ach ja? Und was tut ein Bretone in Paris?«
»Das Gleiche wie Sie vermutlich. Ich studiere.«
»Was studieren Sie?«
Serge verdrehte die Augen und seufzte.
»Ich bin gerade dabei, mein Jurastudium am Collège de France zu beenden.«
»Wenn man Sie so reden hört, scheint es, als ob Ihnen das Studium nicht gefällt.«
»Was soll's!«
»Mögen Sie Ihr Fach nicht?«
»Überhaupt nicht.«
»Aber warum studieren Sie es dann?«
»Oh, das ist sehr kompliziert«, sagte er und machte ein gelangweiltes Gesicht. »Erstens, weil ich aus einer Anwaltsfamilie stamme; die Rechtswissenschaft hat bei uns eine lange Tradition. Wenn ich die Laufbahn nicht einschlagen würde, wären sie zu Hause gekränkt. Dann, weil das, was ich gerne machen würde, niemanden ernähren kann. Außerdem habe ich kein Talent für das, was mich wirklich begeistert.«
»Und was ist das, was Sie begeistert?«
»Die Kunst.«
Agnès machte ein erstauntes Gesicht; sie war angenehm überrascht.
»Ach, Sie sind Künstler? Musiker?«
»Nein.« Serge lächelte. »Ich bin weder Künstler noch Musiker. Aber ich interessiere mich sehr für Malerei, ich würde liebend gerne malen können.«

»So wie Cézanne …«
»Ja, Cézanne gefällt mir, aber es gibt andere Künstler, die weitaus interessanter sind, echte Revolutionäre.«
»Wer?«
»Picasso, Braque, Derain …«
»Ich habe noch nie von ihnen gehört.«
»Das ist ganz normal, sie sind nur in den entsprechenden Kreisen bekannt, und auch dort nicht immer aus den besten Gründen.«
»Warum nicht?«
»Weil ihre Malerei gegen die herkömmlichen Regeln verstößt. Und wenn man gegen die herkömmlichen Regeln verstößt, gibt es Leute, denen das missfällt.«
»Und welche Regeln sind das, die sie verletzt haben?«
»In erster Linie die der Perspektive.« Er nahm einen Bleistift und zeichnete etwas auf ein Blatt Papier. »Sehen Sie? Wenn wir eine Zeichnung machen, dann tun wir das immer von einem Punkt aus. Es ist in etwa so wie bei der Fotografie, ein Punkt wird von einem anderen Punkt aus aufgenommen. Wir sehen den anderen aus der Perspektive des Punktes, von dem aus das Foto aufgenommen oder das Bild gemalt wird. Das ist die Perspektive. Diese neuen Maler aber haben beschlossen, Bilder gleichzeitig aus verschiedenen Perspektiven zu malen.«
»Das ist unmöglich.«
»Es ist nicht nur möglich, sie haben es auch getan. Picasso hat sich als Erster darum bemüht, Gegenstände so zu malen, dass sie in ihren drei Dimensionen gezeigt werden, indem er in einem einzigen Bild eine Vielzahl von Perspektiven angeordnet hat. Stellen Sie sich vor, es seien übereinandergelegte Fotografien ein und desselben Objekts, das darauf gleichzeitig aus verschiedenen Blickwinkeln, verschiedenen Perspektiven zu sehen ist. Genau das hat er getan, aber er hat es nicht dabei bewenden lassen. Anstatt die Gegenstände als Einheit zu zeigen, hat er sie zerstückelt und dann in Fragmenten gemalt.«
»Aber kann man die Malerei auf diese Weise verstehen?«
»Man versteht überhaupt nichts«, rief Serge mit ansteckendem Lachen aus. Er machte eine ausholende Handbewegung. »Der Titel des Bildes gibt uns einen Hinweis, und von ihm ausgehend kann man

den Gegenstand erkennen, er ist also andeutungsweise vorhanden. Aber wenn man den Titel nicht kennt, ist es lediglich eine Ansammlung nicht entzifferbarer geometrischer Figuren. Es ist, als würde der Maler von einem konkreten Bild ausgehen, die Züge der Realität aus ihm entfernen und ein Amalgam aus Formen und Farben erschaffen.«

»Und ist das Ergebnis schön?«

»Ich weiß nicht, ob es schön ist, das ist eine Geschmacksfrage, aber die Idee ist faszinierend.«

Wirklich interessant an Serge fand Agnès, dass er anders redete als die Jungen, die sie bisher kennengelernt hatte. Anstatt von sich das Bild eines starken, männlichen Beschützers zu zeichnen, schien Serge eher daran gelegen zu sein, über Kunst zu sprechen. Er hatte die Seele eines Künstlers, einen verträumten Blick, eine sanfte Stimme, und er hatte vor allem dank seiner Freundschaft zu Leuten von der Kunsthochschule ein großes Fachwissen. Eine weitere Eigenschaft war, dass er Schwäche zeigte, und Agnès war über sich selbst verblüfft, weil sie sich davon angezogen fühlte. Sie entdeckte, dass sie schwache Männer mochte. Sie wusste nicht, warum, aber vielleicht war sie von der Verletzbarkeit berührt, sie ging ihr nahe, weckte in ihr ein zärtliches, mütterliches Gefühl.

Für ihr zweites Treffen wählten sie das Procope, das angeblich älteste Café der Welt, von dem es hieß, Voltaire und Napoléon hätten dort verkehrt. Nachdem sie zwei Tassen heiße Schokolade getrunken und sich darauf verständigt hatten, sich zu duzen, lud Serge Agnès zu einem Besuch der Galerie Kahnweiler ein, wo seinen Worten nach die Welt der Malerei revolutioniert wurde. Unter einem Schirm spazierten die beiden an diesem verregneten Nachmittag zur Rue Vignon, und als sie durch die Tür der Galerie gingen, betrat Agnès die Welt des Kubismus.

Zu jener Zeit stellte Kahnweiler gerade mehrere kurz zuvor vollendete, bedeutende Arbeiten aus, die allesamt von noch unbekannten Malern stammten, man konnte *L'Oiseau bleu* von Metzinger, *La femme et l'ombrelle* von Delaunay und *Compotier et verre* von Braque sehen. Am meisten aber überraschten Agnès die Orange- und

Ockertöne der *Frau im Lehnstuhl* von Picasso. Verblüfft betrachtete sie das verstörende Gemälde; sie fragte sich sogar, ob es überhaupt Malerei war, und zögerte lange, ehe sie ihre Meinung kundtat, aus Furcht, als Banausin dazustehen.

»Die Frau hat kein Gesicht«, rief sie schließlich mit kaum verhohlener Enttäuschung aus.

Das war noch das Geringste, was sie über das groteske Bild zu sagen vermochte, das sich ihr darbot. Sie fühlte sich beinahe geprellt wie ein Feinschmecker, dem ein Gratin von Flusskrebsschwänzen versprochen worden ist und der sich am Ende dazu verdonnert sieht, gebratene Schnecken zu essen.

»Doch, sie hat ein Gesicht«, argumentierte Serge. »Allerdings ist das Gesicht, genau wie der gesamte Leib, eine Rekonstruktion.« Er wies auf ein Detail des Bildes. »Siehst du das hier? Das sind die Brüste, hier kann man die Brustwarzen sehen. Der Grundgedanke ist, fragmentarisch einen Körper zu zeigen, bei dem das Ganze anhand der Teile zu erkennen ist.«

»Aber abgesehen von dem Lehnstuhl, den Brüsten und der Zeitung sehe ich fast nur geometrische Formen ...«

Serge lächelte.

»Genau das ist der Trick. Der Maler hat synthetische, kubistische Figuren, das Geometrische, in einen klassischen, herkömmlichen Raum eingefügt. Die Wirkung ist erstaunlich, findest du nicht?«

Agnès verzog resigniert das Gesicht.

»Erstaunlich ist sie zweifellos. Aber ist das tatsächlich Kunst?«

»In ihrer reinsten Form«, versicherte Serge begeistert. »Ich weiß, für alle, die das hier zum ersten Mal sehen, ist es ein Schock. Diese Bilder verstoßen gegen sämtliche Konventionen, sie erschüttern unsere tiefsten Überzeugungen über das, was Malerei ausmacht. Ich gebe zu, ich selbst war anfangs auch nicht so recht überzeugt, als ich die kubistischen Bilder sah. Aber weißt du, das ist wie mit dem Bier. Am Anfang finden wir es abscheulich, und dann kommen wir nicht mehr ohne es aus.«

Als sie am Spätnachmittag die Galerie verließen, erlaubte Agnès Serge, den Arm um ihre Schulter zu legen; sie hakten sich unter dem Regenschirm beieinander ein. An diesem Nachmittag begann ihre

Liebe, und nachdem Agnès sich dem Charme von Serges Künstlerseele ergeben hatte, war es mit ihrer Jungfräulichkeit eine Woche später vorbei.

Die Pläne der beiden überstürzten sich mit atemberaubender Geschwindigkeit. Der Winter war noch nicht vorüber, da lud Serge sie bereits zum Abendessen ins Pharamond ein, das berühmte Restaurant in Les Halles, wo sie *boeuf en daube* und normannischen Cidre bestellten. Nach dem Dessert nahm er bei Kerzenschein und den Klängen eines zuvor engagierten Geigers ihre Hände und machte ihr einen Antrag.

»Heirate mich, süße Prinzessin.«

Agnès' bewegtes Jawort wurde mit einem sorgsam von ihr gekosteten und für gut befundenen, fruchtigen Beaujolais Villages begossen.

Dann spazierten sie Hand in Hand die Seine entlang, bis er sie vor der Tür ihres Hauses in Saint-Germain-des-Prés ablieferte. Als Agnès ihre Wohnung betrat, hörte sie draußen die Stimme ihres Bräutigams. Überrascht trat sie ans Fenster, blickte auf die Straße und sah, wie er ihr auf dem Bürgersteig unter einer Laterne ein Ständchen brachte und, zwar falsch, aber aus vollem Hals, *Bébé d'amour* sang, eine französische Version des englischen *Some of these days*, das in Paris gerade in Mode war:

Je veux mourir
O ma déesse!
En ce beau soir
Sous ta caresse.

Als Serge zu Ende gesungen hatte, klatschte Agnès Beifall und hauchte ihm einen Kuss durchs Fenster zu.

»Das war wunderschön«, sagte sie zu ihm. »Aber nun geh, sonst verhaften sie dich noch.«

Am dritten Juni 1914 fand in der Basilika Saint Sauveur in Dinan, der Heimat des Bräutigams, an der Nordküste der Bretagne die Hochzeit statt. Die Luft in dem freundlichen Ort roch nach Atlantik, die milde Brise war vom salzigen Aroma des Ozeans erfüllt. Die Familie Chevallier war gerade erst aus Lille eingetroffen und noch ganz benommen vom rasanten Tempo der Ereignisse.

»Meine kleine Agnès«, murmelte der Vater am Eingang der Basilika und reichte ihr den Arm. Er redete, als böte er ihr die letzte Gelegenheit zur Rettung. »Bist du dir auch sicher, was du da tust?«

»Absolut.«

Paul Chevallier seufzte und sah dem, was vor ihm lag, ins Auge. Am Ende des Ganges befand sich der Altar mit dem wartenden Bräutigam. Der junge Mann war nichts als ein Fremder, dem er nun seine Lieblingstochter anvertrauen sollte.

»Also gut«, rief er schließlich aus, bemüht, sich nicht anmerken zu lassen, was ihm auf der Seele lastete. »Bringen wir's hinter uns.«

Da es ein herrlicher Sonnentag war, fand das Hochzeitsbüfett im Jardins Anglais direkt hinter der Basilika statt, mit einem einmaligen Blick über den breiten Wasserlauf des Rance mit seinen fjordartigen Ufern eines ruhigen Flussmeeres und über das grüne Tal, durch das er sich schlängelte.

In dem Sommer beendete Serge sein Jurastudium, und seine Frau, die nun Agnès Marchand hieß, immatrikulierte sich für das vierte Jahr in Medizin. Ihr Leben spielte sich nach wie vor in Paris ab, wo sie eine Wohnung in der betriebsamen Rue de Tubirgo bei Les Halles bezogen.

Serge bekam eine Arbeit in der Anwaltskanzlei seines Onkels in der nahe gelegenen Rue St. Denis, neben der *Maison du Sphinx*, in deren Fenster ein Schild davon kündete, dass man sich vor einer Drogerie, Apotheke und Kräuterhandlung befand. Agnès hatte es zum Quartier Latin etwas weiter als von ihrer alten Wohnung in Saint-Germain-des-Prés, aber das störte sie nicht. Claudette hatte ihr Geschichtsstudium bereits beendet und war nach Lille zurückgekehrt, wo sie eine frei gewordene Stelle als Lehrerin in der örtlichen Schule angenommen hatte, und das Appartement gehörte nun den beiden Brüdern, die inzwischen ebenfalls nach Paris gekommen waren, um ihr Studium fortzusetzen.

Das Leben schien in feste Bahnen zu kommen, und das frisch vermählte Paar dachte schon an Kinder, als nur fünfundzwanzig Tage nach der Hochzeitsfeier in Dinan eine Schlagzeile im *Petit Journal* von einer Neuigkeit kündete, die zu einer tiefgreifenden Veränderung ihres Lebens führen sollte. Das Ehepaar saß gerade beim Frühstück, und Agnès blätterte in der Zeitung. Unvermeidlich fiel ihr Blick auf die verhängnisvolle Titelzeile. Die Nachricht berichtete über den Tod eines österreichischen Erzherzogs in einer Straße in Sarajevo, der von einem Serben ermordet worden war.

»Wie furchtbar!«, sagte sie, ehe sie auf der Suche nach freudigeren Schlagzeilen umblätterte. Sie biss in ihr Toastbrot und blickte aus dem Fenster. »Heutzutage ist niemand mehr sicher auf der Straße.«

Was sie noch nicht wusste: Diese in einer düsteren Gasse am anderen Ende Europas abgefeuerten Schüsse sollten innerhalb von weniger als einem Monat die ganze Welt auf den Kopf stellen.

Der Krieg trat mit der Gewalt eines wütenden Orkans in Agnès' Leben. Am Ende einer komplexen Folge von Ereignissen, in die zunächst Österreich und Serbien und alsdann deren jeweilige Verbündete verwickelt waren, befahl Frankreich am ersten August die Generalmobilmachung. Agnès sah mit an, wie Paris sich vor ihren Augen verwandelte, wie die Menschen, vom Kriegsfieber erfasst, massenhaft auf die Straßen strömten und die Hauptverkehrsadern mit zahllosen französischen, aber auch mit russischen und englischen Fahnen füllten und begeistert die *Marseillaise* und patriotische Märsche sangen. Allerorten wurden Plakate mit dem Mobilisierungsbefehl angebracht, die Gruppen aufgeregter Männer anlockten, derweil hitzige – »*Vive la France!*«-Rufe ertönten und die deutschnamigen Geschäfte und besonders die Brasserien überfallen und geplündert wurden.

Serge blieb von der Erschütterung, die sich der Franzosen bemächtigt hatte, nicht unberührt und lief noch am selben Nachmittag zu einer Rekrutierungsstelle, um sich zum Heer zu melden. Am Abend kam er mit Bürstenhaarschnitt und den notwendigen Unterlagen nach Hause, um am nächsten Morgen in der Armeekaserne anzutreten, während draußen die Straßenbeleuchtung abgeschaltet worden war und die Scheinwerfer des Eiffelturms und der Flugfelder eifrig den Himmel absuchten.

»Das ist meine vaterländische Pflicht«, erklärte Serge der sprachlosen Agnès in dieser Nacht. »Im Übrigen wird es schnell gehen, und noch ehe der Sommer vorbei ist, bin ich wieder zu Hause.«

Zwei Tage später, am dritten August, erklärte Deutschland Frankreich den Krieg. Zu diesem Zeitpunkt hatten die Franzosen bereits ihre Militärmaschinerie in Gang gesetzt, und noch am selben Tag machte Agnès sich auf zur Gare du Nord, um sich von ihrem Mann zu verabschieden. Der Bahnhof war im allergrößten Chaos versunken, ganz Paris schien sich dorthin begeben zu haben, um den tapferen Männern zuzuwinken. Agnès hatte größte Mühe, sich einen Weg durch die undurchdringliche Menschenmenge zu bahnen und zu dem Zug von Serges Regiment zu gelangen. Nach qualvollem Warten inmitten unglaublichen Lärms sah sie, wie sich ein Spalier bildete und die Soldaten, die erhobenen Gewehre mit dem Kolben vor der Brust, die Läufe über die Schultern gestreckt, diszipliniert zu ihren Einheiten marschierten.

Sie stellte sich auf die Zehenspitzen und reckte verzweifelt den Kopf, um inmitten dieser Flut roter Mützen ihren Mann zu entdecken, doch sah sie ihn erst wenige Minuten vor dem Abfahrtspfiff der Lokomotive. Er war elegant gekleidet wie ein Soldat der Napoleonischen Heere, mit einem majestätischen blauen Rock und leuchtend roten Hosen, einem schicken Käppi auf dem Kopf und einem Lebel-Gewehr über der Schulter. Wie seltsam es war, ihn so zu sehen, er wirkte wie ein kleiner Bleisoldat. Sie winkten, Agnès warf ihm durch die Luft Küsse zu, die er mit einem Lächeln erwiderte. Als die Einheiten sich in Bewegung setzten, sangen Tausende von Menschen im Chor die *Marseillaise*. Die Soldaten verabschiedeten sich, als brächen sie zu einem Picknick auf. Zum Lebewohl winkte Serge ihr fröhlich mit dem Käppi in der linken Hand durch das Fenster der Eisenbahn zu, die ihn an die Front brachte. Er sah beinahe glücklich aus, der kleine Soldat.

Am darauffolgenden Tag, dem vierten August, griff Deutschland Belgien an und veranlasste England, in den Krieg einzutreten. Die Gebrüder Chevallier waren unterdessen zum Militärdienst eingezogen worden; auch sie kamen unverzüglich an die Front. Am fünften August verabschiedete Agnès sich an der Gare du Nord von Gaston und am sechsten an der Gare de Lyon von François, stets inmitten großer Volkskundgebungen voll patriotischer Inbrunst. Am siebten August rückten die französischen Truppen durch das Elsass bis zum Rhein vor und besetzten Mülhausen. In Paris brach Freude aus, die Menschen weinten vor Glück und grüßten sich auf den Straßen, überall sah man lächelnde Gesichter, »*Vive la France!*«, allenthalben herrschte Euphorie. Doch Mitte des Monats überstürzten sich ganz unerwartet die Ereignisse. Die Deutschen brachen durch Belgien in Frankreich ein, und nach zwei Tage währenden Kämpfen traten die französischen Truppen in der Nacht des dreiundzwanzigsten August zusammen mit der *British Expeditionnary Force*, der BEF, den Rückzug an. Die Deutschen rückten, ihnen auf dem Fuße folgend, Richtung Paris vor, das von einer einzigen Seeinfanteriebrigade verteidigt wurde.

Damals las Agnès in den Pariser Zeitungen die sensationellen Neuigkeiten eines später als *bourrage de crâne* bekanntgewordenen Propagandafeldzugs über die großartigen Siege der französischen Truppen. So waren die bis dahin hochgestimmten Pariser überrascht, als sie Anfang September die Nachricht erhielten, dass die deutschen Truppen die Marne erreicht hatten, einen Fluss nur fünfzig Kilometer östlich der Hauptstadt. Panik brach aus in Paris. Die Regierung verließ überstürzt die Stadt und siedelte in der Nacht des zweiten September nach Bordeaux über, was die Überzeugung festigte, dass Paris kurz vor dem Fall stand.

Verängstigt und einsam, beschloss Agnès, es dem Beispiel der Regierung gleichzutun, doch nach Lille zu fahren kam nicht in Frage, da ihre Heimatstadt in der Nähe der belgischen Grenze und damit im Auge des Orkans lag, was ihr größte Sorge bereitete. So lebte sie in Angst und Schrecken, dachte ständig an ihren Mann, an ihre Mutter, die Brüder und die Schwester, an ihren Vater. Was mochten sie wohl gerade tun? Sie versuchte, sich abzulenken und an andere Dinge zu denken, doch alles erinnerte sie an ihre Familie. Ob es ihnen gutging? Alle Gedanken führten sie an die Kampffront und nach Lille, dort konzentrierte sich ihr Leben, ihr gesamtes Leben. Die Einsamkeit in Paris wurde lastend schwer, unerträglich, sie fühlte sich niedergeschlagen, merkte, dass es so nicht weitergehen konnte. Sie musste etwas unternehmen, sie musste dort weg. Daher beschloss sie, Zuflucht bei Serges Eltern in Dinan zu suchen. Sie packte einen Koffer, verstaute ein paar Kleidungsstücke und Mignonne darin und ging am nächsten Morgen zum Bahnhof Gare de Montparnasse, um einen Zug in die Bretagne zu nehmen.

Das Problem war, dass eine halbe Million Pariser genau die gleiche Idee hatte. Agnès fand den Bahnhof voller Menschen vor; aus Furcht vor den heranahenden Deutschen waren ganze Familien mit Sack und Pack gekommen. Die Gerüchte über die Lage mehrten sich, es hieß, innerhalb von achtundvierzig Stunden werde der Feind in Paris einfallen. Auf das Kriegsfieber folgte nun das Fieber der Angst. Tausende mit Taschen, Koffern, Kisten, Proviantpaketen und weinenden Kindern beladene Menschen, denen die Angst ins Gesicht geschrieben stand, drängten sich am Gare de Montparnasse. Agnès stellte sich in die Schlange vor dem Schalter und brauchte sechs Stunden, um eine Fahrkarte nach Rennes zu kaufen.

Die nächste Odyssee bestand darin, in den Zug zu gelangen. Eine riesige Menschenmenge drängte sich auf den Bahnsteigen, und erst gegen Ende des Nachmittags schaffte sie es, schweißgebadet und hungrig in einen Waggon zu steigen. Die Eisenbahn quoll über von Menschen, manche Türen gingen nicht einmal mehr zu, und es war ausgeschlossen, einen Sitzplatz zu ergattern. An andere Passagiere gelehnt, verbrachte Agnès erschöpft und taumelnd vor Müdigkeit zwölf Stunden stehend im Gang und ertrug, dass der Zug an sämtlichen Bahnhöfen und Zwischenstationen hielt, bis er endlich nach Sonnenaufgang in Rennes eintraf. Eine am Bahnhof gemietete Kutsche brachte sie in einer abermaligen achtstündigen Fahrt langsam und holpernd nach Dinan. Völlig erschöpft, schleppte sie sich zur Tür der Wohnung ihrer Schwiegereltern in der Rue de la Lainerie, mitten im Herzen eines alten Stadtviertels mit mittelalterlichem Charme.

Die Lage auf dem Kriegsschauplatz erfuhr erneut eine Wendung. Unter dem Kommando von General Galliéni schlossen sich das sechste französische Regiment und eine algerische Division der Seeinfanteriebrigade der Verteidigung von Paris an. Der französische Oberbe-

fehlshaber, General Joffre, gab die Hauptstadt für verloren und setzte den Rückzug des fünften Regiments fort, plante aber für einen späteren Zeitpunkt eine Gegenoffensive. Die Vorhut der deutschen Truppen kam an der Marne zum Stillstand und zog allmählich und zögernd nach Osten ab, um eine Neuausrichtung der Kräfte abzuwarten. Galliéni erkannte die Gelegenheit und griff am vierten September an. Durch die eigenmächtige Entscheidung des Befehlshabers der Verteidigung von Paris vor vollendete Tatsachen gestellt, stoppte Joffre den Rückzug und beschloss, ebenfalls anzugreifen. Am sechsten September überraschte das aus der Hauptstadt kommende sechste Regiment die erste deutsche Division und besiegte sie nach dreitägigem Kampf. Am neunten September ordneten die Deutschen den allgemeinen Rückzug an und stellten ihre Truppen entlang des Flusses Aisne neu auf, wo sie Verteidigungsstände aushoben. Paris war gerettet, doch nun begann der Krieg in den Schützengräben.
Der Sieg in der Marneschlacht gab den Franzosen das Vertrauen in ihre Armee wieder, und viele Pariser, die sich aufs Land geflüchtet hatten, kehrten nach Hause zurück. Agnès trat den langen Rückweg an und war Mitte September wieder in ihrer Wohnung bei Les Halles. Die Straßen von Paris waren noch immer halb verwaist, viele Geschäfte hatten geschlossen, manche Schaufenster waren bei den Plünderungen auf dem Höhepunkt des Durcheinanders zerstört worden. Madame Jolinon, die Concierge des Gebäudes, in dem sie wohnte, die während der Tage der Ungewissheit in der Hauptstadt geblieben war, erzählte ihr, dass sich die Pariser Taxis in den schwierigsten Augenblicken der Marneschlacht aufgemacht und über sechstausend Reservesoldaten an die Front transportiert hatten. Ihren Worten nach war es das gewesen, was die sechste Armee und letztlich die Stadt gerettet hatte. Das war natürlich übertrieben, aber die Frau gab ja nur das wieder, was sie gehört hatte. Die Propaganda jedenfalls konnte nicht widerstehen und verbreitete den Mythos, die Zivilisten hätten die entscheidende Rolle bei dieser Verzweiflungsaktion gespielt. Das entsprach vielleicht nicht der Wahrheit, war aber hervorragend für die Moral.

Agnès bemühte sich, ein Streichholz zu entzünden und Feuer zu machen, doch es wollte und wollte nicht brennen. Zahllose Male strich sie mit dem Zündholz an der Schachtel entlang, aber nichts passierte. Sie strich mit solcher Kraft, dass es schließlich zerbrach, nahm ein anderes und noch eines, aber nichts geschah, wie oft sie es auch versuchte, die Flamme brannte nicht.

»Verdammte Streichhölzer«, sagte sie verärgert zu Mignonne. »Ob sie vielleicht feucht sind?«

Sie betastete den Kopf des zuletzt in die Hand genommenen Streichholzes und stellte fest, dass er tatsächlich feucht war. Sie fluchte und suchte im Schrank nach einer anderen Schachtel. Zu guter Letzt gelang es ihr, das Feuer zu entzünden, und sie stellte den Topf auf die Flamme. Seit langem schon hatte sie Appetit auf Kaldaunen, und an diesem Tag hatte sie die Zeit gefunden, sie zuzubereiten. Einen Augenblick lang ließ sie den Topf auf dem Feuer allein und ging zum Fenster, um nach dem Himmel zu sehen. Mit dem Sommer war auch die Sonne verschwunden, der September nahte seinem Ende; jäh hatte der Herbst in Paris Einzug gehalten und überzog die Stadt mit düsteren, grauen Wolken.

Es klopfte.

Agnès hörte jemanden an der Tür. Ohne die Schürze abzulegen, ging sie nachsehen, wer es war. Sie öffnete die Tür und stand vor einem Boten der Landstreitkräfte, die Mütze in der Hand und eine Tasche quer über der Schulter.

»Madame Marchand?«

»Ja?«

Der Mann hielt ihr einen Umschlag entgegen. Neugierig wischte sie sich die noch feuchten Hände an der Schürze ab, nahm den Brief und riss ihn an der Seite auf. Es war eine Karte des Kriegsministeriums. Bedauerlicherweise hatte man ihr mitzuteilen, dass ihr Mann, der Soldat Serge Marchand, als Held bei der Erfüllung seiner Pflicht zur Verteidigung des Vaterlandes ums Leben gekommen war.

Ungläubig und mit offenem Mund las Agnès wieder und wieder, was dort geschrieben stand. Sie sah den Boten an, suchte nach einem Anzeichen, dass all das nur ein Scherz war. Der Mann senkte verlegen den Blick, sie schaute abermals auf die Karte und begriff schließlich, was diese furchtbare Nachricht zu bedeuten hatte. Sie spürte, wie sich die Welt drehte und unter ihren Füßen einstürzte, wie der Boden gleich einem außer Kontrolle geratenen Kreisel rotierte. Die Erinnerung an Serges Stimme, die trällerte »*je veux mourir, o ma déesse, en ce beau soir, sous ta caresse*«, klang in ihren Gedanken wie ein Vorzeichen, das sie überhört hatte. Langsam entfernte sich die Melodie, als fliehe sie, als entferne sie sich durch einen langen Tunnel. Die Stimme verschwand, verging, bis sie sich in einer tiefen, schmerzlichen Stille verlor.

Mit dreiundzwanzig Jahren, nach nur dreimonatiger Ehe, war Agnès Witwe. Die Postkarte gab weder Einzelheiten über Serges Tod bekannt, noch wurde erwähnt, wo sich sein Leichnam befand; das machte das Trauern noch schwerer. In den auf die Nachricht folgenden Tagen war Agnès sehr verwirrt. Sie weigerte sich, das Haus zu verlassen; Madame Jolinon war es, die ihr beistand, die ihr etwas zu essen machte, ihr ein wenig Gesellschaft leistete und versuchte, sie zu trösten.

»Nur Mut, Kleines, Sie sind noch jung. Es ist hart, aber Sie müssen es aushalten, *c'est la vie*! Ich habe meinen Honoré auch schon verloren, ich weiß, wie schwer es ist, aber ich lasse mich nicht unterkriegen!«

Die Besuche von Serges Familie wurden immer seltener. Ohne ihren Ehemann verband sie nichts mit diesen Menschen. Die Abstände wurden größer und größer, bis sie sich nicht mehr sahen. Mignonne wurde in einem Koffer verwahrt und nicht wieder angerührt. Das war eine Form, die Kindheit zu begraben, deren Ende die Nachricht von Serges Tod endgültig beschleunigt hatte. Agnès hatte aufgehört, eine glückliche, sorglose Frau zu sein. Das Gewicht der Welt lastete auf ihren Schultern.

Ihr wurde immer deutlicher, dass sie nicht länger in Paris bleiben konnte.

Sie hatte keinen Mann, der sie ernährte, der sie und ihr letztes Studienjahr der Medizin finanzierte, und die Wohnung bei Les Halles war unerträglich leer geworden. Das Problem bestand darin, dass die Verbindung zu ihrer Familie nach wie vor unterbrochen war. Die Deutschen hielten einen Teil Flanderns besetzt, und Lille befand sich jetzt

hinter den feindlichen Linien. Das bedeutete, dass sie weder nach Hause zurückkehren konnte, noch war es ihren Eltern möglich, ihr Hilfe zu schicken. Im Übrigen konnte sie noch nicht einmal in Erfahrung bringen, was in Lille vor sich ging. Sie hatte keine Nachricht von ihren Eltern und von Claudette, und nach dem, was Serge widerfahren war, hatte sie die schlimmsten Vorahnungen hinsichtlich Gaston und François.
Sie hörte auf zu studieren und überlegte ernsthaft, ob sie sich eine Arbeit suchen sollte. Da die Männer im Krieg waren, wurden sie bereits von den französischen Frauen an ihren Arbeitsplätzen ersetzt, zumal die Löhne für sie besser waren als bisher. Es gab immer mehr Straßenbahn- und Krankenwagenfahrerinnen, wenngleich die meisten Frauen in den Rüstungsbetrieben landeten. Auch Agnès erwog, *Munitionette* zu werden, wie diese Arbeiterinnen genannt wurden, doch das Schicksal hatte andere Pläne mit ihr.

Zu Beginn des Winters ging Agnès zum Sauerkrautessen in die Brasserie Bofinger an der Place de la Bastille. Sie setzte sich auf eine Lederbank des Bierlokals und betrachtete zerstreut seine prächtigen bunten Glasfenster, während ihre Gedanken umherschweiften und sie über ihr Leben, die Möglichkeiten, die ihr noch blieben, und die schwierigen Entscheidungen nachdachte, die sie würde treffen müssen. Das Bierlokal war praktisch leer. Es gab kaum junge Männer, die es hätten besuchen können, fast alle befanden sich im Krieg. Vielleicht deshalb blieb ihr Blick auf einem Mann mittleren Alters ruhen, der soeben hereingekommen war und an der Tür seinen Regenschirm zuklappte. Sie erkannte ihn, es war Baron Jacques Redier, der alte Freund ihres Vaters.
»*Monsieur le Baron!*«, rief sie.
Baron Redier wandte sich um, ihre Blicke trafen sich, doch er schaute sie fragend an. Er hatte sie nicht wiedererkannt. Agnès bedeutete ihm, näher zu treten. Er zögerte, befolgte jedoch ihre Bitte.
»Gnädige Frau«, grüßte er. »Was verschafft mir die Ehre?«
»*Monsieur le Baron,* erinnern Sie sich nicht mehr an mich? Ich bin Agnès, ich war in Ihrem Haus …«
»Pardon?«

»Ich bin Agnès Chevallier, die Tochter von Paul Chevallier aus Lille. Können Sie sich an mich erinnern?«

Das Gesicht des Barons erstrahlte von einem herzlichen, geradezu überschwänglichen Lächeln.

»Agnès! Mein Gott, wie hast du dich verändert! Du bist eine Frau, Mädchen, ich habe dich nicht wiedererkannt!«

»Setzen Sie sich doch!«

Der Baron nahm Platz.

»Was für eine Überraschung!«, rief er aus. »Ich hatte nicht erwartet, dich hier zu treffen, ehrlich nicht. Du bist hübsch, he? Eine richtige Schönheit.« Er blickte sie einen Moment lang an. »Und deine Familie?«

Agnès' Lächeln verschwand.

»Meine Eltern und meine Schwester sind in Lille, aber seit der Krieg begonnen hat, habe ich keine Nachricht von ihnen.«

»Teufel auch! Dieser Krieg ist eine Plage.« Er seufzte. »Zum Glück wird er rasch vorbei sein.«

»Meinen Sie?«

»Das behaupten jedenfalls die Zeitungen. Außerdem haben wir ja bereits verhindert, dass die Boches hierher nach Paris kommen. Jetzt ist alles eine Frage der Zeit, bis die Politiker sich verständigen. Mach dir also keine Sorgen, es wird alles gutgehen, da bin ich mir sicher.«

»Wie viel Zeit?«

»Ich weiß nicht, vielleicht fünf oder sechs Monate …«

»Das ist lang …«, seufzte Agnès verzagt.

»Gräm dich nicht, Mädchen. Sechs Monate sind schnell vorüber«, bemerkte der Baron. »Was tust du hier in Paris?«

»Oh, ich studiere Medizin.«

»Und woher bekommst du das Geld für dein Studium, wo doch deine Eltern weit weg in Lille sind?«

Agnès senkte den Blick.

»Das ist das Problem«, sagte sie. »Ich werde das Studium abbrechen und arbeiten gehen müssen.«

»Arbeiten? Das fehlte gerade noch!«

»Warum?«, fragte Agnès. »Ich muss doch leben, nicht wahr?«

»Ja, natürlich, aber arbeiten kommt nicht in Frage.«
»Warum nicht? Es gibt viele Frauen, die jetzt in die Waffenfabriken gehen und …«
»Schlag dir das aus dem Kopf!«, unterbrach sie der Baron. »Ich will nicht Jacques Redier heißen, wenn ich dir nicht helfe.«
»Aber …«
»Warum kommst du nicht mit mir nach Armentières? Seit meine Frau gestorben ist, fühle ich mich sehr einsam in dem riesigen Schloss.«
»Madame ist gestorben? Das tut mir sehr leid.«
»Danke. Die Ärmste ist vor zwei Jahren an der chronischen Tuberkulose gestorben, unter der sie schon seit langer Zeit litt. So habe ich nur Marcel, der mir Gesellschaft leistet. Aber wenn ich irgendetwas gelernt habe, dann das: Butler sind langweilige Gesellschafter. Ich brauche jemanden, der Freude in das Schloss bringt. Warum kommst du nicht mit nach Armentières?«
»Aber ich kann nicht mit nach Armentières kommen …«
»Nicht? Und was willst du hier machen? Hungern? In die Fabrik gehen und Pulver in Patronen füllen? Was, um Gottes willen, hält dich in Paris? Du bist doch nicht verheiratet, oder?«
»Ich bin Witwe.«
Der Baron sperrte vor Staunen den Mund auf.
»Wie bitte?«
»Ich habe vor kurzem geheiratet, aber dann kam der Krieg, und mein Mann hat sich gemeldet …«
Der Baron fuhr sich mit der Hand durchs Haar.
»Ich verstehe«, murmelte er betreten. »Du Armes, du hast bestimmt schwere Zeiten durchgemacht.« Nach einer Weile fuhr er fort. »Ein Grund mehr, um mit mir nach Armentières zu kommen. Du hast hier nichts verloren. Sag, gibt es irgendetwas, was dich in Paris hält?«
Agnès schaute ihn lange an.
»Nun … ich …«, stotterte sie. »Strenggenommen hält mich nichts. Aber mir scheint, es schickt sich nicht, mit in Ihr Schloss zu gehen.«
»So ein Unsinn!«, rief der Baron aus. »Ich kenne dich von Kindheit an. Du brauchst Hilfe, du bist allein, mir kommt es ebenfalls zupass, wenn ich Gesellschaft habe. Was willst du mehr? Es ist meine Pflicht,

dir zu helfen, daran besteht nicht der geringste Zweifel. Außerdem ist es eine vorübergehende Lösung, bis der Krieg vorbei ist. Wenn wieder Frieden eingekehrt ist, gehst du nach Lille zu deiner Familie, und dann kommst du zurück nach Paris, um dein Studium zu beenden.«
»Aber das kann ich nicht annehmen, *Monsieur le Baron*.«
»Rede keinen Blödsinn. Ich bin mir sicher, dass dein Vater genauso helfen würde, wenn mein Sohn in der gleichen Lage wäre.« Er machte eine nachdrückliche Handbewegung. »Es ist beschlossene Sache, Mädchen. Du kommst mit mir nach Armentières und Punkt.«

So geschah es, dass Agnès sich zu Beginn des Jahres 1915 auf Château Redier wiederfand, dem imposanten Haus, in dem sie als Kind so viele Wochenenden verbracht hatte. Der kleine Palast gewährte ihr Komfort und Sicherheit, hatte andererseits aber den nervenaufreibenden Nachteil, recht nahe an den Gefechtslinien zu liegen. Das beständige Grummeln der Artillerie, das von den wütenden Wellen eines hartnäckig gegen unsichtbare Felsen peitschenden Meeres verursacht wurde, beunruhigte sie ein wenig. Mit der Zeit jedoch gewöhnte sie sich an das Rauschen dieses zwar entfernten, aber nimmermüden Sturms, das anhaltende Donnern wurde zur Routine, zu einem Hintergrundgeräusch, das sie zu überhören lernte.
Der Baron behandelte Agnès wie eine Tochter, was angesichts des Altersunterschiedes und der Vertrautheit Rediers mit ihrem Vater nur natürlich schien. Doch peu à peu entwickelte sich eine Beziehung zwischen den beiden, ein Lächeln hier, eine Berührung dort, ein Wort da, bis sie an einem beschaulichen, grauen Nachmittag im Salon nach dem Fünfuhrtee und den hausgemachten Madeleines das unausweichliche Gespräch führten.
»Ich habe dir einen Vorschlag zu machen«, verkündete Redier mit feierlicher Stimme, zurückgelehnt auf dem Kanapee sitzend.
Agnès wiegte sich leicht in ihrem Schaukelstuhl und schaute schwermütig aus dem Fenster zu den Bäumen im Garten, die im kühlen Abendwind raschelten.
»Ja?«
Der Baron räusperte sich und setzte sich aufrecht hin. Agnès spürte seine plötzliche Unruhe, wandte sich ihm zu und sah ihn neugierig

an. Redier war errötet, sein Gesicht angespannt, die Augen waren rastlos, er wirkte nervös.
»Weißt du, Agnès, seit dem Tod von Solange fühle ich mich sehr einsam. Dieses Schloss ist groß, aber nicht so groß wie die Einsamkeit, die mich quält. Das Leben kommt mir leer und sinnlos vor, die Tage vergehen einer wie der andere, und ich habe das schreckliche Gefühl, ohne Ziel und Richtung dahinzuvegetieren und der Zeit und dem, was das Schicksal für mich bereithält, ausgeliefert zu sein.« Er blickte ihr fest in die Augen. »Dass du hierhergekommen bist, hat all das ein wenig verändert, hat mir Freude und in gewisser Hinsicht einen Grund zum Leben gegeben. Ich habe dich liebgewonnen und weiß nicht, ob ich es ertragen könnte, ohne dich in diesem Haus zu leben. Ich möchte dir deshalb einen Vorschlag machen.«
Der Baron verstummte und schaute sie unverwandt an, als ringe er in seinem Inneren damit, ob er das, was ihm im Kopf umherging, aussprechen sollte oder nicht. Agnès rutschte unruhig auf ihrem Schaukelstuhl hin und her, die Stille nach den befremdlichen Worten war ihr unangenehm.
»Ja?«
Redier seufzte schwer und fasste Mut, seinen kühnen Vorschlag zu formulieren. Er wusste, wenn er ihn erst einmal ausgesprochen hätte, dann gäbe es kein Zurück mehr, alles würde anders sein.
»Ich bin ein Mann mittleren Alters, und ich mache mir keine Illusionen über das, was du für mich empfindest.« Er blinzelte nervös. »Dennoch möchte ich dich um deine Hand bitten und dich heiraten.«
Überrascht von der Idee, riss Agnès die Augen auf. Sie sah in dem Baron eine Vaterfigur, einen Beschützer und Freund und fühlte sich nicht im Mindesten von ihm angezogen. Ihre erste Reaktion war, zu sagen, dass eine Heirat keinesfalls in Frage käme. Sie wollte den Antrag schon mit einer Handbewegung ablehnen, zögerte jedoch. In gewisser Weise hatte sie ihn ins Herz geschlossen und wollte ihn weder verletzen noch kränken. Sie merkte, dass sie mit der Situation so taktvoll umgehen musste, wie sie nur konnte. Sie überlegte, wie sie am besten auf die Sache einginge, und entschied sich für Behutsamkeit.

»Nun, Monsieur, das ist ein … ein unverhoffter Antrag, ich bin überrascht«, stammelte sie, um Zeit zum Nachdenken zu gewinnen. »Um ehrlich zu sein, weiß ich nicht, was ich antworten soll.«

»Sag ja«, bat er ungestüm. Nachdem er seinen Antrag ausgesprochen hatte, war er entschlossen, bis zum Ende zu gehen. »Bitte, sag ja.«

»Aber zwischen uns liegt ein großer Altersunterschied. Sie könnten mein Vater sein.«

»Höre, Agnès. Wie ich dir gesagt habe, mache ich mir keinerlei Illusionen. Ich weiß, dass du mich nicht liebst, das liegt auf der Hand und ist ganz natürlich, du bist sehr viel jünger als ich. Lass dir gesagt sein, die besten Ehen sind nicht die aus Leidenschaft geschlossenen, denn die ist schnell erloschen, sondern die, bei denen die Liebe mit der Zeit wächst und reift wie Wein. Ich habe keinen Zweifel daran, dass du mich lieben lernen wirst. Dieses Gefühl wird wie von selbst wachsen, und ich bin sicher, dass wir sehr glücklich sein können.«

»Und wenn es nicht wächst?«

»Es wird wachsen, dessen bin ich mir sicher.«

»Möglich ist es, ich will das nicht ausschließen. Aber was, wenn es nicht wächst?«

Der Baron seufzte abermals beim Gedanken an diese Eventualität.

»Nun, das scheint mir eine Möglichkeit zu sein, die wir in Betracht ziehen müssen.« Nachdenklich kratzte er sich am Kinn. »Wir können es langsam angehen lassen, bis sich die Dinge ganz von selbst ergeben. Anstatt zum Beispiel gleich im selben Zimmer zu schlafen, könnte anfangs jeder seine eigenen Räume behalten und den natürlichen Gang der Dinge abwarten, ohne etwas zu forcieren. Ich denke, wir sollten einen Schritt nach dem anderen tun.«

Agnès sagte, sie müsse darüber nachdenken. Das war nur eine Taktik, um Zeit zum Überlegen zu gewinnen, darüber, wie sie den Antrag höflich ablehnen könnte. Im Laufe der folgenden Woche prüfte sie die Idee von verschiedenen Seiten, zog sogar theoretisch die Ehe als Möglichkeit in Betracht, malte sich aus, wie ihr gemeinsames Leben mit diesem Mann aussehen würde. Vielleicht, dachte sie überrascht, wäre es in Wirklichkeit gar nicht so schlimm. Als sie in einer feindseligen Umgebung verloren gewesen war, entwurzelt, getrennt von der Familie, geschwächt und verletzbar, hatte er, der Baron, ihr geholfen

und ihr ohne zu zögern in ihrer schweren Stunde die Hand gereicht, derselbe Mann, den sie nun entschlossen war zu verschmähen. Es stimmte, Redier war älter als sie und zog sie nicht an, aber wenn sie ihn einmal mit anderen Augen betrachtete, nicht mit denen eines schwärmerischen Mädchens, sondern mit den Augen einer reifen Frau, dann stellt sie fest, dass der Baron durchaus ein interessanter, energischer und selbstsicherer Mann war, der sich für sein Alter gut gehalten hatte. Natürlich war er weit davon entfernt, ein Matt Moore zu sein. Von seiner Statur her war er nicht mit dem berühmten Kinostar zu vergleichen, aber was machte das. Der Baron zeichnete sich durch sein charmantes Aussehen aus und war ein feinfühliger, gebildeter Mensch. Darüber hinaus, so ihr Schluss, war es eine sinnige Idee, die Dinge nicht zu erzwingen und die Ehe ihren natürlichen Lauf nehmen zu lassen. Agnès merkte, wie sie sich tatsächlich vorstellen konnte, mit diesem vornehmen Menschen zu leben.
Sie heirateten an einem regnerischen Samstag im Oktober 1916 im Standesamt von Armentières. An der zivilen Trauung nahm als einziger Familienangehöriger ihr Bruder Gaston teil, der in der Verwaltung des Sektors Champagne tätig war und gerade Urlaub hatte. Als die Stunde der Wahrheit gekommen war, schloss Agnès die Augen, verabschiedete sich im Stillen von Serge, spürte, wie sie von einer heiteren Gelassenheit überflutet wurde, und hauchte ein flüchtiges *»oui«*.

VII

Mit ihrer breiten, weißen Fassade, der Kirche auf der linken Seite und dem Waffentor in der Mitte, beherrschte die Pópulo-Kaserne den großen Platz. Fähnrich Afonso Brandão grüßte die Wache und betrat das Gebäude, in dem das achte Infanterieregiment sein Quartier hatte. Er ging durch den Eingangshof und stieg die Steinstufen der breiten Innentreppe empor, die quer durch die Mitte des Gebäudes verlief. Beim Hinaufgehen bewunderte Afonso stets die prächtigen blauen Kacheln, die die gekalkten Wände zierten und auf denen bukolische Szenen von Gärten mit Mönchen abgebildet waren, die an den religiösen Ursprung des weitläufigen Gebäudes erinnerten. Von seinem früheren Aufenthalt in Braga zur Zeit des Priesterseminars wusste er, dass die Kaserne das ehemalige Kloster der Eremiten des heiligen Augustinus war, weshalb ihm ihre Innenausstattung nicht entging. Er schritt über den Holzfußboden im ersten Stock und meldete sich bei seinen Vorgesetzten.

Das Offiziersleben in der Kaserne in Braga war so abenteuerlich wie das einer Nonne in der Zurückgezogenheit des Klosters. Ohne irgendeine Beschäftigung außer vielleicht der, sich zu Tode zu langweilen, verbrachte Afonso die ersten Tage damit, das Gebäude zu erkunden und sich mit seiner Geschichte vertraut zu machen. Er fand heraus, dass der Staat das Kloster im Jahr 1834 zur Zeit des Bürgerkrieges zwischen Dom Pedro und Dom Miguel übernommen hatte. Das Gebäude hatte den verschiedenen militärischen Streitkräften, die nach Braga gekommen waren, um den miguelistischen Partisanen entgegenzutreten und die Region zu befrieden, als Quartier gedient. Die achte Infanterie, ursprünglich ein Regiment aus Castelo de Vide, war eine dieser Streitkräfte gewesen, die mit der Mission in den Minho abkommandiert worden war, die Miguelisten und Maria da Fonte zu

bekämpfen, und die sich schließlich 1848 auf Bitte der Stadt Braga hin in der Pópulo-Kaserne niedergelassen hatte.
Auf den zünftigen Gemälden hoch oben an den Wänden des zentralen Treppenaufgangs der Kaserne wurden die »Kämpfe, an denen wir teilgenommen haben« erwähnt, gefolgt von einer langen Liste mit Orten und Zahlen: Buçaco 1810, Fuentes de Oñoro 1811, Salamanca 1811, Pyrenäen 1813, Nive 1813, Barcelona 1814, Orthez 1814, Toulouse 1814 und anderen Erläuterungen gleicher Art. Afonso wunderte sich über einige der Namen und ging zu Fähnrich Pinto, einem dünnen, rothaarigen Mann aus dem Minho, den sie Cenoura, Wurzel, nannten, ein hitziger, nervöser junger Mann, der mit der Monarchie sympathisierte und mit dem er sich angefreundet hatte. Fähnrich Pinto war seit zwei Jahren bei dem Regiment, und Afonso fragte ihn, was diese Angaben zu bedeuten hatten.
»Das sind die Kämpfe, an denen unser Regiment beteiligt war«, erklärte Cenoura prompt.
»Die achte Infanterie?«
»Ja, natürlich, wer denn sonst?«
»Aber dort stehen die Namen von französischen Städten wie Orthez und Toulouse ...«
»Na und?«
»Haben wir denn in Frankreich gekämpft?«
»Ja.«
»In Frankreich?«
»Ja, selbstverständlich, während der Napoleonischen Invasionen. Unter Wellingtons Kommando sind wir hinter den Kerlen her durch Spanien und Frankreich. Er sagte, wir seien die Kampfhähne seines Heeres.«
»Teufel!«
Um die Zeit totzuschlagen, war Afonso nun wieder regelmäßig zu Gast bei Padre Álvaro, und zweimal ging er auch zum Largo de São Tiago, um das Seminar zu besuchen und bekannte Gesichter wiederzusehen. Die Seminaristen waren zwar andere, aber der Subregens war nach wie vor Dom Basílio Crisóstomo, und auch die Lehrer waren dieselben, mit Ausnahme von Padre Fachetti, der inzwischen nach Neapel zurückgekehrt war, und von Padre Nunes, den man nach Por-

to versetzt hatte. Die Geistlichen waren überrascht, ihn in Uniform zu sehen; von einem Soldaten Christi war Afonso zu einem Soldaten des Königs geworden, eine Ironie, die zu geistreichen Bemerkungen anregte.
»Trittst du immer noch mit Füßen nach den Steinen?«, fragte ihn Padre Francisco, der gutmütige Rhetoriklehrer.
Alle lachten; Afonso errötete.
»Ab und an.«
»Was für ein zügelloser Junge!«, spotteten die Patres vergnügt bei der Erinnerung an die skurrilen Szenen im Hof des Seminars.
Sogar der Subregens, der damals den Spielen überhaupt nichts Lustiges hatte abgewinnen können, schien sie nun ganz unverhofft amüsant zu finden, so als habe sich das Verhalten, das zum Ausschluss des Seminaristen geführt hatte, in eine bloße Grille verwandelt, die eines Platzes in der Historie der Institution würdig war.
»Und wie kommt es, dass du Offizier geworden bist, Afonso? Du kannst doch keiner Fliege etwas zuleide tun«, wollte Dom Basílio Crisóstomo wissen.
»Oh, das ist eine lange Geschichte«, seufzte Afonso. »Sagen wir so, ich war auf der Suche nach einem Beruf, bei dem man nichts zu tun braucht. Da Sie mich nicht haben Priester werden lassen, bin ich eben zum Militär gegangen.«
»Du bist ungerecht«, bemerkte Padre Francisco mit spöttischem Gesicht. »Wir haben uns Gott verschrieben, eine größere Verantwortung gibt es nicht. Außerdem müssen wir die Schüler im Seminar ertragen, und das ist eine Höllenarbeit, glaub mir.«
»Und ob«, pflichtete Dom Basílio ihm leutselig bei.
»Aber wir beim Militär arbeiten ebenfalls bis zum Umfallen«, unterbrach ihn Afonso.
»Was, wenn man fragen darf?«
»Alles Mögliche. Abgesehen vom Antreten zur Formation spielen wir Karten, trinken Bier, schauen den Mädchen nach, schlafen uns müde. Es ist eine Quälerei, eine Schufterei sondergleichen.«
Trotz seines feinen Sinns für Humor war Fähnrich Afonso kein Mann mit vielen Freunden. Er war umgänglich, hatte sich einige Bildung angeeignet und war an der Welt interessiert, doch wenn es um die

persönlichen Beziehungen ging, dann lag ihm mehr an deren Güte als an der Zahl. Mit Ausnahme von Fähnrich Pinto Cenoura bestand die Liste seiner Freunde in erster Linie aus denen, die er im Laufe seines Lebens kennengelernt hatte. In Braga verkehrte er mit Padre Álvaro, und er fuhr nach Vila Real zu Gustavo Mascarenhas. Sein Freund hatte tatsächlich einen Platz bei der dreizehnten Infanterie bekommen, was niemanden überraschte, denn Vila Real war kein sonderlich begehrter Ort bei den Absolventen der Heeresakademie. Afonso fuhr sogar nach Vinhais, um Américo zu besuchen. Der frühere Kommilitone aus dem Seminar hatte sich verändert. Er war verheiratet, hatte Kinder und arbeitete bei seinem Vater im Geschäft. Er empfing Afonso überschwänglich, stopfte ihn mit Essen voll und umgab ihn mit Aufmerksamkeit, doch Vinhais war weit weg, und so blieb es die einzige Reise, die der Offizier zu der entlegenen Ortschaft in Trás-os-Montes unternahm. Der Fähnrich korrespondierte auch mit Trindade Ranhoso, der beim Generalstabslehrgang weiterstudierte und an der Heeresakademie geblieben war. Durch diese Briefe erfuhr Afonso die Neuigkeiten über die Lissabonner Fußballmeisterschaft. Ranhoso teilte ihm mit, dass der *Benfica* der Herrschaft des *Carcavelos Club* ein Ende bereitet hatte und endlich Meister geworden war. Der *Sporting* hatte den fünften Platz belegt. Der Fähnrich feierte die Nachricht mit Portwein und schickte *Sporting*-Fan Mascarenhas einen Brief, in dem er ihm die Neuigkeit und sein Beileid übermittelte.

Afonso hatte der Politik nie besondere Aufmerksamkeit geschenkt, sie gehörte nicht zu seinen Interessen. Das machte ihn zu einer Ausnahme. Fast alle seine Kameraden diskutierten mit verschwörerischen Mienen über den Unruhezustand des Landes, und Afonso bemerkte, dass trotz des überwiegend konservativen Klimas in Braga einige der Offiziere Republikaner waren. Dadurch, dass die Krone 1890 dem britischen Ultimatum nachgegeben hatte, waren die imperialen Träume von einer rosaroten Landkarte zunichte gemacht worden. In den militärischen Kreisen und nicht nur dort war die Glaubwürdigkeit der Monarchie unterminiert. Die Unzufriedenheit grassierte allerorten, und selbst Afonso neigte dazu, der Auffassung, die Monarchie sei Vergangenheit, beizupflichten. Der Anblick des Milchgesichts von

Dom Manuel II. bei der Eröffnung des Studienjahres 1908 war ihm unauslöschlich im Gedächtnis geblieben. Der Gedanke daran, dass der König nichts weiter war als ein großer Junge in seinem Alter, war ein Schock für ihn gewesen. Wie sollte man glauben, dass solch ein bartloser Knabe in der Lage sein würde, ein Weltreich zu regieren?

Beim Frühstück in der Kaserne des achten Infanterieregiments hörte Afonso zum ersten Mal davon, dass in Lissabon etwas sehr Gravierendes im Gange war. Man schrieb den vierten Oktober 1910.
»Weißt du schon die Neuigkeit?«, fragte Fähnrich Pinto ihn in geheimnisvollem Ton, kaum dass er ihn erblickte.
»Ich weiß, der *Benfica* ist Meister.«
»Rede kein Blech. In Lissabon wird geschossen.«
»Was?«
»Das hat mir der Telegrafist gesagt.«
»Es wird geschossen?«
»Wenn ich's dir doch sage. Wie es scheint, ist die republikanische Bewegung auf die Straße gegangen, und einige Einheiten haben sich ihr angeschlossen.«
»Wer?«
»Das weiß ich nicht genau. Der Telegrafist hat von der Marine und der ersten Artillerie gesprochen, aber die Lage ist weiterhin unklar.«
»Und was ist mit uns?«
»Mit uns? Nichts ist mit uns, wir sind weit weg vom Geschehen. Der Oberst hat sich mit seinem Generalstab, den Majoren und den Offizieren seines Vertrauens getroffen. Sie behaupten, eine Konferenz abzuhalten, aber ich glaube vielmehr, dass sie sich vor Angst in die Hose machen und lieber abwarten und sehen, was dabei herauskommt, um dann den Sieger zu unterstützen.«
»Und für wen bist du?«
»Ich? Was für eine Frage, Afonso. Für den König, das weißt du doch.«
Nervtötend langsam zog der Tag sich hin, und die Regimentsoffiziere in Braga hielten sich leise flüsternd stundenlang in den Fluren in der Nähe des Telegrafisten auf; manche waren für die Monarchie, andere für die Republik, die Mehrheit wartete ab und wollte sich nicht fest-

legen. Vom Telegrafisten wurden vereinzelt Neuigkeiten bekanntgegeben. Laut den tröpfelnd eintreffenden Informationen hatten Angehörige der ersten Artillerie und der sechzehnten Infanterie die Rotunde okkupiert, wo sich auch einige Offiziersanwärter der Heeresakademie und bewaffnete Zivilisten befanden; es ging die Rede um von der »Carbonária«. Die königstreuen Truppen hielten den Rossio besetzt und verteidigten strategisch wichtige Punkte wie das Heeresarsenal und den Necessidades-Palast, in den sich der Monarch geflüchtet hatte. Irgendwann kam die Nachricht, einer der Anführer der Aufständischen, Admiral Cândido dos Reis, habe erfahren, dass der Staatsstreich gescheitert sei, und sich daraufhin das Leben genommen.

Kurz nachdem dies bekannt wurde, verließ der Befehlshaber des Bragaer Regiments die Sitzung seines Generalstabs und begab sich auf die Seite des Königs. Er hatte gemerkt, dass die Monarchisten gewinnen würden, und sich eiligst auf die Siegerseite gestellt. Das war ein Fehler. Plötzlich fingen Schiffe der Marine an, den Rossio und den Necessidades-Palast zu bombardieren. Als ein deutscher Diplomat eine weiße Fahne ergriff, um einen Waffenstillstand zu erreichen und die ausländischen Bürger zu evakuieren, wurde dies fälschlicherweise als Zeichen ausgelegt, dass die Monarchisten sich ergaben. Massenweise lief das Volk auf die Straße, um den Sieg der Republik zu feiern. Die Machthaber waren verunsichert, und in einem Anfall von Panik flüchtete der König. Am Morgen des fünften Oktober 1910 traten die Anführer der republikanischen Bewegung auf den Balkon des Rathauses von Lissabon, und vor der riesigen, begeisterten Menge, die sich auf der Praça do Município versammelt hatte, verkündete José Relvas die Republik in Portugal.

Das Leben in Braga veränderte sich enorm. Die neuen Machthaber in Lissabon zählten die monarchistischen Gewehre in den Regimentern und führten Säuberungen durch. Der kommandierende Oberst der achten Infanterie wurde vorzeitig in den Ruhestand versetzt, und das Gleiche wiederfuhr den Majoren und Hauptmännern seines Vertrauens, die so unvorsichtig gewesen waren, die Monarchie im Augenblick ihres Niedergangs zu unterstützen. Pinto Cenoura entging der

allgemeinen Säuberung, obwohl er Monarchist war, wahrscheinlich weil es nicht lohnte, sich um den Pöbel zu sorgen, und was war ein Fähnrich schon, wenn nicht Pöbel? Wie auch immer, die Säuberung hatte eine Aufstiegsbewegung in den Kasernen zur Folge.
Da etliche Offiziersposten frei geworden waren, folgte eine Beförderungswelle, und nur ein Jahr, nachdem er die Heeresakademie verlassen hatte, fand Afonso sich als Leutnant wieder. Doch es waren immer noch Stellen zu besetzen, und so war kurz darauf Fähnrich Pinto an der Reihe, ebenfalls befördert zu werden. Vielleicht galt seine monarchistische Ader als bloße Jugendsünde.
Die Republik brachte ein scharfes antiklerikales Klima mit sich, das sich rasch in einem Angriff auf die Kirche ausdrückte, der aus dem Versprechen der Regierung rührte, dem Katholizismus im Land innerhalb von zwei Generationen den Garaus zum machen. Die Jesuiten wurden vertrieben, der katholische Unterricht an den öffentlichen Schulen verboten, etliche Bischöfe ihres Amtes enthoben oder des Landes verwiesen, und ein Scheidungsgesetz wurde verabschiedet. Im Jahr 1911 wurde das Gesetz über die Trennung von Klerus und Staat erlassen, das den Zuwendungen für die Kirche ein Ende bereitete und ihr Vermögen, darunter auch Grundbesitz, enteignete. Ein Edikt ordnete die Schließung aller Priesterseminare des Landes an, und das Konzilseminar São Pedro e São Paulo stellte dabei keine Ausnahme dar. Lehrer und Schüler wurden nach Hause geschickt und das Gebäude am Largo de São Tiago an die neunundzwanzigste Infanteriebrigade übergeben.
»Dieses Land versinkt im Chaos«, beklagte sich Subregens Dom João Basílio Crisóstomo verbittert, als Afonso ihn am Vorabend der Räumung des Gebäudes aufsuchte. »Die Gewalt ist auf die Straße hinausgegangen, Gott steh mir bei! Wo hat man je eine derartige Hatz auf die Kirche gesehen? Es scheint, als wären wir wieder im alten Rom!«
»Immer mit der Ruhe, Dom Crisóstomo, alles wird ins Lot kommen.«
»Ruhe? Ruhe? Gott steh mir bei, Afonso!«, ereiferte sich der Subregens und lief verstört zwischen den Kisten hin und her, die er vor der Ankunft der Männer der Infanteriebrigade packte. »Es ist eine Schan-

de für die Zivilisation, was man hier mit uns macht. Eine Schande, haben Sie gehört? Es ist eine Schande für die Uniform, die Sie tragen! Wo hat man je erlebt, dass ein Priesterseminar dem Militär übergeben wurde? Wo hat man je gesehen, dass die Schließung von Seminaren angeordnet wurde? Was ist das für ein Land, Heilige Jungfrau, was ist das bloß für ein Land, das derart den Glauben verfolgt?«

Die Veränderungen waren allumfassend und betrafen fast sämtliche Institutionen. Sogar die Heeresakademie musste ihren Namen ändern und wurde 1911 in Kriegsakademie umbenannt. Die republikanische Regierung ordnete das Heer neu; sie gab das Modell einer Berufsarmee auf und wählte das eines Reserveheers, und der Studiengang für Bauingenieurwesen an der Akademie wurde abgeschafft. Sie widmete sich nunmehr ausschließlich den Kriegswissenschaften. Allerorten rollten die Köpfe der Monarchisten, die entscheidenden Stellen wurden mit Republikanern besetzt, doch die Mehrzahl der Offiziere in mittleren Ämtern blieb der ins Exil gegangenen Krone treu und bekundete ihren Unmut gegenüber der neuen Regierung.

Mit Entstehung der Republik waren die Unruhe und die Instabilität, in denen das Land versank, jedoch nicht beendet, zumal das Volk enorme Erwartungen an die Republikaner knüpfte; ihre Politik sollte rasch zu Stabilität und Prosperität führen, was diese natürlich nicht erfüllen konnte. Eigentlich mussten die Republikaner sich selbst tadeln, so hoch, wie sie die Latte gehängt hatten, als sie sich noch in der Opposition gegen die Monarchie befanden. Um die Preise der Grundnahrungsmittel stabil zu halten, schuf die neue Regierung eine vom Gesetz des Angebots und der Nachfrage unabhängige Preisliste. Obwohl die Liste nicht immer beachtet wurde, war das Ergebnis, dass Qualität und Quantität der Landwirtschaftsproduktion sanken. Auf den Märkten gingen allmählich Getreide, Bohnen, Kartoffeln und Fleisch aus, und sogar das Brot wurde dunkel und übelriechend.

Insbesondere im Norden grassierte, angeführt vom Klerus, die Unzufriedenheit. Die Republikaner waren untereinander zerstritten; Kopf der Radikalen war Afonso Costa, während António José Teixeira die Gemäßigten und Brito Camacho die Konservativen anführte. Die radikalen Maßnahmen zur Bekämpfung der Kirche wie auch die in der Wirtschafts- und Sozialpolitik wurden mit schöner Regelmäßigkeit von Afonso Costa durchgeführt. Teixeira und Camacho dagegen waren über die Reformexzesse entsetzt, als solche jedenfalls betrachteten sie sie. Als ob all das noch nicht genug des Durcheinanders gewesen wäre, waren auch die Monarchisten gespalten. Die Königstreuen im Exil waren in ihrer Opposition gegen die Republik moderater als eine andere, von Paiva Couceiro angeführte Gruppierung, die sich nach Galizien geflüchtet hatte und sich bereitmachte, zu den Waffen zu greifen. Inmitten dieses erregten Klimas vervielfachten sich die Gerüchte, und es ging die Rede um von Staatsstreichen, von neuerlichen Revolutionen, von Bürgerkrieg.

Obwohl Afonso sich den Problemen rings um ihn nicht verschloss, genoss er doch seinen neuen Stand mit unverhohlenem Vergnügen. Der Sold eines Leutnants war besser als der eines Fähnrichs, die Mahlzeiten in der Offiziersmesse waren trotz der Krise nicht übel, er ging in die Kathedrale zur Messe und saß wie in Seminarzeiten stets unter der prächtigen Orgel, und er erfreute sich der Vertrautheit seiner neuen Freunde, insbesondere der Leutnant Pintos.

In Cenouras Gesellschaft lernte Afonso die schönen Seiten des Lebens zu schätzen. Sie verbrachten die Tage mit Bridgespielen im Café *A Brasileira,* von dem ein Plakat an der Ecke der im Jahr 1912 in Rua D. Diogo de Sousa umgetauften Rua Nova de Sousa verkündete, »der beste Kaffee ist der der Brasileira«, oder sie schauten den Mädchen nach, die im Park spazieren gingen. In der *Padaria Central* kauften sie Mais- und Rundbrot oder naschten in der alteingesessenen Konditorei Marinho & Filho köstliche Butterzöpfchen, die ihnen Nachmittag für Nachmittag die Zunge versüßten und ihre Seele besänftigten. Manchmal aßen sie zu Mittag in der *Pensão Aliança,* die schmackhaftes Schweineschwarzsauer servierte, oder im *Hotel Central* gleich neben der Kaserne, wo das Angebot vor allem zwischen Leberschwarzsauer und Fischpastete variierte.

Donnerstag- und Sonntagabend gesellten Afonso und die übrigen Offiziere sich zu den Familien rings um die pompös als Musikpavillon bezeichnete offene Laube im Park und lauschten den Konzerten der Militärkapelle der achten Infanterie. An anderen Abenden ließen sich die Leutnants Afonso und Pinto in der Cervejaria Cruz & Sousa mit Bier vollaufen oder gingen auf einen Sprung ins Café Viana unter den Arkaden und spielten bis zwei Uhr morgens Roulette oder französisches Glücksspiel. Die verrauchte Atmosphäre wurde von den heiteren Melodien der Pianokonzerte und den Darbietungen draller Tänzerinnen animiert, die zur Unterhaltung der Gäste engagiert wurden. Hin und wieder neckte Pinto seinen Freund, wenn er die molligen Tänzerinnen des Viana beobachtete.

»Lass uns ins Gassenviertel zu den Mädchen gehen, Afonso.«

Anfangs verschämt, dann schon unbefangener, folgte Afonso Cenoura ins Gassenviertel hinter der Kathedrale zu einem Besuch bei den Prostituierten in der Rua de Santo António das Travessas. Das war ein verbotener Stadtteil, der nur von übel beleumundeten Frauen und Männern frequentiert wurde. Keine ehrbare Frau wagte es, ihren Fuß in diese Gegend mit ihren engen, kleinen Straßen und zwielichtigen Absichten zu setzen. Wer dort angetroffen wurde, verlor garantiert seine Ehre. Es würde Gerede geben, sie sei »in den Gassen gesehen worden«, eine erniedrigende, beschämende Mitteilung, die jede Frau auf ewig als Dirne oder, unbarmherziger noch, als Nutte abstempelte. Von seinem alten Seminaristengewissen gepeinigt, schwor Afonso sich tausendmal, dass er nicht wieder hingehen werde, und tausendmal brach er sein Versprechen.

Diese Gewohnheiten änderten sich erst, als die Stadt an einem Morgen des Jahres 1913 von großem Durcheinander erfüllt wurde, weil die riesige Weihrauchkiefer umgestürzt war. Offiziell hieß es, der große Baum sei von dem Sturm in der vorangegangenen Nacht niedergerissen worden, doch ein Kellner des Cafés Viana vertraute Afonso mit geheimnisvoll verschwörerischem Gesicht an, in Wahrheit sei das eine Ausrede, der Baum sei gefällt worden. Tatsächlich nutzte die Stadt die Gelegenheit, um die Mauern des öffentlichen Parks am Campo de Sant'Ana abzureißen und von der Stelle, an der zuvor die Weihrauchkiefer gestanden hatte, bis weit in Richtung Sameiro eine breite Avenida anzulegen. Mit der neuen Avenida Central, die den Park in der Mitte zerteilte, wurde zu ihren beiden Seiten auch eine Promenade gebaut, auf der sich eine merkwürdige soziale Trennung etablierte, über die sich der junge Leutnant sehr amüsierte. Die Soldaten und ärmeren Leute gingen die Avenida rechts auf dem Trottoir hinauf und verkehrten viel im Café Avenida, das die Leute aus den besseren Kreisen Bragas verächtlich als »Oppositionscafé« bezeichneten. Diese Leute zogen den linken Bürgersteig vor; die Mütter und Väter versammelten sich in der Nähe des Musikpavillons, der die Zerstörung des Parks überstanden hatte, während die Liebespaare die Avenida hinauf- und hinunterschlenderten, in der Nähe des Pavillons auseinandergingen, damit die Eltern sie nicht sahen, und sich weiter vorne wieder zusammenfanden.

Wenn Afonso Braga verließ, teilte er seine Urlaube in Exkursionen durch den Minho und Besuche in Porto und Lissabon auf. Um Rio Maior allerdings machte er einen Bogen; seit Carolina ihren Eisenbahningenieur geheiratet hatte, beschränkten sich Afonsos Besuche in Carrachana auf kurze Stippvisiten, um seine Familie zu sehen. Doch wann immer er hinfuhr, ließ er es sich nicht nehmen, ostentativ an der Casa Pereira vorüberzugehen und in der Gewissheit, dass sein Auftauchen der ehemaligen Freundin in schillernden Farben zugetragen würde, seine prächtige Uniform zu präsentieren. Sie wird sich in Selbstvorwürfen verzehren, dachte Afonso auf diesen betrüblichen Spaziergängen durch das Zentrum der Ortschaft und liebkoste den Griff seines Säbels. Seine Streifzüge gipfelten in einer Runde um die neugetaufte Praça da República, wo er dem alten Brunnen zum Stillen seines Durstes einen Besuch abstattete, ehe er in der Speisewirtschaft der Witwe Maria das Dores Schweinekopf mit Reis oder einen köstlichen *Magusto* aß.

Wirkliches Vergnügen aber bereiteten ihm die Fahrten nach Lissabon und Porto, er fühlte sich angezogen von der Kultur, den eleganten Frauen, der Moderne. Bei diesen Reisen verfolgte er weiterhin das Fußballgeschehen und besuchte die Animatographen. In Braga las er die lokale Wochenzeitung *Pátria Nova*, aber auch den *Comércio do Porto*, und wann immer es sich ergab, die Zeitungen aus der Hauptstadt und die *Ilustração Portuguesa*. Auch wenn er kein politisch reifer Mensch war, betrachtete er sich trotz seiner eher aus der Gewohnheit als aus eingefleischter Überzeugung herrührenden zarten religiösen Ader als Demokrat und unterstützte in der Regierung insgeheim die radikale Demokratische Partei und den kühnen Premierminister Afonso Costa. Schließlich mussten die Afonsos zusammenhalten.

Wegen der monarchistischen Überfälle wurde das Regiment mehrfach in Alarmbereitschaft versetzt. Als 1911 eine von Paiva Couceiro angeführte Invasionstruppe mit siebenhundert Mann in Trás-os-Montes einmarschierte und Vinhais besetzte, erhielt Afonso den Auftrag, die Einfahrt nach Braga am Arco da Porta Nova zu kontrollieren. Und als dieselbe Truppe 1912 von Galizien kommend versuchte, Chaves zu überfallen, oblag es ihm, die Straße nach Trás-os-Montes zu verteidigen. Beide Male wurde er von Leutnant Pinto begleitet, doch seine Gegenwart beunruhigte und verunsicherte ihn. Während sie ihre Stellungen bewachten, erklärte Cenoura ein ums andere Mal, wenn Paiva Couceiros Männer vor ihnen erschienen, würde er sich ihnen anschließen, das sei schließlich seine vaterländische Pflicht. Afonso fluchte und betete im Stillen zu Gott, er möge Paiva Couceiro nicht bis Braga gelangen lassen. Das gäbe das allergrößte Chaos in dieser Stadt der Konservativen und Monarchisten. Zum anderen wurde ihm klar, dass die Patres aktiv mit den Monarchisten kollaborierten, doch er tat so, als bemerke er nichts. Letztlich war seine Einheit nicht zum Einsatz gekommen, und es lohnte nicht, sich in Arbeit zu stürzen. Sein Freund Mascarenhas und dessen dreizehntes Infanterieregiment hingegen hatten mehr als genug zu tun. Das hatte man in Kauf zu nehmen, wenn man in Vila Real stationiert war.

An einem Augustvormittag des Jahres 1914 setzte sich der junge Leutnant an einen Fensterplatz im Café Bracarense und schlug eine alte Ausgabe des *Cinematógrafo*, der humoristischen Wochenzeitung der Stadt, auf. Im Vorbeigehen bestellte Vilela, der rastlose Herausgeber von *Ecos do Minho*, am Tresen einen Kaffee und grüßte ihn von weitem.

»Hallo, Leutnant«, sagte Vilela. »Haben Sie schon das Neueste gehört?«

»Was denn?«

»Der Krieg ist ausgebrochen. Deutschland hat Frankreich den Krieg erklärt, und es heißt, in den Kolonien werde es Ärger geben.«

Die Nachricht machte Afonso nachdenklich und besorgt. Die Lust, über die derben Witze im *Cinematógrafo* zu lachen, war ihm vergangen; er bezahlte seinen Kaffee und ging hinaus. Da es ein heißer Sommertag zu werden versprach, setzte er sich auf eine Bank im Schatten eines Baumes gegenüber dem Musikpavillon und sinnierte über die furchtbare Neuigkeit. Den Blick in den Schießscharten der vom Musikpavillon aus gut sichtbaren Torre de Menagem verloren, ahnte Afonso, dass das Land nur schwerlich ungeschoren davonkommen würde, zumal Deutschland ein begehrliches Auge auf die portugiesischen Kolonien in Afrika geworfen hatte.

Zwei Tage nach Beginn der Feindseligkeiten ersuchte London Lissabon darum, sich weder für neutral noch für kriegführend zu erklären, und die Zeitungen füllten sich mit Meldungen über eine vom Parlament verkündete Verlautbarung, die das Schicksal Portugals mit dem Englands verband und militärische Unterstützung zusicherte. Auf eine Anfrage nach Artilleriegeschützen für die französische Armee hin akzeptierten die Alliierten zwei Monate später den Eintritt Portugals in den Krieg, und es wurde nun die Entsendung einer als Hilfsdivision bezeichneten Armeeeinheit nach Frankreich geprüft. Die Lage in den portugiesischen Kolonien indes machte es erforderlich, die Prioritäten noch einmal zu überdenken. Die Deutschen hatten von Süden aus Angola angegriffen, und in der Provinz Naulila kam es zu einer Konfrontation mit den portugiesischen Streitkräften; weitere Zwischenfälle ereigneten sich in Mosambik mit von Norden her kommenden deutschen Einheiten. Die ortsansässige Bevölkerung machte sich das Klima der Instabilität zunutze, und einige erhoben sich gegen die Portugiesen. Es wurde Verstärkung nach Afrika geschickt; Bragas Beitrag bestand in der Entsendung des elften Kavallerieregiments nach Angola, und der gesamte Aufbau der zum Einsatz auf dem Kriegsschauplatz in Europa bestimmten Hilfsdivision geriet in Verzug. Im darauffolgenden Jahr kam der Aufbauprozess während der kurzlebigen Diktatur von General Pimenta de Castro dann gänzlich zum Erliegen und wurde erst im Anschluss an dessen Sturz im Mai 1915, nach einer im Wesentlichen von Angehörigen der Demokratischen Partei durchgeführten Militäraktion, wiederaufgenommen.

Die Hilfsdivision hieß von nun an Instruktionsdivision. Im April 1916 veröffentlichte das Kriegsministerium eine Liste von zweiunddreißig Regimentern, die mobilisiert werden sollten; die zur achten Division gehörige achte Infanteriekompanie, war eines davon. Zunächst jedoch entschied man, lediglich vier Divisionen auf die Feindseligkeiten vorzubereiten, die achte Infanterie blieb in der Reserve. Trotzdem wurde eine Gruppe von Offizieren, darunter Afonso, Ende Mai nach Tancos abkommandiert, wo sie in die enorme Kraftanstrengung zur Vorbereitung der Armee auf den Krieg in Europa einbezogen wurden.

Eine Flut von Soldaten hatte sich in der gesamten Gegend zwischen Mafra, Tancos und Vendas Novas ausgebreitet, insgesamt waren zwanzigtausend Mann in einem gigantischen Feldlager aus Holz- und Segeltuchbaracken untergebracht, das auf einem frisch gerodeten Stück Heideland errichtet worden war.

Gleich am ersten Tag, als Afonso eilends einen Befehl von Major Montalvão ausführen wollte, wurde sein Enthusiasmus von andern Offizieren gebremst.

»Wohin so eilig, Afonsinho?«, fragte ihn Hauptmann Cabral, ein konservativer Republikaner, der gelangweilt an einer Pinie lehnte.

»Major Montalvão hat mir befohlen, die Männer zur körperlichen Ertüchtigung zu rufen, Herr Hauptmann.«

»Major Montalvão?« Der Hauptmann lachte. »Der Kerl will hoch hinaus und denkt, er zieht in den Krieg.«

Afonso blickte ihn verwirrt an.

»Dafür machen wir uns doch bereit, Herr Hauptmann …«

»Bist du blöd, Afonsinho? Mit dieser Lumpenarmee sollen wir in den Krieg ziehen? Glaubst du, die Engländer wollen uns dort haben?«

»Das weiß ich nicht, Herr Hauptmann. Aber Befehl ist Befehl …«

»Befehl, so ein Unsinn! Wenn sie dir befehlen, dich in einen Brunnen zu stürzen, tust du das dann? Diese Kerle wollen uns für ihre Zwecke benutzen, für ihre unlauteren Geschäfte, ihren Ehrgeiz. Sei doch vernünftig und sperr die Augen auf!«

»Bitte um Erlaubnis, Herr Hauptmann«, sagte Afonso, der merkte, dass das Gespräch zu nichts führte; außerdem hatte er es eilig, die Männer zu rufen.

»Geh nur, geh, aber lass dich von diesen Schlaufüchsen nicht hinters Licht führen.«

Es war unverkennbar, dass die Stammoffiziere von Tancos hinsichtlich der Kriegsvorbereitungen unterschiedlicher Meinung waren. Nur die Republikaner, die Afonso Costas Demokratischer Partei nahestanden, schienen sich bei der Ausbildung wirklich zu engagieren und strömten über vor Begeisterung und Tatendrang. Die anderen, die Monarchisten und die oppositionellen Republikaner, zeigten sich skeptisch. Ihre Haltung war negativ und von Zynismus erfüllt. Für sie war alles unmöglich, die fehlende Ausrüstung ein unüberwindliches Hindernis, die Soldaten nichts als Lumpenpack, die Vorgesetzten inkompetent und opportunistisch.

Das Klima politisierte sich stark, und wie sehr Afonso sich auch bemühte, sich aus dieser Polemik herauszuhalten, er wurde unwiderstehlich hineingezogen. Es war unmöglich, Distanz zu wahren. Das Thema kam in jedem Gespräch auf, es gab keine Möglichkeit, es zu umgehen, und sogar sein bester Freund im Regiment brachte es aufs Tapet. Leutnant Pinto, Cenoura, gehörte zu den Gegnern einer Intervention; ohne Überraschung stellte Afonso dies gleich am ersten Morgen fest, als sie auf der Suche nach den Latrinen das Zelt verließen.

»Was machen wir eigentlich hier?«, fragte Cenoura; unzufrieden ging er raschen Schrittes hinter seinem Freund her und blickte auf das uneinheitliche Feldlager aus Baracken und Zelten, das sich ringsum erstreckte, so weit das Auge reichte. »Eine Stadt aus Holz und Segeltuch. Sag mir, hat das hier irgendeinen Sinn?«

Afonso fuhr sich mit der Hand durch das zerzauste Haar und versuchte, es mit den Fingern zu kämmen.

»Wir tun, was sie uns befehlen.«

»Aber ich weiß nicht, ob ich tun will, was diese Idioten uns befehlen.«

»Es gibt einen guten Ausweg für dich, Pinto«, erwiderte Afonso. »Du trittst aus der Armee aus.«

»Das fehlte gerade noch, wegen diesen Mistkerlen von Republikanern aus der Armee auszutreten.«

»Nun, wenn du bleibst, musst du dich beugen, was soll ich sonst dazu sagen?«

»Ich will meine Zeit einfach vernünftig nutzen, anstatt in idiotische

Expeditionen verwickelt zu werden. Diese Kerle stopfen sich die Taschen voll und führen das Land in den Ruin, und wir machen bei dem Schwachsinn auch noch mit.«

»Pinto, wir sind hier, um unsere Arbeit zu tun«, sagte Afonso ungehalten. »Der Rest ist unwichtig.«

»Ganz so ist es nicht, Afonso«, entgegnete Cenoura verärgert. »Wir machen uns zu Mittätern bei diesem Irrsinn. Glaubst du tatsächlich, dass es irgendeinen Sinn hat, wenn Portugal in diesen Krieg verwickelt wird? Sollen wir uns auf dieses Schlachtfeld begeben, das uns nichts angeht, nur weil die Herren Republikaner wegen der wachsenden Proteste in der Bredouille sind?«

»Das eine hat mit dem anderen nichts zu tun.«

»Oh doch, das hat es sehr wohl! Was denkst du denn, weshalb diese Idioten Portugal in den Krieg schicken wollen?«

»Nun …« Afonso verhaspelte sich und blieb stehen, um sich auf die Antwort zu konzentrieren; weiter hinten waren die Latrinen und die Reihen der Männer zu sehen, die darauf warteten, auf dem schmutzigen Ödland ihr Geschäft zu verrichten. Man konnte den Gestank bereits von fern riechen. »In erster Linie, um die Kolonien und das Reich zu verteidigen. Und außerdem ist es wichtig, dass das Land im Konzert der Nationen seine Stimme behauptet …«

»Konzert der Nationen?«

»… und seine Unterschiede in Bezug auf Spanien geltend macht.«

»Das mit dem Konzert der Nationen ist prima! Du liest in letzter Zeit wohl viel in der republikanischen Presse.«

»Warum? Stimmt das etwa nicht?«

»Selbstverständlich nicht«, brauste Pinto auf und gestikulierte wild. »Siehst du nicht, dass das alles nur mit der Angst dieser Leute zu tun hat, die Regierung könnte wechseln?«

»Nein, das sehe ich nicht.«

»Mensch, Afonso, krieg das in deinen Schädel rein«, sagte er mit ausgestrecktem Finger und zitterndem rotem Schnurrbart. »Die Regierung ist wegen der Proteste gegen ihre ruinöse Politik in Schwierigkeiten geraten und hofft, den Krieg zu einer Sache aller zu machen. Sie will eine heilige Union schaffen, die die Misshelligkeiten zum Schweigen bringt und das Regime konsolidiert. Alles auf Kosten unseres Blutes, und alles, damit diese Horde Parasiten ihre Pfründen sichert.«

»Dummes Zeug.«

»Es ist zweifellos so, wie ich dir sage. Solange wir alle die armen kleinen Soldaten unterstützen, die in den Krieg ziehen, protestiert niemand gegen die Regierung. Die Republikaner sind dabei, zu versuchen, aus ihrer Sache eine nationale Angelegenheit zu machen, eine *union sacrée* wie die Franzosen. Damit beabsichtigen sie, sich an der Macht zu halten. Das ist das wahre Ziel der ganzen Übung.«

»Was für eine Übertreibung!«

»Glaub mir, es ist die Wahrheit. Das hat nichts mit besagtem Konzert der Nationen zu tun.«

»Natürlich hat es das, oder ist dir etwa nicht bekannt, dass Deutschland an unserem Weltreich nagen will? Darüber hinaus vergiss Spanien nicht.«

»Spanien?« Pinto lachte. »Du wirst mir jetzt ja wohl nicht erzählen, dass wir wegen der Spanier in den Krieg eintreten wollen.«

»Lach du nur. Aber vergiss nicht, die Engländer sind über den Sturz der Monarchie verärgert und liebäugeln jetzt mit den Spaniern. Hast du nicht in der Zeitung gelesen, dass die Kerle zu uns gesagt haben, die militärische Allianz schließe nicht die Verteidigung unserer Landesgrenzen ein, sondern nur die der Küsten und der Kolonien? Was denkst du, was das heißt, he? Die Tommys hecken da etwas aus. Und du darfst auch nicht vergessen, dass in Spanien schon von der Notwendigkeit die Rede ist, Portugal zu annektieren und das republikanische Würmchen zu zerquetschen, ehe es dort ankommt. Denk daran, dass die militärischen Überfälle Paiva Couceiros in den letzten Jahren von dort gekommen sind. Wenn sich die Engländer mit den Spaniern zusammentun, können wir alle einpacken, was glaubst du?«

»Das sind lauter Windmühlen und Vogelscheuchen, um uns zu erschrecken. Aber mach dir keine Sorgen, aus diesem Quatsch, dass wir in den Krieg ziehen, wird nichts werden, das ist bloß Gerede.«

»Da bin ich mir nicht so sicher.«

»Aber ich. Wir ziehen nur in den Krieg, wenn England das von uns verlangt. Und England ist nicht blöd, es versteht was von der Sache.

Das werden sie nie verlangen, und deshalb werden wir hier in Tancos bleiben und Krieg spielen.«

»Als der Krieg vor zwei Jahren begann, haben sie sehr wohl verlangt, dass wir eintreten.«

»Das ist Schnee von gestern. Wir sind nicht eingetreten, und jetzt werden wir es auch nicht mehr tun. Die Tommys haben uns durchschaut, was wollen die mit so einer Lumpenhorde in Frankreich kämpfen? Wir würden ihnen mehr Arbeit bereiten als eine Division Deutsche.«

Darauf wartend, dass er an der Reihe war, wandte Afonso seinen Blick auf die Männer vor ihm in der Reihe. Er hatte beschlossen, die Diskussion zu beenden.

»Erleichtern wir uns nun oder nicht?«

Hitzig wurde in der Messe von Tancos, die sich in einen wahren Kessel der Intrigen und Verschwörungen verwandelt hatte, das Für und Wider der Kriegsvorbereitungen diskutiert, die Offiziere stritten über Vor- und Nachteile einer eventuellen Verwicklung Portugals in den Krieg, an die in Wahrheit nur wenige glaubten. Doch im Jahr 1916 überschlugen sich die Ereignisse.

Großbritannien musste seine Schiffsflotte verstärken, um die Verluste der Handelsmarine auszugleichen, die ihr von den deutschen U-Booten zugefügt worden waren. Zu Beginn des Jahres fanden die Verbündeten heraus, dass sechsunddreißig deutsche Schiffe in portugiesischen Häfen Zuflucht gesucht hatten, und nach einem Austausch von Meldungen rief London die Militärallianz an und verlangte von Lissabon, die Schiffe zu beschlagnahmen. Am dreiundzwanzigsten Februar wurden die Schiffe im Sturm genommen, und am neunten März erklärte Deutschland Portugal den Krieg.

Das konspirative Klima erreichte allerorten seinen Höhepunkt. Nur die an der Macht befindliche Demokratische Partei und die Entwicklungspartei unterstützten den Kriegseintritt Portugals, alle anderen waren dagegen. Die Unionisten, die Monarchisten, die Katholiken, die Sozialisten, die Syndikalisten, die gemäßigten Republikaner, die konservativen Republikaner, der überwiegende Teil des Heeres – sie alle waren gegen eine Intervention. In den Korridoren des Parlaments

und in den Kasernen, in den Cafés und den Schenken wurde konspiriert.
Immer noch in Tancos, trat Hauptmann Cabral in einem Klima des stillschweigenden Widerspruchs abermals an Afonso heran, um seine Unzufriedenheit mit der Lage zum Ausdruck zu bringen. Er wiederholte die üblichen Argumente über die Unsinnigkeit einer portugiesischen Intervention und die kriminelle Verantwortungslosigkeit der Regierung. Der Leutnant wollte sich nicht auf eine Diskussion einlassen, die ihm fruchtlos erschien, und antwortete, ja, natürlich, es ist eine Schande, was soll man da machen, es ist hoffnungslos. Seine scheinbare Empfänglichkeit ermutigte den Hauptmann, der nicht begriff, dass es sich um reine Höflichkeit handelte, weil Afonso ein Wortgefecht mit einem Vorgesetzten vermeiden wollte. So ließ er eine Bemerkung fallen, die die wahre Absicht des Gesprächs verdeutlichte.
»Leutnant, sagen Sie einmal ehrlich«, fragte er ihn wie von ungefähr und blickte ihn dabei prüfend an. »Wären Sie bereit, Stellung zu beziehen?«
»Stellung, Herr Hauptmann? Was für eine Stellung könnte ich denn beziehen?«
»Stellung eben, Mann, etwas Ernsthaftes. Was weiß ich, um der Vernunft zum Sieg zu verhelfen.«
Afonso überlegte, was diese Worte unausgesprochen andeuten wollten. »Sie meinen, zu den Waffen zu greifen, Herr Hauptmann?«
»Das ist aber eine markige Art, die Dinge zu betrachten, Junge«, unterbrach Cabral ihn mit nervösem Lachen und forschendem Blick; er suchte nach Anzeichen dafür, dass er einen Gleichgesinnten vor sich hatte. Dann wurde sein Gesicht wieder ernst, und er sprach mit heiterer, vielleicht ein klein wenig erregter Stimme weiter. »Wir müssen überlegen, was wir tun werden. Wir sind Soldaten und haben eine Verantwortung gegenüber dem Vaterland. Wenn uns diese Verantwortung dazu zwingt, zu den Waffen zu greifen …«
Sibyllinisch ließ Hauptmann Cabral den Satz in der Schwebe und wartete auf eine Reaktion des Leutnants. Afonso blickte auf seine Nägel, als sorge er sich um den Schmutz darunter, und brauchte eine Weile, ehe er das Wort ergriff.

»Auf wessen Befehl, Herr Hauptmann?«
Cabral grinste.
»Sagen wir, es gibt eine bedeutende Persönlichkeit der Republik, die dem Chaos ein Ende bereiten will, die Ordnung schaffen und das Land vor einer Katastrophe bewahren möchte …«
Afonsos Gesichtzüge wurden hart.
»Herr Hauptmann, ich habe einen Eid auf die Fahne geschworen und habe vor, ihn zu befolgen. Handeln …«
»Ich auch, Afonso, auch ich respektiere die Fahne.«
»Lassen Sie mich ausreden.«
»Bitte.«
»Ich befolge meinen Eid. Das bedeutet, dass ich die Befehle ausführe, die mir rechtmäßig von meinen Vorgesetzten erteilt werden. Mit meinem Handeln gegen das Gesetz zu verstoßen ist etwas, das ich nicht tun werde.«
»Aber ich versichere Ihnen, Afonso, auch wir …«
»Herr Hauptmann«, schnitt Afonso ihm das Wort ab. »Ich werde mich an keiner illegalen oder aufrührerischen Aktivität beteiligen, und ich rate Ihnen, mir keine weiteren Informationen über das zu geben, was Sie vorhaben, Sie und die bedeutende Persönlichkeit der Republik, die Sie erwähnt haben, weil ich mich sonst gezwungen sehe, unseren Vorgesetzten von diesem Gespräch Bericht zu erstatten.«
Hauptmann Cabral seufzte verärgert.
»Nun gut, Afonso, tun Sie, was Sie für richtig halten. Wenn Sie bei dieser verantwortungslosen und für das Vaterland ruinösen Politik mitmachen wollen, dann tun Sie das. Aber spielen Sie nicht den Moralapostel und treuen Verfechter der Legalität. Die Geschichte wird zeigen, wer die wahren Verräter sind.«
Von nun an machte Afonso einen Bogen um die Gruppen. Das Gesprächsthema war immer das gleiche, und es langweilte ihn. Außerdem wollte er nicht ständig vor dem Dilemma stehen, entweder permanent anderer Meinung zu sein als seine Kameraden oder ihnen beizupflichten, um Streit zu vermeiden, dafür aber Gefahr zu laufen, dass das als stillschweigende Mitwirkung an den um sich greifenden Verschwörungen und dem Gegeifere ausgelegt wurde.

Diesem Klima zum Trotz gingen die militärischen Vorbereitungen weiter, und nach Beendigung der Übungen in Tancos kehrten die Angehörigen der Instruktionsdivision im August in ihre Kasernen zurück. Erleichtert fuhr Afonso wieder nach Braga; bei einer Fechtübung in der Kaserne hörte er dann zum ersten Mal von dem Portugiesischen Expeditionskorps. Anfänglich hieß es, das Korps werde aus einer einzigen Division bestehen; im Dezember war dann von zwei Divisionen die Rede, später von drei. Der Aufbruch der Truppen wurde auf Anfang 1917 festgesetzt, die ersten Regimenter, die an Bord der Schiffe gehen sollten, waren die siebte, die fünfzehnte und die achtundzwanzigste Infanteriedivision.
Nur drei Wochen vor der Einschiffung fingen die Streitkräfte der in Tomar stationierten vierunddreißigsten Infanteriedivision eine Revolte an. Es war der dreizehnte Dezember, als einer der Helden der Republik, der berühmte General Machado Santos, derselbe, der am fünften Oktober 1910 das kühne Vorrücken der aufständischen Republikaner von der Rotunde zum Rossio angeführt hatte, mit dem *Diário do Governo* eine Regierungsverlautbarung veröffentlichen ließ, in der er sämtliche Minister ihres Amtes enthob und Stellvertreter für sie ernannte. Die Verlautbarung war eine Fälschung, die Einmischung Machado Santos' hingegen echt; der Held der republikanischen Revolution wollte die Einschiffung der Truppen nach Frankreich verhindern. Die regierungstreuen Einheiten reagierten rechtzeitig, und der Putschversuch scheiterte. An den folgenden Tagen stellte sich heraus, dass die Mehrzahl der in die Erhebung verwickelten Offiziere nach Frankreich abkommandiert worden waren. Die Regierung musste sie auf die Schnelle ersetzen, was die Abreise des Expeditionskorps um einige Wochen verzögerte. Schlimmer aber war, dass die Moral der Soldaten davon zutiefst erschüttert wurde. Wenn nicht einmal ihre Offiziere sie im Krieg befehligen wollten, was hatten sie dann dort verloren? Einige Hauptmänner und Majore der achten Infanterie, darunter auch Hauptmann Cabral, wurden aufgrund ihrer Rolle bei der Revolte verhaftet, und die freigewordenen Posten mussten besetzt werden. So fand sich Afonso zum Hauptmann befördert wieder.

Die ersten portugiesischen Soldaten wurden Ende Januar 1917 in Lissabon in einem Klima der Heimlichtuerei und nach einigem Durcheinander in Richtung Brest eingeschifft.
Der frisch beförderte Hauptmann erfuhr die Nachricht, als er mit einem Glas Zuckerrohrschnaps in der Messe saß. Bei einer Partie Bridge, ein paar Zügen aus der Pfeife und einer Tasse Kaffee erzählte Major Montalvão ihm die Einzelheiten. Als die Partie beendet und der Major gegangen war, dachte Afonso über die Sache nach. Er wusste nicht, ob er sich freuen oder sich Sorgen machen sollte.
Er stand vor einem Dilemma. Einerseits war Portugal in einen Konflikt von europäischen Ausmaßen involviert und befolgte seine Verpflichtungen eines Verbündeten gegenüber England. Darüber hinaus tat die Armee ihre Pflicht. All das hätte durchaus seinen Witz gehabt, wenn er nicht selbst direkt davon betroffen gewesen wäre und wenn nicht die Möglichkeit bestanden hätte, dass es auch ihn zu den Schauplätzen des Todes führen würde. Als Abstraktum erfüllte ihn der Abmarsch der Truppen mit Zufriedenheit. Als Ereignis mit möglicherweise direkten Auswirkungen auf sein Leben hingegen erschreckte er ihn. Allerdings hatte die Sache, genauer betrachtet, auch eine abenteuerliche Seite, die ihm nicht gänzlich missfiel – mit dem Gewehr herumzuknallen, das Leben zu riskieren, der Gefahr ins Auge zu blicken –, wer wusste, ob nicht eine tapfere Tat aus ihm einen unerschrockenen Helden machen würde, einen zweiten Mouzinho. Wie würde Carolina sich dann ärgern!
Leutnant Pintos Erscheinen brachte ihn dazu, die Nachricht von der positiven Seite zu betrachten, Ängste waren etwas für Feiglinge, und in Frankreich warteten Taten, Heldentum, Ruhm auf ihn. Afonso überlegte, dass er die Abzeichen eines Offiziers trug und sich auch als solcher benehmen musste. Seine Befürwortung der Abreise der Truppen war stets etwas, worüber er sich mit dem Leutnant anlegte, ein Vorwand, um ihn zu provozieren, um seiner Abscheu gegenüber Portugals Beteilung am Krieg neue Nahrung zu geben.
»Da fahren sie nun, die Jungs, und gehen auf eine Reise, von der du behauptet hast, sie würde nie stattfinden«, stieß Afonso boshaft hervor, als sein Freund sich mit einem Glas Tresterschnaps zu ihm setzte.

»Eine traurige Figur werden sie dort machen«, brummte Cenoura wenig überzeugt.
»Und alle sind angetreten. Soldaten, Offiziere, niemand ist desertiert.«
»Nicht? Und was ist das, was in Santarém passiert ist?«
»Hör bloß auf mit Santarém.«
»Das kommt dir nicht gelegen ...«
»Dir kommt es nicht gelegen.«
»Mir?«
»Ja, dir. Es ist eine Schande, was dort passiert ist. Die Soldaten sind in der Kaserne erschienen, nicht ein Einziger hat gefehlt, alle waren bereit, in den Zug nach Lissabon zu steigen und weiter nach Frankreich zu fahren. Alle. Und die Herren Offiziere sind allesamt zu Hause geblieben.«
»Du übertreibst.« Der Leutnant lachte. »Ein Fähnrich ist immerhin gekommen.«
»Mach dich nicht lustig, denn das ist ernst. Die Offiziere sind desertiert, sie haben ihre Männer im Stich gelassen, das ist nicht zum Lachen.«
»Sie sind nicht desertiert. Sie haben gemeutert.«
»Sie sind desertiert. Und weißt du, was mit ihnen geschehen ist?«
»Sie wurden verhaftet.«
»Nein, danach.«
»Danach? Danach war nichts. Sie sitzen im Gefängnis.«
»Mensch, weißt du denn nicht, was mit ihnen passiert ist?«
»Nein.«
»Aha, du weißt es also nicht ... Nun, sie sind vom Mob besudelt worden. Als sie zum Bahnhof gebracht wurden, ist das Volk auf die Straße gegangen, Mütter, Frauen, Verlobte, die Schwestern der Soldaten, alle sind sie auf die Straße gelaufen und haben sie mit Steinen und Dreck beworfen und sie als Feiglinge beschimpft. Sie haben die Offiziere beleidigt, weil die Soldaten aufgebrochen und sie geblieben sind. Eine Schande.«
»Wer hat dir das denn alles erzählt?«
»Major Montalvão.«
»Das ist auch so ein Früchtchen«, murmelte Cenoura leise und ver-

drehte die Augen. »Nun, zumindest haben sie es geschafft, dass sie nicht nach Frankreich müssen.«
»Das denkst du«, erwiderte Afonso lachend. »Sie sind zu dreißig Tagen Besserungshaft verurteilt worden und sitzen die Strafe bereits auf dem Schiff ab.«
»Was? Sie sind tatsächlich nach Frankreich unterwegs?«
»Ja, selbstverständlich.«
»Ich weiß nicht, ob das eine gute Idee ist.«
»Ich wüsste nicht, warum nicht. Es erscheint mir sogar höchst gerecht.«
»Ja? Und wie sollen Offiziere, die gegen den Krieg sind, die Männer im Kampf führen? Hast du schon mal überlegt, wie das gehen soll?«
»Mensch, unter Feuer haben sie gar keine andere Wahl, als vorwärts zu marschieren.«
»Afonso, Afonso, so gewinnt man keine Kriege. Man gewinnt sie mit Führungsstärke und guter Moral, mit Motivation und Engagement. Kannst du mir mal sagen, was diese Offiziere davon haben?«
Afonso schwieg gedankenvoll und dachte über die Lage nach.
»Ja, du hast recht«, räumte er schließlich ein. »Das kann ein Problem werden. Aber ich sehe keine andere Alternative. Hierzubleiben wäre wie eine Belohnung, das würde andere nur zur Nachahmung ermutigen.«
Pinto holte eine Schachtel *Mondegos* aus der Tasche und zündete sich eine Zigarette an.
»Was ich ebenfalls nicht verstehe, ist, weshalb sie die Leute mit dem Schiff hinschicken«, sagte er nachdenklich und stieß eine Wolke grauen Rauchs aus. »Bei den deutschen U-Booten, die überall herumschwimmen, scheint mir das eine unnötige Gefahr zu sein. Das ist noch so eine Torheit dieser Mistregierung.«
»Du bist ja gut! Wie sollten sie deiner Meinung nach denn fahren?«
»Mit der Eisenbahn natürlich.«
»Mit der Eisenbahn? Bist du nicht mehr ganz bei Trost?«
»Wo ist das Problem?«
»Mann, Spanien erlaubt das nicht.«
»Erlaubt das nicht? Warum nicht?«
»Politik, was sonst?«

»Aber was hat die Politik damit zu tun?«

»Das Problem ist, dass Spanien ein neutrales Land ist und keine Truppenbewegungen der kriegführenden Länder auf seinem Staatsgebiet duldet. Darüber hinaus darfst du nicht vergessen, dass die Spanier mit den Deutschen sympathisieren.«

»Das dürfte so nicht ganz stimmen«, unterbrach ihn der Leutnant. »Mir hat man gesagt, Oberst Abreu werde mit der Eisenbahn nach Frankreich fahren.«

»In Zivil, Cenoura, in Zivil. Als Touristen und ohne Uniform dürfen wir durch Spanien reisen, das ist kein Problem. Aber es ist nicht möglich, das gesamte Expeditionskorps in Zivil mit dem Zug zu schicken, wie du wahrscheinlich verstehst. Und da sie nicht hinschwimmen können, gibt es keine andere Möglichkeit als das Schiff.«

Leutnant Pinto schwieg einen Moment.

»Wenn du meine Meinung hören willst, haben die Spanier recht«, machte er sich schließlich Luft.

»Womit? Mit ihrer Neutralität?«

»Ja, das auch. Aber ich meine ihre Unterstützung für die Deutschen.«

»Rede kein Blech.«

»Das ist kein Blech. Aus welchem Grund sollten wir den Engländern und den Franzosen helfen?«

»Mensch, Cenoura, wir müssen unsere Allianz mit England beachten. Wenn sie uns um Hilfe bitten ...«

»Komm mir bloß nicht mit dem Gewäsch. Die Engländer, die eine Allianz mit uns haben, sind dieselben, die uns 1890 das Ultimatum gestellt haben, und es sind dieselben, die mit den Deutschen die Übergabe unserer Kolonien ausgehandelt haben. Und was die Franzosen angeht, sollte man besser nicht an die napoleonischen Invasionen und auch nicht an das erinnern, was sie hier alles zerschlagen haben. Denen sollen wir helfen? Aus welchem Grund?«

»Es ist in unserem Interesse. Wenn wir jetzt nichts tun, werden wir später, wenn die Landkarten neu gezeichnet werden, nicht in der Lage sein, unser Weltreich zu verteidigen. Und außerdem werden die Spanier es nicht wagen, uns zu behelligen, wenn wir unsere Allianz mit England bekräftigen.«

»Jetzt kommst du schon wieder mit dem gleichen Gewäsch.«

»Du hast recht.« Afonso lächelte und ließ nachdenklich den Kopf sinken. Er suchte nach einem weniger spannungsgeladenen, konfliktreichen Gesprächsstoff. Ihm kam eine Idee. »Sag mal, warst du diese Woche schon im Restaurant vom Hotel Francfort? Die haben da einen Stockfisch, dass einem das Wasser im Munde zusammenläuft.«

Der Abmarsch der ersten Division wurde von einer Intensivierung der Vorbereitungen der Einheiten begleitet, die zur zweiten Division gehörten. Die Briten sorgten dafür, dass Portugal neue Uniformen erhielt, die unter den Kontingenten des Expeditionskorps verteilt wurden. Es hieß, in Frankreich sei es kalt, und so wurden jedem Soldaten außer zwei Garnituren Kleidung ein Wollumhang und zwei Decken ausgehändigt. In Braga wurden alle Männer der achten Infanterie ausgerüstet; die meisten erhielten Helme von schlechter Qualität, den Ausschuss des britischen Heeres. Afonso hatte mehr Glück und ergatterte als Offiziersprivileg einen widerstandsfähigeren MK1-Helm und einen prächtigen offenen Dolman.

Der Einschiffungsbefehl kam an einem bewölkten Apriltag. Am Morgen des einundzwanzigsten, einem Samstag, marschierten zweitausend Männer der achten und der neunundzwanzigsten Infanteriedivision durch die Straßen von Braga und traten in einer Atmosphäre großer Bewegtheit am Bahnhof an. Ganze Familien waren zum Abschied erschienen, Frauen weinten bitterlich bei der Abreise ihrer Söhne, Ehemänner, Verlobten und Väter. Manche Zivilisten durchbrachen die Reihen der Soldaten, um sich von diesem oder jenem zu verabschieden, um einen letzten Ratschlag zu erteilen, einen Apfel, ein Rundbrot, ein Butterzöpfchen auszuhändigen, um noch mehr Tränen oder einen letzten Kuss zu teilen.

Auf Befehl der Offiziere stiegen die Männer in die Waggons, und mit einem langen, traurigen Pfiff setzte sich die Eisenbahn in Bewegung, Mützen wurden geschwenkt, Küsse in die Luft geworfen, die Dampflokomotive nahm Fahrt auf und verschwand langsam in der Kurve, bis von dem Zug nur noch der schwarze Rauch zu sehen war, der hoch über den Häuserreihen schwebte und die Menge bedrückt über den Aufbruch ihrer Jungen in den Krieg zurückließ.

Da es ein Sonderzug war, hielt er nirgendwo. Afonso hatte sich von niemandem verabschiedet; er hatte lediglich einen Brief nach Carrachana geschrieben und seine Abreise mitgeteilt. Der Hauptmann sah Portugal durchs Fenster vorüberziehen, betete im Stillen und fragte sich, ob und in welchem Zustand er wohl zurückkehren werde. Zahllose Male las er die Morgenausgabe des *Comércio do Minho*, der auf seiner ersten Seite diesen Tag als einen »feierlichen Tag« bezeichnete. »Wie viele Tränen werden heute vergossen werden, wie viele sehnsüchtige Erinnerungen die Seelen betrüben« schrieb die Zeitung in einem langen Artikel voller Befürchtungen und Ermahnungen, der mit der inbrünstigen Bitte schloss: »Möge Gott im Kampf bei euch sein und eure Schritte zum Triumph, zum Sieg geleiten.« Afonso fand den Text schwülstig, aber er gefiel ihm trotzdem, denn er empfand ihn als ehrlich. Als die Zeitungslektüre erschöpft war, nahm er die »Instruktionen für die Einschiffung« zur Hand, ein am Vorabend von der zweiten Abteilung des Expeditionskorps herausgegebenes Papier, das das Prozedere regeln und verhindern sollte, dass sich das Chaos der ersten Einschiffungen wiederholte. Die Stimmung in der Eisenbahn war fast heiter. Die Soldaten waren junge Leute, und viele waren aufgeregt wegen der Reise, die sie wie ein großes Abenteuer erlebten – »Wir werden ein paar Französinnen flachlegen.« Alles war neu, die meisten verließen zum ersten Mal den Minho, mit dem Gefühl, die Welt zu erobern. Als Lissabon in Sicht kam, drosselte der Zug die Fahrt und fuhr langsam in den Bahnhof ein. Die Soldaten stiegen aus und wurden zum Übernachten in einer Kaserne untergebracht.

Am nächsten Morgen marschierten sie zum Hafen. Am Kai stellte Afonso sicher, dass seine Kompanie sich am bezeichneten Ort in einer Reihe aufstellte, und alle warteten auf die Instruktionen der Abgeordneten des Hauptquartiers. Im Hafen befanden sich Tausende von Menschen und Hunderte von Pferden, und es wurde deutlich, dass die Einschiffung sich hinziehen würde. Afonso nutzte die Wartezeit und ging rasch in einen Tabakladen, kaufte an diesem denkwürdigen zweiundzwanzigsten April die Ausgabe von *O Século* und kehrte zum Kai zurück. Die Männer saßen am Boden und unterhielten sich oder bestaunten die britischen Schiffe, die sie nach Frankreich bringen sollten.

Der Hauptmann ließ sich auf einigen Kisten nieder, und der neben ihm lehnende Pinto schaute ihm über die Schulter; so lasen sie gemeinsam die Zeitung. Die Titelüberschrift des Tages galt der Nachricht, dass »die Türken von den Engländern besiegt« worden waren, doch als sie die ersten Zeilen überflogen hatten, merkten sie, dass all das im fernen Mesopotamien geschehen und uninteressant war. Aufmerksam lasen sie die zweite Spalte durch, bis sie bei einer kleinen Überschrift: »Die Kriegsgefangenen« hängen blieben. Das war schon eher etwas, was sie betraf oder betreffen konnte. Die Meldung erzählte die Geschichte dreier britischer Soldaten, die aus einem deutschen Kriegsgefangenenlager geflohen waren und nach Erreichen der alliierten Linien »Außerordentliches über das Leid und die brutale Behandlung berichteten, denen die Gefangenen ausgesetzt sind«. Der Nachricht zufolge sahen die drei aus wie wandelnde Skelette; sie gaben an, das Leben in den Lagern sei von Hunger, Kälte und Krankheiten bestimmt.
»Mensch«, rief Cenoura aus. »Ich sehe schon, wenn ich mich ergebe, muss ich ein paar Würste in der Tasche dabeihaben.«
Eine andere Schlagzeile: »Portugiesen im Krieg« weckte ebenfalls ihre Aufmerksamkeit. Sie lasen und stellten fest, dass es eine Ankündigung war; tags darauf sollte die *Ilustração Portugueza* »augenfällige Ansichten unserer Truppen, die gegen die Deutschen in den Kampf gezogen sind« bringen.
»Siehst du«, sagte Afonso, »eines Tages kommen wir auch noch in die *Ilustração Portugueza*.«
Nach etlichen Stunden des Wartens, die vor allem zum Beladen des Schiffs mit Proviant und Pferden genutzt wurden, erteilten die Abgeordneten des Hauptquartiers den Befehl zur Einschiffung. Als Verantwortlicher seiner Kompanie kletterte Afonso an Bord des für sein Regiment bestimmten Schiffes, der *Bellerophon*, und blieb an der Gangway stehen, um auf die Männer zu warten. Die Soldaten der achten Infanterie stellten sich in Zwölfergruppen auf, die jeweils von einem Zugführer kommandiert wurden, und die Männer marschierten zu zweit nebeneinander auf das Schiffsdeck, wo sie entsprechend den Anweisungen der Abteilungskommandanten auf die Unterkünfte verteilt wurden. Die Einschiffung verlief nach dem aus-

gegebenen Befehl schweigend, was dem Vorgang eine dumpfe Feierlichkeit verlieh. Nachdem die achte Infanterie an Bord gegangen war, übergaben die Offiziere den Abgeordneten eine Liste mit den Namen aller Männer, die auf der *Bellerophon* eingeschifft worden waren. Insgesamt waren es neunundzwanzig Offiziere, fünfundvierzig Feldwebel und eintausendfünfundsiebzig Soldaten der achten sowie fünfzig Soldaten der zehnten Infanteriedivision, des Regiments aus Bragança. Ein paar Männer der achten Infanterie waren auf der *Inventor* untergebracht worden. Von Deck aus beobachtete Afonso die anderen Schiffe, die *City of Benares* und die *Bohemian*, auf der sich die Männer der neunten Infanterie, des anderen Bragaer Regimentes, befanden. Er würde sich an den Gedanken gewöhnen müssen, dass diese Einheiten von nun an keine Regimenter mehr waren, sondern Bataillone, überlegte er. Das war ein erforderlicher Schritt, um die portugiesischen und die britischen Streitkräfte zu vereinheitlichen.
Die Gangways wurden eingezogen, und kurz darauf fingen die Schlepper an, die Schiffe vom Kai in tiefere Gewässer zu ziehen, in ferne Abgründe, in die Finsternis des Unbekannten. Schweigend sahen die Männer zu, wie sich das Festland langsam, ganz langsam entfernte. Erst in Brest sollten sie wieder die Küste erblicken.

Zweiter Teil
Flandern

I

Die Standarten mit dem kaiserlichen Adler flatterten neben den schlammverdreckten Scheinwerfern, als der mächtige schwarze Daimler die Rue de la Chaussée kreuzte, von Süden her auf die Grand-Place einbog, den Platz gemächlich umkreiste und vor dem Hôtel de Ville, dem Rathaus, zum Stehen kam. Die Wachposten ließen den Blick über die Zufahrten schweifen, schließlich liefen dort acht Straßen zusammen. Ein Soldat in feldgrauer Uniform, am Kragen das Eiserne Kreuz, schlug vor dem Fenster der Limousine die Hacken zusammen, trat einen Schritt vor und öffnete mit militärischem Gruß die hintere linke Tür. Der General stieg aus, sein makellos polierter Stiefel versank in einer schlammigen Pfütze. »Verdammt!«, fluchte er, sah sich nach einer trockeneren Stelle auf dem Pflaster um, spürte den eisig schneidenden Wind im Gesicht und schlug rasch den Kragen seines dicken Mantels hoch, um den Hals vor der Kälte zu schützen.

»Was für ein scheußliches Wetter!«, schimpfte er mit heiserer Stimme leise vor sich hin.

Er sah hinauf zum grauen Himmel, auf der Suche nach Sonnenstrahlen, doch sein Blick blieb an der stolzen Fassade hängen, die sich vor ihm erhob. Der General stockte angesichts des riesigen Portals, das sich vor ihm öffnete, bewunderte die Architektur des Rathauses und schenkte weder den strammstehenden Soldaten Beachtung noch der merkwürdigen Eisenfigur, die den Eingang bewachte.

»Was für ein Kunststil ist das?«, fragte er den Feldadjutanten, ohne den Blick von der Fassade zu wenden.

»Gotik, Herr Kommandant.«

Das Rathaus von Mons, der Hauptstadt der besetzten belgischen Provinz Hainaut, befand sich am Hauptplatz der Stadt. Es war ein imposantes ehemaliges Fort aus dem 15. Jahrhundert im spätgotischen Stil, die von den Baumeistern und Steinmetzen des Mittelalters detailreich ausgearbeitete Fassade war rosa gestrichen. Die Eisenstatue neben dem großen Portal war die beliebte *Grande Garde*, der Garde-Affe, eine aus dem Mittelalter stammende Skulptur unbekannter Herkunft eines hockenden Affen, der sich mit der linken Hand das Gesicht kratzt. Neben der originellen Skulptur hing ein Schild, darauf stand in großen gotischen Buchstaben *Eintritt verboten*, was sich offensichtlich an die belgische Zivilbevölkerung richtete. Oben, in der Mitte des Gebäudes, reckte sich wie eine mächtige Krone ein fast zylindrischer Turm, an dessen Basis eine Uhr neun Minuten nach acht anzeigte.

Es war Morgen in Mons, und der Kalender datierte auf den elften November 1917. Nachdem er die Fassade des Hôtel de Ville bewundert hatte, durchschritt der General das Portal und den Tunnel, gelangte in den Innengarten, *Le Jardin du Mayeur* genannt, durchquerte den Garten, trat durch eine breite Tür, stieg hinauf in den Festsaal des Rathauses, den Feldadjutanten immer im Schlepptau, und begrüßte hastig die Gruppe, die ihn dort erwartete.

»Guten Morgen«, sagte General Erich Ludendorff, Generalquartiermeister im deutschen Armeeoberkommando, das Gehirn der deutschen Militäroperationen, der dritte Mann in der militärischen Hierarchie Deutschlands, nach dem Kaiser als Oberbefehlshaber und Marschall Paul von Hindenburg, in Wirklichkeit jedoch Befehlshaber sämtlicher deutscher Streitkräfte, die große graue Eminenz des Landes.

Im Saal wimmelte es von uniformierten, in emsige Arbeitsgespräche vertieften Männern, auf dem Tisch in der Mitte lag eine riesige Karte vom westlichen Frontabschnitt. Als der General hereinkam, trat sofort Stille ein, die Männer nahmen Haltung an und hoben die Hand zum militärischen Gruß.

»Guten Morgen, Herr General«, erwiderten sämtliche Stimmen nahezu gleichzeitig, der Gruß hallte durch den Saal.

Die überflüssigen Mitglieder der einzelnen Generalstäbe verließen, raschelnde Papiere wedelnd und auf dem makellos gebohnerten Fußboden mit den Stiefeln knallend, rasch den Raum. Die Geräusche entfernten sich, nach und nach trat Ruhe ein, bis sich vollkommene Stille über den Saal senkte. Ludendorff legte die Mappe, die er in der Hand gehabt hatte, auf den Tisch, nahm die charakteristische Pickelhaube ab, den mächtigen schwarzen Helm mit dem nach oben weisenden gotischen Pfeil, setzte sich in den für ihn reservierten Lehnstuhl am Kopfende des Tisches, putzte äußerst sorgfältig sein Monokel, klemmte es ins Auge und richtete stumm seinen durchdringenden Blick auf die drei Offiziere vor ihm. Die Oberste Heeresleitung hatte sich zu einem Kriegsrat versammelt, der sich als entscheidend erweisen sollte.

»Meine Herren«, begann der General in schneidigem Ton. »Ich habe mit Marschall Hindenburg konferiert. Wir haben entschieden, die Frühjahrsoffensive vorzuziehen.«

Um den Tisch versammelt saßen nicht die Oberbefehlshaber der verschiedenen Armeekorps, sondern, gemäß der deutschen militärischen Tradition, die Chefs der jeweiligen Generalstäbe. Sie und nicht die nominellen Befehlshaber diskutierten die Strategie. Neben Ludendorff saß General Hermann von Kuhl, Generalstabschef des Armeekorps des bayerischen Erbprinzen Rupprecht und Gastgeber des Gipfels. Mons war der Sitz des Hauptquartiers des Prinzen Rupprecht, und seine bayerischen Truppen sorgten für die Sicherheit des Gebäudes, weshalb an der Rathausfassade neben der deutschen Fahne die weißblauen bayerischen Banner wehten. Ebenfalls anwesend waren General von der Schulenburg, Generalstabschef des Armeekorps des Kronprinzen Wilhelm, sowie Ludendorffs strategischer Berater Oberst Georg Wetzell.

»Wie Sie wissen, hat Amerikas Kriegseintritt vor sieben Monaten die Sachlage vollkommen verändert«, erklärte Ludendorff mit einem Seufzer. »Inzwischen treffen amerikanische Soldaten in großer Zahl ein, dennoch glauben wir, dass ihr Einfluss auf dem Kriegsschauplatz frühestens im Sommer von entscheidender Bedeutung sein kann.«

»Es ist ein Wettlauf mit der Zeit«, bemerkte von Kuhl.

»Aber mehr auch nicht«, sagte Ludendorff. »Russlands bevorstehender Rückzug aus dem Krieg hat die Ostfront entlastet und eine Chance eröffnet, die wir nutzen müssen. Inzwischen stoßen unsere Streitkräfte aus dem Osten bereits zu der Westfront vor, und zum ersten

Mal sind wir den Franzosen und Engländern zahlenmäßig überlegen. Wir haben jetzt hundertfünfzig Divisionen an der Westfront, in Kürze werden wir unser Kontingent um weitere dreißig Divisionen von der befriedeten Ostfront und vom Caporeto, wo wir die Italiener besiegt haben, aufstocken können. Diese Überlegenheit wird wegen der Amerikaner nicht lange anhalten, deshalb müssen wir die aktuelle Situation so gut wie irgend möglich nutzen. Als Erstes stellt sich die Frage, wo wir angreifen.«

»Von welcher Art von Angriff sprechen wir?«, fragte von Kuhl.

»Von einem entscheidenden Schlag«, erklärte Ludendorff mit einer nachdrücklichen Handbewegung. »Unsere Offensive muss die Alliierten in die Knie zwingen, so dass sie nicht anders können als Frieden schließen. Nicht mehr und nicht weniger. Diese Offensive wird uns den Sieg bringen.«

»Da sehe ich nur eine Möglichkeit«, sagte von Kuhl. »Flandern.«

»Flandern?« Ludendorff lächelte.

Der Generalquartiermeister wusste, dass Flandern der Frontabschnitt war, vor dem das sechste Armeekorps des Prinzen Rupprecht von Bayern lag, dessen Generalstabschef von Kuhl war.

»Ja, Flandern«, wiederholte von Kuhl. »Die Engländer sind von der Schlacht bei Passchendaele ausgelaugt, jetzt ist die Gelegenheit, sie endgültig zu schlagen.«

»Flandern scheint mir keine so gute Idee zu sein«, warf von der Schulenburg kopfschüttelnd ein. »Die Engländer sind schwer zu fassen. Ich hielte es für besser, über den französischen Abschnitt zu gehen, die sind nicht so diszipliniert.«

»Und an welchen französischen Abschnitt denken Sie dabei?«, fragte Ludendorff.

»Nun ja, nach meinem Dafürhalten wäre Verdun ideal«, befand von der Schulenburg. »Die Franzosen haben in Verdun schwer geblutet. Ich glaube, die Situation ist so, dass wir den Durchbruch gegen sie schaffen könnten.«

»Verdun?« Ludendorff, keineswegs überrascht, lächelte wieder.

Verdun war der Abschnitt, dem gegenüber die Streitkräfte des Kronprinzen lagen, und deren Generalstabschef war General von der Schulenburg. Anders gesagt, alle Armeekorps wollten an der Aktion beteiligt sein, und das ließ sich am besten dadurch erreichen, dass sie Ludendorff zum Angriff in ihrem Abschnitt überredeten.

»Ja, Verdun«, bestätigte von der Schulenburg. »Großbritannien würde eine Katastrophe in Flandern überleben, aber Frankreich würde sich von einem Desaster in Verdun nie wieder erholen. Wir müssen deshalb in Verdun einen doppelten Angriff starten, damit den Kollaps der gesamten französischen Linie herbeiführen und Paris zu Friedensverhandlungen zwingen. Wenn Paris verhandelt, muss London sich dem anschließen.«

Der Generalquartiermeister wandte sich seinem strategischen Berater zu.

»Was denken Sie, Wetzell?«

Oberst Wetzell blickte zu von der Schulenburg.

»Ich stimme General von der Schulenburg zu«, sagte er. »Verdun ist besser.«

»Warum?«, fragte Ludendorff.

»Verdun ist ein neuralgischer Punkt, den muss man unter Kontrolle bringen«, erklärte Wetzell. »Die Franzosen sind nicht so diszipliniert. In diesem Jahr hat es bei ihnen schon mehrere Aufstände gegeben, und es ist wichtig, dass wir beim schwächsten Abschnitt anfangen. Wenn wir die Franzosen besiegen, können wir anschließend die Engländer isolieren und den Frieden erzwingen.«

Ludendorff schwieg nachdenklich. Er war ein großer Mann mit aufrechter Haltung und hatte einen runden Schädel mit kurzgeschnittenem Haar; die vorstehenden Augen verrieten einen von Ehrgeiz und Ungeduld geprägten Charakter. Seine preußische Unnahbarkeit flößte denen, die ihn kannten, Respekt ein, manch einer gestand sogar, dass ihm in seiner Gegenwart Angstschauer über den Rücken liefen, fraglos eine Übertreibung empfindsamer Gemüter, die sich leicht beeindrucken ließen. Tatsache aber ist, dass selbst die eigene Familie sich von dem kalten Blick des Generals einschüchtern ließ und gelegentlich in seinem Haus flüsternd gewarnt wurde: »Vater ist heute eisig wie ein Gletscher«. Deshalb verharrte die Runde in Schweigen, als er bei dem Kriegsrat in Mons die Denkpause einlegte. Die beiden Generäle und der Oberst hielten fast den Atem an, während sie auf sein Verdikt warteten.

»Dem stimme ich nicht zu«, verkündete Ludendorff schließlich. »Das Gelände in Verdun ist für uns ungünstig, und ein Durchbruch in dem Abschnitt wäre für uns in keiner Hinsicht entscheidend. Schlimmer noch, wir würden riskieren, dass die Engländer unsere Verwundbarkeit ausnutzen und uns in Flandern angreifen, während wir uns mit den Franzosen herumschlagen. Außerdem ist festzustellen, dass die Franzosen sich von den Wunden, die wir ihnen beigebracht haben, gut erholen.«

»Dann stimmen Sie also meinem Vorschlag zu, Flandern anzugreifen?«, fragte von Kuhl hoffnungsvoll.

»Ja«, antwortete Ludendorff. »Um diesen Krieg zu gewinnen, müssen wir die Engländer schlagen. Das ist der wichtigste Grundsatz, an dem wir unser strategisches Denken ausrichten müssen. Die Engländer schlagen. Passchendaele hat ihnen tiefe Wunden zugefügt und sie verletzlich gemacht. Wir müssen die Gunst der Stunde nutzen.«

»Wenn wir also in Flandern angreifen wollen, dann am besten in dem Abschnitt zwischen Ypern und Lens«, schlug von Kuhl vor.

»Aber da steht das Gros der englischen Truppen«, wandte Ludendorff nach einem Blick auf die Karte ein. »Auf keinen Fall! Wenn, dann in einem Abschnitt, wo Einheiten verschiedener Nationalitäten zusammenkommen. Da gibt es Bruchstellen, weil die Koordination zwischen den einzelnen Streitkräften nicht so gut funktioniert.«

»Woran denken Sie dabei?«, fragte von Kuhl.

Ludendorff stand auf und wies mit dem Stock auf die Landkarte auf dem Tisch.

»Ich denke an St. Quentin«, sagte Ludendorff und richtete den Stock auf die Umgebung der Stadt. »Dort, wo der englische und der französische Abschnitt aneinandergrenzen.«

»Aber da sind wir an der Somme«, warf Oberst Wetzell ein. »Die Gegend ist voller Hindernisse, die das Vorrücken erschweren, außerdem können die Franzosen dort schnell Nachschub heranschaffen.«

»Aber es ist besser als der Abschnitt Ypern–Lens«, argumentierte der General.

»Nicht zwangsläufig, Herr General«, warf von Kuhl ein. »Wir haben in jüngster Zeit festgestellt, dass dort eine ausgesprochene Schwachstelle existiert, und ich denke, das sollten wir nutzen.«

»Eine Schwachstelle?«, fragte Ludendorff nach.
»Ein kleiner Teil der Front wird von portugiesischen Truppen verteidigt, die zwischen englischen Divisionen stehen«, erklärte von Kuhl. »Nach unseren Informationen sind die Portugiesen unmotiviert und schlecht ausgerüstet, zudem mangelt es ihnen an Offizieren und Erholungspausen.«
»Wo ist das?«, fragte Ludendorff.
»Im Abschnitt an der Lys, südlich von Armentières, in Neuve Chapelle, genauer gesagt.«
»Ach!«, rief der Kommandant der deutschen Streitkräfte aus, denn er hatte während der ersten großen Offensiven der Alliierten im Jahre 1915 von dem Abschnitt gehört. Nachdenklich betrachtete er die Karte, den Blick auf Armentières geheftet. »Sie wollen die Portugiesen angreifen?«
»Ich würde sagen, die verlangen geradezu danach«, antwortete von Kuhl lächelnd. »Im Übrigen, Herr General, entspricht der Lys-Abschnitt genau Ihrer Forderung, da anzugreifen, wo Truppen verschiedener Nationalität zusammentreffen.«
»Ich halte nach wie vor St. Quentin für besser«, meinte Ludendorff.
»Sie sollten bedenken, General, dass der Abschnitt an der Lys einen weiteren Vorteil bietet«, setzte von Kuhl nach und wies auf der Karte auf Armentières. »Wenn wir dort einmarschieren, können wir bis zu dem strategisch wichtigen Eisenbahnknotenpunkt Hazebrouck vorrücken, den Transport des feindlichen Nachschubs torpedieren sowie die Engländer an die Küste zurückdrängen und ihnen damit jeden Bewegungsspielraum nehmen.«
»Ich meine, wir sollten General von Kuhls Vorschlag nachgehen, Herr Kommandant«, warf Wetzell ein. »Und wir sollten alle Ideen miteinander verbinden.«
»Wie meinen Sie das?«, fragte Ludendorff.
»Meiner Ansicht nach werden wir den Sieg nicht durch einen einzigen Schlag erringen, so gut geplant er auch sein mag«, erklärte der Oberst. »Wir können die feindliche Front nur durch eine intelligente Kombination von Angriffen vernichten, indem wir der Reihe nach an verschiedenen Stellen angreifen und die Offensiven sorgfältig zeitlich planen und koordinieren.«

»Ach so!«, rief Ludendorff aus. »Sie schlagen vor, an der Somme und an der Lys gleichzeitig anzugreifen.«
»Nein, nicht gleichzeitig«, widersprach Wetzell. »Nacheinander. Zuerst an der Somme, dann an der Lys, später bei Arras, dann bei Verdun, danach in der Champagne, mal hier, mal da, ein Angriff nach dem anderen, Schlag auf Schlag.«
»Wie an der Ostfront«, bemerkte Ludendorff und strich sich den grauen Schnurrbart.
»Jawohl, Herr Kommandant.«
Der Generalquartiermeister und sein strategischer Berater bezogen sich auf die neue, an der Ostfront entwickelte und von den Russen zum ersten Mal und mit großem Erfolg umgesetzte Taktik. Bei der Brussilow-Offensive im Sommer 1916 hatten die Russen den Überraschungs- und Desorientierungseffekt zahlreicher Angriffe an einer breiten Frontlinie genutzt und die österreichisch-ungarischen Stellungen im Abschnitt Galizien an den Rand des Zusammenbruchs gebracht. Die Deutschen hatten das russische Konzept schnell aufeinanderfolgender Angriffe an der gesamten Front sehr bald übernommen und es sogar mit der von General Oskar von Hutier entwickelten und erst zwei Monate zuvor bei der Schlacht um Riga erfolgreich angewandten Infiltrationstaktik noch perfektioniert. Wetzell trat nun dafür ein, diese Taktik an der Westfront einzusetzen, um einen entscheidenden Sieg zu erringen.
»Das scheint mir machbar«, sagte Ludendorff und sah die anderen beiden Generäle an. »Was meinen Sie?«
Von Kuhl und von der Schulenburg stimmten zu, der Bayer besonders begeistert. »Im Abschnitt an der Lys haben wir das Regenproblem«, bemerkte jedoch von Kuhl, denn er kannte die Gegend sehr gut. »Das Gelände ist erst ungefähr ab April befahrbar.«
Der Schlamm in Flandern war berüchtigt bei den Truppen, die das Schlamminferno der Somme- und der Ypernschlacht erlebt hatten, weshalb die Bemerkung sofort verstanden wurde.
»Nun gut, wenn es nicht zu viel regnet, rücken wir im Februar oder März an der Somme vor«, entschied Ludendorff. »Im April folgen dann die nächsten Schläge, angefangen bei den Portugiesen an der Lys.«

»Das sechste Armeekorps des Prinzen Rupprecht greift also im April ins Geschehen ein …«, bemerkte von Kuhl.
»Im Prinzip, ja«, erwiderte der General. Dann fuhr er mit dem Finger die gesamte Linie der auf der Karte dargestellten Front entlang. »Ich wünsche, dass Sie detaillierte Studien jedes einzelnen Abschnitts anfertigen, die Wachen verstärken, regelmäßig Operationen durchführen, um Informationen zu erhalten. Ich möchte in der Stunde der Wahrheit keine Überraschungen erleben. Beginnen Sie damit, die Truppen für den offenen Geländekampf entsprechend der Taktik nach Hauptmann Geyer zu drillen, und holen Sie Oberst Bruchmüller an die Westfront, um die Artillerie vorzubereiten. Er soll für die größte Feuerwalze der Geschichte des Krieges sorgen. Und versetzen Sie auch General von Hutier an die Westfront, von Kuhl, damit er hier seine berühmte Überraschungstaktik mit zunehmender Bombardierung einsetzen kann.«
»Jawohl, Herr Kommandant«, antwortete von Kuhl.
So wie von Hutier hatte sich auch Bruchmüller an der Ostfront durch seine innovative Taktik ausgezeichnet, insbesondere bei der Schlacht um Riga. Georg Bruchmüller hatte den Spitznamen »Durchbruchmüller«, wegen der verheerenden Feuerwalze, mit der er immer die feindliche Linie belegte, bevor die Infanterie vorrückte. Der Oberst hatte sich in der Reserve befunden, als er für die Ostfront eingezogen wurde, wo er dann eine Technik konzertierter Bombardierung entwickelt hatte, die im deutschen Militär Berühmtheit erlangte. Durch Einsatz einer Mischung von Granaten in genau koordinierter Abfolge und ununterbrochenem Abwurf von Bomben, die verschiedene Gase, hocheffektiven Sprengstoff und Schrapnelle enthielten, gelang es ihm, in den feindlichen Linien größte Verwirrung zu stiften. Bruchmüller setzte die Granaten so ein, dass sie bestimmte Reaktionen oder Wirkungen erzielten. Zum Beispiel zählten zu seinen Spezialitäten die Gascocktails, wobei er zunächst das Gas Arsin verwendete, ein nicht tödliches Gas, das aber durch die Gasmasken drang. Die Soldaten mussten erbrechen und nahmen die Gasmasken ab. Das war der Moment, in dem Bruchmüller das tödliche Chlorgas abwerfen ließ, das dann den Feind ohne Gasmasken erwischte. Die Granaten mit den verschiedenen Gasen waren mit unterschiedlichen Far-

ben markiert, was zu der Bezeichnung *Buntkreuzcocktail* geführt hatte. Ludendorff, ein Kenner der Ostfront, wo er sich den Ruf eines großen Strategen erworben und seine Vision vom *Drang nach Osten* entwickelt hatte, wollte dieses Talent an die Westfront holen, denn er glaubte, damit würde er den Krieg gewinnen.

»Entschuldigen Sie bitte, Herr Kommandant«, warf Wetzell ein, blickte von seinem Notizblock auf und brach die kurze nachdenkliche Stille, die im Raum eingetreten war. »Welche Codenamen wollen wir benutzen?«

»Irgendwelche Vorschläge?«, fragte Ludendorff in die Runde.

Alle sahen einander an. Der Reihe nach brachten sie ein paar Ideen vor, manche fanden allgemeine Zustimmung, andere nicht. Nach kurzer Diskussion beschloss der Generalquartiermeister die Frage.

»Bitte notieren Sie«, forderte er Oberst Wetzell auf, die Vorschläge festzuhalten, auf die man sich geeinigt hatte. »Die Offensive an der Somme nennen wir Operation Michael, die an der Lys Operation St. Georg, die Arras-Offensive Operation Mars, die in der Champagne Operation Blücher und die beiden Verdun-Offensiven sind die Operationen Castor und Pollux. Die Operationen haben zum Ziel, den Krieg zu beenden und Deutschland den Sieg zu bescheren, weshalb sie den allgemeinen Codenamen *Kaiserschlacht* tragen.«

Der Kriegsrat war beendet, und die *Kaiserschlacht* lief an.

II

Der Abend war in Armentières kalt und feucht angebrochen, doch daran hatten sich schon alle gewöhnt. Der Winter stand vor der Tür, und die Bäume bereiteten sich auf die strenge Kälte vor. Die großen Platanen und die schlanken Pappeln waren fast vollkommen kahl, nur ein paar Bäume wiesen noch gelbes oder rötliches Laub auf, das die Zweige schmückte oder wie ein Teppich unter den in der flachen grünen, bukolischen Landschaft Flanderns gespenstisch anmutenden Baumkronen lag. Auf dem Gezweig hockend oder zwischen den Bäumen umherflatternd, sangen fröhlich und sorglos hier Amseln, zwitscherten dort Spatzen ihr Abschiedskonzert für den Herbst.

Das Motorbrummen eines näher kommenden Fahrzeugs mischte sich in das wohlklingende Lied der Natur. Ein schwarzer Hudson rollte durch das große steinerne Tor zum Anwesen des Château Redier und folgte der gepflasterten Auffahrt, die den weitläufigen Park mit seinen sorgfältig gestutzten, zwischen Silberpappeln, schlanken Zypressen und Linden mit mächtigen Kronen zum Labyrinth angeordneten Hecken durchschnitt. Am Ende der Auffahrt erhob sich das helle Schlösschen, gleich hinter einem schmalen Rondell mit einem Blumenbeet, das die letzten Herbstblumen zierten. Ein steinerner Engel stand in der Mitte der kleinen Gartenanlage, aus der Pfeife im Mund der grauen Statue sprudelte ein Wasserstrahl.

»Halt an der Freitreppe«, wies Afonso seine Ordonnanz an.

»Ja, Herr Hauptmann.«

Afonsos Blick weidete sich an der friedlichen grünen Kulisse, die sich ringsum geordnet präsentierte. Fast war er schockiert über den Kontrast zu dem Schlammmeer, das er seit seiner Ankunft in Flandern gewohnt war. Der Hudson umrundete das Rondell und blieb vor den verwitterten Marmorstufen des Châteaus stehen. Afonso stieg aus und betrachtete die Fassade, die Kletterpflanzen an dem alten Gemäuer, das Moos auf dem Fundament des Gebäudes, die enorm großen Fenster, die aus dem Pflanzengewirr und den grauen Mauern hervorstachen. Ein elegantes Vordach schützte die von zwei kostbaren Marmorsäulen flankierte Eingangstür, ihr poliertes Cremeweiß war durchzogen von zahlreichen roten Adern.

Joaquim hievte bereits das Gepäck aus dem Kofferraum, da öffnete sich die Haustür. Ein kleiner Mann mit grauem Schnurrbart, im rechten Auge ein Monokel, das mit einer goldenen Kette an der Jacketttasche befestigt war, kam ihnen die Treppe hinunter entgegen.

»*Bonsoir*«, begrüßte er sie und stellte sich vor: »Ich bin Baron Redier.«

»*Bonsoir, Monsieur le Baron.* Ich bin Hauptmann Afonso Brandão. Der Bürgermeister hat mich hergeschickt.«

»Ich weiß«, antwortete der Baron und streckte ihm die Hand entgegen. »Seien Sie willkommen.«

»*Merci*«, bedankte sich Afonso und warf einen kurzen Blick nach hinten.

»Joaquim, komm mit dem Gepäck.«

»Braucht er Hilfe?«, fragte der Baron. »Ich rufe meine Dienerschaft.«

»Danke, das ist nicht nötig«, beeilte sich der Hauptmann zu sagen. »Es ist nur ein Koffer.«

Sie traten durch die Eingangstür, der Hausherr ließ seinem Gast den Vortritt. Das Foyer dehnte sich in seiner ganzen Erhabenheit aus, eine breite Treppe führte hinauf zum Obergeschoss, zwei Türen, eine rechts und eine links, dahinter Flure und Salons. Der Fußboden glänzte blankpoliert wie ein kristallklarer See, einem Spiegel gleich reflektierte er die Menschen, die ihn betraten, und auch alles andere, selbst die riesigen Porträtgemälde an den Wänden, die Kronleuchter unter der Decke und die schweren Vorhänge vor den Fenstern.

»Marcel!«, rief der Baron in den Flur zur Linken.

Ein kahlköpfiger Mann in dunkler Weste erschien dienstfertig im Foyer. »*Oui, Monsieur le Baron?*«

»Führen Sie die Ordonnanz zum Zimmer unseres Gastes, damit er dort das Gepäck absetzen kann.«

Marcel half Afonso aus dem Mantel, hängte ihn in einem Seitenraum des Foyers auf, alsdann führte er Joaquim, der noch immer den Koffer in der Hand hielt, die Treppe hinauf, bis sie beide im Obergeschoss verschwanden.

»Möchten Sie etwas essen?«, fragte der Baron, während er sich in den Salon zur Rechten begab.

»Nein, danke, ich habe in einem Gasthaus zu Abend gegessen«, erklärte der Hauptmann.

»Aber einen Digestif lehnen Sie doch nicht ab, oder …?«

»*Allons-y!*«

Der Salon war warm und gemütlich, Kerzen an den Wänden und auf den Tischen beleuchteten das dunkle Holz und warfen ihr gelbliches Licht und flackernde Schatten auf die Sofas, Möbel und den mit Teppichen bedeckten Fußboden. An der Wand neben den Sofas brannte funkensprühend und knisternd Holz in einem Kamin, in einem Weidenkorb gestapelte Scheite warteten darauf, nachgelegt zu werden, um das wärmende Feuer zu nähren. Der Baron ging zur Hausbar und ergriff zwei Gläser.

»Cognac? Portwein?«

»Haben Sie Whisky?«

Der Baron lachte. »Whisky? Ich hätte nicht gedacht, dass ein Portugiese Whisky trinkt …«

»Schuld daran sind die Offiziere vom schottischen Regiment«, antwortete Afonso lächelnd. »Die *jocks* haben mich mit Whisky bekanntgemacht, und nun mag ich nichts anderes mehr.«

»Dabei stoßen die Engländer doch immer mit Portwein an«, bemerkte der Baron. »Zum Whisky greifen sie erst, wenn es keinen Portwein mehr gibt.«

»Ja, ja, ich weiß, aber was wollen Sie? Whisky wärmt mich besser.«

Der Gastgeber bückte sich, griff nach einer Flasche und stellte sie auf den Tresen der Hausbar. Die goldgelbe Flüssigkeit schwankte und schimmerte in der schlanken Flasche, auf dem Etikett stand *The Balvenie*.

»Ich habe diesen *blended scotch*, der wird Ihnen gefallen«, verkündete er. »Ein Oberst vom Yorkshire-Regiment hat ihn mir geschenkt.« Er hob den Kopf und blickte zum Kamin. »Agnès, was nimmst du?«

Afonso blickte überrascht in dieselbe Richtung. Aus einem Schaukelstuhl im Halblicht neben dem Kamin stieg eine leichte blaugraue Rauchwolke auf und verflüchtigte sich schnell. Jetzt erst nahm der portugiesische Offizier wahr, dass sich eine Frau im Salon befand.
»Champagner«, säuselte eine sanfte Stimme in so melodiösem Ton, wie ihn nur Französinnen zustande bringen.
Der portugiesische Hauptmann bemühte sich, das Gesicht der Frau zu erkennen, doch dazu war es zu dunkel. Er konnte nur den Umriss des Schaukelstuhls und des Kopfes der Frau ausmachen, dazu lange Beine, die aus dem Halbdunkel ragten, zum Teil bedeckt durch ein verwirrend sinnliches rotes Kleid mit weißen Rüschen.
»Madame«, grüßte er, neigte leicht den Kopf und richtete den Blick auf sie, ohne sie zu sehen.
»Nehmen Sie doch bitte Platz«, sagte die Frau und wies, eine Zigarette zwischen den Fingern, auf ein Sofa neben dem Kamin.
Afonso ergriff das Glas mit dem Scotch und das andere mit dem Champagner, das der Baron unterdessen eingeschenkt hatte, und ging zu dem Schaukelstuhl. Der Schaukelstuhl drehte sich, die Frau erhob sich mit eleganten Bewegungen, trat einen Schritt vor und nahm den Champagner entgegen. Der Hauptmann spürte als Erstes den Duft des Parfüms *L'heure bleue*, den der bildschöne Körper verströmte. Die harmonische Mischung aus Rosen, Iris, Vanille und Moschus des kostbaren Guerlain-Parfüms betörte seine Sinne. Dann fiel das flackernde gelbliche Licht des Kamins auf das geheimnisvolle Gesicht, offenbarte seine feinen, vornehmen Züge, das lange braune Haar, die Locken mit blonden Strähnen, die kleine zarte Nase, die tiefgrün leuchtenden Augen, die weiche, verletzliche Miene, ein geheimnisvolles Lächeln auf vollen, wohlgeschwungenen Lippen. Auf dem schönen, wahrhaft edlen Antlitz lag die heitere Unnahbarkeit einer französischen *coquette*. Afonso traf es wie ein Schlag, es verschlug ihm den Atem, welch ein hinreißendes Geschöpf! Der Glanz, den sie verströmte, verwirrte ihn, die Frau war von so blendender, unerreichbarer, strahlender Schönheit, dass er sie kaum direkt ansehen, aber auch unmöglich die Augen von ihr abwenden konnte. Der Hauptmann fühlte sich wie gelähmt. Er hatte nicht erwartet, hier eine solche Schönheit anzutreffen, eine junge Frau, irgendwo in den Zwanzi-

gern, kaum jünger als er, ein seltenes Juwel so nah der Front. Ob sie des Barons Tochter war?
»Meine Frau«, sagte der Baron und trat mit seinem Cognac näher. »Agnès.«
»*Enchanté, Madame la Baronne*«, sagte der Hauptmann, wobei er sich die größte Mühe gab, nicht zu zeigen, wie sehr ihn die Frau verwirrte und wie enttäuscht er war, zu hören, dass sie mit seinem Gastgeber verheiratet war. Er küsste ihr die Hand und stellte sich vor. »Hauptmann Afonso Brandão, zu Ihren Diensten.«
»*Alphonse?*«, fragte die Französin lächelnd.
»Wenn Sie es wünschen …«
In dem Moment, als sie ihn zum ersten Mal aus der Nähe sah, wich das Lächeln aus Agnès' Gesicht. Sie schaute ihn eindringlich an, sekundenlang schien es, als hätte sie ihn wiedererkannt. Sie zögerte, musterte ihn von Kopf bis Fuß, betrachtete seine verträumte, charmante Miene, die großen ausdrucksvollen Augen, den blassen Teint, die gerade Nase, den gutgetrimmten Schnurrbart, das kurze, ordentlich gekämmte dunkelbraune Haar, seine selbstbewusste, ruhige Haltung. Sie seufzte.
»Sie erinnern mich an jemanden, den ich einmal gekannt habe«, sagte sie langsam und ernst, fast feierlich. Unvermittelt wich ihr die Farbe aus dem Gesicht, eine rätselhafte Betroffenheit umschattete ihren Blick. Doch gleich darauf öffnete sich das Alabastergesicht erneut zu einem Lächeln, zunächst etwas gezwungen und angespannt, dann echter und gelöster, schließlich von einer entwaffnenden Arglosigkeit. »Woher kommen Sie, *Alphonse?*«
»Aus Merville.«
»Nein.« Agnès lachte, sie gab sich Mühe, fröhlicher zu werden, man konnte meinen, sie hätte sich binnen weniger Sekunden verändert. »Ich meine, aus welchem Land?«
»Ich bin Portugiese, Madame.«
»*On dit que les portugais sont toujours gais*«, zitierte sie ein französisches Sprichwort, dem zufolge die Portugiesen immer lustig sind.
»Nicht immer, Madame«, erwiderte Afonso.
Agnès verzog schmollend den Mund, als wäre sie enttäuscht. »Sind Sie nicht lustig?«

»Doch, ich ja«, antwortete er, um seinen Einwurf zu korrigieren und ihr zu Gefallen zu sein. »Aber wenn Sie meine Generäle sähen …«

Die Baronin setzte sich wieder in den Schaukelstuhl, und die beiden Männer ließen sich auf dem Sofa nieder, einem erlesenen Buchenkanapee mit Polsterbezug in *gros* und *petit point*. Afonso konnte sich nicht des Gedankens erwehren, dass es bei seinen Gastgebern einen beträchtlichen Altersunterschied gab: Der Baron ging auf die sechzig zu, sie war über dreißig Jahre jünger, vermutlich um die fünfundzwanzig. Sie war schön wie eine Prinzessin, lebte aber eingesperrt in dem Schloss, eine Gefangene, umgeben von Elend und Verheerung, inmitten von Trümmern und Ruinen, in einer harten Männerwelt, Krieg und Feind in nächster Nähe. Merkwürdigerweise verzehrte sie das nicht, ihre Verletzlichkeit machte sie nur attraktiver, begehrenswerter, fragiler, wie eine absichtlich dem Sturm ausgesetzte Blüte, empfindlich, aber trotzig. Und diese anrührende Beharrlichkeit weckte in Hauptmann Afonso Brandão ein unerklärliches und unwiderstehliches Beschützergefühl.

»Ich möchte mich dafür bedanken, dass Sie mich aufgenommen haben«, sagte Afonso, räusperte sich, blickte ihr in die verwirrenden grünen Augen und ließ sich damit fast unbewusst auf ein subtiles Verführungsspiel ein.

»Oh, das ist uns ein Vergnügen«, antwortete Agnès, erwiderte seinen Blick und ging auf das Spiel ein. »Jacques und ich sind der Ansicht, wir müssen unseren Teil zu den Kriegsanstrengungen beitragen.«

»Ich kann dem Bürgermeister keine Bitte abschlagen«, warf der Baron ein. »Doch gelegentlich habe ich den Eindruck, dass er mein Château mit einem Hotel verwechselt, und das ärgert mich.«

»So ist es im Krieg, Jacques«, hielt die Französin ihrem Mann mit vorwurfsvollem Blick entgegen.

Afonso begriff, dass der Baron über seine Anwesenheit nicht gerade erfreut war, auch wenn er es nicht offen eingestand. Der Bürgermeister von Armentières, zuständig für die Unterbringung der Offiziere der alliierten Streitkräfte, die in Frankreich kämpften, hatte ihn dazu gezwungen, Militärangehörige im Schloss aufzunehmen. In dem Abschnitt lagen die erste und die zweite Division des Portugiesischen Expeditionskorps CEP, flankiert zur Linken von der achtunddreißigsten Division des XI. Korps und zur Rechten von der fünfundzwanzigsten Division des ersten Korps, beide zur Ersten Armee der British Expeditionary Force gehörend. Die Soldaten, die nicht an der Front standen, wurden auf Bauernhöfen einquartiert, für zwanzig Centimes pro Nacht und Bett oder fünf Centimes, falls sie kein Bett hatten. Für jedes im Stall untergestellte Pferd wurden fünf Centimes gezahlt, außerdem durften die Bauern den Pferdemist als Dünger behalten. Die französischen Zivilbehörden bemühten sich jedoch nach Kräften, zu vermeiden, dass die Offiziere in denselben Ställen wie die einfachen Soldaten und die Tiere untergebracht wurden. Ein Offizier zahlte einen Franc pro Nacht und hatte natürlich Anspruch auf ein würdigeres Quartier. Doch wenn die Pensionen alle belegt, die Privathäuser schon sämtlich requiriert waren und die Hotels unerschwingliche Preise verlangten, blieben manchmal als Alternative nur die Schlösser der Umgebung.

»Wie steht der Krieg, Hauptmann *Alphonse?*«, fragte die Baronin. »Stimmt es, was die Zeitungen schreiben?«

»Was schreiben die Zeitungen denn?«

»Dass wir gewinnen.«

»Man darf nicht immer glauben, was in den Zeitungen steht ...«

Agnès fragte erstaunt zurück: »Soll das heißen, wir verlieren?«

»Nein, weder noch. Wir sind festgefahren.«

»Aber stimmt es denn nicht, dass der Feind vor ein paar Monaten zurückgewichen ist?«

Afonso lachte.

»Doch, das stimmt schon. Nur ist er auf eigene Initiative zurückgewichen und nicht, weil wir ihn zurückgedrängt hätten.«

»Wieso das?«, mischte sich der Baron ein, dem der Cognac die Kehle gewärmt hatte. »Wenn die zurückweichen, dann doch nur, weil wir vorrücken. Niemand weicht einfach aus Jux und Tollerei zurück.«

»Tatsache ist, *Monsieur le Baron,* dass die Boches, die Deutschen, bessere, höher gelegene Schützengräben ein Stück hinter ihren bisherigen Gräben gebaut, dann ihre Stellungen aufgegeben und sich in den neuen Gräben eingerichtet haben. Wir nennen diese neuen Stellungen Siegfried-Linie, aber die Boches nennen sie anscheinend Hindenburg-Linie. Wie dem auch sei, mit dem Rückzug zur Siegfried-

Linie haben sie zwar ein paar Kilometer verloren, dafür aber fast uneinnehmbare Stellungen gewonnen.«

»Sie glauben also nicht, dass wir den Krieg gewinnen?«

»Einen Krieg zu gewinnen setzt voraus, dass er zu Ende geht«, bemerkte der Hauptmann trocken.

»Wird dieser denn nicht zu Ende gehen?«, fragte Agnès.

»Noch sieht es nicht danach aus. Bedenken Sie, wir schreiben bereits den zwanzigsten November, das Jahr 1917 ist also fast zu Ende, der Krieg dauert schon über drei Jahre, die Fronten wirken wie erstarrt. Wir brechen nicht durch, und der Feind rührt sich auch nicht.«

»Wie ich sehe, ist Ihr Glaube nicht sehr stark«, bemerkte die Französin.

»Im Gegenteil, Madame, ich bin ein Mann des Glaubens.«

»So wirken Sie aber nicht«, erwiderte sie. »Ist nicht in Ihrem Land im vergangenen Monat die Heilige Jungfrau erschienen und hat das baldige Ende des Krieges verkündet?«

»Ja, darüber habe ich gelesen«, antwortete Afonso und neigte sich zu seiner Aktentasche. »Ich habe hier sogar eine Zeitung, die man mir vor einigen Tagen geschickt hat, in der etwas über diese Erscheinung steht.«

Der Hauptmann zog aus der Tasche ein Exemplar der Zeitung *O Século*, ein gefaltetes Riesenblatt, das auf diese Weise vier Seiten ergab, von der Post zerknittert, aber tadellos lesbar. Die Zeitung trug das Datum des 15. Oktober, war also sechsunddreißig Tage alt. Die beiden rechten Spalten der ersten Seite waren von oben bis unten ausgefüllt mit einem Text zu diesem Thema, die Dachzeile verkündete in Großbuchstaben »Erstaunliche Dinge!«, und in der Überschrift hieß es: »Wie die Sonne mittags in Fátima tanzte«. Der Untertitel war lang. »Die Erscheinungen der Heiligen Jungfrau – Das Zeichen des Himmels – Tausende von Menschen sprechen von einem Wunder – Der Krieg und der Frieden.«

Agnès beugte sich vor, um die Zeitung genauer betrachten zu können. »Wer ist das?«, fragte sie und wies auf ein großes Foto über dem Text, das drei starr in die Kamera blickende Kinder zeigte, zwei Mädchen in weitem Rock und Kopftuch, in ihrer Mitte ein Junge mit Mütze, dahinter eine Steinmauer.

»Das sind die Kinder, die angeblich mit der Heiligen Jungfrau gesprochen haben«, erklärte Afonso. Er las die Bildunterschrift und wies mit dem Finger von links nach rechts. »Das hier ist Lúcia, der Junge heißt Francisco, und das ist Jacinta.«

Fasziniert betrachtete die Französin das Foto.

»Und was haben sie tatsächlich gesehen?«

Der Hauptmann schwieg eine Weile und überflog den Text.

»Also, der Reporter beschreibt zunächst, dass er bei der Ankunft in der Heide von Fátima viele Menschen sah, die dort alle beteten«, erklärte er. Dann machte er eine Pause und las die nächsten Absätze. »Es fing an zu regnen, die drei Kinder waren eine halbe Stunde vor der angekündigten Erscheinung dorthin gekommen, als sie vorbeigingen, knieten die Gläubigen vor ihnen in den Matsch, und das eine Mädchen, Lúcia, forderte sie auf, die Regenschirme zu schließen.« Wieder eine Lesepause. »Der Reporter sagt, der Regen habe pünktlich aufgehört, der Himmel habe aufgeklart, und die Sonne sei herausgekommen.« Noch eine Pause. »Das hier ist sehr interessant, hören Sie«, und nun übersetzte Afonso den Text wortgetreu. »Das Gestirn ähnelt einer matten Silberscheibe, man kann es völlig mühelos ansehen. Es blendet nicht und verbrennt nicht. Als wohnte man einer Sonnenfinsternis bei. Doch da erhebt sich lautes Geschrei, man hört die Zuschauer, die sich in der Nähe befinden, laut rufen: Ein Wunder! Ein Wunder! Wie herrlich! Vor den entzückten Blicken dieser Menschen, die uns mit ihrer Demut in biblische Zeiten zurückversetzen und schreckensbleich mit entblößtem Haupt gen Himmel blickten, erzitterte die Sonne. Die Sonne zeigte, jedes kosmische Gesetz sprengend, abrupte, nie geschaute Bewegungen – die Sonne ›tanzte‹, wie es die Landbevölkerung nannte.«

Afonso sah von der Zeitung auf.

»Interessant, nicht wahr?«

»Ja«, sagte Agnès und betrachtete noch immer fasziniert das Foto der drei Kinder auf der ersten Seite. »Mehr steht da nicht?«

Der Portugiese setzte seine schweigende Zeitungslektüre fort und fasste den Inhalt zusammen.

»Hier steht, der Reporter habe mit den Leuten gesprochen, doch nicht alle seien sich darin einig gewesen, was sie gerade erlebt hätten. Die

Mehrheit bestätigt, sie hätten die Sonne tanzen sehen, andere hingegen schwören, sie hätten das Antlitz der Jungfrau geschaut und die Sonne habe sich wie ein Feuerwerkssonnenrad um sich selbst gedreht und sei dabei etwas gesunken. Und einige wenige versichern, sie hätten sogar gesehen, wie sich ihre Farbe verändert habe.«

»Eine optische Täuschung«, warf der Baron herablassend lächelnd ein.

»Mag sein«, stimmte Afonso ihm zu.

»Jetzt redet keinen Unsinn«, erwiderte Agnès. »Und was ist mit den Kindern?«

Der Hauptmann las weiter.

»Das Wesentliche steht in diesem Satz, den ich Ihnen jetzt übersetze«, sagte er. »Lúcia, als diejenige, die mit der Heiligen Jungfrau spricht, verkündet auf den Armen eines Mannes, der sie von einer Gruppe zur Nächsten trägt, mit theatralischer Gestik, dass der Krieg zu Ende geht und unsere Soldaten heimkehren werden.«

Als Afonso aufblickte, sah er, wie Agnès sich beruhigt im Schaukelstuhl zurücklehnte.

»Dann stimmt es also doch«, sagte sie. »Der Krieg geht zu Ende.«

»Ja, das steht jedenfalls hier.«

»Aber Sie glauben nicht daran?«

»Dass der Krieg zu Ende geht?«, warf der Baron verwundert ein. »Was soll er denn sonst glauben? Das glaube sogar ich! Und wenn es noch hundert Jahre dauert, aber irgendwann geht er bestimmt zu Ende.«

»Sei nicht albern, Jacques, die Prophezeiung besagt, dass der Krieg schon bald zu Ende ist.«

»Das ist aber nicht ganz genau das, was unser Gast uns vorgelesen hat«, sagte der Baron. Er wies auf die Zeitung: »Da steht offenbar nur, dass der Krieg zu Ende gehen wird. Und das zu prophezeien ist in meinen Augen kein großes Kunststück, selbstverständlich geht der Krieg früher oder später zu Ende. Das kann sogar ich vorhersagen. Die große Frage ist, wann, aber das wagen diese fanatisierten Hochstapler nicht zu prophezeien.«

»So, wie es da steht, geht man davon aus, dass es bald sein wird. Glauben Sie das nicht auch, *Alphonse?*«

»Ich wünschte mir, es wäre so …«
»Aber glauben Sie es oder nicht?«
»Ich weiß nicht, was ich denken soll«, stotterte Afonso. »Es wäre schön, wenn es stimmte.«
»Das ist alles Phantasie.« Der Baron lachte. »Wir leben in schweren Zeiten, da gibt es immer irgendwelche Propheten, Wunder und Aberglauben, die den Weg zum Heil weisen. In solchen Zeiten der Unsicherheit und Not sind messianische Botschaften ganz normal.«
»Meinen Sie wirklich?«, entgegnete der Hauptmann.
»Da bin ich sicher«, erwiderte sein Gastgeber. »Sie werden sehen, der Krieg wird nicht sofort zu Ende gehen, und nach einiger Zeit wird niemand mehr von diesen Kindern sprechen.«
Agnès sah ihn für einen Moment gereizt an, dann seufzte sie und wandte sich Afonso zu.
»Jacques ist Atheist«, erklärte sie. »Schlimmer als Robespierre. Er mokiert sich sogar über Lourdes.«
»Ach so«, sagte Afonso, keineswegs überrascht.
»Sie wissen, was sich in Lourdes zugetragen hat?«
»Selbstverständlich«, sagte der Hauptmann. »Wie im vergangenen Monat in Fátima ist auch in Lourdes die Heilige Jungfrau in einer Grotte einem Kind erschienen …«
»Bernadette Soubirous.«
»Ja. Die erste Erscheinung fand 1858 statt, vor nun schon fast sechzig Jahren.«
»Oh la la!«, rief die Baronin aus. »Sie wissen sogar das Jahr.«
»Ich habe doch gesagt, dass ich ein Mann des Glaubens bin«, antwortete Afonso lächelnd.
»Des Aberglaubens!«, warf der Baron, immer noch skeptisch, kopfschüttelnd ein.
»Ich hatte einmal an der Universität einen Professor, der war genau so antireligiös wie mein Mann«, sagte Agnès lächelnd. »Er war Anatomieprofessor und hieß Bridoux. Er sagte immer, die Religion sei die Feindin der Wissenschaft.« Sie schaute Afonso an. »Finden Sie das auch, *Alphonse*?«
»Ja, bis zu einem gewissen Punkt mag das zutreffen«, antwortete er. »Wissen Sie, sowohl die Religion als auch die Wissenschaft liefern

uns Erklärungen für die Welt. Das Problem ist nur, dass diese Erklärungen miteinander im Widerstreit liegen. Wenn die eine wahr sein soll, muss die andere falsch sein. Das ist der Grund, warum die Religion seit jeher alles versucht hat, um die Wissenschaft in Misskredit zu bringen, und aus demselben Grund verfährt die Wissenschaft heute genauso mit der Religion. Doch es gibt eine Hypothese, die noch niemand aufgestellt hat, der man aber meines Erachtens nachgehen sollte.«

»Und die lautet?«

»Dass möglicherweise beide die Wahrheit sagen, allerdings einander ergänzende und deshalb unterschiedliche Wahrheiten. Haben Sie noch nie bedacht, dass es unmöglich ist, die Existenz Gottes wissenschaftlich zu beweisen, aber ebenso unmöglich, das Gegenteil zu beweisen?«

»Das stimmt.«

»Die Philosophen sagen, wir projizieren unsere eigenen Eigenschaften auf ein göttliches Wesen, was bedeutet, dass Gott lediglich vom Menschen erschaffen ist.«

»Wer sagt das?«

»Ach, verschiedene Philosophen. Schopenhauer, Hegel, Feuerbach ...«

»Alles Deutsche.« Agnès lachte. »Schon allein deswegen haben es die Boches verdient, dass sie den Krieg verlieren.«

Afonso lächelte.

»Wie ich sehe, halten Sie diese Idee für ketzerisch.«

»Nein, nein, ich habe nur Spaß gemacht. Mir scheint es sogar eine bedenkenswerte These zu sein.«

»Das finde ich auch. Wenn jedoch einerseits der Mensch Gott nach seinem Bilde geschaffen hat, dann stellt sich andererseits die Frage, wer hat den Menschen geschaffen? Oder, noch wichtiger, wer hat all das geschaffen, was uns umgibt, wer hat das Universum geschaffen? Sind die Dinge etwa ganz grundlos entstanden, ist das Universum einfach so von selbst entstanden?«

»Ich gebe Ihnen recht«, sagte Agnès, von dem Gedanken angeregt. »Vielleicht vertreten Religion und Wissenschaft beide die Wahrheit, das ist eine faszinierende Hypothese.«

»Meine Überlegungen gehen noch darüber hinaus, Madame, ich denke, dass es nicht nur eine einzige Wahrheit gibt. Nietzsche hat gesagt, es gebe keine Tatsachen, nur Anschauungen, was vom menschlichen Standpunkt aus zutrifft. Es lässt sich nicht leugnen, dass es eine Realität gibt, das, was Kant das Ding an sich nannte, das Nomen. Doch wie Kant schon bemerkte, nehmen wir nicht den Gegenstand an sich wahr, sondern nur seine Manifestationen. Anders gesagt, wir interpretieren das Reale.« Er schaute sich um, sein Blick fiel auf eine gerahmte Fotografie an der Wand, sie zeigte den Baron zu Pferde, ein Gewehr über der Schulter und umringt von Hunden, eine Jagdszene in Compiègne. Afonso wies auf das Foto. »Es ist ungefähr so wie mit diesem Foto. Es ist nicht der Herr Baron, sondern sein Bild. Verstehen Sie? Die Fotografie ist nicht das Wirkliche, sondern eine Abbildung des Wirklichen. So wie die Fotografie das Reale zum Beispiel in Schwarzweiß darstellt, so stellen auch wir es uns dar. Auch Kierkegaard hatte schon gesagt, dass alles, was existiert, etwas ausschließlich Individuelles ist. Das heißt, wir legen etwas von uns selbst hinein, wenn wir die Realität interpretieren, und deshalb unterscheidet sich unsere Wahrheit von der Wahrheit der anderen.«

»Es gibt also gar keine Wahrheit?«

»Doch, doch, natürlich gibt es Wahrheit. Aber nicht nur eine, sondern viele. Das Reale ist unteilbar, doch in seiner Ganzheit nicht erfassbar. Wahrheiten gibt es viele, weil es individuelle Interpretationen des Realen sind. Ich weiß, das klingt kompliziert, aber …«

»Nein, nein, ich verstehe es genau, das ist wirklich eine interessante Idee.«

»Wissen Sie, ich glaube, nur so kann man zu der Einsicht gelangen, dass Religion und Wissenschaft beide die Wahrheit sagen«, schloss der Hauptmann. »Das Reale ist unteilbar, aber beide Betrachtungsweisen, die religiöse genauso wie die wissenschaftliche, stellen eine individuelle Interpretation dieses Realen dar. Sie können sogar widersprüchlich sein, und doch bleiben sie paradoxerweise beide wahr.«

Stille trat ein, nur das Knistern des brennenden Holzes im Kamin war zu hören. Die Schatten des Feuers tanzten im Raum, die Funken spritzten und sprühten über der Glut wie nervöse Glühwürmchen.

Alle schauten ins Feuer, Afonso mit einem Lächeln innerer Zufriedenheit. Seit Pater Nunes im Priesterseminar und Rotzer-Trindade auf der Heeresakademie hatte er mit niemandem mehr über Philosophie diskutiert. Es breitete ihm ein großes Vergnügen, dies nun, nach so langer Zeit, zum ersten Mal wieder zu tun, hier, in diesem abgelegenen Winkel in Frankreich, und noch dazu mit einer bildschönen Frau. Er überlegte, ob er sich jemals mit einer Portugiesin über so tiefschürfende und faszinierende Themen würde unterhalten können, doch er hatte daran starke Zweifel. Er konnte sich nicht vorstellen, mit Carolina über Hegel zu sprechen. Schon allein diese Feststellung erfüllte ihn mit Bewunderung für Agnès.

Die Französin ihrerseits war ebenfalls in Gedanken ganz bei Afonso, bei dem, was er gesagt hatte, und wie gewandt er argumentierte. Es war das erste Mal seit der Zeit mit Serge, dass sie mit jemandem eine so interessante Unterhaltung geführt hatte, einen Dialog, der sie aus den erdrückenden vier Wänden befreite und durch ein wunderbares imaginäres Fenster furchtlos auf eine Reise voller Zauber und Magie schickte, eine faszinierende Tour durch die anregende Welt der Ideen, ein reiches Universum, voller kühner Gedanken, erregender Neuigkeiten, überraschender Offenbarungen. Genauso hatte sie beim Besuch der Weltausstellung in Paris empfunden, erinnerte sie sich, und auch, als der Vater sie in die Geheimnisse des Weines einführte. Und ebenso hatte sie es als Entdeckung erlebt, als sie Medizin studierte und dann Serge und seine erhabene Welt der Kunst kennenlernte. Und nun war dieser portugiesische Hauptmann erschienen und weckte diese Gefühle in ihr, die Freude am Erkunden, am Wissen, und Agnès wünschte sich glühend, die ganze Nacht in seiner Gesellschaft zu verbringen und es auszukosten.

Vielleicht, weil er spürte, dass sich zwischen dem Offizier und seiner Frau eine beunruhigende Chemie entwickelte, beschloss der Baron, den Abend abrupt zu beenden. Er leerte sein Cognacglas mit einem Schluck und erhob sich entschieden.

»Es ist spät geworden. Marcel wird Sie zu Ihrem Zimmer führen«, sagte er. Zur Tür blickend, hob er die Stimme: »Marcel!«

Der Hausdiener erschien nach wenigen Sekunden.

»Führ den Herrn Hauptmann in sein Gemach«, wies er ihn an. »Herr

Hauptmann«, sagte er, verabschiedete sich von seinem Gast mit einem Kopfnicken und richtete den Blick auf seine Frau. »Komm, Agnès.«

Die Französin verharrte noch einen Augenblick in ihrem Schaukelstuhl, als zögerte sie. Dann erhob sie sich fast widerstrebend und sah den portugiesischen Hauptmann an.

»*Bonne nuit, Alphonse*«, säuselte sie mit ihrer sanften, ruhigen Stimme. »Bis morgen.«

»Madame!« Afonso sprang auf und verneigte sich elegant.

Marcel führte ihn durch die Flure des Schlösschens, zeigte ihm das Badezimmer und sein Gemach. Das ihm zugewiesene Zimmer war so prachtvoll, dass er sich für einen Moment wie ein Luxusstubenhengst vom Generalstab vorkam, der den Krieg bequem in einem Schloss einquartiert verbrachte, im Schlafanzug statt in Uniform und bewaffnet mit Hauspantoffeln. Hier war alles erlesen. Ovale Rahmen schmückten die Wände mit Porträtgemälden. Sie zeigten die Antlitze und Taten der verschiedenen Generationen der Familie Redier, deren Namen das Château trug. In der Zimmermitte stand ein imposantes Himmelbett im Stil Louis XV., ganz aus Nussbaum gearbeitet, das Betthaupt mit einem geschnitzten Muschelmotiv verziert.

Das Badezimmer war groß und kalt. An der Wand stand ein Jugendstil-Waschtisch, das schmiedeeiserne Gestell in Arabesken und Bögen hierhin und dahin geschwungen, in der Mitte ein runder Spiegel, von zwei Kerzen flankiert. Afonso zündete die Kerzen an, der Waschtisch hatte einen goldfarbenen Hebelwasserhahn mit einer langen, nach unten gekrümmten Nickeltülle. Er drehte den Hahn auf, das eiskalte Wasser brannte ihm auf den Fingern, wie eine Katze strich er sich flüchtig mit den nassen Fingern über das Gesicht, sodann griff er nach der Honigseife, die auf dem Waschtischrand lag, rieb sie zwischen den Händen, schnupperte daran und seifte sich das Gesicht ein, spülte mit klarem Wasser nach und trocknete sich ab. Er warf einen kurzen Blick auf die *Chariot*-Wanne am Fenster, ganz aus Gusseisen gefertigt, innen weiß, außen in kräftigem Rosa, die Füße goldfarben. Er freute sich schon darauf, am nächsten Tag darin ein Bad zu nehmen, jetzt nicht, die Blase drückte. Er trat aus dem Badezimmer in den kleinen Raum nebenan, in dem sich die Toilette befand, eine Porzellanschüssel mit ausgeblichener Blumendekoration, ein langes, an der Wand fixiertes Nickelrohr verband den weißen gusseisernen, auf sonnenblumengelben Trägern ruhenden, knapp unter der Decke befestigten Wasserkasten mit der Toilettenschüssel. Er hob den Mahagonisitz an und urinierte in die Schüssel, zum Schluss zog er an dem langen, vom Wasserkasten herunterhängenden Griff, das Wasser rauschte in die Schüssel.

Der Hauptmann kehrte ins Schlafzimmer zurück. Nicht eine Sekunde dachte er daran, sich noch einmal die Hände zu waschen. Er genoss den Luxus, ja, das hier, das war ein Leben, die anderen mussten sich mit den Latrinen begnügen, während er es sich in diesem Schloss bequem machte, die Leute schliefen in Heuschobern oder lagen im Dreck in ihren Quartieren auf den Höfen, und er hatte ein Schlafzimmer, das eines Königs würdig gewesen wäre, ganz für sich allein. Er seufzte zufrieden: »Oh, Mann!« Er musste die Situation auskosten. Er entkleidete sich, schlug das Bett auf und legte sich hinein, zog die Decke fast bis ans Kinn, füllte noch die Lungen mit dem frischen Duft der blütenweißen sauberen Laken, spürte, wie sich die Wärme auf seinen zusammengekauerten Körper legte, atmete ruhig, schloss die Augen und schlief im Nu ein, während das ferne Kanonengrollen klang, als schlügen brandende Wellen irgendwo weit weg gegen eine imaginäre Felsenküste, als wäre das wütende Unwetter in eine friedliche Flut verwandelt, die ihn in seinem unruhigen Soldatenschlaf wiegte.

Der portugiesische Offizier wurde am Morgen von einem Hausmädchen geweckt, das ihm Kaffee, Milch, drei Scheiben Toast, ein wenig Butter und etwas Marmelade brachte, was er alles begierig verschlang. Dann wetzte er das Rasiermesser, rasierte sich mit kaltem Wasser, kleidete sich an und verließ das Zimmer. Im Flur begegnete ihm Marcel mit Bettwäsche auf dem Arm.

»Monsieur, wo ist Joaquim?«

»Pardon?«

»Joaquim, meine Ordonnanz. Wo ist er?«

»*Ah*«, Marcel verstand. »Einen Moment, *s'il vous plaît*.«

Der Diener legte die Wäsche auf einem Lehnstuhl im Flur ab, drehte sich um, eilte davon und verschwand auf der Treppe. Afonso ging hinter ihm her, stieg die Treppe hinunter und fand sich im Foyer wieder. Agnès erschien in der Tür zum Salon und lehnte sich an die Türfüllung.

»*Bonjour, Alphonse.*«

»*Bonjour, Madame.*«

»Haben Sie gut geschlafen?«

»Ganz wunderbar, danke«, sagte er und betrachtete sie neugierig. Sie war tatsächlich ein schönes Geschöpf, die grünen Augen funkelten nun, bei Tageslicht, noch mehr. Abends hatte sie etwas von einer Katze, verführerisch und geheimnisvoll, doch nun kam sie ihm wie ein Engel vor, von makellos göttlicher, anmutiger Ausstrahlung. »Und Sie?«

Agnès zuckte mit den Schultern.

»Es geht.«

Afonso gefiel ihre sanfte, weiche Art, ihre ruhige Schönheit, ihr liebliches, ein wenig trauriges Gesicht. Er bewunderte sie und wünschte sich, sie näher kennenzulernen. Doch eine portugiesische Stimme in seinem Rücken lenkte ihn ab.

»Herr Hauptmann!«

Joaquim stand vor ihm stramm.

»Hol das Auto«, befahl der Offizier.

»Es steht draußen, Herr Hauptmann.«

Marcel öffnete die Tür, und Afonso wandte sich noch einmal an Agnès.

»Madame, vielen Dank für Ihre Gastfreundschaft«, sagte er und holte sein Portemonnaie sowie das *billeting certificate* aus der Tasche. »Ein Offizier macht einen Franc und ein Soldat zwanzig Centimes. Dann schulde ich Ihnen also einen Franc und zwanzig Centimes.«

Die Baronin trat einen Schritt näher, ignorierte die Münzen, die er ihr entgegenstreckte, griff aber nach dem *billeting certificate*. Neugierig sah sie sich das Papier an. Es war der Quartierzettel, abgezeichnet vom Bürgermeister und dem Bataillonskommandanten und mit dem Stempel des CEP beglaubigt. Sie blickte vom Papier auf und sah den Hauptmann an.

»Kommen Sie heute Abend wieder?«

»Nein, Madame.«
»Warum nicht?«
»Ich muss heute in den Schützengraben.«
Agnès presste die Lippen zusammen.
»Bleiben Sie da lange?«
»Eine Woche, Madame.«
»Dann seien Sie in einer Woche wieder unser Gast«, sagte sie und reichte ihm das *billeting certificate* zurück.
Afonso zögerte einen Moment, er wusste nicht recht, wie er auf die überraschende Einladung reagieren sollte.
»Sehr gern, Madame, es wäre mir eine große Freude, wieder herzukommen«, sagte er dann, »aber das hängt ganz von den Boches und dem Bürgermeister ab.«
»Passen Sie auf sich auf und kümmern Sie sich um die Boches, um den Bürgermeister kümmere ich mich.«
»Und das Quartier?«, fragte er.
»Das bezahlen Sie mir dann in einer Woche.«
Sie reichten einander die Hände, auf Agnès' Lippen lag noch immer ein leichtes Lächeln, und dieses Mal huschte eine sanfte Röte über ihre Wangen und ließ sie erglühen. Der fruchtigblumige Duft von *L'heure bleue* hing in der Luft.
»Sie sehen wirklich jemandem ähnlich, den ich einmal gekannt habe.«
»Ich hoffe, es ist eine angenehme Ähnlichkeit.«
Sie lächelte traurig.
»Ich erwarte Sie«, murmelte sie statt einer Antwort. Dann drehte sie sich um, warf aber, während sie davonging, mit anmutiger Kopfbewegung einen liebevollen Blick zurück. »Viel Glück!«

III

Das Gelände erstreckte sich fast ohne Erhebungen, trostlos und verwüstet und zugleich nass, morastig, schmutzig. So weit das Auge reichte, war der Erdboden aufgewühlt und kahl, alles war verbrannt, die Erde von Granateneinschlägen in Kratern aufgerissen, von Minen zerlöchert, hier und da ragten aus schlammigen Pfuhlen verbogene Eisenstäbe, dazwischen verwesende Leichen, Knochen, Stiefel, in denen noch abgerissene Füße steckten, zerfetzte Uniformen, im Wasser schwimmende tote Ratten. Als einzige in dieser grauenvollen Umgebung standen noch aufrecht die Stacheldrahtrollen, verkohlte Bäume ohne Laub, die Stämme angebrannt, Bruchstücke von Mauerwerk, das einst zu Häusern gehört hatte, nun nur noch traurige, nicht mehr zu erkennende Ruinen.

Tiefe Stille hatte sich in der letzten Stunde über diese düstere Mondlandschaft gesenkt. Der an der Brustwehr stehende Matias Silva, den sie Matias Grande nannten, wusste nicht, was ihm mehr zuwider war. Sein Einsatz im Schützengraben hatte erst vor zwei Tagen begonnen, und er hatte sich noch nicht so recht an den Kotgestank gewöhnt, der aus den Gruben unterhalb des Holzstegs aufstieg, ein Gestank, in den sich noch der ekelerregende Geruch nach verfaultem Fleisch, verdorbenen Essensresten und Urin mischte. Zum Schutz gegen die Kälte hatte er über die Uniform seine Schaffellweste gezogen, die in der kalten Jahreszeit zum Markenzeichen der portugiesischen Soldaten in Flandern geworden war. Matias hob den Kopf über die Brustwehr des Postens in Neuve Chapelle und äugte hinüber zu den feindlichen Stellungen. Zwischen der ersten Linie, an der Stelle, wo er Wache schob, und der ersten deutschen Linie lagen fünfhundert Meter.

»Määäh!«, blökte künstlich tremolierend eine Stimme von der anderen Seite des Niemandslands herüber. »Määäh!«

»Die verdammten Boches haben mich gesehen!«, knurrte der portugiesische Wachposten und trat fünf Meter zur Seite, besser war besser.
Die Schaffellwesten machten bei den deutschen Truppen Furore. Auf der anderen Seite der Schützengräben lagen die Männer der fünfzigsten Division der sechsten deutschen Armee unter dem Kommando von General von Quast, die zum Armeekorps des bayerischen Erbprinzen Rupprecht gehörte, und sie wurden nicht müde, die Portugiesen mit Schafsblöken zu provozieren. Anfangs hatten sich einige Portugiesen über die blöden Witzeleien des Feindes empört, doch inzwischen hatten sich alle daran gewöhnt, denn durch die ständige Wiederholung hatte sich die Provokation abgenutzt, und wenn sie nun geärgert wurden, warfen die Männer der vier Infanteriebataillone der Minho-Brigade, also der vierten Brigade der zweiten Division des CEP, den Deutschen nur noch in Gedanken ein paar Beleidigungen an den Kopf.
Die erste portugiesische Linie erstreckte sich über zehn Kilometer, vom Kommunikationsgraben New Bond Street im Abschnitt Fauquissart über Neuve Chapelle in der Mitte bis Ferme du Bois im Süden. Dies war im Übrigen bereits ein geschichtsträchtiger Abschnitt, bevor die Portugiesen dort eintrafen. Denn just bei Neuve Chapelle hatten die Deutschen im Oktober 1914 zum ersten Mal Gas als Kriegswaffe eingesetzt. Damals lagen in den Schützengräben französische Truppen, die jedoch die von den Schrapnellgranaten transportierten ungiftigen Gase gar nicht bemerkten, weshalb die Premiere unterm Strich einem Fiasko gleichkam. Dann, im März 1915, inzwischen lagen englische Truppen in demselben Abschnitt, ging von hier die erste große Offensive der Briten gegen die deutschen Stellungen aus. Die zunächst erfolgreiche Offensive scheiterte nach drei Tagen, doch erwies sie sich als eine politisch wichtige Aktion, denn damit wurde den Franzosen vorgeführt, wie sehr sich ihre britischen Verbündeten engagierten. In der Schlacht bei Neuve Chapelle wurden zum ersten Mal im Krieg Flugzeuge eingesetzt, um die feindlichen Stellungen zu fotografieren und damit Informationen für das weitere Vorgehen zu liefern, was dann später zu einer routinemäßigen, wenn auch gefährlichen Übung wurde.

Doch an diesem zweiundzwanzigsten November 1917 herrschte Ruhe in der von den Portugiesen besetzten Stellung Neuve Chapelle sowie den benachbarten Stellungen Ferme du Bois und Fauquissart. Der gesamte Abschnitt der ersten Linie bestand aus drei parallelen Hauptschützengrabenlinien, die miteinander durch quer verlaufende Kommunikationsgräben verbunden waren. Die äußerte Linie war die Frontlinie mit ihrem unregelmäßigen, fast zickzackförmigen Verlauf, absichtlich so angelegt und nicht in einer Geraden, um eine Infiltration zu verhindern und Kreuzfeuer durch die verteidigenden Maschinengewehre zu ermöglichen. Vor der Frontlinie, gleich hinter der Brustwehr, erstreckten sich drei Streifen von Stacheldrahtrollen, wodurch dem Feind das Vorrücken erschwert werden sollte, falls er im Niemandsland angriff. Dahinter, parallel zur Frontlinie, befand sich die Linie B, die wichtigste vorgeschobene Verteidigungslinie, geschützt durch einen weiteren Streifen Stacheldrahtrollen sowie getarnte Nester schwerer Maschinengewehre, im Allgemeinen der Marke Vickers. Noch weiter hinten verlief die Linie C, auch Unterstützungslinie genannt, wo sich die Stellungen der vorgerückten Bataillone befanden. Hinter diesen drei Reihen Schützengräben, zusammengenommen erste Linie genannt, kam die Linie der Dörfer, die Richebourgh, Pont du Hem und Laventie miteinander verband, ebenfalls durch Stacheldraht geschützt, und die Korps-Linie, die über Huit Maisons und Lacouture verlief und aus mehreren befestigten Stellungen bestand, von denen aus die Hauptkommunikationswege für die Nachhut geschützt wurden. Schließlich, dem Flüsschen Lawe folgend, die Heereslinie, hinter der sich die Hauptquartiere befanden und eine Legion von Stubenhengsten, wie all die Militärs verächtlich genannt wurden, die mit bürokratischen Aufgaben befasst waren und die Schützengräben nur von Fotos in Zeitschriften kannten.
Matias spürte, dass sich zu seiner Linken etwas bewegte. Den Dienstvorschriften nach war es verboten, den Kopf in eine andere Richtung als zum Niemandsland hin zu wenden, doch er musste sich vergewissern, dass der Feind nicht heimlich in die erste Linie eingedrungen war. Schließlich waren die Schützengräben für gewöhnlich menschenleer, man konnte Hunderte von Metern gehen und begegnete nur einem Wachposten, weshalb jede Bewegung an diesem gottver-

lassenen Ort abgeklärt werden musste. Er blickte nach links, sah aber niemanden. Es konnte der Feldwebel oder Offizier vom Dienst sein, der in der Frontlinie Wache ging, aber er musste es genau wissen. Vorsichtshalber richtete er sein Lee-Enfield nach links.

»Wer da?«, fragte er.

»Schuss«, kam zur Antwort. »Losung?«

»Feuer«, sagte Matias, entspannte sich und richtete seine Aufmerksamkeit wieder auf das Niemandsland.

Ein Soldat, ebenfalls mit einer Schaffellweste gegen die Kälte geschützt, kam von dem senkrecht zur Frontlinie und ebenfalls im Zickzack gebauten Kommunikationsgraben La Fone Street her. Matias erkannte Vicente, einen untersetzten Mann mit breitem Gesicht, schüchtern sprießendem Schnurrbart und goldenen Händen. Zu Hause in Barcelos war er Tischler, und seine Begabung, Gegenstände aus Holz zu arbeiten, war so berühmt geworden, dass alle ihn unter dem Spitznamen Manápulas kannten.

»Ich komm dich ablösen«, teilte Vicente mit. »Wie isses mit dem Scheiß hier?«

Vicente sprach etwas unbeholfen, er stieß die Wörter atemlos aus und verschluckte so manche Silbe. Mitunter war er kaum zu verstehen, doch einmal daran gewöhnt, hatte Matias Geschick entwickelt, seine Sätze zu enträtseln.

»Es war eine ruhige Stunde«, antwortete er. »Die Boches haben mit ihrem MG vor zwanzig Minuten geballert, aber ich glaube, nur damit ich nicht einschlafe.«

»Brrr, is ja saukalt hier …«

»Musst du aushalten, Manápulas, ich geh jetzt Matratzenhorchdienst schieben und vielleicht ein paar Weiber im Unterstand vernaschen.«

»Scher dich zum Teufel, alter Bock!«

Matias ging lachend los, erleichtert beschleunigte er seine Schritte, denn in der ersten Linie Wache schieben machte jeden nervös. Zwar war es erst früher Abend, und am schlimmsten war die Nacht, doch alle wussten genau, dass die Deutschen, wenn sie schnell liefen und ihnen kein Hindernis im Weg war, nur mindestens fünfzehn Sekunden und höchstens zwei Minuten brauchen würden, je nachdem, an welcher Stelle sie das Niemandsland überquerten, um in den portugiesischen Schützengräben aufzutauchen. In manchen Abschnitten betrug der Abstand lediglich achtzig Meter, in anderen bis zu achthundert Metern. Wenn die Deutschen hin und wieder einen Vorstoß wagten, machten die Wachposten in der Frontlinie unangenehme Momente durch.

Matias bog in die La Fone Street ein, erreichte die Linie B, parallel zur Frontlinie, aber hundert Meter hinter ihr, passierte die Stellungen der schweren Maschinengewehre vom Typ Vickers Mk I, denen die Munition in Gurten zugeführt wurde und die unter Sandsäcken verborgen standen, nur mit einer Öffnung zum Niemandsland hin. Dann passierte er den Fernmeldeposten und erreichte die Gurkha Road, folgte ihr bis zur Sign Post Lane, bog nach rechts in die Cardiff Road ab. Er passierte den Kommandounterstand und erreichte den Euston Post, wo an diesem Tag die Feldküche stationiert war.

»Matos«, rief er. »Einmal Lammbraten mit Stampfkartoffeln und Kaviarsauce.«

Der Koch griff nach einer Schale. »Kommt sofort, Herr Baron«, antwortete er, füllte die Schale mit wässriger Suppe und reichte sie dem Soldaten.

Matos nahm sich ein Stück Brot, setzte sich auf das Brett und betrachtete die fette Gemüsebrühe in der weißen Schale.

»Verdammt, Matos, du hast zu viel Kaviar hineingetan«, beschwerte er sich, führte einen Löffel voll zum Mund und ließ die Suppe langsam die Kehle hinunterlaufen.

Matias Grande war ein leutseliger Mann. Er stammte aus Palmeira, einer Gemeinde nördlich von Braga, und war die gute, deftige Kost der Minho-Region gewohnt, doch hier, in den Schützengräben, machte er sich über die Qualität der Küche keine Illusionen. Seine Mutter kochte traumhafte Hühnersuppen, schmackhaft, gehaltvoll, würzig und mit frischem Koriander aus dem Garten bestreut, ein himmlisches Gericht, das er erst jetzt richtig zu schätzen wusste. Seit er mit dem achten Infanteriebataillon der Minho-Brigade nach Frankreich gekommen war, hatte Matias Grande nur noch selten gut gegessen. So manches Mal träumte er von den Armen Rittern, den Speckkuchen, den Schweinsohren und dem Schwarzsauerbrei, ebenso von dem köstlichen Backwerk wie dem süßen Hefebrot, den Mandelmuffins und den Schnecken, ganz zu schweigen von den köstlichen Vanilletörtchen. Doch hier, in den ersten Linien, waren das alles nur Phantasien, grausam genährt von der Erinnerung an Zeiten, die, obwohl von Armut und Mangel geprägt, von dieser Warte aus üppig und opulent wirkten. Wie die meisten seiner Kameraden nahm Matias, wenn er im Schützengraben Dienst machte, jeden Tag ein halbes Kilo ab, und erst wenn er nach einer Woche in die Dörfer in der Etappe zurückkehrte, erreichte er wieder sein altes Gewicht.

Doch wenn er dort überhaupt etwas gelernt hatte, dann dies, dass er den kleinen Dingen Wert beimaß. Nun bereiteten ihm die einfachsten Sachen unaussprechlich große Freude. Er schätzte die stillen Augenblicke, verzehrte alles Essbare mit Appetit, selbst das ewige Corned Beef schmeckte ihm fast so gut wie die Grieben nach Minho-Art. Er genoss es, wenn ihm der Schnaps, der an die Wachposten ausgeteilt wurde, die Eingeweide wärmte und das Blut heizte, er empfand die Augenblicke als Wonnen, wenn er keinerlei Aufgabe zu erledigen hatte und sich dem Bemühen hingeben konnte, den Schlafmangel auszugleichen oder von der würzigen Luft in den Bergen vom Minho zu träumen, von dem eiskalten Wasser des Este, in dem ihm die Füße gefroren, oder von der zärtlichen Glut seiner Francisca, die ihm die Seele wärmte und das Feuer der Leidenschaft entfachte. Auf einem Marsch bereitete ihm selbst eine halbe Minute Rast Freude. Wie alle Soldaten des CEP hatte Matias gelernt, für den Augenblick, in der Gegenwart zu leben, als gäbe es kein Morgen, keine Zukunft, als liefe ihm die Zeit davon, als könnte der Tod ihn in einer Woche holen oder auch schon im nächsten Moment.

Nachdem er seine Ration Corned Beef verzehrt und den Tee mit geschlossenen Augen getrunken hatte, verließ er die Küche, ging wieder die La Fone Street bis zur Linie C hinauf, die fünfhundert Meter hinter der B-Linie lag und zusammen mit den anderen beiden Schützengrabenlinien die erste Linie bildete. In der Linie C begegneten ihm Reservekräfte des Bataillons.

Er ging zum Latrinenbereich. Der Gestank von Exkrementen, in den Schützengräben und besonders in den portugiesischen ständig vorhanden, war hier noch stärker. Matias griff sich einen Eimer, schloss die Latrinentür, entleerte sich in den Eimer, während er sich mit einer Hand die Fliegen aus dem Gesicht scheuchte, große blau schillernde Mistfliegen, die in ihrer Gier nach Fäulnis in Scharen lästig laut summend umherschwirrten. Als er fertig war, stand Matias auf und betrachtete die Farbe seines Stuhls, er war etwas zu flüssig, und er überlegte, ob er womöglich die Ruhr hatte, und suchte nach Anzeichen für den in den Schützengräben üblichen Durchfall, doch er hatte nicht den Eindruck, schließlich tat ihm weder der Bauch weh, noch sah er Blut im Stuhl. Trotzdem nahm er sich vor, die nächste Darmentleerung zu beobachten, wischte sich mit Zeitungspapier ab – in diesem Fall war es eine Sportseite aus *Le Petit Journal* –, trat aus der Latrine hinaus, ergriff den Eimer, schüttete die Exkremente in die Grube, stellte den Eimer weg, merkte, dass ihm etwas von den Exkrementen auf den Handrücken gespritzt war, fluchte laut, säuberte die Hand, indem er sie kurz an dem rauen Stoff seiner Hose abrieb, und begab sich schnell über die Linie C zum Unterstand seiner Abteilung.

Der Befehlsstand der zweiten Kompanie des achten Infanteriebataillons der Minho-Brigade war in eine regelrechte Schreibstube verwandelt worden. An der Wand von Grants Post stand das Feldbett für den Offizier vom Dienst. Daneben waren ein paar Kisten zu einem Regal zusammengenagelt, um die notwendigen Ablagemöglichkeiten zu schaffen, hier und da Stearinkerzen, und neben dem Eingang diente eine Munitionskiste als Tisch, davor stand ein Hocker.
An dem Tisch, mühsam verschönert mit einem Stofffetzen, saß Hauptmann Afonso Brandão und bereitete den Drei-Uhr-Nachmittagsbericht über die Lage in dem von ihm befehligten Abschnitt vor sowie über die Windverhältnisse – eine wesentliche Information, um einschätzen zu können, ob der Feind Giftgas abwerfen würde. An diesem zweiundzwanzigsten November blies der Wind zufällig von Osten, was den Einsatz chemischer Waffen durch die Deutschen begünstigte. Das Dokument, das der Hauptmann gerade fertigstellte, war das fünfte an diesem Tag. Zumindest konnte niemand dem Portugiesischen Korps vorwerfen, sich nicht um Bürokratie zu kümmern. Gestern erst war Afonso nach der aufregenden Nacht im Château Redier zu den Schützengräben zurückgekommen, und nun

mühte er sich direkt an der Front mit dem Papierkram der Kompanie ab, die er befehligte.

Um sechs Uhr morgens hatte er bereits den »Einsatz- und Informationsbericht« abgeschickt, mit Angaben über die Besetzung der Schützengräben, die Anzahl der von den Maschinengewehren abgeschossenen Kartuschen, die Patrouillen, die Reparaturarbeiten an den bombardierten Schützengräben, die Sichtverhältnisse, die sichtbare Aktivität des Feindes, den Einsatz seiner Maschinengewehre und Granaten, die angepeilten Ziele, die Bewegung der Flugzeuge und so fort. Dieser erste Bericht war fraglos der wichtigste, aber es gab noch mehr. Um zehn Uhr morgens hatte Afonso telegrafisch die Verluste der letzten vierundzwanzig Stunden gemeldet und um zwölf Uhr mittags den Bericht über Arbeiten und Requisitionen erstellt. Der nächste Bericht stand für vier Uhr morgens an, mit Informationen über die Windverhältnisse und die Lage in den Schützengräben. Das Problem war, dass sich der Papierkram nicht darin erschöpfte, weshalb der Hauptmann resigniert seufzte, als ihm einfiel, dass er noch das Rundschreiben 22.753 der Brigade lesen musste, eine Erläuterung zum Rundschreiben 12.136 der zweiten Division, das seinerseits eine erweiterte Fassung des Rundschreibens 9.227 des CEP war, mit neuen Instruktionen darüber, wie die Gasmasken im Stehen, im Liegen, beim Marschieren, beim Anhalten, im Schlaf oder im Wachzustand aufzusetzen waren.

»Afonso«, rief jemand hinter ihm.

Der Hauptmann drehte sich um und erblickte Major Gustavo Mascarenhas, seinen ehemaligen Kollegen von der Heeresakademie, der als zweiter Kommandant des dreizehnten Infanteriebataillons aus Vila Real eingesetzt war, einer der beiden nach Flandern entsandten und ebenfalls der zweiten Division zugehörigen Einheiten aus der nordportugiesischen Provinz Trás-os-Montes.

»Komm herein«, forderte Afonso ihn auf und wandte sich wieder dem Bericht zu, den er gerade fertigstellte. »Müsstest du nicht deinen Bericht abfassen?«

»Habe ich schon«, antwortete Mascarenhas, zog den Kopf ein und setzte sich auf das Feldbett. »Ich habe eine Überraschung für dich.«

»Erzähl«, sagte Afonso, ohne von seinem Bericht aufzublicken.

»Lissabon hat uns einen nagelneuen Offizier geschickt.«
Afonso hielt inne und hob den Kopf.
»Was du nicht sagst.« Er grinste seinen Freund an. »Und wer ist das Schätzchen?«
»Ein gewisser Hauptmann Resende.«
»Woher kommt er?«
»Keine Ahnung«, sagte Mascarenhas und verzog den Mund. »Da er zum Dreizehnten kommt, ist er wohl aus Trás-os-Montes.«
»Da soll noch einer sagen, die Dreizehn bringe kein Glück«, seufzte Afonso. »Wir brauchen hier dringend mehr Offiziere, aber ihr kriegt Verstärkung. Und wann kommt er hierher, in den Graben?«
»Darum geht es ja«, antwortete Mascarenhas aufgeregt. »Der ist gleich hier, meine Ordonnanz holt ihn gerade ab.«
»Und das sagst du mir jetzt erst, Mann? Dem werden wir einen Empfang bereiten, und was für einen!«
»Ja, Afonso, genau deshalb bin ich ja zu dir gekommen.«
Afonso stand auf und hielt durch die Tür Ausschau nach seiner Ordonnanz.
»Joaquim!«, rief er.
»Ja, Herr Hauptmann?«
»In ein paar Minuten kommt ein neuer Offizier«, teilte er ihm mit. »Wir wollen ihn gebührend als Neuling empfangen. Sag unseren Leuten Bescheid, sie sollen sich für die übliche Nummer bereitmachen.«
»Jawohl, Herr Hauptmann«, antwortete Joaquim mit militärischem Gruß, dann lief er die zweite Linie hinunter.
Afonso und Mascarenhas verließen den Befehlsstand, nahmen die Winchester Road, dann die Rue Tilleloy bis zum Kommunikationsgraben Baluchi Road, von dort aus bogen sie in die Cardiff Road ein und gelangten zur Unterstützungslinie im Abschnitt Euston Post. Dort lehnten sie sich an die Steinmauer und warteten auf den neu eingetroffenen Offizier.
Zehn Minuten später erschien, von Major Mascarenhas' Ordonnanz geleitet, Hauptmann Resende. Afonso und Mascarenhas sahen ihn in der langen Rue de la Bassée näher kommen und betrachteten ihn mit unverhohlener Vorfreude. Seine Uniform war tadellos gewaschen,

der Stahlhelm saß korrekt auf dem Kopf, unterm Kinn zugeschnallt, die Gasmaske hing vorschriftsmäßig gerade unter dem Hals, seine Haltung war stolz und aufrecht, die Stiefel glänzten blankgeputzt, nur an der Sohle klebte schon etwas Schlamm. Allein der vorragende Bauch verdarb die hoheitsvolle martialische Erscheinung.

Als sie aufeinandertrafen, standen alle drei stramm und knallten die Hacken zusammen, dann begrüßten sie sich per Handschlag.

»Nun, Hauptmann Resende, gut vorbereitet für das Leben in den Schützengräben?«, fragte Afonso.

»Keineswegs«, antwortete Resende. »Vor vierzehn Tagen bin ich noch am Rossio spazieren gegangen, und nun befinde ich mich hier, ganz überraschend und ohne jede Vorbereitung. Ehe ich mich's versehen konnte, stecke ich hier im Krieg.«

»Na so was!«, rief Mascarenhas aus. »Am Rossio? Was hat der Herr am Rossio gemacht?«

»Na ja«, stotterte Resende, »bin spazieren gegangen, denke ich. Ich wollte zur Casa Havaneza, Tabak kaufen.«

»In der Casa Havaneza?« Mascarenhas wunderte sich. »Woher sind Sie denn?«

»Aus Paço d'Arcos.«

»Aus Paço d'Arcos?« Der Major wunderte sich noch mehr. »Aber was machen Sie denn dann im Dreizehnten, das ja eine Einheit aus Trás-os-Montes ist? Sie müssten in der sechsten Brigade dienen, der aus Lissabon, da sind das erste, das zweite, das fünfte oder das elfte Bataillon.«

»Es mag ja etwas verwunderlich sein, Herr Major, aber ich habe nichts mit Trás-os-Montes zu tun, ich habe einen Dringlichkeitsmarschbefehl zum Dreizehnten erhalten«, rechtfertigte sich der Hauptmann. »Und ich gehe dahin, wohin man mich schickt.«

Major Mascarenhas strich sich über den an den Enden spitz auslaufenden Schnurrbart.

»Das ist der verdammte Mangel an Offizieren«, bemerkte er, zu Afonso gewandt. »Nachdem wir schon in reduzierter Zahl hergekommen sind und wegen Krankheit und den Boches Leute verlieren, schicken sie jetzt Lissabonner zu unseren Bataillonen aus Trás-os-Montes.«

»Herr Major«, warf Resende ein. »Wenn man Sie so hört, könnte man meinen, Sie hielten nichts von mir …«
»Nein, nein, keineswegs«, beeilte sich Mascarenhas klarzustellen. »Willkommen beim Infanteriebataillon dreizehn und in den Schützengräben des CEP. Wir sind in Ferme du Bois stationiert, und das hier ist Hauptmann Brandão, vom Achten aus Braga, er hält die Stellung bei Neuve Chapelle. Das Achte gehört zur Minho-Barrikade.«
»Zur Minho-Barrikade?«, fragte Resende verwundert.
»Sehr witzig«, bemerkte Afonso und verdrehte die Augen.
Mascarenhas lachte.
»Unsereins nennt die Minho-Brigade Minho-Barrikade. Aber wie Sie sehen, finden die Minhotos das überhaupt nicht komisch.«
Die drei Offiziere und die Ordonnanz gingen die Rue de la Bassée hinunter, bogen in die Edgeware Road und folgten ihr bis ans Ende, dann gingen sie den Baluchi Trench hinauf. Afonso lief ein Stück voraus und führte sie zur B-Linie seines Abschnitts, wo sie, wenn Joaquim seine Instruktionen genau befolgt hatte, der Empfang für den Neuling erwartete.
Als sie in die B-Linie einbogen, warnte Afonso Hauptmann Resende: »Wir befinden uns in der Frontlinie, der Feind steht nur zweihundert Meter weiter.«
Das war natürlich gelogen, aber Afonso hatte in ernstem Ton gesprochen, und das flößte Respekt ein. Die Stimme eines Wachpostens dröhnte ihnen entgegen: »Wer kommt da?«
Afonso holte tief Luft.
»Pisse!«, rief er. »Losung?«
»Kacke!«
Afonso drehte sich um und sah Resende an, der ihn mit großen Augen anstarrte.
»Kommen Sie, wir können passieren.«
Resende war sprachlos.
»Teufel auch!«, platzte er heraus. »Sie haben hier aber verdammt komische Losungen …«
»Pssst!«, machte Afonso mit dem Finger auf den Lippen.
»Keinen Mucks mehr!«, befahl Mascarenhas zur Bekräftigung.
Verschüchtert zog Hauptmann Resende seinen Mantel enger um

sich. Eine Maschinengewehrsalve jagte durch die Luft. Dass es ein portugiesisches Lewis war, das zuvor instruiert worden war, auf ein Zeichen von Joaquim hin das Feuer zu eröffnen, wurde dem Neuling nicht mitgeteilt. Mascarenhas stieß heftig mit Hauptmann Resende zusammen, woraufhin dieser verzweifelt über den Steg schlitterte und schließlich mit den Knien im Matsch landete. Die anderen Offiziere und ihre Ordonnanzen drückten sich zusammengekrümmt an die Brustwehr. Eine neuerliche Maschinengewehrsalve.

»Hinlegen, Resende!«, rief Mascarenhas. »Schnell! Da!«

Da war eine matschige Pfütze. Resende sah hin, zögerte noch, überlegte aber, dass er sich in fremder Umgebung befand und dass seine Kameraden sicherlich wussten, was sie taten – und also warf er sich in den Schlamm. Mascarenhas und Afonso sahen zu, wie er voller Einsatzfreude durch die Pfütze robbte, die makellose, frisch gewaschene Uniform verwandelte sich in eklige Pampe, und sie drehten das Gesicht weg, um heimlich zu lachen, während ihre Schultern vom unterdrückten Lachen zuckten. Als sie sich wieder in der Gewalt hatten, schloss Afonso die Augen, riss sich mit größter Anstrengung zusammen, holte tief Luft und rief leise: »Boches! In den Unterstand!«

Im Handumdrehen waren alle in dem Gewirr von Schützengräben und Erdlöchern verschwunden und ließen Resende im Matsch rudernd allein zurück. Der Hauptmann sah sich nach allen Seiten um und konnte niemanden mehr entdecken. Mit vor Entsetzen weit aufgerissenen Augen blickte er nach oben, in Erwartung des gefürchteten Feindes, der verdammten Boches, richtete sich auf, kauerte sich hilflos an die Brustwehr, die zitternde Hand griff nach dem Revolver. Wenige lange Sekunden dauerte diese Ungewissheit an, dann tauchte Afonso auf.

»Falscher Alarm«, erklärte er knapp. »Kommen Sie mit.«

Hauptmann Resende seufzte erleichtert und ging, trotz der Kälte schwitzend, hinter ihm her, Mascarenhas und die beiden Ordonnanzen gesellten sich zu ihnen, alle mit besorgter Miene. Sie kamen an einem verkohlten Baumstamm vorbei, Afonso wies auf den Baum.

»Schlagen Sie drauf!«, sagte er zu Resende.

»Wie bitte?«

»Schlagen Sie drauf, Mann!«, befahl er.
Der frisch angekommene Hauptmann verstand zwar nicht, warum er den verkohlten Baumstamm schlagen sollte, doch folgsam hob er seinen Stock und schlug drauf. Auf den Schlag hin ertönte ein überraschend blecherner Klang und eine Stimme brüllte: »Vorsicht, ihr Trottel!«
Resende machte verblüfft einen Satz. Afonso und Mascarenhas brüllten vor Lachen.
»Das ist ein Beobachtungsposten, Mann, als Baum getarnt«, erklärte Mascarenhas. »Er heißt Betty und ist einer von mehreren Blechbäumen, die wir hier haben.«
»Sie nehmen mich auf den Arm …«
»Was haben Sie sonst erwartet?«, rechtfertigte sich Afonso. »Das ist unser üblicher Empfang für Neulinge im Schützengraben, mal ehrlich, war doch eine Pracht, oder?«
»Gehen Sie zum Teufel!«
Die beiden Offiziere lachten.
»Machen Sie sich nichts daraus, alle fallen darauf rein«, bemerkte Mascarenhas. »Als wir zum ersten Mal in die Gräben kamen, haben die Jungs von der ersten Division dasselbe mit uns gemacht. Kommen Sie mit zum Befehlsstand, Ihre Wunden lecken und einen Portwein mit uns trinken.«
Also schleppte sich Hauptmann Resende mit zerzaustem Schnurrbart, die Uniform mit dunklem Matsch verdreckt, die Stiefel voller Erde, mühsam durch den schmutzigen, stinkenden Schützengraben in der Hoffnung auf einen süßen Schluck, der nach Portugal schmeckte.

Der Eingang zum Unterstand der Abteilung war nur ein Loch am Fuß der Brustwehr, mehrere festgenagelte Bretter und Sandsäcke hielten den grauen Schlamm zurück, der durch die Ritzen eindringen wollte. Matias Grande begab sich in die Höhle, die Treppenstufen knarrten bei jedem Schritt. Der Unterstand wurde von Petroleumfunzeln beleuchtet, mehrere sitzende oder liegende Männer waren zu sehen, die zu seiner reduzierten Abteilung gehörten. Manche schliefen, einer rauchte, ein anderer entlauste seine Fellweste, und einer las einen Brief, etwas nicht ganz Gewöhnliches, schließlich traf man selten einen des Lesens Kundigen in dieser Welt von Analphabeten, derben Männern vom Land und aus den Bergen, die damit groß geworden waren, den Acker zu bestellen und Tiere zu hüten, nichts anderes gelernt hatten als das, was das Leben sie gelehrt hatte. Matias legte dem Soldaten, der den Brief las, eine Hand auf die Schulter.

»Daniel«, sagte er.

Der schmächtige Mann mit tiefen Schatten unter den Augen blickte auf. Wie der größere und kräftigere Matias trug auch er einen kurzgeschnittenen Backenbart, mit dem sich die Soldaten aus der Provinz Minho von der restlichen portugiesischen Truppe unterschieden.

»Und?«, begrüßte ihn Daniel.

»Alles klar, ich will sehen, dass ich ein Auge zukriege.«

»Irgendwas Schlimmes passiert?«

»Nein, die üblichen dicken Dinger, sonst nichts.«

»Hast du schon Essen gefasst?«, fragte Daniel.

»Ja, Kaviar«, antwortete Matias, wobei sich sein Blick dem Brief zuwandte. »Nachrichten von der besseren Hälfte?«

»Ja«, antwortete Daniel und wandte sich wieder dem beschriebenen Blatt zu, das er in der Hand hielt.

»Irgendwelche Neuigkeiten aus der Heimat?«

Daniel stammte genau wie Matias aus Palmeira. Sie kannten sich von Kindesbeinen an, hatten für denselben Grundbesitzer auf dem Acker geschuftet und Seite an Seite in der Weinlese gearbeitet. In den Schützengräben waren sie ein Herz und eine Seele. Daniel war sehr fromm, wie es sich für einen Mann vom Minho gehört, sie nannten ihn sogar den Frommen. Lesen hatte er beim Pfarrer gelernt, die einzige Möglichkeit, die Bibel zu verstehen. Matias hingegen, weniger an Mystizismus interessiert, hatte das Lernen nie groß gereizt. Außerdem hatten die Eltern ihn früh gezwungen, auf dem Feld zu arbeiten. Sie wollten keinen füttern müssen, der unproduktiv blieb. Infolgedessen war er Analphabet geblieben.

»Alles in Ordnung, sie beklagt sich nur, dass der Kleine wild ist, als hätte er den Teufel im Leib.«

»Wie ein Boche.«

»Genau.« Daniel nickte lachend.

Eine dicke Ratte rannte, nur eine Handbreit von Matias' Pritsche ent-

fernt, durch den Unterstand und hinterließ eine Matschspur. Der Soldat sah zu, wie sie in einem Loch in der Schlammwand verschwand. »Und sonst?«, fragte er, sah seinen Freund abermals an und hoffte auf weitere Neuigkeiten aus Palmeira.
»Der Hühnerhund von der Assunta hat Junge gekriegt, und Zelito war bockig, weil er keines davon haben darf.«
»Also, mir käme so ein Hund gerade recht«, sagte Matias lachend. »Stell dir vor, der Fritz kommt zu meinem Posten, und da springt ihm ein Hund in die Visage!«
Daniel wurde nachdenklich.
»Wenn ich einen Hund bekäme, dann gäbe es hier ein Grillfest«, erwiderte er. »Für die Chinesen soll das ja ein Leckerbissen sein.«
»Spinnst du?«, sagte Matias und nahm sich eine Decke. »Wenn das die Tommys wüssten, würden sie nicht mehr mit uns sprechen. Die lieben Hunde.«
»Nicht mehr mit uns sprechen?«, entgegnete Daniel. »Wo ich mich schon ärgere, weil ich nichts kapiere, wenn sie was sagen.«
»Ach, Daniel, reg dich ab ...«, sagte Matias, schüttelte die Decke aus, um sie von Flöhen und anderen Parasiten zu befreien, und legte sich dann auf das feuchte Brett.
»Reg du dich selbst ab.«
»Schlafen, das werde ich jetzt, schlafen und von Mädchen träumen«, erklärte Matias, den Kopf schon unter der Decke. »In meinem jetzigen Zustand würde ich sogar die Assunta vernaschen. Sie mitsamt ihrem Hund.«
»Du bist ein Schwein.«
»Halt den Mund, ich will jetzt ein Nickerchen machen und träumen, wie ich mich um die Assunta kümmere.«
Er spürte, wie ihm der Rücken steif wurde und die Feuchtigkeit in seine schmutzige, durchweichte Uniform drang. Er fluchte leise, daran konnte er sich einfach nicht gewöhnen. Er hasste es, in nassen Kleidern zu schlafen und dass ihm die Kälte bis auf die Haut drang und in die Knochen kroch. Er dachte, eines Tages würde er sich noch eine Lungenentzündung holen, das würde sich gar nicht vermeiden lassen, doch dieser Gedanke verlangsamte sich und ging auf einmal in einen Traum über. Er war eingeschlafen.

Der Befehlsstand Grants war feucht, Afonso zog das Feldbett neben die Munitionskiste, damit seine Gäste sich setzen konnten. Er bückte sich nach dem Kasten mit den Getränken und wandte, noch immer gebückt, den Kopf Resende zu.
»Wollen Sie einen Whisky probieren?«
»Einen was?«
»Einen Whisky.«
»Was ist das denn?«
»Eine Art schottischer Weinbrand.«
Resende schüttelte den Kopf.
»Was soll ich mit so einem Gebräu von den Tommys? Geben Sie mir lieber einen ordentlichen Portwein.«
Afonso stellte die Flasche auf den Tisch, sie war dunkel, das Glas schmutzig, das Etikett abgefallen, dann verteilte er drei Gläser und schenkte jeweils einen Fingerbreit Portwein ein. Die drei Offiziere hoben die Gläser.
»Auf unser Wohl!«
Nach dem ersten Schluck rückte sich Resende auf dem Hocker zurecht. »Wie lebt es sich hier so?«, fragte er.
Major Mascarenhas zückte eine weiße Schachtel mit der roten Aufschrift *Embassy* und entnahm ihr eine Zigarette; die Schachtel war Bestandteil der englischen Ration.
»Hier lebt man nicht, Mann«, antwortete er, während er sich die Zigarette anzündete. »Hier überlebt man.«
»Das kann ich mir vorstellen.«
»Nichts können Sie sich vorstellen«, erwiderte der Major. »Aber Sie werden es schnell merken. Unsereins versucht, möglichst nicht aufzufallen, die Boches so wenig wie möglich zu provozieren und möglichst heil davonzukommen.«
»Gab es schon viele Gefechte?«
»Eigentlich nicht«, sagte Mascarenhas, verzog den Mund und stieß eine graue Rauchwolke aus. »Nicht zu vergleichen mit dem, was bei den Tommys passiert. Denen wird richtig zugesetzt.«
Mascarenhas sah Afonso an, woraufhin dieser sich verpflichtet fühlte, seine Worte näher zu erklären.
»Wir haben vor allem Artillerieduelle, müssen im Niemandsland Pa-

trouille gehen, ab und zu schießt ein Heckenschütze, es gibt MG-Salven, kurzum, alles, was das Leben im Schützengraben reizvoll macht«, sagte Afonso. »Die Patrouillen im Niemandsland enden gelegentlich mit einer Schießerei, da haben wir schon ein paar Mann verloren. Aber richtige Gefechte, die man als solche bezeichnen kann, davon haben wir erst vier gehabt. Das erste gleich im Juli, als die Jungs vom Vierundzwanzigsten aus Aveiro, noch taufrisch hier, mit dreißig Mann einen Sturmangriff auf die deutsche Linie unternommen haben, nur ist der dann nicht so ganz gut gelaufen.«
»Warum nicht?«
»Wir hatte noch keine Erfahrung, waren kümmerlich bewaffnet und haben mächtig eins vor den Bug gekriegt«, sagte er. »Außerdem hat mir ein Offizier vom Vierundzwanzigsten erzählt, sie hätten den Eindruck gehabt, dass die Boches schon vorher wussten, dass es einen Sturmangriff geben würde.«
»Wieso das?«, fragte Resende erstaunt.
»Keine Ahnung. Von einem Spion oder einem Deserteur, irgendetwas in der Richtung. Aber auch, weil wir so naiv waren. Ich habe gehört, dass sogar die französische Zivilbevölkerung schon Tage vor dem Angriff darüber geredet hat.«
»Das kann nicht sein!«
»Doch, doch. Sie kennen ja unsere Leute. Alles war neu, ein Abenteuer, und da haben sie überall herumerzählt, was sie machen würden. Mit dem Ergebnis, dass die Sache schiefgegangen ist.«
»Und die anderen Gefechte?«
»Nach dem Fiasko mit dem Vierundzwanzigsten haben wir nichts mehr unternommen, die anderen drei waren deutsche Initiativen«, erklärte Afonso. »Das erste Mal haben die Typen im August angegriffen, drei Wochen nach unserem Angriff. Sie haben Gas abgeworfen und mit mehreren Hundertschaften in Fauquissart angegriffen, sind sogar in unseren Linien herumspaziert, und den ganzen Ärger durchhalten mussten vor allem die Leute vom Fünfunddreißigsten aus Coimbra. Eine Woche später haben die Boches wieder angegriffen, diesmal in Ferme du Bois, aber die Artillerie hat ordentlich draufgefeuert und verhindern können, dass sie bis zu unseren Linien vorrücken.«

»Und der dritte Angriff?«
»Der hat erst vor kurzem stattgefunden«, antwortete Afonso mit einem Seitenblick zu Mascarenhas.
»Vor ungefähr zehn Tagen«, erklärte der Major. »Daran war dann auch die zweite Division beteiligt.«
»An den anderen Gefechten nicht?«
»Oh, Mann, leben Sie auf dem Mond, oder was?«, bemerkte Mascarenhas. »Wir sind erst seit kurzem in den Schützengräben. Seit kurzem, wie es so schön heißt, gestern waren es zwei Monate, aber wir finden das schon zu lange. Wen es hier aber wirklich hart getroffen hat, das sind die von der ersten Division, die stehen seit Mai im Kampf, während wir erst am dreiundzwanzigsten September hier in den Gräben angekommen sind. Und wir haben erst vor zehn Tagen ernsthaft kämpfen müssen, bei ebendiesem Angriff der Boches. Bis dahin hatten wir nur Bombardements und Patrouillen erlebt.«
»Pech für die Boches war, dass sie es bei dem letzten Sturmangriff mit den Jungs aus Braga zu tun bekommen haben«, stellte Afonso stolz fest.
»Ach, also mit Ihnen hier?«, fragte Resende überrascht und setzte sein Glas ab.
»Nein«, antwortete Afonso. »Wir haben hier zwei Bataillone aus Braga, die beide zur Minho-Brigade der zweiten Division gehören.«
»Also zur Minho-Barrikade?«
»Brigade«, wiederholte Afonso mit einer Miene, die zu erkennen gab, dass er Scherze mit dem Namen seiner Brigade nicht zuließ. »Wir haben hier das achte Bataillon, dem ich angehöre, und das neunundzwanzigste. Beteiligt am Gefecht war das neunundzwanzigste.«
»Und was ist passiert?«
»Sie sind am späten Nachmittag auf Ferme du Bois vorgerückt und in unsere Linien eingedrungen, aber die Truppe aus Braga hat sie im Handumdrehen in die Flucht geschlagen.«
»He, Afonso, du erzählst nur die halbe Geschichte«, warf Major Mascarenhas grinsend ein und trat seine englische Zigarette auf dem Boden aus.
»Welche Geschichte?«, fragte Resende nach.
»Ach, nur ein paar Nebensächlichkeiten«, sagte Afonso.

»Gar keine Nebensächlichkeiten«, korrigierte ihn Mascarenhas. »Ein paar Männer haben ihren Posten verlassen und sind getürmt, andere haben sich kampflos gefangennehmen lassen, und der Gipfel war ein Unteroffizier, der hat einen solchen Schiss bekommen, dass er sich auch am nächsten Tag noch nicht getraut hat, an der Frontlinie nachzusehen, was passiert war, und Anweisung zu geben, die beschädigten Gräben zu reparieren.«
»Stimmt, Tatsache aber ist, dass eine Stunde nach Beginn des Angriffs die Boches getürmt sind«, erwiderte Afonso zur Verteidigung des Bataillons aus Braga, obwohl es gar nicht seines war.
»Von wegen getürmt!«, rief der Major. »An unserer Frontlinie herumspaziert, das sind sie, und abgezogen sind sie erst, als es ihnen passte, und noch dazu mit einem Haufen Gefangenen. Man konnte meinen, da trieben Hirten ihre Schafherde vor sich her.«
»Entschuldige, aber es gab sieben Belobigungen und zwei Beförderungen für besondere Leistung im Kampf«, rief Afonso ihm in Erinnerung.
»Ja, ja«, erwiderte Mascarenhas. »Und ein Offizier und drei Soldaten wurden zu Kerkerhaft verurteilt, und ein anderer Offizier erhielt einen Verweis. Wahrscheinlich alles wegen Tapferkeit vor dem Feind.«
Afonso verstummte und trank die letzten Tropfen seines Portweins. Verlegenes Schweigen trat ein, Resende blickte auf die Uhr.
»Es ist schon fünf Uhr«, bemerkte er.
Mascarenhas stand auf, und die beiden Hauptleute erhoben sich ebenfalls.
»Bald ist Appell«, sagte der Major und sah Resende an. »Ich muss Sie noch mit dem üblichen Ablauf hier in den Gräben und mit Ihren Aufgaben vertraut machen.«
»Was habe ich zu tun, Herr Major?«, fragte Resende und fasste sich unbewusst an den Bauch, für dessen Umfang das Leben in den Schützengräben eine ernsthafte Bedrohung darstellte.
»Zunächst einmal werden Sie ab Mitternacht der diensthabende Offizier sein«, erklärte ihm Mascarenhas. »Sie werden zwei Stunden lang Patrouille gehen, ohne sich zwischendurch unterzustellen, unterstützt werden Sie dabei von einem Feldwebel, der ebenfalls Patrouille geht, nur in umgekehrter Richtung. Es gibt zwei allgemeine

Appelle, einen bei Tagesanbruch und einen am Abend. Außerdem obliegt Ihnen, die Berichte über Aktivitäten in Ihrem Abschnitt abzufassen sowie dafür zu sorgen, dass Ihre Gräben jederzeit passierbar sind.«

»Sehr wohl«, sagte der Hauptmann aus Lissabon, und er machte sich innerlich auf sieben Tage Alptraum und Zwangsdiät gefasst.

»Ich bringe Sie jetzt zu Ihrer Unterkunft und stelle Ihnen Ihre Leute vor.«

»Unterkunft?«

»Eigentlich eher ein Loch«, korrigierte sich der Major. Er trat aus der Tür, verließ Afonsos Befehlsstand und winkte seinem Freund zum Abschied zu. »Bis bald.«

Die beiden Offiziere des dreizehnten Infanteriebataillons gingen den Schützengraben in Richtung Ferme du Bois hinunter, und Afonso wandte sich wieder seinem Drei-Uhr-Nachmittagsbericht zu. Die Abfassung war wegen des Neulingsempfangs unterbrochen worden, weshalb der Bericht nun mit großer Verspätung auf den Weg gebracht werden würde. Außerdem durfte er nicht vergessen, das Rundschreiben 22.753 zu lesen. Afonso blickte auf die Tischuhr und sah, dass die Zeiger auf Punkt fünf Uhr nachmittags standen.

IV

Die Artilleristen hatten Befehl, um fünf Uhr nachmittags drei Salven abzufeuern. Pünktlich zur vorgesehenen Zeit ergriffen die Männer eine Zweihundertneunzig-Pfund-Granate und luden die Haubitze. Der Zugführer stellte mit Hilfe des Feldstechers den Rohrwinkel auf dreiundvierzig Grad, und als er damit zufrieden war, trat er zurück.

»Achtung!«

Die Männer hielten sich die Ohren zu.

»Feuer!«

Die Haubitze machte einen heftigen Satz rückwärts und spuckte eine Feuerzunge aus dem getarnten Rohr. Es gab einen ohrenbetäubenden Knall, und die Granate jagte in Richtung feindlicher Linien. Das Geschoss entfernte sich mit unheilvollem Pfeifen, dann schwächte sich der Pfeifton ab und erstarb schließlich ganz, sekundenlang herrschte Stille, auf der anderen Seite erhob sich lautlos eine Wolke, die Stille hielt an, endlich war der ferne Knall der Detonation zu hören. Der Wind trug die Bestätigung heran, dass die Granate wie geplant explodiert war. Das Ganze wurde zweimal wiederholt, dann zogen sich die Artilleristen in den Unterstand zurück, denn sie wollten ungern neben dem Geschütz stehen, wenn die Antwort eintraf.

Sie brauchten nicht lange zu warten. Wenige Minuten später hagelte es Granaten auf die portugiesischen Linien. Die Wachposten rannten los, um sich vor dem Beschuss durch die deutschen Mörser zu schützen, und selbst die getarnten Beobachter duckten sich in ihren Löchern.

Die Detonationen rissen Matias Grande und die anderen Männer des achten Infanteriebataillons aus dem Schlaf. Der Erdboden bebte, Schlamm spritzte auf sie. Der baumlange Matias richtete sich auf seiner Pritsche auf, eine Ratte nagte an seiner Decke, er schüttelte sie ab und setzte sich neben den zitternden Daniel. Im Unterstand war es kalt und feucht, aber Daniel zitterte vor Aufregung und Angst. Matias spürte ebenfalls, dass ihm die Hände zitterten. Er hängte sich die Decke über die Schultern, so dass sie auch seine Arme bedeckte. Eine Granate explodierte in der Nähe, das Krachen der Detonation hallte wie ein Trommelschlag nach. Zum Zittern der Hände gesellte sich kalter Schweiß. Das Dutzend Männer, das sich im Unterstand drängte, litt stumm, Schweißtropfen auf der Stirn. Alle saßen da, blickten einander an oder starrten in die Unendlichkeit oder auf die schlammverdreckten Wände des Unterstands. Daniel hielt als Einziger die Lider geschlossen, seine Lippen murmelten ein Gebet und wiederholten es, sobald es zu Ende war, womit er seinem Spitznamen »der Fromme« alle Ehre machte.

»GegrüßetseistDuMariaDubistvollderGnadederHerristmitdir …«

Während er seinen Freund zwischen dem Pfeifen und dem Einschlag der Artilleriegeschosse sein Gebet flüstern hörte, dachte Matias mit bitterem Lächeln daran zurück, wie enttäuscht er gewesen war, als er zwei Monate zuvor im September 1917 zum ersten Mal in die Schützengräben gekommen war. Er hatte sich den Krieg als ein großes Abenteuer voller Aktion und Aufregung vorgestellt und war überrascht gewesen, wie viel Routinearbeit es gab und wie viel Langeweile im Leben in den Schützengräben. Der Tag war zum großen Teil mit unterschiedlichsten Arbeiten ausgefüllt. Die Männer schleppten Munition und Proviant, füllten Sandsäcke, reparierten Absperrungen und Stacheldrahtgitter, gruben Löcher, legten Dränagen, nagelten Bretter an die Brustwehren, verstärkten Wände, machten sauber, und das alles immer mit knurrendem Magen und vor Kälte zitternd. Sie waren so erschöpft, dass Matias allmählich zu der Ansicht kam, er leiste die Arbeit eines Knechts zu den Bedingungen eines Sklaven und lebe wie ein Höhlenmensch.

Als die ersten schweren Bombardierungen stattfanden, freuten sich alle. Die Portugiesen führten sich auf wie Lausbuben mit ihrer irrsinnigen Begeisterung über das phantastische Schauspiel, das die Nacht taghell erstrahlen ließ. Damals hatte alles den Duft des Neuen, alles versprach Abwechslung.

Niemand hatte wirklich Angst, manche wagten sich sogar aus dem Unterstand hinaus und sahen sich die Sache aus der Nähe an, alles wirkte aufregend, spannend, reizvoll, das Adrenalin schoss ins Blut, der Krieg war ein faszinierendes Spiel aus Lichtern, Farben, Tönen und starken Gefühlen. Sie kamen sich merkwürdigerweise unverletzlich vor, wie Touristen auf einer harmlosen Spazierfahrt, Akteure eines aufregenden Abenteuers. Damals dachte Matias, die Granaten gälten nicht ihm, die Kugeln würden immer an ihm vorbeifliegen, und er wunderte sich, dass die Tommys fassungslos über die kindliche Freude der Portugiesen den Kopf schüttelten. Doch als seine ersten Kameraden fielen, als er Fleischfetzen auf der Erde liegen und ringsum verstümmelte Gliedmaßen sah, da wurde alles anders. Der Tod war nichts Abstraktes mehr. Was anfangs scheinbar nur eine unwirkliche Phantasievorstellung gewesen war, wurde nun zu einer tödlichen Gefahr, aus dem Spaß wurde ein Alptraum. Dann kam das Zittern, der Schweiß, der Schrecken, die Ohnmacht. Matias wurde nach und nach klar, dass der Krieg zu achtzig Prozent aus Langeweile und Routine bestand, zu neunzehn Prozent aus eisiger Kälte und zu einem Prozent aus purem Schrecken, dem gleichen Schrecken, der ihn nun lähmte, ihn und seine Kameraden. Von dort weglaufen stand außer Frage, selbst wenn die militärischen Vorschriften es gestattet hätten. Zwar waren die Unterstände äußerst beengt, doch boten sie immerhin einen gewissen Schutz. Draußen, in dem Stahlgewitter, würde er vermutlich nicht lange überleben.

»Die verdammten Stubenhengste, die sollten jetzt mal hier sein«, knurrte Vicente Manápulas. Er hatte vor einer Stunde seinen Wachdienst beendet und bemühte sich nun, sich von dem schweren Beschuss da draußen abzulenken.

Vicente war der Unzufriedenste in der Gruppe. Er ließ sich keine Gelegenheit entgehen, seiner Empörung gegen die Offiziere Luft zu machen, tatsächlich aber sprach er nur laut aus, was die anderen dachten. Der Groll der einfachen Soldaten über die Offiziere und die zahllosen ausschließlich mit Schreibtischarbeit befassten Militärs saß tief und war immer wieder Gegenstand ihrer Gespräche. Die Soldaten bildeten eine geschlossene Gemeinschaft, zusammengeschweißt durch das extreme Elend. Sie waren sich dessen bewusst, dass sie Kanonenfut-

ter waren, und fühlten sich von Portugal vergessen und von den Vorgesetzten mit Füßen getreten.
»Da müssen wir durch«, bemerkte Matias lakonisch und biss die Zähne zusammen, um die Angst zu verdrängen.
»Wir hier im Dreck, und die führen ein feines Leben in ihren Hauptquartieren mit Kamin und Betten, haben ihren Spaß mit den Demoiselles, schlagen sich in der Messe die Wampe voll mit ihren Rindfleischrationen, kippen den Roten, der ihnen in Kristallgläsern serviert wird, und schlafen in frischgewaschenen, duftenden Betttüchern«, zählte Vicente mit verächtlicher Miene auf.
Ein anderer Portugiese näherte sich, er kroch fast über den schlammverschmutzten Boden des Unterstands. Es war Baltazar, ein Mann aus der Serra do Gerês, der eigentlich dick war, nun aber mit seiner faltigen Haut und dem vorzeitig an den Schläfen ergrauten Haar gealtert aussah, weshalb er sogar Der Alte genannt wurde. Er hatte so etwas wie eine Kommunion der Angst verspürt und sich zu den Männern gesellt, die wie er litten, und nun bemühte er sich, die Unterhaltung mit ein paar Bemerkungen über die Demoiselles zu würzen, ein wirksames Mittel, um von den Granaten abzulenken.
»Neulich in St. Venant habe ich doch tatsächlich gesehen, wie eine aus dem Hauptquartier herauskam«, sagte Baltazar. »Ein Klasseweib!«
Die anderen stellten sie sich in Gedanken vor. Jegliche Nachricht über eine Frau machte Eindruck.
»Wirklich gut?«, fragte Matias, denn er wusste, dass Baltazar mit dem Wort »Klasse« nicht geizte. Es war sein Lieblingsausdruck, seit er ihn aus dem Mund eines Offiziers gehört hatte.
»Du weißt, dass ich nicht wählerisch bin«, antwortete Baltazar schulterzuckend. »Zu Hause in meinem Dorf Pitões das Júnias hab ich es schon mit Frauenzimmern getrieben, die längst nicht so gut waren, mit Damenbart und so, was glaubt ihr denn?«
»Ja, aber wie sah sie denn nun aus?«
»Eine Französin oder Flämin, rötlich, groß und üppige Formen«, sagte er mit glänzenden Augen.
»Ein Mannweib?«, fragte Matias.
»Ja«, antwortete Vicente, »aber wie sie sich bewegte, das hatte Klasse …«

Eine Reihe heftiger Detonationen in der Nähe ließ sie verstummen und den Blick auf den Eingang des Unterstands richten. Wieder zitterte die Erde, und von der Decke fiel abermals Schlamm herunter.
»Verdammt!«, fluchte Vicente Manápulas. »Die hören heute ja gar nicht auf.«
Neuerliche Stille im Unterstand, nur von draußen gestört durch Detonationen und Erschütterungen. Selbst Daniel unterbrach für kurze Zeit sein Beten und schaute ängstlich zum Eingang.
»Hoffentlich hält dieser Mist«, sagte Baltazar inbrünstig mit prüfendem Blick auf die nassen Lehmwände.
»Wir werden alle in diesem Scheißkrieg umkommen!«, brüllte Vicente, den in dem engen Unterstand die Klaustrophobie gepackt hatte. »Ich hab da so eine böse Ahnung …«
»Das heizt sich ja richtig auf«, bemerkte Matias ruhig. Der große Kerl aus Palmeira besaß die Fähigkeit, seine Angst hinter einer Maske der Unerschütterlichkeit zu verbergen, lediglich seine zitternden Hände verrieten ihn. Matias legte Wert auf gute Stimmung in der Gruppe und bemühte sich, die Kameraden zu beruhigen, vor allem Vicente, der besonders abergläubisch war und allen mit seinen negativen Prophezeiungen auf die Nerven ging. »Aber das wird schon nichts sein.«
Durch die Erschütterungen lösten sich neue Lehmbrocken von der Decke. Die Männer verstummten, blickten erschrocken nach oben, musterten kritisch die Bretter, die die Wände des Unterstands stützten.
»Ich krieg richtig Muffensausen!«, murmelte Baltazar.
»… und gebenedeit ist die Frucht deines Leibes Jesus. Heilige Maria, Mutter Gottes, bitte für uns Sünder, jetzt …«, betete Daniel noch immer mit fromm geschlossenen Augen.
Aber die Wände hielten, und wenige Minuten später nahmen die Soldaten ihre Unterhaltung wieder auf.
»Die Offiziere, die möcht' ich hier sehen«, knurrte Vicente. »Wenn's brenzlig wird, hauen sie alle ab.«
»Die sind schlau«, bemerkte Baltazar. »Verkriechen sich in ihrem Unterstand mit Betonwänden und lassen uns hier verrecken.«
Anfangs, als die Bombardierungen sie ernsthaft in Angst und Schrecken versetzten, waren sie in solchen Situationen verstummt und zu

keiner Bewegung mehr fähig, hatten nur hilflos, still und tief beunruhigt im Unterstand gekauert. Inzwischen hatten sie jedoch gelernt, sich zu unterhalten, sie zwangen sich dazu, an andere Dinge zu denken und sich von dem Feuersturm abzulenken, der draußen über den Schützengräben tobte. Sie hatten sogar versucht, Karten zu spielen, aber das war dann doch zu viel verlangt, denn sie konnten sich nicht konzentrieren und hatten es schnell wieder aufgegeben. Ihre Gedanken konnten sich nicht lösen von dem Todesschatten, der in diesen Momenten des Stahlgewitters über ihnen hing. Eine abgehackte Unterhaltung, atemlos ausgespuckte Sätze und Wörter, als könnten sie sich daran verbrennen. Alles andere wäre über ihre Kräfte gegangen.
»Der Alte hat uns vor zwei Monaten Urlaub versprochen, damit wir nach Portugal fahren können, aber gekriegt hab ich noch keinen, dabei hab ich längst ein Recht darauf«, beschwerte sich Vicente. »Verdammtes Pack.«
»Aber wie sollen wir denn da hinkommen, wenn wir nicht mit dem Zug fahren dürfen?«, fragte Baltazar.
»Ist ja wirklich komisch«, rief Vicente. »Die geben uns Urlaub, lassen uns aber nicht mit dem Zug fahren. Was soll denn unsereins hier mit dem verdammten Urlaub anfangen? Denkt sich der Alte, dass wir ihn bei den Boches verbringen?«
Der Alte, von dem er sprach, war nicht Baltazar, sondern der Kommandant des Portugiesischen Expeditionskorps, General Tamagnini Abreu, der zwei Monate zuvor, im September 1917, bestimmt hatte, dass jeder, der sich seit fünf Monaten im Feld befand, Anspruch auf vierzehn Tage Urlaub hatte. Bei der Gelegenheit hatte er den ersten Soldaten gestattet, in Urlaub nach Portugal zu fahren. Im Oktober hatte das Kriegsministerium den Urlaub auf zwanzig Tage erhöht und genehmigt, dass die Soldaten im Zug durch Spanien fuhren, weil es für die Strecke keine Schiffsverbindung gab, kurz darauf jedoch die Genehmigung widerrufen. Da es kein anderes Transportmittel gab, kam das Verbot, mit dem Zug zu fahren, in der Praxis dem Verbot gleich, den Urlaub in Portugal zu verbringen. General Tamagnini stellte außerdem fest, dass von sämtlichen Soldaten, denen er gestattet hatte, zu einem zweiwöchigen Urlaub nach Portugal zu fahren, kein Einziger zurückgekehrt war. Nun, im November, war der Urlaub

auf einen Monat erhöht worden, da es jedoch keine Schiffe gab und der General vermutete, dass jeder zum Urlaub nach Portugal gefahrene Soldat ein verlorener Soldat war, saßen die Männer fest. Die Voraussetzungen für einen Aufruhr waren alle vorhanden. In den Schützengräben breitete sich große Unzufriedenheit aus, ein vorläufig noch stummer Aufruhr derer, die auf dem Papier Anspruch auf Urlaub hatten, jedoch keine reale Möglichkeit, diesen Anspruch in die Tat umzusetzen.

In der Nähe des Unterstands erfolgte eine weitere Serie von Detonationen. Die Granaten flogen so dicht vorbei, dass sogar ihr Pfeifen zu hören war, bei den einen kürzer, bei anderen länger. Alle verstummten, abermals wurde es still.

Aber es hielt nicht lange an.

»Die Schweine hören nicht auf«, stellte Vicente in der ersten Pause zwischen den Explosionen fest. »Das geht schon eine halbe Stunde, aber die Schweine hören nicht auf.«

Abel schwitzte mächtig auf seinem Wachposten an der Frontlinie, unweit von Punn House bei Neuve Chapelle, und das trotz der seit Wochen herrschenden eisigen Kälte. Er hatte seinen Dienst um fünf Uhr nachmittags angetreten, just als die Bombardierung begonnen hatte, und sehnte das Ende seiner Schicht herbei, damit er sich in den Unterstand flüchten konnte. Die Luft hier draußen war ihm zu ungesund.

Die Ratten rannten kopflos durch die Schützengräben, immer auf der Flucht von dort, wo die Granaten gerade einschlugen. Die Deutschen hatten die portugiesischen Stellungen unter Beschuss genommen, und Abel, von seinen Freunden Lingrinhas genannt, war es nach der Dienstvorschrift verboten, irgendwo Zuflucht zu suchen. Abel war ein hagerer Bauer aus Gondizalves, dessen von der Feldarbeit schwielige Hände nun statt der groben Hacke das glatte Lee-Enfield hielten. Er wusste, dass er seinen Wachposten nicht verlassen durfte, und hatte keine Möglichkeit, irgendwo Schutz zu suchen. In Ermangelung einer besseren Lösung drückte er sich an die Basis des Schützengrabens, dicht an die Vorderwand, lag da im Schlamm, schützte sich auf diese Weise vor den Metall- und Steinsplittern, die überall umherflogen, und blieb fast seinen ganzen einstündigen Wachdienst über dort liegen.

Ein Schützengraben ist schon per se kein angenehmer Aufenthaltsort. Doch dort, im Lys-Abschnitt, war es wegen der Beschaffenheit des Geländes extrem ungemütlich. Die Stellungen, in denen sich Portugiesen befanden, bestanden aus niedrigen, tonhaltigen Erdschichten. Wenn man nur fünfzig Zentimeter tief grub, stieß man bereits auf Wasser. Bei Regen oder Tauwetter liefen die Abflussgräben über, so dass alles überschwemmt wurde. Dies bedeutete in der Praxis, dass die portugiesischen Linien nicht sehr tief gegraben werden konnten, weil sie sonst zu wahren Schwimmbecken geworden wären. Deshalb betrug die Grabentiefe nie mehr als sechzig Zentimeter, die Brustwehrwände bestanden aus Sandsäcken oder aufgehäufter Erde, eine nicht sehr sichere Lösung, doch unter den gegebenen Umständen die einzig praktikable. Trotzdem stand den Soldaten in fast allen portugiesischen Schützengräben bei Regen oder Tauwetter der Schlamm bis zu den Knien, und es war kein gewöhnlicher Schlamm. Er klebte am Körper wie Kleister, und nicht selten verloren die Soldaten ihre Stiefel darin. Abel war einmal mit den Füßen in dem dunklen Schlamm stecken geblieben und hatte vergeblich versucht, die Beine herauszuziehen. Dazu nahm er die Hände zu Hilfe, doch auch sie blieben im Schlamm stecken. Eine halbe Stunde lang stand er in dieser lächerlichen Haltung, Hände und Füße im Schlamm gefangen, und konnte sich erst befreien, als ein Kamerad den Schlamm wegschaufelte.

Als es schon fast sechs Uhr war und bald Zeit für die Wachablösung, erschien der Feldwebel Rosa auf seinem Kontrollgang in der Frontlinie und hockte sich neben Abel.

»Man darf hier nicht zwischen dem vielen Blech rumlaufen, das ist nicht gut für die Gesundheit«, sagte er und schnappte dabei nach Luft. »Na, Lingrinhas, hast du über die Brüstung geguckt?«

»Ja, Herr Feldwebel«, log Abel.

»Und du hast keine Bewegung auf der Avenida Afonso Costa bemerkt?«

Das war der Spitzname für das Niemandsland.

»Nein, da ist nichts.«

Zu den Pflichten der Wachposten gehörte es, über die Brüstung auf das Niemandsland zu schauen, um zu prüfen, ob der Feind vorrückte. Da sich der Beschuss hinzog und ungewöhnlich intensiv war, galt es, noch wachsamer zu sein, denn normalerweise hatte solch ein Artilleriefeuer den Zweck, das Gelände zu bereinigen und einen Sturmangriff der Infanterie vorzubereiten. Aber Abel Lingrinhas war viel zu verängstigt und wagte nicht, sich aufzurichten und das Feindesgebiet zu beobachten.

»Wenn der fromme Daniel dich gleich ablösen kommt, bleibst du trotzdem hier«, befahl ihm der Feldwebel. »Nach Lage der Dinge scheint es mir besser, wenn zwei Mann Wache gehen.«

Das war keine gute Nachricht, doch Abel versuchte, seine Enttäuschung zu verbergen. Er wünschte sich sehnlichst, im Unterstand Zuflucht suchen zu können, wo sich all die anderen befanden, aber die – unter den gegebenen Umständen durchaus verständliche – Verlängerung seines Wachdienstes bedeutete, dass er weiterhin wehrlos dem Beschuss ausgesetzt sein würde. Er konnte sich einzig dadurch schützen, dass er genau auf die Geräusche der verschiedenen Projektile achtete. Inzwischen hatte Abel, so wie die in den Schützengräben eingesetzten Soldaten, so viel Erfahrung gesammelt, dass er die deutschen Geschosse, noch bevor sie explodierten, an ihrem Geräusch erkannte und daraus sogar schließen konnte, in welcher Richtung und welcher Entfernung sie einschlagen würden. Für den Fall, dass das Pfeifen des Geschosses verriet, dass es auf ihn fallen würde, hatte er den Plan, sich in eine der Ausbuchtungen der im Zickzack verlaufenden Frontlinie zu werfen. Ein schwacher Schutz, doch der einzige, den es dort unter freiem Himmel auf seinem Posten gab.

Zum Entsetzen der beiden unweit von Punn House kauernden Männer drang das Pfeifen eines Geschosses an ihr Ohr. Sie kauerten sich an den Boden, hielten sich schützend die Hände über den Kopf, dann erschütterte eine Explosion die Luft, Schlamm und Steine wurden hochgeschleudert, ein warmer Luftschwall und ein Hagel von kleinen Geschossen ging auf sie nieder. Halb betäubt hob Abel den Kopf und stellte fest, dass die Bombe gleich nebenan im Kommunikationsgraben eingeschlagen und ein Teil der Wand eingerissen war. Der Feldwebel Rosa blickte ebenfalls auf und sah die Rauchwolke, die in fünf

Meter Entfernung aufstieg. Er drehte sich zu Abel um und stellte fest, dass dieser an der rechten Schulter blutete.

»Lingrinhas, du bist verwundet«, sagte er und untersuchte Abels Schulter.

Abel drehte den Kopf und sah seine zerfetzte Haut.

»Verdammt.«

»Tut es weh?«, fragte der Feldwebel und suchte schon im Erste-Hilfe-Kasten nach Verbandszeug.

»Nein«, murmelte Abel, den Kopf schüttelnd. »Aber vielleicht sollte ich zur Sanitätswache gehen.«

»Rede keinen Blödsinn«, versetzte Feldwebel Rosa. »Wenn, dann erst nach der Bombardierung. Das sind nur Kratzer von Steinsplittern, nichts Ernstes. Da kommt ein Verband drauf und fertig.«

Der Duft von gebratenen Äpfeln ließ sie jählings verstummen. Sie blickten auf und sahen eine gelbliche Wolke nahen, es sah aus, als hinge Dampf in der Luft und würde von dem leichten Wind, der von den feindlichen Linien wehte, sanft zu ihnen getrieben.

»Gas!«, rief der Feldwebel.

Sie griffen nach den Gasmasken, die ihnen vor der Brust baumelten, und setzen sie schnell auf. Die Zähne bissen auf das Rohrmundstück, die Metallklemme drückte ihnen die Nase zu, um zu verhindern, dass sie durch die Nase atmeten, die Gummibänder pressten die Textilmaske ans Gesicht. Das war sehr unbequem, aber es gab keine Alternative. Nachdem er sich wieder den Helm aufgesetzt hatte, sprang Rosa mit einem Satz zur Gasalarmklingel und machte die Truppe darauf aufmerksam, dass alle ihre Gasmasken, auch »Beatmungsgerät« genannt, aufsetzen mussten. Da er wusste, dass das Gas eventuell ein baldiges Vorrücken der feindlichen Infanterie ankündigte, bedeutete Rosa dem Wachposten, er solle das Niemandsland beobachten und auf jede Bewegung der deutschen Soldaten achten, dann rannte er die Linie entlang, sprang über die eingestürzten Teile des Kommunikationsgrabens, erreichte die Linie B, steckte den Kopf in einen Unterstand, nahm kurz die Gasmaske ab und brüllte hinein: »Was macht ihr hier drinnen?«

Die Männer sahen ihn im Dämmerlicht des dunklen Unterstands hilflos an. Sie wussten, dass sie Befehl hatten, bei Bombardierung den

Unterstand zu verlassen, wenn er nicht betoniert war, denn es bestand die hohe Wahrscheinlichkeit, dass die Eingangslöcher zugeschüttet wurden, aber die Angst davor, den Beschuss mit Bomben und Granaten unter freiem Himmel ertragen zu müssen, war stärker gewesen.

Der Feldwebel wurde ungeduldig.

»Alle Mann in die Frontlinie, in Gefechtsstellung«, brüllte er. »Sofort!«

Ohne weiter abzuwarten, lief er zum nächsten Unterstand und gab den Männern, die sich darin befanden, denselben Befehl. Unterdessen kamen die Männer aus dem ersten Unterstand, die zu Matias Grandes Abteilung gehörten, aus der Öffnung heraus. Der Feldwebel lief zu ihnen zurück und wies auf die Frontlinie.

»In der Linie bei Punn House verteilen«, befahl er.

»Jawohl, Herr Feldwebel«, antwortete Matias und setzte sich die Gasmaske auf, die er gleich geholt hatte, nachdem der Alarm ertönt war. Dann lief er den Kommunikationsgraben entlang, innerlich zufrieden, weil er sich bewegte. Nichts machte ihm mehr Angst, als in einem Loch sitzend zu hören, wie die Bomben einschlugen und die Erde bebte. In solchen Momenten empfand er eine beklemmende Ohnmacht und Klaustrophobie. Er stellte sich vor, die Erde über ihm würde einstürzen und ihn unter sich begraben. Doch als er nun mit dem Gewehr in der Hand im Freien durch den Schützengraben lief, hatte er das Gefühl, Herr über sein Schicksal zu sein, die reine Illusion, richtig, aber der Einsatz beschäftigte sein Denken und drängte die Angst in einen hinteren Winkel des Bewusstseins. Daniel, Baltazar, Vicente und drei weitere Männer folgten ihm auf den Fersen, nur der Feldwebel lief in entgegengesetzter Richtung zu dem zweiten Unterstand, aus dem nun die Soldaten der zweiten Abteilung herauskletterten.

»Zur MG-Stellung!« Mit diesen Worten schickte Rosa sie zum Vickers in der Linie B.

Anschließend bog der Feldwebel, inzwischen keuchend, in den Kommunikationsgraben ein. Das Bombardement der Deutschen hatte spürbar nachgelassen. Dies war der heikelste Moment, dachte er, jetzt musste das Niemandsland besonders gut beobachtet werden. Er sorgte sich, dass die Zeit knapp wurde. Schließlich erreichte er die Frontlinie und traf auf zwei Männer, die an der Brüstung lehnten, die Waffen mit aufgesetzten Bajonetten im Anschlag.

»Irgendetwas Neues?«, erkundigte er sich und nahm für die Frage wieder kurz die Gasmaske ab.

Die Männer schüttelten den Kopf, nichts hatte sich ereignet. Alle trugen Gasmasken, weshalb sich nicht so leicht erkennen ließ, wer wer war. Vicente Manápulas war an seiner kurzen, untersetzten Gestalt zu erkennen, während Matias Grande der Größte und Kräftigste war und Daniel, dessen Finger ständig das kleine, an einer Halskette hängende Kruzifix liebkosten, der Schmächtigste. Und der klapperdürre Kerl mit der zerfetzten rechten Schulter konnte nur Abel Lingrinhas sein. Er saß auf der Erde, neben ihm hockte ein Kamerad und legte ihm einen Verband an, wozu der Feldwebel wegen das Gasangriffs nicht mehr gekommen war.

»Alle Mann den Feind beobachten«, befahl der Feldwebel.

In diesem Augenblick erschien ein Offizier in der Linie. Es war Oberleutnant Cardoso, im Schichtdienst in der Frontlinie, die Gasmaske in der Hand.

»Feldwebel«, rief er. »Alles in Ordnung?«

»Jawohl, Herr Oberleutnant«, bestätigte Feldwebel Rosa, nachdem er abermals die Gasmaske abgenommen hatte.

»Alles auf dem Posten?«

»Jawohl, Herr Oberleutnant«, antwortete er wieder. »Ich habe die Männer aus dem Unterstand geholt und einen Teil ans Vickers da hinten beordert. Aber vielleicht sollte man noch mehr Leute hierherschicken, nachdem der Beschuss jetzt nachgelassen hat. Man weiß ja nie, was der Feind vorhat.«

»Dann gehen Sie, ich bleibe hier«, befahl der Oberleutnant.

Der Feldwebel setzte sich die Gasmaske wieder auf und ging durch den halb zerstörten Kommunikationsgraben zurück zur zweiten Linie, um weitere Soldaten aus den Unterständen zu holen.

In der Frontlinie setzte Cardoso seine Gasmaske auf und verteilte die Männer im Schützengraben. Matias richtete sich an der zum Kommunikationsgraben von Punn House nächsten Ecke ein und beobachtete, was sich im Niemandsland tat. Vor der Front stand dichter Rauch,

infolge der zahlreichen Granaten, die dort niedergegangen waren, vor allem am Stacheldraht der portugiesischen Linien. An manchen Stellen war der Stacheldraht regelrecht zerfetzt, und die Geschosse der letzten halben Stunde hatten Krater in den Erdboden gerissen.
Die Gläser von Matias' Gasmaske beschlugen. Er hielt die Gasmaske an den Kanten fest und putzte die Gläser von außen, ohne sie abzunehmen. Durch den Mund zu atmen war anstrengend, aber da half nichts. Plötzlich sah er, wie zur Linken eine Gestalt aus dem Rauch auftauchte, eine zweite war neben ihr zu erahnen. Matias erkannte die unverwechselbaren Umrisse der Pickelhaube. Sein Mund ließ das Atemventil los.
»Boches!«, rief er flüsternd, von der Gasmaske gedämpft, und wies in die Richtung, wo er den Feind ausgemacht hatte.
Es waren die ersten Deutschen, die er in voller Größe und in einer Kampfsituation zu sehen bekam, nicht als Gefangene oder flüchtende Gestalten, die irgendwo an den feindlichen Linien entlangschlichen. Er wunderte sich über den typisch deutschen Helm aus hartem Leder, denn die Pickelhaube war im Jahr zuvor durch den moderneren Stahlhelm ersetzt worden. Offenbar war diese Einheit noch nicht mit dem neuen Helm ausgerüstet, aber egal, es waren Deutsche, und das reichte. Die Männer richteten ihre Lee-Enfields auf das Niemandsland, das Herz klopfte ihnen bis zum Hals. Oberleutnant Cardoso winkte den frommen Daniel zu sich heran, wies auf eine an der Brustwehr lehnende Leuchtrakete und gab ihm ein Zeichen, sie abzufeuern. Dann zog er den Revolver und zeigte auf die Gestalten.
»Feuer!«, befahl er, und auch seine Stimme klang durch den Stoff der Gasmaske verzerrt.
Matias hatte das Gefühl, das Gewehr würde ihm vom Rückstoß aus den Armen springen, die Detonationen seiner Waffe und der seiner Kameraden hallten ihm dröhnend in den Ohren nach und rissen an seinen Nerven. Die Gestalten hatten sich zu Boden geworfen, ein feindliches Maschinengewehr hatte das Feuer auf den Posten Punn House eröffnet, so dass ringsum der Schlamm hochspritzte. Die Portugiesen duckten sich hinter der Brustwehr, weil sie schnell nachladen mussten. Die Gewehre hatten ein Repetiersystem, und deshalb mussten sie sie manuell nachladen. Begleitet von einer anarchischen

Symphonie aus metallischem Klick und Klack, knickte Matias, genau wie seine Kameraden, schnell den Kolben seines Lee-Enfield ab, ließ die nächste Kugel von der Zubringerfeder in den Lauf schieben und schloss den Kolben, dann warteten sie alle ab, bis die Kugeln der nächsten Salve aus dem feindlichen Maschinengewehr vorbeigeflogen waren, richteten sich auf, feuerten noch einmal ungefähr in die Richtung, wo sich die Deutschen befanden, und duckten sich wieder, um die Gewehre nachzuladen. Es war kalt, aber alle waren schweißgebadet.

Oberleutnant Cardoso, der eine halbautomatische Pistole in der Hand hielt, brauchte an Nachladen nicht zu denken. Er war damit beschäftigt, die Bewegungen des Feindes zu beobachten, und sehnte sich danach, die beengende Gasmaske abnehmen zu können. Aufmerksam schaute er sich um und kam zu dem Schluss, dass die giftige Wolke weitergezogen war. Er hob die Gasmaske an, atmete ängstlich ein wenig ein, nichts passierte, die Luft war tatsächlich rein, stellte er fest und nahm die Maske endgültig ab. Erleichtert, weil sie das unbequeme Atemgerät loswurden, taten die Männer es ihm nach und spürten, wie der Schweiß auf der Haut beim Kontakt mit der frischen Luft eiskalt wurde.

»Nehmt euch vor der Nähmaschine rechts in acht!«, warnte der Oberleutnant unnötigerweise vor dem feindlichen Maschinengewehr.

Inzwischen war es Daniel gelungen, die Zündschnur der Rakete anzuzünden, woraufhin diese in die Höhe schoss, so wie die Raketen an Markttagen in Palmeira, und mit einem leuchtenden, harmlosen »ploff« über der Linie detonierte.

Hauptmann Afonso Brandão, der die Linien von seinem Posten aus beobachtete, war inzwischen wegen der ungewöhnlichen Intensität des Bombardements klar geworden, dass es sich nicht um einen normalen Beschuss handelte und auch nicht um bloße Vergeltung für die drei Salven vom Nachmittag. Doch als die Leuchtrakete am Himmel platzte und blitzartig einen roten Lichtschein über den Abschnitt bei Punn House warf, begriff er endgültig, dass die feindliche Infanterie auf dem Vormarsch war. Die Leuchtrakete bedeutete SOS.

Wieder eröffnete die deutsche Artillerie das Feuer auf die portugiesische Nachhut, und die Kanonen des Expeditionskorps antworteten mit einem Kugelhagel auf die feindlichen Schützengräben. Abermals erhellte roter Lichtschein den Himmel zur Rechten, mehrmals über Ferme du Bois, wieder ein SOS. Afonso lief zum Fernmeldeposten, seine Ordonnanz Joaquim ihm auf den Fersen. Als sie dort eintrafen, bückte sich der Hauptmann, um die niedrige Tür zu passieren, und fand den Verbindungsoffizier der Artillerie auf dem Brieftaubenkäfig sitzend vor, die Telefone standen auf einer Kiste.

»Seid ihr blind?«, schrie der Hauptmann. »Die Kanonen schießen in die falsche Richtung.«

Der Verbindungsoffizier, ein Oberleutnant, sah ihn verständnislos an.

»Herr Hauptmann …«, stammelte er.

»Ich sage Ihnen, dass die Ausrichtung der Artillerie korrigiert werden muss«, antwortete der Hauptmann ungeduldig und nervös. »Geben Sie mir ein Telefon.«

»Hier, Herr Hauptmann«, der Oberleutnant reichte ihm den Hörer eines der Apparate.

Afonso griff nach dem Telefon, und es gelang ihm, eine Verbindung zum anderen Ende herzustellen.

»Hier spricht Hauptmann Afonso Brandão vom achten Infanteriebataillon«, sagte er. »Würden Sie bitte von den feindlichen Gräben absehen und auf der Stelle das Niemandsland unter Beschuss nehmen, und zwar vor den Linien bei Punn House, Church und Chapelle Hill, die haben gerade SOS signalisiert.«

Die Artillerie hatte die Koordinaten im Voraus registriert. Afonso legte unverzüglich auf und erkundigte sich beim Telegrafisten, ob es weitere Informationen gab.

»Also?«

»Die Kompanien in der Linie haben telegrafisch bestätigt, dass sie feindliche Truppen gesichtet haben und dass in den Gräben Giftgaswolken hängen«, sagte der Telegrafist. »Und die Brigade möchte über den Stand der Dinge informiert werden.«

»Telegrafieren Sie an sämtliche Posten, sie sollen die Gasmasken aufsetzen und alle Mann in die Gräben schicken, und teilen Sie der Brigade mit, dass die Deutschen bei Neuve Chapelle und Ferme du Bois mit Infanterie angreifen«, befahl der Hauptmann. »Sagen Sie der

Brigade, ich bitte darum, dass die Unterstützungsbataillone sich bereitmachen, um uns zu helfen.«
Afonso verließ den Fernmeldeposten und stieg hinauf zur Brustwehr, um die Kampffront zu beobachten. Die Haubitzen- und Kanonengranaten flogen über die portugiesischen Linien und explodierten dahinter sowie an verschiedenen Stellen der Gräben, während gleichzeitig die von den deutschen Maxim-MGs abgefeuerten Kugeln auf die Stellen prasselten, von wo die Männer des Expeditionskorps feuerten. Über dem Niemandsland hingen dichte Wolken, offensichtlich hatten die Deutschen Rauchgranaten abgeworfen, um die Bewegungen ihrer Infanterie zu verdecken. Der Hauptmann versuchte verzweifelt, die wenigen Informationen zu deuten, über die er verfügte. Was bezweckte der Feind? Leute gefangenzunehmen? Die portugiesischen Linien zu zerstören? War das Ganze ein Ablenkungsmanöver, um Reservetruppen anzulocken und dann woanders anzugreifen? Welche Abschnitte der Linie benötigten Verstärkung? Was tun?

Oberleutnant Cardoso wusste nicht mehr, was er tun sollte. Die feindlichen Soldaten robbten heran, vermieden aber, direkt auf Punn House vorzurücken, die mit ihm und seinen Leuten gutbesetzte Stellung, und strebten vielmehr eine Umfassung wie im Zangengriff an. Die Portugiesen feuerten kontinuierlich auf das Niemandsland, doch schien keine einzige Kugel einen Feind zu treffen.
»Du da«, sagte der Oberleutnant und richtete den Zeigefinger auf Daniel. »Geh zur Waffenkammer, brich die Tür auf und bring alles her, was du da findest.«
Daniel ging zur Reservewaffenkammer, die für Notfälle wie diesen dicht an der Frontlinie eingerichtet war, zertrümmerte das Schloss mit einem Schuss und schleppte die erste Kiste, die er fand, zu seinen Kameraden. Oberleutnant Cardoso riss die Abdeckung der Kiste auf und inspizierte den Inhalt. Es waren Mills bombs, die in England hergestellten rundlichen Granaten, deren Form ein wenig an Zwergananas erinnerte.
»Sehr schön!«, freute er sich. »Und jetzt sieh zu, ob du eine Luísa findest und Munitionsmagazine.«

Das Lewis war ein von den Amerikanern entwickeltes Maschinengewehr und erheblich leichter als das traditionelle, in England hergestellte Vickers. Es wog zwölf Kilo, war damit zwar für den Einsatz als Tragwaffe immer noch zu schwer, aber für die gegebenen Umstände perfekt. Daniel fand in der Waffenkammer ein Lewis und klemmte es sich unter den rechten Arm, während er mit der linken Hand nach zwei scheibenförmigen Magazinen mit je siebenundneunzig Schuss griff, dann lief er zum Gefechtsstand zurück.

»Wer von euch kann am besten mit der Luísa umgehen?«, fragte Cardoso.

»Ich komme damit ganz gut zurecht, Herr Oberleutnant«, meldete sich Matias Grande.

»Dann nehmen Sie sich die vor, und Ihr Kamerad hier ist Ihnen mit der Munition behilflich«, sagte der Oberleutnant mit einem Kopfnicken zu Daniel.

Matias nahm das Maschinengewehr, setzte ein Magazin ein und zielte mit der Waffe über die Oberkante der Brustwehr. Dabei merkte er sofort, dass ihm diese Stellung das Schießen erschwerte, und traf einen Entscheidung.

»Herr Oberleutnant«, rief er. »Lassen Sie eine Runde Apfelsinen werfen, damit ich nach oben klettern kann.« Als Apfelsinen wurden die Mills-Granaten bezeichnet. »Und lassen Sie noch mehr Munition holen.«

Die Männer griffen nach den Granaten, doch genau in diesem Augenblick, sozusagen als Antwort auf Matias' Bitte, wobei es tatsächlich aber eine Reaktion auf die vor wenigen Minuten von Hauptmann Afonso Brandão geäußerte Aufforderung war, gingen über dem Niemandsland die ersten von portugiesischen Haubitzen abgeschossenen Granaten nieder. Unter den Angreifertruppen machte sich Unruhe breit, und Matias nutzte die Gelegenheit, kletterte über die Brustwehr ins Niemandsland und richtete sich hinter dem schützenden Stacheldraht und einem Haufen Sandsäcke ein. Er sah, wie sich deutsche Soldaten in die Krater warfen, um sich vor den Splittern der portugiesischen Geschosse zu schützen, und zog sofort am Abzug.

Das Lewis rüttelte heftig und spuckte rasch nacheinander zwei Salven aus. Ein Deutscher fiel verwundet, mehrere Kugeln schlugen danach auf dem Boden ein, dann fiel ein weiterer Deutscher. Inzwischen hatten die anderen das Maschinengewehrfeuer erkannt, das weitaus gefährlicher war als die Lee-Enfields, mit denen die Portugiesen bislang geschossen hatten, und sich alle zu Boden geworfen. Kein einziger Deutscher lief mehr umher, alle lagen auf der Erde und suchten robbend Zuflucht in Bodensenken; fast immer waren es Bombenkrater. Die portugiesischen Granaten flogen jedoch zu weit, was zumindest den Vorteil hatte, dass die Angreifertruppe isoliert wurde und keine Verstärkung nachrücken konnte, doch übten sie auf die deutsche Infanterie, die sich an die portugiesischen Linien herangearbeitet hatte, eine rein psychologische Wirkung aus.

Im Niemandsland ertönte ein Pfiff, und im Handumdrehen erhoben sich, wie einem Befehl gehorchend, mehrere Trupps deutscher Soldaten aus den Kratern und stürmten auf die portugiesischen Linien zu. Matias Grande drückte lange den Abzug, so dass das Lewis wie verrückt hin und her hüpfte, und wegen des ständigen Rückstoßes der langen Salven konnte er nicht genau zielen. Die Kameraden hinter der Brustwehr legten vorübergehend ihre Lee-Enfields weg und begannen, Handgranaten ins Niemandsland zu werfen. Mehrere Deutsche fielen unter dem Maschinengewehrfeuer und zwei weitere, als die Granaten explodierten, doch Matias wurde klar, dass er nicht allen hatte Einhalt gebieten können, und spürte, dass Panik in ihm hochkroch. Erschwerend kam noch hinzu, dass plötzlich das Magazin leer war und er feststellen musste, dass er einen Abzug drückte, der keinen Schuss mehr auslöste. In diesem Augenblick entdeckten ihn die deutschen Maxims und ließen einen Kugelhagel auf ihn niedergehen. Das war zu viel. Ohne sein Lewis neu zu laden, warf Matias sich nach hinten und landete mit einem Klatschen im Schlamm und Schutt des portugiesischen Frontgrabens.

Die Situation verschlimmerte sich noch, als die Gruppe, die bei Punn House die Linie verteidigte, sah, wie feindliche Soldaten auf der rechten Seite rasch vorstießen und in den Frontgraben des Expeditionskorps sprangen, und dies in einer Entfernung von nicht mehr als fünfhundert Metern, irgendwo bei Tilleloy-Süd, das vom neunundzwanzigsten Infanteriebataillon, ebenfalls aus Braga, verteidigt wurde. Und das Schlimmste war, dass Matias' Lewis verstummt war und die Deutschen es bereits gemerkt hatten und nun, trotz des wütenden Feuers aus der Handvoll in Punn House betätigten Lee-Enfields, gefährlich näher rückten.

»Die Schweine sind in unseren Graben gesprungen«, rief der Oberleutnant. »Die Jungs vom neunundzwanzigsten sitzen in der Patsche!« Ungeduldig sah er sich nach hinten um. »Was machen eigentlich unsere verdammten *bacoreiras?*«

Bacoreira, was ungefähr so viel wie Dickmamsell bedeutet, wurden die schweren Maschinengewehre der Marke Vickers genannt.

»Herr Oberleutnant, wir sollten lieber abhauen«, sagte der kleine Vicente Manápulas, rot wie eine Paprika, während er sein Gewehr neu lud. »Hier wird es brenzlig.«

Dem Oberleutnant wurde klar, dass er nun, da Matias' Maschinengewehr nicht mehr vom Niemandsland aus die feindlichen Linien unter Beschuss hielt und die Vickers mit der rechten Flanke beschäftigt waren, die Lawine, die auf ihn zurollte, nicht mehr würde aufhalten können und dass es nur eine Frage von einer oder zwei Minuten war, bis sich die Deutschen auf ihn stürzen würden. Und selbst wenn es ihnen gelingen sollte, den Frontalangriff abzuwehren, was aber unwahrscheinlich war, dann bestand immer noch die Gefahr, von der Seite von den feindlichen Soldaten erwischt zu werden, die sich in der portugiesischen Linie in Tilleloy-Süd befanden.

»Wir ziehen uns zurück«, entschied er. »Alle Mann zurück!«

Die Soldaten gaben eine letzte Salve ins Niemandsland ab, dann machten sie sich hastig auf den Weg von der Brustwehr zum Kommunikationsgraben, den Anweisungen des Oberleutnants folgend. Matias hatte inzwischen sein Lewis neu geladen und verließ, das Maschinengewehr für alle Fälle auf den oberen Rand der Brustwehr gerichtet, als Letzter den Frontgraben.

Da nahmen die deutschen Minenwerfer, vielleicht von der Infanterie auf dieses Nest portugiesischen Widerstands aufmerksam gemacht, Punn House unter Beschuss. Eine ganze Reihe von schweren Explosionen erschütterte die Gräben in diesem Abschnitt, und der von Oberleutnant Cardoso befehligte Zug hastete die Linie entlang, möglichst tief geduckt, um den Kopf zu schützen.

Eine Granate schlug mit ohrenbetäubendem Lärm mitten in dem

Kommunikationsgraben ein, durch den die Portugiesen liefen, und hüllte die ganze Gruppe in eine Wolke. Alle fielen zu Boden, und Matias, der ein kleines Stück hinter der Gruppe lief, war der Einzige, der den Ort der Explosion direkt vor sich sah. Er hörte das Wimmern eines Mannes, dem ein Arm fehlte. Es war Oberleutnant Cardoso, er lag auf der Erde und blickte hilflos und wie betäubt auf den blutigen Stumpf, der seine Schulter gewesen war und nun sinnlos zuckte. Doch was sich Matias wirklich für immer ins Gedächtnis einprägte, waren die beiden darauf folgenden Sekunden.

In der ersten Sekunde stürzte ein enthaupteter Körper wie ein schweres Bündel vom Himmel herab. Dann, eine Sekunde später, fiel der Kopf wie ein Stein zu Boden. Matias ging näher heran, das Herz klopfte ihm vor Angst bis zum Hals, er wollte nicht hinsehen und wollte doch nachsehen. Er blickte auf den abgerissenen Kopf und erkannte an den nach oben verdrehten Augen und der heraushängenden Zunge in der halb zerfetzten Wange das Gesicht seines Freundes Daniel, seines Gefährten aus der Kindheit bei der Weinlese in Palmeira, Vater des kleinen Zelito. Er erkannte den schmächtigen Mann, der ihm erst vor zwei Stunden Neues aus der Heimat und über Assuntas Hühnerhund berichtet hatte, den Waffenkameraden, der bei jedem Bombardement inbrünstig gebetet hatte, dessen Gebete jedoch, wie sich nun erwies, ihm überhaupt nichts genützt, allenfalls vielleicht ihn vor weiteren Qualen im elendigen Krieg bewahrt hatten.

Im Fernmeldeposten wurde es lebendig, Mitteilungen trafen im Rhythmus einer Symphonie ein. Sämtliche Telefone klingelten, die Telegrafen spuckten pausenlos mit unermüdlichem Tut-tut-tutut-tut Morsemeldungen aus. Der Telegrafist las die letzte Nachricht, sprang von seinem Schreibtisch auf und lief hinaus zum Hauptmann Afonso Brandão, der, seine Ordonnanz neben sich, vor dem Eingang nervös eine Zigarette rauchte.

»Herr Hauptmann«, sprach er ihn an.

»Was ist denn?«, fragte Afonso gereizt.

»Soeben ist die Meldung gekommen, dass der Feind bereits in der Frontlinie steht.«

»Wie bitte?«, rief der Hauptmann, der seine schlimmsten Befürchtungen bestätigt sah. »Wo?«
»Das ist nicht ganz klar«, gab der Telegrafist zurück. »Aber in der Meldung ist von Tilleloy die Rede.«
»Wie bitte?« Afonso war sehr beunruhigt.
»Ja, Tilleloy, Herr Hauptmann.«
»Die Landstraße?«
»Nein, Herr Hauptmann. Ein Graben.«
»Ach so.« Afonso atmete erleichtert auf. »Nord oder Süd?«
»Das geht nicht daraus hervor. Es heißt nur, Tilleloy.«
»Informieren Sie unverzüglich die Brigade«, wies er den Telegrafisten an.
»Jawohl, Herr Hauptmann.«
Hätten sich die Deutschen in der Rue Tilleloy befunden, der wichtigen Landstraße, die von Neuve Chapelle aus immer parallel zur ersten Linie bis nach Fauquissart verlief, dann hätte das einen Riesenärger bedeutet. Da es sich aber um einen Schützengraben handelte, bedeutete dies, dass sich der Vorgang bei Neuve Chapelle auf den Abschnitt zwischen Sunken Road und Min Street beschränkte.
Afonso hatte sich etwas beruhigt, dennoch wollte er die Unterstützung durch Kanonen anfordern.
»Der Verbindungsoffizier soll die Artillerie anrufen«, befahl er. »Sie sollen die Stellungen vor dem Stacheldraht bei Tilleloy gegenüber von Mastiff Trench unter Beschuss nehmen, um zu verhindern, dass der Feind Verstärkung erhält, aber sie müssen aufpassen, dass sie nicht unsere eigenen Linien treffen, da wir ja nicht wissen, welcher Teil besetzt ist, ob Tilleloy Nord oder Süd.«
»Jawohl, Herr Hauptmann.«
Afonso sah ihn an. Er wollte sich vergewissern, dass es kein Missverständnis gab.
»Sie sind nur in Tilleloy eingedrungen, richtig?«
»Bei Neuve Chapelle nur im Abschnitt Tilleloy, Herr Hauptmann. Aber bei Ferme du Bois greifen die Boches massiv an.«
»Das betrifft das Dreizehnte«, erwiderte Afonso und verabschiedete ihn mit einer Handbewegung. »Geben Sie jetzt die Instruktionen durch.«

Der Telegrafist lief zurück in den Posten, und Afonso folgte ihm, nach weiteren Informationen dürstend. Als er den Posten betrat, war eine neue Nachricht gekommen, zur Abwechslung eine gute. Der Artillerieeinsatz zur Rechten hatte funktioniert und in Kombination mit der Infanterie den Feind gegenüber von Church und Chapelle Hill zum Rückzug gezwungen, das Gleiche galt für Ferme du Bois. Momentan stellte sich das Problem, zu klären, was in Tilleloy und auch in Punn House geschah, von wo die erste SOS-Leuchtrakete abgeschossen worden war. Unfähig, seine Unruhe und Befürchtungen zu verdrängen, gab der Hauptmann seiner Ordonnanz Joaquim ein Zeichen, ihm zu folgen, und lief die Gräben entlang, die kleine Savage-Pistole in der Hand, fest entschlossen, das Kommando über die Säuberung von Tilleloy selbst zu übernehmen.

In den Gräben herrschte ein komplettes Durcheinander. Überall Rauch, die Männer wirkten orientierungslos, liefen ungeordnet, ziellos und ohne ersichtlichen Sinn hin und her wie betäubte Hühner. Unterwegs kam Afonso am Erste-Hilfe-Posten vorbei und sah am Eingang, dass Hektik herrschte. Er trat ein, sein Blick fiel auf Blutlachen auf dem Boden, verwundete Soldaten stöhnten auf den Tragen, Gasopfer wanden sich in Hustenkrämpfen, die Tragen unter ihnen verdreckt, auf manchen lag nacktes Fleisch, die Ärzte und Sanitäter hatten alle Hände voll zu tun, Gliedmaßen abzubinden, mit der Schere Haut und Muskeln durchzuschneiden; einer sägte gerade eine zerfetzte Hand ab.

»War jemand in Tilleloy oder in Punn House?«, fragte Afonso in den Raum hinein.

Ein schweißgebadeter Arzt, der weiße Kittel blutbeschmiert, als käme er aus dem Schlachthaus, warf ihm kurz einen vorwurfsvollen Blick zu, dann wandte er sich wieder seiner Arbeit zu. Ein Offizier, der an der Wand auf einer Trage lag, hob schüchtern den rechten Arm.

»Ich war in Punn House«, sagte er mit schwacher Stimme.

Afonso trat näher heran und erkannte Oberleutnant Cardoso, mit dem er sich in der Messe der Pópulo-Kaserne in Braga zwei- oder dreimal unterhalten und einige Partien Bridge gespielt hatte. Cardoso lag kraftlos in einer Ecke des Sanitätspostens, ihm fehlte der linke Arm und aus dem an der Schulter zerfetzten Ärmel ragte der mit

dunklem, frischem Blut bedeckte Stumpf. Er wartete darauf, dass man ihn versorgte und ihm Morphin gab.
»Stehen die Deutschen in Punn House?«, fragte Afonso, nachdem er sich neben die Trage gehockt hatte, denn das musste er wissen.
»Vermutlich«, antwortete der Verwundete und verzog das Gesicht vor Schmerz, seine Stimme klang schwach und müde. »Als wir es verließen, hatten sie schon Tilleloy Süd eingenommen und wollten gerade unseren Abschnitt überfallen.« Er hielt inne, um Luft zu holen. »Wir wurden beschossen und kriegten eine Mine von oben ab, aber die anderen, die es nicht erwischt hat, die sind dort geblieben und haben in der B-Linie eine neue Verteidigungsstellung aufgebaut.« Wieder rang er nach Luft. »Was danach passiert ist, weiß ich nicht, weil dann die Sanitäter gekommen sind und mich in diesem Zustand hierher gebracht haben.«
»Ist gut«, sagte der Hauptmann mit einem Seufzer, richtete sich wieder auf und strich dem Verwundeten über das Haar. »Keine Sorge, alles wird gut. Und von hier kommst du nach Hause, Cardoso. Gute Besserung.«
Sekundenlang bedrückt, weil er sich bei dem Versuch, den Verwundeten zu trösten, so ungeschickt verhalten hatte, verließ Afonso den Erste-Hilfe-Posten und ging mit Joaquim weiter den Graben entlang. Unterwegs begegnete ihm ein Meldeläufer, Afonso hielt ihn an.
»Lauf zum Fernmeldeposten und bring dem Telegrafisten, was ich dir jetzt gleich gebe«, befahl er, während er in den Taschen nach seinem Notizblock suchte.
Er fand den Block in der Jackentasche, kniete sich hin und schrieb ein paar Worte auf die erste, mit Fettflecken verunzierte Seite. Es war die Anweisung, die Bombardierung vor Tilleloy Nord einzustellen, weil sich dort noch immer Teile des Portugiesischen Expeditionskorps befinden konnten, wohl aber den Beschuss von Tilleloy Süd fortzusetzen, wo der Feind, wie bestätigt, eingedrungen war. Hauptmann Brandão reichte dem Meldeläufer den Zettel und bog, ohne weitere Zeit zu verlieren, in einen Kommunikationsgraben zur B-Linie ein, in der Annahme, von dort könne er sich Punn House nähern. Unterwegs traf er auf eine Gruppe von vier Soldaten, die nervös um sich blickten, als wären sie orientierungslos.

»Wo ist euer Offizier?«, fragte er.
»Das wissen wir nicht, Herr Hauptmann«, antwortete ein Soldat. »Wir haben ihn verloren, ihn und den Rest der Abteilung, in diesem ganzen Durcheinander.«
»Kommt mit«, befahl er.
Jetzt waren es sechs Männer, die sich zum Abschnitt von Punn House begaben. Vielleicht würden sie es schaffen, das Blatt zu wenden, dachte Afonso. Entscheidend für Schlachten sind auch Momente der Inspiration, und was ihn jetzt beflügelte, war der Gedanke, den Soldaten zu helfen, die Linie zu verteidigen und den Feind zu vertreiben. Er wollte weder erleben, dass man sich in der Offiziersmesse der Brigade über sein Bataillon lustig machte, noch dass es in den Augen der Tommys geschwächt wirkte. Als sie sich Punn House näherten, hörten sie Explosionen von Handgranaten, das Rattern von Maschinengewehren und das Zischen der Kugeln, die durch die Luft flogen und hier und da den Skeletten der verkohlten Bäume ein Stück Holz entrissen.
»Wir sind bald da«, warnte sie der Hauptmann, wobei er sich bemühte zu kaschieren, welche Angst ihm die schrecklichen Geräusche bereiteten.
Sie stießen auf die Abteilung von Punn House, Matias Grande lag auf dem Boden, sein Lewis auf den Weg gerichtet, der zur Frontlinie führte, mehrere Sandsäcke waren hastig fast bis zur Oberkante der Brustwehr gestapelt worden, so dass sie ihm wenigstens ein wenig Schutz boten, Baltazar, der Alte, unterstützte ihn mit der Munition, und Vicente und Abel schossen nach links. Auf dem Boden lag ein fünfter Soldat, die Hände vor dem Leib verkrampft, kämpfte er mit dem Tod, das Blut lief ihm aus dem Mundwinkel.
»Wer führt hier den Befehl?«, fragte Afonso, da er keinen Offizier und keinen Feldwebel in der Gruppe sah.
»Ich, Herr Hauptmann«, sagte Matias und blickte von seinem Lewis auf.
Afonso suchte auf seiner Uniform nach Abzeichen, fand aber keine. Er war ein einfacher Soldat.
»Und wieso?«
»Der Oberleutnant ist verwundet, und der Feldwebel ist verschwun-

den«, erklärte der Soldat. »Da ich der Älteste bin, habe ich das Kommando übernommen.«
Afonso hielt es für besser, nicht darüber zu diskutieren. Die natürliche Führerschaft war manchmal die beste. Er konzentrierte sich lieber auf das, was es gerade zu bewältigen galt.
»Wo sind die Boches?«, fragte er.
»Da drüben, in Tilleloy Süd«, antwortete Matias. »Die haben ein MG auf uns gerichtet, deshalb haben wir hier eine Verteidigungsstellung eingerichtet.«
»Und wo sind die vom Neunundzwanzigsten?«
»Das weiß ich nicht, Herr Hauptmann. Die haben wohl den Rückzug angetreten.«
»Die Stellung aufgegeben?«
Matias zögerte, er hatte die Frage des Hauptmanns genau verstanden. Tilleloy Süd, ein Bollwerk in schlechtem Zustand, besaß acht Unterstände mit Platz für fünfhundert Mann. Es wurde noch von einer Maschinengewehrstellung im Freien verteidigt und besaß eine Waffenkammer sowie ein Wasserdepot. Ein Bollwerk dieses Kalibers einzunehmen galt nicht gerade als einfach.
»Das weiß ich nicht, Herr Hauptmann«, antwortete er schließlich. »Es war ein massiver Angriff, keine Frage.«
Afonso seufzte.
»Besorgen Sie mir ein Periskop«, sagte er zu einem der Soldaten, die er im Schützengraben angetroffen hatte. Mit einem Blick auf den Verwundeten, der sich auf dem Boden krümmte, fügte er gerade noch rechtzeitig hinzu, bevor der Soldat losgelaufen war: »Und rufen Sie bei der Gelegenheit auch gleich die Sanitäter, damit sie den Mann hier abholen.«
Der Soldat verschwand, und Afonso verteilte die Gruppe. Er beauftragte zwei Männer, den Abschnitt direkt vor ihnen zu bewachen, um Überraschungen zu verhindern, und die übrigen, nach links hin aufzupassen. Der Soldat kehrte mit einem Periskop zurück, trotz des pompösen Namens lediglich ein Stock mit einem Spiegel an dem einen Ende, und Afonso hielt es über die Brustwehr, um Tilleloy Süd beobachten zu können. Zunächst machte er keinerlei Bewegung aus, doch die Lichtblitze, die eine feindliche Salve begleiteten, verrieten

ihm, dass am Fuß eines Baumstamms ein getarntes deutsches Maschinengewehr stand und sein Lauf auf ihn gerichtet war.

»Joaquim«, rief er.

Die Ordonnanz trat näher.

»Herr Hauptmann?«

»Siehst du den Baumstamm da?«, fragte er und zeigte ihm das Bild im Spiegel des Periskops.

»Ja, Herr Hauptmann«, antwortete Joaquim.

»Geh zum Fernmeldeposten und gib durch, die Artillerie soll den Baumstamm vernichten«, wies er ihn an. »Wenn die Kanonen das Feuer eröffnen, sollen auch zwei Vickers auf den Stamm draufhalten. Verstanden?«

»Jawohl, Herr Hauptmann.«

»Jetzt lauf, bevor sie die Stellung verlassen.«

Joaquim rannte den Graben entlang und verschwand hinter der ersten Kurve. Afonso wandte sich wieder dem Periskop zu, um Tilleloy Süd zu analysieren. Direkt vor der Frontlinie gab es mehrere Detonationen nacheinander, das war die Artillerie des portugiesischen Expeditionskorps, die auf seine Bitte hin versuchte, die in den portugiesischen Schützengraben eingedrungenen Deutschen zu isolieren.

Nach wenigen Minuten sah Afonso, wie Gruppen von deutschen Soldaten versuchten, über die Brustwehr zu klettern und zu ihren Linien zurückzukehren.

»Seht zu, dass ihr die Boches erwischt«, befahl er seinen Männern.

Die Soldaten schossen sofort mit ihren Lee-Enfields, Matias stand auf, richtete sein Lewis auf die Brustwehr, und trotz der unbequemen Stellung und des Gewichts des Maschinengewehrs, immerhin zwölf Kilo, konnte er ein paar Salven abgeben. Die Deutschen, die zu fliehen versuchten, gaben sofort auf, erschrocken darüber, dass sie zur Zielscheibe geworden waren, doch die Aktion forderte ihren Tribut. Das getarnte Maschinengewehr bei dem Baumstamm ratterte los, es hagelte Kugeln auf die portugiesische Stellung, viele pfiffen über sie hinweg, einige schlugen in den Sandsäcken, dem Schlamm und sogar der Brustwehr ein, und eine erwischte Baltazar, der daraufhin, die Hand auf der linken Wange, zu Boden stürzte. Seine Kameraden umringten ihn und stellten fest, dass die Haut am Ohr aufgerissen war,

eine Wunde, aus der es, gemessen am Ernst der Verletzung, übermäßig stark blutete.
Vicente Manápulas leistete Baltazar erste Hilfe und verband ihm die Wunde, und Afonso nutzte die Unterbrechung und legte dar, nach welcher Taktik sie vorgehen sollten.
»Alle zuhören«, sagte er. »Niemand soll über die Männer aus Braga lachen. Wenn die ersten Minen auf dem MG der Boches niedergehen, rücken wir im Graben vor und schießen auf alles, was uns begegnet, verstanden?«
Die Männer nickten, doch lediglich Matias Grande schien wirklich motiviert und engagiert, den Überraschungsangriff durchzuführen. Afonso spürte das, er sah ihn an, musterte seine mächtige Gestalt und die entschlossene Haltung.
»Wer bist du?«
»Zweihundertsechzehn.«
»Dein Name, Mann.«
»Matias Silva, Herr Hauptmann.«
»Also gut, Matias«, sagte er, »du bist anscheinend stark genug, das MG durch den Graben zu tragen. Lade deine *Luísa* jetzt sofort mit einem neuen Magazin, und wenn ich Bescheid gebe, gehst du mit mir voraus und nimmst die Boches unter Beschuss, klar?«
»Jawohl, Herr Hauptmann.«
»Alle anderen setzen das Bajonett auf.«
»Ich auch?«, fragte Baltazar, die Hand auf dem Ohr, das von einem Verband bedeckt war.
»Selbstverständlich«, gab der Hauptmann postwendend zurück. »Ich will hier im achten Bataillon keine Weicheier. Soweit ich weiß, hat ein Kratzer an einem Ohr noch nie jemanden am Kämpfen gehindert.«
Matias setzte dem Lewis ein neues Magazin ein, hob das Maschinengewehr an und lehnte es senkrecht an die Grabenwand, damit er es leichter ergreifen und schießend losgehen konnte. Die anderen Männer, auch Baltazar, steckten die Bajonette unter den Lauf ihrer Lee-Enfield-Gewehre.
Afonso wandte sich wieder dem Periskop zu und beobachtete Tilleloy Süd. Plötzlich stiegen mitten im Artillerielärm Rauchwolken und Dreckspritzer rund um den Baumstamm auf, an dem das deutsche

Maschinengewehr getarnt stand, und im nächsten Augenblick eröffneten die portugiesischen Vickers das Feuer auf die feindliche Stellung. Joaquim hatte seine Anweisungen korrekt übermittelt.
»Sie machen das MG gerade unschädlich«, sagte Afonso. Nach einer kurzen Weile legte er das Periskop auf den Boden und drehte sich zu den Männern um. »Los jetzt.«
Matias Grande packte das Lewis, seine kräftigen Muskeln spannten sich vor Anstrengung, er atmete tief ein und rannte, das Maschinengewehr in den starken Armen im Anschlag, durch den Graben los, ihm auf den Fersen folgte Afonso, die Pistole in der einen Hand und eine Mills-Granate in der anderen. Sie erreichten die Frontlinie und sicherten nach beiden Seiten, sahen aber keinen Menschen.
»Sauber«, sagte Matias.
»Du da« – Afonso wies auf Baltazar –, »du bleibst hier und bewachst die rechte Seite, damit wir nicht von hinten erwischt werden.«
Baltazar bezog auf der Rechten Stellung als Wachposten, und die übrigen acht Männer bogen nach links in Richtung Tilleloy Süd ab, Matias immer mit dem Lewis im Anschlag dem Zickzack der Linie folgend.
Aus dem Rauch im Schützengraben tauchte eine Gestalt auf, und der Portugiese zögerte keine Sekunde: Das konnte nur ein Deutscher sein. Er drückte ab und streckte die Gestalt nieder, die Männer traten über den auf dem Boden liegenden Körper des Feindes, Matias schoss wieder in den Rauch hinein, ein zweiter Deutscher tauchte auf, hob die Arme zum Zeichen, dass er sich ergab, und rief »Kamerad«, doch Matias durchsiebte ihn mit einer neuen Salve. Von überall zischten Geschosse, und in dem Durcheinander dachten die Deutschen, es wäre ein großer Gegenangriff. Kurz zuvor hatten sie das Maschinengewehr verloren, und nun hörten sie, dass portugiesische Soldaten sich sehr schnell der Stelle näherten, wo sie sich befanden. Sie kletterten alle auf die Brustwehr, trotzten furchtlos den Granaten der Portugiesen, von denen sich im Niemandsland Rauch- und Eisensplittersäulen erhoben, und tauchten unter in den Kriegswolken, die zwischen den feindlichen Linien schwebten.
Die Portugiesen sahen die Deutschen zurück zu ihren Stellungen laufen, später hörten sie, dass mehrere Kameraden des neunund-

zwanzigsten Bataillons gefangengenommen worden waren, aber dass dies – portugiesische Gefangene zu machen, um Informationen zu erhalten, die ihnen die Planung der elf Tage zuvor vom Kriegsrat in Mons beschlossenen Frühjahrsoffensive erleichtern konnte – der wahre Grund für den deutschen Überfall gewesen war, das erfuhren sie nie. Der einzige portugiesische Soldat, der noch immer von der Brustwehr aus auf die fliehenden Deutschen schoss, war Matias Grande. Afonso bedeutete ihm mit einem Zeichen, er solle aufhören, weil die Deutschen sich schon eindeutig zu weit weg befanden und im Laufen kaum zu treffen waren, doch Matias beachtete ihn nicht. Er drückte nach wie vor wütend auf den Abzug, solange er Feinde vor sich sah, und löste den Finger auch nicht, nachdem sie aus seinem Blickfeld verschwunden waren. Der Hauptmann wunderte sich darüber und schrieb Matias' Rage einer angeborenen Neigung zum Krieger zu. Afonso wusste nicht, er konnte es nicht wissen, dass Matias an diesem Tag einen Freund aus Kindertagen zu rächen hatte.

V

Selbst das gelbliche Licht der Petroleumlampen auf dem Tisch schien noch heller zu leuchten, als Marcel sich an die Tür stellte. Afonso bemerkte ihn gar nicht, so sehr war er darin vertieft, den schönen Mahagonitisch in der Mitte des Esszimmers zu bewundern, die auf fünf schweren Beinen mit rundköpfigen Ziernägeln ruhende Platte, das Silberbesteck und das kostbare Sèvres-Porzellan mit einem Dekor aus Emailletropfen und goldenem Muster auf dunkelblauem Grund, sorgfältig auf dem handbestickten Tischtuch verteilt. Das Küchenmädchen kam mit hochrotem Kopf ins Esszimmer hereingehastet, in den mit einem weißen Geschirrtuch geschützten Händen die heiße Platte. Als der Butler sie so herbeieilen sah, holte er tief Luft, nahm Haltung an und verkündete mit fester, feierlicher Stimme: »*Poulet rôti au riz à la normande.*«

Das rundliche Hausmädchen setzte erleichtert und strahlend die dampfende Platte auf dem Tisch ab, und Baron Redier, erfreut über das zufriedene Gemurmel seiner Gäste als Reaktion auf die Ankündigung des Essens, streckte die Hände in Richtung Hähnchen aus.

»*Voilà!*«

»*Jolly good!*«, antwortete Leutnant Cook, zog die Augenbrauen hoch und pries den Anblick dessen, was allem Anschein nach ein üppiges Festmahl zu werden versprach. »Sieht köstlich aus.«

Hauptmann Afonso Brandão blickte auf die Platte und konnte nicht umhin, die geniale Art der Franzosen zu bewundern, aus einem schlichten Gericht einzig mit Hilfe grandioser sprachlicher Umschreibung, dazu das Ganze eingebettet in eine gepflegte Umgebung, ein königliches Mahl zu machen. Das so pompös als *Poulet rôti au riz à la normande* Bezeichnete war nichts anderes als ein vulgäres Brathuhn mit weißem Reis und Sahnesauce. Zu Hause in Carramancha wird besser gekocht und einfacher benannt, dachte Afonso, gab sich jedoch Mühe, Cook seine übertriebene Begeisterung über ein so schlichtes Gericht zu verzeihen. Schließlich war er Engländer und an schlichte Hausmannskost wie Corned Beef, Stampfkartoffeln, gebackene Bohnen mit Bacon, Würstchen und Rührei gewöhnt. Konnte man ihn dafür tadeln, dass ein einfaches Brathuhn schon im Voraus solch eine Wirkung auf seine Geschmacksknospen hatte, wenn der arme Mann an die karge britische Küche gewöhnt war?

Der portugiesische Offizier befand sich erneut in dem Schlösschen in der Nähe von Armentières, in dem er zehn Tage zuvor übernachtet hatte, und er wunderte sich, dass er sich nicht darüber wunderte, wieder dort zu sein. Dank eines privaten Gesprächs zwischen der schönen Baronin und dem Bürgermeister der Stadt war er wieder im Château Redier einquartiert worden, wenn auch dieses Mal nicht allein. Leutnant Timothy Cook vom Royal Flying Corps hatte ebenfalls ein *billeting certificate* erhalten, um die kalte Nacht dieses ersten Dezember im Schloss zu verbringen.

»Schmeckt es Ihnen?«, fragte Agnès und gab Marcel ein Zeichen, den Wein zu bringen.

»*I say*«, erwiderte Cook, den Mund vom ersten Happen voll und im Schnurrbart einen Fetttropfen, »fabelhaft! Ganz ausgezeichnet!«

Marcel brachte eine geschlossene Flasche und reichte sie der Baronin. Agnès nahm sie entgegen und zeigte sie ihren Gästen.

»Ein Bordeaux Château Margaux von 1892, ein sehr guter Jahrgang. Hat jemand etwas dagegen?«

Die Gäste wechselten Blicke und wussten nicht, was sie sagen sollten. Cook war kein Weinkenner, ihm war alles recht. Afonso hingegen verstand etwas von Wein, aber nur von portugiesischen Weinen. Er konnte nicht ahnen, dass ihm ein Göttertrunk, produziert von den besten französischen Weinbergen, angeboten wurde.

»Ist gut«, sagte schließlich der Engländer, so wie er es zu jedem Wein gesagt hätte, den man ihm vorgesetzt hätte, auch zum gewöhnlichsten Rotwein, war er doch eher das kalte *lager* und lauwarme *ale* gewohnt, das *mild*, das *bitter*, das *porter* und das *stout*, den *half-a-pint draft*, wie sie in jedem Pub am Strand, in der King's Road oder der engen Neal Street ausgeschenkt wurden.

Agnès schlang eine blütenweiße Serviette um die Flasche, entfernte die Bleikapsel vom Flaschenhals, wischte den Rand und den Korken mit einer Spitze der Serviette ab, setzte den Korkenzieher an und achtete darauf, dass er den Korken nicht vollends durchbohrte, dann zog sie ihn langsam, wie mit einem Hebel, heraus. Der Korken löste sich mit einem kurzen *plopp*, Agnès wischte den Innenrand des Flaschenhalses mit der Serviette ab, schenkte ein klein wenig in ihr Glas, schnupperte daran, schwenkte das Glas und betrachtete die Farbe des Weins gegen das Licht. Es war ein dunkler Rotwein. Sie nahm mit geschlossenen Augen einen Probeschluck, ließ den Wein den Gaumen umspülen und sich auf der Zunge ausbreiten, um seine Struktur, Intensität und Fruchtnote zu prüfen, dann schluckte sie ihn hinunter und spürte dem Geschmack im Abgang nach. Einen Moment später reichte sie Marcel die Flasche.

»Sie können servieren«, sagte sie.

Erstaunt über das unerwartete Schauspiel, sahen die Gäste sie an. Das Ritual hatte insgesamt ungefähr drei Minuten gedauert.

»Wo haben Sie das gelernt?«, fragte Cook.

»Das, mein Guter, ist mein Geheimnis.«

Die Baronin lächelte und wandte sich Afonso zu. Sie trug ein beigefarbenes Kleid mit verzierten Rüschen an den Ärmeln. Des Hauptmanns Blick fiel auf das blaue Medaillon, das sie an einer Kette über dem dezenten Ausschnitt trug. Er konnte kaum verbergen, wie sehr ihn die Französin bezauberte, und die Art, wie sie die Flasche geöffnet hatte, war eine zusätzliche Überraschung, die sie ihm noch nähergebracht hatte.

Nachdem alle das *poulet* und den so elegant geöffneten Rotwein gelobt hatten, schweifte die Unterhaltung zu Afonsos jüngsten Abenteuern ab. Er berichtete, was er Tage zuvor in den Schützengräben erlebt hatte, und gab auch die anderen Geschichten wieder, die ihm seine Kameraden über den Sturmangriff der Deutschen bei Neuve Chapelle und Ferme du Bois erzählt hatten. Die schockierenden blutigen Details überging er aus Rücksicht auf die anwesende Dame, weshalb lediglich die nach großer Tapferkeit klingenden Handlungen übrig blieben. Besonderen Eindruck machte auf das Gastgeberehepaar der Bericht von dem Überraschungsangriff, mit dem die Deutschen aus Tilleloy Süd vertrieben worden waren, wobei Afonso jedoch wohlweislich verschwieg, dass sie den sich ergebenden Deutschen erschossen hatten.

Agnès zeigte sich diskret entzückt über das, was sie für besonderen Mut von *Alphonse* und seinen Männern hielt, und brachte zweimal einen Toast auf den Hauptmann und das Portugiesische Expeditionskorps aus. Um den anderen Gast nicht auszugrenzen und vor ihrem Mann zu verbergen, wie sehr sie an Afonso interessiert war, fragte die Baronin auch den englischen Offizier nach seinen Erlebnissen und seiner Funktion im Krieg.

»*I say*«, sagte Cook und räusperte sich. »Zur Zeit bin ich als Verbindungsoffizier zuständig für die portugiesischen Truppen.«

»Ach!«, rief Agnès verwundert aus.

»*Indeed!*«, gab der Engländer zurück. »Alles wegen meiner Portugiesischkenntnisse.«

»Sie sprechen Portugiesisch?«, fragte nun seinerseits verwundert der Baron Redier.

»*Right ho!*«, bestätigte Cook. »Ich habe drei Jahre in Brasilien gelebt.«

»Aha«, sagte der Baron. »In Rio de Janeiro?«

»Manaus.«

Der Baron zog die Augenbrauen hoch; der Name sagte ihm nichts.

»Pardon?«

»Manaus. Das ist eine Stadt mitten in Amazonien.«

»Und was haben Sie in Amazonien gemacht?«, warf Agnès ein.

»Das ist eine lange Geschichte.« Cook lachte. »Ich hatte einen Familienstreit in Hendon, wo ich wohne, und bin nach Brasilien gereist. In Rio lernte ich einen englischen Tischler kennen, der auf einer Fazenda, einem Landgut, in der Nähe von Manaus arbeitete, und er überredete mich, mit in den Urwald zu kommen. Ich bin aber in Manaus geblieben. Da ich einige Ersparnisse hatte und Geschick für Mechanik, habe ich mir einen kleinen Flussdampfer zugelegt und damit Gummizapfer und Händler auf dem Amazonas und dem Rio Negro zu den Fazendas befördert. Und weil dort niemand Englisch konnte, musste ich Portugiesisch lernen.«

»*Alphonse*«, fragte die Baronin dazwischen. »Spricht er gut?«

»Gar nicht so schlecht«, erwiderte der Hauptmann mit einem Blick zum Engländer, der besagte, dass er ihm einen Gefallen tat.
»Dann bin ich nach Hendon zurückgekommen, und da fing der Krieg an«, fuhr Cook fort, womit er die freundschaftliche Provokation überging. »Mit meinem Talent für Mechanik bin ich beim Royal Flying Corps gelandet.«
»Haben Sie keine Angst vorm Fliegen?«, fragte Agnès neugierig.
»*Heavens, no*«, gab der Engländer mit heftigem Kopfschütteln zurück. »*I love it!* Nur nicht, wenn die *Jerries* auftauchen, versteht sich.«
»Die *Jerries?*«
»Die Boches«, korrigierte sich Cook. »Wir nennen sie *Jerries.*«
»Nicht Boches?«
»Manchmal auch. Boches, *Jerries,* Fritz, *Huns,* egal.«
»*Huns?* Was ist das? Ein Eigenname?«
»Hunnen«, erklärte Afonso und mischte sich ins Gespräch ein. »Die Engländer nennen sie Hunnen.«
»Ach so«, sagte Agnès. »Die barbarischen Hunnen.«
»*Yes*«, bestätigte Cook. »Aber sie nennen sich selbst auch Hunnen.«
»Ach ja?« Afonso hielt verwundert beim Essen inne. »Das habe ich noch nie gehört.«
»Oh doch, das stimmt!«, erwiderte der Engländer fast trällernd. »Auf ihren Koppeln steht der Satz *Gott mit uns*. Das habe ich schon selbst gesehen.«
»Das ist aber etwas anderes«, rief Afonso laut lachend aus. »*Gott mit uns* bedeutet, Gott ist auf unserer Seite.«
»Gott ist auf der Seite der Hunnen«, korrigierte ihn Cook.
»Auf unserer Seite«, wiederholte der Hauptmann.
»*Alphonse*«, warf Agnès ein. »Sprechen Sie Deutsch?«
Afonso sah die Französin an und konnte nicht umhin zu staunen, wie aufmerksam sie Details wahrnahm.
»Ein wenig.«
»Ach!«, rief die Baronin bewundernd aus. »Und wo haben Sie das gelernt?«
Afonso zögerte in Anbetracht der Konsequenzen, die seine Antwort haben konnte. Er entschied sich für eine Ausflucht.

»In der Schule.«
»Wird in portugiesischen Schulen Deutsch unterrichtet?«
Das war eine gute Frage. Der Hauptmann spürte, dass sich an seiner Schläfe ein Schweißtropfen bildete und ihm plötzlich unter den Achseln heiß wurde. Alle am Tisch verstummten, hörten auf zu kauen und blickten den Portugiesen erwartungsvoll an. Instinktiv wollte Afonso nicht die Wahrheit sagen, ihnen nicht verraten, dass er das Priesterseminar in Braga besucht hatte, und auch nicht Pater Fachetti erwähnen, bei dem er Deutsch gelernt hatte, aber warum er das nicht sagen mochte, war ihm nicht klar. Oder, um ganz ehrlich zu sein, es war ihm sehr wohl klar, nur wollte er es sich selbst nicht eingestehen. Wenn er vom Priesterseminar spräche, würde er damit sagen, dass er hatte Priester werden wollen, und das wollte er um jeden Preis vermeiden. Nicht auszudenken, wenn der Französin auch nur andeutungsweise in Erinnerung bliebe, dass er für sie unerreichbar war, dass er sich für Frauen nicht interessierte. Zuerst erwog er noch die Möglichkeit, zu behaupten, die portugiesischen Schulen hätten ungewöhnliche Lehrangebote, doch gleich darauf sah er ein, dass dies eine unsinnige und verdächtige Aussage wäre. Besser, er hielt sich an einen Mittelweg.
»Sagen wir so: Meine Eltern haben mich auf eine besondere Schule geschickt, wo man mehrere Sprachen lernen konnte.«
»Ach so!« Agnès nahm ihm offenbar seine Antwort ab. »Und welche anderen Sprachen haben Sie noch gelernt?«
»Abgesehen von Französisch, Englisch und Deutsch?«, fragte Afonso. »Italienisch und Latein habe ich auch noch gelernt.«
»Das ist ja großartig«, die Baronin war tief beeindruckt. »Sie sind also enorm sprachbegabt.«
»*Molto grazie, signora, le dispiace si non parlo francesi?*«, sprudelte es aus dem Portugiesen in singendem Tonfall heraus.
»O la la.« Agnès lachte, klatschte in die Hände und ließ die Perlenschnur ihrer weißen Zähne sehen.
Wieder wurde ein Toast ausgebracht, und Afonso gab noch ein paar italienische Tiraden von sich, Worte, die keiner verstand, die aber ihre Wirkung taten in dem unterschwelligen Verführungsspiel, das sich zwischen den beiden entsponnen hatte. Als sich der Ausflug ins Itali-

enische erschöpft hatte, wandte sich der Baron an den englischen Offizier.
»Das alles wurde jetzt – fragen Sie mich nicht, wieso – in Zusammenhang mit Ihrer Funktion bei der Air Force gesagt.«
»*Right ho!*«, rief Cook, als hätte er wieder festen Boden unter den Füßen. »Wo war ich stehen geblieben?«
»Bei der Air Force. Sie sind aus Brasilien gekommen und haben sich bei der Air Force für den Kriegsdienst gemeldet.«
»*Oh yes!*«, sagte er. »Ich habe mich beim Royal Flying Corps gemeldet und bin nach Frankreich gekommen. Damals, vor drei Jahren, waren die Flugzeuge wie aus Pappe gefertigt und taugten nur für Aufklärungsflüge. Meine erste Maschine war eine französische Farman HF-20, die der französischen Luftwaffe abgekauft worden war. Dann kamen die ersten neuen Flugzeuge, und ich stieg auf eine Nieuport 11 um, ebenfalls ein französisches Fabrikat, ein großes Flugzeug, das mit einem Vickers ausgerüstet und deshalb auch kampftauglich war.«
»Haben Sie viele Deutsche getötet?«, erkundigte sich Agnès.
»Ich war vor allem mit Aufklärungseinsätzen befasst. Meine Aufgabe bestand darin, die Schützengräben zu fotografieren und zu erkunden, was hinter den feindlichen Linien passierte, und natürlich auch, die Flugabwehr der *Jerries* zu überleben. Aber einmal habe ich eine Fokker abgeschossen.«
»Eine was?«, unterbrach ihn der Baron.
»Eine Fokker, ein deutsches Flugzeug.«
»Heißen die Flugzeuge der Boches nicht Taube?«
»Doch, auch.« Cook lachte. »Taube ist nur eine der verschiedenen Marken, vermutlich die bei der Zivilbevölkerung am besten bekannte, aber sie haben noch andere Maschinen, wie die Fokker, die Gotha, die Halberstadt, die Albatros und andere.«
»Haben Sie dabei Angst gehabt?« Agnès griff das vorherige Thema wieder auf.
»Ja, immer«, gab der englische Offizier zu und setzte dann eine nachdenkliche Miene auf. »Aber einmal habe ich mehr Angst davor gehabt, lebendig gefangengenommen zu werden, als zu sterben.«
»Ach ja?«
»Die Aufklärungsflüge an der Somme sind wegen der Witterungs-

verhältnisse sehr unangenehm. Es ist immer bewölkt, die Wolken hängen tief und verbergen die feindlichen Linien, Luftaufnahmen sind unmöglich. Im vergangen Jahr erhielten wir wegen der Somme-Offensive Befehl, die feindlichen Stellungen zu fotografieren. Wir flogen immer und immer wieder über die Linien, hatten aber kein Glück, die Wolkendecke blieb geschlossen. Eines Tages spielten wir neben dem Flugfeld Fußball, da schrillten die Sirenen. Die Wolkendecke war aufgerissen, das mussten wir nutzen. Wir rannten auf das Flugfeld, und ich stieg, weil ich keine Zeit zum Umziehen hatte, in meinen Fußballsachen ins Cockpit. Da oben war es teuflisch kalt, und wie ich da so zähneklappernd und mit nackten Knien ringsum die Granaten der Flugabwehr explodieren sah, bekam ich eine fürchterliche Angst, ich würde getroffen und müsste hinter den feindlichen Linien runtergehen. Was glauben Sie, was das gegeben hätte, wenn die Boches mich aus dem Flugzeug geholt und mich in meinen Fußballersachen gesehen hätten?«
Alle lachten, doch die Miene des Engländers blieb undurchdringlich, als hätte er eine ernste Geschichte erzählt. Er trank einen Schluck Rotwein, dann ergriff er wieder das Wort.
»In diesem Jahr bin ich während des großen Luftkampfs am sechsundzwanzigsten April hier in der Nähe abgeschossen worden. Es war eine Luftschlacht, an der vierundneunzig Flugzeuge beteiligt waren, der größte Luftkampf in der Geschichte des Krieges. Das Royal Flying Corps wurde dezimiert, ich hatte kein Flugzeug mehr, und da ich Portugiesisch spreche und das Portugiesische Expeditionskorps gerade in Flandern eingetroffen war, wurde ich als Verbindungsoffizier eingesetzt. *Et voilà.*«
Alle am Tisch schwiegen. Die Geschichte vom Flug in Fußballsachen war komisch gewesen, aber das Ende nicht. Verlegene Stille trat ein, dann brachte Afonso, den die sportlichen Aspekte des Berichts interessierten, die Unterhaltung wieder in Gang.
»Spielst du gern *football?*«
»Nur *association football.*«
»Gibt es denn noch andere Arten von *football?*«
»Ja«, antwortete Cook. »Es gibt auch noch *rugby football.*«
»Also, ich meine den, den man mit den Füßen spielt.«

»Mit den Füßen werden beide gespielt, deshalb heißen sie ja auch *football*«, antwortete der Engländer lachend.

Afonso war verwirrt.

»Aber worin besteht denn dann der Unterschied?«

»Beim *association football* darf nur der Torwart den Ball in die Hand nehmen, während beim *rugby football* alle Spieler den Ball in die Hand nehmen, die Tore aber mit dem Fuß geschossen werden.«

»Aha!«, sagte Afonso. »Dann kennen wir in Portugal nur den *association football.*«

»Und eben den spiele ich gern«, rief der Engländer. »Der ist nicht so brutal, den Gegner wegstoßen oder behindern ist verboten, anders als beim *rugby football,* der eher für Kraftbolzen geeignet ist als für wahre Gentlemen.«

Der Hauptmann merkte, dass ihre Gastgeber der Unterhaltung nicht folgen konnten, und bremste diplomatisch seine Begeisterung. Gern hätte er von seinen Abenteuern in der Kindheit mit einem Lumpenball erzählt, vom Kicken in der Jugend und auch noch von den großen Spielen, die er in Campo Pequeno, auf dem Salésias-Feld und auf der Quinta da Feiteira gesehen hatte, aber er beherrschte sich.

Agnès nutzte die Gelegenheit und wechselte das Thema, denn Fußball interessierte sie nun wirklich nicht.

»Sie sind nun also bei den Portugiesen«, sagte sie zum englischen Offizier.

»*Yes.*«

»Und, mögen Sie sie?«

»*Right ho!*«, bestätigte Cook mit einem Blick zu Afonso. »Sie sind nett, richtige *jolly good fellows,* und außerdem darf man nicht vergessen, dass sie unsere ältesten Verbündeten sind.«

»Und sie sind gute Soldaten …«, sagte die Gastgeberin, halb fragend, halb feststellend.

Die Antwort war unerwartet.

»*Well,* nun wollen wir mal nicht übertreiben.«

»Sind sie denn keine guten Soldaten?«

»Wissen Sie, um gute Soldaten zu haben, braucht man vor allem eine gute Organisation. Zeigen Sie mir eine gutorganisierte Armee, und ich zeige Ihnen gute Soldaten. Die Organisation erzeugt Disziplin,

Motivation und Korpsgeist. Die Portugiesen sind *merry men*, sie sind unkompliziert, schüchtern und friedliebend, aber ihre Organisation, das muss ich leider sagen, lässt einiges zu wünschen übrig.«
Afonso blieb stumm. Er hatte sich schon einmal mit Cook in der Offiziersmesse der Brigade über dieses Thema unterhalten und kannte seine wenig diplomatische Meinung darüber, weshalb diese Worte für ihn nichts Neues waren. Der Engländer drückte sich mit entwaffnender, ja fast grausamer Arglosigkeit aus, doch insgeheim fand der Hauptmann, dass er im Grunde recht hatte. Während seiner Einweisung hatte Afonso kurze Zeit in den englischen Schützengräben verbracht, und er wusste, wie sehr sie sich in Fragen der Organisation, Disziplin, Hygiene und Arbeit von den Portugiesen unterschieden.
»Die Portugiesen sind also desorganisiert …«, stellte Agnès lächelnd fest, als wollte sie sagen, dass dies keine schwere Sünde sei.
»*Right ho!*«, bestätigte Cook. »Sie sind Weltmeister im Improvisieren, aber das kann, wenn man im Krieg ist, teuer werden.«
»Vielleicht lieben sie das Leben zu sehr und merken, dass es Interessanteres gibt, als sich gegenseitig umzubringen«, sagte Agnès mit einem Blick zu Afonso, als wollte sie ihm Mut machen.
Der Portugiese nahm das Stichwort auf.
»Wer uns die Liebe, den Wein, unser Brot, unsere Knoblauchwurst und die Sonne nimmt, nimmt uns jede Lebensfreude«, bemerkte er lächelnd.
Es war eine Gelegenheit, das Thema zu wechseln, was Agnès und Afonso sich sehnlichst wünschten, doch Baron Redier gestattete es nicht.
»Nennen Sie mir ein Beispiel für die mangelnde Organisation der Portugiesen«, bat er den englischen Offizier.
»Die Sauberkeit in den Schützengräben«, gab Cook fast wie aus der Pistole geschossen zurück.
»Die Sauberkeit?«
»Ja, die Sauberkeit. Ein Bereich, der für die Definition, ob eine Armee gut ist, scheinbar keine Rolle spielt, und dennoch ist er von größter Bedeutung. Am Niveau der Hygiene lässt sich ablesen, wie es um Organisation, Disziplin und Motivation einer Armee bestellt ist.«

»Die portugiesischen Schützengräben sind also verdreckt?«, fragte der Baron mit verächtlichem Grinsen.
»Ja, die portugiesischen und die französischen«, erwiderte Cook, womit er dem Baron die Gelegenheit nahm, sich über den Hauptmann lustig zu machen.
Rediers verächtliches Grinsen zerrann, und auf seinem Gesicht breitete sich eine plötzliche Röte aus, was der Engländer jedoch nicht beachtete. Wenn man ihm Fragen stellte, antwortete er, und was konnte er dafür, dass seine Antworten dem Fragenden nicht immer gefielen?
»Die französischen?«
»*Right ho!*«, bestätigte Cook. »Nachdem wir mehrere Schützengräben besichtigt haben, sowohl alliierte als auch feindliche, haben meine Kameraden vom Royal Flying Corps und ich schließlich eine Rangliste der saubersten aufgestellt. Wollen Sie wissen, welche das sind?«
»Aber gern.«
»*Very well*«, sagte Cook und machte ein Gesicht, als müsste er angestrengt nachdenken. »Meister in Sauberkeit sind die Engländer und die protestantischen Deutschen, insbesondere die Preußen. Dann kommen die Waliser, die Kanadier und die protestantischen Iren. Ihnen folgen die katholischen Iren und die katholischen Deutschen, wie die Bayern. Danach die Schotten, die Franzosen und die Belgier. Als Nächste die Inder. Dann die Algerier. Und ganz zum Schluss die Portugiesen, die Meister in Unsauberkeit.«
Stille trat ein.
»Das klingt nicht nett«, warf Agnès ein, verärgert darüber, welche Richtung die Unterhaltung genommen hatte, und über die Kommentare des Engländers, die ihrer Ansicht nach unnötig und unfreundlich waren.
»Sie haben nach der Wahrheit gefragt, und die habe ich Ihnen genannt«, gab Cook mit einer eine Entschuldigung andeutenden Handbewegung zurück. »Hauptmann Afonso kennt meine Meinung dazu, und soweit ich es beurteilen kann, ist er sogar derselben Auffassung.«
Afonso hatte das Gefühl, er müsse sich äußern. Er räusperte sich und klärte die Stimmbänder, bevor er sprach.

»Richtig ist, dass die portugiesischen Schützengräben alles andere als vorbildlich aussehen«, sagte er. »Wir haben ein Problem mit unserem Offizierskader, denn sie stehen mehrheitlich nicht hinter Portugals Beteiligung an diesem Krieg. Die Männer werden allmählich dienstmüde, noch hat keine Rotation der Truppen stattgefunden, und die Disziplin verschlechtert sich zunehmend. Was zur Folge hat, dass die Latrinen nicht entsprechend gesäubert werden und der Abfall sich in den Schützengräben häuft. Außerdem ist man in Portugal nicht gewohnt, regelmäßig zu baden. Die Hygienekampagne, die im letzten Jahrhundert in Europa geführt wurde, ist nicht bis Portugal gedrungen, wo ein Bad zu nehmen als narzisstisches Vergnügen leichtfertiger und müßiger Frauenzimmer, ja fast als Sünde gilt. Wir haben unsere Soldaten angewiesen, einmal in der Woche zu baden, doch die meisten halten das für übertrieben, und viele meiden das Wasser. Sie glauben sogar, Schmutz sei der beste Schutz vor Krankheiten, und dazu kommt noch, dass die Soldaten bei der Kälte, die wir ja nicht gewohnt sind, das Wasser meiden wie der Teufel das Weihwasser. Es ist ein Problem, das wir irgendwie lösen müssen.«

»Aber am schlimmsten, Afonso, sind doch eure Offiziere«, warf der Engländer ein. »Die Soldaten sind ja noch einigermaßen guten Willens, aber die portugiesischen Offiziere …«

»Das stimmt«, sagte der Hauptmann. »Viele unserer Offiziere sind verdrossen über das mühselige Leben im Krieg, sie sind unpünktlich, führen die Befehle, die sie erhalten, nicht sofort aus, schimpfen immer nur über alles und scheren sich nicht darum, wie es ihren Leuten geht. Bei solchen Offizieren ist es wirklich schwierig, die Soldaten zu motivieren.«

»Wenn man ganz gerecht sein will, gibt es noch ein anderes Problem, das du nicht angesprochen hast, das aber eine große Rolle spielt«, fügte Cook hinzu.

»Und das wäre?«

»Die Beschaffenheit der Schützengräben, in denen eure Soldaten stehen«, sagte der britische Offizier. »Dass man den Portugiesen den Abschnitt bei Neuve Chapelle überlassen hat, war ein vergiftetes Geschenk. Neuve Chapelle liegt in einer Morastsenke, überragt von dem Bergrücken Aubers-Fromelles, einer von den *Jerries* gehaltenen Erhebung. Wenn es regnet, haben es die Männer, die Neuve Chapelle verteidigen, nicht nur mit dem Wasser zu tun, das von oben auf sie niedergeht, sondern auch mit dem, das vom Abschnitt der Boches den Abflussgraben an der Strecke Estaires-La Bassée herunterkommt. Was zur Folge hat, dass die Schützengräben ständig voll von Wasser und Schlamm sind und damit jede Anstrengung, sie sauber zu halten, zunichtegemacht wird. Deshalb sind alle, die sich in Neuve Chapelle befinden, zu einem Leben wie die Ratten verdammt.«

Doch das hörte Baron Redier nicht mehr, ihn beschäftigte eher, was Cook über die französischen Schützengräben gesagt hatte.

»Sie haben die französischen Schützengräben nur eine Stufe über den indischen genannt.«

»*Yes.*«

»Das kann doch nicht sein!« Der Baron schüttelte den Kopf, er wollte einen solchen Vergleich nicht akzeptieren.

»Aber es entspricht der Wahrheit.«

Afonso kam seinem Gastgeber zu Hilfe.

»Wissen Sie, *Monsieur le Baron*, es trifft zwar zu, dass die portugiesischen und die französischen Schützengräben schmutziger sind als die englischen und dass wir weniger Reinlichkeit gewohnt sind als unsere Verbündeten«, sagte er. »Aber die Qualität einer Armee allein nach der Sauberkeit in den Schützengräben und den Hygienegewohnheiten der Soldaten zu beurteilen ist doch übertrieben. Die Engländer mögen zwar sehr sauber und gut organisiert sein, doch in militärischer Hinsicht beweisen die Franzosen eine bessere Kampftaktik.«

»Ach ja?« Das Selbstwertgefühl des Barons bekam wieder Auftrieb.

»Die Engländer glauben an das System, jede Menge Soldaten in die Frontlinie zu stecken, wenn der Feind angreift, doch die Franzosen haben inzwischen begriffen, dass dies unsinnig ist, und konzentrieren ihre Truppen, genau wie die Deutschen, lieber hinter den Linien«, erklärte der Hauptmann.

»Worin besteht der Unterschied?«

»Der Unterschied besteht darin, dass die Engländer unnötig viele Soldaten bei den einleitenden Bombardements des Feindes verlieren, während die Franzosen und die Deutschen sie in der Nachhut schützen und nur dann in die ersten Linien schicken, wenn es wirklich nötig ist. Das ist intelligenter.«

Der Baron warf Cook einen triumphierenden Blick zu.

»Was sagen Sie dazu?«

»Dem stimme ich zu«, antwortete der Engländer. »Hauptmann Afonso und ich haben uns schon darüber unterhalten, unsere Taktik ist viel zu konservativ und unflexibel. Leider sind alle unsere höheren Offiziere von der alten Schule und lehnen neuere, dynamischere Modelle ab. Wie unser Freund Afonso sagen würde, das ist ein Problem, das wir irgendwie lösen müssen.«

»Und das Schlimme ist, dass sich unsere Truppen von der englischen Doktrin berauschen lassen«, sagte der portugiesische Hauptmann lachend. »Anders gesagt, wir imitieren die Engländer in dem, was sie als Schlechtestes zu bieten haben, aber nicht in dem, was sie als Gutes zu bieten haben.«

Die schlanke hohe Standuhr an der Wand, eine Wiener Biedermeier-Uhr, schlug einmal, und gleich darauf verkündete sie geräuschvoll, dass es neun Uhr war, ihr versilbertes Zifferblatt und der Mechanismus des Schlagwerks funktionierten perfekt. Agnès fand, es reichte mit den Vergleichen der Truppen. Ihr war klargeworden, dass solche Unterhaltungen, wenn die Teilnehmer unterschiedlicher Nationalität waren und sich ehrlich äußerten, gelegentlich für einige von ihnen demütigend endeten. Taktgefühl war vonnöten, doch daran mangelte es offensichtlich an diesem Tisch. Die Mahlzeit war beendet, also galt es, den Schlag der Biedermeier-Uhr und den entspannten Ton von Afonsos letztem Wortbeitrag zu nutzen und das Thema nicht mehr anzusprechen. Als die Uhr verstummte, erhob sie sich, fest entschlossen, die Gelegenheit zu nutzen.

»Meine Herren«, sagte sie. »Bitte kommen Sie mit in den Salon, wo uns ein Digestif erwartet und ich Ihnen ein Kunstwerk zeigen möchte, das Sie sicherlich überraschen wird.«

Das Klavier wurde von dem Lärm übertönt, der im Gastraum der Schenke herrschte. Dichter Zigarettenrauch hing wie eine Wolke in dem Lokal »A Cambrinus« in Merville, doch das schien niemanden zu stören, sie alle waren schlimmeren und gefährlicheren Rauch in den Schützengräben gewohnt. Neben dem Fenster ließ ein schmächtiger Tommy die Finger über das billige Klavier gleiten und setzte der Kakophonie der Unterhaltung energisch einen flotten Foxtrott entgegen, dessen Text die Portugiesen nicht verstanden, doch ein paar angetrunkene Engländer sangen mit.

»*If I were the only girl in the world …*«

Ein schlankes junges Mädchen, vor dem Bauch eine schmutzige Schürze, schlängelte sich zwischen den Tischen voller lärmender Männer hindurch, auf den Fingerspitzen der rechten Hand ein Tablett mit Biergläsern balancierend. Baltazar, der Alte, sah sie und reckte den Hals.

»*T'es bonne!*«, brüllte er ihr hinterher. »*Mademoiselle coucher avec moi?*«

Das Mädchen lächelte und ging wortlos weiter. Sie war die Avancen der Soldaten gewohnt, ihre plumpen Anzüglichkeiten und das unbeholfene Schützengrabenfranzösisch, bestehend aus einer begrenzten Anzahl von Wörtern wie *compris, pas compris, bonne, pas bonne, finish, coucher avec, manger, promenade,* kaum mehr.

»Ein Klassemädchen!«, sagte Baltazar, der sich wieder zum Tisch umgedreht hatte. Dann trank er einen Schluck Bier, stellte das Glas mit einem Knall ab und rülpste. »Heute müssen wir zu den Nutten.«

»He, Baltazar, aus dem Alter bist du raus«, erwiderte Vicente Manápulas. »Und außerdem bist du verwundet und brauchst Ruhe.«

Baltazar griff an den Verband über seinem Ohr.

»Ich bin am Ohr verwundet, aber nicht am Fidibus«, erwiderte er und deutete zwischen seine Beine.

»Oh, Mann, ich bin kaputt«, beschwerte sich Vicente. »Den ganzen Morgen die Schinderei, die Gräben zu befestigen, und am Nachmittag marschieren und mit dem Bajonett üben, in aufgehängte Säcke oder Säcke am Boden stoßen, verdammter Mist, und dann noch trainieren, wie man mit dem Kolben zuschlägt, mit dem Knie reinhaut, ein Bein stellt oder mit dem Kopf stößt. Davon bin ich so erledigt, dass ich nicht mehr kann.«

»He, Alter, jetzt mach hier nicht einen auf Schlappschwanz«, sagte Baltazar. »Wenn man so fertig ist, gibt's nichts Besseres als einen ordentlichen Fick.«

»Was meinst du?« Vicente sah Matias Grande fragend an.
Den Blick melancholisch verträumt auf das trübgelbe Bier in dem Glas in seiner Hand gerichtet, wirkte der großgewachsene Mann aus Palmeira finster und geistesabwesend. Er konnte sich nicht damit abfinden, dass Daniel, sein Freund aus Kindertagen, tot war, und der Anblick des vom Himmel stürzenden Körpers und Kopfes suchte ihn seit dem Gefecht in der vergangenen Woche als Alptraum heim. Inzwischen hatte er die Schützengräben verlassen, doch es war, als befände er sich noch immer dort, wieder und wieder kam es in ihm hoch.
Von Ängsten und unkontrollierbaren Schuldgefühlen gequält, dachte er, sie hätten die Frontlinie früher verlassen müssen oder aber ein paar Sekunden später, verfasste in Gedanken den Brief, den er den Feldwebel bitten wollte, an Daniels Frau zu schreiben, und immer und immer wieder gingen ihm Worte und Gedanken durch den Kopf, überkamen ihn Gefühle, Empörung, Resignation, Trauer. Matias sah Vicente an, als wäre er von weit her aus einem Traum erwacht.
»Hm?«
»Was meinst du?«
»Wozu?«
»Ob wir zu den Nutten gehen sollen«, antwortete Vicente ungeduldig. »Schläfst du oder was?«
»Zu den Nutten?« Matias überlegte, als wäre dies eine ganz ausgefallene Idee. Er wirkte etwas vertrottelt und musste einen Moment nachdenken. »Ja, los.«
»Also, abgemacht!« Baltazar schlug mit der flachen Hand auf die Tischplatte. »Auf geht's zu den Nutten!«
»Kann mir jemand was leihen?«, fragte Abel, vom Bier schon recht schläfrig. »Ohne Knete gibt's keine Spritztour.«
»Kannst beruhigt sein, Lingrinhas, ich hab Moneten«, sagte Baltazar und wedelte mit einem Bündel Franc-Scheinen. »Jede Menge.« Er wandte sich Matias zu. »Seit dem Scheiß neulich läufst du mit hängendem Kopf herum, Mann. Dabei hast du eine große Belobigung erhalten und bist zum Obergefreiten befördert worden, was willst du eigentlich noch?«
»Ich scheiße auf die Belobigung und die Beförderung«, rief Matias,

stand auf und warf ein paar Münzen für seine zwei Gläser Bier auf den Tisch. »Kommt.«
Alle standen auf, verließen die Kneipe und gingen die schlammverschmutzte Straße zum Bordell von Merville hinunter.
»Aber die Beförderung ist doch nicht schlecht, Matias, immerhin verdienst du ein paar Kröten mehr.«
»Einen Dreck verdiene ich.«
»Kriegst du nicht zwanzig Francs?«
»Doch.«
»Immer noch besser als das, was wir kriegen, verdammt. Wir sind noch immer bei fünfzehn, dabei riskieren wir auch Kopf und Kragen.«
Matias zuckte mit den Schultern, zog Abel mit sich, stellte sich am Straßenrand an einen Baum und pinkelte. Die anderen beiden gingen schon ein Stück voraus. Baltazar fing laut an zu singen, doch Vicente unterbrach sein gellendes Gebrüll.
»Halt den Mund«, fuhr er ihn an. »Du erregst Aufsehen.«
»Was willst du, Manápulas?«, gab Baltazar zurück. »Bist du nervös wegen der *Mademoiselles*, die wir gleich vernaschen?«
»Halt den Mund.«
»Ich weiß Bescheid, Manápulas, dein Problem ist, dass du ein Klasseweib kriegst, es dir aber lieber mit der Hand machst!«, sagte Baltazar und grölte vor Lachen.
»Halt den Mund, du bist besoffen!«
Baltazar verstummte. Matias und Abel schlossen sich ihnen wieder an; schweigend gingen sie die Straße entlang und wichen hier und da einer Schlammpfütze aus, denn ihre viel zu großen Uniformen schleiften auf der Erde. Die Uniformen waren für die Maße der größeren Engländer hergestellt worden, an den Portugiesen sahen sie lächerlich aus. Die Ärmel bedeckten fast die ganze Hand, der Hosensaum hing in den Dreck, als hätte man Zwerge in Riesenanzüge gesteckt. Einzig Matias Silva, dem Riesenkerl, dessen Körperlänge ihm zu Recht den Spitznamen Grande eingebracht hatte, schien die Uniform richtig zu passen.
Das Bordell befand sich an einer Ecke der Hauptstraße von Merville. Bevor sie die Hauptstraße erreichten, sahen sie vor einem Haus mit

einem Loch in der seitlichen Wand einen Jungen auf einer Mauer sitzen.
»*Messieurs!*«, rief der Junge. »Wollen Sie meine Schwester? *Very good jig-a-jig. Demoiselle very cheap. Very good.*«
Der französische Bengel war ungefähr zehn Jahre alt, und er hielt natürlich die portugiesischen Soldaten für Tommys.
»Was will der Kleine?«, fragte Vicente Baltazar.
»Er bietet uns seine Schwester an«, erklärte Baltazar, blieb stehen und sah den Jungen an. »Schlafen mit *Mademoiselle?*«
»*Oui, Monsieur,* sehr hübsch, sehr billig.«
»Wie viel?«
»Fünf Francs.«
»Das ist billig«, sagte Baltazar zu seinen Freunden.
»Und es ist wirklich seine Schwester?«, fragte Abel Lingrinhas.
»Keine Ahnung!« Baltazar zuckte mit den Schultern. »Wahrscheinlich sind das belgische Flüchtlinge.«
»Lasst uns weitergehen«, sagte Matias.
»Einen Moment, immer mit der Ruhe«, erwiderte Baltazar, wandte sich wieder dem Jungen zu und fragte, wo sich die Schwester befand. »*Où est Mademoiselle?*«
Der französische Junge, der vielleicht auch ein Belgier war, hüpfte von der Mauer und lief über die Straße.
»*Venez!*«, rief er, winkte ihnen zu und betrat den Garten eines niedrigen Hauses.
Die Portugiesen wechselten Blicke und gingen zögernd hinter ihm her. In dem Haus, oder vielmehr der Ruine ohne Dach, wartete der Junge am Ende einer Treppe vor der Tür eines offenbar von außen zugänglichen Kellerraums auf sie. Sie gingen die Stufen hinunter, der Junge forderte sie auf einzutreten. Im Keller war es dunkel, doch dann sahen sie, dass in einer Ecke eine Kerze brannte. Auf einem großen Tuch saß ein Mädchen, neben ihr ein Kissen, in einer anderen Ecke des Kellerraums standen Kochutensilien.
»Fünf Francs für meine Schwester«, sagte der Junge wieder und hielt die fünf Finger seiner Hand hoch.
Die vier Portugiesen sahen das spindeldürre Mädchen an, das nervös ihren müden Blick von einem zum anderen gleiten ließ.

»*Promenade* mit mir?«
»Die Kleine da ist höchstens vierzehn«, stellte Matias leise kopfschüttelnd fest.
»Fast so alt wie meine Tochter«, bemerkte Baltazar, ohne den Blick von dem Mädchen zu wenden. Er hatte sehr wohl ihre winzigen Jungmädchenbrüste bemerkt. »Habt ihr ihre Titten gesehen? Nicht größer als Eicheln.«
Matias Grande ging näher an sie heran, griff in die Tasche, holte ein paar Münzen heraus und gab sie ihr, woraufhin sie die Münzen einsteckte und sich auszuziehen begann.
»Willst du es ihr machen?«, fragte Vicente.
»Bist du verrückt?«, gab Matias zurück, drehte sich um und verließ den Raum. »Kommt.«
Die vier Portugiesen kehrten auf die Straße zurück.
»Ein Mädchen in dem Alter!«, rief Baltazar aus. »Das ist eine Sünde.«
»Aber zu den Nutten gehen ist keine Sünde?«, fragte Abel.
»Zu den Nutten gehen ist eine Notwendigkeit«, erklärte Baltazar. »Aber mit Kindern ist es eine Sünde.«
»Ich weiß von einem, der es mit so einem Flüchtlingsmädchen gemacht hat«, sagte Vicente Manápulas.
»Mit so einer Kleinen wie der da?«
»Ja, noch ganz jung.«
»Und? Wie fand er es?«
»Wunderbar«, antwortete Vicente. »Er hat gesagt, er hat sich Gedanken gemacht, aber die Kleine hat es seinem Fidibus ordentlich besorgt.«
Alle lachten nervös.

Baron Redier hatte sich bereits bei seinen Gästen entschuldigt und in seine Gemächer zurückgezogen. Er war ein Gewohnheitsmensch, liebte die Routine, besuchte gern dieselben Orte, aß gern dieselben Gerichte, ging gern zur selben Zeit schlafen. Agnès blieb und plauderte mit den beiden Offizieren am Kamin. Sie saß mit einem Glas Champagner in ihrem Schaukelstuhl, Afonso mit seinem üblichen Whisky auf dem Kanapee, Cook mit einem Glas Portwein in einem gepolsterten Mahagonilehnstuhl mit gedrechselten Armlehnen. Der Engländer holte eine Holzschachtel heraus, auf deren Deckel *Tabaken-Sigaren* stand, dazu der Name des berühmten Tabakgeschäfts P. G. C. Hajenius in der Damrak Straat in Amsterdam, öffnete sie und bot *Coronitas* an, die Agnès und Afonso jedoch ablehnten. Schließlich zündete er sich selbst eine der kurzen Havanna-Zigarren an und zog genüsslich den Rauch ein. Sie unterhielten sich über alles und vor allem über den Krieg, das Thema, das ihr Leben beherrschte. Den Hauptmann interessierte besonders, wie die Engländer den Krieg sahen, ob sie ihn anders betrachteten als die Portugiesen, und der Portwein hatte Leutnant Cook offenbar die Zunge gelöst. Agnès wollte gern wissen, ob all das der Wahrheit entsprach, was man ihr über die feindlichen Auseinandersetzungen erzählte, ob die Deutschen tatsächlich so grausam und feige waren, wie die Presse behauptete, und ob der Krieg bald zu Ende wäre oder nicht. Timothy Cook mit seinen drei Jahren Kriegserfahrung erwies sich als geradezu sprudelnde Informationsquelle.

»Alles Lügen«, stellte er, eine Rauchwolke ausstoßend, entschieden fest, denn für ihn gab es keinen Zweifel, dass vieles von dem, was in der Zeitung stand, gelogen war. Da Agnès ihn fragend ansah, übersetzte er ins Französische: »*Mensonges.*«

»*Mensonges?*«

»*Yes*«, antwortete er. »Die französischen Soldaten nennen das Gehirnwäsche. Man könnte meinen, die Presse wäre eine Lügenfabrik.«

»Zum Beispiel?«

»Ach, Beispiele gibt es so viele! Sehen Sie, einmal war ich für eine Woche in der Champagne, um auf einem französischen Flugplatz eine *Farman* zu testen. Die Lage war vollkommen ruhig, und was stand in der Zeitung? Es habe eine massive deutsche Offensive gegeben, die von den Franzosen abgewehrt worden sei, ohne dass die Franzosen auch nur einen einzigen Meter hätten zurückweichen müssen. Alles gelogen. Ein anderes Mal war es genau umgekehrt. Während der Somme-Offensive, dieser Hölle auf Erden, schrieben die Zeitungen, an der Front sei alles ruhig.«

Agnès sah ihn verwirrt an.

»Mag ja sein«, sagte sie. »Aber stimmt es denn nicht, dass die Boches grausam sind?«

»*I say*«, erwiderte Cook, »nicht grausamer als wir. Wenn sie uns gegenüberstehen, versuchen sie, uns zu töten, aber machen wir denn nicht genau dasselbe mit ihnen? Wenn ich ganz ehrlich sein soll, würde ich sagen, manche sind eigentlich ganz anständige Kerle. Ein Freund, der bei den *Royal Welch* ist, hat mir erzählt, dass während einer unseligen Offensive im Abschnitt von Béthune Tausende unserer Leute verwundet oder sterbend im Niemandsland lagen. In der Nacht nach Beendigung des Angriffs haben die Boches keinen einzigen Schuss abgegeben, damit unsere Bahrenträger alle Verwundeten und auch viele Tote bergen konnten.«

»Sagen Sie nicht, dass die Engländer die Boches mögen …«

»Verstehen Sie mich nicht falsch« – Cook schüttelte den Kopf –, »wenn ich einen vor mir sehe, erschieße ich ihn eher, als dass ich ihn gefangennehme.«

»Im Ernst?«

»Ja, gefangennehmen ist mühsam«, erklärte er, dann machte er eine kurze Pause und zog an seiner *Coronita.* »Manche Offiziere geben ausdrücklich Befehl, keine Gefangenen zu machen.«

»Und das bedeutet …«

»Das bedeutet, auf der Stelle erschießen, kein Pardon, niemandem gegenüber«, erklärte Cook und stieß den Zigarrenrauch aus.

»Und das tun Sie alle?«

»*Right ho!* Wenn wir es eilig haben oder besonders gereizt sind, weil ein Freund gefallen ist, geht das ruck, zuck. Aber dazu muss ich sagen, dass in dieser Hinsicht die schlimmsten die Kanadier und die Australier sind. Von denen heißt es, dass sie auch alle Boches erschießen, die sich ergeben. Mit denen ist nicht zu spaßen.«

»*Mon dieu!*«

»So ist der Krieg«, stellte Cook fest, ein damals üblicher Kommentar, wenn es um durch den Krieg verursachtes Leid ging.

Wie immer, wenn vom Krieg die Rede war, hatte die Unterhaltung eine unerfreuliche Wendung genommen, weshalb Afonso das Bedürfnis verspürte, sie in andere Bahnen zu lenken. Er nutzte die Pause, um Agnès etwas näher kennenzulernen.

»Für eine schöne, bezaubernde Frau wie Sie muss es schwierig sein, in dieser von Gewalt beherrschten Gegend Frankreichs zu leben.«

Agnès lächelte, erfreut über das Kompliment.

»Einfach ist es nicht«, sagte sie. Dann lächelte sie Afonso verführerisch an und fügte hinzu: »Doch gelegentlich habe ich das Glück, Offiziere kennenzulernen, die *très charmants* sind.«

Der Portugiese hätte sich fast an seinem Whisky verschluckt. Solch eine Antwort hatte er nicht erwartet, denn die portugiesischen Damen pflegten beim Verführungsspiel mehr Zurückhaltung. Es verschlug ihm die Sprache. Er lief hochrot an und schluckte trocken, dann sprach er weiter.

»Ich kann mir ... äh ... vorstellen ... äh ... bei den vielen Soldaten auf der Straße ... äh ... da können Sie sich ... äh ... sicher nicht ganz unbesorgt bewegen. Womit beschäftigen Sie sich in Ihrer Freizeit?«

»Mit Lesen. Ich lese sehr viel.«

»Ah ja? Und was lesen Sie?«

»Ach, alles Mögliche. Stendhal, Balzac, Flaubert, Dumas, Daudet, Maupassant ...«

»Und wer gefällt Ihnen am besten?«

»Ich weiß nicht. Vielleicht Dumas, er ist sehr unterhaltsam.«

Afonso setzte sein Whiskyglas ab. »Ich lese auch gern.«

»Und was lesen Sie in Portugal?«

»Wir haben zwar nicht so eine Vielfalt wie Sie hier in Frankreich, aber ich mag Eça de Queiroz und Júlio Dinis.«

»Ich habe einmal einen portugiesischen Roman gelesen«, warf Cook ein.

»Ah ja?«, wunderte sich Afonso. »Und wie hieß der?«

»*O Guarani.*«

»*O Guarani?*«, fragte der Hauptmann stirnrunzelnd nach. »Davon habe ich noch nie gehört. Bist du sicher, dass er so hieß?«

»Klar. Der Autor heißt José de Alencar.«

»Komisch, dass ich den nicht kenne. Wo bist du auf das Buch gestoßen?«

»In Brasilien.«

»Ah, dann ist es wohl kein Portugiese, sondern höchstwahrscheinlich ein Brasilianer. Hat es dir gefallen?«

»*Well,* einige Wörter habe ich nicht verstanden«, antwortete der Engländer lachend. »Aber ansonsten, ja.«
»Fandest du es besser oder schlechter als englische Romane?«
»Anders.«
»Und was liest man in England?«, erkundigte sich Agnès, die wenig Lust auf neuerliche Vergleiche hatte. »Charles Dickens?«
»Ja, das ist, nach Shakespeare, unser bedeutendster Name. Aber es gibt auch noch andere.«
»Wen, zum Beispiel?«
»Ach, so viele. Thackeray, die Brontë-Schwestern, T. S. Eliot, Trollope, Stevenson, Hardy, Kipling, Conrad …«
»Ich habe an englischen Werken nur den Roman von Dickens gelesen, der während der Französischen Revolution spielt.«
»Sie meinen *Eine Geschichte aus zwei Städten.* Hat er Ihnen gefallen?«
»*Oui*«, antwortete die Französin lachend. »Am Schluss musste ich schrecklich weinen.«
»*That's Dickens, that's all right.*« Cook nickte, wissend lächelnd.
»Und welchen Schriftsteller haben Sie am liebsten?«
»Ich glaube, Stevenson, ich mag seinen Abenteuergeist, seinen Sinn für Exotik. Aber im Moment lese ich einen Roman, der erst vor kurzem erschienen ist, ein sehr guter, sehr origineller, sehr intensiver Roman.«
»Worum geht es darin?«
»Das Buch heißt *Des Menschen Hörigkeit* und ist die Geschichte eines Mannes, der sich hoffnungslos in eine Frau verliebt, die aber überhaupt nichts von ihm wissen will. Das Besondere an diesem Roman ist, dass der Leser sich in die Hauptfigur hineinversetzt und bald so denkt wie die Figur, ihre Gefühle empfindet, ihre Reaktionen versteht und schon im Voraus weiß, wie sie sich verhalten wird. Der Leser verwandelt sich in die Figur.«
»Das klingt ja interessant«, sagte Agnès. »Wie heißt der Autor?«
»Somerset Maugham. Ein junger Schriftsteller, vorher hatte ich auch noch nie von ihm gehört.«
»Der Roman hingegen, den ich gerade angefangen habe, ist das genaue Gegenteil, er bereitet mir geradezu Kopfschmerzen.«

»Warum das denn?«
»Weil es mit der Geschichte nicht vorangeht. *Mon dieu,* man hat das Gefühl, es gibt gar keine Geschichte.«
»Und wie heißt dieses Meisterwerk?«
»*Auf der Suche nach der verlorenen Zeit.* Ich finde, der Titel passt sehr gut, denn ich suche inzwischen auch nach der Zeit, die ich damit verliere. Stellen Sie sich vor, auf den ersten fünfzig Seiten geht es nur um die Szene, in der die Romanfigur im Bett liegt und darauf wartet, dass die Mutter kommt und ihm einen Gute-Nacht-Kuss gibt. Fünfzig Seiten nur darüber!«
Alle lachten.
»Und welches Genie hat dieses Kunstwerk verfasst?«
»Marcel Proust.«
»Der wird es nicht weit bringen«, bemerkte Cook.
»Sagen Sie das nicht, das Buch ist außerordentlich gut geschrieben.«
»Aber worum geht es in der Geschichte?«
»Das ist ja das Problem, ich habe noch nicht begriffen, um welche Geschichte es geht«, sagte Agnès nachdenklich. »Zwar bin ich noch am Anfang, das stimmt, aber mir scheint, die Hauptfigur sucht in ihrer Erinnerung nach etwas, das in der Zeit verlorengegangen ist, daher wahrscheinlich der Titel. Es klingt etwas merkwürdig, aber ich habe den Eindruck, dass dieses Buch nicht so sehr aus Geschichten besteht, sondern eher aus Gefühlen, Eindrücken, Gerüchen und Geschmack, Farben, Emotionen und Zuneigungen. Ich würde es als ein großes, mit Nostalgie, magischen Momenten der Kindheit und kleinen Nichtigkeiten gemaltes Fresko bezeichnen.«
»Wissen Sie, ein Freund hat mir einmal die perfekte Definition für ein gutes Buch gegeben«, sagte Cook, machte eine Kunstpause und stieß eine duftende Rauchwolke seiner *Coronita* aus. »Ein gutes Buch zeichnet sich dadurch aus, dass es gut geschrieben ist und eine gute Geschichte hat. Wenn es gut geschrieben, aber die Geschichte nicht gut ist, dann ist auch das Buch nicht gut. Wenn das Buch eine gute Geschichte hat, aber schlecht geschrieben ist, dann ist es ebenfalls nicht gut. Ein Buch ist nur dann gut, wenn es eine gute Geschichte hat und gut geschrieben ist.«
Das Holz im Kamin knisterte leise, alle drei lehnten sich zurück, ge-

nossen den friedlichen Augenblick und dachten über das soeben Gesagte nach. In Gedanken ließen sie die Romane Revue passieren, die sie im Laufe ihres Lebens gelesen hatten, und überlegten, welche davon gute Geschichten hatten, aber schlecht geschrieben waren, und umgekehrt. Und sie dachten vor allem an die seltenen, kostbaren Werke, die mit schlichten, schnörkellosen Worten und eleganten, wohlstrukturierten, geradezu machtvollen Sätzen überwältigende, unvergessliche Geschichten erzählten. Ja, darin stimmten sie überein, das waren wirklich gute Bücher. Wie viele ausgezeichnete Geschichten waren doch in schlechten Texten untergegangen, wie viele fähige Schreiber hatten sich an schlechten Geschichten vergriffen! Das ist wie mit der Malerei, bemerkte Afonso. Was nützt gute Technik, wenn es an Kreativität fehlt? Und was nützt Kreativität, wenn man die Technik der Malerei nicht beherrscht? Ist es nicht ein ständiges Wechselspiel, ein Geben und Nehmen, ein Verändern und Weiterentwickeln, ein gegenseitiges Formen und Beeinflussen?

In die Stille hinein erklang das metallene Schlagen der Biedermeier-Standuhr im Esszimmer. Da fiel Afonso fast ungewollt ein, dass die Baronin ihnen beim Abendessen eine Überraschung versprochen hatte.

»Madame, Sie haben vorhin von einem überraschenden Kunstwerk gesprochen …«

»Ach ja«, rief Agnès aus, ihre Miene hellte sich auf, und ihr Blick richtete sich auf die Wand oberhalb eines Regals. »Das ist das Bild dort.«

Die beiden Offiziere drehten sich um und bemerkten zum ersten Mal ein kleines, wahrhaft eigenartiges Bild. Es war eine recht unorthodox gemalte Landschaft, der Himmel in diverse geometrische Formen mit unterschiedlichen Blautönen unterteilt, die Häuser als matte Rechtecke dargestellt, die Bäume sahen wie grüne Dreiecke aus.

»*Good heavens!*«, stieß Cook aus und riss die Augen auf. »Was ist das denn?«

»Kubismus«, antwortete die Baronin, über die perplexen Mienen der beiden Männer amüsiert.

»Kubismus?«

»Das ist eine neue Kunstrichtung, sehr chic, sehr avantgardistisch«, erklärte Agnès. »Dieses Bild ist von Robert Delaunay. Ich habe es vor gut vier Jahren in Paris in der Galerie Kahnweiler gekauft.«

»Aber es ist abscheulich«, sagte Cook mit angewiderter Miene.

»Ich würde sagen, es ist ungewöhnlich, vielleicht originell.«

»Aber die Natur sieht doch nicht so aus, der Himmel sieht nicht so aus, das ist alles schlecht gemalt.«

»Nein, das ist nicht schlecht gemalt«, versicherte die Französin. »Der Kubismus will die Dinge nicht so abbilden, wie wir sie sehen, sondern wie wir sie kennen. Der Himmel hat verschiedene Blautöne, weil wir wissen, dass es so ist, je nach Tageslicht ist das Blau schwächer oder kräftiger.«

»Das ist scheußlich!«, sagte der englische Offizier erneut. Er war noch immer entsetzt über den Anblick und konnte dem Bild keinerlei künstlerische Qualität abgewinnen. Um gar nicht erst die Gelegenheit aufkommen zu lassen, dass man ihm noch mehr solcher Dinge vorführte, die sein ästhetisches Empfinden beleidigen konnten, drückte Cook das, was von seiner *Coronita* übrig war, im Aschenbecher aus, erhob sich von seinem Lehnstuhl und gähnte. »Es war ein angenehmer Abend, doch nun ist es elf Uhr, und ich bin müde. Ich habe die Ehre, Madame, und ich bedanke mich. Afonso, *old chap. Cheerio* und benimm dich!«

»*Bonne nuit!*«

»Bis morgen, Tim.«

Der Engländer verließ den Raum, Agnès und Afonso blieben allein zurück.

Die portugiesischen Soldaten gingen auf den belebten Trottoirs der Hauptstraße von Merville und mieden das verschmutzte Pflaster der Fahrbahn voller Pferde und Kutschen. Der Betrieb im Zentrum der Ortschaft hellte ihre Stimmung auf. Sie folgten der Avenue, bis sie zu einem ziegelroten Gebäude kamen, vor dem sich eine beachtliche Anzahl von Soldaten drängte, es war der Eingang zum Bordell, *Le Drapeau Blanc* stand auf einem roten Schild über der Tür.

»Donnerwetter«, sagte Baltazar. »Da sind aber eine Menge Pipimätze in Not!«

Die Soldaten standen Schlange, es waren gut und gern über hundert.

Engländer, Schotten und Portugiesen schwatzten durcheinander und warteten darauf, an die Reihe zu kommen. Fast alle standen in Gruppen beisammen, nur wenige waren allein, Witzeleien und Gelächter steckten die Umstehenden an. Das Bordell war von den französischen Behörden speziell für die Truppen dieses Abschnitts eingerichtet worden, und *Le Drapeau Blanc* war nur eines von vielen Bordellen in der Etappe der alliierten Streitkräfte. Für Offiziere gab es diskretere und teurere Bordelle, in denen man sich sogar mit den Prostituierten unterhalten konnte, die einfachen Soldaten hingegen begnügten sich mit der Abfertigung wie am Fließband, ohne viel Zeit für Gespräche, denn draußen wartete zahlreiche Kundschaft. Es waren regelrechte Massensexfabriken.

Matias und seine Freunde stellten sich an. Vor ihnen standen lärmende Schotten, leicht zu erkennen an ihren *Black-Watch*-Kilts vom *Highlander*-Regiment und den Tom-O'Shanter-Mützen. Die Schotten lachten grölend, offensichtlich waren sie angetrunken. Gleich darauf entdeckte Matias zwei Kameraden vom achten Bataillon und ging zu ihnen.

»Ihr wollt also auch zu den Nutten?«, begrüßte er sie.

»Na klar«, antwortete der eine Portugiese, ein junger Mann namens Victor. »Aber das wird noch eine ganze Weile dauern.«

»Ja, es sind eine Menge Leute hier«, sagte Matias. »Wie viele Nutten gibt es da drin.«

»Drei, hab ich gehört.«

»Drei …«, wiederholte Matias und rechnete im Kopf nach.

»Spar dir die Mühe, wir haben es schon ausgerechnet«, sagte Victor. »Wir sind hundertzwanzig, auf drei Nutten, macht für jede vierzig. Pro Fick fünf Minuten macht, übern Daumen gepeilt, zweihundert Minuten.«

»Zweihundert Minuten, plus die Zeit zum Aus- und Anziehen«, fügte Matias hinzu.

»Nein, nein«, Victor schüttelte den Kopf. »Das ist schon alles mit drin.«

»Ach so«, sagte Matias erstaunt. »Dann müssen wir also nur drei Stunden warten.«

»Und das nur, wenn du willst.« Victor lachte.

Matias kehrte zu seinem Platz in der Reihe zurück und berichtete seinen Kameraden. Baltazar schien als Einziger aufgeben zu wollen.
»Vielleicht sollten wir doch lieber umkehren und zu dem Flüchtlingsmädchen gehen«, witzelte er. »Wäre jedenfalls schneller und billiger.«
Sie blieben da und warteten weiter, die Schlange rückte langsam voran, und die bereits abgefertigten Freier kamen beglückt aus dem *Drapeau Blanc* heraus. Keine Frage, diese Prostituierten leisteten anständige Arbeit. Bei einem früheren Bordellbesuch in Merville hatte Matias erfahren, dass jede von ihnen pro Woche so viele Männer bediente, wie zu einem ganzen Bataillon gehörten. Sie arbeiteten, solange sie konnten und wollten. Die übliche Grenze lag bei drei Wochen, danach hissten sie im Allgemeinen die weiße Fahne und zogen sich erschöpft zurück, in dem Bewusstsein, dass sie ihre vaterländische Pflicht erfüllt hatten, vor allem aber mit einem gutgefüllten Sparstrumpf, der wahrscheinlich bis zum Kriegsende reichen würde.
Während sie dastanden und warteten, unterhielten sie sich darüber, wie die Französinnen im Bett waren. Die einen hatten Spielereien gern, die anderen waren hemmungslos, andere wiederum waren verschämt oder gaben sich nur so. Das war ein Thema, bei dem die Männer gern prahlten oder auch träumten. Im Allgemeinen vermieden sie lieber, Zahlen zu nennen, damit nicht etwa ein Kamerad größere, wenn auch nur fiktive sexuelle Erfolge präsentieren konnte, doch zu den Französinnen gehen, womit auch die Prostituierten gemeint waren, dieses Thema weckte ihren besonderen Stolz, und wer mehr Erfahrung hatte, sprach auch darüber. Baltazar, der Alte, verglich die Französinnen mit den Portugiesinnen und stellte fest, dass seine kritischen Beobachtungen von seinen Freunden weder zurückgewiesen noch bestätigt wurden. Das wunderte ihn, und er bohrte so lange nach, bis er Vicente ein höchst überraschendes Geständnis abgerungen hatte.
»Ich hab zum ersten Mal hier in Frankreich eine Frau gehabt«, murmelte Vicente Manápulas fast beschämt mit gesenktem Blick. »Mit einer Portugiesin hab ich's noch nie gemacht.«
Baltazar starrte ihn sprachlos an.
»Du warst noch Jungfrau, als du hergekommen bist?«

Vicente nickte.
»Wie alt bist du denn?«
»Zwanzig.«
»Ach du liebe Zeit, das würde keiner denken, wenn man dich so sieht, Junge«, sagte der erfahrene Baltazar. »Alle vierzehn Tage kommst du her zu den Nutten. Man könnte meinen, du hättest dein Leben lang, schon von der Wiege an, nichts anderes getan.«
»Weißt du, Baltazar«, erklärte Vicente, »wenn man im Schützengraben steht, denkt man viel nach, da denkt unsereins an den Tod, an alles.«
»Glaubst du, das weiß ich nicht, Junge?«
Alle wussten, wie es war, im Schützengraben während des stundenlangen, ereignislosen Wartens nachzudenken oder auch in den unendlichen, in Panik erlebten Minuten während der Bombardierungen. Allen war klar, dass die Wahrscheinlichkeit, Frankreich lebend zu verlassen, nicht sehr hoch war, und falls sie doch mit dem Leben davonkommen sollten, dann vermutlich verwundet oder verkrüppelt, und sie wussten, dass ihnen die Zeit davonlief. Wie sollte man unter solchen Umständen darüber hinwegsehen, dass sie vielleicht niemals die schönen Dinge des Lebens erleben würden, dass ihnen vermutlich in wenigen Tagen ihre Jugend geraubt würde, dass ihnen eventuell die Zukunft durch eine Kugel oder einen Granatsplitter verbaut würde? Sex war im Schützengraben ein permanentes Thema, ständig in den Gesprächen, den Gedanken, den Gesten, der Erinnerung und den Wünschen der Männer präsent. Es galt, die Gelegenheiten zu nutzen, solange es ihnen möglich war, solange sie am Leben und unversehrt waren, solange sie Kraft genug besaßen, sich an das Leben wie an eine Mutter zu klammern. Sie alle hatten schon zu oft erlebt, dass Freunde gefallen waren, und keiner von ihnen wollte jungfräulich sterben. Tatsächlich aber hatten nur die Offiziere echte Chancen, ein Verhältnis mit einer Französin einzugehen. Den einfachen Soldaten, von Kälte und Hunger gefühllos geworden, durch den Krieg brutalisiert, ständig damit beschäftigt, sich im Schützengraben zu verstecken oder in der Etappe Stellungen zu befestigen, ihnen blieb nur die käufliche Liebe auf einem abgewetzten Bett in irgendeinem Bordell. Alle, die jungfräulich aus Portugal kamen, gingen die Sache schnell in einem

Bordell an oder in einem Viehstall mit einem Bauernmädchen, das etwas schüchterner war oder Geld brauchte, damit nicht die Deutschen ihnen zuvorkamen und ihnen die bis dahin verbotene Frucht verwehrten. Und selbst die vielen, die schon vorher Sex praktiziert hatten, weil sie verheiratet waren oder Mädchen gefunden hatten, die sich nicht scheuten, vor der Ehe zu sündigen, versagten sich nicht die Fleischeslust, wann immer sich eine Gelegenheit bot, auch für ein paar Francs in einer düsteren Ecke in elendigen Ruinen, denn auch sie fürchteten, dass ihnen nicht mehr viel Zeit blieb, diese vergängliche Lust zu genießen.

Drei Stunden in der Schlange vor dem *Drapeau Blanc* waren vergangen, und endlich waren die Portugiesen an der Reihe. Als Erster ging, wie es sich gehörte, Baltazar hinein, Alter verpflichtet. Er war verheiratet und Vater von einem Mädchen und zwei Jungen, im Gesicht für einen erst Sechsunddreißigjährigen schon viel zu viele Falten, eine Folge der Zwangsabmagerung im Schützengraben, der trockenen Gebirgsluft in seiner Heimat und seines harten Lebens als Viehhirte, der gewohnt war, mit seinen Herden über weite Strecken durch die Berge zu ziehen. Doch das alles hinderte ihn nicht daran, freudig erregt den dunklen Raum zu betreten.

Dann war Matias Grande dran. Eine Zimmertür ging auf, und heraus kam ein Schotte, der noch den Gürtel seines grünen Kilt zuschnallte. Der *jock* zwinkerte dem Portugiesen zu und gab, als er an ihm vorbeiging, ein genuscheltes »*your turn, lad*« von sich.

Matias löste sich von den anderen, klopfte an, hörte eine Frauenstimme »*entrez*« sagen, trat über die Schwelle und blieb stehen. Neben dem zerwühlten Bett wusch sich eine schlanke, brünette Frau über einer Waschschüssel, eine Petroleumlampe auf dem Nachttisch beleuchtete das Zimmer, ihr gelbes Licht warf gespenstische Schatten auf die Wände. Er zog die Tür zu, ging zu einem Stuhl, wollte die Felljacke ausziehen, doch die Frau unterbrach ihn dabei mit den Worten »*seulement les pantalons*« und wies auf seine Hosen. Er begriff, dass er nur die Hosen und langen Unterhosen ausziehen sollte, alles andere lohnte sich nicht, also zog er aus, was er ausziehen musste. Unterdessen hatte die Frau sich wieder aufs Bett gelegt, sie spreizte die Beine und sagte »*viens ici!*«, er begab sich geradewegs *ici*, sie

empfing ihn feucht, er drang ein, *»vite!, vite!«*, drängte sie und simulierte nicht einmal keuchenden Atem. Er machte es *vite*, fand aber noch Zeit, ihr an den Hintern und die Brüste zu greifen. Sein Körper bewegte sich rhythmisch, immer schneller, bis er ihn nicht mehr in der Gewalt hatte, er spürte die Entladung, erbebte vor Lust, die Empfindung dauerte an, dann entspannten sich allmählich seine Muskeln, sein Riesenkörper erschlaffte und beruhigte sich mehr und mehr, der Herzschlag wurde langsamer. Sie wartete einen Augenblick ab, machte aber bald eine ungeduldige Bewegung. Er erwachte aus seiner Benommenheit, fast schockiert über solche Eile, löste sich widerstrebend langsam aus ihr. Sie stand auf, ging zur Waschschüssel, und während die linke Hand ins Wasser griff, wies die rechte auf den Tisch, *»dix francs«*. Er zog seine langen Unterhosen und die Hosen an, nahm sein Geld heraus, zählte zehn Francs ab, legte sie auf den Tisch neben die anderen Geldscheine und Münzen, die sich dort bereits häuften, *»merci, Mademoiselle«*, und schnallte sich noch in der Tür den Gürtel zu. Draußen zwinkerte er dem Engländer zu, der darauf wartete, an die Reihe zu kommen, und sagte, »nix wie ran, Tommy!«
Fünf Minuten waren vergangen.

Amüsiert über Tims Reaktion auf das eigenartige Bild und seinen überstürzten Rückzug, wechselten Agnès und Afonso einen komplizenhaften Blick, doch dann sahen sie einander tiefer in die Augen, wurden verlegen und ließen den Blick auf der Suche nach anderen interessanten Dingen durch den Salon schweifen. Dass sie sich weiter mit Delaunays originellem Bild beschäftigten, kam nicht in Frage, also mussten sie sich damit begnügen, das knisternde Kaminfeuer zu betrachten. Inzwischen war es schon ziemlich stark heruntergebrannt und züngelte leise an dem verkohlten Holz, das sich zu einem heißen, schwarzen Haufen türmte, hier und da flackerten vereinzelt kleine Flammen auf, glänzten wie glühende Lavatropfen auf der schwarzen Kohle, als hätte das Holz bei seinem letzten Lebenshauch goldene Tränen vergossen.
»Ich unterhalte mich so gern«, sagte sie schließlich und setzte ihren Schaukelstuhl wieder in Bewegung. »Mein Mann ist leider nicht sehr

gesprächig. Ihrer beider Anwesenheit hier ist ein Lichtstrahl in meiner Einsamkeit.«
»Sie klingen, als wären Sie unglücklich«, bemerkte Afonso. Er erhob sich vom Kanapee, ging näher an den Kamin heran und wandte ihr den Rücken zu. Er wollte ihr nicht in die Augen sehen müssen, denn er fühlte sich gehemmt und eingeschüchtert. Er griff nach dem Feuerhaken, schob das Holz zusammen und fachte die ersterbenden Flammen an. Mit leisem Knallen spritzten ein paar Funken hoch, stolz und keck loderten die hellen Flammen auf.
»Das macht Ihnen Spaß, das Feuer …«, bemerkte die Baronin.
»Ja, in der Tat.«
»Zu Zeiten von Louis XVI. pflegte man eine reizende Art des gesellschaftlichen Umgangs«, sagte Agnès mit einem Seufzer. »Damals gab es die hübsche Sitte, Einladungen zu verschicken, auf denen schlicht und einfach ›*on causera*‹ stand, ›wir werden plaudern‹.«
Afonso stocherte erneut im Holz und brachte den Kamin endgültig wieder in Gang. Das Feuer verbreitete einen gedämpft hellen Schein. Er bog den Kopf zurück und betrachtete sein Werk. Schließlich gab er sich zufrieden, klopfte sich die Hände ab, richtete sich auf und setzte sich wieder auf das Buchenkanapee.
»Sie haben auf meine Frage nicht geantwortet …«
»Welche Frage?«
»Sind Sie unglücklich?«
»Richtig unglücklich eigentlich nicht«, antwortete die Baronin nachdenklich. »Ich fühle mich allein, leer, beziehungslos. Ich habe Heimweh nach Paris.«
»Haben Sie in Paris gelebt?«
»Ja.«
»Was machen Sie dann hier?«
»Das ist eine lange Geschichte.«
»Ich liebe lange Geschichten.«
»Wollen Sie sie wirklich hören?«
»Nichts wäre mir lieber.«
Die Baronin lächelte.
»Wissen Sie, *mon cher Alphonse*, geboren bin ich in Lille«, sagte sie. In zehn Minuten hatte sie ihm die Geschichte ihrer Kindheit und

sämtliche Einzelheiten über ihre Familie, die Weinhandlung ihres Vaters, über Serge und Baron Redier erzählt. An dieser Stelle merkte Afonso, dass Agnès ihn aufmerksam betrachtete und zögerte, als überlegte sie, ob es sinnvoll war, noch etwas hinzuzufügen. Dann entschied sie sich.

»Wissen Sie, dass er Ihnen ähnlich sah?«

»Wer?«

»Serge.«

»Ach ja?«, fragte Afonso erstaunt.

»Ihr Blick, Ihr Lächeln sind so ähnlich, aber nicht nur das, da ist noch etwas anderes an Ihnen, das mich an Serge erinnert. Ich weiß nicht, vielleicht ein gewisser Esprit, eine bestimmte Wesensart, etwas Verträumtes«, sagte sie. Nachdenklich und eindringlich schaute sie den Portugiesen an, ihre grünen Augen funkelten. »Und Sie, sind Sie verheiratet?«

»Nein«, sagte er und schüttelte den Kopf.

»Und zu Hause wartet niemand auf Sie?«, fragte sie weiter. »Eine Freundin vielleicht?«

»Nein.«

Agnès senkte wieder den Blick.

»Wissen Sie, im Grunde habe ich Jacques nur geheiratet, weil ich hilflos und allein dastand, und er tauchte auf, als ich am dringendsten jemanden brauchte. Er hat mir in dieser überaus schwierigen Situation, als die Welt für mich zusammengebrochen war und jeden Sinn verloren hatte, die Hand gereicht. Er war der Leuchtturm, der mir im Sturm den Weg gewiesen hat, das Licht, das mich in den sicheren Hafen geführt hat. Letztlich habe ich ihn, wenn Sie so wollen, aus Dankbarkeit geheiratet.« Sie machte eine Pause. »Und das war ein Fehler.«

»Würden Sie heute anders handeln?«

»Ja, keine Frage. Heute würde ich in Paris bleiben und mein Studium beenden, koste es, was es wolle.« Sie seufzte. »Aber so ist das Leben nun einmal, und die Dinge sind wohl oder übel entschieden.«

»Nach dem, was Sie sagen, muss ich annehmen, dass es in Ihrem Leben keine Liebe gibt.«

»Da täuschen Sie sich. Ich habe eine große Liebe.«

»Ah ja?«
»Ja, die Medizin.«
»Ach so«, sagte Afonso erleichtert.
»Wissen Sie, was mich an der Medizin fasziniert?«
»Nein.«
Agnès hielt zwei Finger hoch.
»Im Wesentlichen zwei Dinge«, sagte sie. »Erstens bin ich, wie ich schon sagte, seit meiner Kindheit von Florence Nightingale fasziniert. Ich finde es ganz wunderbar, Kranken helfen zu können, ihr Leiden zu lindern. Das hat mich zur Medizin gebracht. Zweitens glaube ich, dass mein Interesse an der Wissenschaft, das durch den Besuch der Weltausstellung in Paris 1900 geweckt wurde, eine große Rolle gespielt hat.«
»Sie mögen also den wissenschaftlichen Aspekt der Medizin …«
Die Baronin sah ihn nachdenklich an.
»Ja, so ist es. Ich bin zwar in gewisser Weise gläubig, dennoch weiß ich, dass wir nicht immer auf Gottes Hilfe bauen können. Gott hilft demjenigen, der sich selbst hilft. Wer das nicht begreift, der begreift nichts im Leben. Tatsache ist, dass unsere Vorfahren lange Zeit diese einfache Wahrheit nicht verstanden haben und für ihr übergroßes Vertrauen in Gott schwer büßen mussten. Wissen Sie, *Alphonse,* in alten Zeiten hatte Medizin mit Aberglauben zu tun, für unsere Ahnen wurden Krankheiten durch böse Geister verursacht. In der Jungsteinzeit, zum Beispiel, bohrte man den Patienten Löcher in den Schädel, um die bösen Geister zu vertreiben, stellen Sie sich das vor.«
»Und wurden sie dadurch geheilt?«
Agnès lachte.
»Nein, natürlich nicht. Bei solchen Methoden, *mon cher Alphonse,* starben die Patienten nicht an ihrer Krankheit, sondern an der Behandlung. Doch dann, nach diesen rudimentären Anfängen, trat zunehmend die Wissenschaft auf den Plan. Neben Fetischwerk kamen praktische, rationale Verfahren auf, um leicht zu diagnostizierende Krankheiten zu behandeln oder dem Entstehen anderer Beschwerden vorzubeugen. Die Bibel, zum Beispiel, ist voll von Anweisungen hinsichtlich von Hygiene sowie hinsichtlich der Notwendigkeit, Kranke

in Quarantäne zu halten und Gegenstände, die von Kranken berührt wurden, zu desinfizieren. Aber der große Schritt, der Bruch der Medizin mit der Religion und dem Aberglauben vollzog sich in Griechenland. Da Sie eine klassische Schulbildung haben, nehme ich an, dass Sie wissen, was damals geschah …«

»In Zusammenhang mit Medizin weiß ich leider sehr wenig. Ich erinnere mich, dass die griechischen Philosophen die Ansicht vertraten, Krankheiten rührten von einem Ungleichgewicht im Körper her.«

»Ja, die Griechen haben damals eine andere Einstellung propagiert. Die berühmtesten griechischen Medizinschulen befanden sich in Knidos und Kos. In Kos ist Hippokrates geboren, der als erster moderner Arzt gilt.«

»Der mit dem Eid?«

»Ja, der Verfasser des berühmten Textes zur medizinischen Ethik, bekannt als Eid des Hippokrates. Natürlich haben die Griechen auch viel Unsinn gesagt. So vertraten sie zum Beispiel die Ansicht, die Gesundheit des Menschen resultiere vor allem aus dem Gleichgewicht von vier Körpersäften, nämlich dem Blut, dem Schleim, der gelben Galle und der schwarzen Galle. Folglich beschränkten sich die Behandlungen, die sie verordneten, auf Diät, erzwungenes Erbrechen und Aderlass, womit das Gleichgewicht der Körpersäfte wiederhergestellt werden sollte. Krank, nicht wahr?«

»Aber es ist gar nicht so lange her, da wurden solche Methoden noch immer angewandt. Mein Vater hat mir erzählt, wenn er in seiner Kindheit krank war, wurde er immer zur Ader gelassen. Es hieß, damit würden die Körpersäfte wieder ins Gleichgewicht gebracht und die Gifte beseitigt.«

»Ja, die Behandlungsmethoden der Griechen waren bis ins letzte Jahrhundert gültig, aber ab dem achtzehnten Jahrhundert wurden sie allmählich revidiert.«

»Die Medizin hat sich also auch mit den Griechen nicht weiterentwickelt.«

»Doch, doch«, entgegnete Agnès. »Die Griechen haben sie sehr wohl weiterentwickelt, denn sie haben als Erste den Lehrsatz aufgestellt, dass Krankheit nicht die Folge eines übernatürlichen Ereignisses ist, sondern physische Ursachen hat. Bis dahin galt, wer erkrankte, wurde von den Göttern für seine Sünden bestraft oder war von bösen Geistern besessen, und diese Ansichten haben die Griechen bekämpft. Das Problem ist, dass die Medizin im Mittelalter ein Opfer des Obskurantismus wurde, von dem mein Anatomieprofessor unermüdlich sprach, und damit einen Rückschritt erlitt. Die griechischen Texte wurden in die arabische Welt verbracht und kehrten in den Westen erst dank der Benediktiner-Mönche zurück, die die arabischen Dokumente ins Lateinische übersetzten und so erfuhren, was Hippokrates und die anderen griechischen Ärzte geschrieben hatten. Erst im zwölften Jahrhundert entstanden Medizinschulen, aber es dauerte noch bis zur Renaissance, bis man endlich begann, den menschlichen Körper zu studieren. Dann allerdings gab es einen großen Sprung in der Entwicklung. Man entdeckte, dass Krankheiten durch Mikroorganismen ausgelöst werden, man stellte fest, dass das Blut im Körper zirkuliert, kurzum, man bekam ein besseres Verständnis vom menschlichen Körper, seinen Funktionen und seinen Krankheiten.«

»Descartes hat geschrieben, der Körper funktioniere wie eine Maschine …«

»Ganz richtig, *Alphonse*, fortan wurde der Körper als System gesehen. Die Ärzte entdeckten das Verdauungssystem, das Stoffwechselsystem, das System des Blutkreislaufs, das Atemwegssystem, das Nervensystem. Außerdem wurde die Chemie entwickelt, die Ärzte begannen Chemikalien einzusetzen, um das Gleichgewicht der Systeme wiederherzustellen. Dann entstanden Spezialisierungen wie die Neurologie, die Pathologie und so fort. Schließlich kamen durch Pasteur, meinen Landsmann aus Lille, die Impfungen hinzu, und die Wissenschaft hielt endgültig Einzug in der Medizin und machte mit den Wundermitteln und dem Aberglauben der Vergangenheit ein für alle Mal Schluss.«

»Ich bin beeindruckt«, sagte Afonso aufrichtig erstaunt. »Wie ich sehe, kennen Sie sich in der Geschichte der Medizin vorzüglich aus.«

»Das muss ich.« Agnès lächelte. »Immerhin habe ich drei Jahre an der Sorbonne studiert. Da muss ich doch etwas gelernt haben.«

»Und worauf haben Sie sich spezialisiert?«

»Während des Studiums konnte ich mich noch nicht spezialisieren,

da ging es noch um allgemeine Medizin. Aber ich gestehe, dass ich mich zur Psychoanalyse hingezogen gefühlt habe.«
»Psychoanalyse?«
»Das ist ein neues Gebiet, von Freud entwickelt. Der Name sagt Ihnen etwas?«
»Vage. Ein Hypnotiseur, nicht wahr?«
Agnès lachte.
»Ja, er hat in der Therapie auch mit Hypnose gearbeitet, doch das hat er inzwischen aufgegeben.«
»Entschuldigen Sie, aber das ist doch Teufelswerk! Wie kann ein Arzt erwarten, dass sich Fieber durch Hypnose behandeln lässt?«
Die Französin lachte wieder.
»Nein, *Alphonse*, Freud behandelt nicht Krankheiten des Körpers, sondern des Geistes.«
»Also Verrückte?«
»Ja, auch Verrückte, aber nicht nur. Es gibt auch Menschen mit Störungen oder Traumen, gegen die die Medizin kein Mittel gefunden hat. Freud hat nämlich herausgefunden, dass viele psychische Erkrankungen von traumatischen Erfahrungen in der Vergangenheit herrühren und dass die Menschen geheilt werden können, wenn es ihnen gelingt, diese Traumata zu verarbeiten. Das Problem ist, dass viele Menschen sich ihrer traumatischen Erlebnisse nicht mehr bewusst sind, nachdem sie sie verdrängt und ins Unbewusste abgeschoben haben, und deshalb besteht die Aufgabe des Arztes darin, das Trauma zu lokalisieren und zu bearbeiten. Freud hat anfangs mit Hypnose gearbeitet, doch inzwischen hat er sich anderen Methoden wie der Gedankenassoziation und der Traumdeutung zugewandt.«
»Glaubt er auch, dass Träume prophetisch sind?«
»Nein, ganz im Gegenteil. Er glaubt, dass Träume nicht zeigen, was in der Zukunft geschehen wird, sondern was die Menschen sich wünschen, dass geschehen soll. Verstehen Sie? Unsere Träume offenbaren uns, was unsere Zensurinstanzen verbergen. Stellen Sie sich zum Beispiel vor, dass Sie in eine Frau verliebt sind und träumen, dass Sie mit ihr schlafen.« Afonso wurde rot. »Ihr Traum ist keine Prophezeiung, er besagt nicht, dass Sie mit dieser Frau schlafen werden. Er besagt nur, dass Sie mit ihr schlafen möchten. Als gesitteter Mensch

vermeiden Sie im Wachzustand, sich so eine Situation vorzustellen. Das heißt, Ihr Bewusstsein verdrängt den Wunsch. Doch sobald sie einschlafen, schläft auch Ihr Bewusstsein ein, und das Unterbewusstsein regiert Ihr Denken. Das Unterbewusstsein weiß, dass Sie mit der Frau schlafen möchten. Da nun das Bewusstsein nicht aktiv ist und den Wunsch nicht zensieren kann, äußert das Unterbewusstsein ihn mit Hilfe des Traums. Verstehen Sie?«

»Äh … hm … ja«, stotterte Afonso.

Agnès lächelte.

»Wie ich sehe, hat mein Beispiel Sie ein wenig … wie soll ich sagen … ein wenig verlegen gemacht«, bemerkte sie verschlagen.

»Äh … also, ich bin nicht gewohnt, dass … eine Dame … also …«

»Sehen Sie? Ihre Zensurinstanz ist ausgesprochen aktiv«, bemerkte Agnès fröhlich. »Keine Sorge, das beweist nur, dass Sie ein anständiger und zivilisierter Mann sind.«

»Na schön«, stieß Afonso erleichtert aus, das Lob bekam ihm gut.

»Aber lassen Sie mich noch eines sagen«, fügte Agnès schnell hinzu und lachte schon im Voraus, weil sie wusste, dass sie ihn wieder schockieren würde. »Sex ist ein entscheidender Bestandteil im Verhalten von Männern und Frauen, wussten Sie das?« Afonso schüttelte verdattert den Kopf, er brachte keinen Laut mehr zustande, noch nicht einmal ein Grunzen. »Freud hat herausgefunden, dass Sexualität im Leben der Menschen ein dominierender Faktor ist und einen zentralen Platz einnimmt. Er hat beobachtet, dass die Menschen schon als Babys ein Sexualverhalten zeigen, das …«

»Das kann nicht sein«, warf Afonso ein, nachdem er die Sprache wiedergefunden hatte. »Babys?«

»Ich verstehe Ihr ungläubiges Staunen, viele Menschen reagieren so, Tatsache aber ist, dass auch Babys schon Sexualität beweisen. Haben Sie noch nie etwas vom Ödipuskomplex gehört?«

»Nein.«

»In einem griechischen Mythos geht es um die Geschichte eines Mannes, der ungewollt eine alte Prophezeiung erfüllte, indem er seinen Vater umbrachte und seine Mutter heiratete. Freud glaubt, dass alle Männer es ihm am liebsten gleichtun würden, den Vater umbringen und die Mutter …«

»Oh, entschuldigen Sie, Madame, aber das geht zu weit. Hat dieser Gedanke irgendeinen Sinn? Was mich betrifft, ist es kompletter Unsinn, zu sagen, ich möchte meinen Vater umbringen und meine Mutter heiraten, das ist wirklich … ich weiß nicht, aber das kann ich nicht akzeptieren.«
»Der Ödipuskomplex ist eine Metapher, *Alphonse*, und muss als solche verstanden werden. Freud will damit nur sagen, dass die Männer unbewusste sexuelle Wünsche haben, die auf ihre Kindheit zurückgehen, den Wunsch, die Mutter zu heiraten, nicht weil sie die Mutter ist, sondern weil sie das erste weibliche Wesen ist, das sie kennen. Um sie heiraten zu können, müssen sie jedoch ihren Rivalen aus dem Weg räumen. Und wer ist das? Der Mann, der das Weib besitzt, das sie begehren. Der Vater.«
»Und Sie wollen damit sagen, dass ich diesen Wunsch habe?«
»Immer mit der Ruhe, ich mache Ihnen überhaupt keinen Vorwurf«, sagte Agnès lächelnd. »Ich weiß, dass Sie ein integrer Mann sind, sogar ein sehr interessanter Mann. Wohl aber sage ich, dass Freud im männlichen Verhalten dieses unbewusste Begehren – ich wiederhole, unbewusst – identifiziert hat. Indes können Sie sicher sein, dass ich davon überzeugt bin, dass Ihr Vater von Ihnen nichts zu befürchten hat. Die Zensurinstanzen der unbewussten Wünsche funktionieren bei Ihnen ausgezeichnet.«
Afonso sah sie an, über seine Miene breitete sich ein Lächeln.
»Ich wusste doch, dass sie mich nur necken wollen.«
»Nein, ich versichere Ihnen, Freud denkt genau das, was ich gesagt habe, und doch stimmt es, dass ich Sie necken will.« Sie lachte. »Kurios daran ist, dass Männer darüber immer wütend werden, und Sie sind der Erste, der merkt, dass ich nur provozieren will.«
»Oh ja, das können Sie sehr gut …«
Sie warf ihm einen schelmischen Blick zu.
»Darf ich Sie noch ein wenig provozieren?«
Afonso errötete abermals. Was kommt jetzt, überlegte er.
»Bitte, ja. Provozieren Sie mich. Ich bin zu allem bereit.«
»Möchten Sie mit mir tanzen?«
»Wie bitte?«
»Ich weiß, das kommt etwas überraschend, aber ich habe Lust dazu.

Wollen Sie mit mir tanzen? Ich nehme doch an, dass Sie tanzen können …«
»Äh … hm … so einigermaßen, glaube ich.«
Die Baronin erhob sich und öffnete ein Möbel, das an der Wand stand. Aus seinem Innern holte sie ein riesiges Grammophon hervor und stellte es auf den Tisch neben dem Kamin. Das Grammophon bestand aus einem Holzkasten mit einer Kurbel an einer Seite, die dazu diente, den Motor aufzuziehen. Oben im Kasten lag ein Teller, und darüber erhob sich gleich einem Riesenohr ein mächtiger Schalltrichter, wie eine im Jugendstil geformte Blüte.
»Das ist ein Pathé-Grammophon«, erklärte Agnès. »Was tanzen Sie gern?«
Afonso erhob sich.
»Ich weiß nicht, was haben Sie da?«
Agnès ging zu den Schallplatten und betrachtete sie.
»Foxtrott, Symphonien, Walzer …«
»Vielleicht einen Foxtrott, oder nicht?«
»Doch, sehr gern, aber zu dieser Stunde wäre das vielleicht etwas zu laut, meinen Sie nicht?« Sie hielt bei einer anderen Platte inne. »Das hier ist wunderbar. *La mer*, von Debussy.« Sie schüttelte den Kopf. »Es ist faszinierend, denn es imitiert das Meeresrauschen, aber zum Tanzen eignet es sich nicht.« Sie sah Afonso an. »Wie wäre es mit einem Walzer?«
»Einverstanden.«
Die Französin suchte eine Platte aus und legte sie auf den Grammophonteller. Dann setzte sie die Nadel des Schalltrichters auf den Plattenrand und drehte die Kurbel. Weich fließend und harmonisch strömte die Melodie aus dem blütenförmigen Trichter.
»Strauß«, sagte sie und wandte sich dem Hauptmann zu.
Die Klänge des Wiener Orchesters fluteten durch den Raum. Afonso nahm sie in die Arme, sie begannen zu tanzen, Blick in Blick. Ihre Körper wiegten sich im Walzerrhythmus, die eine Hand in die andere gepresst, die andere freie Hand legte sich auf den Körper, seine rechte auf ihre Taille, ihre linke auf seine Schulter. Sie tanzten wortlos, sahen einander provozierend, vieldeutig, verheißungsvoll in die Augen und schwebten auf den Wellen der Musik. Der Walzer wurde schnel-

ler, Afonso zog sie näher an sich heran, ihre Körper stießen aneinander, ihre Kleider streiften sich. Sie verloren jeden Sinn für Zeit und Raum, drehten sich im Salon zu dem Walzer, der vom Grammophon ertönte, und wünschten sich, dieser wunderbare, überwältigende Augenblick möge ewig währen, nie mehr enden, unvergesslich bleiben. Die Melodie erfüllte ihre Seelen und versetzte sie in eine andere, nur ihnen eigene Welt. Eine verzauberte Traumwelt voller Schönheit, Ekstase und Magie. Afonso sah ihr tief in die grünen Augen, gewahrte ihren leicht geöffneten Mund, ihre einladenden Lippen, samtig und schimmernd wie taubenässte Blüten. Er näherte seinen Kopf ein wenig, zögerte, sie sah ihn weiterhin mit offenen Augen fest an, er konnte nicht mehr widerstehen, er spürte, der Augenblick war gekommen, das Begehren wollte den Körper übermannen.
»Wünschen Sie noch etwas, Madame?«
Wie ein Donnerschlag durchbrach die männliche Stimme den magischen Moment. Afonso und Agnès zuckten zusammen und blickten zur Tür. Es war der Butler Marcel. Die Baronin löste sich abrupt vom Hauptmann.
»Nein, danke, Marcel. Gute Nacht.«
»Gute Nacht, Madame«, sagte Marcel mit bohrendem Blick. »Gute Nacht, Monsieur.«
Der Butler zog sich langsam und gleichsam kühl zurück. Stille trat ein, verlegen standen sie da wie Kinder, die man bei einem Lausbubenstreich erwischt hatte.
Agnès stellte das Grammophon ab, und Afonso ging zurück zum Kamin, die Flammen mussten neu geschürt werden. Er stocherte im Holz, das Feuer flackerte wieder auf, verbreitete Glut und Hitze. Sekundenlang war nur das Funken versprühende Knistern zu hören. Zufrieden kehrte der Hauptmann zu seinem Platz auf dem Kanapee zurück und setzte sich.
Sie blickten einander stumm an. Den Hauptmann verwirrte der sanfte Blick aus diesen schönen Augen, der sich auf ihn richtete. Er war ein schüchterner Mann, sie wendete den Blick nicht von ihm ab, und er spürte, wie sein Herz zu klopfen begann, immer stärker und immer schneller. Nun pochte es ihm schon in den Schläfen, dann schien es ganz außer Kontrolle zu geraten. Widersprüchliche Gefühle

übermannten ihn. Er wollte sie küssen, er spürte, dass sie keinen Widerstand leisten würde. Eine Anziehungskraft schwebte im Raum, ein unsichtbarer Magnet zog sie zueinander hin, doch dann besann er sich. Sie war eine verheiratete Frau – hatte er den Verstand verloren? Vor kurzem noch hatte er sich mit ihrem Ehemann unterhalten. Außerdem, wer garantierte ihm, dass er sich nicht täuschte, dass sein Verlangen nach ihr ihn nicht trog, ihm nicht vorgaukelte, dass auch sie ihn begehrte? Unsicherheit überkam ihn, welch ein Skandal, wenn er sie küsste und dann würde feststellen müssen, dass sie es gar nicht wollte, dass ihr Blick nur Freundlichkeit bedeutete. Welch eine Schande, der Gastgeberin und ihrem Mann im eigenen Haus nicht den gebührenden Respekt zu erweisen. Letztlich war diese Frau für ihn viel zu schön, dachte er, sie gehörte zu einer anderen Welt, war eine unerreichbare Prinzessin, eine Märchenfee, und er war höchstens ein Frosch, ein unbedeutender, eitler Portugiese, der alles missverstand. Der Blick, den sie ihm gönnte, konnte nur höflich sein, er durfte Freundlichkeit nicht mit Begehren verwechseln. Verlegen wandte er den Blick ab.

Mit künstlicher Selbstverständlichkeit drehte er den Kopf weg und wurde vom Schlagen der Biedermeier-Uhr im Esszimmer gerettet. Der ideale Vorwand, er konzentrierte sich auf die Schläge der Standuhr, als wäre ihr beruhigender, metallener Klang das Wichtigste auf der Welt.

»Es ist spät, Madame, Zeit, zu schlafen«, sagte er und sprang so hastig auf, als hätte er etwas Dringendes zu erledigen, was auf keinen Fall warten konnte.

Agnès erhob sich langsam.

»Sie haben recht, *Alphonse*«, sagte sie. »Es ist spät. Bis morgen.«

»Bis morgen, Madame.«

Afonso begab sich zu seinem Zimmer, von Zweifeln zerrissen, begehrte sie ihn wirklich, oder war alles nur ein Missverständnis, ein falscher Eindruck gewesen? Er rekonstruierte Wort für Wort ihre Unterhaltung, Schritt für Schritt ihren Tanz, suchte ihren Blick und ihren Tonfall zu interpretieren, rief sich jeden Gesichtsausdruck in Erinnerung, bemühte sich zu ergründen, welche Absicht hinter jeder kleinsten Bewegung, jeder kleinsten Geste gestanden hatte, und kam zu dem Schluss, vielleicht, ja, vermutlich wollte sie doch verführt werden. Dann dachte er, dass er ein richtiger Dummkopf war, da hatte eine der schönsten und intelligentesten Frauen, die ihm je begegnet waren, vor ihm gestanden, und ihm war zunehmend klarer geworden, dass sie eine Schwäche für ihn empfand und er ganz fraglos für sie, aber er hatte sich nicht getraut, er hatte gezweifelt, hatte sich zurückgehalten, es mit der Angst zu tun bekommen. Doch es war nicht nur das. Er schaute tiefer in sich hinein und stellte fest, dass er außerdem in gewisser Weise den Kavalier, den großen Gentleman gespielt und einen Mann geschützt hatte, der ihm im Grunde sogar unangenehm war. Welch ein Idiot! Idiot, Idiot, Idiot! Er schüttelte den Kopf, den Blick gesenkt. Aber es lohnte nicht, jetzt darüber zu jammern, was geschehen war. Er hatte nicht den Mut gehabt, sie zu küssen, und die Gelegenheit war vielleicht für immer verstrichen. Aus lauter Verzweiflung wäre er am liebsten umgekehrt und zu ihr gelaufen, hätte sie angefleht, ihm zu vergeben. Welch vergeudete Chance, womöglich musste er in wenigen Tagen sterben, und was er noch zu sagen hatte, würde nie gesagt und nie getan werden. Aber er unternahm nichts, zuckte lediglich resigniert mit den Schultern. Hinter ihr herlaufen blieb eine Phantasie, er musste sich damit abfinden, da half nichts, es war geschehen, vielleicht war es auch besser so.

Der Hauptmann trat in das ihm zugewiesene Zimmer, dasselbe wie zehn Tage zuvor, als er zum ersten Mal im Château Redier logiert hatte. Er entzündete die Lampe, sah den Koffer, den Joaquim neben dem Louis-XV.-Bett abgestellt hatte, zog die Jacke aus und hängte sie über einen Stuhl. Ihm war traurig und einsam zumute. Er ging in das Toilettenzimmer, öffnete den Wasserhahn und wusch sich das Gesicht über dem Jugendstilbecken. In der Kammer nebenan leerte er seine Blase in das so ausgesucht elegante, verzierte Oneas-Klosett, dass es ihm fast schon leid tat, es zu beschmutzen. Dann ging er ins Schlafzimmer zurück, setzte sich aufs Bett, zog die Stiefel aus, entknotete gemächlich den blassgrünen Binder und entledigte sich der Uniform. In langer Unterhose und schlotternd vor Kälte legte er sich ins Bett und deckte sich zu. Um Laken und Decken besser aufzuwärmen, rollte er sich zusammen. Als das Zittern allmählich nachließ, schaute er unter den Laken hervor, streckte den Arm aus und löschte die Lampe. Im Dunkeln schloss er die Augen, seufzte und dachte an Agnès, malte sich aus, wie er bei der Gelegenheit, die er eine Viertelstunde zuvor gehabt zu haben vermeinte, anders hätte reagieren sollen, schmiedete Pläne für den nächsten Tag und stellte sich vor, wie er sie an einen verschwiegenen Ort locken und ihr mit romantischen, unwiderstehlichen Worten seine Liebe gestehen würde. Der Entschluss, so vorzugehen, dreist und kühn, machte ihn ruhiger, obgleich er tief in seinem Inneren wusste, dass er in Wahrheit niemals den Mut haben würde, das zu tun. Sobald der Morgen graute, würde er alles mit anderen Augen sehen, die unerschrockenen Entscheidungen der Nacht würden sich auf naive, kindische Wunschbilder reduzieren.

Ein Knarren der Tür ließ seine Phantasien zerstieben wie eine Wolke, die sich am Himmel auflöst. Afonso hob den Kopf und schaute zum Eingang. Einen Moment lang schien es ihm, als sei alles normal, vermutlich hatte irgendwo Holz geknackt, ein Möbelstück, das unter den leichten Temperaturschwankungen geächzt hatte, eigentlich ein ganz gewöhnliches Geräusch in einem Schloss dieser Größe. Doch ein neuer Laut, diesmal ein wenig anderer Art, sanfter und gedehnter, bestätigte ihm, dass sich tatsächlich etwas tat. Neugierig setzte Afonso sich im Bett auf. Ein dünner Lichtstreifen erschien senkrecht am Eingang des Zimmers, es war die Tür, die sich leise öffnete.

»*Alphonse?*«

Der Hauptmann machte große Augen.

»*Alphonse?*«

»Ja?«

Eine Gestalt mit einer Kerze in der Hand kam herein, das Licht offenbarte Agnès' anmutige Silhouette, Schatten tanzten auf den feinen Zügen ihres Gesichts, das Halbdunkel betonte die Rundungen der Taille und Schenkel und die festen Brüste, die sich unter dem cremefarbenen Nachtkleid abzeichneten. Die Baronin hielt inne und schaute zu ihm herüber, zerbrechlich, fast ängstlich, ja, unterwürfig. Überrascht starrte er sie an. Agnès lächelte scheu und sanft, trat leichten Schrittes näher zu ihm heran. Klopfenden, sich überschlagenden Herzens sahen sie einander in die Augen, dann fielen sie sich in die

Arme, umschlangen einander, küssten sich schüchtern und alsdann voller Begierde.

Afonso begann bei den Wangen, dann wandte er sich ihren weichen, feuchten Lippen zu, drang mit der Zunge zwischen sie. Ihr Mund war süß, warm und einladend, von einem lieblichen Geschmack, der ihn betörte, ihn trunken machte vor Lust. Er verlor sich in einer Sphäre, von deren Existenz er bislang nichts gewusst hatte. Es war, als hätte man ihn aus der Wirklichkeit gerissen und in die Ewigkeit erhoben, Afonso war eine Schwalbe und Agnès der Himmel, sie der See und er eine Rose darin. Er spürte den weichen Samt ihrer vollen roten Lippen, die ihn leidenschaftlich empfingen, und da, im selben Augenblick, wusste er, als würde ihm eine Offenbarung zuteil, dass diese Honiglippen ihm vorherbestimmt waren, dass dieser Mund dazu erschaffen war, seine Heimstatt zu sein, dass diese zärtliche Frau dazu geboren war, sein Schicksal zu sein.

Das Begehren steigerte sich, wurde unwiderstehlich, überwältigend, unkontrollierbar. Der Atem ging schwer, keuchend, sie spürte, wie ihr die Beine weich wurden, und sie sank aufs Bett. Der Hauptmann küsste ihr rechtes Ohr, wanderte hinunter zum Hals, befreite ihre Brüste aus dem Nachthemd und glitt mit der Zunge an den aufgerichteten Brustwarzen entlang, saugte daran und leckte, sie waren rosig und steif. Mit der Hand griff er unter das Nachtkleid, half ihr aus dem Schlüpfer und liebkoste sie zwischen den Schenkeln. Als er merkte, dass sie ganz feucht war, zog er die Hose seines Schlafanzugs aus und suchte nach Einlass.

»Vorsichtig«, flüsterte sie.

Sanft drang Afonso in sie ein. Er fühlte sich wie trunken, es war, als sei er in einen himmlischen, unendlich süßen Honigtopf eingetaucht, heiß und feucht und so köstlich, dass er kaum an sich halten konnte. Agnès schloss die Augen, stöhnte, warf den Kopf zurück und spürte ihn in sich, spürte, wie er sie erschloss, sie ergründete. Völlig unerwartet für Afonso drehte sie sich, rollte auf ihn und dominierte nun ihn. Noch nie hatte der Hauptmann erlebt, dass eine Frau sich auf ihn legte, nicht einmal die schamlosen Mädchen von den Travessas in Braga hatten so etwas je getan. Nachdem die anfängliche Überraschung verklungen war, nahm er hin, dass sie ihn besaß, sah darin etwas erregend Neues, das die Französin ihn lehrte. Ekstatisch ritt sie auf ihm, ihr Leib tanzte auf und ab, mitunter liebkoste sie ihn mit den Fingerspitzen. Als er spürte, dass er im Begriff war zu kommen, presste er ihre Hände.

»Halt! Warte!«, bat er flehentlich.

Geduldig hielt sie inne, bis die Lava, die in ihm glühte, sachte zurückwich, und dann fingen sie von neuem an, wobei sie sich unablässig küssten und streichelten. Minuten später legte sie sich hin, und er nahm wieder die beherrschende Stellung ein. Er fühlte, wie sein Körper an Tempo und Rhythmus gewann, wie er sich seiner bemächtigte, selbständig und mit wachsender Intensität, schneller und immer schneller, bis er nicht mehr an sich halten konnte, der Eruption mit einem Schrei freien Lauf ließ und spürte, wie sein Leib vor Lust explodierte, und er stöhnte, während sie sich zur gleichen Zeit unter ihm in einem langgezogenen Orgasmus wand. Alle Muskeln strafften sich noch einmal bis zum Gipfel der Anspannung, und als die Erregungswelle vorüber war, erschlafften sie unverzüglich. Der Atem kehrte allmählich zu seinem normalen Rhythmus zurück, ein unbeschreibliches Wohlbehagen erfüllte ihre Seele mit Frieden, und Arm in Arm schliefen sie ein.

VI

Das Morgenlicht war sanft und klar. Die Sonne verbreitete eine kalte Helligkeit über der ab und an lückenhaften weißen Decke, die über der wilden Landschaft der Schützengräben lag. Der Dezember hatte Nebel und eine eisige Kälte gebracht, noch kälter wurde es, wenn der Himmel wolkenlos blau strahlte, so wie heute. Hier und da lagen ein paar Schneeflocken wie verloren in den Minenkratern, den zwischen den Brustwehren in die Erde gegrabenen Furchen, und dort, wo sich die menschlichen Maulwürfe drängten, standen Pfützen von geschmolzenem Schnee. Die Vegetation lag danieder, erfroren oder vom Kriegsfeuer verbrannt. Die nackten Bäume, verkohlt und verkrüppelt, erhoben sich gespenstisch über dem von Stahl und Tod aufgewühlten Boden.

Die friedliche Ruhe der weißen Landschaft schuf die angenehme, aber gefährliche Illusion, dort herrsche kein Krieg. Ein Eindruck, der noch verstärkt wurde durch die neuen Gefühle, die jählings über die Welt des Hauptmanns Afonso Brandão hereingebrochen waren und seiner neuen Lebensperspektive Farbe schenkten.

Die Nacht mit Agnès und das stille Einvernehmen, das sich zwischen den Liebenden eingestellt und bei den flüchtigen Begegnungen während der restlichen vier Tage der Ruhepause des Offiziers noch verfestigt hatte, hatten seinen Gemütszustand umgekrempelt. In gewisser Weise fürchtete er nun noch mehr die Wochen im Schützengraben, doch zugleich und trotz des kaum verdrängten Schuldgefühls, weil er sich mit der Frau eines anderen eingelassen hatte, stellte sich ihm die Aussicht auf eine neuerliche Ruhepause strahlender dar, verhieß sie ihm doch verbotene Genüsse, zum Leben erweckte Lüste, überwältigende Sinnenfreuden.

Es war der sechste Dezember, Afonso und das achte Infanteriebataillon waren am Abend zuvor zu den Stellungen bei Neuve Chapelle zurückgekehrt. Wenn schon zu Beginn dieses Monats so eisige Kälte herrschte, wie würde es erst im Januar und Februar werden? Der Hauptmann stand an der Brustwehr der Linie B, seine Gedanken galten mal dem Bedürfnis, sich gegen die Kälte zu schützen, die durch seinen Überrock drang, mal dem Verlangen, Zuflucht zu suchen in der Wärme der glühenden Erinnerung an Agnès und der Phantasiewelt, die er voller Vorfreude auf ihre neuerlichen Begegnungen nach der Woche im Schützengraben in seiner in Liebe entbrannten Seele schuf.

Er zog das silberne Zigarettenetui aus der Tasche, das die Baronin ihm beim bewegenden Abschied geschenkt hatte, steckte sich zerstreut eine *Kiamil* zwischen die Lippen, entzündete sie und suchte, immer noch gedankenversunken, im herben Rauch der Zigarette den süßen Atem aus dem Mund der Baronin, den Duft ihres Parfüms *L'heure bleue* aufzuspüren. So weit weg war er mit seinen Gedanken, dass er Timothy Cook erst bemerkte, als der englische Verbindungsoffizier ihn ansprach.

»*What ho,* Afonso, *old boy?*«

Der Hauptmann kehrte in die Wirklichkeit zurück und sah Cook an.

»Hm?«, fragte er. »Ah, hallo, Tim.«

»Was ist los?«, erkundigte sich Cook.

»Nichts ist los. Alles wie gehabt.«

»Wieso dann die ganze Aufregung?«, fragte der englische Offizier in seinem britisch-brasilianisch gefärbten Portugiesisch.

»Aufregung? Welche Aufregung?«

»Da hinten, an der Linie C.«

»Was gibt es denn da, an der Linie C?«

»Keine Ahnung, das frage ich dich. Ich habe vor dem Fernmeldeposten in Dreadnought Post viele Leute gesehen.«

»Ach ja? Wann war das?«

»Eben gerade, als ich vorbeigekommen bin, herrschte da ein einziges Durcheinander.«

Afonso sah Cook fragend an.

»Ich weiß von nichts«, sagte er. »Warte hier, ich gehe mal nachsehen, was da los ist.«

Der Hauptmann lief mit Joaquim die B-Linie entlang, erreichte die Kommunikationslinie Jock Street, bog nach links in die Winchester Road ab und dann in die Linie C, folgte ihr nach rechts und gelangte zum Fernmeldeposten Dreadnought, einem Loch zwischen Sandsäcken. Beim Näherkommen stellte er fest, dass dort tatsächlich Aufregung herrschte.

»Was ist los?«, fragte er Leutnant Curado, der im Kreis erregter Offiziere am Eingang stand.

»Eine Revolution, Herr Hauptmann.«

»Eine Revolution? Was für eine Revolution?«

»In Portugal, Herr Hauptmann. Bernardino und Afonso Costa mussten ihren Hut nehmen.«

»Was soll das heißen?«

»Genau das, was ich sage, Herr Hauptmann. In Portugal hat es eine Revolution gegeben.«

Afonso ging in den Unterstand hinein. Drinnen redeten alle aufgeregt durcheinander. Er bahnte sich einen Weg zwischen den Offizieren hindurch und sprach den Telegrafisten an.

»Erzähl, was geht da vor sich?«

Der Telegrafist, ein Fähnrich mit Hakennase, sah ihn lustlos an. Schon zum zwanzigsten Mal stellte man ihm diese Frage, alle wollten wissen, was vor sich ging und welche Informationen telegrafiert worden waren, und er war es inzwischen leid, immer dieselbe Litanei herunterzuleiern. Mit einem Seufzer beschloss er, sich kurz zu fassen.

»Viel weiß ich nicht, Herr Hauptmann. Ich habe nur die Information, dass es gestern eine Revolution gegeben hat und dass in Lissabons Straßen gekämpft wird.«

»Da vorne am Eingang hat man mir gesagt, der Staatspräsident und der Premier seien gestürzt worden.«

»Soweit ich weiß, ist das nur eine Spekulation, aber nicht bestätigt. Wenn gekämpft wird, schließe ich daraus, dass die Sache noch nicht entschieden ist.«

»Und wer führt den Staatsstreich an?«

»Ein gewisser Major Paes.«

»Major Paes? Wer ist das?«

»Das weiß ich nicht, Herr Hauptmann.«

Leutnant Pinto, sein bester Freund im achten Infanteriebataillon, erschien zwischen zwei anderen Offizieren, das rote Haar ungekämmt, als wäre er gerade aufgewacht, und legte ihm eine Hand auf die Schulter.

»Hallo, Afonso. Kann sein, dass wir nach Hause fahren.«

»He, Cenoura. Mir scheint wirklich, dass wir hier am falschen Ort sind. Der Krieg findet nicht hier statt, sondern in Portugal.«

»Ja, da wird geschossen.«

»Wer ist dieser Major Paes?«

»Vorhin hat mir jemand gesagt, er sei als Militär vor ein paar Jahren in der Regierung und dann als unser Botschafter in Berlin gewesen.«

Afonso riss die Augen auf, er hatte den Namen identifiziert.

»Ach so, Sidónio Paes!«

»Genau«, sagte Pinto. »Kennst du ihn?«

»Nur aus der Zeitung«, erklärte der Hauptmann.

»Und?«

»Wenn er sich durchsetzt, dann hast du recht, dann können wir wohl bald die Koffer packen und uns für die Heimreise rüsten.«

»Genau das hat man mir auch gesagt. Ist der Mann Monarchist?«

»Das hättest du wohl gern.« Afonso lächelte, er kannte nur zu gut die monarchistische Ader seines Freundes Pinto. »Soweit ich weiß, ist Paes Republikaner und steht dem Partido Unionista nahe. Ich kann mich erinnern, dass er sogar den ersten Regierungen der Republik angehört hat.«

»Aber er ist gegen den Krieg …«

»Ich glaube, ja. Er war in Berlin, als die Boches uns den Krieg erklärt haben. Er hatte es satt, dem verdammten Pack Honig um den Bart zu schmieren, und meines Wissens war er nicht damit einverstanden, dass wir hierher nach Flandern geschickt wurden.« Er schwieg nachdenklich. »Womöglich hat die Jungfrau von Fátima doch recht, und wir fahren tatsächlich früher nach Hause.«

Hauptmann Resende, seit dem Empfang für Neulinge zwei Wochen zuvor schon nicht mehr ganz so dick, umarmte die beiden Männer begeistert.

»Wir fahren nach Hause, verdammt!«

»Nun mal langsam, Resende«, sagte Pinto. »Noch wissen wir nicht, wie die Sache ausgeht, kann sein, dass Major Paes nicht die Oberhand behält.«
»Du bist wohl verrückt, Cenoura. Ich kenne den Mann, der setzt sich durch.«
»Du kennst ihn?«
»Ja, aus Coimbra. Der hat dort an der Universität gelehrt.«
»Und was für einer ist er?«
»Ein anständiger Kerl, bei dem gibt es kein Gemauschel. Mit der Herrlichkeit für die Abgeordneten, mit Afonso Costa und dem Krieg ist es dann vorbei. Sidónio Paes bringt Ordnung in den Haufen.«
»Dein Wort in Gottes Ohr«, bemerkte Leutnant Pinto, der Portugals Eintritt in den Krieg noch nicht verdaut hatte. »Überlegt mal! Mitte Oktober haben Bernardino und Afonso Costa noch das Expeditionskorps hier besucht, und keine zwei Monate später werden sie beide davongejagt.«
Die Stimmung im Posten war nervös. Den Offizieren war klar, dass sich die Ereignisse in Lissabon, ganz gleich, wie sie ausgingen, auf ihr Leben auswirken würden. Wenn der Partido Democrático an der Macht blieb und damit Bernardino Machado im Amt des Staatspräsidenten und Afonso Costa im Amt des Ministerpräsidenten, dann würde sich an Portugals Engagement im Großen Krieg wahrscheinlich nichts ändern. Wenn aber Sidónio Paes sich durchsetzte, dann stellten sich die Dinge anders dar, und alle wussten, dass der Abzug der portugiesischen Streitkräfte vom Kriegsschauplatz in den Bereich des Möglichen rückte. Mehr noch als in Republikaner und Monarchisten war das Land inzwischen in Befürworter und Gegner des Kriegsbeitritts gespalten. Wenn der Partido Democrático, derzeit an der Macht, den Kriegsbeitritt befürwortete, dann musste jeder, der gegen ihn opponierte, zwangsläufig gegen Portugals Engagement sein.
Afonso verließ den Posten und ging trotz der eisigen Kälte draußen Luft schnappen. Er war innerlich zerrissen, wusste nicht, was er denken sollte. Einerseits wünschte er sich sehnlichst, die Schützengräben hinter sich zu lassen, den Krieg zu vergessen und in die Kaserne oder das heimatliche Nest Rio Maior zurückzukehren. Er hatte seinen Teil

beigetragen, seine Pflicht erfüllt, nun war es an der Zeit auszuruhen. Andererseits konnte er nicht den Gedanken abwehren, falls Portugal sich aus dem Konflikt zurückzog, würde sein Ansehen bei den Alliierten stark leiden und wäre in der Nachkriegszeit belastet. Wie sollte Portugal sein Kolonialreich zusammenhalten, wenn es nicht einmal in der Lage war, zwei Divisionen in Flandern zu unterhalten? Und außerdem wusste er, dass dies nicht alles war – wenn das Portugiesische Expeditionskorps sich zurückzog, würde nicht nur Portugals Ansehen auf der Strecke bleiben. Er würde auch Agnès zurücklassen müssen.

Marcel wunderte sich über den Wunsch der Baronin, runzelte die Augenbrauen, kam jedoch ihrer Bitte nach.
»*Oui, Madame*«, sagte er und folgte ihr durch die Flure des Schlösschens.
Agnès durchquerte ungeduldig das Foyer, trat durch die Eingangstür, empfing die kalte Morgenluft wie einen Hauch der Freiheit und stieg erleichtert die Treppenstufen hinunter. Nun befand sie sich draußen, hatte das Schloss verlassen, fühlte sich leicht. Der Butler eilte an ihr vorbei und begab sich nach rechts. Sekunden später ertönte das Brummen eines Motors, und er tauchte am Volant von Baron Rediers gelbem Renault auf, einem eleganten *Sedan*, drehte eine Runde um den kleinen Platz, hielt vor der Herrin an, sprang heraus, der weiterhin laufende Motor stieß schwarzen Qualm aus dem Auspuff aus. Marcel riss die Fondtür auf, Agnès raffte ihren weiten rosa Rock, setzte den rechten Fuß auf das Trittbrett und ließ sich im geschlossenen Fahrgastcoupé nieder. Marcel kehrte ans Steuer zurück, löste die Bremse und fuhr los; als der Wagen das Tor passierte, zerzauste ihm ein eisiger Windstoß das Haar. Der Platz des Chauffeurs befand sich im Freien, lediglich durch die Windschutzscheibe und ein Verdeck geschützt.
Die Baronin ließ sich chauffieren, den Blick durch die Fenster schwermütig auf die Platanen, Pappeln, Ulmen und Weiden gerichtet, die den Straßenrand säumten. Ihr Blick schweifte über die Ebene, die Baumgruppen, die Böschungen, den weiten Himmel, die Kühe und die Schweine, die Enten und die Gänse, die verlassenen Häuser, die

leeren Scheunen, die von Efeu überwucherten Mauern, die zu Matsch schmelzenden Schneeflocken, ein Blick, der zwar nach außen gerichtet war, doch nur nach innen schaute. Die Büsche bogen sich im Wind, Agnès sah es, nahm es aber nicht wahr, sie hatte nur Afonso vor Augen, sah ihn lächeln, sie küssen, stellte ihn sich irgendwo an der Front vor. Seit sie seine Glut verspürt hatte, konnte sie Jacques nicht mehr ertragen. Sie sehnte sich nach dem Hauptmann, der sie an ihren Mann erinnerte, den sie verloren hatte, sehnte sich so sehr nach ihm, dass sie in ihrer Verzweiflung Marcel gebeten hatte, sie zum Einkaufen in der Markthalle mitzunehmen. Ihr, die sie sich niemals ums Einkaufen gekümmert hatte, war nun jeder Vorwand recht, dem Schloss mit seiner erdrückenden Atmosphäre, dem sehnsüchtigen Warten auf ihren Portugiesen zu entfliehen und an andere Dinge zu denken, sich abzulenken, auch, um sich ihm in dem Weiler hinter den ersten Linien, in denen er sich eingegraben hatte, näher zu fühlen. Werde ich womöglich verrückt?, fragte sie sich, während sie weiterhin, jedoch ohne sie wirklich wahrzunehmen, auf Flanderns fruchtbare Felder schaute, die sich jenseits der Landstraße dehnten, sich bis zum Horizont erstreckten. Ich kenne ihn doch erst so kurz, so kurz, so kurz, werde ich womöglich verrückt? Sie atmete tief ein, rang nach Luft, um sich von der erdrückenden Sehnsucht zu befreien, sog tief die kalte, reine Luft ein, die ihr die Botschaft vom Leben brachte, und rutschte unruhig hin und her.

Das Auto fuhr nach Armentières hinein, und endlich begannen Agnès' Augen wahrzunehmen, was sie jenseits der Fensterscheiben sahen. Draußen lief die Bevölkerung hin und her, der Wagen spritzte Matsch an die Wände der Häuser, der Schnee an den Kantsteinen wurde schmutzig; dort gab es ein Wirtshaus, da einen Barbier, an der nächsten Ecke eine Bäckerei, überall Soldaten, alle möglichen Nationalitäten waren hier unterwegs, so viele, dass sie an jenen fernen Ausflug zur Weltausstellung erinnert wurde, Engländer, Schotten, Kanadier, Australier, Portugiesen. Ah, Portugiesen! Agnès beugte sich auf dem Sitz vor und betrachtete sie neugierig, musterte sie ganz genau, suchte an ihnen nach Afonsos Zügen und nach Merkmalen, die an Serge erinnerten, so wie Afonso ihm ähnelte, *les portugais sonst toujours gais,* fiel ihr wieder ein, die Portugiesen sind immer lustig, aber den Eindruck hatte sie nicht. Sie waren klein und stämmig, manche hatten ein breites Gesicht, andere eingefallene Gesichter und vorstehende Wangenknochen, einfache, ungehobelte Männer, schlecht rasiert, in schmutzigen Stiefeln mit aufgeplatzten Nähten und lächerlichen, abgewetzten Uniformen, blaue Jacketts mit so langen Ärmeln, dass die Hände darin verschwanden. Manche trugen Schaffelljacken, andere sahen zerlumpt aus, wirkten traurig, entwurzelt, wie sie in Gruppen rauchend durch die Straßen zogen, einige auch einzeln und in sich gekehrt. Es waren Burschen ohne Lebensfreude, Kinder ohne Kindheit, heimatlose junge Männer in der Fremde.

Der Renault bog um die Ecke und näherte sich der Markthalle, nun waren mehr Menschen in den Straßen unterwegs, auch Zivilisten, vor allem alte Leute und Kinder. Da drüben erkannte sie einen Nacken, ihr Herz raste, es war Afonso. Agnès hielt sich erschrocken die Hand vor den Mund.

»*Alphonse!*«, flüsterte sie.

Da war Afonso. Er ging das von Pfützen übersäte Trottoir entlang, mit dem Rücken zu ihr. Der Wagen holte ihn ein, fuhr neben ihm, sie presste ihr Gesicht an die Scheibe, die grünen Augen weit aufgerissen, der Wagen überholte ihn, sie saß wie gebannt am Fenster, konnte ihn sehen, der Nacken wandelte sich zum Profil und schließlich zum Gesicht. Afonsos Blick hüpfte zerstreut über die Erde, im Mundwinkel eine Zigarette, da endlich merkte sie, dass es nicht Afonso war, nein, es war ein anderer Mann, ein kanadischer Soldat. Verwundert, über sich selbst überrascht, die Hand auf der Brust, lehnte Agnès sich schwer atmend im Sitz zurück.

»Bin ich verrückt?«, fragte sie sich. »*Mon Dieu,* ich sehe ihn schon überall.«

Matias Grande fror und war müde. Zusammen mit den Männern seiner Abteilung stand er in der B-Linie bei Deadhorse Corpse in Reih und Glied zum täglichen Abendappell, *A Postos* genannt und direkt dem britischen *Stand To* nachempfunden. Feldwebel Rosa blickte den Schützengraben entlang, sah Hauptmann Afonso Brandão kommen und brüllte: »Aaaaachtung!«

Die Abteilung stand in den in die weiße Landschaft gegrabenen Löchern stramm und schlug die Hacken zusammen, so dass Waffen und Munition kurz klapperten, dann trat wieder Stille ein, und alle warteten auf die Inspektion durch den Offizier. In dem glucksenden Schlamm auf Schneeflocken tretend, näherte sich Afonso den zum Appell angetretenen Männern. Er bewegte sich fast geistesabwesend, ein Spazierstock mit Metallspitze schaukelte wie ein Pendel unter dem Handschuh, in dem seine Rechte steckte, bis er vor Vicente Manápulas stand, dem ersten Soldaten der Abteilung, dessen Lee-Enfield-Gewehr betrachtete und missbilligend das Gesicht verzog. Als er sprach, stieg eine Dampfwolke aus seinem Mund auf.

»Der Lauf muss gesäubert und geölt werden.«

»Jawohl, Herr Hauptmann.«

Der Offizier ging langsam die Abteilung ab, wies mit dem Stock mal hierhin, mal dahin, äußerte sich zur Ausrüstung, den Waffen, der Munition, den Gasmasken. Er tadelte Baltazar, den Alten, weil seine Gasmaske sich nicht in der vorgeschriebenen Position befand, zwar hing sie ihm vorschriftsmäßig vor der Brust, doch die Klemmen waren nach oben gerichtet, und das entsprach nicht der Vorschrift. Afonso kam an Matias Grande vorbei und neigte leicht den Kopf, zum Zeichen, dass er ihn nach dem Abenteuer vor zwei Wochen wiedererkannte, und nach Beendigung der Inspektion blieb er neben dem Feldwebel Rosa stehen.

»Feldwebel, ich möchte das Schützengrabenmaterial sehen.«

Der Feldwebel ging, den Offizier im Schlepptau, den Schützengraben entlang und zeigte ihm die Pritschen, die Waffenschränke, die Wasserpumpen, die Hacken und Schaufeln, die Kohlenbecken, die *Vermorel*-Zerstäuber, die Spezialpistolen zum Abfeuern der *Verey*-Leuchtsignale, auch *Verey lights* genannt oder *very lights*, außerdem die Sirenensignale und die Alarmklingeln. Am frustrierendsten waren die Pumpen, die ständig Wasser aus den Schützengräben entfernten, nur damit die Soldaten zusehen konnten, wie neues Wasser aus dem schlammigen Boden aufstieg oder sich aus dem angehäuften Eis bildete und damit das Pumpen praktisch sinnlos machte. Der Hauptmann ordnete an, Kot zu beseitigen, der zwischen den Latten des Laufstegs klebte, sowie zwei beschädigte Stufen an der Brustwehr und eine Rolle Stacheldraht zu reparieren, die ein Minenwerfer zwei Stunden zuvor zerfetzt hatte, wobei dicht an der Sandsackbrustwehr ein Krater gerissen worden war.

Die Sonne ging traurig und erschöpft hinter den portugiesischen Linien unter, und der Abend senkte sich kalt und dunkel herab. Der Abendappell war beendet, nun begann der schwierigste Teil des Dienstes. Nichts fürchtete der Soldat so sehr wie die Dunkelheit mit ihren Geheimnissen und verborgenen Gefahren, ihren verhüllten Bedrohungen und ihrer verräterischen Stille. Afonso ordnete an, vier Wachposten einzusetzen statt nur einem wie tagsüber. Zwei Wachposten sollten an der Brustwehr stehen und von dort aus die feindlichen Linien beobachten, die anderen beiden durften sich auf die Stufen setzen. Nach einer halben Stunde sollte einer der Stehenden mit einem der Sitzenden tauschen, und nach einer weiteren halben Stunde sollten dann die anderen beiden ihre Plätze tauschen. Auf diese Weise war immer einer dabei, dessen Augen sich schon an die Dunkelheit gewöhnt hatten. Obwohl die Nacht größere Gefahren barg, wurden Scharfschützen nicht eingesetzt, da die Sicht gleich null war und es galt, die Soldaten zu schonen.

Als Kommandant oblag es Afonso, dafür zu sorgen, dass die notwendigen Vorbereitungen für die Nacht getroffen, die Wachposten an den richtigen Stellen eingesetzt wurden sowie die Frontlinie kontrolliert und der Tagesbefehl weitergegeben wurde. An diesem Abend hatte er diverse Reparaturen an den Laufstegen, das Auspumpen des Schützengrabens und die Ausbesserung der Schutzvorrichtungen angeordnet, außerdem mehrere Aufklärungspatrouillen losgeschickt sowie andere Patrouillen zum Schutz der Männer, die am Stacheldraht arbeiteten. Der wichtigste Befehl jedoch betraf das Ausrücken einer Lauschpatrouille, die in Erfahrung bringen sollte, was in den feindlichen Stellungen geschah.

Das Problem war, dass sich die Aufmerksamkeit aller Männer auf die Nachrichten aus Portugal konzentrierte, und Soldaten wie Offiziere spekulierten, wie lange sie noch in Flandern bleiben mussten. Noch stand nicht fest, in welche Richtung sich die Ereignisse entwickeln würden, ob Major Sidónio Paes sich durchsetzen und Portugal der Kriegsbeteiligung ein Ende machen würde, doch es reichte schon, die

Möglichkeit in Erwägung zu ziehen, um den Kampfgeist zu unterminieren. Keiner wollte sterben, wenn die Heimkehr so kurz bevorstand, und deshalb reagierten Vicente Manápulas und Abel Lingrinhas widerstrebend, als sie den Befehl erhielten, sich für eine Erkundung im Niemandsland vorzubereiten. Der Befehl kam von Afonso, wurde aber von Feldwebel Rosa überbracht.

»Verdammt, Herr Feldwebel, warum gerade wir?«, beschwerte sich Vicente und gestikulierte vehement.

»Halt den Mund und zieh dich an«, erwiderte Rosa und reichte den beiden Männern das weiße Ölzeug.

Die Bekleidung wurde zur Tarnung in verschneitem Gelände benutzt, damit die Soldaten sich nicht von der eisigen Decke unterschieden, die über alles weiße Friedlichkeit breitete.

»Und warum kommt der Hauptmann nicht auch mit?«

»Halt den Mund und zieh dich an.«

»Is' immer derselbe Mist mit'n Offiziern«, grummelte Vicente wütend und stieg abrupt in die weiße Hose. »Die spuck'n große Töne, aber wir dürf'n unser Fell riskieren. Der hat doch gar nich den Mumm zum Mitkommen.«

»Ich hab schon zweimal gesagt, du sollst den Mund halten, Manápulas.«

»Die Tommys rechts sind schon abgelöst, aber wir steck'n immer noch hier und wühl'n wie die Schweine im Dreck.«

Vicente sprach von der fünfundzwanzigsten britischen Division des elften Armeekorps, die in der Linie rechter Hand von Ferme du Bois gestanden hatte und Tage zuvor von der zweiundvierzigsten Division des fünfzehnten Korps der Ersten Armee der British Expeditionary Force abgelöst worden war. Die portugiesischen Truppen mussten mit ansehen, wie ihre Nachbarn in die Erholungspause geschickt wurden, und sehnten sich auch danach.

»Ich hab dich jetzt zum letzten Mal gewarnt«, knurrte der Feldwebel und drohte mit erhobenem Zeigefinger. »Noch einen Mucks, und statt einer Woche Erholung machst du Latrinendienst, kapiert?«

Der Soldat grummelte weiter, nun jedoch unverständlich. Abel Lingrinhas blieb stumm, er ging nie so sehr aus sich heraus, war aber ebenso verärgert und erschrocken. Seiner Ansicht nach war es nicht gerade vernünftig, so eine Operation durchzuführen, wenn die Möglichkeit bestand, dass sie in wenigen Tagen oder Wochen den Befehl zur Heimkehr erhielten. Aber er begehrte nicht auf. Er war fest entschlossen, im Niemandsland so unsichtbar wie irgend möglich zu sein und unversehrt zu den portugiesischen Linien zurückzukehren, also zog er das weiße Ölzeug über und machte sich zusammen mit dem Feldwebel Rosa und einem sehr unwilligen Vicente auf den Weg zur Frontlinie.

Wie immer, wenn sie sich in der ersten Linie befanden, betraten sie respektvoll schweigend die Bretter des Stegs in der Frontlinie beim vorgeschobenen Posten Duck's Hill. Dies war die letzte Schanze vor einer Begegnung mit dem Feind, und von dort aus sollten sie sich in den gefährlichsten Bereich überhaupt begeben, ins Niemandsland. Der Feldwebel gab ihnen ein Zeichen, und die beiden Männer steckten die Bajonette auf, setzten sich auf die Stufe und warteten auf den Offizier. Hauptmann Afonso Brandão erschien gegen neun Uhr abends in Duck's Hill mit einer Rolle Telefonkabel unterm Arm und setzte sich zu den Männern, die zur Lauschpatrouille aufbrechen sollten.

»Dies ist ein einfacher Einsatz«, sagte er flüsternd. »Ihr sollt das Terrain erkunden, aber nicht aktiv werden. Verstanden?«

Die beiden Soldaten schwiegen. Die abendliche Dunkelheit verbarg ihre Gesichter, nur vage Umrisse ihrer Silhouetten waren zu erkennen. Afonso fühlte sich angesichts des Schweigens unbehaglich.

»Verstanden?«, fragte er noch einmal.

»Was sollen wir erkunden?«, fragte Vicente.

Afonso verdrehte gereizt die Augen. Der Soldat war offensichtlich verärgert und tat, als hätte er nicht verstanden, dabei war ausgeschlossen, dass er nach zwei Monaten im Schützengraben nicht wusste, worin eine Lauschpatrouille bestand.

»Ihr sollt feststellen, ob feindliche Patrouillen unterwegs und wie viele Leute im Einsatz sind, aber nicht schießen, ich will nur Informationen«, sagte er so geduldig, wie es ihm möglich war, und reichte ihnen die Rolle Telefonkabel, die er mitgebracht hatte. »Das Kabel benutzt ihr als Kordon. Einmal ziehen bedeutet, dass ihr angekommen seid und alles in Ordnung ist, zweimal ziehen, dass ihr zurückkommen wollt, dreimal, dass ihr feindliche Patrouillen ausgemacht habt. Im Anschluss daran zieht ihr entsprechend der Anzahl der Boches, und viermal ziehen, wenn ihr meint, dass die feindliche Patrouille eine Gefahr für unsere Linien darstellt. Verstanden?«

»Jawohl, Herr Hauptmann«, erwiderte Vicente resigniert.

»Also los, Jungs. Viel Glück, und seid vorsichtig.«

Die beiden Männer schulterten die Lee-Enfields, ergriffen das Telefonkabel, reichten Feldwebel Rosa das eine Ende, fassten an den Führungsdraht, mit dessen Hilfe sie sich entlang einer offenen Spur zwischen den Stacheldrahthindernissen würden bewegen können, setzten die Füße auf die Stufe, kletterten lautlos über die Brustwehr und tauchten in der Dunkelheit unter. Gleich darauf stellten sich Afonso und der Feldwebel an die Brustwehr und spürten mehr, als dass sie sahen, wie Vicente und Abel längs dem Führungsdraht langsam durch den Schnee robbten, bis nach ein paar Metern nichts mehr zu erkennen war. Sie sahen ganz genau hin, versuchten, sie noch auszumachen, doch vergeblich, und Afonso konnte sich nicht des Gedankens erwehren, dass dort vermutlich auch deutsche Patrouillen unterwegs waren, lautlos und unsichtbar, tückisch und gefährlich, und er wollte nicht in der Haut der beiden Männer stecken, die er soeben losgeschickt hatte, den Tod im Niemandsland herauszufordern.

Der Hauptmann und der Feldwebel blieben lange an der Brustwehr stehen und starrten in die Finsternis, die sich endlos vor ihnen erstreckte. Nur gelegentlich durchbrachen einzelne Schüsse oder Salven die Stille, die sich über die Linien gesenkt hatte. Irgendwann flammte, von der deutschen Seite her abgeschossen, eine *very light* am Himmel auf, tauchte das Niemandsland in nahezu taghelles Licht und schwebte langsam nieder. Es war ein merkwürdiges, beängstigendes Licht, es hatte etwas Unheimliches wie aus einer anderen Welt. Manche fanden es schön, doch den Hauptmann schauderte es immer unweigerlich vor Angst, wenn er das unheimliche Licht über den Linien stehen sah. Um sich von den düsteren Gedanken abzulenken, versuchten Afonso und Rosa, die gute Sicht zu nutzen und auf dem unwirtlichen Geländestreifen Menschen auszumachen, denn sie wussten, dass sich dort Menschen befanden. Doch nichts rührte sich, das Licht ließ lediglich die traurig gekrümmten, verstümmelten und verkohlten Bäume erkennen, die dort wie Vogelscheuchen standen. Die Schatten wanderten langsam über den Erdboden, in entgegengesetzter Richtung zu dem Lichtkegel, der über den Himmel und die Krater in der Erde zog, und eine weiße Schneedecke leuchtete schimmernd unter dem kalten Schein der *very light*, die an ihrem kleinen Fallschirm heruntersank. Das Licht erstarb am Horizont, aber in den langen hellen Augenblicken hatten sie keinerlei Zeichen von Vicente und Abel erblickt. Es war, als hätten die beiden sich aus dem Niemandsland verflüchtigt.

Nach Ablauf von zehn Minuten gab ein einziger Ruck am Telefonkabel an, dass die beiden Soldaten die Beobachtungsstellung erreicht hatten. Beruhigt setzte Afonso sich auf die Stufe, überließ es dem Feldwebel, das Niemandsland zu beobachten, und steckte sich eine Zigarette an, wozu er sich vorbeugte und mit den behandschuhten Händen die Flamme vor dem schneidenden Wind und hauptsächlich vor den Blicken des Feindes schützte. Die Minuten vergingen, keine Nachrichten. Das Telefonkabel rührte sich nicht, und sosehr Afonso und Feldwebel Rosa auch die Ohren spitzten und sich bemühten, irgendetwas in der Dunkelheit auszumachen, sie erhielten keinerlei Signal von der Patrouille. Der Hauptmann wusste, dass er die beiden Männer nicht zu lange im Niemandsland lassen durfte, weil sie sonst eine Unterkühlung erleiden konnten, weshalb er nach einer halben Stunde dem Feldwebel ein Zeichen gab.

»Sie sollen zurückkommen.«

Feldwebel Rosa zog zweimal am Telefonkabel und hielt über der Brustwehr Ausschau. Zehn Minuten später tauchten die beiden Soldaten bleich vor Kälte aus der Dunkelheit auf und sprangen zähneklappernd, die Arme steifgefroren, hinunter in den Graben, setzten sich zitternd auf die Stufen und kauerten sich zusammen, um sich zu wärmen. Der Feldwebel reichte ihnen ein Glas Schnaps, das sie mit einem Zug leerten, damit die Wärme des Alkohols möglichst schnell ihren Körper durchflutete und ihnen in den Eingeweiden brannte.

»Und?«, fragte Afonso, als die Männer sich anscheinend wieder etwas berappelt hatten.

»Nichts Neues, Herr Hauptmann«, sagte Vicente Manápulas. Er redete schnell und verschluckte Silben, und die Kälte zwang ihn,

Pausen zu machen. »Wir hab'n gehört, wie die Boches da hinten geredet hab'n, aber sonst nichts.«
»Keinerlei Bewegung?«
»Nein, nichts.«
»Wie weit wart ihr?«
»Bis zu 'nem Krater da hinten, fast bei den Boches. Da pfiff ein verdammt eisiger Wind. Wär'n wir noch 'ne Weile geblieb'n, hätt's uns umgehauen.«
»An welcher Stelle haben die Boches geredet?«
»An der Brustwehr, genau gegenüber von Rifle Row, bei Mitre Trench«, antwortete Vicente und wies in die Richtung. »Genau da.«
Afonso erhob sich mit einem Seufzer.
»Geht euch ausruhen«, sagte er, dann machte er sich auf den Weg.
Er begab sich zum Fernmeldeposten. Er musste die Information weitergeben, dass überall in seinem Abschnitt Ruhe herrschte, und anordnen, die Stelle unter Beschuss zu nehmen, wo nach Aussage seiner Patrouille feindliche Soldaten redeten. Aber vor allem wollte er hören, was es Neues aus Portugal gab. Nachdem er durchgegeben hatte, dass die Lauschpatrouille bei den deutschen Stellungen keinerlei Bewegung registriert hatte, informierte ihn der am Telegrafen Dienst habende Unterleutnant, dass die aufständischen Truppen in Lissabon im Park Eduardo VII ein Lager aufgeschlagen hatten, während die regierungstreue Guarda Republicana auf dem Rossio Quartier bezogen hatte. Weitere Einzelheiten gab es nicht, und der Hauptmann kehrte zu den Linien zurück, um seine nächtliche Runde zu gehen und die Reparaturarbeiten und die Dränage der Schützengräben zu inspizieren. Erst gegen Morgen, als das Tageslicht diffus hinter den feindlichen Linien anbrach, legte er sich schlafen.

Matias Grande, Baltazar, der Alte, und weitere vier Männer hatten drei Stunden oberhalb der Brustwehr der Frontlinie zwischen Newcut Alley und Château Road damit verbracht, die Verteidigungsstellungen zu verstärken. Nur ängstlich flüsternd, hatten die sechs Soldaten im Dunkeln siebzehn Spiralen und vier Rollen Stacheldraht auf dem Abschnitt verteilt, da die früheren Schutzvorrichtungen von Mörsergranaten beschädigt worden waren, die dort tagsüber eingeschlagen hatten. Während der Arbeit hatten sie jedes Gefühl in den Fingern verloren, die Hände bewegten sich nur noch steif und leicht zitternd, weshalb sie sehr erleichtert waren, als sie die Arbeit beendet hatten und von Feldwebel Rosa die Erlaubnis erhielten, sich in den Unterstand in Baluchi Road zurückzuziehen.

Innen an der Brustwehr stehend, tranken Matias und Baltazar eine halbe Flasche Rum und spürten, wie der Alkohol einem fauchenden Vulkan gleich ihr Inneres erwärmte, dann, ein wenig aufgerichtet, machten sie sich auf den Weg. Sie folgten der Château Road bis zur Rue Tilleloy, dann bogen sie in die Baluchi Road ein und erreichten schließlich den Unterstand. In dem schlammverdreckten Loch trafen sie Vicente und Abel an, die in Decken gewickelt auf dem Boden lagen, beleuchtet von einer schwachen Petroleumlampe, deren gelbliches Licht flackernd über ihre Gesichter tanzte.

»Und, wie war die Patrouille?«, fragte Matias, während er sich zum Schlafen einrichtete.

»Frag mich nicht«, erwiderte Vicente, bleich vor Kälte, die Decke bis zur Nase gezogen. »Da hat ein höllisch eisiger Wind gepfiffen.«

»Das weiß ich doch. Ich hab die ganze Hand voller Frostbeulen, verdammt noch mal.« Er zeigte seine von der Kälte verformten Hände, die Finger waren lilarot verquollen. »Man könnte meinen, ich blute unter den Nägeln.«

»Das hier ist schlimmer als zu Hause im Gebirge«, schimpfte Baltazar, der aus der Serra do Gerês stammte und an die trockene Kälte der Höhenlagen gewöhnt war. »Ich hab in den Fingern gar kein Gefühl mehr, verdammt!«

Matias sah Abel an und merkte, dass sein Freund unkontrolliert zitterte.

»He, Lingrinhas, was ist los?«

»Ach, mir ist eiskalt, Matias«, brachte er mühsam hervor. »Diese Patrouille im Schnee ist mir gar nicht bekommen.«

»Das sehe ich. Hast du schon einen gekippt?«

»Der Feldwebel hat mir was gegeben, als wir von der Patrouille zurückgekommen sind«, stöhnte Abel. »Aber Rum wirkt bei mir nicht besonders.«

»Oh, Mann, was mach ich denn mit dir? Feuer kann ich nicht für dich anzünden, und eine Kleine, die dir einheizt, kann ich dir auch nicht besorgen. Wenn der Fusel bei dir nicht wirkt …«

Abel Lingrinhas klapperten die Zähne noch eine Weile, bevor er wieder sprechen konnte.

»Weißt du, was mir richtig guttäte?«, fragte er schließlich.

»Schieß los.«

»Etwas, was meine Mutter mir immer im Winter gegeben hat.«

Der Schüttelfrost wurde schlimmer, Abel schloss die Augen und schwieg, sein ganzer Kopf zitterte.

Matias wurde ungeduldig.

»Was denn? Raus mit der Sprache, Mann.«

Abel öffnete die Augen.

»Tee.«

»Tee?«

»Ja, einen schön heißen Tee, mit einem Schuss Schnaps. Rum geht auch. Tee mit Rum. Ja, das wär wunderbar.«

»Wo soll ich denn um diese Uhrzeit Tee herkriegen? Aus der Kneipe holen geht nicht …«

Abel schloss wieder die Augen, sein Körper schlotterte immer noch unkontrolliert.

»Wir haben hier noch ein paar Päckchen Tee«, verkündete Vicente, nachdem er in der Proviantkiste gewühlt hatte. »Das Problem ist heißes Wasser.«

»Vielleicht könnten wir doch ein Feuer machen«, schlug Baltazar nachdenklich vor. »Ein richtig ordentliches Feuer.«

»Bist du verrückt?«, warf Matias ein. »Damit wir hier womöglich ersticken? Kommt nicht in Frage.« Er schwieg und dachte eine Weile über eine Lösung nach. Eine Maschinengewehrsalve zerriss draußen die Luft, das Rattern drang gedämpft in den Unterstand. Matias hatte den Eindruck, dass es von den deutschen Linien kam, offensichtlich war es ein Maxim. Da schoss ihm eine Idee durch den Kopf, und er sprang auf. »Die Teekanne!«

»Hm?«

»Die Teekanne!«

»Die steht da hinten«, sagte Vicente, auf den Ellbogen gestützt. »Wieso? Willst du wirklich Feuer machen?«

Matias tat drei Schritte, ergriff die Teekanne und rannte hinaus.
»Bin gleich zurück.«
Er eilte die Baluchi Road mit energischen Schritten entlang, um selbst etwas Wärme zu erzeugen und sich gegen die schneidende Kälte zu schützen, die auch durch seine Schaffelljacke drang, dann erreichte er Sunken Road. Er bog nach rechts ab, und noch vor dem Posten Tilleloy Süd stieß er auf ein mit Sandsäcken und künstlicher Vegetation getarntes Maschinengewehrnest.
»Rogério«, rief er.
»Wer da?«, fragte eine Stimme aus der Dunkelheit.
»Ich bin's, Matias.«
»Ach, du alter Spaßvogel. Was willst du von mir?«
»Hast du am Maschinengewehr Dienst?«
»Was glaubst du wohl, was ich hier tue? Mich mit einem Flittchen vergnügen?«
»Ich brauche etwas Hilfe.«
»Schieß los.«
»Einen Kumpel von mir hat die Kälte umgehauen, der schlottert wie ein Huhn vorm Schlachtmesser.«
»Gib ihm einen Schnaps.«
»Das habe ich ihm schon gesagt, aber der wirkt bei ihm offenbar nicht.«
»Dann soll er sich einen Mantel anziehen.«
»He, Mann, ich steh hier in eisigem Wind und hab jetzt für Späße gar keinen Sinn.«
»Dann sag, was du willst.«
»Mein Kumpel braucht Tee.«
»Tee?«
»Ja, Tee.«
»Sag mal, willst du mich auf den Arm nehmen, oder was?«
»Nein, im Ernst.«
»Tee, damit ihm warm wird? Mal ehrlich, wem ist da kalt, einem Kumpel von dir? Oder geht es vielleicht um eine Demoiselle, die du in den Schützengraben eingeschmuggelt hast?«
»Einem Kumpel, verdammt. Lingrinhas. Er war im Schnee auf Patrouille, und jetzt kann er nicht mehr.«

»Und von wo soll ich jetzt für ihn Tee herkriegen? Du hast aber auch Ideen!«
Matias wurde ungeduldig und beschloss, direkt zum Thema zu kommen.
»Hör zu, Rogério, hast du heute schon geschossen?«
Schweigen.
»Rogério?«
»Du nimmst mich auf den Arm, gib zu, dass du mich auf den Arm nimmst.«
»Komm, sei ein anständiger Kerl und hilf mir ein bisschen.«
Wieder Schweigen, dieses Mal etwas kürzer.
»Also, wenn ich richtig verstanden habe, soll ich das MG abfeuern, damit du für einen Kumpel Tee machen kannst, dem kalt ist, und dazu noch für Lingrinhas, diesen dünnen zugeknöpften Kerl …«
»Richtig.«
»Du bist ja wohl völlig übergeschnappt, Matias.«
»Ach, komm.«
Neuerliches Schweigen.
»Was kriege ich dafür?«
»Eine Fluppe.«
Die Stimme in der Dunkelheit lachte amüsiert.
»Eine Fluppe? Eine Einzige?«
»Na gut, zwei.«
»Zwei Fluppen? Du nimmst mich wohl auf den Arm.«
»Drei.«
»Eine Schachtel.«
»Fünf.«
»Eine Schachtel, hab ich gesagt.«
Matias seufzte, klopfte die Tasche ab und fühlte die Schachtel.
»Eine ganze Schachtel hab ich nicht«, sagte er. »Aber ich kann dir alle Fluppen geben, die ich habe, das ist fast eine Schachtel.«
Wieder kurze Stille.
»Ist gut, du Halunke, abgemacht. Hilf mir mal hier.«
Matias ging mit ausgestreckten Armen in der Dunkelheit vorwärts. Die Hände griffen ins Leere, bis sie auf Rogérios warmen Körper und die schmerzhaft kalte Metallfläche des Vickers Mk I trafen, des bri-

tischen, dreihundertdrei Zoll langen, schweren Maschinengewehrs, das auf einem Dreifuß ruhte.
»Hol mir mal die Kiste von da drüben rüber«, sagte Rogério. »Da ist die Munition drin.«
Matias zog die Kiste heran und nahm einen Munitionsgurt heraus, bestückt mit zweihundertfünfzig Projektilen, aneinandergereiht wie bedrohliche, spitze Zähne, bereit, Fleisch zu zerfetzen und Knochen zu zersplittern. Rogério führte den Gurt ins Maschinengewehr ein, umfasste beide Handgriffe, spürte den Abzug am Daumen und drehte die Waffe.
»Wohin soll ich schießen?«
»Du kannst ja ein paar Salven zur zweiten Linie vom Mastiff Trench schicken, gleich neben die Boches.«
Rogério zielte nach links, überlegte, wo sich wohl die Stellung der B-Linie des Mastiff Trench befand, und zog am Abzug. Ein ohrenbetäubendes Geratter füllte den kleinen getarnten Unterstand, die Kugeln schossen in rascher Abfolge aus dem Lauf. Ra-ta-ta-ta-ta. Matias fand, es hörte sich an, als bellte ihm ein Hund in die Ohren, ein wahnsinniger, unerträglicher Krach. Der Höllenlärm dröhnte in seinem Kopf und zerrte an seinen Nerven. Der Mündungsdeckel an der Spitze des Gewehrlaufs verbarg die bei jedem Schuss auftretenden Flammen vor dem Feind, so dass die Deutschen nicht genau feststellen konnten, von wo aus geschossen wurde. Die Schussfolge war so schnell, dass der erste Gurt in dreißig Sekunden verbraucht war und das Maschinengewehr schwieg. Erholsame Stille herrschte in dem kleinen Unterstand. Rogério führte einen zweiten Gurt ein, sofort ertönte wieder der Höllenlärm. Als nach dreißig Sekunden und zweihundertfünfzig Schüssen auch der zweite Gurt leer war, führte Rogério einen dritten ein und eine halbe Minute später einen vierten Gurt. Für zwei Minuten Feuer, unterbrochen von wenigen Augenblicken zum Wechseln der Munition, hatte er tausend Schuss verbraucht. Dann legte er vorsichtig den Zeigefinger auf die dicke Kühlmuffe und prüfte die Temperatur.
»Ist gut«, sagte er schließlich.
Matias stand auf, ging ans Ende der dicken zylindrischen Muffe des Vickers, tastete das heiße Metall nach der Öffnung zum Wasserablas-

sen ab und fand sie unten an der Spitze, gleich hinter dem Mündungsdeckel. Er schraubte die Öffnung auf, hielt die Teekanne darunter und ließ das kochende Wasser hineinlaufen. Als die Teekanne voll war, zog er sie weg und ließ das restliche heiße Wasser auf die Erde laufen. Dann schraubte er die Ablassöffnung wieder zu und öffnete den Einfüllstutzen oben am Ende der Muffe, gleich neben dem Korn. Rogério reichte ihm einen Kanister mit eiskaltem Wasser, und Matias füllte es in die Muffe ein. Ein lang anhaltendes Zischen ertönte, das kalte Wasser kühlte den nahezu glühenden Lauf ab. Als er fertig war, schraubte Matias den Deckel drauf, griff nach der vollen Teekanne und stand auf.

»Dass man das MG mit Wasser kühlen muss, ist verdammt praktisch«, bemerkte er grinsend. Dann griff er mit der Linken in die Tasche, holte die versprochene Schachtel Zigaretten heraus und reichte sie Rogério. »Tausend Dank, Rogério.«

Und er machte sich mit dem Teekessel voller heißem Wasser für Lingrinhas' Tee auf den Weg.

Das achte Infanteriebataillon beendete seinen Einsatz im Schützengraben am zwölften Dezember, und gleich am nächsten Tag nutzte Afonso den Erholungstag, der normalerweise einer Einheit gewährt wurde, die frisch von den ersten Linien kam, und beantragte einen B-Passierschein, um den Standort verlassen zu dürfen, forderte ein Pferd an, einen schweren schmutzigweißen Ardenner mit schwarzen Haarbüscheln vom Schopf bis zum Widerrist und dunklen Flecken auf den Schenkeln und den Kniekehlen, und ritt im Trab zum Hauptquartier des Portugiesischen Expeditionskorps in St. Venant.

Als er sich schon im Ort befand, hielt er vor einem Schild. »Hinweis«, stand darauf, dann: »Ist verboten Nutzung englisch Latrine für Portugiesen haben eigne Latrine an Eingang Park welche getroffen bei Nutzung andere Latrine wird streng bestraft.« Kopfschüttelnd und amüsiert las er den Text noch einmal. Welcher Trottel hat das geschrieben, fragte er sich. Zuerst dachte er an irgendeinen Analphabeten aus der Provinz, doch dann kam er zu dem Schluss, dass es nur ein Engländer gewesen sein konnte, und hoffte bloß, dass es nicht Tim war. Noch immer lachend, trieb er das Pferd mit einem Schnalzen an und ritt weiter zum Hauptquartier, wo er nach wenigen Minuten eintraf.

»Dies ist also die Grande Canja?«, warf er dem Wachposten provozierend zu, als er das Gebäude in einer bukolischen Grünlage, geschützt durch eine massive Steinmauer, vor sich erblickte.

Grande Canja, ein Kinderspiel, nannten die Soldaten das Hauptquartier des Portugiesischen Expeditionskorps, weil es ihrer Ansicht nach ein Leichtes war, von dort aus Krieg zu führen. Das Hauptquartier der ersten Division war die Canja Nr. 1 und das der zweiten Division die Canja Nr. 2, die Höhlen, in denen es von den Legionen der in der Etappe Kämpfenden wimmelte, den tapferen Kriegern, die die Hotels und Restaurants zu ihren blutigen Schlachtfeldern machten, den unbezwingbaren Männern, die ihr Leben statt in den grauen Schützengräben von Fauqissart, Neuve Chapelle und Ferme du Bois lieber im weichen Sand der Strände von Ambleteuse, Étaples und Boulogne riskierten.

Der Hauptmann saß ab, klopfte dem Pferd liebevoll auf die Flanke, übergab es einer Ordonnanz und passierte zu Fuß das Eingangstor zum Gelände der Grande Canja. Es war eine prächtige Villa mit zwei Stockwerken und enorm großen Fenstern, deren größtes sich im ersten Stock über dem Eingang befand, davor ein rechteckiges schmiedeeisernes Gitter, das einen kleinen Austritt umgrenzte. Der Hauptmann durchquerte den ungepflegten Garten vor der Villa, ging zwischen einem kleinen Ford T und einem eleganten Bugatti Tippo 10, die vor dem Eingang parkten, hindurch und betrat das Hauptquartier.

Afonso hatte im Hauptquartier einen Freund, Leutnant Trindade, der auf der Heeresakademie neben ihm die Schulbank gedrückt hatte und nun im Büro von General Tamagnini Abreu arbeitete. Trindade war auf der Akademie als »Rotzer« berühmt gewesen, weil er in einer Unterrichtsstunde so heftig hatte niesen müssen, dass er einen Lehrer getroffen hatte. In Flandern jedoch passte besser der Spitzname »Stubenhengst«, wie die Männer aus den Schützengräben alle Militärs nannten, die sich für die Schreibstube als Operationsfeld entschieden und den Füllhalter zu ihrer Waffe gewählt hatten. Das Portugiesische Expeditionskorps besaß jede Menge Stubenhengste,

Männer, die dafür sorgten, dass die unterschiedlichsten Abteilungen funktionierten, angefangen von der Büroarbeit bis hin zur Versorgung, Buchhaltung, Instandhaltung der Uniformen, dem Bergungsdienst und der Abteilung für Landwirtschaft, ja sogar eine Abteilung für das Verschicken von Gepäck und eine Meldestelle für Verluste gab es. Alles Militärs, die vom Schlachtfeld keine Ahnung hatten. Es gab die kleinen Stubenhengste, die im Hauptquartier der Brigade saßen, die mittleren, die zu den Divisionen gehörten, und die schweren, die sich hier, in der Canja Grande befanden. Und dann gab es noch die *Palmípedes,* Offiziere des Generalstabs, eine Art Luxusstubenhengste, Glückspilze, die im Auto herumfuhren und zwischen frischgewaschenen Laken in Schlössern mit Zentralheizung schliefen, eine Einrichtung, die sich nur wenige Auserkorene leisten konnten. Afonso war im Château Redier ein solcher *Palmípede* gewesen, richtig, doch nur für kurze Zeit. Trindade hingegen war mit Herz und Seele Stubenhengst, dazu noch ein schwerer, der den Ehrgeiz hatte, zum *Palmípede* aufzusteigen. Womöglich der Einzige, den Afonso nicht verachtete, was er fraglos ihrer alten Freundschaft zu verdanken hatte.
Der Hauptmann klopfte an der Schreibstube an und fragte nach dem Leutnant.
»Hallo, Rotzer«, entfuhr es ihm zur Begrüßung, als der Freund in der Tür auftauchte.
»Sieh einer an, dieser Schlaukopf!«, rief Leutnant Trindade aus. »Willkommen in meinem schäbigen Gefechtsstand.« Er forderte Afonso mit einer Handbewegung zum Eintreten auf. »Sag mal, Musterknabe, stimmt es wirklich, dass du deinen Leuten das Fluchen verboten hast?«
»Ja, warum?«
Trindade lachte schallend auf.
»Oh, Mann, du bist wirklich lustig!« Er bog sich vor Lachen. »Der Spitzname Musterknabe passt wirklich haargenau auf dich.« Er lachte noch eine Weile. »Also hör mal, wenn ein einfacher Soldat eine dicke Kugel in den Hintern kriegt, welche Ausdrücke gestattest du ihm dann? Huch? Herrjemine? Gott steh mir bei?«
Afonso zwang sich zu lächeln.

»Ich gestatte keine speziellen Ausdrücke. Ich will nur nicht ständig all dies ordinäre Zeug hören, das ist nicht mein Stil, und meine Leute wissen das.«

»He, Mann, du hast den Beruf verfehlt«, sagte der Leutnant. »Du hättest Priester werden sollen.« Er hob den Zeigefinger. »Priester, sage ich dir.«

»Ich werde drüber nachdenken.«

Trindade gähnte.

»So, Musterknabe, und nun sag, was führt dich her?«

»Ich weiß nicht, ob du es wirklich hören willst«, antwortete Afonso scherzend. »Ich hatte die Langeweile im Schützengraben satt und wollte mir mal anschauen, wie man im Hauptquartier kämpft. Ich muss sagen, ich bin beeindruckt, ihr seid wirklich furchterregende Krieger. Die Boches würden sich in die Hosen machen, wenn sie das hier sähen.«

Der Leutnant lachte. Er wusste, in welch schlechtem Ruf die Stubenhengste bei den Männern im Schützengraben standen, doch das kümmerte ihn nicht. Bei seiner Familie zu Hause in Portugal galt er als Held. Er war im Krieg, aber das war auch alles, was sie wussten. Sie sorgten sich um seine Sicherheit und ahnten nicht, dass man Kriegsdienst leisten konnte, ohne den Krieg zu sehen. Man musste sich schon selbst in Flandern befinden, um den Unterschied zwischen aktiven Kämpfern und Stubenhengsten zu kennen. Doch aus der Entfernung gab es den nicht, alle waren im Krieg, und ihn interessierte wirklich nur, was seine Leute zu Hause dachten, aber nicht, was die Leute im Schützengraben dachten. Was konnte es Besseres geben, als im Ruf zu stehen, im Krieg zu sein, ihn jedoch gar nicht erleben zu müssen, angeblich im Schlamm zu schlafen, stattdessen aber komfortabel unter duftenden Laken und mit einer Wärmflasche an den Füßen zu nächtigen, sich nachsagen lassen zu können, dass er Deutsche mit dem Bajonett erstach, in Wirklichkeit aber von den Deutschen nur aus den Unterhaltungen in der Offiziersmesse wusste. Außerdem und genaugenommen hing es nicht vom eigenen Willen ab, ob man ein Stubenhengst war, sondern von den Launen des Schicksals. Wie viele Soldaten würden schließlich nicht gern Stubenhengste werden, wenn sie könnten? Wie viele Männer würden nicht einiges dafür geben, wenn sie dem Elend in den Schützengräben den Rücken kehren und sich in die Bequemlichkeiten der Etappe zurückziehen könnten? Wer konnte wahrhaft aufrichtig behaupten, ein Frontsoldat sei etwas Besseres als ein Stubenhengst? War die Verachtung der Frontsoldaten für die Stubenhengste nicht eine kaschierte Form von Neid? All dies schoss Leutnant Trindade immer durch den Kopf, wenn er einem Frontsoldaten begegnete, auch dann, wenn es sich um einen Kameraden von der Heeresakademie handelte.

»Nimm Platz, Afonso«, sagte er und wies auf seinen Schreibtisch. »Ich kann jetzt nicht weg und ein Glas mit dir trinken, ich habe Fernmeldedienst, aber wir können uns hier unterhalten.«

Afonso nahm seine Offiziersmütze ab und setzte sich neben den Schreibtisch. Das Büro war voller Kommunikationstechnik, angefangen von Brieftauben bis hin zu den neuesten elektrischen Apparaten wie *Fullerphones*-Telegrafen und *Power-Buzzer*-Telefone.

»Viele Tote im Graben?«, fragte Trindade und lehnte sich auf seinem Stuhl zurück.

»Einige«, antwortete Afonso bedrückt, wollte aber keine Einzelheiten nennen.

»Gut, sehr gut!«, warf der Rotzer ein. »Wir brauchen viele Tote, damit unsere Verbündeten sehen, dass wir Opfer bringen und heldenhaft kämpfen.«

Der Hauptmann riss die Augen auf.

»Bist du verrückt?«

»Im Ernst, Afonso. Je mehr Tote wir haben, umso mehr werden wir respektiert. Genau so ist es, was glaubst du? Ich weiß, das klingt für einen, der im Schützengraben kämpft, schockierend, aber im Generalstab achten sie darauf. Wenn es keine Toten gibt, heißt das, die Soldaten haben keinen Mumm, die haben Schiss. So denken die. Deswegen müssen wir zeigen, dass wir gute Arbeit leisten. Die Tommys müssen unbedingt sehen, dass unsere Leute aus echtem Holz geschnitzt sind und etwas taugen!«

»Du weißt nicht, was du da sagst«, murmelte Afonso und schüttelte den Kopf. »Seit ich dich kenne, singst du das Loblied des Gemetzels und behauptest wie Hegel, Moltke und Nietzsche, dass der Krieg Teil der göttlichen Ordnung ist und dazu beiträgt, dass die Völker gesund bleiben, dass äußerste Grausamkeit die höchste Form von Kultur ist und dergleichen Geschwätz. Leider habe ich noch nie erlebt, wie du im Schützengraben deine Kultur steigerst, deine Gesundheit pflegst und die göttliche Ordnung verteidigst …«

»Das wirst du auch nie erleben«, antwortete Trindade lachend. »Ich bin zwar Soldat, aber nicht blöd. Soll sich doch das Pack umbringen. Ich bin hier, um sie zu preisen.«

Was Trindade sagte, war typisch für einen Stubenhengst des Hauptquartiers. Je weiter entfernt sie sich von der Frontlinie befanden, um so großspuriger und schwülstiger die Tiraden über Portugals Glorie und die Tapferkeit der portugiesischen Rasse. Die Männer in den Schützengräben redeten nicht so, sie sorgten sich nur um ihr Überleben und das ihrer Kameraden. Patriotismus war ein Luxus, den sie sich nicht leisten konnten. Der Hauptmann betrachtete seinen Freund von der Heeresakademie und überlegte, dass es in der Etappe ziemlich gemütlich zugehen musste, damit man so reden konnte. Man musste ein komfortables Leben führen, ohne Kopf und Kragen zu riskieren, um die Courage zu besitzen und den Tod zu glorifizieren, man musste sich in Sicherheit wissen und nicht das Krachen der Minenwerfer und das Geratter der Maschinengewehre hören, um sich zu erdreisten, Wörter wie Heldentum und Schiss zu benutzen, man musste weit, sehr weit weg vom Kriegsschauplatz sein, um zu glauben, dass der Krieg dem Vaterland Größe verlieh und die Menschen adelte. Nur mit vollem Bauch und einem bequemen Leben konnte man sich über abstrakte Begriffe wie Tapferkeit, Ehre, Patriotismus auslassen. Für die Soldaten, die schlechtes Essen bekamen, im Dreck schliefen, zwischen Ratten lebten, vor Kälte schlotterten, vor Angst zitterten und den Tod ihrer Kameraden beklagten, für sie zählte nur die Realität, die Realität und der Wunsch nach Normalität, die Freude an einfachen Dingen, eine warme Suppe, ein behaglicher Kamin, trockene Kleidung, die Zärtlichkeit der Mutter, der Freundin, der Frau. Afonso kannte das Gerede der Stubenhengste nur zu gut, er wollte nicht dagegen argumentieren, er war müde und würde sich nur ärgern.

Leutnant Trindade spürte, dass Afonso erschöpft war, und schrieb es dem Umstand zu, dass er die Dinge aus zu großer Nähe miterlebte.

Im Grunde verstand er ihn. Der Hauptmann war dem Krieg viel zu nah, um das Gesamtbild zu sehen. Durch die Nähe hatte er nicht mehr den richtigen Blickwinkel, den Begriff vom individuellen Opfer zum Wohle der Allgemeinheit. Das war letztlich der Fehler all derer, die im Schützengraben kämpften, dachte Rotzer-Trindade. Für sie bedeutete der Tod etwas Persönliches, und deshalb konnten sie nicht erfassen, wie wichtig große Opfer waren, um das Ansehen des Landes zu festigen. Die kleinen Dinge, wie der Tod eines Menschen, machten sie blind für die großen Werte wie das Leben einer Nation, sie sahen den Baum, aber nicht den Wald, der Schützengraben machte sie kurzsichtig, sie verloren das Gesamtbild aus den Augen.

Dies alles ging den beiden Männern im Bruchteil einer Sekunde durch den Kopf, während sie einander anschauten. Als Trindade merkte, dass sein Freund nicht mit ihm streiten wollte, breitete sich ein Lächeln auf seinem Gesicht aus.

»Was führt dich zu mir?«

»Ich möchte dich um einen Gefallen bitten.«

»Kommt drauf an, was es ist.«

»Nichts Besonderes. Ich brauche ein paar Tage Urlaub, um mich in Paris auszuruhen.«

»In Paris ausruhen?«, fragte der Leutnant stirnrunzelnd. »Da ist doch wohl nicht etwa eine Frau im Spiel …«

Afonso stieg verräterische Röte ins Gesicht, und Trindade lachte entzückt über seinen Scharfsinn und die sichtliche Verlegenheit seines Freundes.

»Wer hätte das gedacht, dass unser Musterknabe in den Schützengräben auf Mademoiselles Jagd macht«, rief er provozierend. »Und dann wird über die Stubenhengste hergezogen!« Grinsend beugte er sich vor. »Na, wer ist es denn?«

»Lass den Scheiß, Rotzer«, warf Afonso ein und unterdrückte mit Mühe seine Gereiztheit. »Verschaffst du mir den Urlaub oder nicht?«

Trindade hatte einen wunden Punkt berührt. Afonso wollte mit seiner Beziehung zu Agnès nicht prahlen, es war keine unverbindliche Liebelei, zumindest sah er es nicht so.

»Na los, sag schon«, drängte Trindade.

»Du kennst sie nicht, und es tut auch nichts zur Sache!«, erklärte

Afonso. Sein entschiedener Ton machte deutlich, dass er nicht weiter darüber diskutieren wollte. »Verschaffst du mir nun ein paar Tage Urlaub oder nicht?«
Trindade lehnte sich wieder auf seinem Stuhl zurück und atmete tief aus.
»Natürlich«, sagte er schließlich. »Aber jetzt sofort bekomme ich nur zwei Tage für dich.«
»Ist gut. Wann kann ich die nehmen?«
»Ich geh gleich zum Alten, und du kannst dich ab morgen früh um die Gesundheit deiner Mademoiselle kümmern.«
»Bist ein guter Kumpel«, sagte Afonso erleichtert. »Und einen längeren Urlaub?«
»Nach Weihnachten besorg ich dir fünf Tage.«
»Im Ernst?«
»Kein Problem«, erwiderte Trindade und stand auf.
Er ging zu einem anderen Offizier in der Schreibstube, holte ein paar Papiere und kam zu Afonso zurück.
»Füll die Formulare aus, um den Rest kümmere ich mich.«
Afonso überflog die Papiere, tauchte einen Federhalter in die Tinte und füllte sie schweigend aus. Als er fertig war, reichte er sie Trindade. Der Leutnant überprüfte, ob alles den Vorschriften entsprach, entdeckte eine Ungenauigkeit, befragte Afonso, korrigierte den Eintrag und gab sich schließlich zufrieden.
»Ich bring das jetzt zum Alten«, sagte er und stand wieder auf. »Von der Revolution hast du schon gehört?«
»Ja, Major Paes hat gewonnen.«
Trindade beugte sich über den Schreibtisch, zog eine Schublade auf, nahm eine Zeitung heraus und reichte sie Afonso.
»Lies das, ich geh unterdessen zum Alten, bin gleich zurück.«
Der Hauptmann ergriff die Zeitung. Es war *O Século* vom achten Dezember, nur fünf Tage alt. Die Überschrift »Die revolutionäre Bewegung dieser Tage« nahm die gesamte Breite der ersten Seite ein, dazu gab es eine Luftaufnahme von Lissabon und ein Foto von Sidónio Paes. Afonso las begierig, da war die Rede von »Kanonendonner«, »Schießereien« und »blutigen Kämpfen« in der Hauptstadt, außerdem berichtete der Artikel, die Kadetten der Kriegsschule und die

Männer vom siebten Kavalleriebataillon und dem ersten Artilleriebataillon hätten sich Major Paes angeschlossen und mit ihm den Park Eduardo VII besetzt, des weiteren unterstützt durch das fünfte, sechzehnte und dreiunddreißigste Infanteriebataillon sowie viele Zivilisten, von denen einige Geschäfte geplündert hätten. Mehrere Gebäude in der Avenida da Liberdade und der Baixa seien von der Artillerie der Aufständischen getroffen worden, darunter auch das Hotel Avenida Palace, während gleichzeitig die Stierkampfarena Campo Pequeno bombardiert wurde, weil es hieß, dort hätten sich Regierungstreue verschanzt, insbesondere die Guarda Republicana. Kreuzer hatten im Tejo Stellung bezogen, Matrosen hatten die Dächer der Stadt besetzt, siebzig Tote und dreihundert Verletzte hatte man gezählt, doch das waren noch nicht die endgültigen Zahlen. Afonso wunderte sich über den Bericht aus einer Stadt, die zu einem Schlachtfeld geworden war, mit Schießereien auf dem Rossio und der Praça dos Restauradores sowie Kanonen, die eine ganze Nacht lang vom Park Eduardo VII aus gefeuert hatten, und fragte sich zum wiederholten Male, in welcher Weise sich diese Ereignisse auf die Beteiligung Portugals am Krieg auswirken würden. Im Schützengraben hatte er erfahren, dass es eine Revolution gegeben und dass Sidónio Paes nach zwei Tagen Kampf in Lissabon gesiegt hatte, doch noch konnte niemand mit Bestimmtheit sagen, was aus dem Portugiesischen Expeditionskorps werden würde. Es gab zahllose Spekulationen, richtig, aber keine Gewissheit.

Unterdessen kam Leutnant Trindade mit dem Gesichtsausdruck dessen zurück, der seine Pflicht erfüllt hat.

»Alles erledigt«, verkündete er. »Hier hast du deine zwei Tage Urlaub, ab morgen früh.«

Afonso nahm zerstreut und derart gleichgültig, dass der Freund sich wunderte, die Papiere entgegen, dann platzte er mit der Frage heraus, die alle in den Schützengräben quälte.

»Sag mal, Rotzer, kann man nun nach Hause oder nicht?«

»Nach Hause?«, fragte der Leutnant verständnislos zurück. »Aber du wolltest doch ein paar Tage Urlaub, um …«

»Darum geht es nicht«, unterbrach ihn Afonso und schüttelte ungeduldig den Kopf. »Lässt Major Paes Portugal im Krieg, oder holt er uns nach Hause?«

»Ach so!«, rief Trindade und ließ sich auf seinen Stuhl fallen. Er zog dieselbe Schublade auf, holte eine andere Zeitung heraus und reichte sie Afonso. »Lies.«

Afonso ergriff die Zeitung, es war wieder *O Século*, nur einen Tag jünger als die erste, nämlich vom neunten Dezember. Der Hauptmann wunderte sich, wie schnell die Zeitungen zum Hauptquartier gelangten, gab aber keinen Kommentar dazu ab. Er schaute auf die erste Seite, sein Blick fiel auf die Überschrift »Lissabon kehrt zur Normalität zurück«. Er begann, den Artikel zu lesen, doch Trindade wies auf einen Untertitel über der Mittelspalte unten auf der Seite. »Worte des Sr. Sidónio Paes«, stand da.

»Was ist damit?«, fragte Afonso.

»Kannst du nicht lesen?« Trindade beugt sich über die Zeitung und begann, einen Teil der Antwort des Revolutionsführers auf eine Frage des Reporters von *O Século* laut vorzulesen. »Die Regierung steht zu ihren internationalen Verpflichtungen, insbesondere zu allen, die sich aus der Allianz mit England ableiten.« Der Leutnant blickte von der Zeitung auf und sah seinen Freund an. »Kapierst du?«

Afonso starrte ihn mit großen Augen an. Die Sidónio Paes zugeschriebenen Worte waren für ihn ein Schock. Er brauchte einen langen Moment, um aus der Erklärung die richtige Schlussfolgerung zu ziehen und sie in einem kurzen Satz zusammenzufassen.

»Wir bleiben also im Krieg.«

Leutnant Trindade lehnte sich auf dem Stuhl zurück, legte die Beine über Kreuz auf den Schreibtisch, zündete sich eine Zigarette an, zog langsam daran, nahm die Zigarette aus dem Mund und stieß eine dicke graue Rauchwolke aus.

»Afonso, du bist ein Genie.«

VII

Die roten Dreiecke verwiesen auf die Nähe der Zelte der YMCA, Young Men's Christian Association, die überall in dem von der British Expeditionary Force besetzten Abschnitt gegenwärtig war. Der Hudson schnitt die matschige Kurve und hielt vor dem ersten Zelt, zu dem etliche Tommys strömten, alle sichtlich guter Laune.

»Hier ist es«, sagte Afonso, stellte den Motor ab und stieg aus.

Dann ging er vorne um das Auto herum, öffnete die Beifahrertür und forderte Agnès auf auszusteigen. Die junge Baronin war elegant gekleidet, auch wenn ihre Kleidung dem Kalender der anspruchsvollen Pariser Couturiers um vier Jahre hinterherhinkte. Die Minarettlinie, in der sie in ihren Pariser Zeiten als Medizinstudentin ihre Sachen genäht hatte, war im Jahr 1913 modern gewesen und inzwischen durch andere Moden ersetzt worden, doch für alle, die in dem vom Krieg heimgesuchten Winkel der Provinz nichts davon wussten, war dies allenfalls eine winzige Nebensächlichkeit. Eine schöne Frau war und blieb eine schöne Frau, und ihre raffinierte, leuchtend karmesinrote Tunika über einem engen Rock, dazu ein hinreißender Glockenhut, erregte bei den britischen Soldaten unweigerlich Aufsehen. Stolz wie ein Pfau betrat Afonso das Zelt, am Arm eine elegante Französin, der die Tommys mit großen Augen nachstarrten. Der Hauptmann bot Agnès ein Erfrischungsgetränk an, dann setzten sie sich und warteten auf den Beginn der Vorstellung.

»Gehst du oft ins Lichtspielhaus?«, erkundigte sich Afonso, während er an seinem Getränk nippte.

»Jetzt nur noch selten. Aber in Paris bin ich oft ins Phono-Cinéma-Théatre du Cours-la-Reine gegangen, auch ins Omnia und ins Gaumont-Palace, das größte Lichtspielhaus der Welt.«

»Das größte der Welt?«, fragte Afonso skeptisch. »Ich glaube, wenn, dann war es das einmal. Angeblich wurde in Amerika ein Luxus-Lichtspielhaus eingeweiht, von oben bis unten prächtig ausgestattet, mit Kronleuchtern, Teppichen und so weiter. Es soll riesig sein, habe ich in der Zeitung gelesen. Angeblich hat das Theater über dreitausend Sitzplätze und Platz für dreißig Musiker.«

»Tatsächlich? *Mon Dieu*, so etwas gibt es nur in Amerika«, bemerkte Agnès bewundernd, dann ging sie zu ihrem Lieblingsthema Filmstars über. »Meine Lieblingsschauspielerin ist Sarah Bernhardt.«

»Ich mag besonders Mary Pickford und Marion Davies.«

Sie zog die Augenbrauen zusammen, machte einen Schmollmund und sah ihn ernst an.

»Wenn du wählen müsstest, für wen würdest du dich entscheiden? Für die oder für mich?«

»Für dich natürlich, mein Schatz.«

»Schön, dass du das sagst, *mon chéri*.« Agnès lächelte zufrieden. »Ich jedenfalls ziehe dich allemal einem Douglas Fairbanks vor.«

Unterdessen hatten die jungen Leute vom YMCA den Zelteingang geschlossen, damit kein Licht hereinkam, und kündigten den Beginn der Vorstellung an. Der Projektor wurde eingeschaltet, er ratterte leise wie ein fernes Maschinengewehr, warf einen Lichtkegel auf eine weiße Leinwand, schwarze Zahlen hüpften über das Bild, und dann begann der Film. Ein anglikanischer Priester setzte sich ans Klavier und fing an zu spielen, die Musik erfüllte das Zelt und untermalte den Stummfilm.

Zuerst wurde eine Dokumentation gezeigt, *Les annales de la guerre*, hergestellt von der *Section photographique et cinématographique de l'Armée*, mit den neuesten Nachrichten über den Konflikt, dann folgte zur Entspannung der Sketch *The Rink* von Charlie Chaplin, der beim Publikum einen Riesenerfolg hatte.

Schon beim Anblick des schnurrbärtigen Vagabunden brachen die Zuschauer in Applaus aus, und als Chaplin in seiner Rolle als Tollpatsch auf Rollschuhen, der sich auf einer Rollschuhbahn aufrecht zu halten sucht, immer wieder hinfiel, wurde das Gelächter geradezu hysterisch. Endlich kam der Hauptfilm, *Herzen der Welt*. Es war ein unverhohlen patriotisches Propagandawerk unter der Regie von D. W. Griffith und zum Teil an der französischen Front gedreht, doch recht bald verlor Afonso das Interesse an Erich von Stroheims brutaler Miene als sadistischer deutscher Offizier und wandte sich statt dessen Agnès' appetitlichem Hals zu. Die Französin ließ ein paar diskrete Küsse zu, doch als der Hauptmann allzu leidenschaftlich wurde, sah sie sich gezwungen, seine stürmischen Avancen dezent abzuwehren, damit sie nicht innerhalb des Schauspiels selbst zum Schauspiel wurde.

»Nicht hier«, säuselte sie ihrem ungeduldigen Geliebten zu. »Später, Alphonse. Später.«

Nach der Filmvorführung verließen sie das Zelt des YMCA und fuhren zum Hotel Boulogne in Boulogne-sur-Mer, einem Städtchen nordwestlich vom portugiesischen Abschnitt an der Atlantikküste der Picardie, wo der Ärmelkanal beginnt. Gemeinsam hatten sie entschieden, dass Afonso besser nicht mehr ins Château Redier kommen sollte. Abgesehen von der Respektlosigkeit, die es bedeutete, wenn sie im Haus des betrogenen Ehemanns miteinander schliefen, war auch zu bedenken, welches Risiko das barg. Keiner von beiden konnte seine Gefühle in Gegenwart des anderen vollkommen überspielen, was der Baron fraglos wahrgenommen hätte, und auch Agnès' Abstecher zum Gästezimmer würden irgendwann von ihm oder den Dienstboten bemerkt werden. Um das Problem zu umgehen, hatte die Baronin ihrem Mann gesagt, sie wolle für zwei Tage nach Paris fahren und den »Ausflug« auf den Termin gelegt, zu dem der Hauptmann Urlaub erhalten hatte, so dass sie nun gemeinsam nach Boulogne-sur-Mer fahren konnten. Störend dabei war nur, dass sie, obwohl sie sich relativ weit von Armentières befanden, vermeiden mussten, sich gemeinsam in der Öffentlichkeit zu zeigen, was sie zwang, sich in ihrem Hotelzimmer einzuschließen. Für Afonso jedoch war das, genau genommen, überhaupt kein Problem.

Im Hôtel Boulogne konnten sie ihre Leidenschaft ungezügelt ausleben. Sie liebten sich immer wieder voller Glut, zwischendurch bestellten sie sich etwas zu essen oder unterhielten sich über alles und nichts. Am Morgen des zweiten Tages zeigte Agnès Interesse an der Vergangenheit ihres Geliebten, ein Interesse, das nicht ganz neu war, doch dieses Mal beharrlicher.

»Aber wozu möchtest du etwas über mein Leben wissen?«, fragte Afonso. »Es gibt nichts Interessantes zu erzählen, mein Schatz.«
Agnès kräuselte die Stirn, damit wollte sie sich nicht begnügen.
»Hm, du überzeugst mich nicht«, sagte sie. »Warum ist es so ein Problem, mir etwas von deiner Vergangenheit zu erzählen?«
»Es ist überhaupt kein Problem, mein Dummerchen. Es ist nur so, dass ich nichts Besonderes zu erzählen habe. Ich glaube, mein Leben lässt sich auf drei Hauptstränge resümieren. Ich bin geboren, groß geworden und habe dich kennengelernt.«
»Entschuldige, aber das ist keine Antwort. Du willst mir nichts erzählen, stimmt's?«
»Es gibt nichts zu erzählen, mein Schatz.«
Sie kniff die Augen zusammen.
»Ich finde dein Schweigen verdächtig«, stellte sie fest. »Verheimlichst du mir vielleicht irgendetwas? Bist du womöglich verheiratet …?«
»Ich? Verheiratet?« Afonso lachte. »Nein, mein Liebling. Es ist nichts Besonderes, ich spreche nur einfach nicht besonders gern über mich, verstehst du?«
»Nein, das verstehe ich nicht. Ich glaube, dass du mir etwas verheimlichst …«
»Nein, ganz bestimmt nicht. Glaub mir.«
Aber Agnès glaubte ihm nicht. Verstimmt zog sie sich innerlich zurück. Sie setzte sich im Bett auf, las in dem rätselhaften *Auf der Suche nach der verlorenen Zeit* und kümmerte sich überhaupt nicht mehr um ihn. Sie schmollte. Afonso versuchte noch, das Eis mit ein paar Witzeleien zu brechen, doch die Französin blieb gleichgültig und ungerührt, scheinbar nur damit beschäftigt, wie Proust das glamouröse Doppelleben des Swann, Tante Léonies Schnüffeleien, die Soireen bei den Verdurins und die turbulente Beziehung zu Odette de Crécy beschrieb.
Nach Ablauf einer Stunde, weil er fürchtete, auf diese Weise das so verheißungsvolle Wochenende zu vergeuden, seufzte der Hauptmann und gab klein bei. An das Kopfende des Bettes gelehnt, erzählte er schließlich seine Geschichte. Berichtete von der Kindheit in Carrachana, der Jugend im Priesterseminar in Braga und der Zeit auf der Heeresakademie. Den ganzen Vormittag lang unterhielten sie sich

über die Vergangenheit und verglichen, welche Ausbildung sie erhalten hatten und welche Bedeutung die Reisen für sie gehabt hatten, die sie als Kinder in ihre jeweilige Hauptstadt unternommen hatten, er nach Lissabon, sie nach Paris. Gegen Mittag reckte Agnès sich und stand auf. Sie hatte seinem Bericht aufmerksam gelauscht, doch nun gab sie zu erkennen, dass sie es leid war, so lange im Hotelzimmer eingesperrt zu sitzen. Ihr reichten schon die endlosen Stunden, die sie im Château Redier verbrachte, jetzt wollte sie wirklich an die frische Luft. Der Vormittag war vorbei, und sie forderte Afonso zu einem Spaziergang auf.

»Gleich kannst du weitererzählen«, sagte sie, während sie sich den Mantel anzog. »Jetzt gehen wir, ja?«

Der Hauptmann sprühte nicht gerade vor Lust, hinauszugehen, nicht nur, weil er ausreichend viele Gründe sah, im engen Hotelzimmer zu bleiben, sondern auch, weil er fürchtete, sie könnten von einem Bekannten des Baron Redier zusammen gesehen werden. Sie wollten möglichst vermeiden, dass der betrogene Ehemann die Wahrheit erfuhr. Das Problem war, dass Agnès von den scheinbar vernünftigen Argumenten, die ihr Geliebter hartnäckig vorbrachte, nichts wissen wollte.

»Kein Mensch kommt nach Boulogne-sur-Mer, um die ganze Zeit im Hotelzimmer zu sitzen«, stellte die Baronin in einem Ton fest, der keine weitere Diskussion erlaubte, öffnete die Tür und trat resolut hinaus in den Flur. »Komm, *mon chéri.*«

Afonso resignierte, es half nichts, er musste Agnès auf ihrem Spaziergang begleiten. Sie verließen das Hôtel Boulogne und schlenderten über den Grande Place sowie durch den historischen Teil innerhalb der Stadtmauern der Haute Ville. Es war kalt, die Sonne lugte scheu zwischen den Wolken hervor. In der Basilika Notre-Dame sahen sie sich die Holzstatue der Notre-Dame von Boulogne an, die mit Juwelen überhäufte Schutzheilige des Städtchens, dann gingen sie weiter zu der mächtigen polygonalen Burg, im 13. Jahrhundert erbaut für die Grafen von Boulogne, bewunderten das ganz aus Stein gebaute Gemäuer und die eleganten Fenster, die aus dem schwarzen Dach schauten. Um zwei Uhr traten sie durch die Porte des Degrés, bestaunten die beiden mittelalterlichen Türme rechts und links der

Gasse und beschlossen, in einem netten Fischrestaurant am Quai Gambetta mit Blick auf den Fluss Liane eine Aal-Terrine und ein *foie gras au sauté* mit gegrillten Langusten und zum Dessert köstliches *craquelin de Boulogne* zu essen.

»Wie gut, dass du nicht Priester geworden bist.« Agnès lächelte bei ihrem ersten Kommentar zu Afonsos Bericht. »Es wäre ein Jammer.«

»Das finde ich auch«, sagte Afonso, eifrig mit dem Zerlegen der Languste beschäftigt. »Ich war nicht dafür bestimmt.«

Die Französin sah ihn schelmisch an.

»Ich wette, du hast deine Freundin nicht in Ruhe gelassen.«

Afonso stellte sich dumm. »Welche Freundin?«

»Diese *Caroline*.«

Afonso schluckte trocken und rang sich ein Lächeln ab. War es vielleicht falsch gewesen, dass er seine Geschichte so detailliert erzählt hatte? Bei den Frauen weiß man nie, dachte er, alles, was wir ihnen erzählen, kann sich gegen uns wenden. Aber er hatte schon so viel erzählt, nun gab es kein Zurück.

»Ach, das war eine unbedeutende Geschichte«, wehrte er ab, wobei ihm vor Verlegenheit Röte ins Gesicht stieg.

»Hm, ich weiß nicht, ob ich dir das glauben soll«, entgegnete sie schief lächelnd. »Aber gut, jetzt erzähl weiter.«

»Hier?«

»Warum nicht?«

Der Hauptmann berichtete beim Dessert, wie er zum achten Infanteriebataillon gekommen war, dann sprach er über Portugals Kriegseintritt und die Ankunft in Frankreich. Nach dem Kaffee beendete er seinen Bericht. Dann ließ er die Rechnung kommen, küsste Agnès, bezahlte, stieg in den Hudson, den er beim Portugiesischen Expeditionskorps beantragt hatte, und fuhr mit Agnès an der Küste spazieren.

Als das Auto die sich schlängelnden Uferstraßen der Côte d'Opale erreichte und sie dann bis nach Colonne de la Grande Armée nördlich von Boulogne-sur-Mer führte, spürten sie, wie der Wind vom Atlantik her ihnen die Lungen mit der frischen Meeresluft füllte. Hand in

Hand bewunderten sie das Marmordenkmal, entnahmen der Inschrift, dass es 1841 zu Ehren von Napoleons Plänen, in Großbritannien einzufallen, errichtet worden war, und genossen den schönen Panoramablick längs der Küste bis nach Calais, dem großen französischen Hafen, den man von dort wunderbar sehen konnte. Wie ein verliebtes Pärchen stiegen sie hinauf auf die stürmischen Kaps Gris-Nez und Blanc-Nez, schauten auf das wilde Meer, das unten gegen die steile Felsenküste brandete, und blickten hinüber zu den weißen Klippen der englischen Küste, die sich gegen das dunkelblaue Meer und den hellblauen Himmel abzeichneten. Sie sahen die Sonne am Horizont untergehen, sahen das orangerote Himmelsgestirn im Ärmelkanal versinken und flüsterten leidenschaftliche Liebesschwüre.

Als sich der Mantel der Dunkelheit über die Küste legte, stiegen sie ins Auto und machten kehrt, um zum Hôtel Boulogne zurückzufahren. Es war schon spät, und sie mussten noch am selben Abend zu dem Hotel fahren, das sie in Merville reserviert hatten, da der Urlaub des Hauptmanns zu Ende ging und er Befehl hatte, sich gleich am frühen Morgen bei der Brigade zu melden.

Als sie das Hotelzimmer betraten, überkam Agnès Angst und Enttäuschung, weil der Urlaub ihres Geliebten nur so kurz war. Sie wollte bei ihm bleiben, sah sich aber gefesselt von einer Ehe, die sie nicht wollte, und von einem Krieg, den sie fürchtete.

»Was ist, mein Liebling?«, fragte Afonso besorgt. Er setzte sich neben sie und trocknete ihre Tränen. Dann fragte er auf Portugiesisch, ob sie beunruhigt sei: »*Estás com a mosca?*«

»*C'est quoi, ça?*«, fragte Agnès zurück, denn sie hatte es nicht verstanden.

Afonso erklärte, was er gesagt hatte, und sie lehnte den Kopf an seine Schulter.

»Ich habe furchtbare Angst«, sagte sie weinend. »Ich mag dich so sehr, *Alphonse*, aber ich habe Angst davor, dass ich leiden, schrecklich leiden muss, verstehst du?«

Der Hauptmann küsste sie mehrmals.

»Aber ich würde dir doch nie wehtun, mein Schatz.«

»Sag das nicht. Ob du mir wehtust, hängt nicht von dir ab, sondern

von Gott. Verstehst du?« Sie schluchzte, die Tränen strömten ihr über die Wangen. »Das hängt nicht von dir ab.«
Afonso zog sie zu sich und drückte sie fest an sich.
»Aber was ist denn los? Was hast du?«
»Furchtbare Angst, dass dir das Gleiche geschehen könnte wie Serge, davor habe ich Angst, *Alphonse*.« Sie schniefte. »Angst, dass ich noch einmal durchmachen muss, was ich vor drei Jahren durchgemacht habe, wieder hilflos und allein dazustehen.« Sie schluchzte. »Ich weiß nicht, wer mehr leidet, ob er, der in den Krieg zieht, oder sie, die auf ihn wartet. Es ist … es lässt sich gar nicht beschreiben, eine Angst, eine Unruhe, eine Qual … es ist schrecklich, ganz schrecklich, vor allem, wenn man das schon zum zweiten Mal erlebt.«
Das Wort »Tod« fiel nicht, fraglos wegen der abergläubischen Angst, schon allein das Aussprechen würde das Unglück anlocken, doch der Hauptmann zweifelte keine Sekunde daran, welcher Art Agnès' Ängste waren. Die Baronin wollte ihn nicht verlieren, und sie litt Qualen, weil die Stunde der Trennung näher rückte, weil dann wieder eine Woche voller Schrecken begann, voller beklemmenden Wartens, voller Nervosität, wenn der Kanonendonner lauter hallte, voller Ungewissheit, ob ihr Geliebter in Sicherheit war. Er selbst wusste, dass er womöglich binnen kurzer Zeit nicht mehr am Leben sein würde, doch er konnte nichts tun, außer jede Minute zu nutzen, jede Sekunde zu genießen, für die Gegenwart zu leben, nehmen, was das Leben ihm bot. Er schloss die Geliebte lange in die Arme.
Als sie sich schließlich beruhigt hatte, stand er auf und packte ihre Sachen. Den Koffer zu schließen erwies sich jedoch wegen eines Problems mit dem Schloss als unerwartet kompliziert. Afonso hieb fluchend auf das Leder. Zwischen zwei Schlägen hörte er plötzlich Agnès in holperigem Portugiesisch sagen:
»Tasch ca moschka?«
Afonso lachte und schloss sie wieder in die Arme. Die Umarmung schlug um in Begehren, und wenige Augenblicke später liebten sie sich voller Inbrunst, stöhnten und keuchten, gingen ineinander auf, nehmend und gebend, alle Sinne hellwach und trunken. Ein Klopfen an der Tür durchbrach den Zauber, sie versuchten noch, die Unterbrechung zu ignorieren und sich wieder aufeinander zu konzentrieren,

zu ihrer Leidenschaft zurückzufinden. Es klopfte erneut. So ging es nicht. Afonso stieg verärgert aus dem Bett.
Agnès lehnte sich, in das Laken gewickelt, ans Kopfkissen, während der Hauptmann sich schnell den Morgenrock überwarf und über die auf dem Fußboden verstreuten Kleidungsstücke hinwegstieg, um nachzusehen, wer da war. Verärgert öffnete er die Tür mit einem Ruck und spürte, wie ihm das Blut in den Adern gerann und das Herz stehen blieb.
Vor der Tür stand Baron Redier.
»Ist meine Frau hier?«
»Äh … pardon?«
Der Baron stieß ihn beiseite, trat ins Zimmer und richtete den Blick auf Agnès, die unter dem Laken auf dem Bett lag. Die Zornesröte stieg ihm ins Gesicht, doch er beherrschte sich.
»Agnès, komm nach Hause.«
Die Baronin starrte ihren Mann mit großen Augen an.
»Jacques!«
»Mach schon, komm.«
Afonso stellte sich ans Kopfende des Bettes, bereit, Agnès notfalls zu beschützen.
»*Monsieur le Baron*«, sagte er. »Ich bedauere, dass Sie es auf diese Weise erfahren haben, es ist wirklich …«
»Was Sie denken, interessiert mich nicht, und vielleicht haben Sie die Freundlichkeit, künftig nicht mehr das Wort an mich zu richten«, unterbrach ihn der Baron, ohne ihn anzusehen. »Komm, Agnès.«
Die Französin zögerte, entschloss sich dann aber aufzustehen. Den Körper mit dem Laken schützend, erhob sie sich wortlos vom Bett, griff nach ihren Kleidern und verschwand durch die Badezimmertür. Quälende Stille trat ein, Afonso und der Baron vermieden es, einander anzusehen. Da ihm noch nicht klar war, was Agnès vorhatte, nutzte Afonso die Gelegenheit und zog schnell seine auf dem Fußboden verstreut liegende Uniform an.
Wenige Minuten später öffnete Agnès die Badezimmertür und trat, fertig angekleidet, heraus. Kraftlos lächelnd sah sie Afonso an.
»Entschuldige, *Alphonse*, aber ich muss gehen.«
Afonso krampfte sich das Herz zusammen.

»Das kann ich nicht glauben«, murmelte er. »Du gehst mit ihm mit?«
»Entschuldige. Es muss sein.«
»Aber warum?«
»Ich bin mit ihm verheiratet.«
Afonso schüttelte gequält den Kopf, ihm war, als verlöre er den Boden unter den Füßen.
»Aber du liebst ihn nicht. Wie kannst du das tun?«
»Entschuldige.«
Agnès drehte sich bedrückt um, griff nach ihrem Gepäck und wandte sich zur Tür. Afonso hielt sie verzweifelt am Arm zurück.
»Nein. Ich lasse dich nicht gehen.«
Der Baron trat dazwischen und versuchte, ihn beiseitezuschieben.
»Werter Herr, benehmen Sie sich«, sagte er. »Haben Sie nicht gehört, was meine Frau gesagt hat?«
Afonso sah ihm ins Gesicht, dann ihr. Er wusste, er hatte verloren, und ließ Agnès los. Redier fasste Agnès am Ellbogen und schob sie aus dem Zimmer.
Mit traurigem, hilflosem, flehendem Blick wandte die Französin sich noch einmal um.
»Entschuldige, *Alphonse*. Adieu.«

Für Afonso folgten schwere Stunden. Zunächst stand er am Fenster, drückte das Gesicht an die Scheibe und sah zu, wie der Baron Agnès zu seinem gelben Renault führte und der Wagen dann in den spärlich beleuchteten Gassen der Stadt verschwand. Als sie abfuhr, breitete sich in ihm Leere aus. Tief bedrückt blieb er lange auf dem Bett sitzen. Dann empfand er das Zimmer als beklemmend und beschloss hinauszugehen.
Ohne Ziel und Plan lief er an diesem dunkeln Abend durch Boulogne, fand aber nicht die ersehnte Ruhe, sein Herz krampfte sich zusammen, selbst das Atmen fiel ihm schwer. Er fühlte sich entsetzlich allein. Die Einsamkeit hatte sich erdrückend über ihn gelegt, als wäre eine Gefängnistür ins Schloss gefallen, als wäre die Sonne für immer untergegangen. Vergeblich versuchte er sich abzulenken, aber seine Gedanken waren nur bei der Französin. All sein Denken galt Agnès,

ständig sah er ihr Antlitz vor sich; die Erinnerung an sie schmerzte. Es hatte ihn verletzt, wie sie von ihm gegangen war, fast ohne zu zögern, ihrem Ehemann gehorchend, ohne Rücksicht auf das Gefühl, zusammenzugehören, das sie beide empfunden oder zu empfinden geglaubt hatten. Er dachte, er müsse dringend etwas tun, und fast unvermittelt begann er zu laufen. Er lief wie ein Kind ohne ersichtlichen Grund, einfach nur so, um sich anzustrengen, müde zu werden, zu vergessen. Doch der Schmerz ließ nicht nach. Selbst als er so außer Atem war, dass ihm die Muskeln schwer wurden und die Lunge brannte, selbst da war sie immer noch gegenwärtig.

Er kehrte ins Hotelzimmer zurück und packte die letzten Sachen zusammen. Zwischen den Laken fand er noch Kleidungsstücke von Agnès und roch sehnsüchtig daran. Nachdem er alles eingepackt hatte, nahm er den Koffer in die Hand und öffnete die Tür. Mit einem letzten Blick ins Zimmer dachte er, wie glücklich er dort gewesen und wie seltsam es war, das sich ein so abrupter Wechsel in dem zuvor von Glück und Leben erfüllten, nun aber leeren, toten, unerträglich traurigen, erschreckend trostlosen Raum vollzogen hatte. Es ist wohl fraglos so, dachte er, dass die Menschen den Raum prägen. Dieses Zimmer, dass ihm vorher, als er es mit Agnès teilte, so schön und fröhlich erschienen war, wirkte nun düster und bedrückend. So wie es Jahre zuvor mit Carolina gewesen war, glaubte er nun, da er sie nicht mehr haben konnte, nun, da sie von ihm gegangen war, dass Agnès ihm noch mehr bedeutete. Mit dem Unterschied jedoch, dass er dieses Mal von Anfang an gewusst hatte, dass er sie liebte, dass sie für ihn einzigartig und unersetzlich war. Und nun war er am Boden zerstört.

Er schloss die Zimmertür und schleppte sich bedrückt den Flur entlang. Er stieg die Treppe hinunter, ging zur Rezeption, bezahlte und trat auf die Straße. Dort stieg er in den Hudson, ließ den Motor an und fuhr los.

Er machte sich auf den Weg zum Métropole, dem Hotel in Merville, in dem er reserviert hatte, um dort die Nacht mit Agnès zu verbringen. Kurz zog er in Erwägung, gar nicht dort zu übernachten. Nach all den Plänen, die sie gemeinsam geschmiedet hatten, allein im Zimmer zu sein, das würde ihm sehr schwerfallen. Da er jedoch für sich kein anderes Quartier besorgt hatte, musste er ins Hotel gehen. Er

betrat das Gebäude, füllte das Anmeldeformular aus, nahm den Schlüssel und ging nach oben aufs Zimmer.
Wie vorausgesehen, wurde die Nacht lang und schwierig. Er wälzte sich im Bett hin und her, versuchte sich abzulenken, an andere Dinge zu denken, sich andere Frauen vorzustellen, doch Agnès war die ganze Zeit in seinem Kopf präsent, es gab kein Entrinnen. Wieder und wieder sagte er sich, er müsse schlafen, die Zeit nutzen, denn am nächsten Tag musste er zurück in den Schützengraben, und dann würde er fast eine Woche lang kaum ein Auge zutun können. Doch vergeblich, die Gedanken kehrten immer wieder zum selben Punkt zurück. Er rekapitulierte alle ihre Gespräche, alles, was sie zu ihm gesagt hatte, was sie zusammen erlebt hatten, er versuchte, sich in ihren Kopf hineinzuversetzen, ihre Gedanken und Gefühle nachzuvollziehen. In manchen Momenten packte ihn die Verzweiflung, und er war davon überzeugt, dass er sie für immer verloren hatte. Dann wieder schöpfte er Hoffnung und glaubte, dass sie zurückkäme. Unermüdlich stellte er sich die Frage, was er selbst tun sollte. Sie suchen? Abwarten? Ihr schreiben? Wie in ihr Sehnsucht wecken? Was tun? Tausend Fragen gingen ihm durch den Kopf, tausend Zweifel, tausend Ungewissheiten, tausend Ängste. Der Schädel brummte ihm vor Ideen, er suchte nach Lösungen, überprüfte Entscheidungen, schmiedete Pläne, spielte Entschlüsse durch und malte sich bewegende Reden aus, wunderschöne, mitreißende Worte, denen sie nicht würde widerstehen können.
Völlig erschöpft und mutlos stand er um vier Uhr morgens auf und ging sich rasieren. Er musste sich am Standort präsentieren und sich auf die Front vorbereiten, ihm blieb nicht mehr viel Zeit. Er zog die Uniform an, ergriff seinen Koffer und verließ das Zimmer. Seine Augen waren schwer und brannten. Er war übermüdet, da er die ganze Nacht nicht geschlafen hatte. Er gähnte. Langsam ging er den Flur entlang, stieg träge die Treppe hinunter und lehnte sich an den Tresen der Rezeption.
»Die Rechnung, bitte«, sagte er.
Der Mann am Empfang, ebenfalls halb verschlafen, ging das Kassenbuch holen, um seine Rechnung fertigzumachen.
»Welche Zimmernummer haben Sie?«

»Einhundertsechs«, antwortete Afonso und schob lustlos den Schlüssel zu ihm hinüber.

Der Angestellte nahm den Schlüssel, drehte sich um und wollte den Schlüssel an den Haken im Fach hängen. Da sah er einen Zettel im Fach stecken. Er griff danach und warf einen kurzen Blick darauf.

»Ah, Monsieur«, rief er. »Fast hätte ich es vergessen. Da ist eine Dame im Salon, sie wartet auf Sie.«

Die Müdigkeit war auf einen Schlag verschwunden.

»Eine Dame?«

»Ja, sie ist vor einer Stunde gekommen und wollte Sie sprechen. Ich hab ihr gesagt, dass ich Anweisung habe, um diese Zeit niemanden zu wecken, da ist sie in den Salon gegangen. Ich sollte Bescheid geben, wenn Sie herunterkommen.«

Afonso ließ seinen Koffer stehen und eilte zum Salon, das Herz klopfte ihm ängstlich und aufgeregt bis zum Hals. Er öffnete die Tür und sah auf einem Kanapee eine Gestalt liegen, sie schlummerte. Es war Agnès.

»Agnès«, rief er. »Agnès.«

Sie zuckte zusammen und schlug die Augen auf.

»*Alphonse*«, sagte sie. »Alles in Ordnung?«

Die Französin lächelte schüchtern, stand auf und wollte ihn umarmen. Doch von plötzlichem Stolz übermannt, trat Afonso einen Schritt zurück und wich ihr aus. Fassungslos und verletzt sah sie ihn an.

»Was möchtest du?«, fragte er gekränkt.

»Was ich möchte? Dich natürlich.«

»Gestern hast du etwas anderes gesagt …«

»Gestern stand Jacques neben mir, es war eine schreckliche Situation. Ich konnte ihn nicht so stehen lassen wie einen alten Lumpen. Er hat mir so viel geholfen. Dafür musst du Verständnis haben.«

»Ach ja? Und wer hat Verständnis für mich? Du bist mit ihm gegangen, um ihn nicht zu verletzen, aber mich zu verletzen hat dir nichts ausgemacht.«

»*Alphonse*, sieh mich an«, verlangte sie mit sehr ernster Miene. »Jacques hat mir sehr geholfen, als ich hilflos war, er hat mir die Hand gereicht und mich aus einer sehr schwierigen Situation herausgeholt.

Ich kann nicht so tun, als wäre das nie geschehen. Außerdem ist Undankbarkeit etwas, wozu ich nicht in der Lage bin.«

»Nun gut, du musst es wissen. Aber wenn du dich für ihn entschieden hast, dann musst du jetzt auch zu deiner Wahl stehen und darfst nicht mit meinen Gefühlen spielen.«

»*Alphonse*, sei nicht kindisch. Ich bin hier, ich habe mich für dich entschieden, was willst du mehr?«

»Deine Entscheidung hast du schon gestern in Boulogne getroffen. Komm jetzt nicht und tu so, als wäre nichts geschehen.«

Agnès sah ihn für ein paar lange Sekunden stumm an, um die Lage abzuschätzen und eine Entscheidung zu treffen. Nach einer endlosen Weile seufzte sie.

»Also gut, wie ich sehe, willst du mich nicht. Es hat keinen Sinn, dich zu bedrängen.« Sie drehte sich um und ging energischen Schritts zur Tür. »Adieu, *Alphonse*.«

Der Hauptmann blieb wie angewurzelt stehen. Entsetzt über seine Reaktion, starrte er ihr nach, als sie ging. Er begehrte sie glühend, er wünschte sich nichts sehnlicher als die Versöhnung. Die Begegnung hatte ihn aus dem Alptraum erlöst, in dem er die Nacht verbracht hatte. Doch was tat er? Er wehrte sie ab, stieß sie zurück, lehnte sie ab. Ein unbezwingbarer Stolz hatte von seinem Herzen Besitz ergriffen und seinen Verstand vernebelt. Ihm wurde klar, dass sein Verhalten bedingt war durch dieses unfassbare, egoistische, arrogante Empfinden, doch er fühlte sich nicht in der Lage, es zu bezwingen. Vor allem wollte er seine Kapitulation schwierig machen, sie leiden lassen, ihr zeigen, dass sie nicht nach Lust und Laune über ihn verfügen konnte, ihr klarmachen, dass ihr Verhalten Konsequenzen hatte. Das Problem war nur, dass er selbst dabei litt. Es zerriss ihm das Herz, als er sah, wie sie den Salon verließ und hinter der Tür verschwand. Er war durcheinander, widersprüchliche Gefühle quälten ihn, sein Herz trotzte dem Stolz, das Gewicht der ganzen Welt sank ihm auf die Schultern, sein Atem wurde schwer, er keuchte. Er wurde von Zweifeln gemartert, war hin- und hergerissen zwischen dem, was er getan hatte, und dem, was er hätte tun sollen. Er fühlte, wie die Sekunden verrannen, jede Sekunde ihn weiter von Agnès entfernte, die Trennung unwiderruflich machte. Von einem schmerzhaften inneren

Konflikt gepeinigt, trat er drei Schritte nach vorne, hielt inne, ging zurück, dann wieder vorwärts, lief fast, hielt wieder inne, die Unentschlossenheit zermarterte ihn. Nach einem allerletzten Zögern gewann das Herz die Oberhand. Er lief los, lief durch die Flure, vorbei an der Rezeption, aus dem Hotel hinaus.

Er sah Agnès in eine Kalesche steigen und bekam Angst, sie würde abfahren, ohne ihn zu sehen.

»Agnès!«, rief er, und seine Stimme hallte durch die so früh am Morgen noch menschenleeren Straßen von Merville. »Agnès! Warte!«

Während einer langen Sekunde schien ihm, als ignorierte sie ihn. Doch dann hielt die Baronin beim Einsteigen inne und wandte ihm das Gesicht zu. Afonso lief zu ihr.

»Was möchtest du?«, fragte sie.

Der Hauptmann erreichte die Kalesche, seine Brust hob und senkte sich, er rang nach Luft.

»Warte«, keuchte er. Er hielt inne, um Luft zu holen. »Verzeih mir, was ich gesagt habe.« Er schluckte trocken. »Bleib bei mir, ja?«

Sie sah ihn eindringlich an.

»Meinst du das ernst?«

»Ich habe noch nie etwas so ernst gemeint. Bleib bei mir, ja?« Er sah sie flehentlich an. »Bitte ...«

Über ihr Gesicht huschte ein Lächeln.

»Natürlich bleibe ich bei dir, mein Dummerchen.«

Agnès stieg aus und fiel ihm in die Arme. Sie küssten sich leidenschaftlich, glücklich, erleichtert. Afonso umschlang sie und führte sie zurück ins Hotel, presste sie an sich, so dass ihre Köpfe sich zueinanderneigten und sich zärtlich berührten.

Er ließ sich vom Angestellten an der Rezeption die Zimmerschlüssel geben. Mit der freien Hand ergriff er seinen Koffer, den er an der Rezeption hatte stehen lassen, und eng umschlungen gingen sie die Treppen hinauf. Der Hauptmann steckte den Schlüssel ins Schloss, öffnete die Tür, warf den Koffer nach rechts, schloss die Tür, und dann fielen sie aufs Bett.

Sie liebten sich langsam, zärtlich, leidenschaftlich, gerührt, versöhnt, die Hände ineinandergeschlungen. Danach blieben sie eine lange Zeit Arm in Arm liegen, genossen den Augenblick, liebkosten einander und flüsterten sich Liebesworte zu. Schließlich schaute Afonso mit einem Seufzer auf die Uhr.

»Es ist furchtbar, mein Liebling, aber ich muss gehen«, sagte er.

»Wohin musst du gehen?«

Afonso seufzte wieder.

»Ich muss mich beim Bataillon melden, mein Urlaub ist zu Ende.«

»Gehst du wieder in den Schützengraben?«

»Ja.«

»Kannst du es nicht einfach vergessen?«

»Doch, das könnte ich schon, aber es hätte Konsequenzen. Ich bekäme eine Disziplinarstrafe und, was noch schlimmer wäre, man würde mir den Urlaub streichen, den man mir für nach Weihnachten gewährt hat. Findest du, das wäre es wert?«

Agnès schloss die Augen.

»Nein. Wenn du gehen musst, dann geh.«

»Sei nicht böse, es ist meine Pflicht.«

Agnès setzte sich im Bett auf, wandte ihm den Rücken zu, hielt sich die Hände vors Gesicht und begann zu weinen.

»Geh.«

Afonso ging zu ihr, fasste sie an den Schultern und küsste sie auf den Nacken.

»Beruhige dich, mein Schatz, bitte, beruhige dich«, flüsterte er dicht an ihrem Ohr.

Agnès schluchzte bitterlich. Sie nahm die Hände vom Gesicht und sah ihn an, ihre leuchtend grünen Augen glänzten unter den Tränen.

»Und wenn dir etwas zustößt, mein Schatz? Was wird dann aus mir? Wie soll ich dann weiterleben?«

»Mir wird nichts zustoßen, mein Liebling, mach dir keine Sorgen.«

»Aber das hängt nicht von dir ab, es kann sehr wohl passieren. Denk an Serge …«

»Nein, mein Schatz, ich bin für Verwaltungsaufgaben abgestellt«, log er, wie es ihm gerade in den Sinn gekommen war. »Hast du gehört? Ich habe mit Kämpfen nichts mehr zu tun, nur noch mit Papierkram und Bürokratie.«

Sie bog den Kopf zurück und sah ihm in die Augen.

»Stimmt das wirklich?«

Afonso hielt ihrem Blick nur so lange wie nötig stand, dann drückte er sie wieder an sich, weil er fürchtete, seine Augen könnten ihn doch noch verraten.

»Natürlich, mein Schatz.« Er schloss sie fest in die Arme, dann sah er ihr wieder in die Augen.

»Ich komme zurück«, versicherte er lächelnd. »Und wenn man mich dafür totschlägt.«

VIII

Die Soldaten rissen vor Staunen den Mund auf, schreckerfüllt starrten sie in den Himmel. Ein breiter Lichtschleier hing vor dem Firmament und beschrieb einen gespenstischen Farbbogen, der nach oben hin verlief. Der leuchtende Schein tanzte lautlos wie ein grandioses, majestätisches Harmonium. Die tiefschwarze Nacht hatte sich mit gelben, grünen, roten, ja sogar blauen Lichtflecken geschmückt, es war ungeheuerlich, etwas noch nie Geschautes, ein Wunder, das die Menschen auf der Erde in seinen Bann schlug oder mit Grauen erfüllte. Die leuchtende Farbenkaskade schwebte sacht, ganz langsam, in Wellenbewegungen dahin, erhaben und geheimnisvoll. Ehrfürchtiges Gemurmel erhob sich in Ferme du Bois, etliche Soldaten fielen betend auf die Knie, manche zitterten sogar vor Angst. Gott gab ein Zeichen, die Jungfrau kehrte zurück, oder aber, so dachten einige besonders abergläubische Soldaten, es war der Zorn des Jenseits, der im nächsten Augenblick auf sie, die elendigen Sünder im Schlamm und Schnee, niedergehen würde. Nach dem ersten lähmenden Schreck begannen ein paar Männer zu schreien und liefen durch die Schützengräben davon, sie fürchteten die göttliche Strafe, andere standen wie angewurzelt und bestaunten das riesige Himmelsfeuer, das wie ein mächtiger Scheiterhaufen die Nacht erleuchtete.

»Nordlicht«, bemerkte Afonso, entzückt über das ungewöhnliche Schauspiel, das ihm der Himmel bot.

Es war die Nacht vom zwanzigsten auf den einundzwanzigsten Dezember, das Bataillon hatte sich einige Stunden zuvor im Schützengraben auf die Auseinandersetzung mit einem Feind eingerichtet, der noch zermürbender war als die Deutschen: die Kälte. Weihnachten stand vor der Tür, und eine unglaublich eisige Kälte hatte ganz

Flandern erfasst. Afonso stampfte neben dem Feuer, das im Posten in einem großen runden Behälter brannte, mit den Füßen auf den Boden und versuchte verzweifelt, sie zu wärmen. Solch eine Eiseskälte hatte er noch nie erlebt, verglichen mit diesen Polartemperaturen waren die kalten Morgenstunden in Braga geradezu laue Lüftchen. Die behandschuhten Hände in den Manteltaschen, aus Nase und Mund dichte Dampfwolken ausstoßend, stand der Hauptmann auf und warf einen Blick auf das Thermometer, das an einem Nagel an der Wand des Unterstands hing. Das Quecksilber zeigte fünfzehn Grad unter null, und Afonso bekam eine Ahnung davon, was Tod durch Erfrieren bedeutet. Wenn es ihn früher gefröstelt hatte, wie so manches Mal in Rio Maior und vor allem in Braga, dann war das keine Kälte gewesen, lediglich das unangenehme Gefühl von Mangel an Wärme. Richtige Kälte war das hier, eine Kälte, bei der man nicht zitterte, vielmehr schnitt sie in die Haut, zerriss das Fleisch, den ganzen Körper. Diese Kälte schmerzte, sie lähmte, brannte, betäubte, diese Kälte biss ihm ins Gesicht, sie nahm ihm die Luft, machte seine Hände taub und gefühllos, entriss ihm Schmerzensschreie, als würde ihm die Haut mit Messern aufgeritzt. Sie verursachte am Körper ein solches Brennen, dass man es für Feuer halten konnte, die Finger schwollen an und schmerzten so sehr, dass es ihm die Tränen in die Augen trieb. Richtige Kälte war diese Kälte hier in Ferme du Bois, die ihn lange und langsam Folterqualen leiden ließ, ihn und all die Unglücklichen, die vom Expeditionskorps an die Front geschickt worden waren.

Wegen des Nordlichts wurden an diesem Abend die Feindseligkeiten für mehrere Stunden unterbrochen, so als fürchteten die Soldaten, das seltsame Licht, das sich am Horizont zeigte, könnte die Kriegshandlungen beleuchten. Doch kaum war das Himmelsfeuer verblasst, erwachten die Schützengräben aus ihrer Benommenheit, und das von Menschen erzeugte Feuer setzte wieder ein. Die feindlichen Linien wechselten erneut gelegentliche Kanonen- oder Maschinengewehrschüsse, doch das war Routinebeschuss, der die Soldaten auf beiden Seiten nur daran erinnern sollte, dass der Krieg noch nicht beendet war. Weihnachten stand vor der Tür, und es war ziemlich unwahrscheinlich, dass noch größere Aktionen stattfinden würden, nicht allein wegen der bevorstehenden Festtage, sondern auch, weil der Winter unbarmherzig eingesetzt hatte. Überall lag Schnee und gefrorener Schlamm, und auf solchem Boden hatte es keinen Sinn, die Infanterie vorrücken zu lassen, die Truppen wären zu langsam vorangekommen, und die Versorgung hätte sich schwierig gestaltet. Da der Zustand des Geländes jede größere Offensive unmöglich machte, war nun der Hauptfeind der Portugiesen die grausame, lähmende Kälte. Gegen sie mussten die zerlumpten Truppen kämpfen, die im Dreck der Schützengräben saßen.

Auf dem Kalender, der an der feuchten Wand des Unterstands hing, zählte Afonso immer wieder ab, wie viele Tage er noch im Schützengraben bleiben musste. Er sollte über Weihnachten dort bleiben, bis zum achtundzwanzigsten Dezember, eine Ewigkeit, aber es half nichts. Um sich abzulenken, setzte er sich auf die Bank und las noch einmal den Einsatzbefehl Nr. 12 für sein Bataillon durch. Das achte Bataillon stand nun für eine Woche, die Weihnachtswoche, im Unterabschnitt S.S.2. oder Ferme du Bois II, und der Hauptmann überflog die Anweisungen, am Tag zuvor vom Oberstleutnant Eugénio Mardel in seiner Funktion als Interimsbrigadekommandeur unterzeichnet. »Die von rechts vorgerückte Kompanie besetzt die Posten Boar's Head und Cockspur, das Kommando die Position S.15.b.50.95. Die von links vorgerückte Kompanie besetzt die Posten Vine, Copse und Goat, das Kommando die Position S.15.a.65.40.« Sehr interessant, dachte er gähnend. »Das achte Bataillon besetzt den Beobachtungsposten Savoy – S.9.d.08.18. –, dieser wird ihm vom Chefbeobachter des dritten Bataillons übergeben.« Afonso sah auf der Karte nach, wo sich der Posten Savoy befand. »Nach erfolgter Besetzung der neuen Unterabschnitte haben das achte und das dritte Bataillon dies dem unterzeichneten Kommando mit den Worten Barcellos bzw. Valença telegrafisch mitzuteilen.« Der Hauptmann notierte sich das Codewort Barcellos. »Das Munitionsdepot von St. Vaast im Unterabschnitt S.S.2. versorgt die linke Kompanie über die Feldbahn von St. Vaast sowie direkt. Das Munitionsdepot von King's Cross versorgt die rechten Kompanien sowie die Nachhut direkt über die Feldbahn von Rue du Bois.« Afonso suchte auf der Karte die Depots St. Vaast und King's Cross und stellte fest, dass St. Vaast gleich hinter seinem

Posten Lansdowne lag, woraufhin er nervös wurde. Hoffentlich schlug dort keine feindliche Granate ein, sonst würde es ein denkwürdiges Feuerwerk geben.
Als er die Lektüre des Einsatzbefehls beendet hatte, legte er sich auf die Pritsche, breitete eine Decke über sich, schloss die Augen und ließ seine Gedanken melancholisch zu Agnès schweifen. Ihm wurde klar, dass zwischen ihnen nichts mehr wie früher sein würde. Sie hatten einen Schritt getan, der nicht mehr rückgängig zu machen war, und ihrer beider Schicksal war nun unwiderruflich miteinander verknüpft. Ihn rührte, wie besorgt um ihn und um seine Sicherheit sie sich gezeigt hatte, doch zweifelte er keine Sekunde daran, dass sich hinter diesen Ängsten der Frau um das Leben des Mannes, dem sie sich hingegeben hatte, die Gewissheit verbarg, dass sie ihren Weg gefunden hatte.
Der Hauptmann bewunderte sie für ihre Entschlossenheit, ihren Mut. Diese Frau war kein schmachtendes dummes Ding, sie wirkte zart wie eine Blume, dabei war sie hart wie ein Fels. Das erschreckte ihn ein wenig, denn er erwartete, dass alle Frauen fügsam, unterwürfig und fragil waren, dazu wurden sie jedenfalls in Portugal erzogen, aber diese Französin war zäh, und er staunte über sich selbst, weil er merkte, dass ihm dies sogar gefiel. Die Entschlossenheit, die in ihrem Blick stand, schien ihm beängstigend und bewundernswert zugleich, weshalb er sie unerklärlicherweise nur noch mehr liebte. Es war, als fürchtete er, sie könnte ihn eines Tages genauso kurz entschlossen verlassen, wie sie ihren Mann verlassen hatte, als hieße ein neues Leben beginnen nicht mehr, als eine Seite in einem Buch umblättern. In solchen Fragen, wie zum Beispiel eine Beziehung lösen, sind Frauen fraglos mutiger als Männer. Und während er also über sie nachdachte, gelangte der Hauptmann zu der Einsicht, dass man einen Menschen bewundern muss, um ihn lieben zu können.

Matias Grande nahm die Handpumpe in Betrieb und begann zu pumpen, um den Schützengraben zu entwässern. Neben ihm stand gebückt Vicente Manápulas und half mit, indem er eiskalten Schlamm in einen Eimer füllte und ihn jenseits der Kommunikationsgräben entleerte.

»Immer läuft der Mist hier wieder voll«, knurrte Vicente frustriert, mit den Beinen bis zum Knie im Schlamm. »Die verdammten Boches lassen dauernd Wasser hierherlaufen.«
»Die Boches?«, fragte Matias verwundert. »Jetzt hast du dich aber in etwas festgebissen, Manápulas. Erklär mir mal, wieso die Boches an diesem scheußlichen Wetter schuld sind.«
»Siehst du denn nicht, wo die stehen?«, fragte Vicente und wies auf die Geländeerhebung auf der anderen Seite des Niemandlands, genau gegenüber von Neuve Chapelle, dem nächsten Abschnitt zur Linken. »Siehst du nicht, dass die höher stehen als wir?«
»Ach ja? Und was ist damit?«
»Was damit ist? Ich hab gehört, dass die auch Pumpen haben und damit das Wasser zu unserem Abschnitt pumpen, das ist damit.«
»Aha. Und wer hat dir das erzählt?«
»Ich hab in der Kneipe ein Gespräch zwischen zwei Offizieren mit angehört.«
Matias hielt in seiner Arbeit inne und sah zum Feldwebel Rosa hinüber, der an Sandsäcke gelehnt ausruhte.
»Herr Feldwebel, erlauben Sie, dass ich hochklettere, um einen Blick auf den Feind zu werfen?«
Der Feldwebel machte mürrisch eine Handbewegung, woraufhin Matias auf die Brustwehr kletterte und flüchtig zur deutschen Stellung hinüberäugte. Die Schneedecke lag über der gesamten Frontlinie, dem Niemandsland und dem feindlichen Abschnitt zwischen den verkohlten Bäumen des Bois du Biez. Als er den Blick über das Gelände schweifen ließ, stellte er fest, dass sich Schlamm und Wasserpfützen in der Tat nicht auf der von den Deutschen besetzten Erhebung im Gelände befanden, sondern neben den portugiesischen Linien.
»Tatsächlich«, bemerkte er, zog den Kopf ein und kehrte an seinen Arbeitsplatz zurück. »Wir müssen nicht nur die Bomben von den Typen aushalten, wir kriegen auch noch deren Schlamm ab.«
»Haste gesehn, wie die Rue de Puits aussieht, gleich hinterm Euston Post?«
»Na klar. Da geht einem der Schlamm bis zur Brust. Vor einiger Zeit soll da ein Tommy ertrunken sein, hab ich gehört.«
Sie konzentrierten sich eine Weile schweigend auf ihre Arbeit.

»Ein Mist ist das hier«, stöhnte Matias und bemühte sich, mit der Handpumpe den Schützengraben weiter zu entwässern.
»He, Matias, du bist Gefreiter, du brauchst hier nicht den Schlamm abzupumpen.«
Der große Kerl aus Palmeira zuckte mit den Schultern.
»Mir macht das nichts aus«, sagte er. »Wenn ich nicht hier wäre, würden sie Lingrinhas oder Baltazar herschicken, und die würden es nicht durchhalten, verdammt. Die sind kaputt.«
Matias richtete sich im Schützengraben auf, um sich einen Moment von der schweren Arbeit zu erholen. Er zog eine kleine Flasche Rum aus der Tasche und nahm einen Schluck.
»Ah, dieser Schnaps ist eine Pracht«, sagte Matias und stieß eine warme Dampfwolke aus. »Ist fast so, als würde einem da drinnen ein Kamin angezündet.«
»Gib mal her.«
Matias Grande warf die kleine Flasche Vicente zu, und dieser trank einen langen Schluck.
»Karamba, Mann«, protestierte Matias. »Trink nicht alles auf einmal. Sonst haut es dich noch richtig um.«
»Ach, reg dich nicht auf«, gab Manápulas zurück und wischte sich den Mund am Ärmel ab. »Da bleibt noch genug von dem Fusel übrig, wirst schon sehen.«
Matias blickte mutlos auf den Schlamm im Schützengraben.
»Morgen ist Heiligabend, und wir wühlen hier wie die Schweine im Dreck«, schimpfte er. »So ein verdammter Mist!«
»Erzähl mir das nicht. Hauptsache ist, dass sie uns Stockfisch bringen.«
»Stockfisch? Wieso Stockfisch?«
»He, Matias, du bist wirklich fertig. Weißt du etwa nicht, dass es am Heiligabend Stockfisch gibt?«
»Sag bloß!«, rief Matias, das Wasser lief ihm im Mund zusammen. Er war das ewige Corned Beef und die *pies* leid, eine ordentliche Portion Stockfisch mit Kartoffeln und Olivenöl käme gerade recht. »Und das gibt es morgen?«
»Das hoffe ich doch«, antwortete Vicente lachend und reichte ihm die kleine Rumflasche zurück.

Matias steckte sie ein und machte sich mit doppeltem Elan wieder an seine Arbeit.
»Also, dann«, sagte er und begann mit aller Kraft zu pumpen. »Jetzt fehlt nur noch, dass die Boches so nett sind und uns einen Tag Ruhe gönnen.«
»Ich denk, es ist üblich, dass es zu Weihnachten keinen Krieg gibt.«
»Ja, das hab ich auch schon gehört, aber ich glaube es nicht.«
»Mir hat das eine Dirne in Béthune erzählt. Sie hat gesagt, dass es zu Weihnachten hier im Schützengraben immer ein Fest gibt, dass unsere Leute und die Boches sich grüßen und auf die Avenida Afonso Costa gehen und sogar Fußball spielen.«
»Und das glaubst du?«, fragte Matias lachend.
»Na ja …«
»Dass unsere Leute mit den Boches im Niemandsland Fußball spielen? Solche Märchen kann man Dummköpfen aufbinden. Ach, Manápulas, du bist wirklich ein Dussel.«
Der Feldwebel Rosa rührte sich auf seinem Sandsacklager. Dank seines höheren Dienstgrades oblag ihm die Aufsicht über die Arbeiten. Es war keine sonderlich wichtige Aufgabe, sonst hätte man ihm vier, fünf oder sogar fünfzehn Leute gegeben, doch war er entschlossen, sie seine Autorität spüren zu lassen. Deshalb öffnete er mühsam ein Auge einen Spalt und rief die Männer zur Ordnung.
»He, Jungs«, knurrte er müde. »Nun mal los, mehr arbeiten und nicht so viel schwatzen.« Er gähnte. »Nach dem Abpumpen müssen wir noch den Parados, die Traversen und die Stufen an der Brustwehr ausbessern.« Er rückte sich zurecht, suchte eine bequemere Stellung und lehnte sich schließlich wieder an die Sandsäcke. »Also, haltet euch ran.«
Er schloss die Augen, gähnte erneut und widmete sich wieder seiner Siesta.

Der Heiligabend brach an. Schüchterne Sonnenstrahlen drangen durch den feuchten Frühnebel und tauchten den schimmernden Schnee in Ferme du Bois in kaltes Licht, doch nur für einen kurzen Augenblick. Schwere dunkle Wolken zogen heran, schoben sich vor die Sonne und breiteten über die gepeinigte flandrische Ebene eine trübe, eintönig graue Decke. Das Thermometer zeigte ein Grad unter Null, nicht schlecht für alle, die nur wenige Tage zuvor weit Schlimmeres erlebt hatten, doch am meisten beeindruckte Afonso die Grabesstille, die sich über das Kampfgebiet gelegt hatte. Nicht ein einziger Schuss war zu hören.

»Guten Morgen, Joaquim«, begrüßte er seine Ordonnanz am Eingang zu seinem Unterstand, dem Posten Lansdowne an der Forresters Lane, einem Quergraben südlich von der Rue de la Bassée.

»Fröhliche Weihnachten, Herr Hauptmann.«

»Fröhliche Weihnachten. Heute scheint es ja ruhig zu sein, oder?«

»Ja, Herr Hauptmann.«

Afonso begab sich auf eine Runde zu den Stellungen, um sich zu erkundigen, wie der Morgenappell verlaufen war, der immer eine Stunde vor Sonnenaufgang stattfand. Er ging die Forresters Lane in nördlicher Richtung entlang, als wollte er nach Neuve Chapelle, dann folgte er der Rue de la Bassée und bog in die Rue du Bois ab. Unterwegs begegnete ihm Leutnant Pinto.

»Hallo!«

»Fröhliche Weihnachten, Afonso.«

»Fröhliche Weihnachten, Cenoura. Alles klar beim Morgenappell?«

»Wunderbar. Kein einziger Schuss.«

»Das lässt sich heute ja gut an.«

»Und ob. Herrlich, diese Ruhe. Ich habe gehört, zu Weihnachten ist das immer so.«

»Wer hat das gesagt?«

»Dein englischer Freund.«

»Tim? Wo steckt der Halunke?«

»Der ist hier irgendwo.«

Afonso ging den Pioneer's Trench entlang, in der Hand den Spazierstock mit Metallspitze, Joaquim im Schlepptau. Es war für die portugiesischen Truppen das erste Weihnachten im Kampfgebiet, das Datum wirkte offenbar entspannend, denn die Männer lachten, und in den Schützengräben herrschte Fröhlichkeit. Der Morgen blieb ruhig, die Soldaten putzten ihre Waffen und pumpten Schlamm und Wasser aus den Gräben. Nach dem Mittagessen ging Afonso den Abschnitt Port Arthur inspizieren und traf in Pope's Nose auf Leutnant Cook,

der neben einem anderen britischen Offizier in aller Seelenruhe oben auf der Brustwehr saß, das Gesicht zur Feindesseite gewandt, schutzlos den deutschen Kugeln ausgesetzt.
»Sag mal, Tim, bist du verrückt? Komm sofort von da runter!«
»*What ho, Afonso, old lad. Merry Christmas.*«
»Dir auch Merry Christmas, aber tut mir den Gefallen und kommt von da runter, alle beide. Sonst kriegt ihr noch einen Volltreffer ab.«
»Immer mit der Ruhe, Afonso«, antwortete Cook in seinem brasilianisch gefärbten Portugiesisch. »Alle machen das so.« Er wies in die Runde. »Sieh dich um, die portugiesischen Soldaten machen Pause.«
Afonso setzte einen Fuß auf die Stufe an der Brustwehr, reckte den Hals und riss vor Staunen den Mund auf. Überall rekelten sich portugiesische Soldaten oben auf der Brustwehr und kümmerten sich keinen Deut um die tödlichen deutschen Waffen.
»Die sind ja allesamt verrückt!«
»Beruhige dich, Afonso«, sagte der Engländer. »Heute ist Heiligabend, da herrscht in den Schützengräben Ruhe, das ist jedes Jahr so.« Er wies auf den feindlichen Abschnitt. »Außerdem ist da drüben Nebel, siehst du? Die Boches können uns gar nicht sehen.«
Tatsächlich hing dichter Nebel über dem Niemandsland, was die Sicht stark beeinträchtigte. Der Stacheldraht verlor seine Konturen in den Schwaden, der Schnee verschmolz mit der Helligkeit des Nebels. Afonso zuckte resigniert mit den Schultern und misstrauisch und mit zögerlichen Bewegungen kletterte er ebenfalls auf die Brustwehr und setzte sich zu den britischen Offizieren.
»Hauptmann Gleen, das ist Hauptmann Afonso«, sagte Cook. »Afonso, das hier ist Hauptmann Gleen. Er ist vom Oberkommando für die Weihnachtstage hierher abgestellt.«
»*How do you do?*«, sagte Afonso.
»*Howdy, mate. Merry Christmas. Compris Christmas?*«
»*Yes.*«
»*Christmas bonne*«, lachte Hauptmann Gleen, die rosigen Wagen glühten in seinem Gesicht. »*Beaucoup rhum, beaucoup champagne, beaucoup port-wine. Et beaucoup zig-zag!*« Mit der Hand machte er den Gang eines Betrunkenen nach. »*Compris? Beaucoup rhum, beaucoup zig-zag!*«

»*Compris. Zig-zag. Compris*«, gab Afonso, über den für die Schützengräben typischen Jargon aus Französisch und Englisch laut lachend, zurück. Dann drehte er sich zu Cook um. »Sag mal, hat der einen sitzen, oder was?«

»Nein, der ist immer so.«

»Ach so.« Afonso starrte in den Nebel. Ihm war noch immer etwas unwohl, so ungeschützt dort zu sitzen, als perfekte Zielscheibe für die deutschen Soldaten. Er kam sich nackt vor. Das Problem war, dass offensichtlich niemand sich groß darum kümmerte, wie gefährdet sie dort waren, und deshalb wollte auch er keine Schwäche zeigen. Um das unbehagliche Gefühl zu verdrängen, fing er eine Unterhaltung an. »Was heißt das, dass dein Freund für die Weihnachtstage hierher abgestellt ist?«

»Hauptmann Gleen hat schon dreimal Weihnachten im Schützengraben erlebt, das erste Mal hier ganz in der Nähe, in Neuve Chapelle. Das Oberkommando meinte, er könnte mit seinem Know-how nützlich sein und uns helfen, mit den Ereignissen während der Festtage richtig umzugehen.«

»Ereignisse während der Festtage? Welche Ereignisse?«

»Verbrüderung mit dem Feind. Das Oberkommando macht sich deswegen Sorgen.«

»Welche Verbrüderung? Wovon sprichst du eigentlich?«

»Ich glaube, das erzählt er dir am besten alles selbst«, sagte Cook und wechselte ins Englische. »Herr Hauptmann, würden Sie bitte unserem portugiesischen Freund erzählen, was zu Weihnachten 1914 passiert ist?«

»Weihnachten 1914«, wiederholte der britische Offizier, und sein Blick verklärte sich nostalgisch. »Das war ein besonderes Weihnachten. Ein ganz besonderes.« Er zog eine gelbe Zigarettenschachtel mit der Aufschrift *Gold Flake* aus der Tasche, zündete sich eine Zigarette an, stieß den Rauch aus und richtete den Blick in die Ferne. »Es war erst seit vier Monaten Krieg, als es Weihnachten wurde. Ich war damals als Corporal der achtzehnten *Hussars* zu einem indischen Kavallerieregiment der Royal Garhwal Rifles abkommandiert, und wir lagen hier in Neuve Chapelle, in genau denselben Gräben, wo sich jetzt die Portugiesen befinden. Bis zum vierundzwanzigsten Dezember gab es heftige Gefechte, die *Jerries* griffen am zwanzigsten an, die Inder traten am zweiundzwanzigsten den Rückzug an, und unser erstes Korps ging zum Gegenangriff über und eroberte verlorene Stellungen zurück. Die Schießerei zog sich den ganzen Heiligabend hin, aber als es dunkel wurde, hörten die Kämpfe auf, und es wurde vollkommen still. So still wie jetzt.« Er holte mit der Hand aus. »Und in der Dunkelheit sahen wir, wie auf einmal auf der anderen Seite Lichter angingen.« Er wies hinüber. »Eine Lichterreihe nach der anderen. Wir zündeten eine *very light* und sahen, dass die *Jerries* längs der Oberkante der Brustwehren kleine beleuchtete Weihnachtsbäume aufstellten. Die Inder und wir konnten es nicht fassen. Dann redeten unsere Jungs davon, es sei *divali*. Ich fragte, was das bedeutete, und sie erklärten, *divali* sei das wichtigste Fest im Hindu-Kalender und irgendeiner Göttin geweiht, die mit Reichtum zu tun habe. Es war eine eigenartige Nacht, aber dabei blieb es dann auch.«

»Das war am Heiligabend«, warf Afonso halb fragend, halb bestätigend ein.

»Richtig«, antwortete der Engländer.

»Und am ersten Feiertag?«

»Da war es anders. Der fünfundzwanzigste Dezember fing wunderbar an, es war ein herrlicher Tag, die Sonne stand hoch am Himmel, der flandrische Regen hatte wie durch ein Wunder aufgehört. Irgendwann fingen die *Jerries* an zu singen. Es waren Preußen vom siebten Korps, und sie sangen im Chor, manche hatten einen großartigen Tenor, wir bekamen richtig eine Gänsehaut. Wir hörten, wie sie *O Tannenbaum* sangen, *Stille Nacht, heilige Nacht, O du fröhliche*, alles ganz sauber gesungen, aus vollem Herzen und mit Gefühl. Da sie Preußen waren und folglich militaristisch, sangen sie natürlich auch ihre nationalistischen Lieder wie *Wacht am Rhein* und das *Deutschlandlied*. Ich höre sie jetzt noch …«

In die Erinnerung versunken, verstummte Hauptmann Gleen für einen Moment.

»Habt ihr darauf reagiert?« Mit dieser Frage brach Leutnant Cook das Schweigen.

»Die Inder nicht. Die haben sich das nur stumm angesehen. Aber ein paar britische Offiziere stimmten leise *Tipperary* an. Könnt ihr euch das vorstellen, wie wir *It's a long way to Tipperary* singen?« Er lachte. »Tja, und gegen Mittag sahen wir, wie sie auf Stockspitzen Mützen und Helme oberhalb der Schützengräben entlangführten. Dann äugten die ersten über die Brustwehr, zunächst ängstlich, aber mit wachsendem Vertrauen hoben sie schließlich den Kopf. Wir standen still da und beobachteten sie.«

»Und keiner hat geschossen?«

»Nein. Keiner hat geschossen. Vermutlich waren wir der Ansicht, dass es unter solchen Umständen kaltblütiger Mord gewesen wäre. Dann kamen die ersten Rufe auf Englisch. *A Happy Christmas to you all!*, riefen sie. Manche hatten einen regelrechten Cockney-Akzent, unglaublich, nicht wahr? Andere riefen *Frieden auf Erden*. Ich kann ein paar Brocken Deutsch, aber das hatte ich nicht verstanden. Hauptmann Collins, der fließend Deutsch spricht, hat es mir übersetzt. Wir haben nicht reagiert. Eine Stunde später fingen sie wieder an, riefen *Happy Christmas* und kletterten nach einer Weile auf die Brustwehr, standen völlig unbewaffnet da, ganz unseren Gewehren und MGs ausgeliefert. Wir waren wie gelähmt. Die Soldaten richteten ihre Lee-Enfields auf die Preußen und wollten sie erledigen, aber Hauptmann Collins gab Befehl, es ihnen zu verbieten. Es war alles offen, von drüben winkten sie, wir rührten uns nicht. Eine anormale Situation, bis dann ein paar unserer Männer auch auf die Brustwehr stiegen und auch, obwohl etwas zögerlich, winkten, was aber auf Seiten der *Jerries* Jubel auslöste. Sie riefen, sie hätten Zigarren, die wollten sie uns schenken, wir sollten sie uns abholen, sie würden nicht schießen, denn es sei Weihnachten. Wir trauten dem Frieden nicht. Da griff sich ein Preuße eine Zigarrenkiste, sprang ins Niemandsland und kam zu uns herüber.« Hauptmann Gleen wies nach links, irgendwo im nebelverhangenen Niemandsland. »Von da kam er, ich sehe ihn noch vor mir, die Pickelhaube auf dem Kopf, der graue Mantel schlammverdreckt, die Holzkiste mit beiden Händen wie einen Schatz an die Brust gedrückt. Da sich niemand rührte, habe ich mich auch ins Niemandsland gewagt und bin ihm entgegengegangen. Da vorne.« Er wies auf die Stelle im Schützengraben Neuve Chapelle, wo er sich an dem denkwürdigen Tag befunden hatte. »Ich war nervös, hatte weiche Knie und das Gefühl, von allen Seiten zielten Gewehre auf meinen Kopf, meine Brust, meine Beine. Erst wollte ich wieder kehrtmachen und weglaufen, aber dann beherrschte ich mich und ging weiter, wobei ich mich tausendmal fragte, was ich da eigentlich tat, mitten im Niemandsland. Wir trafen uns in der Mitte beim Stacheldraht. Er reichte mir die Kiste und sagte *a Happy Christmas to you*. Ich stand hilflos da, wusste nicht, was ich tun oder sagen sollte. Ich streckte ihm die Hand entgegen, nahm seine Hand und sagte *danke schön und Merry Christmas*. Als die *Jerries* sahen, dass wir uns die Hände schüttelten, fingen sie an, wie wahnsinnig zu schreien, als hätte Cambridge bei der Regatta Oxford besiegt. Viele kletterten ins Niemandsland und kamen zu uns, unsere Inder machten es ihnen nach und liefen ihnen entgegen, es war unglaublich. Sie schüttelten einander die Hände, tauschten Geschenke, wir schenkten ihnen Zigaretten, Corned Beef, Kekse, Schokolade, Rum, Tee und *Tickler*-Marmelade, und sie schenkten uns Schnaps, Sauerkraut, Cognac, Wein und Süßigkeiten. Aber vor allem hatten sie viele Zigarren, offenbar waren die in der Etappe in rauen Mengen als Geschenk des Kaisers verteilt worden. Es waren so viele, dass Hauptmann Collins bemerkte, wir wären wohl an ein Bataillon von Millionären geraten.« Gleen lachte auf, dann seufzte er. »Oh, es war ein unglaubliches Fest, ihr hättet das erleben müssen, wie ein richtiges Weihnachtsfest. Genaugenommen war es sogar das schönste Weihnachten meines Lebens, eine phantastische Stimmung.«

»Habt ihr euch unterhalten?«, fragte Afonso.

»Natürlich. Es gab viel Händeschütteln und Lachen, aber ein bisschen reden konnten wir auch. Ich hatte den Eindruck, sie glaubten, ihr Sieg stünde kurz bevor, und wunderten sich, dass wir noch immer kämpften. Einer behauptete sogar, deutsche Truppen stünden in London, was bei den britischen Offizieren allgemeines Gelächter auslöste. Ich glaube, unsere Reaktion hat sie sehr verunsichert.« Gleen warf die Zigarette in den Schnee, die glühende Spitze verglomm mit einem Zischen. »Dann schlug ein deutscher Offizier vor, die Toten zu begraben, die im Niemandsland lagen, und wir willigten ein. Alle *Jerries*, die wir auf unserer Seite fanden, wurden ihnen übergeben, und alle Inder von ihrer Seite wurden uns übergeben. Ein deutscher Priester las eine Feldmesse. Ich sehe ihn noch vor mir, wie er, die Hände zum

Gebet gefaltet, den Kopf gesenkt, im Schnee kniet und betet, *Vater unser, der du bist im Himmel, geheiligt werde dein Name …* Anschließend haben wir uns gegenseitig fotografiert und uns dann verabschiedet. Vorher haben wir noch einen neuen Waffenstillstand für den Neujahrstag verabredet, um die bis dahin entwickelten Fotos auszutauschen. Dann kehrten wir in den Schützengraben zurück, und der restliche Tag verlief ruhig. Hin und wieder riefen wir uns etwas zu, die einen boten Zigarren an, die anderen versprachen irgendwelche Andenken, und abends wurde wieder gesungen. Die Deutschen sangen dieselben Lieder wie am Vormittag. Wir, die britischen Offiziere, boten ihnen, abgesehen vom *Tipperary*, eine ordentliche Darbietung von *My Little Grey Home in the West* aus *Home Sweet Home* und natürlich auch von *God Save the King*, dazwischen immer viel Applaus und begeisterte Rufe.« Er seufzte. »Ein wirklich außergewöhnlicher Tag.«
»Und am nächsten Tag wurde wieder geschossen«, sagte Afonso.
»Nein, nicht so richtig.« Gleen schüttelte den Kopf. »Auch am sechsundzwanzigsten blieb es ruhig, keiner wollte den ersten Schuss abgeben. Die Artillerie in der Etappe eröffnete das Feuer, aber die Infanterie rührte sich nicht. Mitunter, wenn ein hoher Offizier im Schützengraben erschien, taten wir so, als ob und schossen ein paarmal in die Luft. Die Deutschen machten es genauso, aber eine oder zwei Stunden später entschuldigten sie sich, ein General sei vorbeigekommen. Auch im neuen Jahr blieb es dabei, ein paar Männer trafen sich am Stacheldraht im Niemandsland und tauschten die Weihnachtsfotos aus. So zog sich das über Monate hin, und erst unsere große Offensive, die im März 1915 ausgerechnet hier von Neuve Chapelle und Ferme du Bois ausging, setzte dem Ganzen ein Ende.«
»Aber diese weihnachtliche Verbrüderung fand also nur hier, in diesem Abschnitt statt?«, fragte der portugiesische Hauptmann.
»Nein, nein, das war allgemein so«, entgegnete Gleen. »Ich glaube, auf zwei Dritteln der britischen Front, die damals von St. Eloi bis La Bassée reichte, herrschte Waffenruhe. Selbst die Franzosen und Belgier, die doch die *Jerries* hassen, weil sie in ihr Land eingefallen sind, sollen sich mit dem Feind verbrüdert haben. Es war überall so ähnlich. Gesang, Lichter auf kleinen Weihnachtsbäumen, Händeschüt-

teln, Fotos, gegenseitiges Beschenken, das Widerstreben, den Krieg wiederaufzunehmen …«

»Wie ich gehört habe, wurde sogar Fußball gespielt«, warf Leutnant Cook lachend ein.

»Ja, das habe ich auch gehört, aber gesehen habe ich es nicht, und ich kenne auch niemanden, der es mit eigenen Augen gesehen hat. Aber es wurde viel erzählt, dass angeblich unsere Leute in bestimmten Abschnitten mit dem Fritz Fußball gespielt haben. Die einen sagen, sie hätten alle mit einer Corned-Beef-Dose gekickt, bei den anderen heißt es, sie hätten sich aus Lumpen Bälle gemacht. Eine Londoner Zeitung hat sogar verbreitet, ein Spiel zwischen unseren *Tommys* und den *Jerries* hätten die Deutschen drei zu zwei gewonnen. Aber das sind Gerüchte. Persönlich habe ich nichts dergleichen erlebt.«

»War es in den anderen Jahren auch so?«, erkundigte sich Afonso.

»Nein, zwar hat eine gewisse Verbrüderung stattgefunden, doch nicht im gleichen Ausmaß. Das Oberkommando hatte strikte Anweisung gegeben, keine Freundlichkeit gegenüber dem Feind zu zeigen, doch dieser Befehl wurde nicht überall befolgt. Zum Beispiel haben sich die Soldaten 1915 hier in Lavantie verbrüdert.« Er wies nach links in die Etappe hinter Fauquissart. »Und im vergangenen Jahr ist es zwar nicht zu Begegnungen und Gesprächen zwischen Engländern und Deutschen gekommen, aber auch nicht zu Kämpfen, obwohl die Artillerie ein bisschen gefeuert hat. Jedenfalls kann man, was die Infanterie betrifft, sagen, dass in diesen drei Kriegsjahren zu Weihnachten praktisch nicht geschossen wurde.«

Die drei Offiziere saßen oben auf der Brustwehr, den Blick auf das nebelverhangene Niemandsland gerichtet, beobachteten die feindlichen Linien und suchten nach Hinweisen für eventuelle Vorhaben. Ein Vogelschwarm zog zwitschernd über die Schützengräben. Ein seltener Anblick, denn eigentlich kamen Vögel diesen Vulkan, der Feuer und Tod spie, niemals besuchen. Afonso seufzte und sah nahezu glücklich zu, wie sich die Vögel auf den verkohlten Bäumen niederließen und mit ihrem fröhlichen Tschilpen die Stille durchbrachen.

»Ich möchte nur zu gern wissen, was heute Abend passiert«, sagte Afonso.

»Du willst mit den Boches reden«, gab Cook lachend in provozierendem Ton zurück.
»Tja … warum nicht?«, sagte Afonso. »Es müsste doch interessant sein, den Feind auf diese Weise, im Gespräch, kennenzulernen. Die Boches, die ich bislang leibhaftig gesehen habe, waren entweder Kriegsgefangene oder ferne Gestalten, die im Nu wieder verschwunden waren.«
»Das Oberkommando wird damit aber nicht einverstanden sein.«
»Das Oberkommando soll sich zum Teufel scheren. Was würden die mit mir machen, wenn ich am Heiligabend mit dem Feind spreche? Mich in den Schützengraben schicken?«
»Wenn du Brite wärst, würden sie dich vors Kriegsgericht stellen.«
»Wie bitte? Sag bloß, sie haben alle festgenommen, die sich 1914 verbrüdert haben!«
»Nein, natürlich nicht. Aber manche Offiziere haben 1915 Disziplinarstrafen erhalten, und die Vorschriften sind, was Verbrüderung mit dem Feind betrifft, seitdem noch strenger geworden.«
»Zum Glück haben wir solche Sorgen nicht«, sagte Afonso lachend. »Manchmal ist es auch von Vorteil, Portugiese sein.«
»Und was hast du vor?«
»Ich? Nichts. Aber wenn die mit ihrem Gesang anfangen, dann bleiben wir nicht stumm, dann gibt's ein Konzert, das sich gewaschen hat. Wenn die Boches mit *O Tannenbaum* anfangen, antworten wir mit *Malhão, Malhão*, warte nur ab. Und wenn sie uns *Die Wacht am Rhein* rüberschicken, dann kriegen sie von uns eine *vira* vom Minho. Wenn sie dann noch mit *Stille Nacht* kommen, revanchieren wir uns mit einem Fado von der Severa.« Voller Vorfreude auf das Spektakel, das er in Gedanken schon vor sich sah, rieb er sich die Hände. »Das wird eine Wucht.«
Leutnant Cook erklärte Hauptmann Gleen, was Afonso plante. Gleen schüttelte den Kopf.
»Das könnt ihr nicht machen.«
»Wieso nicht?«
»Weil die *Jerries* nicht sehen dürfen, in welchem Zustand sich die portugiesischen Truppen befinden.«
»Warum nicht?«

»Wenn die euch in diesem Zustand sehen, so heruntergekommen und zerlumpt, erschöpft und krank vor Heimweh, abgemagert, schmutzig und unrasiert, dann möchte ich nicht hier sein. Die stürzen sich mit allem, was sie haben, auf euch.«

»Mitten in der Waffenruhe?«

»Nein, das nicht. Aber gleich danach.«

»Ach so«, sagte Afonso und wurde nachdenklich.

»Es darf auf gar keinen Fall zu einem Kontakt zwischen Portugiesen und *Jerries* kommen. Das Oberkommando legt darauf größten Wert. Wenn es zu einer Verbrüderung käme, würde der Feind sofort begreifen, dass ihr in unserem Verteidigungssystem eine Schwachstelle seid.«

»Kämpfen wir denn zu schlecht?«

»Darum geht es nicht«, antwortete Gleen. »Sagen wir, man hat den Eindruck, dass eure Leute schon zu lange im Schützengraben stehen. Seit wann seid ihr hier?«

»Wo? In Frankreich?«

»Nein, im Schützengraben.«

»Also, die erste Division hat ihre Stellungen an der Front Ende Mai bezogen, und unsere Brigade, die zur zweiten Division gehört, ist genau am dreiundzwanzigsten September hergekommen.«

»Hm, Mai und September …«, sagte Gleen, rechnete im Kopf nach und zählte die Monate an den Fingern ab. »Wenn ich das richtig verstehe, steht die erste Division also seit sieben Monaten pausenlos an der Front, und die zweite Division seit drei Monaten. Wenn das britische Truppen wären, dann wären sie längst zu einer längeren Erholungspause in die Etappe geschickt worden, vor allem die erste Division. Kein Soldat hält es aus, so viele Monate am Stück im Dreck zu sitzen, während ringsum die Bomben explodieren und die Kugeln ihm dauernd über den Kopf fliegen. Seht euch nur mal die *Jerries* hier gegenüber an. Vor kurzem noch lagen da drüben die Leute von der fünfzigsten Division. Von den deutschen Soldaten, die wir zuletzt gefangengenommen haben, wissen wir aber, dass die inzwischen abgelöst worden sind. Jetzt liegen da die Leute von der vierundvierzigsten Division, die auch zu von Quasts sechster Armee gehört. Das heißt, auf der einen Seite stehen frische *Jerries* und auf der anderen Seite

ausgelaugte Portugiesen.« Er schnäuzte sich. »Wenn ihr mich fragt, das stinkt zum Himmel.«
»Was sollen wir denn tun?«
»Verstärkung anfordern, um Gottes willen«, gab er zurück. Dann schnäuzte er sich erneut und schnippte seinen Auswurf in den Schnee. »Ihr braucht frische Truppen und habt noch keine erhalten. Die Erschöpfung staut sich, die Kampfmoral leidet, und das macht sich darin bemerkbar, wie die Leute sich präsentieren.«
Gleich hinter ihnen im Schützengraben bewegte sich etwas, sie drehten sich um. Ein steifgefrorener portugiesischer Soldat kam vorbei, in eine abgewetzte Felljacke gehüllt, die zerrissenen, langen Ärmel der Uniform hingen heraus. Am meisten aber stachen die vorne offenen Stiefel ins Auge, die Sohle hing lose unter dem Stiefel, der Fuß darin sah aus wie eine herausgestreckte Zunge aus einem weit aufgerissenen Maul, um die zerrissenen Strümpfe waren an der Spitze zum Schutz der Zehen dreckige Lumpen gewickelt. Das Oberleder war ungefettet verarbeitet worden, was in Portugal üblich und in dem milden Klima auch angebracht war, doch hier herrschten andere Verhältnisse. Das flandrische Klima war wesentlich feuchter, und unter diesen Umständen konnten Wasser und Schlamm das portugiesische Schuhwerk durchweichen und die Naht zwischen Sohle und Oberleder auflösen, was dann diesen jämmerlichen Anblick zur Folge hatte. Hauptmann Gleen wies mit dem Daumen auf den Soldaten, der sich gerade im richtigen Augenblick mühsam über die Bretter im Schützengraben schleppte.
»Seht ihr? Genau deshalb darf der Fritz euch auf keinen Fall zu Gesicht bekommen.«
Afonso blickte dem armen zerlumpten Soldaten nach, während dieser sich mit gesenktem Kopf Richtung Hun Street entfernte.
»Ich verstehe.«
»Jedenfalls haben sämtliche britischen Offiziere, die die Verbindung zu den portugiesischen Truppen halten, Order bekommen, in diesem Abschnitt den ganzen Tag in der Frontlinie zu bleiben«, sagte Gleen. »Falls die *Jerries* mit solchen Späßchen wie 1914 und 1915 hier in Neuve Chapelle und in Lavantie anfangen, müssen wir sofort das Hauptquartier benachrichtigen.«

Afonso warf einen letzten Blick in den Nebel, der die feindlichen Stellungen verhüllte, dann stützte er sich auf seinen kräftigen Stock mit Metallspitze und sprang in den Schützengraben zurück, wo Joaquim auf ihn wartete.
»Ich weiß nicht, was ihr vorhabt, Jungs,« sagte er und verabschiedete sich von den beiden Engländern. »Aber ich muss jetzt eine Runde drehen. Bis bald.«
»*Cheerio.*«
Der Hauptmann machte sich auf den Weg, den gesamten, vom achten Infanteriebataillon besetzten Abschnitt zu inspizieren. Er ging die Rue du Bois bis Richebourg Avoué entlang, dann bog er in Factory nach links ab und folgte der Edward Road, hier stolperte er über zwei dicke Ratten am Páteo das Osgas, ekelte sich vor ihren langen Schwänzen und den so fetten Leibern, dass sie kaum laufen konnten, dann, am Windy Corner, bog er wieder nach rechts ab, folgte der Forresters Lane bis zu seinem Unterstand Lansdowne, in dem sich normalerweise das Bataillonskommando befand, nun aber lediglich der Kompanieführer sowie ein paar Dutzend Männer waren. Leutnant Pinto erwartete ihn.
»Hallo, Afonso, wo warst du denn?«
»Ich habe bei Pope's Nose Tim mit einem anderen Engländer getroffen, wir haben uns eine Weile unterhalten«, antwortete Afonso, ging in den Unterstand hinein und setzte sich auf die Metallpritsche. Pinto ließ sich auf der Bank neben der Munitionskiste nieder, die als Tisch diente.
Der Hauptmann nahm seinen Helm ab und richtete den Blick auf seinen Freund. »Die Engländer sorgen sich, dass wir uns womöglich mit den Boches verbrüdern.«
»Unsinn!«
»Nein, so ein Unsinn ist das nicht! Sie haben mir erzählt, dass die Boches zu Weihnachten immer ganz besonders nett sind und sie deshalb fürchten, wir könnten uns darauf einlassen und dem Feind zeigen, in welchem miserablen Zustand wir sind.«
»Ach ja? Bislang hat sich aber noch nichts getan …«
»Dann ist dir gar nicht aufgefallen, dass heute noch kein einziges Mal geschossen worden ist?«

»Das stimmt«, sagte Cenoura. »Aber das habe ich ja schon heute Morgen zu dir gesagt.«
»Und hast du gesehen, wie sie die Köpfe über die Brustwehr recken? Als wäre es ein Ausflug.«
»Afonso, das hier *ist* ein Ausflug«, gab Leutnant Pinto als Monarchist und überzeugter Gegner der portugiesischen Kriegsbeteiligung zurück. »Wir gehören nicht hierher, das habe ich dir schon tausendmal gesagt. Sidónio muss uns abziehen …«
»Ach, Cenoura, verschon mich«, fiel Afonso ihm ins Wort und hob gereizt die Hände. »Heute will ich das nicht hören, dafür habe ich keine Nerven. Erspar mir das, heute ist Weihnachten.«
Ein Kurier erschien am Eingang.
»Sie gestatten, Herr Hauptmann?«
»Was ist?«
»Eine Nachricht von der Brigade.«
Der Mann reichte ihm einen gelben Umschlag. Afonso ergriff ihn, riss ihn auf und las. Zornesröte stieg ihm ins Gesicht, und Pinto bemerkte es.
»Etwas Ernstes?«
»Das sind doch Schweinehunde!«, schnaubte Afonso. »So etwas tut man nicht.«
»Was ist?«
»Hör dir das an«, sagte er und las die Nachricht laut vor. »›Sämtliche Maßnahmen für Kampf treffen. Die gesamte Artillerie wird den Feind um siebzehn, um neunzehn und um einundzwanzig Uhr für jeweils eine halbe Stunde unter Beschuss nehmen.‹« Er hob den Kopf und wedelte mit der Nachricht. »Hast du so was schon erlebt?«
»Am Heiligabend?«
»Die sind verrückt geworden.«
»Was ist denn bloß in die gefahren?«
»Ich weiß, was es ist«, sagte Afonso seufzend, erhob sich von der Pritsche und ging aus dem Unterstand hinaus. »Sie wollen sichergehen, dass es nicht zur Verbrüderung kommt, und schicken den Boches deshalb als Weihnachtsgeschenk Kanonenkugeln. Und unsereins soll sehen, wo er bleibt.«
»Und nun?«

»Und nun sagen wir unseren Leuten Bescheid, sie sollen sich fürs Fest fertigmachen. Das gibt einen Tanz, und was für einen!«

Matias Grande richtete sich so gut es ging an den Sandsäcken der B-Linie in Copse Post zwischen Port Arthur und Richebourg Avoué ein. Feldwebel Rosa war vorbeigekommen und hatte Bescheid gegeben, dass es Ärger geben würde, die Artillerie würde feuern und der Feind zwangsläufig darauf reagieren, sie sollten also die notwendigen Maßnahmen treffen. Im Sommer und im Herbst hätten sich auf eine solche Mitteilung hin alle im Unterstand versammelt, doch nun, im Winter, wo Wasser und Schlamm überall eindrangen, boten die Unterstände keinerlei Sicherheit. Da sie aus lehmhaltiger Erde gebaut und die Wände schlammig feucht waren, kam es nicht selten vor, dass sie einstürzten, wenn sie von einer deutschen Granate getroffen wurden. Nicht zum ersten Mal waren auf diese Weise mehrere Männer unter dem Schlamm begraben worden, der sich nach einer Explosion in der Nähe über sie ergossen hatte. Deshalb war im Winter bei einer feindlichen Bombardierung der Unterstand der letzte Ort, wohin die Soldaten flüchteten, es sei denn, es war ein richtiger Bunker aus Beton. Lieber blieben sie im Freien, pressten sich an die Wände des Schützengrabens und beteten zu der Heiligen Jungfrau, sie möge sie vor den Bomben und Granatsplittern bewahren.
»He, Manápulas«, rief Matias, »gib mir mal eine Fluppe.«
Vicente griff in die Jackentasche, holte eine Schachtel mit französischen Zigaretten der Marke *Gauloises Bleues* heraus und bot Matias davon an.
»Willst du Feuer?«, fragte Baltazar, der Älteste der Gruppe.
»Ja.«
»Dann warte einen Moment, die Artillerie legt gleich los«, gab der Mann aus den Bergen mit donnerndem Gelächter zurück.
Matias schüttelte nachsichtig den Kopf.
»Du bist wirklich ein Scherzbold.«
Baltazar lachte über seinen eigenen Witz und hustete gleichzeitig, denn seine Tuberkulose machte sich bemerkbar. Abel Lingrinhas riss ein Streichholz an, Matias hielt seine Zigarette daran und zog kräftig.

»Wie spät ist es?«, fragte Vicente.
Matias schaute auf die Uhr.
»Noch eine Minute.«
Schweigend machten sie sich auf den Bombendonner gefasst.
»Gibt es wirklich Stockfisch zum Abendessen?«, fragte Vicente, mehr an sich selbst gerichtet, in die angespannte Stille hinein.
»Ich war in der Kantine, Matos hat es bestätigt«, sagte Matias. »Stockfisch mit Kartoffeln und Olivenöl. Und Wein gibt es auch.«
»Der ist garantiert gepantscht«, knurrte Vicente. »Und was gibt's zum Nachtisch?«
»Milchreis.«
»Gibt's kein Ochsenschwanzragout?«, fragte Abel und kratzte sich den verlausten Kopf. »Weihnachten ohne Ochsenschwanzragout ist für mich kein Weihnachten.«
»Verdammt, Lingrinhas, du bist wirklich anspruchsvoll«, fiel ihm Baltazar ins Wort, der sich inzwischen von seinem Lach- und Hustenanfall erholt hatte. »Demnächst verlangst du auch noch ein Bett mit frischen Laken, Kissen und Schlafanzug. Und wenn du dann noch ein Frauenzimmer mit ordentlich Holz vor der Hütte und kräftigem Busch im Arm hast, umso besser.«
Ein mächtiges Donnern unterbrach plötzlich die Unterhaltung. Die Luft zerbarst und wankte, wogte in beängstigenden Wellen, und der Boden erbebte unter dem Druck der Explosionen.
»Es geht los«, rief Vicente, mehr zu sich selbst als zu den anderen. Die Detonationen kamen von hinten, es folgte ein Pfeifen über die Linien hinweg, und auf der deutschen Seite setzten Explosionen ein. Die portugiesischen Batterien standen längs der Dörferlinie in Richtung Etappe und feuerten erbarmungslos auf die feindlichen Stellungen. Es waren 75-Zoll-Geschütze für schnellere Geschosse und 4,5-Zoll-Haubitzen für langsameren Beschuss. Beide gaben in den ersten zehn Minuten vier Schuss pro Minute ab, was ein erschreckendes Chaos auslöste.
»Jetzt seht euch diese Schweinerei an«, schimpfte Baltazar in das Krachen der portugiesischen Artillerie hinein. »So eine Sauerei, den Feind am Heiligabend auf diese Weise zu beschießen. Was werden die Boches wohl denken?«

»Ja«, sagte Matias Grande, »das ist nicht gerade die katholische Art. Die denken bestimmt, wir sind nicht zivilisiert.«
»Die Boches am Heiligabend bombardieren, das bringt Unglück«, erklärte Vicente hellseherisch.
»Halt den Mund, Manápulas.«
»Ihr werdet's schon sehen«, sagte Vicente mit erhobenem Zeigefinger. »Das bringt Unglück.«
Nach zehn Minuten wurde das Bombardement etwas schwächer. Von vier Schuss pro Minute ging die portugiesische Artillerie auf zwei Schuss pro Minute über. Es krachte immer noch gewaltig, doch folgten die Donnerschläge eine Spur weniger dicht aufeinander. Nach Ablauf einer halben Stunde brach der Beschuss abrupt ab.
Im Schützengraben kehrte wieder Stille ein, die portugiesischen Soldaten blieben an die Wände gepresst stehen, in den Ohren noch immer den Lärm der Artillerie, und warteten nervös auf die Reaktion der Deutschen.
»Wahrscheinlich hat es die alle erwischt«, flüsterte Baltazar, als wäre es, wenn er laut gesprochen hätte, mit der Geduld des Feindes zu Ende gewesen. »Das gibt noch was, wartet nur ab.«
Sie warteten weiter, aber es passierte nichts, die Deutschen rührten sich nicht, kein einziger Schuss. Nichts. Sie warteten und warteten, doch von der anderen Seite kam nur Stille. »Die haben es eingesteckt und wehren sich nicht«, bemerkte schließlich Vicente, doch innerlich glaubte er nicht, dass es wirklich zutraf, eher war es wohl sein Wunsch, seine Hoffnung.
Nach einer Viertelstunde jedoch begannen sie zu glauben, das es tatsächlich keine sofortige Vergeltung geben würde, entspannten sich und steckten sich Zigaretten an. Auf einmal stieß Baltazar einen Alarmruf aus.
»Achtung, Gas!«
Seine Kameraden sprangen auf, sahen sich erschrocken nach der gefürchteten farbigen Wolke um, während die Hände fiebernd nach den Gasmasken griffen.
»Gas? Wo?«
Baltazar presste seinen Leib und ließ donnernd den Wind aus den Gedärmen fahren.

»Bohnengas«, rief er, bevor er wieder in schallendes Gelächter ausbrach. »Klasse, richtig klasse.«
Die Männer wechselten verärgerte Blicke und setzten sich wieder. Matias schüttelte den Kopf, ein nachsichtiges Lächeln auf den Lippen.
»Scherzbold.«
Kurz darauf erschien Feldwebel Rosa und hockte sich neben die Männer. Sein Atem ging schwer, aus Angst vor der deutschen Vergeltung war er gebückt gelaufen, und das war anstrengend. Er nutzte die Pause, um sich etwas auszuruhen.
»Und?«, keuchte er. »Irgendwelche Neuigkeiten?«
»Die Boches sind ruhig, Herr Feldwebel«, teilte Matias mit.
»Das habe ich schon gemerkt.«
»Warum sind so wenige Leute hier im Schützengraben, Herr Feldwebel?«
»Die Brigade hat angeordnet, die Leute auf den Feldern zu verteilen, da hinten auf der Dörferlinie, wegen der Vergeltung der Boches.«
»Ja, und wir?«
»Irgendjemand musste doch im Schützengraben bleiben, oder etwa nicht? Es hat euch und noch ein paar getroffen.«
»Ist doch immer dieselbe Schweinerei«, schimpfte Vicente Manápulas. »Die feinen Herrschaften verteilen zu Weihnachten Kastanien, und unsereins soll sie dann aus dem Feuer holen. Verdammte Scheiße!«
»Du brauchst dich nicht aufzuregen, so wie's aussieht, halten die Boches still«, besänftigte ihn der Feldwebel.
»Vorläufig noch, Herr Feldwebel, vorläufig«, entgegnete Vicente. »Warten Sie nur ab.«
»Du siehst aber auch immer nur schwarz«, bemerkte Matias vorwurfsvoll, denn er wusste, dass Vicentes Vorhersagen sich auf die allgemeine Stimmung negativ auswirkten.
»Wann gibt es den Stockfisch?«, fragte Baltazar, ebenfalls wegen der Stimmung besorgt, um die Unterhaltung in eine andere Richtung zu lenken. Da er sowieso immer ans Essen dachte, und erst recht an diesem Tag, an dem das Weihnachtsmenü seinen Appetit anregte, hielt er das Thema für bestens geeignet, um seine Leute abzulenken. »Ich

hab gehört, heute Abend gibt es als Weihnachtsessen was Anständiges, und ich hab jetzt schon so einen Kohldampf …«
»Es gibt keinen Stockfisch, für niemanden«, warf der Feldwebel kurz angebunden ein.
»Wieso nicht?«, fragte Matias. »Aber Matos hat doch gesagt …«
»Das Essen in der Kantine ist gestrichen.«
»Wie bitte?«
»Entschuldigt, Leute, aber das ist Befehl von oben«, erklärte Rosa unangenehm berührt, weil er so eine Nachricht überbringen musste. »Alle sollen die Nacht über auf ihrem Posten bleiben, das Gewitter geht weiter.«
»Oh nein!«, protestierte Baltazar. »Was für ein Scheiß!«
»Tut mir leid, aber das ist, wie gesagt, Befehl von oben. Ihr müsst euch mit Corned Beef begnügen.«
»Zum Teufel mit dem verdammten Corned Beef!«, brüllte Vicente, trat wütend gegen einen Sandsack und schickte noch einen ganzen Schwall von Flüchen hinterher. »Ich gehe jede Wette ein, dass der verdammte Stockfisch auf den Tellern der Offiziere landet!«
Keiner wollte wetten, allen war klar, dass der Stockfisch den Stubenhengsten in der Etappe serviert werden würde.
»Was für ein Gewitter meinten Sie vorhin, Herr Feldwebel?«, fragte Matias.
»Um sieben Uhr abends wird wieder bombardiert.«
»Noch einmal?«
»Ja«, antwortete der Feldwebel und stand auf, um seinen Rundgang fortzusetzen, er wollte sich keine weiteren Proteste anhören müssen. Er machte einen Schritt zum Ausgang hin, dann zögerte er, warf einen Blick zurück und setzte ein schüchternes Lächeln auf. »Fröhliche Weihnachten, Leute.«

IX

Der Vormittag zog sich angenehm friedlich im ruhigen Hauptquartier des Portugiesischen Expeditionskorps CEP in St. Venant hin. Agnès blickte melancholisch aus dem Fenster der Villa auf die Ulmen, die sich wie mächtige Türme im Garten reckten, und hörte die Spatzen in der bukolischen Umgebung fröhlich zwitschern.

Während sie den Blick nachdenklich schweifen ließ, dachte die Französin, wie merkwürdig es doch war, dass sie sich hier befand, in der Befehlszentrale einer der in diesen schrecklichen Krieg verwickelten Mächte, und dabei von einer so paradiesischen Landschaft umgeben war. Wie war es möglich, dass die Männer, die andere Männer in die Schlacht schickten, in einer so friedlichen Atmosphäre lebten, so zurückgezogen und so fern der Gräuel, den Folgen der von hier ausgehenden Befehle? Agnès seufzte, heftete den Brief, den sie in der Hand hielt, in einem dicken Ordner ab und nahm sich einen neuen Umschlag vor.

Die Tür zu ihrer Linken wurde geöffnet, sie wandte den Kopf. Der portugiesische Leutnant Trindade betrat die zu diesem Zeitpunkt verwaiste oder fast leere Schreibstube und kam zu ihr.

»Möchten Sie einen Tee?«, fragte er.

»Nein, danke.«

»Auch keinen Kaffee?«

»Nein, ich möchte gar nichts, danke.«

Der Leutnant zögerte, er schaute sich um, außer ihnen beiden befand sich niemand mehr im Raum, alle anderen waren zum Mittagessen gegangen, die Schreibmaschinen standen reglos und still auf den Tischen.

»Sind Sie sicher, dass Sie nicht heute Abend mit mir einen Foxtrott tanzen möchten?«

»Nochmals vielen Dank für die freundliche Einladung, aber es geht nicht.«
»Es würde Ihnen Spaß machen …«
»Keine Frage, Herr Leutnant, aber leider kann ich nicht.«
»Ach, bitte sagen Sie nicht Herr Leutnant zu mir, ich flehe Sie an. Ich habe Sie doch schon so oft gebeten, mich mit Cesário anzusprechen. Seien Sie ein bisschen nett zu mir. Cesário.«
»Entschuldigen Sie, ich will mir Mühe geben, daran zu denken.«
Agnès war inzwischen all die Aufmerksamkeiten leid, mit denen Leutnant Trindade sie überhäufte, seit sie vor einer Woche ihre Arbeit im Hauptquartier aufgenommen hatte. Nach St. Venant zu gehen war Afonsos Idee gewesen, denn nun, da sie zu Hause ausgezogen war, brauchte sie eine Arbeit, und die Befehlszentrale des CEP war eine interessante Möglichkeit. Es war ein ruhiger Ort, und nicht von ungefähr hieß das Hauptquartier bei den Soldaten Grande Canja, das Kinderspiel. Ihr Geliebter hatte sie gleich an dem Vormittag, als sie sich wieder versöhnt hatten, mit seinem Freund Trindade bekannt gemacht, und damit war die Sache beschlossen, denn sie brauchten jemanden, der sich um die französischen Bürger kümmerte, die sich wegen dieser oder jener Frage an das CEP wandten. Und da kam Agnès gerade recht. Das Problem war, dass Afonso sofort in den Schützengraben geschickt worden war und sein Freund, der Leutnant, der schönen neuen Mitarbeiterin viel Aufmerksamkeit schenkte. Dabei wurde zunehmend deutlich, dass Trindade ihr all diese Freundlichkeiten nicht aus purem Pflichtgefühl Afonso gegenüber zuteil werden ließ. Der Leutnant hatte in den letzten Tagen ständig mit einem Vorwand die Schreibstube besucht, um sich mit ihr zu unterhalten, und nun war er von galanten Bemerkungen zu honigsüßen Einladungen übergegangen.
»Auch ins Lichtspiel wollen Sie nicht mit mir gehen?«, fragte er nach einer verlegenen Pause weiter.
»Es wäre wunderbar, aber ich kann nicht.«
»Sie wissen ja nicht, was Ihnen da entgeht. Es gibt einen Film von Max Linder, bei dem man Tränen lachen kann, und danach *Jeanne d'Arc* mit Geraldine Farrar.«
»Ich finde Sarah Bernhardt besser.«

»Die mag ich auch. Aber vergessen Sie nicht, die Farrar hat eine herrliche Stimme, in der Oper soll sie großartig sein.«

»Ob sie eine gute Stimme hat, spielt keine Rolle«, entgegnete Agnès lachend. »Es ist ein Stummfilm.«

»In der Tat«, räumte Trindade ein, wobei ihm eine leichte Röte ins Gesicht stieg.

»Kommen Sie doch mit, der Film wird Ihnen gefallen.«

»Danke, aber ich kann nicht.«

»Warum denn nicht? Haben Sie wirklich etwas so Wichtiges zu tun?«

»*Alphonse* kommt heute Abend.«

Leutnant Trindade traf es wie ein Schlag, er zwang sich zu einem Lächeln, murmelte eine unverständliche Entschuldigung, drehte sich um und verließ gereizt die Schreibstube. Amüsiert über seine Reaktion, lachte Agnès leise in sich hinein und wandte sich wieder dem Umschlag zu, den sie vor ein paar Minuten geöffnet hatte. Ein Obstbauer aus Lestrem beschwerte sich, weil die Soldaten ihm von einem Karren neben der Markthalle alle Äpfel gestohlen hatten, und verlangte nun eine Entschädigung. Agnès notierte die Beschwerde auf einem dafür vorgesehenen Formular und leitete die Angelegenheit weiter an den für Probleme zwischen dem CEP und der Zivilbevölkerung zuständigen Major Ezequiel. Sie lächelte bei dem Gedanken daran, wie viele Francs für derartige Diebstähle gezahlt werden mussten. Aus der Anzahl der Beschwerden, die sie erhielt, schloss sie, dass der Diebstahl von Lebensmitteln bei den Soldaten üblich war, insbesondere von Kartoffeln und Rüben. Viele stahlen aber auch Wäsche, etwa Unterhemden, lange Unterhosen und Strümpfe, vor allem aus Wolle, außerdem Handschuhe, Westen, Regenzeug, Gummistiefel, kurzum, alles, was vor Kälte und Schlamm schützen konnte.

Als Agnès sich anschickte, den nächsten Briefumschlag zu öffnen, lugte Leutnant Trindade durch den Türspalt.

»Madame«, rief er.

»Ja?«

»Hier ist eine Frau, die möchte zu Ihnen.«

»Zu mir?«

»Eigentlich nicht direkt zu Ihnen«, stammelte der Offizier. »Es ist

eine Zivilistin, und ich glaube, es ist besser, wenn Sie mit ihr sprechen.«
Agnès erhob sich und folgte Trindade neugierig zum Eingang der Villa. Ein Soldat stand in der Tür, und draußen ertönte hysterisches Geschrei auf Französisch, eine fraglos verwirrte junge Frau. Agnès trat näher heran, der Soldat ließ sie passieren, draußen stand ein junges Mädchen in Tränen aufgelöst.
»Was ist passiert, Mademoiselle?«
Als sie eine Französin vor sich sah, beruhigte die junge Frau sich ein wenig, zitterte aber weiter am ganzen Leib.
»Ich bringe mich um, Madame.«
»Unsinn. Kommen Sie mit und erzählen Sie mir, was los ist.«
Agnès fasste das junge Mädchen um die Schultern und führte sie in die Schreibstube. Trindade, dem die Situation unangenehm war, blieb vorsichtshalber zurück. Er verabscheute Szenen mit heulenden Frauen.
»So, und nun erzählen Sie mir, wie Sie heißen und warum Sie so aufgebracht sind«, sagte Agnès, nachdem das Mädchen auf einem Stuhl Platz genommen hatte.
»Ich heiße Germaine und arbeite im LG3, dem Papierwarengeschäft von Madame Faës.«
Pause.
»Und was ist passiert?«
»Ich bekomme ein Kind.«
»Aha.« Agnès begriff. »Sind Sie sicher?«
»Ja, Doktor Roche hat es gesagt.«
»Und der Vater ist ein portugiesischer Soldat.«
»Ja.« Germaine senkte den Kopf.
»Und wo ist er?«
»Das weiß ich nicht, er ist verschwunden.« Germaine griff verzweifelt nach Agnès' Hand. »Sie müssen mir helfen, ihn zu finden, Madame. Ich muss ihn heiraten. Wenn ich nicht heirate, bringt mein Vater mich um. Ich bring mich um.«
»Beruhigen Sie sich. Wer ist es?«
»Er heißt Carlos.«
Agnès stand auf, ging zur Tür und blickte hinaus.

»Herr Leutnant, bitte. Kennen Sie …«
»Cesário, bitte. Sagen Sie Cesário zu mir.«
»Pardon. Cesário. Kennen Sie einen Soldaten namens Carlos?«
»Carlos und wie weiter?«
Agnès drehte sich um und gab die Frage an Germaine weiter, doch diese schüttelte den Kopf, einen anderen Namen wusste sie nicht, nur Carlos. Agnès wandte sich wieder Trindade zu.
»Nur Carlos.«
»Es gibt Tausende von Carlos' im Portugiesischen Expeditionskorps, Madame. Weiß sie wenigstens, zu welchem Bataillon dieser Carlos gehört?«
Nein, das wusste Germaine auch nicht. Agnès dankte dem Leutnant, kehrte zu dem jungen Mädchen zurück und erklärte ihr, ohne weitere Angaben könne man den Burschen nicht ausfindig machen. Carlos sei für die Portugiesen ein so gewöhnlicher Name wie Charles für die Franzosen. Germaine schlug die Hände vors Gesicht und weinte untröstlich. Agnès versuchte, sie aufzumuntern, und damit sie das Gefühl hatte, es werde etwas unternommen, nahm sie die Angelegenheit auf und leitete sie an Major Ezequiel weiter. Zehn Minuten später begleitete sie Germaine zur Tür und sah ihr nach, wie sie, ihrem Schicksal überlassen, verzweifelt davonging.
»So was haben wir hier oft«, bemerkte Leutnant Trindade, unbeeindruckt an der Tür lehnend und eine Zigarette rauchend. »Erst letzte Woche war eine bucklige alte Frau hier, die Großmutter von einem jungen Ding, und hat uns alle beschimpft.« Er stieß eine Rauchwolke aus. »Eine richtige Hexe!«
Agnès hörte ihm schweigend zu, deutete ein schmales Lächeln an und ging. Sie setzte sich wieder an ihren Schreibtisch, fühlte sich aber nicht mehr in der Lage, mit ihrer Arbeit fortzufahren. Sie war müde und deprimiert und wünschte brennend das Wiedersehen mit Afonso herbei, der, so Gott wollte, schon bald aus dem Schützengraben kommen würde.

Die Minho-Brigade zog am Abend des achtundzwanzigsten Dezember aus den Frontlinien ab und wurde durch die zweite Brigade der ersten Division abgelöst. Das achte Infanteriebataillon erhielt Marschbefehl und brach im Schutz der Dunkelheit von Ferme du Bois II Richtung Upton Road auf, bog nach rechts in die Queen's Mary Road ab, marschierte vorbei an Senechal Farm in Lacouture, überquerte den Kanal La Lawe Richtung Vieille Chapelle, erreichte in Zelobes die Eisenbahnlinie und machte mitten in der Dörfer-Linie in Paradis South halt. Nachdem er die Männer zu ihren Erholungsstellungen begleitet hatte, holte Afonso sich bei der Brigade seinen Urlaubsschein ab, den Trindade ihm versprochen hatte. Mit dem Papier in der Hand setzte er todmüde seinen Weg zum Hôtel Métropole in Merville fort.

Seit zwei Stunden saß Agnès auf dem Sofa an der Rezeption und wartete mit klopfendem Herzen, von Ängsten zerquält, sehnsüchtig und nervös auf ihn. Hatte alles geklappt? War er heil und unversehrt? Oder war womöglich in dieser letzten Woche etwas passiert? Aber kein Mensch hatte ihr etwas gesagt! Sie knabberte an ihren Nägeln, ihr Magen schmerzte, ihre innere Unruhe stand in scharfem Kontrast zu ihrer gepflegten Erscheinung. Sie hatte sich perfekt zurechtgemacht, um ihn angemessen zu empfangen, und saß da strahlend schön in einem mauvefarbenen Seidenmusselinkleid und wie immer köstlich nach dem Parfüm *L'heure bleue* duftend. Als er endlich schlammverdreckt, mit glasigem, müdem Blick und dunklen Schatten unter den Augen, die seinem schmutzigen Gesicht einen düsteren Anstrich gaben, das Hotelfoyer betrat, flog sie ihm glücklich und erleichtert in die Arme. Er war am Leben, war zurückgekommen, alles andere interessierte nicht. Sie hielten sich fest umschlungen, doch der ekelerregende Geruch, der von ihm ausging, dämpfte ihre Hingabe.

»Ich bin hungrig«, flüsterte er ihr ins Ohr.

»Ist gut«, antwortete Agnès lächelnd und verzog das Gesicht wegen des Gestanks, den er verbreitete. »Aber erst geht es in die Wanne.«

Afonso wehrte ab, er wollte essen. Agnès bestellte etwas zum Abendessen und bat bei der Gelegenheit, zuerst Wasser heißzumachen. Nachdem dies in einer großen Kanne ins Zimmer geliefert worden war, entkleidete sie ihren Portugiesen eigenhändig, ließ ihn sich in die Badewanne setzen, eine lange gusseiserne Wanne mit Klauenfüßen, goss das warme Wasser über ihn und rieb ihn mit Honigseife

ein, auch an den Geschlechtsteilen, was ihn aus seinem Erschöpfungszustand weckte und eine Erektion bewirkte, so dass er ihr einen entsprechenden Blick zuwarf.
»Jetzt nicht«, sagte Agnès lächelnd, was ja eine Verheißung war, denn wer »jetzt nicht« sagt, gibt zu verstehen, »später ja«. Das sanfte *pas maintenant* der Französin enthielt den Keim des glutvollen *oui*.
An diesem Abend erlebte Agnès zum ersten Mal, dass ein Mann, der von der Front kommt, sich wirklich wie ein Tier verhält. Als Afonso aus der Wanne stieg, packte er sie, noch gar nicht trocken, musste aber, weil es an der Tür klopfte, den fahrenden Zug anhalten, was nicht einfach war. Agnès ging zur Tür, ein Zimmermädchen überreichte ihr das Tablett mit dem Abendessen und nahm die schmutzige Uniform des Hauptmanns, dazu seine Unterhosen und Strümpfe zum Waschen und die Stiefel zum Putzen mit. Das Essen bestand aus einem Hammelragout, das Afonso, auf dem Bett sitzend, gierig verschlang, wobei er das Landbrot mit den Würstchen, Bohnen und dem Fleisch mischte und das Ganze reichlich mit einem einigermaßen schmackhaften, trockenen Rotwein begoss. Agnès war beeindruckt, wie gierig ihr Portugiese sich auf das Essen stürzte. Man konnte meinen, er habe seit Tagen nichts zu essen bekommen. Während Afonso sein *cassoulet* verschlang, sprach er kein Wort, gab nur ein paar genießerische Laute von sich. Zum Schluss rülpste er gesättigt, stellte das Tablett auf dem Fußboden ab, riss, vor Gier zitternd, Agnès das Kleid vom Leib und drang sofort in sie ein, ganz unumwunden und unverzüglich. Sie lag unter ihm, noch gar nicht recht feucht, und er brüllte schon. Gleich darauf gab sein Körper Ruhe, Stille trat ein, sie lag ein paar Sekunden da, merkte, wie sein Atem ruhiger wurde, hörte ein Schnarchen, wunderte sich. Sollte sie etwa recht haben? Sie schob seinen Kopf beiseite und stellte enttäuscht, aber schon nicht mehr überrascht fest, dass er wie ein Stein schlief.

Afonso lag fünfzehn Stunden in tiefem Schlaf. Agnès verbrachte den ganzen Vormittag allein, hörte nur seinen schweren Atem. Hin und wieder wälzte er sich unruhig herum, sprach im Schlaf und schrie sogar einmal auf. In solchen Momenten schmiegte sie sich an ihn, küsste ihn, flüsterte, »es ist alles gut, alles ist gut« und strich ihm mit

den Fingern über das braune Haar, um ihn zu beruhigen. Agnès bestellte ihr Mittagessen und nahm es am Fenster ein. Sie war fest entschlossen, Afonsos Schlaf nicht zu stören, er war ganz fraglos völlig erschöpft von der Front gekommen, der Ärmste.
Erst am frühen Nachmittag wachte der Hauptmann auf, die Augen schlafverquollen und schwarz verschmiert vom Staub in den Schützengräben, der sich an den Lidern festgesetzt hatte. Er ging sich das Gesicht waschen, dann stürzte er sich auf das, was noch vom Mittagessen übrig war, ein *canard à l'orange*, dazu Reis, und dass das Essen kalt war, machte ihm überhaupt nichts aus, daran hatte er sich schon lange gewöhnt. Gut ausgeschlafen, zeigte er sich weit gesprächiger als am Vortag, und erkundigte sich danach, was im Laufe der Woche geschehen war.
»Und Weihnachten?«
»Ich war allein, du hast mir gefehlt«, beklagte sich Agnès. »Und wie war dein Weihnachten?«
»Darüber will ich nicht sprechen«, sagte Afonso mit einer nervösen Handbewegung. »Wir haben die Boches am Heiligabend bombardiert, und die haben sich am ersten Feiertag mit Mörsergranaten revanchiert. Drei von unseren Leuten sind gefallen, und rund ein Dutzend sind verwundet.«
»Das tut mir leid«, stammelte Agnès und strich ihm über das Haar.
»So ist das im Krieg«, bemerkte der Hauptmann, zuckte resigniert mit den Schultern und steckte sich noch einen Happen vom Entenbraten in den Mund.
»Weißt du, dass du sehr unruhig geschlafen hast?«
»Ich?«
»Ja. Kannst du dich erinnern, was du geträumt hast?«
»Nein«, sagte er, auf dem Fleisch kauend. »Das weiß ich nicht mehr.«
»Vielleicht vom Krieg?«
»Ich weiß es nicht mehr.«
»Träumst du oft vom Krieg?«
Afonso seufzte.
»Ja. Ich habe viele Alpträume.«
»Was für Alpträume?«
»Ach, ich träume, dass Soldaten fallen, die ich kenne, dass ich ver-

stümmelt werde, keine Arme und keine Beine mehr habe, ich träume, dass man mich ins Niemandsland schickt, ich aber nicht laufen kann, meine Beine sind schwer wie Blei, ich träume, dass ich einen Boche erschieße und dann feststelle, dass es mein Vater ist. Und dergleichen mehr.«

»Hm«, murmelte Agnès nachdenklich. »Haben alle deine Träume mit dem Krieg zu tun?«

»Ja, ich glaube schon.«

»Wirklich alle?«

»Ja.«

»Da musst du aufpassen«, sagte sie. »Solche Alpträume, bei denen es immer um dasselbe Thema geht, sind ein Anzeichen dafür, dass du ein emotionales Trauma entwickelst. Das kann langfristig Folgen haben.«

»Nanu, willst du mit mir eine Analyse machen?«

»Nein, *Alphonse*, ich will dir helfen.«

Afonso küsste sie.

»Du bist ein Schatz.« Er lächelte sie an. »Aber ich kann nichts machen, ich kann nicht zu meinem Kommandeur Major Montalvão gehen und sagen: Herr Major, Sie müssen mich aus dem Krieg abziehen, ich habe nämlich schon Alpträume. Das geht nicht.«

»Aber du musst auf dich aufpassen, hörst du? Ich sehe ja ein, dass du nichts daran ändern kannst, dass du im Krieg bist, das hängt natürlich nicht von dir ab, aber du musst mit deinen Gefühlen richtig umgehen. Wenn man zum Beispiel seine schmerzlichen Gefühle in Worte fasst, trägt dies dazu bei, das seelische Leiden zu mindern. Außerdem ist es wichtig, dass du begreifst, was deine Träume, deine Gefühle und deine Gedanken bedeuten. Das hilft dir, das Trauma zu verarbeiten, das du jetzt entwickelst.«

»Ja, Frau Lehrerin«, antwortete er und hob die Hand zum militärischen Gruß.

»Ach, du machst nur wieder deine Scherze, mit dir kann man nicht im Ernst sprechen.«

»Schon gut, schon gut«, sagte er versöhnlich. »Mach dir keine Sorgen, Liebling, und vergiss nicht, dass ich jetzt vor allem in der Verwaltung arbeite.«

Agnès runzelte die Stirn.
»Sag mal, mein Schatz, gibt es an der Front wirklich Verwaltungsarbeit?«
»Aber natürlich! Da gibt es jede Menge Papierkram mit Berichten, zur Versorgung und Logistik, eine irrwitzige Bürokratie.«
Afonso drehte sich im Bett um, ihm war unwohl, weil er abermals nicht die Wahrheit über seine Aufgaben im Schützengraben sagte, und beschloss, so schnell wie möglich das Thema zu wechseln. »Apropos Bürokratie, wie ist es dir im Hauptquartier in St. Venant ergangen?«
»So lala.
»Hat Trindade dich gut behandelt?«
»Ich kann mich nicht beschweren«, erwiderte sie, fest entschlossen, nichts von des Leutnants Avancen zu sagen, denn sie wollte nicht der Anlass für Reibereien zwischen den Männern sein. »Aber ich glaube, ich suche mir etwas anderes, ich denke, woanders könnte ich nützlicher sein.«
»Ach ja?«, fragte Afonso verwundert und etwas undeutlich, denn er kaute gerade auf einem Stück Entenbrust. »Und wo?«
»Ich habe darüber nachgedacht, dass ich eigentlich die medizinischen Kenntnisse, die ich besitze, anwenden müsste.«
»Aber du hast das Studium nicht beendet.«
»Ich weiß, trotzdem kann ich mich nützlich machen. Als Krankenschwester, zum Beispiel.«
»Ach so. Ich hatte schon vergessen, dass du eine zweite Florence Nightingale werden willst.«
»Ja, seit meiner Kindheit«, antwortete sie. »Außerdem ist es hier im Hotel zu teuer, ich muss etwas Günstigeres finden.«
»Soll ich mich erkundigen, ob in einem Krankenhaus eine Stelle frei ist?«
»Du Dummerchen, natürlich sind Stellen frei. Wir befinden uns im Krieg, vergiss das nicht, da werden immer Leute gebraucht.«
»Du hast recht«, sagte Afonso nachdenklich und saugte an den Zähnen, um eine Fleischfaser zu lösen. »Ich werde sehen, was für dich am interessantesten ist. Wir haben die Feldlazarette, die Genesungslager, die Hauptlazarette …«

»Das ist eine Möglichkeit. Oder ich gehe in ein französisches Lazarett oder vielleicht sogar auch in ein englisches.«

»Ja, aber wenn du in ein portugiesisches gehst, sind wir näher beieinander.«

»Das stimmt, aber ich glaube, die Portugiesen nehmen sich Frauen gegenüber zu große Freiheiten heraus.«

»Warum sagst du das?«, fragte Afonso und sah sie forschend an. »Hast du unangenehme Erfahrungen gemacht?«

»Nein«, log sie. »Aber ich habe Geschichten gehört, die mir nicht gefallen haben.«

»Nun ja«, sagte Afonso lachend, wandte sich wieder der Ente zu und nahm den Bissen von der Gabel. »So sind wir nun mal, wir Portugiesen. Echte Frauenhelden.«

Um zu beweisen, was er sagte, und mit dem Argument, es sei seine vaterländische Pflicht, als Offizier bei den Französinnen den Ruf der portugiesischen Männlichkeit auf dem Schlachtfeld der Liebe zu festigen, beeilte Afonso sich, den Rest des Essens zu verzehren, stellte das Tablett weg und streckte sich mit seiner Geliebten auf dem Bett aus.

Zunächst erkundete er Agnès mit den Lippen, der Zunge, den Fingern, strich langsam über ihre weichen Rundungen, suchte die erogenen Stellen, versetzte sie in Erregung, so dass sie feucht wurde, entkleidete sie ganz behutsam Stück für Stück, Hände und Mund dabei weiterhin auf Erkundung, langsam drang er in sie ein, dann bewegten sie sich schneller, die Körper vereinigten sich, wanden sich in leidenschaftlich turbulenten Wogen, in aufgewühlter, unaufhaltsam tosender See, bis der Sturm seinen furiosen Höhepunkt erreichte und sofort danach abflaute, und Agnès, trunken vor Gefühlen erschöpft in den Laken liegend, fühlte sich vollends befriedigt, so befriedigt, wie sie am Vorabend unbefriedigt geblieben war. Sie schlummerten ein paar Minuten, dann erwachten sie aus der sanften Lethargie, in die sie gesunken waren.

»Fahren wir nach Paris?«, fragte er endlich flüsternd in die süße Stille hinein, die über ihren befriedigten Körpern hing.

»Nach Paris?«, murmelte Agnès, die Augen in friedlicher Schläfrigkeit geschlossen. »Musst du denn nicht zurück zur Brigade?«

»Hast du vergessen, dass ich fünf Tage Urlaub bekommen habe?«, fragte Afonso lächelnd. »Wir fahren nach Paris.«
Plötzlich hellwach, schlug sie die Augen auf.
»Das ist ja phantastisch«, rief sie und stützte sich auf den Ellbogen auf. »Und wann fängt dein Urlaub an?«
»Er hat schon angefangen.«
»Er hat schon angefangen? Dann aber los«, sagte Agnès energisch und sprang aus dem Bett. »Komm, du Faulpelz, raus aus dem Bett, wir fahren.«
»Jetzt?«
»Ja, jetzt. Du hast fünf Tage Urlaub, und ein guter halber Tag ist schon vorbei.«
»Aber …«
»Hier gibt es kein Aber. In drei Stunden geht ein Zug nach Paris, den nehmen wir. Los, beeil dich. Hopp, hopp.«
Afonso gab sich einen Ruck und erhob sich fast widerstrebend aus dem Bett. Dann ging er sich im Badezimmer rasieren und zog die am Morgen vom Zimmerdienst zurückgebrachte, frischgewaschene Uniform an, während Agnès eine *Poiret*-Imitation wählte, eine schwarze Tunika im Kimonostil mit verstärktem Saum, um die hohe Taille eine rosa Seidenschärpe, dazu einen schwarzen Turban. Afonso beobachtete sie aus dem Badezimmer, als sähe er eine Prinzessin vor sich, unerreichbar schön und unerträglich fern, doch sie zwinkerte ihm mit ihren grünen Augen zu, und schon schwand das Gefühl von Ferne, und er empfand sich als unendlich vom Glück verwöhnt, dass die attraktivste und zärtlichste Frau, die ihm je begegnet war, ausgerechnet ihn liebte.
»Was da in deinem Gesicht funkelt, sind keine Augen«, sagte er wie trunken, »das sind Smaragde.«
Die Zeit wurde knapp, sie mussten sich beeilen. Er stieg in seine makellos polierten Stiefel und half ihr beim Packen. Eine halbe Stunde später verließen sie das Zimmer. Afonso bezahlte die Rechnung, der Geschäftsführer versprach, den größeren Koffer bis zu Madames Rückkehr in ein paar Tagen in Verwahrung zu nehmen. Sie stiegen in ein Taxi, und mit nur einem Koffer fuhren sie zum Bahnhof von Aire-sur-la-Lys, wo sie rechtzeitig vor Abfahrt des Zuges nach Paris eintrafen.

Am selben Abend erreichten sie die Stadt, und ein Taxi brachte sie zu Les Halles, wo Agnès ein nettes Hotel an der Place Sainte-Opportune kannte. Der Citroën bog auf den Platz ein und hielt am Randstein, Afonso half Agnès beim Aussteigen, bezahlte den Chauffeur und ließ den Blick über den kleinen, ruhigen Platz schweifen.

Fast versteckt in einer Ecke stand das Hôtel de Savoie, ein schlankes fünfstöckiges Gebäude, neben einem Geschäft, das *Vins Liqueurs* anpries, davor eine Kutsche und darüber das schmale, altersschwache Hôtel de Venise, an dem ein Plakat verkündete, es sei ein *Hôtel meublé*. Das schmale Gebäude dieses Hotels stand eingeklemmt zwischen dem Hôtel de Savoie und einem von oben bis unten auf seiner weißen Wand mit Werbeplakaten beklebten Haus. Afonso bemühte sich zu lesen, was auf den Plakaten stand, das eine warb für eine gewisse *Moussoline des Alpes*, ein anderes pries Neuheiten in den Galeries Lafayette an, das dritte warb für den sensationellen Salon der Fotografie Dufayel. Der Hauptmann ergriff den Koffer und wandte seine Aufmerksamkeit wieder den Hotels zu.

»Welches ist unseres?«, fragte er, den Blick auf die beiden aneinandergedrängten Hotels gerichtet.

»Das Savoie.«

»Das scheint in Ordnung zu sein«, sagte er, denn innerlich hatte er sich schon dafür entschieden, weil es besser aussah.

Das Zimmer im dritten Stock wurde von einem imposanten *Nenúfar*-Bett beherrscht, im Wesentlichen aus Mahagoni gearbeitet, mit vergoldeten Bronzeverzierungen am Kopf- und am Fußende, floral inspirierten Verzierungen, während das dunkle Holz in den jugendstiltypischen schwungvollen Kurven gearbeitet war.

Sie aßen ein schlichtes Baguette mit Käse und Schinken und tranken dazu ein Glas Milch, bevor sie in das herrliche Hotelbett sanken und sich mehrmals nacheinander so intensiv und ungehemmt liebten, dass Agnès nach dem dritten Mal, als sie erschöpft, aber befriedigt und lustvoll auf dem Laken ruhte, sich halb lachend fragte, ob sie dabei war, jede Scham abzulegen.

Paris war für Afonso eine Entdeckung. Agnès zeigte ihm die Orte ihrer Jugend, die Universität, die Rue de Montfaucon, wo sie als Studentin gewohnt hatte, das Champ-de-Mars und den Eiffelturm, die

Brasserie Lipp, wo sie Serge kennengelernt hatte, und die Cafés Le Procope, Stohrer und Tortini, in denen sie stundenlang über ihren Büchern gesessen hatte, außerdem das ganze Viertel St.-Germain-des-Prés und die eleganten Gebäude der Sorbonne. Es war eine bewegende Reise in ihre studentische Vergangenheit. Kurios daran war, dass sie Paris zwar kannte, sich aber trotzdem oft verlief, während er sich fast immer in den Straßen der Stadt zurechtfand. Wenn aber auch Afonso die Orientierung verlor, was selten geschah, weigerte er sich hartnäckig, jemanden um Auskunft zu bitten, und bestand darauf, den Weg selbst zu finden.

So kam es, dass sie zufällig zu der Galerie Kahnweiler in der Rue Vignon gelangten, wo Agnès als Studentin den Kubismus kennengelernt hatte. Die Galerie war geschlossen, und ein Nachbar teilte ihnen sichtlich zufrieden mit, dass Herr Kahnweiler gleich nach Kriegsbeginn ins Exil gegangen war.

»Der Boche hat den Schwanz eingezogen und ist abgehauen, der Halunke«, sagte der Nachbar, ein hagerer Mann. »Wahrscheinlich hatte er was auf dem Kerbholz, bestimmt ist der Laden deshalb von den Behörden beschlagnahmt worden.«

So fand also keine Begegnung zwischen Afonso und der großen Kunst in der einzigartigen Galerie Kahnweiler statt, weshalb sie es mit den mächtigen Gebäuden des Louvre versuchten. Doch der riesige Palast war ebenfalls geschlossen, die Kunstwerke waren gleich nach Kriegsbeginn nach Toulouse ausgelagert worden, zum großen Kummer von Agnès, die sich mit ihrem Pech nicht abfinden wollte.

»Ein Jammer«, sagte sie kopfschüttelnd. »Ich hätte dir so gerne die großen Kunstwerke gezeigt, die Venus von Milo, den Gladiator Borghèse, den Kodex Hammurapi.«

»Macht nichts, dann bleibt es eben fürs nächste Mal.«

»Der Kodex Hammurapi ist sehr wichtig«, sagte sie. »Serge, der Jura studiert hatte, hat mir erklärt, dass der Kodex die erste bekannte Gesetzessammlung ist und vor fast viertausend Jahren das Recht in Babylonien regelte. Davor gab es den Kodex von Ur und den Kodex des Königs Lipit-Ischtar von Sumer und Akkad, aber der Kodex Hammurapi hat als einzige Gesetzestafel die Zeiten unversehrt überlebt. Er besteht aus ungefähr dreihundert Gesetzen, die in Keilschrift in

eine Dioritstele eingeritzt sind, eine Art dunkler Stein, der hierher in den Louvre gebracht wurde. So ähnlich wie der Stein von Rosetta der Ägypter, der sich in London befindet. Der Kodex Hammurapi ist tatsächlich sehr beeindruckend, er ist einzigartig, etwas ganz Besonderes. Wirklich ein Jammer, dass wir ihn nicht sehen können.«
»Am meisten hätte ich mir gewünscht, vor der Mona Lisa zu stehen.«
»Ach, die ist berühmter, als sie es verdient«, warf Agnès mit verächtlicher Miene ein, weil es sie enttäuschte, dass alle Menschen dem kleinen Bild von Leonardo so übergroße Aufmerksamkeit zuteil werden ließen. »Die Mona Lisa ist ein kleines Ding, unbedeutend, fast lächerlich. Nicht zu vergleichen mit dem Kodex Hammurapi, glaub mir. Aber während meiner Studentenzeit passierte etwas Lustiges.« Sie lachte. »Die Mona Lisa wurde gestohlen. Das war damals ein Riesenskandal, die Zeitungen erhoben schwerwiegende Vorwürfe, im Museum herrsche Nachlässigkeit und Unfähigkeit. Zwei Jahre dauerte es, bis man sie wiederfand. Ein Italiener hatte sie gestohlen und mit nach Italien genommen. Als das Bild in den Louvre zurückkehrte, wurde zu seinem Schutz ein riesiges Polizeiaufgebot organisiert. Man konnte meinen, es gehe um die Königin von England.«
Das Pariser Nachtleben erwies sich als überraschend, vor allem, weil es trotz der Kriegszeiten so lebendig war. Sie verbrachten einen Abend im Moulin Rouge und gingen ins beliebte Moulin de la Galette zum Tanzen. Afonso gab einen beträchtlichen Teil seiner Ersparnisse aus, doch das störte ihn nicht, er erhielt vierhundertachtundsiebzig Francs im Monat und gab selten etwas aus. Die Schützengräben boten wenig Anreiz für Konsum, so dass er im Laufe der Monate seinen Sold gesammelt hatte. Und im Grunde war es so, dass die Kriegserfahrung den Stellenwert des Geldes relativiert hatte. Für ihn waren all die Francs lediglich ein Mittel, die Gegenwart zu leben, den Augenblick, das Leben zu genießen und alles andere zu vergessen.
Deshalb beschloss er am vorletzten Abend, dem Silvesterabend, Agnès zu einem unvergesslichen Fest einzuladen. Er führte sie ins Folies-Bergères aus, dessen Hauptattraktion eine Show mit den beiden großen Stars, der schönen Mistinguett und dem charmanten Maurice Chevalier, war.

»Er heißt auch Chevalier, ist aber nicht mit uns verwandt«, erklärte Agnès in der Pause lachend. »Wir heißen Chevallier mit zwei l, er schreibt sich nur mit einem.«
Das wichtigste Lied des Abends war *Pas pour moi*, und als es Mitternacht schlug, sangen sie es noch einmal. Sie stießen mit Champagner auf das Jahr 1918 an und schworen sich in einer langen Umarmung ewige Liebe. Nach dem Ende der Show und des Festes verließ Agnès an Afonsos Arm das Revuetheater und trällerte die durch die Mistinguett und Maurice Chevalier populär gewordene Melodie:

Y a des gens veinards
Qui mangent des huîtres et des homards
Des pâtés de foie
C'est pas pour moi.

Paris erlaubte ihnen, sich besser kennenzulernen. Sie machten lange Spaziergänge an der Seine, durch die Tuilerien und über die Champs-Elysées, immer Hand in Hand der Kälte trotzend, und im Hotelzimmer vertieften sie ihre intime Beziehung und lernten die Vorlieben des anderen kennen, sie voller weiblicher Reize, er voller männlicher Kraft. Für Agnès war Afonso ein Gefährte, der ihren Bedürfnissen entgegenkam. Er war sensibel, aufmerksam, verständnisvoll und auch um Kleinigkeiten bemüht. Und es stellte sich heraus, dass er, was sie noch bei keinem Mann erlebt hatte, die Geduld aufbrachte, sie zum Einkaufen zu begleiten, ja, sogar einen gewissen Spaß daran hatte, als sie ihn in die Galeries Lafayette schleppte und dort einen ganzen Nachmittag verbrachte.
»Probier doch einmal dieses hier«, sagte er und wies auf ein Kleid an einer Puppe.
Agnès betrachtete das Kleid. Es war cremefarben, lang und an den Hüften eng anliegend, mit einem zusätzlichen Rock über dem Hauptrock, eine Art Tunika, die bis über die Knie reichte. Statt des üblichen hochgeschlossenen Kragens hatte es jedoch einen V-Ausschnitt, was sofort ihren Blick auf sich zog.
»O la la, du wirst exkommuniziert«, bemerkte sie mit schelmischem Lächeln.

»Ich? Wieso das?«
»Stell dich nicht dumm, du Schlingel«, antwortete sie lachend. »Siehst du nicht, dass das Kleid einen tiefen Ausschnitt hat?«
Afonso sah genauer hin.
»Oh ja!« Er schaute sie an. »Dann solltest du es lieber nicht kaufen, es ist doch etwas zu gewagt.«
»Ach, das ist für uns nichts Besonderes mehr. Aber vor drei Jahren hat die Kirche solche Kleider als skandalös und unanständig angeprangert, und manche Ärzte behaupteten sogar, sie stellten eine Gefahr für die öffentliche Gesundheit dar, überleg mal!«
»Ja, eben«, antwortete Afonso. Dann wandte er sich abrupt einem anderen, konservativeren Kleid zu, um sie von dem vorigen abzulenken. »Sieh mal, das hier ist hübsch.«
Er half ihr nicht nur bei der Wahl von Kleidern, Hüten und Schuhen, indem er seine Meinung äußerte und stoisch ihre Unentschlossenheit ertrug, sondern er führte sie auch in andere Abteilungen des Kaufhauses, die sie früher nie beachtet hatte. Der Portugiese war von dem riesigen Gebäude fasziniert, so etwas hatte er noch nie gesehen. Er nutzte die Gelegenheit und erstand auch ein paar Neuheiten für sich selbst, außerdem kaufte er Dinge des täglichen Gebrauchs wie eine Dose *Crème Eclipse* für die Stiefel, eine Creme *Dianoir* für normale Straßenschuhe sowie eine *Erasmic*-Rasierseife. Und er schenkte Agnès den letzten Schrei der Pariser Mode, das sagenhafte Parfüm *Chypre,* das gerade auf den Markt gekommen war und mit seinem betörenden Duft aus Bergamotte, Jasmin und Zedernmoos zusammen mit dem leicht an Heu erinnernden Kumarin die Französinnen zu Tausenden verrückt machte.
»Willst du damit andeuten, dass dir *L'heure bleue* nicht gefällt?«, fragte Agnès, während sie den eleganten Flakon betrachtete.
»Was ist das?«
»So heißt mein Parfüm.«
»Oh nein, dein Parfüm ist wunderbar«, versicherte Afonso. Dann schnupperte er an dem Flakon, den sie in der Hand hielt, und schloss entzückt die Augen. »Aber du musst doch mit der Mode gehen, nicht wahr?«
Doch die beiden Käufe, über die Afonso am glücklichsten war, tätigte

er nicht in den Galeries Lafayette. Das eine war eine große Neuheit, von der anderen Seite des Atlantiks importiert, die Zahnpasta *Colgate's Ribbon Dental Cream*, von den *Doughboys*, wie die amerikanischen Soldaten genannt wurden. Wie alle Menschen war Afonso an das Zahnpulver gewöhnt, das man normalerweise in Fayence-Tiegeln kaufte, weshalb er sich darüber amüsierte, als er an einem Kiosk in St.-Germain-des-Prés die rote Pappschachtel entdeckte, auf der zu lesen stand, das Zahnpulver werde neuerdings in Cremeform angeboten, und zwar in einer aufrollbaren Tube, und die auf der Schachtel abgedruckten Bedienungshinweise zeigten, dass man die Tube nur umzuknicken brauchte, damit die Paste herauskam.

Den anderen beglückenden Kauf tätigte er in einem kleinen Geschäft am Trocadéro. Sie waren auf dem Weg zum Eiffelturm, da entdeckte Afonso in einem Schaufenster einen kleinen Fotoapparat. »Sieh mal, die Kamera«, sagte er zu Agnès. »Viele Tommys im Schützengraben haben so eine.«

Es war eine *Ve*st Pocket Kodak. Nachdem er eine Weile mit ihr geliebäugelt hatte, betrat Afonso das Geschäft und erkundigte sich nach dem Preis.

»Fünfundsechzig Francs, Monsieur«, sagte der Händler.

Dann zeigte er ihm, wie er die Tasche am Gürtel befestigen konnte, ein praktisches Detail, das für Afonso den Ausschlag gab. Er zückte seine Brieftasche, zählte die Scheine ab und reichte sie dem Mann. Den restlichen Nachmittag verbrachten sie vergnügt auf dem Champde-Mars, tollten wie Kinder rufend und lachend zwischen den Büschen umher, und der kleine Apparat machte eine Aufnahme nach der anderen vom Glück des verliebten Paares.

Natürlich war nicht alles perfekt. Agnès ärgerte es, dass der Portugiese überall ein Chaos anrichtete, seine Kleider im Schlafzimmer immer auf einen Haufen warf und aus dem Badezimmer ein regelrechtes Schlachtfeld machte. Wenn er badete, hinterließ er die Wanne voller Körperhaare, und auf dem Fußboden stand das Wasser, er war wirklich unzivilisiert. Er sang in der Wanne laut, aber falsch und war verblüffend schamhaft – sobald sie das Badezimmer betrat, bedeckte er sich schüchtern und verschämt mit einem Handtuch, worüber sie lachen musste.

»Ja, glaubst du denn, ich hätte das noch nie gesehen?«, fragte sie ihn einmal, als sie ins Badezimmer kam, um eine Bürste zu holen. Dass er sich so genierte, amüsierte sie. »Komm, zeig mal.«
Verlegene Röte stieg ihm ins Gesicht.
»Ach, jetzt sei nicht so«, knurrte Afonso, in sein Handtuch gewickelt. »Beeil dich und lass mich in Ruhe, ja?«
»Du liebe Zeit, einmal Seminarist, immer Seminarist!«, rief Agnès und verdrehte spöttisch die Augen. »Wer dich so sieht, würde niemals denken, dass du im Bett so heißblütig bist.« Bevor sie die Tür schloss, spähte sie noch einmal lachend durch den Spalt. »Bis gleich, du schamhafter Ficker.«
In anderen Situationen war er derjenige, der provozierte. Er mied vulgäre Ausdrücke und gab romantischeren Umschreibungen mit einem beredt platonischen Anstrich den Vorzug.
»Mein Schatz«, sagte er einmal, als sie sich zum Ausgehen fertig machten. »Du bist eine Heilige und so schön wie eine Frühlingsblume.«
Ein banales, sogar ein wenig altbackenes Kompliment, aber Agnès fühlte sich geschmeichelt.
»Wie lieb von dir«, bedankte sie sich mit sanftem Blick und revanchierte sich mit dem Kompliment, das, wie sie wusste, für das Ego eines jeden Mannes unwiderstehlich war. »Und das Beste an dir, mein Schatz, ist deine unerschöpfliche Potenz.« Dann verdrehte sie die Augen und setzte eine kokette Miene auf. »O la la.«
»Findest du?« fragte er, Bescheidenheit vortäuschend, und senkte etwas verschämt den Blick.
»Oh ja!«
Wann immer sie ihn testete und, zum Beispiel, fragte, ob ihr Gesäß nicht zu dick oder ihre Brüste nicht zu klein seien, was, wie sie wusste, nicht zutraf, gab er jedes Mal die richtige Antwort und bestätigte ihr, sie sei wunderschön, perfekt, vollkommen, einzigartig.
Wenn sie sich im Bett aneinanderschmiegten, nachdem sie sich bis zur Erschöpfung geliebt hatten und bevor sie einschliefen, flüsterte Afonso ihr leidenschaftliche Worte ins Ohr, pries ihre Schönheit und Großzügigkeit, raunte Zärtlichkeiten und liebkoste sie sanft. In der Umarmung im Hotelzimmer und im Schutz der Dunkelheit schwor

der Hauptmann, er werde aus den Schützengräben fliehen, nur um ihr im Regen ein Ständchen zu singen. Er wiegte sie in den Schlaf mit verliebtem Flüstern, süßen Versprechungen und Schmeicheleien, sagte, er liebe sie, bete sie an, vergöttere sie, sie sei das Beste, was ihm je passiert sei, sie würden zusammen alt werden, Agnès sei eine Göttin, die Frau seiner Träume. Sie sei eine Rose, ein Juwel, ein Sonnenstrahl, ein Blütenduft, eine himmlische Arie, eine pures Frühlingslüftchen. Die Französin schloss die Augen und saugte begierig die verzauberten Worte auf, die ihr das Gefühl gaben, besonders zu sein, einzigartig, sie saugte sie auf, bis ihr schwindlig wurde, bis sie sich trunken fühlte vor Liebe und Leidenschaft, bis sie dachte, ja, Afonso war tatsächlich der beste aller Männer.

Doch der Urlaub verrann schnell im Glanz ihres intensiven, unvergesslichen Ausflugs nach Paris, und der Zeitpunkt für die Rückkehr nahte gnadenlos und unerbittlich wie eine schwarze Wolke, die sich täuschend langsam, dabei doch schnell der Sonne näherte, auf sie zuflog, bis sie die Sonne verdeckte und ihren tristen, düsteren Schatten auf die Liebenden warf, sie der Glückseligkeit entriss, in der sie versunken waren, und sie in den Alptraum, den Feuerkessel zurückholte, zu dem Flandern geworden war. Agnès und Afonso bestiegen den Zug zur Rückfahrt nach Aire-sur-la-Lys wie einem grausamen Schicksal ergebene Sklaven, und die dunkle Wolke, die ihnen folgte, wurde immer größer, breitete sich aus, nahm grau und schwer, drohend und bedrückend den ganzen Horizont ein, bis sie kurz vor dem ungeliebten Ziel in ein weites, schreckliches Kriegsgewitter umschlug.

X

Afonso war ziemlich überrascht über die ungeheure Tarnfähigkeit der portugiesischen Artillerie. Die Kanonen waren hinter seinem Abschnitt in Erdlöchern versteckt, und ihre Tarnung war so wirkungsvoll, dass der Feind schon seit zwei Monaten kein einziges Artilleriegeschütz des Portugiesischen Expeditionskorps, des CEP, mehr entdeckt hatte. Das achte Infanteriebataillon war gerade unterstützend auf der Linie der Dörfer eingesetzt worden, im Abschnitt Laventie, hinter Fauquissart, und der Hauptmann nutzte den ruhigen Morgen, um eine 7,5-cm-Kanone der Marke Schneider-Canet zu bewundern, die in der Nähe seines Postens hinter der Rue du Paradis getarnt worden war. Das Artilleriegeschütz war in einen Unterstand eingebettet worden, den die Soldaten Elefant nannten, ein Loch, das mit dicken, zylinderförmigen Wellblechen geschützt war, welche mit Winkeleisen verbunden und mit Erde und Pflanzen bedeckt waren, wodurch der Eingang des Lochs aussah wie ein kurzer, aus dem Boden kommender Tunnel.

»Ich fress einen Besen, wenn die Boches es schaffen, dieses Monster ausfindig zu machen«, murmelte Afonso vor sich hin, während er voller Bewunderung das perfekte Tarnungswerk betrachtete.

Da hörte er Schritte zu seiner Rechten und sah Joaquim mit geschultertem Lee-Enfield und einem Blatt Papier in der Hand herbeieilen. Der Hauptmann starrte auf das Papier und erkannte das *Kriegsblatt*, ein Flugblatt, das die Deutschen regelmäßig mit ihren Mörsern auf die portugiesischen Linien warfen, und zwar in einem Geschoss, dem die jungen Soldaten den Spitznamen *Ananas* gegeben hatten.

»Was gibt's, Joaquim?«, grüßte Afonso. »Bringst du mir den Berliner *Diário de Notícias*?«

»Ja, Herr Hauptmann«, bestätigte die Ordonnanz keuchend und

reichte ihm das Blättchen. »Das haben sie heute Morgen rübergeschossen.«
»Mal sehen, ob es besser ist als unser Lügenblättchen«, bemerkte der Hauptmann, ironisch auf den Namen anspielend, unter dem der vom CEP herausgegebene Tagesbericht über die Operationen bekannt war. Er nahm das Papier in die Hand. Der Titel *Kriegsblatt* war deutlich zu erkennen, darunter ein auf Portugiesisch abgefasster Text. »Na, dann wollen wir mal sehen.«
Man schrieb den 25. Januar 1918, und das Flugblatt trug das Datum des dreißigsten Dezembers. Es war also schon alt, enthielt aber dennoch Neuigkeiten. Der erste Artikel verkündete die Sensation, dass »in Portugal eine Demobilisierung der Truppen stattfände« und dass einzig die »portugiesischen Einheiten, die sich an den verschiedenen Kriegsschauplätzen befänden«, eine Ausnahme bildeten. Der Hauptmann analysierte den Stil des Artikels, was er stets tat, wenn er ein solches Faltblatt in die Hand bekam, und wurde in seiner Überzeugung bestätigt, dass der Text von jemandem geschrieben wurde, der in Portugal gelebt hatte. Entweder war es ein Portugiese oder ein Deutscher, der sehr gut Portugiesisch konnte. Darüber hatten die Offiziere oftmals diskutiert, waren sich jedoch nie einig geworden. Afonso glaubte, dass es sich um einen Landsmann handelte, vermutlich um einen Kriegsgefangenen, doch konnte es auch ein Monarchist sein, schließlich war die Sympathie bekannt, die viele Monarchisten für Deutschland hegten. Ohne zu einem Ergebnis zu gelangen, doch aufmerksam gegenüber allen Details, die darüber Aufschluss geben konnten, ging der Hauptmann zur zweiten Nachricht über, in der unter dem Titel »Portugal und die Alliierten« über die schlechten Beziehungen zwischen der Regierung Sidónio Paes und den Politikern aus London und Paris berichtet wurde. »England widersetzt sich mit allen Mitteln sämtlichen Beschlüssen der neuen Regierung«, hieß es darin. Die Vermutung, der Autor des Textes sei vielleicht ein portugiesischer Monarchist, erwies sich nach der Lektüre des nächsten Absatzes als haltlos, ging es darin doch um die Wiedereinsetzung der Monarchie, ein Projekt, das laut des deutschen Informationsblättchens »nicht einmal die portugiesischen Monarchisten unterstützten, da sie angeblich wussten, dass der junge König Dom Manuel sich in die Hände

der Engländer begeben hatte und zu ihrem Vasallen geworden war«. Dieser zweideutige Absatz wies darauf hin, dass der Verfasser des Artikels aller Wahrscheinlichkeit nach kein Monarchist war. Natürlich sympathisierten viele Monarchisten mit den Deutschen und zeigten sich ihrem exilierten König gegenüber kritisch, doch ihn zu bezichtigen, ein Vasall der Engländer zu sein, war wohl doch zu viel des Guten. Aber wenn der Autor des Pamphlets kein Monarchist ist, überlegte Afonso, dann kann es sich doch nur um einen Kriegsgefangenen handeln und mit Sicherheit um einen General. Er sinnierte eine Weile darüber, was wohl einen Militär dazu bringen mochte, sein Land auf solche Weise zu verraten, und als er merkte, dass er darauf keine Antwort fand, da er die Lebensumstände, in denen der Verräter sich befand, nicht kannte, wandte er sich wieder dem Blättchen zu. Die dritte Nachricht, »Ein deutscher Erfolg in Afrika«, bezog sich auf ein Gefecht zwischen deutschen und portugiesischen Truppen in Mosambik, und die letzte Information des *Kriegsblatts* war, dass zwei ehemalige portugiesische Kriegsminister, General Barreto und Oberst Pereira, in Lissabon verhaftet worden seien.
Afonso stieß einen Pfiff aus, als er die beiden Namen las. »Was soll das denn?«, wunderte er sich. »Der Pereira war doch in Ordnung. Das ist ja ein starkes Stück.«
Der Hauptmann wandte sich um und ging mit dem Flugblatt in der Hand in Richtung seines Postens. Es enthielt genügend Informationen, um einen Vormittag lang mit Cenoura oder gar mit Tim darüber zu diskutieren. Sie wussten alle, dass es Propagandamaterial war, doch ihnen war ebenfalls klar, dass die »Nachrichten« in der Regel einen wahren Kern enthielten. Die Kunst lag nun darin, die Texte zu analysieren und richtig zu interpretieren, um die Wahrheit, die hinter der Propaganda steckte, herauszufinden. Alle wussten, dass es Nachrichten gab, die das Portugiesische Korps niemals durchsickern lassen würde, und dass die beste Möglichkeit, Zugang zu ihnen zu erhalten, diese Flugblätter mit feindlicher Propaganda waren. Die Militärs waren der Überzeugung, dass die Wahrheit irgendwo zwischen den beiden Versionen lag, das Problem war nur, sie richtig zu lokalisieren, war doch die Differenz zwischen den jeweiligen Aussagen war sehr groß.

Afonso war so in Gedanken vertieft, dass er Hauptmann Resende fast übersehen hätte, jenen vormals dicken und nun abgemagerten Lissabonner, dem Afonso und Mascarenhas vor zwei Monaten einen denkwürdigen Neulingsempfang in den Schützengräben bereitet hatten.
»Seien Sie gegrüßt, Hauptmann Brandão«, rief Resende, der aus Richtung Laventie kam, mit breitem Lächeln aus.
»Huch! Hallo, Hauptmann Resende«, erwiderte Afonso leicht verschreckt, als sei er gerade geweckt worden.
»Ich sage Hallo und auf Wiedersehen.«
»Ach ja, dann auf Wiedersehen.«
»Oh, Mann, ich mein es ernst. Ich will mich verabschieden. Ich gehe weg.«
»Ach ja? Wohin denn? Nach Paris?«
»Ach Quatsch, doch nicht nach Paris!«, erwiderte Resende lachend, der wirklich bestens gelaunt zu sein schien. »Ich fahr nach Lissabon, nach Hause.«
Afonso hielt inne, verwundert über diese Enthüllung.
»Nach Hause? Wie?«
»Mit dem Zug, wie denn sonst? Ist doch klar.«
»Aber Sie sind doch gerade erst angekommen! Wieso fahren Sie denn jetzt nach Hause? Soviel ich weiß, ist der Krieg noch nicht vorbei.«
»Was interessiert mich der Krieg! Für Sie ist er vielleicht noch nicht zu Ende, Hauptmann Brandão, für mich schon. Ich hau ab, und dieser ganze Dreck hier kann mir gestohlen bleiben!«
Afonso stutzte, unsicher, was diese Worte zu bedeuten hatten.
»Entschuldigen Sie, Herr Hauptmann, aber ich versteh Sie nicht ganz. Wer genehmigt Ihnen denn ihre Abreise?«
»Der Sidónio, zum Teufel, wer denn sonst!«
»Sidónio Paes?«
»Ja, klar. Ich gehe, der Almeida geht, der Cabral, der Carriço und noch ein paar andere aus dem Dunstkreis Sidónios. Wir bilden in Lissabon Kommissionen, wichtige Sachen, wenn auch nicht unbedingt militärischer Natur. Trotzdem war es an der Zeit, dass das Land endlich unseren Wert erkennt.«
Da war Afonso alles klar. Zornesröte stieg ihm ins Gesicht, vor allem, als er den Namen Cabral hörte, jenes Mannes, der in Tancos versucht

hatte, ihn zu überreden, sich General Machado Santos anzuschließen, um die Verschiffung nach Frankreich zu sabotieren. Cabral war zusammen mit den anderen aufständischen Offizieren verhaftet und gewaltsam nach Flandern geschickt worden, und nun wurde er mit einer vorzeitigen Rückkehr nach Hause belohnt. Afonso zog die Augenbrauen zusammen und fragte mit leiser Stimme und in vorwurfsvollem Tonfall: »Haben Sie Ihre Beziehungen spielen lassen, um hier wegzukommen?«

»Aber Herr Hauptmann!«, erwiderte der andere empört und fast beleidigt. »Ich entziehe mich doch nicht meiner Verantwortung. Sie kennen mich nicht, aber ich bin ein braver Mann, der seine Pflicht erfüllt und der Heimat und der Republik treu ist. Und ich sage Ihnen ganz ehrlich, dass ich nur widerwillig, nur sehr widerwillig nach Portugal zurückkehre. Wissen Sie, eigentlich wollte ich nicht gehen, aber der Sidónio …« Er machte eine vage Handbewegung, als suchte er nach dem passenden Wort. »Sehen Sie, der Sidónio ist ein prima Kerl, ein guter Mensch, der was für seine Freunde tut. Er hat mir ausrichten lassen, dass er mich braucht. Nein, nicht dass er mich braucht, sondern dass die Heimat mich braucht. Anfangs habe ich mich noch widersetzt, das versichere ich Ihnen, Hauptmann Brandão, ich hab mich wirklich widersetzt. Aber das ist ein Teufelskerl, der hat eine Überzeugungskraft, das glaubt man kaum, da kommt keiner dagegen an. Also hab ich mich überreden lassen, leider! Ich gehe schweren Herzens von hier weg, das können Sie mir glauben, aber ich gehe auch mit dem Gefühl, meine Pflicht erfüllt zu haben. Wenn die Heimat mich in Lissabon braucht, was kann man da machen? Wieso sollte ausgerechnet ich mich dem widersetzen? Zusammen mit ein paar Freunden habe ich den Marschbefehl erhalten und kehre nun zurück.«

»Und all die anderen Offiziere, die mit ihnen weggehen, wie zum Beispiel Hauptmann Cabral, folgen die auch einem Ruf der Heimat?«

»Das würde ich ja gerne glauben«, antwortete Hauptmann Resende und gab sich vertraulich. »Aber ich vermute, dass es da auch Fälle gibt, wo die Leute ihre Beziehungen haben spielen lassen.« Er schloss die Augen und blickte vielsagend drein. »Beziehungen, verstehen Sie?«

Afonso betrachtete ihn ärgerlich. Wollte der Mann ihn veräppeln? Es war klar, dass seine Worte nicht ehrlich waren, dafür war sein Gebaren einfach zu theatralisch, doch der Hauptmann hatte nicht die Absicht, sich einwickeln zu lassen.

»Nun denn, Hauptmann Resende, dann leisten Sie Ihren Dienst an der Heimat«, sagte er in herzlichem Ton, bevor er seinen Pfeil abschoss. »Es ist auf jeden Fall sinnvoller, mutig in einem Büro zu sitzen, als sich hier in den Schützengräben ständig zu verstecken. In Lissabon können Sie wenigstens nicht dauernd vor dem Feind davonlaufen.«

Hauptmann Resende warf ihm einem vernichtenden Blick zu, kehrte ihm beleidigt den Rücken und setzte schnellen und energischen Schrittes seinen Weg fort. Afonso blieb schweigend stehen, mitten im Schlamm, und sah ihm nach, das Herz schwer angesichts dieses Verhaltens. Schließlich war es ein weiterer Offizier, der wegging, und eigentlich gab es dafür nur einen Namen, nämlich Fahnenflucht. Die Offiziere nutzten ihre Beziehungen zur neuen Regierung aus und flüchteten, ließen ihre Männer im Stich, die fortan sich selbst und dem Schicksal überlassen waren.

Baltazar Velho starrte auf das Dokument und las es angestrengt, Buchstabe für Buchstabe, Silbe für Silbe, Wort für Wort. Der Gebirgler war der Einzige aus der Gruppe, der lesen konnte, und das auch nur schlecht, aber man durfte sich nicht beschweren, der Pfarrer von Pitões das Júnias hatte damals, als der Alte ein Junge gewesen war, sein Bestes gegeben. Mehr konnte man von dem bisschen Unterricht, den der junge Pfarrer Augusto dem kleinen Baltazar vor vielen Jahren während der Religionsstunden an kalten Sonntagvormittagen in bester Absicht erteilt hatte, nicht erwarten. Baltazar war damals ein armer Schäfer gewesen, der aus einer verlassenen Gegend des Gerês-Gebirges, irgendwo zwischen Tourém und Outeiro, stammte und das Blöken der Schafe und das Pfeifen der Rebhühner mehr gewohnt war als dieses merkwürdige Latein der Messen oder diese unverständlichen Laute, die er selbst aus den bedruckten Seiten herauslas. Es war schwierig gewesen, doch letztlich hatte der Religionsunterricht ihm das Tor zur Schrift geöffnet.

An diesem frühen Nachmittag belohnte Baltazar in einem tristen, schlammigen Loch in Flandern den Pfarrer von Pitões mit einer stotternden Lektüre. Doch auch wenn er stockend, fehlerhaft und unsicher las, auch wenn er die Buchstaben mühevoll zusammenziehen musste, bis sie sinnvolle Laute ergaben, las der Alte doch gut genug, um dem schwierigen Text die Information entnehmen zu können, auf die sie alle ungeduldig warteten.

»Also, was ist, Baltazar?«, fragte Vicente Manápulas ungeduldig. »Wird das heut noch was?«

»Ganz ruhig, Manápulas, ganz ruhig«, sagte der Alte und hob die Hand. Dann brauchte er noch eine Weile, bis er die Bedeutung des Schriftstücks, nämlich die Telegrammversion eines von Sidónio Paes erst vor vier Tagen unterzeichneten Dokuments, wirklich erfasst hatte. »Also. Hier heißt es, dass wir hundertzwanzig Tage nach unserer Ankunft das Recht auf den ersten Urlaub haben.«

»Nach der Ankunft in den Schützengräben?«

Stotternd las Baltazar den Text noch einmal durch. Er stockte, suchte erneut und fand es schließlich.

»Nein. Nach der Ankunft in Frankreich.«

»Vier Monate?«, rief Matias Grande aus, nachdem er es sich ausgerechnet hatte. »Die sind schon vorbei, die sind schon vorbei!«

»Ja, die vier Monate sind schon vorbei«, bestätigte Vicente und kratzte sich an der Kopfhaut, die gereizt war von den Läusebissen. »Und was steht sonst noch drin?«

»Immer langsam«, antwortete Baltazar, ganz auf das Dokument konzentriert. Seine Augen wanderten über die Buchstaben, er schnaubte, gab unverständliche Laute von sich und verstand nach einer weiteren Ewigkeit endlich den Sinn. »Hier heißt es, dass wir ein Recht auf dreißig Tage Urlaub haben.«

Ein zufriedenes Murmeln ging durch die Runde, die Männer sahen sich lächelnd an, wähnten sich schon im Minho bei ihren Familien, sahen sich bereits bei der Feldarbeit helfen, im Cávado, Este oder Lima schwimmen, heimische Tänze tanzen, Erde umgraben, Trauben pflücken, die Kornspeicher füllen, einen Eintopf essen und ihn mit grünem Melgaço-Wein begießen. Und was für einen Rausch würden sie an ihrem ersten Abend mit der Familie davontragen!

»Einen Monat«, wiederholte Vicente verträumt.
»Also, wenn ich wieder im Minho bin und die Eichen und Eiben des Gerês rieche oder oben im Gebirge diese milde Luft einatme, dann seht ihr mich nie wieder«, erklärte Baltazar und schloss sehnsuchtsvoll die Lider. »Das garantier ich euch. Ich versteck mich im Kloster von Pitões, und die Truppe kann mich mal.«
»Ich mach's genauso«, sagte Vicente, der sich bereits in seiner Schreinerei in Barcelos oder auf einem Spaziergang über den Kieselstrand des Cávado sah. »Ich geh und komm nie wieder, das werdet ihr schon sehen.«
»Ich will eigentlich nur die gute Suppe essen, die meine Mutter immer macht«, rief Matias aus und spürte, wie ihm das Wasser im Mund zusammenlief. »Hm, wenn ich nur daran denke, dass ich die gute Hartwurst futtere, und den Schinken, das Kalbfleisch, das Huhn und den Kohl, den sie da immer reintut.« Er seufzte. »Ich sag's euch, das ist wirklich was Feines! Und dann tunk ich immer noch das Weißbrot ein.« Er fuhr sich mit der Hand über den leeren Magen. »Oh, ich werd fressen, bis ich fett bin wie ein Schwein.«
»Meine Alte macht auch eine teuflisch gute Suppe«, bemerkte Baltazar, der keine Gelegenheit verpasste, über Essen zu reden. »Aber das Allerbeste ist ihr Schweineherz mit Rotwein, in Würfelchen geschnitten und mit Kartoffeln und gekochten Zuckerschoten dazu. Also, Jungs, das müsstet ihr mal essen! Das ist ein Gericht, vor dem man den Hut ziehen muss! Wirklich Klasse, das sag ich euch. Echt Klasse!«
»Ich seh mich schon, wie ich die erstbeste Schlampe, die mir über den Weg läuft, aufs Kreuz lege«, rief Abel Lingrinhas aus, der sich bis dahin schüchtern zurückgehalten hatte, wie es seine Art war. »Ich werd so tun, als wollt ich gar nicht wirklich, nur ein Küsschen hier und ein Küsschen da, aber dann schnapp ich sie mir und vernasch sie in einem Kornspeicher. So wie ich beinander bin, würd ich mich sogar mit 'ner Dicken zufriedengeben.«
Die Männer stimmten ihm zu. Es ging ihnen allen gleich, und sie verstanden sehr gut, was die anderen damit sagen wollten. Heimatliche Luft, heimisches Essen und ein tolles Mädchen aus dem Minho war alles, was sie sich vom Leben wünschten, schließlich waren

sie nichts weiter als einfache Leute, die einfache Vergnügungen suchten.

»Und was müssen wir jetzt machen?«, fragte Matias, noch ganz berauscht von der Vorstellung der Genüsse, die ihn in Palmeira erwarteten.

»Einen Urlaubsantrag einreichen, denke ich«, erwiderte Baltazar schulterzuckend und faltete das Schriftstück mit den Informationen über das neue Urlaubssystem zusammen, das die Regierung Sidónio Paes gerade verabschiedet hatte. »Wir gehen zu den Drückebergern der Brigade und geben unsere Anträge ab.«

»Aber das haben wir doch schon zig Mal gemacht«, beschwerte sich Vicente. »Und es hat nie was gebracht.«

Ein vertrautes, langsam ansteigendes Summen erfüllte die Luft, und alle drückten sich instinktiv an die Wand des Unterstands. Der Minenwerfer explodierte direkt vor ihrem Unterstand, der Boden erzitterte, die Wände wackelten, Staub fiel herab, doch die Wände hielten stand. Dann hörten sie ein anderes Geräusch, ähnlich dem Glucken eines Truthahns, gefolgt von dem trockenen *Plopp* einer dumpfen Explosion, als hätte jemand einen Sektkorken knallen lassen. Danach war nichts mehr zu hören. Die Soldaten warteten einen Augenblick ab, vergewisserten sich, dass nichts Schlimmeres passiert war, und kehrten dann, als sei nichts gewesen, zum vorherigen Thema zurück.

»Und woher sollen wir wissen, dass sie uns nicht wieder ein Bein stellen?«, nahm Vicente das Gespräch wieder auf, der dem neuen, von Sidónio Paes verabschiedeten Urlaubssystem eher skeptisch gegenüberstand. »Es wär doch nicht das erste Mal, dass diese Arschlöcher uns reinlegen. Oder wisst ihr vielleicht nicht mehr, was die uns in den letzten Monaten alles versprochen haben? Und trotzdem sind wir immer noch hier …«

Die Gruppe erwachte aus ihrer Lethargie, Zweifel und Misstrauen kamen auf.

»Vielleicht hast du recht«, überlegte Baltazar. »Wenn das Almosen groß ist, wird der Bettler misstrauisch …«

»Wollt ihr meine Meinung dazu hören?«, fragte Matias. Der Zugführer gab selten Kommentare zu diesem Thema ab, doch nun war er

schon seit längerem der Meinung, dass das Maß voll war. »Also, ich glaube, dass das im Grunde alles nur Geschwätz ist, reines Geschwätz.«
»Wenn's Geschwätz ist, dann aber nicht für alle«, unterbrach Vicente ihn mit erhobenem Zeigefinger. »Die Offiziere kriegen ihren Urlaub, ist doch logisch. Die Herren sind doch immer zuerst dran.«
»Das stimmt«, bestätigte Baltazar. »Da gibt es ein paar, die sind schon vor längerer Zeit nach Portugal in Urlaub gefahren und haben dann nichts mehr von sich hören lassen.«
»Und zwar bis heute nicht«, bemerkte Vicente, der keine Gelegenheit verpasste, das Verhalten der Offiziere zu kritisieren.
»Die wären ja auch schön blöd«, warf Baltazar ein. »Wenn ihr in Urlaub gehen würdet, kämt ihr dann wieder?«
»Da müsst ich schon bekloppt sein«, gab Vicente zu. »Schließlich sind wir seit über einem halben Jahr hier, und das an einem Stück, wir haben genug geleistet, oder? Nicht mal die Tommys halten es so lange an der Front aus, oder habt ihr etwa nicht mitgekriegt, dass die Tommys links von uns, in Fleurbaix, abgezogen wurden, damit sie Pause machen können? Und wir sind immer noch hier. Sollen sie doch andere verheizen!«
»Außerdem sind diese beschissenen dreißig Tage Urlaub nichts Neues«, überlegte Matias, »das hieß es auch schon, bevor Sidónio an die Macht kam, und gemerkt haben wir nichts davon.«
Die Stimmung unter den Männern des CEP war nicht die beste, und sie wurde von Tag zu Tag schlechter. Ihre Erschöpfung nahm immer mehr zu, und die Beispiele an höherer Stelle waren keineswegs ermutigend.
Die Portugiesen mussten zusehen, wie die Alliierten regelmäßig ihre Truppen auswechselten. Erst vor ein paar Tagen war die achtunddreißigste britische Division, der linke Nachbar des Portugiesischen Expeditionskorps, durch die zwölfte Division ersetzt worden, nachdem sie nur drei Monate an der Front gewesen war. Matias mochte zwar ein autoritätsgläubiger Mensch sein, aber er war nicht dumm und zog seine Schlüsse, wenn er sah, dass die portugiesischen Offiziere bevorzugt behandelt wurden. Es war einfach eine simple Tatsache, dass sie alle Urlaub bekamen, während dieser den gemeinen

Soldaten verwehrt wurde. Das Gefühl der Ungerechtigkeit, das die Soldaten seit geraumer Zeit empfanden, wirkte sich langsam sehr negativ auf die Stimmung in den Gräben aus. Wo vor einiger Zeit noch Euphorie geherrscht hatte, gab es nun Angst, Unsicherheit und Zweifel.

»Denen in Portugal sind wir doch scheißegal, verstehst du?«, rief Vicente wild gestikulierend aus. Er war frustriert und verärgert und wollte einfach nur nach Hause. »Der Sidónio hat den Putsch gemacht und uns dann im Stich gelassen, hat keinen Nachschub und auch nicht die dritte Division geschickt, die Afonso Costa den Tommys versprochen hat.«

»Mit wem sind die Deutschen eigentlich im Krieg?«, ereiferte sich Baltazar. »Mit Portugal oder nur mit dem Portugiesischen Expeditionskorps? Was meint ihr? Mit wem sind sie im Krieg? Es sieht doch irgendwie so aus, als ginge Portugal dieser ganze Scheiß nichts an, verdammt, als wären die Deutschen nur mit uns im Krieg!«

»Die Boches haben recht«, bejahte Vicente mit einem entmutigten Kopfnicken. »Die Politiker haben uns angeschmiert, und jetzt waschen sie ihre Hände in Unschuld.«

Vicente spielte auf die von den Deutschen abgeschossenen Blättchen ab, in denen die Männer des Portugiesischen Expeditionskorps über die neue Kriegspolitik Sidónio Paes informiert worden waren. Das durch die feindlichen Mörser verteilte *Kriegsblatt* hatte in seinen letzten Folgen betont, dass Sidónio, der frühere Regierungsbeauftragte Portugals in Berlin, sehr deutschfreundlich sei, sich stets gegen einen Beitritt Portugals zum Weltkrieg gewehrt und nach dem Sturz der Regierung Afonso Costas den Plan zur Aufstellung einer dritten Division für das Expeditionskorps gestoppt habe. Laut der deutschen Version habe die neue Regierung nun beschlossen, die Streitkräfte in Flandern sich selbst zu überlassen, weshalb die Soldaten sich am besten gleich ergeben sollten.

»Habt ihr etwa nicht mitgekriegt, was Major Gomes gemacht hat?«, platzte Baltazar heraus. »Er hat Urlaub beantragt, um nach Portugal zu fahren, hat unseren Anspruch einfach ignoriert und ist abgehauen. Dann hat er Krankheit vorgeschützt und ist geblieben.«

»Und Oberst Antunes?«, fügte Vicente hinzu. »Es heißt, er hätte in

Aveiro ein Attest vorgelegt und geschworen, dass er gesundheitliche Probleme hat.«

»Gesundheitliche Problem?«, fragte Matias mit einem ironischen Lächeln. »Der hat bestimmt Durchfall. Wisst ihr noch, wie der sich in dieser einen Nacht, damals bei Marmousse, eingekackt hat, als die Granaten fast den Unterstand getroffen hätten, in dem er sich versteckt hielt?«

Sie lachten herzhaft, als sie sich an diese Szene erinnerten, die ihnen damals Alfredo, die Ordonnanz des Oberst, erzählt hatte, der alles mitbekommen hatte.

»Klasse!«, rief Baltazar aus und schlug sich auf die Schenkel.

»Der Kerl hat Schiss, weil er aus Aveiro is'«, frotzelte Vicente, dessen Kommentare über die Offiziere immer äußerst giftig waren. »Wenn der Arme so ein Schisshase ist, hat er sich doch bestimmt wieder eingekackt, als es an die Rückkehr ging.«

Einigen von ihnen war es auch schon passiert, dass sie während eines Bombardements in die Hose machten, vor allem in der Anfangszeit, als es die ersten Toten gab, als die wütenden Geräusche des Feuersturms ihnen das Blut gefrieren und die Gedärme außer Kontrolle geraten ließen. Mit der Zeit und mit zunehmender Erfahrung bekamen sie dieses Problem jedoch in den Griff. In die Hosen machen war also nichts Beschämendes für die Soldaten, sondern nur ein Zeichen von Unerfahrenheit. In der Gruppe wurde dies als natürliches Phänomen betrachtet, schließlich lebten sie wie die Maulwürfe im Dreck, teilten sich ihr Essen mit den Ratten und den Schlaf mit den Läusen, tricksten tagsüber den Tod aus, flüchteten sich vor den *snipers* und versteckten sich vor den Minenwerfern. Und zu allem Überfluss waren sie auch noch das Kanonenfutter.

Doch bei Oberst Antunes war das etwas anders, er war ein Drückeberger, und wie fast alle hohen Offiziere pflegte er seine Befehle so zu erteilen, dass andere umkamen. Zwar hielt er große Predigten über das Opfer für die Heimat, wusste jedoch selbst nicht, was es hieß, Angst zu verspüren, diese Todesangst, die einem die geschwächten Beine hinaufkroch und den Mund austrocknete, diesen lähmenden Horror, der sich im Körper ausbreitete, ins Herz eindrang und mit der Wucht einer Granate in der Seele explodierte und den Willen in Stü-

cke riss. Daher amüsierte es jeden Portugiesen, wenn diese Drückeberger auch einmal einkoteten.
Matias lehnte sich in seiner Ecke zurück.
»Da ist bestimmt was Wahres dran«, stimmte der Zugführer zu und betrachtete seine schmutzigen Fingernägel. »Aber die größte Wahrheit ist, dass Hauptmann Antunes jetzt gemütlich in Portugal rumspaziert und wir noch immer hier sind.«
Die allgemeine Heiterkeit verflog, und alle schwiegen, nachdenklich und resigniert. Da begann Baltazar plötzlich wie ein Spürhund zu schnüffeln.
»Spürt ihr auch diesen Knoblauchgeruch?«
»Hast du etwa schon wieder Kohldampf, Baltazar?«, fragte Vicente.
»Allerdings.«
»Aber wir haben doch erst vor einer Stunde gegessen ...«
»Was kann ich denn dafür? Ich hab Hunger, und dieser Geruch macht es nur schlimmer.«
»Da ist doch noch eine Büchse Corned Beef.«
»Hör mir doch auf mit diesem Körnerbeef. Ein ordentliches Schnitzel mit Weinsoße, das wär jetzt das Richtige!«
Und er nieste.

Hauptmann Brandão öffnete das silberne Zigarettenetui, das Agnès ihm nach ihrer ersten Liebesbegegnung geschenkt hatte, zog eine *Kiamil* heraus und blickte mit verlorenem Ausdruck in Richtung Horizont.
»Hast du so was schon erlebt, Cenoura?«, schimpfte er, ohne sich dem Freund zuzuwenden. »Jetzt lassen sie sogar schon ihre Beziehungen spielen, um hier wegzukommen. Das gibt's doch nicht.«
Leutnant Pinto fuhr sich mit der Hand über den roten Bart und lächelte.
»Du bist wirklich naiv, Afonso. Was hast du denn erwartet?«
»Und ausgerechnet Hauptmann Cabral!«
»Wie gern würd ich mit denen mitgehen ...«
Afonso stieß den Rauch seiner *Kiamil* aus und senkte den Kopf.
»Weißt du, was ich nicht verstehe?«
»Was denn?«

»Dass es keinen Beschluss gibt.«
»Was für einen Beschluss denn?«
»Irgendeinen Beschluss, irgendwas.« Er sah den Freund an. »Wenn Sidónio der Meinung ist, wir sollten aus dem Krieg austreten, dann soll er doch dazu stehen, dann hauen wir eben alle ab hier. Wir richten doch sowieso nichts aus. Und wenn Sidónio meint, wir müssten bleiben, dann soll er uns Verstärkungstruppen schicken, die Bedingungen schaffen, dass wir vernünftig kämpfen können. Aber doch nicht so! Das ist doch nichts Halbes und nichts Ganzes. Er will sich nicht entscheiden und entzieht sich seiner Verantwortung.«
Pinto seufzte.
»Ach, Afonso, du scheinst irgendwie von gestern zu sein! Wie oft soll ich dir noch sagen, dass die uns reingelegt haben, dass wir hier nichts ausrichten. Wir ballern hier wild herum, und die amüsieren sich nur über uns.«
»Darum geht es doch nicht, Cenoura«, sagte Afonso und schickte sich an, in den Posten zurückzukehren. Es war einfach zu kalt draußen. »Es geht darum, dass wir einen Zickzackkurs verfolgen, erst sind wir dabei, dann wieder nicht und dann doch wieder …« Er machte sich wütend und wild gestikulierend Luft. Leutnant Pinto folgte ihm in den Unterstand. »So versteht doch keiner den anderen. Man braucht sich nur dieses Theater mit dem Urlaub anzuschauen.«
»Was ist denn damit?«
Der Hauptmann ließ sich schwer auf die Munitionskiste fallen, die als Bank diente, und der Leutnant machte es sich auf dem Maschendrahtbett bequem.
»Was damit ist? Es ist eine einzige Schande. Erst waren es vierzehn Tage. Dann wurden es zwanzig. Danach dreißig. Aber unterm Strich sind es null, weil nur die Offiziere Urlaub kriegen.«
»Und wieso beschwerst du dich dann? Soviel ich weiß, hast du auch erst kürzlich Urlaub in Paris gemacht …«
»Das Problem ist doch nicht, dass die Offiziere Urlaub kriegen, Cenoura, das finde ich völlig normal und auch berechtigt. Das Problem ist, dass die gemeinen Soldaten keinen einzigen Urlaubstag kriegen, und das demoralisiert die Männer.«
»Machst du dir Sorgen um sie?«

»Natürlich mach ich das, verdammt, und du solltest dir ebenfalls welche machen. Wie sollen wir, die Offiziere, Soldaten befehligen, die sich verarscht, im Stich gelassen und erniedrigt fühlen? Was für eine Berechtigung haben wir, sie in den Kampf zu schicken, wenn wir sie beim Urlaubsanspruch einfach übergehen? Was sollen sie denn von Offizieren halten, die ihre Beziehungen ausspielen, um sich aus dem Staub machen zu können, und sich dann in Portugal einer medizinischen Kommission, bestehend aus guten Freunden, präsentieren und tausenderlei Ausreden anbringen, um nicht mehr hierher zurückzumüssen? Die Soldaten mögen zwar Analphabeten sein, trotzdem sind sie nicht doof und kapieren sehr wohl, dass sie die Einzigen sind, die hier nicht wegkommen.«

»Das ist doch ihr Problem.«

Afonso warf die aufgerauchte *Kiamil* auf den schlammigen Boden und trat sie aus, wobei er sich vergewisserte, dass sie auch wirklich nicht mehr brannte.

»Das ist nicht ihr Problem, nein. Es ist unser Problem, und das weißt du ganz genau. Wie soll ich im Kampf Soldaten befehligen, die sich im Stich gelassen fühlen? Wie steht es um die Moral der Truppe, wenn es brenzlig wird? Meinst du vielleicht, du kommst allein gegen die Boches an? Wenn es hart auf hart kommt, brauchst du die Männer, Cenoura. Wenn sie dann nicht zur Stelle sind oder nicht kämpfen wollen, dann bist du aufgeschmissen, aber richtig. Vergiss das nicht.«

»Afonso, jeder ist sich selbst der Nächste …«

»Mann, Cenoura, kapier doch endlich, dass du mit dieser Mentalität nicht weit kommst! Wir haben ein Offizierskader, das eine echte Schande ist, das dauernd nur konspiriert, das alles schlecht macht, destruktiv ist und nur ans Abhauen denkt …«

»Nicht die Offiziere sind eine Schande«, unterbrach ihn der Leutnant, zunehmend lauter werdend. »Sondern die Politiker, die uns verraten haben, diese Afonsos Costas …«

»Wer ist denn schlimmer? Afonso Costa, der Portugal einen Platz auf der Landkarte verschafft hat …

»… diese Bernardinos Machados …«

»… oder Sidónio Paes, der uns im Stich gelassen hat?«

»… und diese ganze Kanaille von Republikanern und Demokraten.« Sie verstanden sich schon nicht mehr, da sie beide brüllten, laut und aufgeregt, bis Afonso sich schließlich durchsetzte. Immerhin war er der Hauptmann, auch wenn sie Freunde waren.

»Lassen wir die Politik beiseite«, sagte er schließlich, in dem Versuch, das Gespräch wieder in ruhigere Bahnen zu lenken, weg von diesem strittigen Thema, bei dem sie nie auf einen Nenner kämen. »Vielleicht sind die Politiker ja allesamt schuld, keine Ahnung, ist auch völlig egal. Wichtig ist doch nur, dass wir hierhergeschickt wurden und jetzt hier sind. Und da wir jetzt hier sind, haben wir nur zwei Möglichkeiten: Entweder wir bringen unsere Mission gut zu Ende, oder wir verschränken die Arme vor der Brust und reden schlecht über alles und jeden. Ich weiß nicht, was du vorhast, aber ich weiß, was meine Pflicht ist.«

»Du wirst deine Mission gut zu Ende bringen«, erwiderte der Leutnant verächtlich.

»Richtig«, bestätigte Afonso, der den sarkastischen Ton des Freundes lieber ignorierte. »Ich kann das Verhalten nicht akzeptieren, das ich bei vielen Offizieren sehe, denen ihre Männer einfach schnurzegal sind. Es interessiert sie nicht, ob es ihnen gutgeht, sie wollen keinesfalls Entbehrungen und Opfer mit ihnen teilen und auch nicht die gleichen Risiken eingehen wie sie. Sie wollen nur ihren Feierabend genießen und ihre *Demoiselles* vernaschen, Ausflüge machen, sich in den Bistros mit Bier vollschütten …«

»Es ist wirklich witzig, wenn du so etwas sagst, Afonso«, unterbrach Pinto ihn kalt. »Erst vor einer Woche hast du mit einer *Demoiselle* einen Ausflug gemacht …«

»Das ist was anderes«, fiel Afonso ihm ein wenig verlegen ins Wort.

»… nach Paris. Und am merkwürdigsten, mein Lieber, ist für mich, dass du von Entbehrungen teilen sprichst. Das klingt ja sehr schön, aber in Wirklichkeit schläfst du doch bereits in Palästen. Und was die gemeinsam eingegangenen Risiken betrifft, würd ich auch gern wissen, was du da schon auf dich genommen hast.«

»Ich habe die Operation zur Vertreibung der Boches geleitet, die im November unsere Schützengräben angegriffen haben.«

»Das war, als die angegriffen haben. Was blieb dir da anderes übrig, als zu kämpfen? Aber ich würde mal gern wissen, bei wie vielen Aufklärungspatrouillen und Überfällen du schon mitgemacht hast?«

»Du weißt ganz genau, dass wir noch keine Überfälle gemacht haben.«

»Aber es gibt jede Nacht Patrouillen. An wie vielen hast du teilgenommen?«

»Dazu kam es noch nicht.«

»An keiner einzigen hast du teilgenommen. An keiner einzigen, Afonso. Die Patrouillen bestehen fast ausschließlich aus Soldaten, und es werden ziemlich viele Patrouillen pro Nacht durchgeführt, aber äußerst selten werden sie von einem Offizier geleitet. Also komm mir nicht mit deinen Geschichten über unsere Offiziere, die nichts taugen, denn du bist selbst nicht besser. Auch du spazierst mit den *Demoiselles* im Nachhutbereich herum, während die Soldaten für die Huren vom *Le Drapeau Blanc* bezahlen müssen, auch du schläfst in kleinen Palästen, während die Soldaten in Heuschobern untergebracht sind, auch du gehst bei Gefahr in den Bunker, während die Soldaten in ihren Schlammlöchern den Granaten der Boches ausgesetzt sind, auch du beobachtest alles von der Frontlinie aus, während die Soldaten in den heimtückischen Kratern der Avenida Afonso Costa über die Boches stolpern. Im Grunde bist du genauso wie ich und die anderen, mein Lieber. Nur redest du anders.«

Afonso sah dem Freund in die Augen und schwieg einen Augenblick. Dann erwiderte er voll Engagement und Überzeugung, mit ruhiger, sicherer Stimme und ernstem, entschlossenem Blick: »Da täuscht du dich, Cenoura«, sagte er. »Ich bin nicht wie ihr, und das werde ich dir noch beweisen.«

Er stand auf, verließ den Posten und trat schnellen Schrittes seine nachmittägliche Runde an. Doch die Gewissheit, dass er den Unterschied beweisen würde, bröckelte zunehmend, als er so dahinschritt und darüber nachdachte, wie wenig er sich doch selbst kannte. Im Grunde seines Herzens hatte er keine Ahnung, wie er die Angst bezwingen sollte, die seine Bewegungen in den Augenblicken blanken Entsetzens lähmte. Er war sich klar darüber, dass das Reden eine Sache war, und das Handeln eine andere, er wusste, dass seine Reaktionen in schwierigen Situationen unvorhersehbar und unkontrollierbar waren. Der Geist wird beherrscht vom Gefühl, und das Animalische verdrängt das Menschliche. Wie viele Männer, die ihr Leben lang von Heldenmut redeten und sich auf den großen Test vorbereiteten, versagten im entscheidenden Augenblick, während andere, die Stillen und Schüchternen, in den schwierigen Stunden über sich selbst hinauswuchsen? War denn letztlich die Verwegenheit etwas anderes als Heuchelei? War der Mut etwas anderes als die Angst, für feige gehalten zu werden? War die Heldenhaftigkeit nicht ein aus sozialer Angst geborenes Handeln, das stärker ist als tierische Angst? Und war die Tapferkeit nicht ein Augenblick echter Verrücktheit, eine törichte Handlung, die zum Wohle anderer und zum eigenen Schaden demonstriert wird?

Major Botelho hielt die Kerze dichter an die Augen des Soldaten, um besser sehen zu können. Mitten in der Nacht, um kurz nach drei, war die Soldatengruppe in dem Erste-Hilfe-Posten, in dem der Major als Militärarzt Dienst tat, erschienen, um sich über Übelkeit zu beklagen. Er hatte die vier zum Teil heftig stöhnenden Soldaten oberflächlich untersucht und sich dann dem Fall zugewandt, der ihm am akutesten erschienen war.

»Wie heißen Sie?«, fragte er und untersuchte die entzündeten Augen des Mannes.

»Baltazar, Herr Major.«

»Wie haben Sie sich das eingefangen, Baltazar?«

»Das weiß ich nicht, Herr Major. Ich war mit meinen Kameraden im Unterstand, und plötzlich musste ich niesen und niesen …«

»Niesen«, wiederholte der Arzt.

»Ja. Und meine Kameraden ebenfalls. Dann hat uns die Nase weh getan und der Hals gebrannt, und das wurde immer schlimmer, bis wir kapiert haben, dass wir die Grippe haben. Dann fingen auch noch die Augen an, heftig zu schmerzen, und der Rotz lief aus der Nase. Ich hab auch noch Bauchschmerzen bekommen und musste mich übergeben, bevor ich hierherkam.«

»Wann haben Sie zu niesen angefangen?«

»Das war vor ungefähr zwölf Stunden, so am frühen Nachmittag, Herr Major.«

»Und ihr?«, fragte er die anderen, ohne den Blick von Baltazars Augen abzuwenden.
»Bei uns war es genauso, Herr Major«, sagte Matias. »Es fing zur gleichen Zeit an. Nur mussten wir uns nicht übergeben.«
»Ich hab nicht nur Bauch-, sondern auch Kopfschmerzen«, bemerkte Vicente.
Abel Lingrinhas zeigte auf ein paar Bläschen im Gesicht und am Hals. »Ich hab hier ein paar Pickelchen.«
Der Arzt überlegte hin und her, während er Baltazars Augen mit feuchter Watte reinigte.
»Hm«, murmelte er nachdenklich. »Ihr seid nicht zufällig Opfer eines Giftgasangriffs geworden?«
»Nein, Herr Major«, antwortet Matias und schüttelte zur Verstärkung den Kopf. »Das ist die Grippe.«
»Hm«, murmelte der Arzt erneut. »Machen Sie mal den Mund auf!«
Baltazar gehorchte, und Major Botelho untersuchte die entzündete Kehle. »Habt ihr keinen Senfgeruch wahrgenommen?«
»Nein, Herr Major.«
»Und auch keinen Knoblauchgeruch?«
Die Soldaten sahen sich an.
»Na ja …«
»Habt ihr Knoblauchgeruch wahrgenommen?«
»Ja, Herr Major.«
Der Arzt hörte auf, Baltazar zu untersuchen, und sah die Gruppe an.
»Und ihr habt nicht eure Gasmasken aufgesetzt?«
Die Soldaten senkten den Kopf.
»Nein, Herr Major.«
Der Arzt seufzte.
»Dummköpfe. Ihr seid einfach Dummköpfe! Wisst ihr denn nicht, dass ihr die Masken aufsetzen müsst, sobald ihr einen chemischen Geruch wahrnehmt?«
»Herr Major«, sagte Baltazar mit unterwürfiger Stimme. »Wir haben keine Chemie gerochen. Wir haben Essen gerochen.«
»Essen! So ein Quatsch! Gas habt ihr abbekommen! Wo wart ihr, als es nach Knoblauch gerochen hat?«
»Im Unterstand, Herr Major.«

Major Botelho wandte sich von Baltazar ab und setzte sich auf eine Kiste neben dem Tisch. Er holte ein paar Formulare aus einer Schublade, legte sie auf den Tisch und begann sich Notizen zu machen.
»Als ihr aus dem Unterstand rausgekommen seid, habt ihr da unversehrte Granaten bemerkt?«
»Ja, Herr Major.«
»Wie sahen die aus?«
Die Männer sahen sich an, verstanden die Frage nicht.
»Na ja, es waren Eisengranaten, Herr …«
»Das mein ich nicht«, erwiderte der Arzt ungeduldig. »Waren sie irgendwie bemalt?«
»Ja, Herr Major«, antwortete Matias, der Aufmerksamste der Gruppe. »Es waren 7,7-cm-Granaten des länglichen Modells, blau bemalt und mit gelbem Kopf. Ich weiß noch, dass zwei Kreuze darauf waren, eins grün und eins gelb.«
»Schlecht erklärt, ich versteh kein Wort. Grün und gelb oder blau und gelb?«
»Die Kreuze waren grün und gelb, aber die Granaten waren blau und gelb.«
»Blau und gelb«, wiederholte der Arzt und nahm einen großen Ordner aus dem Regal, der laut Bezeichnung die Berichte der *Chemical Advisors* des elften Britischen Korps enthielt.
Er öffnete ihn und blätterte darin herum. »Blau und gelb.« Er schlug eine Seite um. »Blau und gelb.« Noch eine. Er überflog jeden Bericht und achtete dabei nur auf einen Punkt, bezeichnet mit der Überschrift *nature of the shells*. »Blau und gelb.« Noch eine Seite. »Blau und gelb.« Noch eine. »Blau und gelb … hier haben wir's.«
Er legte seinen Finger auf die betreffende Zeile und las: »*Painted blue with yellow on top.*« Er nahm das Blatt heraus und las es aufmerksam durch. Es dauerte eine Minute, bis er den Bericht analysiert und daraus seine Schlussfolgerungen gezogen hatte, mehr für sich als für die Männer. »Nun, ich sehe hier, dass es sich um ein Schwefelderivat mit hohem Chloranteil handelt«, murmelte er, während er sich am Kinn kratzte. Er hielt sich lange beim letzten Punkt des Berichts auf, überschrieben mit *symptoms of personnel*. Nach einer weiteren langen Minute der Lektüre brach er erneut das Schweigen. »Ja, hier steht es.

Erbrechen, entzündete Augen, Halsentzündung.« Ohne den Kopf zu heben, riss er ein Blatt von dem Formularblock ab und begann es auszufüllen. »Ich schicke euch ins Feldlazarett.« Da hob er endlich den Kopf und sah die Männer an. »Namen und Nummern, bitte!«

»Ist es schlimm, Herr Major?«

»Ja, es ist schlimm«, bestätigte der Arzt mit ernstem Blick. »Es ist schlimm, dass ihr solche unglaublichen Trottel seid und nicht wie vorgeschrieben eure Gasmasken aufsetzt.«

»Aber ist es richtig schlimm?«, insistierte Baltazar besorgt, mit heftig tränenden Augen.

»Das einzig Schlimme an der Sache ist, dass das CEP zwei Tage auf euch verzichten muss«, erwiderte der Arzt und steigerte die Spannung noch etwas. »Was aber euch Unglücksraben betrifft, so wird es euch heute Nacht noch schlechtgehen, aber morgen gegen Mittag ist es bestimmt besser. Das ist ein verflixtes Gas, weil man es kaum riecht, aber der Vorteil daran ist, dass es keinen allzu großen Schaden anrichtet. Ich schreibe euch für achtundvierzig Stunden krank, und dann geht ihr zurück in die Gräben.«

»Danke, Herr Major«, erwiderten sie, beinahe im Chor, erleichtert und für einen Augenblick strahlend. Es gab nichts Besseres, als wegen einer nicht dauerhaften Sache krankgeschrieben zu werden.

»Nun aber los!«, rief Major Botelho ungeduldig aus. »Namen und Nummern!«

»Matias Silva, Herr Major. Nummer 216.«

XI

Es war kurz nach zwölf, und am Vormittag war es wie üblich ruhig gewesen. Auf beiden Seiten der Schützengräben hatte seit dem Sonnenuntergang ein reges Treiben geherrscht, Legionen von Männern hatten Stege ausgebessert, Löcher im Stacheldraht repariert und im Schutz der Dunkelheit die überschwemmten Gänge trockengelegt, während andere im Niemandsland patrouillierten oder mit ihren Lee-Enfields oder den Mausern Ziele ins Visier nahmen. Als die ersten vorsichtigen Sonnenstrahlen hervorbrachen und der gelbe Planet sich langsam und majestätisch hinter den feindlichen Linien erhob, hatte an diesem achten Februar bereits die erste Ablöse stattgefunden, und viele der Männer legten sich schlafen. Afonso und Pinto wachten gegen elf Uhr wieder auf, wuschen sich in einer Schüssel schlammigen Wassers das Gesicht, pinkelten neben Picantin Post in eine feuchte Ecke der Schützengräben und setzten sich auf eine Munitionskiste, um das Frühstück einzunehmen, das Joaquim ihnen gebracht hatte. Hastig verschlangen sie das Omelette, den mit gezuckertem Maniokmehl bestreuten Buttertost und tranken den starken Kaffee. Als sie fast fertig waren, tauchte Leutnant Timothy Cook auf.

»*What oh*, Afonso, *old bean*«, grüßte er.

Der Hauptmann stand auf, wischte sich die Finger an den Schenkeln ab, um sie von den Toastbrotkrümeln und der Butter zu säubern, und gab dem englischen Verbindungsoffizier die Hand.

»*Old bean?*«, fragte er und unterdrückte einen Rülpser. »Warum nennst du mich alte Bohne, du Halunke?«

Tim lachte.

»Nimm es nicht so wörtlich, das ist nur eine freundschaftliche Anrede.«

Der Engländer begrüße Pinto mit einem Kopfnicken.
»*Breakfast?*«, fragte Afonso und zeigte auf den Rest seines Frühstücks.
»Nein danke, ich hab schon gegessen«, erwiderte Tim. »*Bacon* mit *scrambled eggs* und *baked beans.*« Er blickte zufrieden drein. »*Capital breakfast. Capital.*«
»Wenn das so ist, dann machen wir doch mal unsere Runde.«
Gefolgt von ihrer Ordonnanz, gingen der Hauptmann und die Leutnants die Picantin Road bis zur Rue Tilleloy hinunter, bogen dort rechts in die Picantin Avenue und platschten durch den Schlamm, bis sie an die B-Linie kamen. Diese betraten sie am vorgelagerten Flank Post und gingen weiter Richtung Süden und Rifleman's Avenue, wobei sie ihren Abschnitt in Fauquissart umrundeten. Ein fernes Brummen am Himmel erregte ihre Aufmerksamkeit. Sie blieben stehen und blickten nach oben. Von feindlicher Seite kam etwas angeflogen, das von weitem wie eine lästige Fliege aussah. Es summte wie eine Schmeißfliege, war jedoch ein deutsches Flugzeug. Die schwarzen Kreuze am Rumpf waren trotz der Entfernung gut zu erkennen.
»Eine Taube«, sagte Pinto.
»Dass ihr immer alle Flugzeuge der *Jerries* Taube nennen müsst«, bemerkte Tim. »Das ist doch eine Fokker.«
Leutnant Pinto sah ihn misstrauisch an.
»Woher wissen Sie das?«
»*I know, lad. I know.*«
»Tim kann die unterscheiden«, erklärte Afonso. »Er war beim Royal Flying Corps und kennt alle Flugzeugtypen. Wenn Tim sagt, dass das eine Fokker ist, dann ist es auch eine, mein lieber Cenoura.«
Der Eindecker flog sehr hoch, als wollte er unbemerkt bleiben. Auf einmal änderte er jedoch unerwartet seinen Kurs und ging im Sturzflug auf die portugiesischen Linien von Fauquissart nieder, als wollte es das Feuer eröffnen.
»Er wirft eine Bombe ab«, rief Pinto aus.
Doch keine Bombe fiel. Als das Flugzeug bereits dicht über dem Boden war, richtete es sich wieder auf und überflog im Tiefflug und in Nord-Süd-Richtung die Positionen des Portugiesischen Expeditionskorps. Die Vickers und die Lewis begannen zu rattern, versuchten das

Flugzeug abzuschießen, doch die Fokker gewann hinter Ferme du Bois wieder an Höhe. Sie stieg auf, machte einen Louping und flog erneut über die portugiesischen Positionen, diesmal in entgegengesetzter Richtung. Sie feuerte jedoch keinen einzigen Schuss ab, ihre Mission war eindeutig das Beobachten. Da tauchte ein zweites Flugzeug über den Linien auf, diesmal eines der Alliierten.
»Das ist eines von unseren«, bemerkte Pinto zufrieden.
»Was für ein Flugzeug ist das?«, wollte Afonso wissen und sah den britischen Leutnant an.
»Eine Sopwith Camel«, stellte Tim fest, die Augen starr auf den Himmel gerichtet.
»Ein Kamel?«
»Right ho«, antwortete der Engländer lächelnd. »Siehst du die Kabine? Es heißt, sie hätte die Form eines Höckers, obwohl ich das nicht erkennen kann. Trotzdem heißt das Flugzeug deswegen Camel.«
Die drei Offiziere und die Ordonnanz warfen sich auf den Boden und harrten der Dinge, die da kommen würden. Luftkämpfe waren in den Schützengräben höchst beliebt und galten als das spannendste Kriegsschauspiel. Statt des unpersönlichen Massentods im Schlamm, bei dem die Soldaten einfach niedergeschossen oder von anonymen feindlichen Granaten oder Bomben zerfetzt wurden, hatten die Luftkämpfe etwas Romantisches an sich. Die Piloten waren die modernen Ritter des Himmels und umgeben von einer Aura adliger Eleganz und Galanterie, ihre Luftangriffe waren spannende Duelle in den Wolken, einer gegen den anderen, Mut gegen Mut, Sachkenntnis gegen Sachkenntnis, und am Ende gab es einen Sieger und einen Besiegten.
In den Schützengräben herrschte freudige Erwartung, Zeigefinger reckten sich in die Höhe, Soldaten und Offiziere riefen sich gegenseitig herbei, weit mehr Männer als sonst verließen die Unterstände und gesellten sich zu den Schaulustigen. Doch als das deutsche Flugzeug in die eigenen Positionen zurückflüchtete und den Kampf verweigerte, ging ein enttäuschtes »Oooh!« durch die Reihen. Die Sopwith Camel verfolgte es noch ein paar Minuten lang, machte dann jedoch ebenfalls kehrt und patrouillierte anschließend noch eine Weile am Himmel über Ferme du Bois, Neuve Chapelle und Fauquissart.

»Die *Jerries* haben Angst vor den Sopwith Camels«, bemerkte Tim mit einem stolzen Lächeln.
»Warum?«
»Die Sopwith Camel ist ein sehr gutes Flugzeug«, sagte er. »Aber Vorsicht, sie ist nicht für jedermann geeignet. Sie ist schwierig zu steuern, und es passiert häufig, dass sie … wie sagt man *spin out of control …*«
»Sie gerät außer Kontrolle?«
»*Yes*, sie gerät *out of control* bei den … *tight turns*?«
»Bei den engen Kurven.«
»*Right ho*«, bestätigte der Engländer. »Es sind schon viele weniger erfahrene Flieger in diesen Flugzeugen umgekommen. Aber die guten Flieger sind der Meinung, dass die Sopwith Camel das beste Flugzeug ist, das es gibt. Es ist äußerst beweglich und steigt sehr schnell auf. Daher fliegen es auch die großen Asse des Royal Flying Corps. Die *Jerries* wissen das. Deshalb kriegen sie Angst und flüchten.«
Als bereits niemand mehr große Erwartungen hegte, tauchte auf einmal ein zweites Flugzeug über dem Abschnitt Bois du Biez der deutschen Linien auf. Die Männer des Portugiesischen Expeditionskorps, von denen viele bereits wieder weggegangen waren, postierten sich erneut, um dem Spektakel beizuwohnen, nunmehr in der Gewissheit, dass der Kampf unausweichlich war.
»*Oh blast it!* Das ist eine Albatros Typ D«, rief Tim aus, und meinte das neue deutsche Flugzeug.«
»Na und?«
»Das ist das beste Flugzeug der *Jerries*. Es fliegt hundertsiebzig Stundenkilometer, hat eine ausgezeichnete Aufstiegsgeschwindigkeit und ist mit zwei synchronisierten Maschinengewehren ausgestattet.«
»Was ist das denn?«
»Synchronisierte Maschinengewehre? *Well*, die synchronisierten Maschinengewehre sind ein Mechanismus, der es den Piloten erlaubt, ihre MGs über den Propeller zu steuern. Sie schießen über den Propeller, ohne dass dabei die Schaufelblätter des Propellers getroffen werden. Der Propeller ist auf eine Art und Weise mit dem Abzug des Maschinengewehrs verbunden, dass immer nur dann geschossen wird, wenn gerade kein Schaufelblatt vor dem MG-Lauf ist, um eine

Zerstörung der Schaufelblätter durch die Schüsse zu vermeiden. Und dieses Flugzeug hier hat nicht nur eine, sondern zwei MGs, die mit der Propellerbewegung synchronisiert sind.«

»Und das englische Flugzeug hat diese Maschinengewehre nicht?

»Doch.«

»Und was ist dann das Problem?«

»*None whatsoever*«, sagte Tim. »Das sind die besten Flugzeuge auf beiden Seiten. Das wird ein *jolly good fight.*«

Die deutsche Albatros nahm Kurs auf die Sopwith Camel. Der Kampf schien unvermeidbar zu sein, doch da machte das britische Flugzeug plötzlich in eindeutiger Fluchtabsicht kehrt und begann aufzusteigen. Die Offiziere und Soldaten stießen einen weiteren enttäuschten Seufzer aus, nun wurde ihnen dieses großartige Spektakel doch vorenthalten.

»Der Tommy verpisst sich«, protestierte Pinto.

»Das versteh ich nicht«, wunderte sich Afonso.

»Der Kerl hat Schiss gekriegt, das ist alles.«

Der englische Leutnant sagte nichts, doch stieg ihm die Schamesröte ins Gesicht, als er sah, wie die Sopwith Camel die Flucht ergriff. Das britische Jagdflugzeug verschwand hinter einer Wolke, doch das deutsche gab nicht auf und verfolgte es. Als die Albatros gerade die Wolke durchquerte, kam die Sopwith Camel jedoch plötzlich zurück, raste auf sie zu, als wollte sie den Feind zerschmettern, zog im letzten Augenblick nach oben und warf, als sie direkt über dem deutschen Flugzeug war, eine Bombe ab. Es erfolgte ein Explosion, die Albatros fing Feuer und begann zu trudeln. Ein erneutes »Oooh!«, nunmehr begeistert, erhob sich aus den Schützengräben. Das getroffene Flugzeug stürzte, eine schwarze Rauchwolke hinter sich herziehend, nach unten, doch als alle bereits den Aufprall erwarteten, gelang es dem deutschen Piloten, das Flugzeug wieder unter Kontrolle zu bekommen, und, obwohl es in Flammen stand, einen Kurs nach Osten, zu den deutschen Linien, einzuschlagen. Die Männer in den Schützengräben hielten den Atem an, beobachteten gebannt das heldenhafte Unterfangen des feindlichen Piloten. Als das Flugzeug bereits dicht über dem Boden war, jedoch noch immer über den Linien der Alliierten, sahen die Soldaten plötzlich jemanden aus dem qualmenden Flugzeug stürzen, es war, als würde eine Kugel in Richtung Boden abgefeuert, deren Bahn jedoch abrupt unterbrochen wurde, als sie unten aufprallte. Gleich darauf senkte sich das Flugzeug, nunmehr ohne Pilot, vornüber, stürzte in die Tiefe, schlug heftig auf und rollte über den Boden wie eine Feuerkugel, die langsam aus den Fugen geriet. Eine glühende Masse, die allmählich zerfiel. Einen Augenblick lang senkte sich Schweigen über die Schützengräben, die Männer waren wie versteinert angesichts dieser Szene. Als die brennenden Bestandteile der Albatros schließlich neben ein paar Ruinen liegenblieben, erhob sich von den portugiesischen Linien ein Applaus, mit dem die Portugiesen nicht den Tod des Feindes feiern, sondern diesem zu seinem letzten, tapferen Flug gratulieren wollten.

»Der Tommy hat ihn gut getäuscht«, bemerkte Leutnant Pinto und schickte sich an, die Runde fortzusetzen.

»Er hat uns alle getäuscht«, korrigierte Afonso, den Blick auf den Boden geheftet, auf der Suche nach weniger schlammigen Stellen für seine Füße. »Wir dachten, er will sich aus dem Staub machen, und dann …«

Die Schützengräben belebten sich wieder. Ein deutsches Maschinengewehr eröffnete linker Hand das Feuer, sein Rattern war deutlich zu vernehmen, und die portugiesische Artillerie antwortete mit zwei Schüssen aus einem schweren Mörser, die von den Männern dem Klang nach als Fünfzehn-Zentimeter-Kaliber identifiziert wurden, vermutlich aus einem Hadfields-Mörser. Die drei Offiziere und ihre Ordonnanz duckten sich noch etwas tiefer in die B-Linie, doch abgesehen von dieser kleinen Haltungsänderung marschierten sie weiter, als sei nichts geschehen.

»Der Boche hat überhaupt nicht mit der Bombe gerechnet«, merkte Pinto an. »Das war kein schöner Tod, einfach so abzustürzen.«

»Die Alternative wäre schlimmer gewesen, *believe me*«, erklärte Tim. »Piloten sterben normalerweise aus dreierlei Gründen.« Er hob seine linke Hand und zählte die Gründe daran ab. »Entweder werden sie vom Feind erschossen oder sie zerschellen am Boden oder sie verkohlen bei lebendigem Leib im Flugzeug. Der Flammentod ist der schlimmste.« Er zog eine Grimasse. »*Ghastly!*« Er klopfte sich mit der rechten Hand auf die Pistolentasche. »Viele Piloten haben ständig eine Pistole bei sich, und wenn das Flugzeug in Brand gerät und sie sehen, dass sie nicht mehr rauskommen, schießen sie sich in den Kopf.«

»Wirklich?«

»*No shit.*«

Sie kommentierten noch immer das spannende Luftduell, das dramatischer gewesen war als die sonst an der Frontlinie erlebten, als sie in Rotten Row angelangten, wo sie sich Richtung Nachhutbereich begaben, die Rue Tilleloy überquerten und in der Regent Street weiter bis zur Rue du Bacquerot gingen. Dort bogen sie rechts in die Picantin Road ab, passierten die Stacheldrahtabsperrung und kehrten zum Posten zurück. Picantin Post war ein kleines, aber wichtiges Bollwerk mit zwei offenen MG-Positionen, einem Waffendepot und drei kleinen Unterständen. Dieser Posten konnte eine Garnison von hundert Männern aufnehmen und war extern durch drei Bunker für schwere Vickers geschützt, welche bombensichere Stein- und Eisenkonstruktionen mit Schießscharten in Richtung Straße und Picadilly Trench waren. Er spielte eine sehr wichtige Rolle, zumal er den kürzesten und direktesten Zugang der Frontlinien nach Laventie zu verteidigen hatte. Deshalb traf man dort immer ziemlich viele Leute an. Dennoch bemerkte Afonso sogleich die Stafette, die neben dem Eingang des Unterstands saß. Als der Soldat die Offiziere kommen sah, sprang er auf und salutierte.

»Hauptmann Afonso Brandão?«

»Ja?«

»Mit Verlaub, Herr Hauptmann, Oberstleutnant Mardel wünscht Sie zu sprechen.«

Eugénio Mardel war einer der höchsten Offiziere der Minho-Brigade und der Mann, der die Befehlsgewalt innehatte, wenn der Kommandeur nicht da war. Wenn Mardel ihn rufen ließ, so bedeutete das Neuigkeiten, überlegte Afonso, und zwar wichtige.

»Wo hält sich der Herr Oberstleutnant auf?«

»In Laventie, Herr Hauptmann.«

Afonso betrat den Unterstand, nahm die Schreibmaschine und stellte sie auf die als Tisch dienende Kiste, setzte sich auf den Hocker, legte zwei Blatt Papier mit Durchschlagpapier dazwischen ein und verfasste eilends den Bericht seiner Kompanie über die letzten vierundzwanzig Stunden im Abschnitt Fauquissart. Er wusste, dass Mardel ihn würde lesen wollen, und hatte nicht die Absicht, ihn zu enttäuschen. Das Abfassen des Berichts folgte einem vorgegebenen Schema, und der Hauptmann benötigte nur eine halbe Stunde dazu. Als er den Text fertig getippt hatte, las er alles noch einmal durch, fügte mit Füller zwei kleine Korrekturen ein, unterschrieb den Bericht, faltete das Blatt zusammen, steckte es in die Innentasche seines Jacketts und ging hinaus.

»Also dann«, sagte er, als er den Unterstand verließ. »Pinto, du vertrittst mich hier auf dem Posten. Bis später, Tim.«

»*Cheerio, old bean.*«

Es war nicht der Muskelkater, der Matias zu schaffen machte, sondern die Müdigkeit, und vor allem dieses allgemeine Unwohlsein. Der Zugführer lehnte noch immer an der Brustwehr und zog heftig an seiner *Woodbine*, einer der billigsten Zigaretten, die für seine Zwecke jedoch völlig ausreichte. Er spürte, wie der Rauch seine Lungen erfüllte, versuchte, den Rücken zu entspannen, und atmete langsam aus, wobei er grauen, säuerlichen Rauch ausstieß.

»Wie mag wohl die Leiche von dem Typen aussehen?«, fragte Baltazar, der neben ihm saß und seine Lee-Enfield reinigte.

»Von wem? Von dem Kerl aus dem Flugzeug?«

»Ja.«

»Die ist bestimmt ziemlich zerschmettert.«

Matias spürte noch immer die Säure des Erbrochenen in seinem Hals und zog erneut an der *Woodbine*, um den scharfen Geschmack loszuwerden. Die Nacht war nicht einfach gewesen. Drei Tage zuvor war im Niemandsland in der Nähe des Bertha Trench ein Soldat des achten Infanteriebataillons bei einer nächtlichen Patrouille angeschossen worden, und die Kameraden hatten einfach die Flucht ergriffen und ihn zurückgelassen. In den darauffolgenden Nächten waren Patrouillen organisiert worden, um ihn zu finden, doch man hatte ihn erst an diesem Morgen entdeckt. Matias hatte an dieser letzten Patrouille teilgenommen, und es war der ekelhafte Verwesungsgeruch gewesen, ein Gestank, der ihn an faulige Kartoffeln erinnerte, der ihn an den

Ort gelockt hatte, wo sie schließlich den Leichnam des verlorengegangenen Mannes fanden. Er lag in einem Krater, halb in stinkendem Wasser, links des portugiesischen Abschnitts, bereits in dem Gebiet, das normalerweise von den in Fleurbaix stationierten Engländern kontrolliert wurde.

Nachdem er getroffen wurde, muss er sich verlaufen und bis hierher geschleppt haben, überlegte Matias, der im Geiste den Weg des sterbenden Soldaten nachzeichnete. Deshalb ist es nicht weiter verwunderlich, dass die Patrouillen ihn nicht gefunden haben, dachte er. Er lag zu weit von der Stelle entfernt, an der das Scharmützel stattfand. Der Hauptmann beugte sich über den Leichnam, um ihn hochzuheben, hielt jedoch inne, als er ein Geräusch und ein Huschen zu seinen Füßen wahrnahm. Er brauchte eine Weile, bis er begriff, dass es Ratten waren, die Fleischstücke aus dem Körper des Toten herausrissen. Der Gestank war nun sehr intensiv, widerlich, ekelerregend. Er verscheuchte die Nager mit dem Gewehrkolben, schulterte sein Lee-Enfield, überwand seinen Ekel und packte den Leichnam. Er spürte, dass er ganz steif war. So ging er einige Meter in der Dunkelheit, versuchte, die Luft anzuhalten, schaffte es jedoch nicht. Er keuchte unter der Last des toten Körpers, der Gestank drang in seine Nasenflügel, und er spürte, wie sein Magen revoltierte. Da ließ er den Toten fallen, beugte sich nach vorne und übergab sich. Das Geräusch erregte die Aufmerksamkeit der übrigen Patrouillenmitglieder. Leise tuschelnd kamen sie herbei und halfen ihm, den Leichnam auf dem schlammigen Pfad zu den portugiesischen Linien zu transportieren. Sie nannten dem Wachsoldaten ihr Codewort und stürmten erleichtert hinter die portugiesische Linie. Sie legten den Leichnam auf den Boden und setzten sich kreuzlahm und keuchend auf die Brustwehr. Ein paar Minuten später stand einer der Männer auf, um die Sanitätshelfer zu suchen, während die anderen sich weiter ausruhen durften. Irgendwann, als sie sich bereits erholt hatten, überkam sie die Neugier, das Gesicht des aus dem Niemandsland geretteten Toten zu betrachten. Sie zündeten eine Laterne an, und Matias warf einen schnellen Blick auf den Leichnam, der dort im Schützengraben auf dem Boden lag. Er war aufgeschwemmt, die Haut fahlgrau bis gelblich, ein Arm ausgestreckt, steif, als sei er in dieser Haltung eingefroren, die glasigen Augen nach oben gerichtet. Ein Teil der Lippen und Wangen war herausgerissen worden, vermutlich von den Ratten, so dass die Zähne und der Ansatz der Mundhöhle zu sehen waren. Da übergab sich der Zugführer ein zweites Mal.

»Er sieht bestimmt nicht schlimmer aus als der, den du gefunden hast«, bemerkte Baltazar.

Matias starrte ihn verständnislos an.

»Wer?«

»Der Boche aus dem Flugzeug, Mann!«, rief der Alte aus, genervt über den abwesenden Gesichtsausdruck seines Freundes. »Wenn er gerade erst gestorben ist, dann stinkt er doch bestimmt nicht so wie der, oder?« Er bewunderte sein Lee-Enfield, das bereits wieder sauber und geölt war. »Na ja, wenn man am Boden zerschellt, hängen einem bestimmt die Gedärme raus. Und die stinken bekanntlich nach Scheiße, oder?«

Der Zugführer sah über die Brustwehr, den Blick in der Weite verloren, und rauchte seine *Woodbine* zu Ende. Dann drückte er die Zigarette mit der Spitze in den Schlamm und schleuderte sie anschließend fort.

»Weißt du, wer der erste Tote war, den ich gesehen habe, Baltazar?«

»Hm?«

»Als ich ein Junge von ungefähr vierzehn Jahren war, da gab es bei uns im Viertel ein Mädchen, das mit einem Seemann verheiratet war.« Er strich sich über seine Koteletten. »Sie hieß Maria do Céu und war so um die dreißig. Sie hatte ein breites, ziemlich rotes Gesicht und eine Warze unterm Auge. Hübsch war sie nicht, aber sie hatte bombastische Brüste. Das waren vielleicht zwei Haubitzen!«

»War sie recht fett?«

»Fett würde ich nicht sagen, aber sie war ganz gut beieinander.«

Er machte ein Pause, als erinnerte er sich an etwas. »Eines Tages hat sie mich angesprochen. Ich war damals schon ein Halbstarker und hab als Tagelöhner gearbeitet. Da kam sie an und meinte, sie wollte mich anstellen, und ich sollte jeden Vormittag bei ihr im Garten arbeiten. Sie hatte einen Gemüsegarten, und ihr Mann war immer auf See. Also hab ich zugesagt.« Er kratzte sich an der Nase. »Man musste nicht viel dafür können. Es gab ein paar Kartoffeln, ein paar Kohlköpfe, Tomaten, einen Apfelbaum, außen herum jede Menge Kräuter, und in einer Ecke ein Gehege mit ein paar Schweinen und Hühnern. Es war alles ein bisschen verwildert. Da ging ich also hin zum Arbeiten, und die Frau hat mich nicht aus den Augen gelassen, hat sich in den Garten gestellt und mich angeglotzt. Ich dachte erst, sie sei misstrauisch. Hei, hei, hab ich mir gesagt, die will mich wohl überwachen? Ich hab mich ein bisschen geärgert, denn das war einfach lästig, Mann. Am zweiten Tag hat sie mir dann Fragen gestellt. Wollte wissen, ob ich eine Freundin hätte, ob ich lustig sei, ob ich schon mal jemanden geküsst hätte, all so was. Ich wurde ein bisschen verlegen, über so was redet man doch nicht mit 'ner Frau, oder? Und nachdem wir uns eine Weile darüber unterhalten hatten, meinte sie plötzlich, sie müsste pissen. Dann hat sie vor mir ihren Rock gelupft und angefangen zu pinkeln, man hat alles gesehen.«

»Klasse!«

»Während sie gepinkelt hat, hat sie mich angeschaut. Gefällt dir das, mir beim Pissen zuzuschauen?, hat sie mich gefragt. Ich hab genickt und gespürt, wie mein Schniepel in der Hose gewachsen ist, es war, als wär der Kerl bei dieser Frage plötzlich aufgewacht. Ich glaub, da hab ich kapiert, was das Mädchen von mir wollte. Sie war ein ganz schönes Luder. Als sie mitgekriegt hat, dass mein Schniepel ganz fett ist, kam sie näher. Sie hat ihren Pullover ausgezogen und ihre Haubitzen freigelegt. Das waren vielleicht ein paar Melonen, so was Tolles hatte ich noch nie gesehen. Sie hingen ein bisschen und hatten riesige, rote Brustwarzen mit ganz festen Spitzen. Dann hat sie mir ganz langsam die Hosen ausgezogen und sich mit ihrem Mund über meinen Schniepel hergemacht.«

»Gibt's denn so was! Wieso hatte ich nie so eine Nachbarin, verdammt?«

»Also hatte ich jedes Mal meinen Spaß, wenn ich zu Maria do Céu arbeiten ging. Sie hat mir alles beigebracht, was man wissen musste, und war ganz scharf aufs Vögeln. Es verging kein Tag, an dem sie meinen Schwanz nicht gewollt hätte. Sogar wenn sie die rote Minna hatte, wollte sie vögeln. Sie hat so heftig geblutet, dass sie aussah wie ein Schwein am Schlachttag, aber sie hat keine Ruhe gegeben, wollte die volle Dosis. Es gab nur eins, was merkwürdig war. Sie bestand

drauf, dass ich nur am Vormittag komme. Nicht am Nachmittag. Nur vormittags. So hab ich mich also ein Jahr lang jeden Morgen vergnügt, weil Maria da Céu so geil war.« Matias spuckte auf den Boden und versuchte, die letzten Reste des säuerlichen Geschmacks loszuwerden. Eines Tages kam ihr Mann zurück, und ich bin nicht mehr hingegangen. Der Mann wollte ein paar Tage bleiben. Nach einer Woche gab es dann einen Riesenskandal, die Nachbarn riefen: Polizei, Polizei! Da hatte der Kerl seine Frau umgebracht!«
»Oje!«, rief Baltazar erschrocken aus. »Sag bloß, er hat rausgekriegt, dass seine Frau was mit dir hatte.«
»Das mit mir nicht. Aber offensichtlich hat er mitgekriegt, dass es Männer gab, die bei ihr ein und aus gingen. Der Seemann kam ins Gefängnis, und ich bin ein letztes Mal hingegangen. An der Tür war ein riesiger Menschenauflauf, die Frauen haben geschnattert wie wild gewordene Hühner, und die Leiche von Maria du Céu lag blutüberströmt auf dem Boden. Der Typ hatte wie wild auf sie eingestochen, man sah noch die Messerstiche in Brust und Bauch, ein trauriger Anblick.«
»Und dann?«
»Nichts weiter. Es war der erste tote Mensch, den ich gesehen habe, mehr nicht.« Sie hörten einen lauter werdenden Pfeifton, zogen den Kopf ein und spürten, wie die Granate zweihundert Meter hinter ihnen explodierte. Sie wandten sich um, betrachteten die Rauch- und Staubwolke, die zum Himmel aufstieg, und nach einem kurzen Zögern sah Matias den Freund erneut an. »Es war ein bisschen eklig, sie so tot zu sehen, sie sah aus wie eine Puppe, und ich konnte mir irgendwie gar nicht vorstellen, dass dieser reglose Körper, der nun bei meinem Anblick nicht mehr reagierte, einmal so voller Glut und Hunger gewesen war. Sie hat ja nie Ruhe gegeben. Aber am merkwürdigsten war, dass ich in mir drin überhaupt nichts empfunden habe. Natürlich hatte ich Mitleid, ich hab sogar für sie gebetet, schließlich war sie ein gutes Mädchen. Ein Mordsluder zwar, aber ein gutes Mädchen. Nur hat es mir nichts ausgemacht, dass sie abgekratzt ist, ich war nicht mal traurig darüber.«
Er holte die Schachtel *Woodbine* aus der Hosentasche. »Fluppe gefällig?«

»Her damit.«
Matias reichte dem Freund eine Zigarette und steckte sich selbst eine in den Mund.
»Ein Jahr später hab ich dann bei einer Unterhaltung mit einem Nachbarsjungen, dem Lourenço, was ziemlich Verrücktes rausgefunden.«
»Was denn?«
»Irgendwann kamen wir, ich weiß gar nicht, wie, auf Maria do Céu. Da schaute er plötzlich ganz verlegen drein und hat mir etwas ängstlich erzählt, dass er mit ihr seinen ersten Sex hatte.« Er zündete mit einem Streichholz die Zigarette an und stieß die erste Rauchwolke aus. »Er war immer nachmittags da.«

Afonso und Joaquim folgten der Stafette, und der Hauptmann war etwas nervös wegen der erhaltenen Einladung. Sie marschierten erneut die Picantin Road entlang und bogen dann in die Rue du Bacquerot ab, gingen weiter Richtung Süden, am Red House vorbei, und dann rechts in die Harlech Road. Kurz vor der Rue de Paradis bogen sie nach links ab und gelangten schließlich nach Laventie, wo sie das Gebäude aufsuchten, in dem die Minho-Brigade während ihres Einsatzes im Abschnitt Fauquissart, an der Nordspitze der portugiesischen Linien, ihr Hauptquartier hatte. Die Stafette wurde entlassen und Afonso wandte sich an den Unteroffizier am Gebäudeeingang und erklärte ihm, dass er mit Oberstleutnant Mardel sprechen wolle. Dieser wollte seinen Ausweis sehen und bat ihn zu warten. Kurz darauf kam er wieder und wies auf eine offene Tür. Afonso spähte durch den Spalt und erblickte Mardel.
»Darf ich reinkommen, Herr Oberstleutnant?«
»Mein lieber Herr Hauptmann«, rief Mardel überschwänglich aus, erhob sich von seinem Schreibtischstuhl und kam zur Tür. »Seien Sie mir willkommen.«
Afonso salutierte, und Mardel reichte ihm die Hand.
»Ich bin gleich gekommen, als man mich gerufen hat.«
»Danke, danke«, erwiderte Mardel und wies auf einen Stuhl. »Nehmen Sie Platz und fühlen Sie sich wie zu Hause.«
Der Hauptmann machte es sich auf dem Stuhl bequem und versuchte,

seine Nervosität zu verbergen. Mardel setzte sich wieder auf seinen alten Platz.
»Wollen Sie einen Kaffee?«, fragte der Oberstleutnant und lehnte sich zurück.
»Ja, bitte.«
Mardel wandte sich in Richtung Bunkereingang. »Duarte«, rief er. Der Unteroffizier erschien an der Tür.
»Ja, Herr Oberstleutnant?«
»Bring uns zwei Kaffee. Aber richtig heißen, ja?«
»Jawohl, Herr Oberstleutnant.«
Der Unteroffizier verschwand, und Mardel wandte sich Afonso zu.
»Nun, wie läuft es bei Ihnen?«
»Es geht so«, erwiderte Afonso. Er griff in seine Tasche und zog den Bericht über die letzten vierundzwanzig Stunden hervor, denn er wusste, dass der Oberste Kommandierende das Schriftstück mit großem Interesse lesen würde. »Wollen Sie den Bericht haben?«
»Ja«, sagte Mardel und streckte die Hand aus. »Lassen Sie sehen!«
Der Oberstleutnant nahm das Blatt, faltete es auseinander und las es aufmerksam durch. »Eine Patrouille hat also Probleme beim Stacheldraht der Boches festgestellt«, sagte er mit einem Lächeln.
»Ja, Herr Oberstleutnant«, bejahte Afonso. »Im Abschnitt Wick Salient.«
»Dem muss man nachgehen«, bemerkte er geheimnisvoll.
Da kam der Unteroffizier mit zwei dampfenden Kaffeetassen und einer Zuckerdose auf einem Tablett herein. Er stellte die Tassen auf den Tisch und verschwand wieder. Die beiden Offiziere taten Zucker in ihren Kaffee, rührten um und nahmen einen Schluck.
»Wunderbar«, rief Mardel aus.
»Ganz köstlich«, stimmte der Hauptmann zu und spürte, wie der heiße, zuckerige Nachgeschmack seinen Mund versüßte.
Mardel setzte seine Tasse ab.
»Haben Sie vorhin den Luftkampf beobachtet?«
»Ja, Herr Oberstleutnant. Ein heißer Kampf.«
»Richtig. Das war es«, stimmte Mardel zu. »Aber wissen Sie auch, was wirklich bedeutsam an dem war, was wir am Himmel gesehen haben?«

»Der Sieg des englischen Flugzeugs, Herr Oberst?«
»Nein, Herr Hauptmann. Das war schön, aber nicht das Wichtigste. Das Bedeutungsvollste war das Verhalten des ersten deutschen Flugzeugs. Ist Ihnen da nichts Merkwürdiges aufgefallen, Herr Hauptmann?«
»Es ist geflüchtet, als es das englische Flugzeug sah.«
»Nein. Das ist zwar wichtig, aber nicht das Merkwürdigste. Wirklich ungewöhnlich ist, dass es nicht das Feuer auf unsere Linien eröffnet hat. Sie wissen bestimmt, was das bedeutet.«
Afonso rutschte auf seinem Sessel hin und her. Diese Fragetechnik war ihm unangenehm, er fühlte sich in die Grundschule von Rio Maior zurückversetzt, wo er gezwungen gewesen war, auf die Fragen des Lehrers zu antworten, nur dass es diesmal nicht Manoel Ferreira war, der ihn mit der Schulfibel testete, sondern sein Vorgesetzter.
»Es war ein Aufklärungsflug«, sagte er schließlich, in der Hoffnung, nichts Falsches zu sagen.
»Richtig. Mit der Mission, unsere Linien von der Luft aus zu beobachten und vermutlich auch Fotos zu machen. Und bestimmt hat er deshalb den Kampf vermieden, denn Kampf war nicht seine Mission. Doch wissen Sie, was mich wirklich daran beunruhigt, mich und alle anderen vom Kommando des Expeditionskorps?«
»Nein, Herr Oberstleutnant.«
»Was uns verwirrt, ist, dass wir ein steigendes Interesse der Deutschen an uns bemerken. Sie haben ihre Patrouillen verschärft, es tauchen immer mehr Aufklärungsflugzeuge auf, man sieht deutsche Offiziere, die uns mit dem Fernglas ausspähen. Kurzum, sie studieren uns, und wir werden langsam nervös.«
»Die Boches studieren das Portugiesische Expeditionskorps?«
»Richtig, Herr Hauptmann.«
»Und wissen Sie, mit welcher Absicht?«
»Nein. Wir nehmen an, dass sie einen Sturmangriff planen, aber das sagen wir einfach so. Eigentlich wissen wir es nicht.«
Sie nippten ein weiteres Mal an ihrem Kaffee, und der Hauptmann wunderte sich über die knappen Aussagen seines sonst so wortgewandten Vorgesetzten. Afonso setzte seine Tasse ab und sprach den Satz aus, den er als Schlüsselsatz für diese Unterhaltung betrachtete.

»Wir werden herausfinden müssen, was los ist.«
»Richtig, Herr Hauptmann«, stimmte Mardel, plötzlich ganz ernst geworden, zu, wobei er das Wort »richtig« betonte und langsam aussprach. Dann beugte der Oberstleutnant sich nach vorne und sah seinem Gesprächspartner fest in die Augen. »Darüber grübeln wir schon seit ein paar Tagen, aber das Verhalten des ersten deutschen Flugzeugs hat nun sämtliche Zweifel beseitigt. Deshalb haben wir eine Entscheidung getroffen. Wir müssen einen Sturmangriff auf die feindlichen Linien durchführen, und ich will, dass Sie den Plan dafür ausarbeiten.«
»Ich, Herr Oberstleutnant? Warum ich?«
»Warum nicht Sie? Haben Sie Angst?« Die Frage war eine Herausforderung, eine Provokation, das Infragestellen seiner Mannhaftigkeit, und Afonso begriff, dass er keine andere Wahl hatte. Er seufzte. »Angst haben wir alle, Herr Oberstleutnant. Aber ich werde diesen Plan gern ausarbeiten und auch durchführen.«
Da strahlte Mardel über das ganze Gesicht.
»Ich wusste, dass ich mich auf Sie verlassen kann, Hauptmann Brandão«, sagte er. »Ich werde General Simas ihre Bereitschaft mitteilen. Er wird sich freuen.«
General Simas war der Kommandeur der zweiten Division, und ebenso wie General Gomes da Costa von der ersten Division lediglich General Tamagnini Abreu, dem Kommandeur des Expeditionskorps, Rechenschaft schuldig.
»Und Major Montalvão?«, fragte Afonso, der sich sorgte, der Kommandeur des achten Infanteriebataillons könnte übergangen werden. Schließlich wollte er keine Probleme mit seinem Vorgesetzten.
»Ich habe soeben mit ihm gesprochen und ihn gebeten, mir die Ehre zu erweisen, Sie auffordern zu dürfen, den Sturmangriff vorzubereiten«, sagte Mardel. »Und wie Sie sehen, hat er zugestimmt.«
»Na schön«, sagte der Hauptmann. »Was ist das taktische Ziel dieser Operation?«
»Der Plan verfolgt drei Ziele«, zählte Mardel, noch immer in diesem knappen Stil, an seinen Fingern auf. »Erstens: Gefangene machen zwecks neuer Informationen. Zweitens: dem Feind unsere Kampfkraft zeigen. Drittens: die Moral unserer Truppen stärken.«

»Die Moral unserer Truppen stärken?«
»Richtig. Wie Sie wissen, sind unsere Leute schon zu lange an der Front und haben es langsam satt. Lissabon schickt keinen Nachschub, und deshalb können wir den Leuten nicht freigeben. Da wir nichts Besseres zu bieten haben, könnte ein spektakulärer Angriff die Leute vielleicht wieder aufbauen.«
»Verstehe«, sagte Afonso ohne große Überzeugung. Er trank seinen letzten Schluck Kaffee und setzte die Tasse langsam ab. »Wann wollen Sie diese Operation durchführen?«
»In einem Monat«, bestimmte Mardel. »Hetzen Sie sich nicht, studieren Sie die Sache gründlich, beobachten Sie das Gelände, suchen Sie die Schwachstellen beim Feind, legen Sie das Vorgehen fest. Die erste Februarwoche ist bald vorbei, und Sie müssen den Sturm wirklich in allen Einzelheiten planen. Er soll ungefähr in der ersten Märzwoche stattfinden. Wenn Sie alles studiert haben, kommen Sie zu mir wegen der Unterschrift.«
Der Oberstleutnant erhob sich von seinem Stuhl, und Afonso tat es ihm gleich. Mardel reichte ihm die Hand, sie verabschiedeten sich, und der Hauptmann verließ den Posten von Laventie. Nachdenklich kehrte er zu seinem Unterstand zurück, die Augen sorgenvoll in die Ferne gerichtet.

XII

Agnès war müde. Dennoch bemühte sie sich zu lächeln, wenn sie durch die Krankenstation ging. Sie hatte die ganze Nacht über Dienst gehabt, und ihre Schicht näherte sich dem Ende, aber den Patienten gegenüber musste sie trotzdem einen frischen Eindruck machen. Es war wichtig für die Moral der Genesenden. Außerdem liebte sie ihre Arbeit. Seit Kriegsbeginn hatte sie sich nicht mehr so nützlich, so gebraucht und am Leben teilhabend gefühlt, daher nahm sie die Müdigkeit gern in Kauf. Ihr Kindheitstraum war in Erfüllung gegangen, endlich war sie Florence Nightingale, der tröstende Engel, über einem Abgrund aus Schmerz und Leid schwebend.
Diesen Wandel in ihrem Leben verdankte sie dem Hauptmann. Dank seiner Beziehungen hatte sie vor einer Woche ihren Dienst im Krankenhaus für Allgemeinmedizin und Chirurgie angetreten, das im Bereich der Nachhut lag, und so der Langeweile des Generalquartiers von St. Venant und den unangenehmen Nachstellungen Leutnant Trindade Ranhosos entfliehen können. Der Hauptmann hatte anfangs versucht, sie in einem der beiden Feldlazarette, dem Lazarett Nr. 1 von Merville oder dem Lazarett Nr. 2 von St. Venant, unterzubringen, beide mit einer Kapazität für zweihundert Patienten und bestehend aus jeweils acht Zelten, doch Agnès hatte darauf bestanden, so weit wie möglich von Ranhoso wegzukommen, und das Krankenhaus für Allgemeinmedizin und Chirurgie war ihr am geeignetsten erschienen. Sie hatte sich schnell an die Arbeit und die Patienten sich an sie gewöhnt. Es kam nicht so oft vor, dass unter all den Soldaten eine so schöne Frau herumtänzelte, die hier ein nettes Wort, da eine kleine Liebkosung und dort ein bezauberndes Lächeln für die Patienten übrighatte. Selbst wenn sie nur durch die Krankenstation lief, war das für die Bettlägerigen ein wundersames Elixier. Obwohl sie Medizin

studiert hatte, sah sie sich nur als Krankenschwester und übte diese Rolle gern und engagiert aus. Sie sprach kein Portugiesisch, doch die Soldaten versuchten sich in dem komischen Französisch der Schützengräben, und das schien auszureichen. *Moi pas bonne, Mademoiselle bonne, boches méchants*, das waren die Sätze, die nun ihre täglichen Unterhaltungen bestimmten.
An diesem Morgen eilte Agnès durch die Station, da der Hausmeister ihr mitgeteilt hatte, dass ein Offizier sie an der Krankenhauspforte zu sprechen wünsche. Sie nahm zwar an, dass es sich um Afonso handelte, dass ihr Portugiese aus den Schützengräben zurückgekehrt war, doch es gab auch die beängstigende Möglichkeit, dass es eine schlechte Nachricht war, dass ein Freund des Geliebten ihr die Hiobsbotschaft überbringen wollte. Sie befürchtete täglich, dass das, was sie mit Serge erlebt hatte, sich mit Afonso wiederholen könnte, dass sie ein Schreiben mit unbekanntem Absender erhielte, ein schwarzgerändertes Telegramm, das ihr Leben zerstören würde. Allein der Gedanke daran erfüllte sie mit Angst und Sorge. Sie rannte fast zum Portal, und ihr Herz schlug heftig in ihrer Brust.
Als sie an der Pforte angelangt war, hielt sie unter dem Vordach inne und seufzte erleichtert auf. Sie sah ihn auf der Treppe sitzen, die Mütze in der Hand, die Augen geschlossen, den Kopf nach hinten gelehnt, um die frische Morgenbrise zu genießen und sich vom melodischen Zwitschern der Meisen und Lerchen einlullen zu lassen, die um die Linden flatterten. Mit geschlossenen Augen sandte sie ein kurzes Dankgebet zum Himmel und rannte schließlich auf ihn zu, umarmte und küsste ihn, hin- und hergerissen zwischen der Freude, ihn wohlbehalten wiederzusehen, und der Verpflichtung, sich im Bereich des Krankenhauses gesittet zu benehmen.
»Du hast mir gefehlt«, flüsterte sie ihm ins Ohr.
»Meine kleine Süße« war alles, was er bei dieser innigen Umarmung herausbringen konnte.
»Geht's dir gut?«
Er bejahte mit einem Kopfnicken. Da nahm er den zarten Duft des *Chypre* wahr und lächelte. Es war das Parfum, das er ihr in Paris geschenkt hatte. Die Französin streichelte ihm übers Haar und löste sich langsam von ihm. Dann nahm sie seine Hand und zog ihn hoch.

»Los komm, ich zeig dir meine Krankenstation.«

Afonso ließ sich von ihr führen und trat hinter Agnés durch die Eingangstür. Der zarte Duft des *Chypre* verflog augenblicklich, und der Hauptmann atmete den Geruch nach Äther und Desinfektionsmittel ein. Das Krankenhaus entpuppte sich als hässlich und kalt, bestehend aus langen Fluren mit geteerten Wellblechwänden. Alles wirkte metallisch und schwarz. Die Holzdielen knarrten, als er darauf trat, durch die offenen Fenster drang hell das Tageslicht, während die Wellblechwände es nur durch die Ritzen durchließen. Das Mobiliar war aus Eisen oder Glas und in rudimentärem Jugendstil gehalten, hier eine Vase mit duftenden Rosen oder Ähnlichem, dort eine an die Wand geheftete Zeitschrift mit einer Titelblattschönheit. Auf den Fluren herrschte ein reges Treiben, man sah unzählige Pfleger, eine Handvoll Ärzte und jede Menge Hilfspersonal, die alle geschäftig durch die Gänge eilten und von schweigenden Patienten beobachtet wurden. Einige davon husteten beängstigend, andere ließen auf ihren Stühlen die Stümpfe der amputierten Beine baumeln.

»Heute werden hier Betten geräumt«, erklärte sie. »Wir schicken einige Patienten ins Krankenhaus von Hendaya, deshalb ist alles ein bisschen chaotisch.«

»Vielleicht sollte ich es mir doch besser an einem anderen Tag ansehen …«

»Nein, bleib ruhig. Die Lastwagen, die die Patienten zum Bahnhof bringen, kommen erst in zwei Stunden.«

»Zum Bahnhof?

»Ja, natürlich. Hendaya liegt in der Nähe der spanischen Grenze.«

»Das ist aber weit.«

»*Oui.* Hier versteht auch keiner, warum das portugiesische Heer sein Hauptkrankenhaus ausgerechnet in Hendaya errichtet hat. Aber so ist es nun mal.«

Sie kamen an eine Tür, und sie ließ seine Hand los.

»Das ist meine Krankenstation«, verkündete sie und sah ihn eindringlich an. »Alle hier internierten Patienten haben Tuberkulose.« Sie hob ihren Zeigefinger. »Und jetzt hör mir mal gut zu. In dieser Krankenstation bin ich nicht deine Agnès. Ich bin die Krankenschwester, die diese bettlägerigen Patienten nicht nur versorgt, sondern auch ihre Träume und Phantasien nährt, und vor allem ihren Willen, gesund zu werden. Deshalb also keinerlei Intimitäten vor den Kranken, ist das klar?«

»Na ja …«

»Ist das klar?«

»Hm … ja.«

Nach dieser Ermahnung riss Agnés, offensichtlich zufrieden mit Afonsos zögerlicher Antwort, die Tür auf und betrat mit ihm die Krankenstation. Es war ein großer, heller Saal mit zahlreichen, in parallelen Reihen angeordneten Betten und einem Durchgang in der Mitte. Diesen Gang betrat Agnés nun mit dem Hauptmann, der sich fast an sie zu klammern schien. Die Luft war erfüllt von Husten, in einigen Fällen lang anhaltend, in anderen trocken; manche Patienten hatten kleine Pfännchen auf dem Nachttisch stehen, in die sie abhusten konnten, andere stöhnten leise. Die französische Krankenschwester zeigte mit professionellem Gesichtsausdruck auf einen schlafenden Patienten linker Hand.

»Der hier ist sehr schwach, hat ständig Fieber, und ich weiß nicht, ob er durchkommt.« Dann deutete sie nach rechts, auf einen Patienten, der unaufhörlich hustete. »Dem geht es ein wenig besser, aber auch er ist kritisch.« Der Nächste lag auf der linken Seite, mit eingegipstem Bein. »Das da ist ein kurioser Fall. Er war erst bei den Traumatisierten, weil ihn ein Bombensplitter fast das Bein gekostet hätte. Als es ihm gerade wieder besserging, hat er sich eine Tuberkulose eingefangen. Aber er kommt durch.«

»*Mademoiselle*«, rief jemand von der rechten Seite. »*Moi pas bonne. Massage, s'il vous plaît.*«

»Später, Luís, später«, erwiderte die Krankenschwester. Sie wandte sich an Afonso und lachte. »Das ist vielleicht ein Spaßvogel, er erzählt mir immer, dass er mich heiraten will, wenn der Krieg vorbei ist.«

»Ach wirklich?«

»Du brauchst aber nicht eifersüchtig zu sein, mein Liebling«, sagte Agnès lächelnd. »Er ist fast gesund und wird bald entlassen, also wird er mir keine schönen Augen mehr machen können.«

Der Hauptmann war nicht begeistert, blieb jedoch ruhig. Er wusste, dass es unvermeidbar war, dass seine Französin, so hübsch, wie sie war, in dieser nach Frauen lechzenden Männerwelt mit Anzüglichkeiten bedacht wurde. Es fiel ihm lediglich schwer, dies mit ansehen zu müssen. Doch er hielt sich zurück, es half ja nichts, schließlich konnte er den frechen Patienten nicht einfach ohrfeigen.

»Was hier am meisten fehlt, sind Spaßvögel«, fügte sie nach einer kurzen Pause hinzu.

Die Krankenschwester schritt weiter durch den Mittelgang der Krankenstation, hielt am Ende inne und betrachtete einen Patienten in einem Bett. Sie legte ihm die Hand auf die Stirn und strich ihm übers Haar. Das Lächeln, das ihre Lippen soeben noch umspielt hatte, verschwand. Der Soldat atmete äußerst mühsam, keuchend und angestrengt, die tief liegenden Augen wirkten leblos, und die Haut war trocken wie Pergament. Die Wangenknochen stachen aus dem mageren, bleichen Gesicht hervor, und er wirkte wie eine Mumie. Afonso spähte in das Pfännchen auf dem Nachttisch und stellte fest, dass es blutigen, schmierigen Auswurf enthielt. Die Krankenschwester sah den Hauptmann resigniert an.

»Er wird nicht durchkommen, der Kleine«, murmelte sie. »Wahrscheinlich übersteht er nicht mal den heutigen Tag.«

Sie gab dem sterbenden Patienten zu trinken und verließ anschließend die Krankenstation. Der Offizier folgte ihr.

»Sterben denn viele?«, wollte Afonso wissen.

»Einige schon, aber nicht so viele«, erwiderte Agnès. »Ein Drittel der krankheitsbedingten Todesfälle gehen auf Tuberkulose zurück, das ist die tödlichste Krankheit. Danach kommen die Hirnhaut- und die Lungenentzündungen. Aber wir haben auch viele Fälle von absoluter Erschöpfung und Anämie, die die Soldaten so schwächen, dass sie nicht mehr an die Front zurückkönnen.«

»Sind das die gängigsten Krankheiten?«

»Ja«, sagte die Französin. Sie zögerte kurz und fügte dann leise und hastig hinzu, »Es gibt noch die Geschlechtskrankheiten, aber diese Patienten kommen in ein anderes Krankenhaus.«

»Sterben die Soldaten euren Statistiken nach eher an Krankheiten oder mehr im Kampf?«

»Mehr im Kampf. So weit ich das überblicken kann, sterben drei Viertel der Soldaten im Kampf und nur ein Viertel an Krankheiten.«

»Und Kriegsverletzte?«
»Die haben wir natürlich auch. Sie liegen auf einer anderen Station oder werden in die englischen Krankenhäuser verlegt, in das 39th Stationary Hospital oder das General Hospital seven, und anschließend bleiben sie in der Reservedivision der Genesenden.«
Ein Pfleger kam an ihnen vorbei, der ein Bett vor sich herschob, in dem ein Mann lag, dem der linke Arm fehlte. Der Stumpf war an der Schulter eingegipst, das weiße Laken mit getrocknetem Blut befleckt.
»Welche Verletzungsart ist denn am häufigsten?«, fragte Afonso, ohne die Augen von dem verstümmelten jungen Mann abwenden zu können.
Agnès überlegte.
»Die Gasopfer machen ungefähr vierzig Prozent der Verletzungen aus, das gibt es ganz, ganz oft. Zwar stirbt man vom Gas nicht so leicht, aber die Soldaten tragen doch unheilbare Verletzungen in der Lunge und sogar in anderen Organen davon. Und alles nur deshalb, weil sie keine Gasmasken aufsetzen, oder sie falsch verwenden oder zu früh wieder abnehmen.« Sie schwieg erneut. »Dann gibt es noch ungefähr zehn Prozent, die bei Unfällen verletzt werden. Aber erwiesen ist, dass die Hälfte der Verletzten, die hierherkommen, von Kampfgeschossen getroffen wurden. Größtenteils kriegen sie Bombensplitter ab, und das sind schreckliche Verletzungen. Ich hab mal einen gesehen, der sein Kinn verloren hat, er tauchte hier ganz lebendig auf, nur fehlte ihm die Hälfte vom Gesicht …«
Afonso wurde auf einmal übel. Das hier war keine bloße Abstraktion, sondern eine mögliche Zukunft, eine Wirklichkeit, die bald schon für ihn gelten konnte, unwiderruflich und endgültig. Angst überfiel ihn, und er beschloss, das Krankenhaus zu verlassen. Er wollte nichts mehr sehen und hören, Panik stieg in ihm auf, Platzangst schnürte ihm den Atem ab. Es war ein schlechtes Omen, an diesem Ort des Leids zu sein. Was für eine dumme Idee war es doch gewesen, hierherzukommen. Er musste weg, raus hier, flüchten. Er murmelte eine fadenscheinige Entschuldigung, verabschiedete sich mit einem flüchtigen Kuss von Agnès und lief zur Tür. Draußen rannte er los, rannte aus Angst, aus Furcht, rannte, als hänge von diesem Lauf sein Leben

ab. Er hielt erst wieder inne, als er keuchend an dem Hudson angelangt war, den man ihm in La Gorgue, dem Generalquartier der zweiten Division, geliehen hatte.
Dort blieb er am Steuer sitzen, kalte Schweißtropfen auf der Stirn, die Augen starr auf das Portal des Krankenhauses für Allgemeinmedizin und Chirurgie gerichtet, und wartete darauf, dass die Frau, die er liebte, Schichtende hatte.

Afonso wurde in La Gorgue eine Beurlaubung zugestanden, damit er, ohne sich um die Tagesgeschäfte kümmern zu müssen, den Plan für den Sturm ausarbeiten konnte. Agnès gegenüber ließ er jedoch nichts über den Auftrag verlauten, rechtfertigte seine plötzliche Bewegungsfreiheit damit, Sonderurlaub erhalten zu haben, um im Rahmen seiner bürokratischen Aufgaben diverse Vorgänge zu bearbeiten. Er sah keinen Sinn darin, ihre Angst noch zu vergrößern und ihr Glück, ihn um sich zu haben, zu zerstören.
Der Hauptmann studierte ein paar Tage lang Luftaufnahmen und identifizierte sämtliche Kommunikationsgräben des feindlichen Abschnitts, einschließlich deren Verzweigungen und Kreuzungen. Ferner untersuchte er die Lage der Minen, soweit bekannt, die Positionen von Scharfschützen, MG-Nestern, Mörsern und der Artillerie. Dies war ein äußerst kompliziertes Unterfangen, zumal sich die Analyse des Geländes aus der Vogelperspektive als sehr schwierig erwies. Man sah nur Krater, Flecken und Zickzacklinien. Es war so verwirrend, dass Afonso beschloss, Tim Cook um Hilfe zu bitten.
»Du weißt doch«, erklärte ihm der englische Leutnant, »die Dinge sehen von oben betrachtet ganz anders aus als vom Boden.«
»Aber wie soll ich das hier nur verstehen?«, rief Afonso verzweifelt und zeigte Tim eine Luftaufnahme des Niemandslands und der deutschen Positionen gegenüber von Fauquissart.
Tim schnappte sich das Foto und untersuchte es eingehend.
»Wir haben Spezialisten, die machen ihr Leben lang nichts anderes, als die Linien zu untersuchen, die wir den *Jerries* abgewonnen haben, um dann die Bodenperspektive mit der Vogelperspektive zu vergleichen«, murmelte der Engländer, während er noch immer das Foto studierte. »So lernen sie zu verstehen, wie etwas aussieht, wenn es

von oben betrachtet wird.« Er zeigte auf eine Zickzacklinie. »Siehst du das da? Das sind Schützengräben.«
Afonso seufzte ungeduldig.
»Danke, Tim«, erwiderte er ironisch. »So weit war ich auch schon. Das Problem ist der Rest.«
Der Leutnant deutete auf einen Krater.
»Das hier ist eine MG-Position und das ein Artillerieposten«, versicherte er.
»Woher weißt du das?«, fragte Afonso, der das Foto genauestens betrachtete, verwundert. »Ich sehe da nur einen Krater, und keine Spur von einem MG oder einer Kanone.«
»Du darfst nicht vergessen, dass ich lange Zeit mit Luftfotografie zu tun hatte, als ich im Royal Flying Corps geflogen bin.« Er zeigte auf einen Punkt auf dem Bild. »Siehst du diese hellere Linie da, die aus dem Krater rauskommt?«
»Ja?«
»Das ist der Beweis, dass es nicht irgendein x-beliebiger Krater ist. Diese Linie ist ein Weg, und er bedeutet, dass der Krater eine Verwendung hat. Und ich meine keine Verwendung wie Kartoffeln pflanzen, nein, bestimmt nicht. Ich meine MGs und Artillerie.«
»Hm«, war alles, was Afonso herausbrachte.
»Und das hier, siehst du das?«, fragte Tim und zeigte auf weitere Flecken. »Das sind Unterstände und Latrinen. Und da ist Stacheldraht.«
Als er die Fotos interpretiert und die Informationen auf die Landkarte übertragen hatte, besuchte Afonso die Linien, um die Region zu erkunden, von der aus die Operation gestartet werden sollte. Er notierte, wo es Entwässerungskanäle gab, wo der Übergang schwierig war, wo Bäume standen, wo Stacheldraht war und wo es für den Notfall schützende Krater gab. Mit einem Entfernungsmesser maß er mit Hilfe einer ausgeklügelten Messtechnik namens Triangulation die Entfernungen. Er inspizierte Artillerieposten und MG-Nester, untersuchte ihre Schusspositionen und studierte Berichte über frühere Operationen gegen feindliche Positionen, um aus deren Fehlern und Erfolgen zu lernen.
Das Zusammenleben mit Agnès nahm inzwischen die Form eines echten Ehelebens an. Die Französin wohnte nun nicht mehr im Hotel

von Merville. Sie hatte den Anbau einer Villa angemietet, die im Umland von Béthune lag, jener wichtigen Gemeinde ganz im Süden des Expeditionskorps-Abschnitts. Dort befand sich das Generalquartier des ersten Korps des ersten Britischen Heeres, das die Linien rechts der portugiesischen Streitkräfte absicherte, südlich von Ferme du Bois. Da Afonso Sonderurlaub genoss, übernachtete er stets in Béthune und führte fast so etwas wie eine Ehe mit der Französin. Er besorgte für sie portugiesische Spezialitäten, die er in der Militärkantine kaufte, und brachte so den Geschmack seiner Heimat nach Flandern. Agnès lernte den vollmundigen roten *Ermida*-Wein kennen, den weißen *Bucellas* und den grünen *Amarante,* alle für weniger als zwei Francs erstanden, und außerdem einen Portwein aus dem Jahre 1870, für den er acht Francs bezahlte. Er ließ sie auch den *Ginja*-Kirschlikör probieren, den er für fünf Francs kaufte, und auch die Kekse der Marke *Maria,* von denen eine Kilo-Dose die astronomische Summe von achtzehn Francs kostete. Sie tranken *Vidago-Sabrozo*-Wasser, und der Hauptmann brachte ihr portugiesischen Trockenfisch mit, den er zu einem Kilopreis von vier Francs fünfzig erstanden hatte, und lehrte sie, diesen mit Hilfe eines Rezeptes zuzubereiten, das Matos, der Bataillonskoch, ihm auf ein Blatt Papier gekritzelt hatte.

Gelegentlich besuchten die beiden die Zelte des YMCA, um an einer Filmvorführung teilzunehmen. In diesem ausgehenden Winter sahen sie den sensationellen Film *Le mystère d'une nuit d'eté,* ein romantisches Melodram mit Yvette Andreyor, das von Anfang bis Ende nur auf die Tränendrüse drückte, sowie den exotischen Streifen *Cleopatra* mit der sinnlichen Theda Bara in der Hauptrolle. Doch das große Widerstandswerk, *la pièce de résistence,* hatte unweigerlich Charlie Chaplin geschaffen, der nach dem *newsreel,* dem Nachrichtenüberblick der Filmgesellschaft Pathé, zu sehen war und bei den Soldaten in dem überfüllten Zelt schallendes Gelächter auslöste.

Während dieser ganzen Zeit traf der Hauptmann sich mehrmals mit Mardel und Montalvão, um die Lage zu besprechen. Der Oberstleutnant hielt ihn auf dem Laufenden über die aktuellen Vorkommnisse, und in der Tat gab es zunehmend mehr zu berichten. Die verschiedenen Bataillone hatten eine erhöhte Aktivität bei den feindlichen

Patrouillen und der Artillerie festgestellt, was ab Ende Februar besonders auffällig war.

»Die Boches wissen, dass wir völlig erschöpft sind«, verriet Mardel ihm mit besorgtem Gesichtsausdruck und verwies auf Berichte und anderes Informationsmaterial in seiner Hand. »Herr Hauptmann, ich brauche baldmöglichst Ihre Operation.«

»In ein paar Tagen kann ich Ihnen den Plan vorlegen«, versprach Afonso. »Glauben Sie, dass die Zunahme der feindlichen Aktivitäten etwas zu bedeuten hat?«

»Ganz bestimmt. Die hecken irgendwas aus. Was genau, weiß ich nicht, aber dass sie etwas aushecken, ist sicher.«

Afonso kehrte an die Linien zurück, um letzte Hand an seinen Plan anzulegen. Er wusste, dass er, bevor er ihn vorlegen konnte, selbst eine Patrouille im Niemandsland durchführen musste, um das Terrain zu erkunden. Normalerweise war dies Aufgabe der Soldaten, schließlich führten die portugiesischen Streitkräfte mehr als zehn Patrouillen pro Nacht durch. Offiziere nahmen nur selten daran teil. Aufgestachelt durch Auseinandersetzungen mit Cenoura und bestrebt, den Plan für den Sturmangriff gründlich auszuarbeiten, beschloss der Hauptmann dennoch, in drei Tagen selbst eine Patrouille anzuführen. Er traf sich mit Feldwebel Rosa und befahl ihm, eine kleine Truppe von Männern für diese Aktion zusammenzustellen.

»Ich will diesen Halbstarken, der mit der Luísa umgehen kann«, sagte er ihm gleich zu Anfang.

»Wen, Herr Hauptmann?«

»Diesen Halbstarken, diesen Großen da …«

»Den Zugführer Matias Grande, Herr Hauptmann?«

»Ja, den meine ich. Was halten Sie von ihm?« Der Matias ist ein guter Mann und ein guter Soldat. Er ist stark wie ein Stier und zeigt nie Angst, bei dem haben die Boches nichts zu lachen. Die Mannschaft mag ihn, sie fühlt sich sicher, wenn er in der Nähe ist, die Männer kämpfen sogar besser, wenn sie Matias neben sich haben.«

»Dann soll er auf jeden Fall dabei sein. Der und noch ein paar andere.«

»Wie viele Soldaten insgesamt, Herr Hauptmann?«

»Oh, Mann, was weiß ich, ungefähr fünf, sechs, mehr nicht. Das ist kein Sturm, sondern eine Aufklärungspatrouille, das muss unauffällig vonstatten gehen. Also rechnen wir mal, da sind wir beide, der Muskelprotz von Zugführer und dann noch drei. Er zählte an seinen Fingern ab. »Macht sechs.«

»Ich teile die Männer von Matias dafür ein, Herr Hauptmann.«

»Sind die gut?«

»Ja, Herr Hauptmann. Sie haben Sie selbst schon mal befehligt, als die Boches letztes Jahr diesen Angriff in Neuve Chapelle gestartet haben.«

»Ach ja, jetzt weiß ich wieder«, rief Afonso aus und machte ein Gesicht, als erinnerte er sich. »Die waren wirklich gut. Wie heißen sie?«

»Es sind nur drei, Herr Hauptmann. Dieser Zug wurde ziemlich dezimiert, wir müssen sie unbedingt verstärken. Aber Lissabon schickt uns ja niemanden ...«

»Also jetzt sagen Sie schon, wie sie heißen,« rief der Hauptmann ungeduldig aus.

»Da ist einmal der Vicente Manápulas, der ist ein bisschen bockig, beschwert sich oft und ist einer von denen, die sich schnell aufregen. Außerdem sieht er die ganze Zeit nur schwarz, das nervt etwas. Aber wenn es hart auf hart kommt, ist er absolut tapfer, da können Sie sich drauf verlassen. Der Baltazar Velho ist so eine Art Vater für die Gruppe, er sorgt für Trost und Stabilität. Sein Problem ist, dass er ein Vielfraß ist, er denkt nur ans Essen, und bei dieser Corned-Beef-Diät wirkt sich das manchmal ungünstig auf die Moral aus. Und der dritte, der Abel Lingrinhas, ist eher ein ruhiger, in sich gekehrter Typ. Er hat nicht viel Eigeninitiative, macht aber, was man ihm sagt. Und selbst wenn er noch so viel Angst hat, haut er trotzdem nicht ab, wenn es brenzlig wird.«

»Ist gut, die nehmen wir.«

Afonso verbrachte zwei Tage in hektischer Betriebsamkeit, während deren er die Patrouille ins Niemandsland in allen Einzelheiten vorbereitete.

Am Morgen des zweiten März wurde der Hauptmann jedoch von einer Stafette abberufen und musste im Generalquartier der zweiten

Division in La Gorgue vorsprechen, wo man ihn auf einem Stuhl neben dem Eingang Platz nehmen hieß. Er wartete vier Stunden lang, ohne dass man ihm irgendetwas sagte. Gegen ein Uhr kam Eugénio Mardel in das Gebäude gestürmt. Afonso sprang auf und salutierte. Der Oberstleutnant stieß ein übellauniges Grunzen aus und bedeutete ihm mit dem Kopf, ihm zu folgen. Schweigend ging er über den Flur, öffnete die Tür zu seinem Büro und ließ sich schwer auf seinen Sessel fallen. Er seufzte und wartete, bis Afonso sich gesetzt hatte.

»Wissen Sie schon Bescheid über die Scheiße, die heute Morgen passiert ist?«, fragte er schließlich mit müdem Gesichtsausdruck.

»Nein, Herr Oberstleutnant«, antwortete Afonso verwundert. »Was ist denn passiert?«

»Die Boches haben einen Sturmangriff in Neuve Chapelle gestartet, und das ist für uns sehr schlecht gelaufen.« Er schüttelte resigniert den Kopf. »Sie haben alles, was sie hatten, zum Einsatz gebracht. Artillerie, Giftgas, Mörser, MGs. Danach gab es noch ein paar Angriffswellen auf unsere Positionen in Chapigny. Sie konnten die Frontlinie besetzen, sind bis zu den Versorgungslinien vorgedrungen und dort zwei Stunden lang rumspaziert, bis unsere Artillerie sie zum Rückzug gezwungen hat.«

»Haben wir viele Verluste erlitten?«

»Ja.« Er nickte. »Sehr viele. Wir haben über hundert Soldaten verloren.«

»Um Himmels willen!«

»Getroffen hat es das vierte Infanteriebataillon aus Faro und das siebzehnte aus Beja. Man spricht sogar von einem Verlust von hundertfünfzig Männern, wenn man Tote, Verletzte und Gefangene zusammennimmt.« Er machte eine Pause. »Eine Scheiße ist das!«

Afonso betrachtete die Karte der Schützengräben, die in dem Posten an die Wand genagelt war.

»Ich kenne Chapigny gut. Ich war bereits im Dreadnought Post und im Grants Post, der direkt dahinter liegt.«

»Ich war heute den ganzen Vormittag auf einer Sitzung des Oberkommandos. Wir haben die Lage analysiert und unsere Möglichkeiten diskutiert«, sagte Mardel, als hätte er Afonso gar nicht zuge-

hört. Ich habe gute und schlechte Neuigkeiten für Sie. Was wollen Sie zuerst hören?«
Der Mund des Hauptmanns zuckte nervös.
»Vielleicht fangen wir besser mit den Schlechten an.«
»Na schön«, erwiderte Mardel. »General Simas hat mit General Tamagnini über Ihren Sturmangriff gesprochen, und sie haben beschlossen, ihn nicht durchzuführen.«
Afonso seufzte tief. Es klang wie ein Seufzer des Missfallens, ausgestoßen aus Enttäuschung und Frustration, doch in Wahrheit war es ein Seufzer der Erleichterung, denn eigentlich war dem Hauptmann überhaupt nicht danach, mit ungeschützter Brust durchs Niemandsland zu preschen, mitten durch Kugelhagel und Bombensplitter. Und er hatte auch keinerlei Ambitionen auf große Heldentaten. Er wollte nur leben und überleben, doch vor allem wollte er jeden Augenblick auskosten, sich an jedem Moment erfreuen. Er strebte lediglich nach den einfachen Vergnügen des Lebens, nach den kleinen Nichtigkeiten, wollte einen guten *Bacalhau* essen, ein paar Bierchen trinken, auf einem Strohbett schlafen und Agnés lieben. Das Sturmprojekt begeisterte ihn nicht, war lediglich eine militärische Verpflichtung, ein dummes und unnötiges Risiko, die Kapriole eines feigen Nachhutoffiziers, der von Ruhm träumte und dabei fremde Leben aufs Spiel setzte. Doch das konnte er nicht offen aussprechen. Daher spiegelte er Enttäuschung vor.
»Das ist schade«, bedauerte er, seine Freude verbergend. »Können Sie mir sagen, aus welchem Grund dies so entschieden wurde?«
»Ja, das kann ich«, rief Mardel aus. »Vor ein paar Tagen wurde vom ersten Britischen Heer der Befehl ausgegeben, ein im Januar zwischen den Regierungen Portugals und Großbritanniens abgeschlossenes Abkommen umzusetzen. Das Abkommen sieht die Auflösung des Portugiesischen Expeditionskorps als autonomes Korps und seine Eingliederung in ein Korps des britischen Heeres vor, wo es dann wie eine englische Truppeneinheit betrachtet werden soll. Das Portugiesische Korps wird eine Division an den Frontlinien belassen, während die andere sich ausruhen darf. Da die erste Division schon länger in den Schützengräben ist, wird die sich ausruhen. Angesichts der heutigen Ereignisse hat das Kommando jedoch beschlossen, auf jeden

Fall einen Sturmangriff zu machen, und da die erste Division die Front bald verlassen wird, ist das Kommando der Ansicht, sie muss einen Abschied im großen Stil haben. Das Kommando hatte nun die Wahl zwischen einem Sturm des achten und einem des einundzwanzigsten Infanteriebataillons und hat sich für das einundzwanzigste Infanteriebataillon entschieden, da diese Einheit der ersten Division angehört.«

»Haben die vielleicht ein Glück«, antwortete Afonso, bereits ganz entspannt. »Woher kommen denn die Leute des einundzwanzigsten Infanteriebataillons?«

»Aus Covilhã.«

»Aus so einem Kuhkaff! Das sind doch echte Glückspilze!«

Da lächelte Mardel zum ersten Mal.

»Herr Hauptmann, ich habe doch auch noch eine gute Neuigkeit für Sie.«

»Ach richtig«, rief dieser aus. Wenn die Schlechte schon so gut war, war Afonso nun sehr gespannt, ob die Gute überhaupt noch besser sein konnte. »Na, dann schießen Sie mal los!«

»General Simas hat sich sehr für Sie stark gemacht und General Tamagnini und Gomes da Costa ein Zugeständnis abgerungen.«

»Ein Zugeständnis?«

»Richtig. General Gomes da Costa hat zugestimmt, dass ein Zug des achten Infanteriebataillons beim Sturm des Einundzwanzigsten mitmachen darf.«

»Was heißt das denn?«

»Oh, Mann, muss ich denn alles erklären? Sie werden auch an dem Sturm teilnehmen, verdammt!« Er reichte ihm die Hand. »Herzlichen Glückwunsch!«

Agnès war an diesem Abend irgendwie anders. Afonso saß rauchend auf dem Bett, gequält von dem Gedanken, dass er nun doch an dem Sturm teilnehmen musste, als er hörte, wie die Tür aufging und seine Französin hereinkam. Sie trug einen eleganten Jerseypullover und eine blaue, vorne geknöpfte Wolljacke ohne Kragen. Agnès lächelte schwach, ohne Überzeugung oder Begeisterung. Ihre Lippen formten sich zu einem Lächeln, doch die grünen Augen blickten sorgenvoll

drein. Sie stellte zwei Tüten am Eingang ab, schloss die Tür und gab ihm einen Kuss.
»*Salut*, mein Liebling«, begrüßte sie ihn.
Afonso erwiderte ihren Kuss etwas zerstreut und blieb auf dem Bett sitzen, während er zusah, wie sie an die Küchenzeile trat und das Abendessen vorbereitete. Unter normalen Umständen hätte er sofort bemerkt, dass an ihrem Verhalten etwas merkwürdig war, dass irgendetwas nicht stimmte mit ihr. Doch es waren keine normalen Umstände. Der Hauptmann war den ganzen letzten Monat in Sorge gewesen wegen des Sturmangriffs, den er vorzubereiten hatte, und unsicher darüber, wie viel er ihr erzählen konnte. Sollte er ihr sagen, dass er bei einem Angriff auf die deutschen Linien mitmachte? Der Monat war schnell vergangen, und nun, wo der Sturmangriff bevorstand, verstärkte sich die Angst und machte ihn blind gegenüber der Umwelt. Oberstleutnant Mardel hatte ihm verraten, dass die Operation für den neunten März vorgesehen war, also genau in einer Woche, und dass er sich mit den Männern des einundzwanzigsten Infanteriebataillons abstimmen sollte. Dies bedeutete jedoch, dass der Hauptmann eine Entscheidung darüber treffen musste, was er Agnès sagte. Er hatte schon Stunden darüber gegrübelt und war nun eher geneigt, ihr nichts zu erzählen. Was nützte es, wenn er sie mit dieser Nachricht zu Tode erschreckte? Was gewann er damit, außer einer Woche geteilter Angst? Andererseits war dies vielleicht ihre letzte gemeinsame Woche, überlegte er, vielleicht sah er sie nie wieder. Hatte er da das Recht, ihr diese Information vorzuenthalten?
Afonso war so sehr in seine eigenen Gedanken vertieft, dass er lange brauchte, bis er wahrnahm, dass Agnès an der Spüle lehnte und leise vor sich hin weinte. Seine Augen sahen sie, doch sein Gehirn registrierte sie nicht. Bis sich ganz unerwartet ein Bild der Tränen der Französin unter das komplizierte Gedankengebilde in seinem Kopf mischte. Der Hauptmann zuckte zusammen, als sei er gerade aufgewacht, und sah sie an, sah, wie sie, über die Spüle gebeugt, leise weinte, die Hand vor den Mund gepresst, die Augen geschlossen, während die Tränen langsam Richtung Kinn rannen. Überrascht und alarmiert sprang er auf und nahm sie in den Arm.
»Was ist denn los, meine Kleine?«

Sie schluchzte und starrte auf den Boden.

»Ach nichts, es ist nichts.«

Afonso vermutete, dass sie von dem Sturmangriff erfahren hatte. Er wunderte sich, dass eine so geheime Information bereits der Zivilbevölkerung zu Ohren gekommen war. Das war schier unmöglich, doch dann fiel ihm ein, dass Agnès im Krankenhaus arbeitete, und in einem Krankenhaus erfährt man alles.

»Ganz ruhig«, flüsterte er ihr ins Ohr. »Ganz ruhig.«

Sie schmiegte sich an ihn, und Afonso spürte, dass sie zitterte. Er nahm sie auf seine Arme und trug sie zum Bett, legte sie vorsichtig darauf und wischte ihr die Tränen ab. Agnès Gesicht war rot und feucht, die grünen Augen leuchteten intensiv, waren so schön wie nie. Sie lächelte sanft, getröstet.

»Danke, mein Liebling.«

Der Hauptmann spürte, wie er bei diesen zarten, warmen Worten dahinschmolz. Er küsste sie auf die Wangen und auf den feuchten Mund, fuhr ihr mit den Fingern durch das lockige, lange Haar, strich ihr über die feuchte Stupsnase.

»Sag mir, was dich bedrückt.«

Agnès richtete sich langsam im Bett auf und sah Afonso mit ihren kristallklaren, verliebten Augen an, in denen sich zugleich Angst spiegelte. Sie nahm seine Hand.

»*Alphonse*, liebst du mich?«

»Natürlich, mein Schätzchen.«

»Aber liebst du mich wirklich, *Alphonse*? Liebst du mich ganz ehrlich?«

Afonso runzelte die Stirn, überrascht über die Intensität der Gefühle, die er bei ihr spürte.

»Natürlich, mein Engel. Was ist denn los?«

»Liebst du mich wie ein Soldat, der mich morgen vergessen wird, oder wie ein Mann, der mich nie verlassen wird?«

»Was für eine Frage, mein Liebes! Natürlich werde ich dich nie verlassen, höchstens, wenn ich verrückt werde. Ich liebe dich mit allen meine Sinnen.«

»Wirklich?«

»Ja, ich liebe dich über alles, mehr als mich selbst. Du bist die Luft, die ich atme, die Seele, die mich erfüllt, das Licht, das mich führt, das Leben, das mich leben lässt.«

»Und was passiert mit uns, wenn der Krieg vorbei ist?«

»Wenn der Krieg vorbei ist, bleibe ich hier bei dir, meine Kleine. Ich bleibe hier oder nehm dich mit. Wir werden uns niemals trennen.«

Die Französin räusperte sich.

»*Alphonse*«, sagte sie.

Sie zögerte und sprach den Satz nicht zu Ende. Es wurde still.

»Ja?«

»*Alphonse*«, begann Agnès wieder. »Ich war heute bei Doktor Almeida.«

»Bei wem?«

»Ich war bei Doktor Almeida, einem Arzt dort im Krankenhaus.«

»Ach ja.«

»Ich bin schwanger.«

XIII

Das Gähnen schien ansteckend zu sein. Auf einmal rissen alle Männer nacheinander den Mund auf, atmeten die kalte Morgenluft dieses neunten März ein und stießen sie mit einem langen, feuchten Seufzer wieder aus. Afonso beneidete die Männer um ihre Müdigkeit, so gähnte nur, wer keine Furcht kannte, wer nicht von Angst geplagt war, wer nicht an der Operation teilnehmen musste. Seit fast einer Stunde schon war heftiges Artilleriefeuer zu vernehmen, feindliche Stellungen wurden beschossen, der Horizont war ein einziges Feuermeer, und inmitten dieses ganzen Chaos, man stelle sich das vor, gab es Männer, die gähnten. Der Hauptmann sah sich um und fand die unterschiedlichen Haltungen der Soldaten bemerkenswert. Die Fußsoldaten und Sanitätshelfer der zweiten Kompanie des einundzwanzigsten Infanteriebataillons, Gebirgler aus Covilhã, hingen mit schläfrigen Augen über den Brustwehren des Copse Trench. Bei ihnen war klar, dass sie sich nicht ins Niemandsland stürzen würden, hatten sie doch eine andere Aufgabe, nämlich die, die erste Linie zu verteidigen, die Flanken gegen einen Angriff zu schützen und den Abtransport der Verletzten zu gewährleisten.

Die Soldaten der Angriffstruppe hingegen, die dem Tod ins Auge blicken würden, waren hellwach, nervös und voller Erwartung. Ihre Augen zuckten ängstlich hin und her, die Kehlen waren zugeschnürt, das Blut vergiftet vom Adrenalin, die Beine ohne Kraft. Ein leises Zittern raubte ihnen jeglichen Mut beim Anblick dieses feurigen Vulkans, der sich vor ihnen auftat und auf den sie sich stürzen sollten. Afonso fühlte sich kraftlos vor Angst, müde vom langen Warten, wünschte nur, dass es endlich losginge, denn er hielt diese angstvolle Gewissheit, kämpfen zu müssen, nicht länger aus. Wenn es schon unvermeidbar war, dann wenigstens sofort. Er sah Matias an und wunderte sich über den gelassenen Gesichtsausdruck, den der Zugführer zur Schau stellte. Fast könnte man meinen, er sei der Überzeugung, nur einen Spaziergang zu den deutschen Linien zu machen. Lingrinhas hingegen bewegte sich nervös hin und her, sein schmächtiger Körper schwankte im Halbdunkel wie ein Rohr im Wind, die Augen bei jedem Schuss der Artillerie weit aufgerissen, aus Angst vor den Detonationen, die die Luft erschütterten. Er sah aus wie ein Spatz, der vor den Raubvögeln zittert. Baltazar hatte die Lider geschlossen, seine Lippen bewegten sich leicht, bestimmt sandte er ein leises Gebet zum Himmel. In Gedanken war er bei seinen Kindern, die er in Pitões das Júnias zurückgelassen hatte. Der Hauptmann sah zum hundertsten Mal auf seine *Patek-Philippe*-Armbanduhr, deren weiße Zeiger nun fünf vor fünf anzeigten.

»Noch fünf Minuten«, sagte Afonso. »Lasst uns den Kognak trinken.«

Die Männer schraubten ihre Feldflaschen auf, froh über die Ablenkung von dem schauerlichen Krachen und der nervtötenden Warterei. Einige tranken den Schnaps, ohne auch nur einmal abzusetzen, in gierigen Schlucken, dass er sogar aus ihren Mundwinkeln troff, andere genossen den Alkohol bewusst langsam, fast feierlich, als sei er das letzte Getränk ihres Lebens, das letzte Vergnügen vor dem endgültigen Untergang. Nach jedem Schluck machten sie eine Pause und atmeten die Hitze aus, die vom Bauch her aufstieg. Die Angst war noch nicht ganz weg, also nahmen sie einen weiteren brennenden Schluck.

»Aaaah!«, rief Baltazar Velho aus. »Was für ein Teufelszeug!«

Allmählich fühlten sie sich ruhiger und entspannter, der Alkohol stieg ihnen zu Kopf, bezähmte die Angst, dämpfte sie und vermittelte ihnen ein Gefühl von Unwirklichkeit, als befänden sie sich in einem Traum. Die Zeit verging langsamer, das Herz raste nicht mehr, und einige von ihnen brachten sogar ein Lächeln zustande.

»Dieser Weinkeller ist hervorragend«, bemerkte Afonso und zwinkerte Matias zu.

»Jetzt haun wir sie aber, Herr Hauptmann, jetzt haun wir sie!«, erwiderte der riesenhafte Zugführer und rieb sich vor Ungeduld die Hände, denn für ihn war das Warten die größte Qual. »Wir müssen ihnen noch das von vorgestern heimzahlen.«

Matias meinte den Angriff, den die Deutschen zwei Tage zuvor in Neuve Chapelle und Ferme du Bois gestartet hatten und der von dem fünfzehnten Infanteriebataillon aus Tomar und dem zweiundzwanzigsten Infanteriebataillon aus Portalegre zurückgeschlagen worden war. Obgleich die Operation der Feinde kläglich scheiterte, war den portugiesischen Offizieren nicht entgangen, dass es der zweite Angriff der Deutschen innerhalb von nur einer Woche gewesen war und der erste, bei dem gleichzeitig zwei portugiesische Abschnitte angegriffen wurden.

»Bist du nicht mehr bei Trost, oder was?«, fragte Vicente und sah Matias an. »Das wird noch böse enden. Glaub's mir.«

»Oh, Manápulas, hör auf mit deiner Unkerei.«

Afonso blickte erneut auf die Uhr. Es fehlten noch zwei Minuten. Ein Unteroffizier des einundzwanzigsten Infanteriebataillons näherte sich den Männern des Achten.

»Herr Hauptmann, Sie beziehen nun besser Ihre Positionen.«

Der Hauptmann nickte, gab Feldwebel Rosa ein Zeichen, und die kleine Gruppe des achten Infanteriebataillons kletterte über die Brustwehr. Als die Männer Boden unter den Füßen spürten, gingen sie neben dem Stacheldraht in Deckung. Der Unteroffizier des einundzwanzigsten Infanteriebataillons gesellte sich zu ihnen und zeigte auf einen unsichtbaren Punkt im Dunkeln.

»Vergesst nicht, dorthin müsst ihr«, sagte er. Der Stacheldraht ist bereits überall durchtrennt, der Weg also frei.«

»Da entlang?«, fragte Afonso nach, der Sorge hatte, etwas falsch zu machen.

»Ja, da entlang. Viel Glück.«

Der Unteroffizier ging zurück in den Schützengraben, froh darüber, dass er nicht zur Angriffstruppe gehörte. Afonso blieb auf dem schlammigen Boden liegen, die Augen starr auf die Fliegeruhr gerichtet, die Tim ihm zu Weihnachten geschenkt hatte. Er lächelte, als er daran dachte, dass diese Art von Uhren jahrelang als reine Schmuckstücke betrachtet wurden, vergleichbar den Armbändern bei Frauen. Wenn seine Geschwister ihn damit sähen, würden sie ihn einen Schwulen nennen, dachte er. Doch der Krieg hatte ihn gelehrt, dass dies die praktischste Art war, eine Uhr zu tragen. Und da lag er nun, mit einer fetten Schweizer Patek Philippe am Handgelenk, die noch dazu verunstaltet war durch ein Eisengitter, das sie vor Splittern schützen sollte. Er seufzte tief und sagte die Zeit an.

»Eine Minute.«

Der Sekundenzeiger trat seine letzte Runde an, unerbittlich schritt er voran, einige der Männer beteten leise, die Augen geschlossen, die Kanonen grollten, der Sekundenzeiger stieg höher und höher, Schritt für Schritt, Punkt für Punkt. Vicente schloss die Augen, Abel seufzte tief, Matias lockerte seine Arme, Baltazar bekreuzigte sich, und Rosa rührte sich nicht. Der Zeiger stieg weiter und erreichte den höchsten Punkt, die verhängnisvolle Zwölf.

»Los!«, befahl Afonso. Die Gruppe des achten Infanteriebataillons erhob sich aus dem Dreck und rannte los, anfangs noch vorsichtig, die offene Stelle im Stacheldraht suchend, dann schneller und schneller. Sie rannten im Dunkeln über das Niemandsland, mit angstgeschwächten Beinen, wollten so weit wie möglich kommen, bevor die Deutschen sie bemerkten, schneller, los, los! Die Soldaten liefen den zuvor untersuchten Pfad entlang. Es ging leicht bergauf, man hörte das metallische Klackern der geschulterten Lee-Enfields, der Gürtel, der Munition, der Mills, der Stiefel, dazu das atemlose Keuchen der Männer, die sich vorwärtskämpften. Einige stolperten im Dunkeln, immer wieder versagten ihnen die Beine, Afonso fiel in eine Pfütze, die er übersehen hatte, stand zitternd wieder auf, fragte sich tausendmal, was er da eigentlich machte, was das alles für ein Unsinn war. Die durch den Alkohol ausgelöste Betäubung war verflogen, die Kraft des Adrenalins hatte sie zunichtegemacht, doch das Gefühl der Unwirklichkeit war geblieben. Sie fühlten sich alle wie in einem Traum, selbst als der erste Schuss aus einem Gewehr erklang. Man hörte Schreie auf der deutschen Seite, es war der Alarm, weitere Schüsse folgten, vier, fünf, zehn, zwanzig, eine Leuchtrakete erhob sich über dem Sally Trench und explodierte in der Luft. Es war ein *very light*, das das Niemandsland erhellte. Das gespenstische Licht des Leuchtkörpers erhellte die Schützengräben wie eine kleine Sonne und raubte den kleinen, sich bewegenden Figuren das schützende Dunkel. Nun sah man die portugiesischen Soldaten in Richtung feindliche Linien rennen, über Löcher stolpern, in Krater stürzen, gegen Hindernisse stoßen. Es waren über hundert Mann der ersten Kompanie des einundzwanzigsten Infanteriebataillons und eine Handvoll Männer des Achten, die ungedeckt von Ferme du Bois aus durch das Niemandsland in Richtung Feind vorrückten, in Richtung Sally Trench, Sapper Trench, Mitzi Trench, wo die deutschen Linien bereits auf sie warteten. Weitere *very lights* wurden abgefeuert, die Deutschen erhellten das Schlachtfeld mit ihren Sonnen, einer nach der anderen, aus der Nacht wurde Tag, vormals vereinzelte Schüsse aus den Mausern mehrten sich und gesellten sich zum Lärm der Artillerie. Die Maxims mischten nun ebenfalls mit und begannen wild zu rattern, Granaten flogen durch die Luft, erste Explosionen erschütterten das Niemandsland. Und die Portugiesen rannten noch immer, rannten und rannten.

Die erste Linie der Deutschen tauchte schließlich ganz unvermittelt vor ihnen auf, hinter einer letzten Absperrung aus dichtem Stacheldraht.

»Die Zange!«, schrie Afonso, als er sich mit seinen Männern neben dem Zaun auf den Boden warf.

Ein Soldat des einundzwanzigsten Infanteriebataillons kam herbeigeeilt, an den Händen dicke Schutzhandschuhe, und begann blitzschnell den Draht durchzuschneiden, klack klack, klack, die Metalldrähte bogen sich, Stacheln neigten sich böswillig herab und suchten die Haut des Mannes zu zerkratzen, der sie verstümmelte, doch der wich ihnen geschickt aus und legte langsam, ganz langsam den Weg frei. Sie waren alle ungeduldig, doch der Mann mit der Zange konnte sich nicht noch mehr beeilen, klack, klack. Sie lagen auf dem Boden, beobachteten den Feind, ein Auge auf die Deutschen, das andere auf den Mann mit der Zange gerichtet, klack, klack. Unaufhörlich durchtrennte die Zange den Draht, der Himmel wurde von Raketen erhellt, und auf dem Boden tanzten die Schatten, *sssiiimmm, sssiiimmm* summten die Kugeln durch die Luft, mit metallischem Zischen, mit tödlichem Pfeifen, verräterisch und nervtötend, klack, klack, *sssiiimmm, sssiiimmm*, klack, klack, *sssiiimmm, sssiiimmm*.

»Geschafft«, verkündete schließlich der Soldat, schweißgebadet an diesem eiskalten Morgen.

Die Portugiesen richteten sich auf, traten ängstlich durch die freigelegte Öffnung. Einige zerkratzten sich die Haut an den Stacheln, schritten aber dennoch voran, sprangen eilig in den Graben der ersten feindlichen Linie, die Gewehre im Anschlag, die Augen wachsam, auf der Suche nach gefährlichen Umrissen. Der Schützengraben wirkte verlassen, doch in der Luft lag noch immer ein Summen, Zischen und Pfeifen.

»In Deckung!«, befahl Afonso, der spürte, dass die Kugeln wie Fliegen um seinen Kopf herumschwirrten.

Die Männer pressten sich gegen die Wand. Der Hauptmann sah sich um und erblickte Soldaten des einundzwanzigsten Infanteriebataillons, die sich unter seine Truppe des Achten gemischt hatten. Matias streckte seinen Kopf über die Brustwehr, um den Feind zu sichten. Er sah Waffen aufblitzen, aus denen gerade abgefeuert wurde, und zog ihn wieder ein.

»Da drüben sind sie«, sagte er und zeigte nach rechts, wobei er heftig schnaufte.

Der Zugführer brachte seine Lewis in Position, atmete tief durch, um wieder Luft zu bekommen, stand dann energisch auf, zielte mit dem Maschinengewehr auf den identifizierten Bereich und stieß eine Salve nach der anderen aus. Die übrigen Männer erhoben sich ebenfalls, ermutigt durch Matias' Beispiel, und feuerten mit ihren Lee-Enfields in dieselbe Richtung. Die *very lights* leuchteten noch immer, erhellten das Schlachtfeld, und die Portugiesen sahen, wie in der Ferne die Deutschen davonliefen.

»Feuer frei!«, rief Afonso, die Pistole in der Hand.

Die Lewis und die Lee-Enfields feuerten Kugeln über Kugeln auf die Flüchtenden, einige von ihnen gingen zu Boden, ein paar standen wieder auf und rannten humpelnd weiter. Das Feuer hielt unvermindert an, bis sämtliche Deutsche, die noch auf den Beinen waren, aus dem Gesichtsfeld der Soldaten verschwunden waren. Da rief Afonso den Funker seiner Gruppe herbei. Der Mann kam mit dem Telefon in der Hand an, dessen Kabel bis zu den portugiesischen Linien zurückreichte. Afonso gab Feldwebel Rosa ein Zeichen.

»Schieß die Rakete zum Zeichen der Ankunft ab.«

Der Feldwebel nahm eine *very light* und feuerte sie ab. Das Leuchtsignal explodierte strahlend rot am Himmel und warf ein blutiges

Licht auf die Linien. Weitere rote *very lights* explodierten rechts und links. Es war das vereinbarte Zeichen, um den portugiesischen Linien zu verkünden, dass die erste Linie der Deutschen vom Portugiesischen Expeditionskorps besetzt worden war. Zufrieden, dass bei den anderen Trupps auch alles gut lief, griff Afonso zum Telefon.

»Hier Zentrumstrupp«, sprach der Hauptmann in die Muschel. »Wir sind in Position. Henrique. Ich wiederhole. Henrique.«

»Henrique« war das Codewort, damit die portugiesische Artillerie den Beschuss der deutschen Nachhut ausweitete. Damit sollte der Feind gegeißelt werden, ohne dass die portugiesischen Truppen in der ersten Linie der Deutschen getroffen wurden.

Als die Artillerie ihren Beschuss geändert hatte, gab Afonso den Männern ein Zeichen, und die Gruppe bewegte sich vorsichtig in einem Kommunikationsgraben voran, in der Absicht, das Gelände zu säubern. In gebückter Haltung kämpften die Soldaten sich vorwärts, das Gewehr im Anschlag. Matias ging voran, nach ihm kamen Afonso, Vicente und Baltazar, gefolgt von den Männern des einundzwanzigsten Infanteriebataillons. Sie entdeckten ein Loch zu ihrer Rechten und zögerten.

»Ein Bunker«, flüsterte Matias nach hinten, das Maschinengewehr auf ein offenes Loch mit massivem Zementfundament gerichtet.

Afonso trat näher und betrachtete den Eingang des Bunkers, wagte jedoch nicht, sich direkt davorzustellen.

»Säubert das mal.«

Feldwebel Rosa feuerte zwei Schuss in das Innere des Bunkers ab und wartete. Nichts tat sich. Matias trat vor, steckte den Lauf seiner Lewis durch das Loch und spähte hinein. Es war alles dunkel.

»Taschenlampe.«

Afonso reichte Feldwebel Rosa eine Taschenlampe, die dieser wiederum dem Zugführer in die Hand drückte. Matias knipste sie an und untersuchte den Bunker. Der Lichtstrahl wanderte an den Wänden entlang, man sah Bücherregale, elektrische Leitungen und Deckenlampen. Dann fiel das Licht der Taschenlampe auf den Boden, beleuchtete Sofas, Stühle und Doppelbetten mit warmen Decken. Der Boden wirkte trocken. Nach einiger Zeit gab sich Matias zufrieden und wandte sich um.

»Da ist niemand«, sagte er zu den Kameraden.
Anschließend stieg der Zugführer in den Bunker hinab, um ihn besser in Augenschein nehmen zu können. Die Männer des achten und auch einige des einundzwanzigsten Infanteriebataillons folgten ihm, bass erstaunt über den deutschen Bunker.
»Hat man so was schon gesehen?«, rief Baltazar aus. »Das ist ja ein Bunker für Könige! Echt klasse!«
»Das ist ja unglaublich«, bestätigte Vicente und setzte sich mit sichtlichem Vergnügen auf eines der weichen Sofas. »Wir leben im Dreck, und die rekeln sich in solchen Palästchen. So sieht's aus im Leben, jawohl. Die werden wirklich gut behandelt. Und wir ...«
»Wenn wir so ein Hotel hätten, würde es mir auch nichts ausmachen, in die Schützengräben zu gehen«, witzelte Baltazar. »Klasse!«
Afonso war ebenso überrascht über die Qualität des Bunkers. Sie übertraf bei weitem alles, was es im Portugiesischen Korps oder auch in den britischen Positionen, die er besichtigt hatte, gab. Doch seine Verblüffung hielt nicht lange an. Er hatte es eilig, wegzukommen, die Mission zu beenden und in die relative Sicherheit der portugiesischen Schützengräben zurückzukehren. Er stellte fest, dass es keine Dokumente zu beschlagnahmen gab, und beschloss, den Ort wieder zu verlassen.
»Los, lasst uns verschwinden!«, befahl er. »Raus hier, schnell!«
Die Männer verließen den Bunker und kehrten in den Kommunikationsgraben zurück, wobei die vorherige Hierarchie wiederhergestellt wurde. Matias vorne, Rosa direkt dahinter, die Übrigen danach. Der Schützengraben verlief leicht nach links, und der Zugführer entdeckte in der von Artilleriefeuer und *very lights* erhellten Nacht eine flüchtende Gestalt in der Ferne.
»Boches!«, rief er aus.
Die Gruppe hielt an und nahm nach kurzem Zögern ihren Marsch wieder auf, wobei Matias aufmerksam auf jede verdächtige Bewegung achtete. Dreißig Meter weiter, ganz in der Nähe der Stelle, an der er die Gestalt gesehen hatte, stieß er auf ein neues Loch, diesmal auf der linken Seite, direkt unter der Brustwehr.
»Bunker.«
Erneuter Halt. Rosa wiederholte das vorherige Vorgehen und feuerte

zwei Schüsse in das Innere des Verstecks ab. Man vernahm Geräusche, der Schuss wurde erwidert.

»Granaten«, befahl Matias.

Rosa reichte ihm zwei *Mills*, Matias nahm eine davon, drückte den Bügel nieder, zog mit dem Ring den Sicherungssplint heraus und warf die Granate in das Loch. Auf die gleiche Weise verfuhr er mit der zweiten. Man hörte Schreie auf Deutsch, »Achtung!«, »Was ist das?«, »Granate!«. Es folgten zwei Explosionen, danach war es still. Nur ein leises Wimmern war zu vernehmen. Matias trat an den Bunkereingang, leuchtete mit der Taschenlampe hinein und sah kaputte Bücherregale und einen bäuchlings ausgestreckten Menschen mit abgetrenntem Bein. Ein weiterer Mann lag über einem Stuhl und ein Dritter wand sich, auf dem Rücken liegend, auf dem Boden. Sein Bauch war geöffnet, und die Gedärme glitten über seine Hände. Er blickte überrascht drein, als er seiner freiliegenden Eingeweide ansichtig wurde. Dann hob er den Blick und sah Matias an.

»Entschuldigen … Sie bitte!«, brachte er unter Stöhnen hervor. »Können Sie … mir helfen?« Er atmete heftig und wimmerte. »Bitte … Kamerad.«

Matias sah zurück zu seinen Kameraden.

»Der Bunker ist sauber.«

»Und die Deutschen?«, wollte Afonso wissen.

»Zwei sind tot und einer ist verletzt.«

Der Hauptmann spähte durch den Eingang und sah den wimmernden Deutschen auf dem Boden.

»Der Arme«, bemerkte er. »Habt ihr gesehen, dass seine ganzen Gedärme raushängen?«

Matias nickte.

»Der hat keine Chance mehr. Der kratzt ab.«

Der Deutsche bettelte mit verzweifeltem Gesichtsausdruck.

»Bitte!«, keuchte er, »Kamerad.« Er flehte. »Können … Sie mir … helfen?«

Afonso verstand.

»Er bittet um Hilfe«, erklärte er. »Vielleicht verpassen wir ihm besser einen Schuss, damit er nicht so leiden muss.«

Der Hauptmann sah sich fragend um, als suchte er Freiwillige.

Matias senkte den Kopf, die Soldaten hinter ihm stellten sich dumm. Afonso blickte erneut auf den Deutschen, hob die Pistole, zielte auf den Kopf des Mannes, zielte und zielte, wartete und zögerte, dachte, dass es ein Akt der Nächstenliebe sei, des Mitleids, doch dann kam ihm ein anderer Gedanke dazwischen, der ihn daran erinnerte, dass er jemanden töten, dass er sündigen würde. Vielleicht lehnte sich ja sein unterdrücktes Seminaristengewissen auf, er überlegte und zögerte, das Zögern hielt an, und der Deutsche erwiderte seinen Blick, verstand alles. Die blauen Augen voll Entsetzen auf ihn gerichtet, sahen sie doch bereits den Abgrund, stellten sich auf das Ende ein. Afonso seufzte und ließ die Pistole sinken. Er brachte es nicht übers Herz.

»Lasst uns gehen«, sagte er mit heiserer Stimme und kehrte zum Kommunikationsgraben zurück.

Die Gruppe durchquerte die vom Feind aufgegebenen Linien und gelangte an den Mitzi Trench. Weitere verlassene Bunker wurden untersucht, die allesamt eine tausendmal bessere Wohnqualität aufwiesen als die der Alliierten. Afonso rief die ebenfalls an der Operation beteiligten, aus dem Minho stammenden Feuerwehrmänner der dritten Kompanie herbei und ließ sie die Bunker zerstören. Kurze Zeit später flammte ein grünes *very light* zu seiner Rechten am Himmel auf. Das war das Signal zum Rückzug, ausgegeben von Hauptmann Ribeiro de Carvalho, dem Kommandeur der Operation. Die Männer kehrten an die erste deutsche Linie zurück, und Afonso nahm sich erneut das Telefon des Funkers.

»Hier Zentrumstrupp«, verkündete er. »António. Ich wiederhole. António.«

Das war das Codewort, mit dem er bekanntgab, dass sie sich zurückziehen würden. Er reichte dem Funker das Telefon und erteilte den Befehl zum Rückzug. Die Gruppe marschierte in Richtung der offenen Stelle im Stacheldraht, durchquerte das Niemandsland und kehrte dann zurück zum Copse Trench, dem Stützpunkt von Ferme du Bois, wo sie vor zwei Stunden aufgebrochen waren.

XIV

Afonso verließ die Frontlinie in einem Zustand völliger Erschöpfung und durfte dann, wie alle an dem Angriff Beteiligten, zwei Tage ausruhen. Nachdem er Major Montalvão, dem Kommandeur des achten Infanteriebataillons, Bericht erstattet hatte, forderte er ein Pferd an und ritt nach Béthune, zu dem Anbau, der inzwischen zu seinem Zuhause geworden war. Er band das Pferd an einem Baum fest, gleich neben einer Tränke, und eilte voller Vorfreude auf die kleine Kammer zu, die Agnès angemietet hatte. Vor der roh gezimmerten Holztür blieb er stehen, suchte in seiner Tasche nach dem Schlüssel, steckte ihn ins Schloss und trat ein.

»Agnès?«

Niemand antwortete. Er sah sich um und stellte fest, dass alles sehr ordentlich wirkte und der Anbau einigermaßen beheizt war. Seine Französin war vermutlich arbeiten gegangen, hatte jedoch zuvor die Wohnung aufgeräumt. Afonso schloss die Tür, zog seine Jacke aus, ging zum Waschtrog und betrachtete sich im Spiegel. Er sah müde aus, unrasiert, mit tiefen Schatten unter den Augen. Er nahm den Wasserkrug, schüttete kaltes Wasser über seine Hände, wusch sich das Gesicht, zog die verdreckte Kleidung, die schmutzigen Stiefel und Socken aus und stellte sich mit den Füßen in den Trog. Das Wasser war so kalt, dass er sogar Ohrenschmerzen davon bekam. Dann kippte er Wasser über den Körper, in dem Bemühen, den trockenen Dreck abzubekommen, seifte sich ordentlich ein und tauchte schließlich den ganzen Kopf in das dreckige Wasser, wodurch es noch schlammiger wurde. Dann fuhr er noch einmal mit einem nassen Handtuch über den Körper, trocknete sich anschließend hastig ab, zitternd vor Kälte, zog frische Socken und einen neuen Schlafanzug an, ließ sich ins Bett fallen und wickelte sich in die Decken ein.

Etwas Feuchtes, Warmes und Weiches an seiner Wange und ein angenehmer, vertrauter Duft ließen ihn die Augen öffnen. Er hatte zwei große Lippen vor sich und brauchte zwei Sekunden, bis er verstand. Es war Agnès, die ihn küsste.

»*Ça va*, mein Liebling?«

Ihre Stimme war sanft, fast wie eine Liebkosung, und Afonso fühlte sich wohl.

»Hallo, meine Kleine«, sagte er mit verschlafener Stimme.

Da merkte er, dass es um ihn herum bereits dunkel war. Die Nacht war hereingebrochen, und er hatte den ganzen Tag verschlafen. Die Französin strich ihm zärtlich übers Gesicht.

»Und wie war der Krieg heute?«

Afonso zögerte. Er wollte ihr alles erzählen, ihr von dem Angriff berichten, von den tausend Gefahren, der Angst, den Toten und der Sache mit dem sterbenden Deutschen. Er machte sogar schon den Mund auf, hielt jedoch inne, da ihm plötzlich einfiel, dass es wohl nicht ratsam wäre, ihr von der Operation zu erzählen. Sie würde sich nur erschrecken und in noch größerer Angst leben als vorher. Lieber ließ er sie weiterhin in dem Glauben, ihr Hauptmann sei derzeit in den Schützengräben ausschließlich mit bürokratischen Aufgaben betraut.

»Alles normal«, erwiderte er und gab sich sorglos. »Viel Papierkram, sehr viel Papierkram.«

»Und du hast keine Dummheiten gemacht?«

»*No.*«

»Warst nicht hinter den *Demoiselles* her?«

»In den Schützengräben?«

Sie lachte.

»*Oh la la!* Das sind die Schlimmsten!«, rief sie aus und zwinkerte ihm mit ihren wunderschönen grünen Augen zu.

»Na klar, wo es in den Schützengräben doch so viele *Demoiselles* gibt!«, bemerkte Afonso mit einem bitteren Lächeln. »*Parvinha.* Dummerchen«.

»Wie bitte?«

»Parvinha.«

»Was ist das denn?«

»*Parvinha?* Oh … was weiß ich, das ist so was wie … äh … *parvalhone.*«
»*Parvalhone?*«
Afonso lachte. Wenn ihm nicht das passende französische Wort einfiel, gab er einem portugiesischen Wort einen französischen Anstrich, doch das funktionierte nicht immer.
»Nicht so wichtig«, sagte er und gab es auf, nach dem richtigen Wort zu suchen. »Wie geht es dem Kleinen?«
Agnès betrachtete ihren Bauch. Man sah noch kaum etwas von der Schwangerschaft.
»Oh, er benimmt sich ganz ordentlich, ist ein echtes Schätzchen.«
»Wir müssen noch einen Namen für ihn finden. Hast du dir darüber schon Gedanken gemacht?«
»*Oui*«, sagte sie und wurde ernst. »Warum nicht *Alphonse* wie der Papa?«
»Afonso? Nein, lass uns lieber was anderes finden …«
»Wir haben immer die Möglichkeit, ihn nach meinem Vater zu benennen. Was heißt Paul auf Portugiesisch?«
»Paulo.«
»Hm, das klingt italienisch.« Sie blickte nachdenklich drein und erspürte den Klang des Namens. »Paolo. Gefällt mir.«
»Paulo«, verbesserte Afonso. »Paulo finde ich auch gut.« Er gab ihr einen Kuss. »Und was machen wir, wenn es ein Mädchen wird?«
»Wenn es ein Mädchen wird, haben wir zwei Möglichkeiten. Entweder Michelle, wie meine Mutter, oder der Name deiner Mutter. Wie heißt sie noch mal?«
»Mariana.«
»Mariana. Eins von beidem.«
»Warum nicht Inês?«
»Inês? Was ist das denn für ein Name?«
»Das ist Agnès auf Portugiesisch.«
Agnès verzog nachdenklich den Mund.
»Das ist auch nicht schlecht. Lass es uns reifen lassen, wir haben schließlich noch Zeit. Doktor Almeida meinte, der Geburtstermin ist vermutlich erst im Oktober.«
Afonso liebte Agnès in dieser Nacht voller Unruhe, die Bilder des

Angriffs, der verrückten Rennerei, der pfeifenden Geschosse, des Deutschen mit offenem Bauch noch immer im Kopf. Er betrachtete Agnés und sah den Krieg, die Toten, die Explosionen, die Schüsse, die *very lights*, die Schreie, die Grausamkeit, die Angst. Er hatte Mühe, bei der Sache zu blieben. Nachdem ihre Körper befriedigt waren, klammerte er sich an sie, als könnte er sie jeden Augenblick verlieren. Innerlich aufgewühlt, ergriff er ihre Hand und sah ihr in die Augen.

»Willst du mich heiraten?«

Agnès erzitterte und umarmte ihn heftig.

»*Oui, oui*«, flüsterte sie. »Ich dachte schon, du würdest mich das nie mehr fragen.«

Er küsste sie auf den Mund und spürte, dass ihre Wange feucht war.

»Wir heiraten, bekommen ein Kind, und du kommst mit nach Portugal. Dann lernst du die portugiesische Sonne kennen …«

Sie schniefte.

»*Oui.*«

»Ich werde Heiratsurlaub beantragen. Was hältst du von Ende April?«

»Das wird nicht gehen.«

»Warum nicht?«

»*Alphonse*, vergiss nicht, dass ich immer noch verheiratet bin. Ich habe zwar schon die Scheidung eingereicht, aber vermutlich bin ich erst gegen Sommer wieder eine freie Frau.«

Afonso seufzte resigniert.

»Dann eben im Sommer. Das Problem ist nur, dass die Kirche keine Scheidungen akzeptiert …«

»Sei nicht dumm. Weißt du denn nicht, dass ich gar nicht kirchlich geheiratet habe?«

»Wie, du hast nicht kirchlich geheiratet?«

»Serge habe ich kirchlich geheiratet, aber der ist gestorben. Jacques, den Atheisten, habe ich nur standesamtlich geheiratet, in Armentières. Daher bin ich für die Kirche nicht verheiratet, sondern verwitwet.«

»Das löst doch alle Probleme«, rief Afonso begeistert aus. »Wenn das so ist, heiraten wir kirchlich, wie es sich gehört. Wir bitten den Militärgeistlichen, dass er uns in der Kirche von Aire oder Merville traut.«

»Nein, nicht da, das ist zu gewöhnlich. Ich habe immer von einer großartigen Trauung geträumt. Warum nicht in der Kathedrale von Amiens?«

»In der Kathedrale von …«

»Die Kathedrale von Amiens ist die größte Frankreichs, und sie ist wunderschön.«

»Gut, dann eben in der Kathedrale von Amiens«, stimmte er zu. »Schade ist nur, dass meine Familie nicht dabei sein kann.«

Sie klammerten sich noch eine Weile schweigend aneinander. Dann schnappte sich Afonso die Kerze vom Nachttischchen, stand auf und setzte sich nackt, wie er war, an den Tisch. Er deckte sich mit einer Decke zu und legte Feder, Tintenfass und Briefpapier bereit.

»Was machst du da?«, fragte sie, auf die Ellbogen gestützt, verwundert darüber, dass er um diese Uhrzeit etwas schrieb.«

»Ich schreibe einen Brief«, sagte er nur.

Agnès beobachtete, wie ihr Geliebter sich über das Blatt beugte und, mit der Zunge zwischen den Zähnen, Buchstaben aufs Papier malte und hinterher leise durchlas, was er in dieser unbekannten Sprache geschrieben hatte. Zwischendurch tauchte er die Feder in das Tintenfass, um gleich darauf weiterzuschreiben. Schließlich faltete er das Blatt zusammen, steckte es in den Briefumschlag, klebte diesen zu und reichte ihn ihr. Überrascht betrachtete die Französin den Brief.

»Hast du mir geschrieben?«, fragte sie verständnislos.

»Nein, ich habe meiner Mutter geschrieben.«

»Aber was soll ich damit machen? Soll ich ihn aufgeben?«

»Nein, nein, das wäre ein schlechtes Omen«, sagte er. »Du darfst diesen Brief nur abschicken, falls mir etwas zustößt, verstehst du?«

Die Französin sah ihn alarmiert und verängstigt an.

»Falls dir etwas zustößt?«

»Mach dir keine Sorgen, das ist eine reine Vorsichtsmaßnahme. Wir befinden uns im Krieg, und ich halte mich in den Schützengräben auf. Eigentlich bin ich nicht in Gefahr, weil ich ja für den Papierkram zuständig bin und nicht für den Kampf, aber man kann ja nie wissen, oder? Sollte mir also etwas zustoßen, was ich nicht glaube, dann hast du hier die Adresse meiner Mutter und den Brief mit all meinen Erklärungen.«

»Was für Erklärungen?«
»Die in solchen Fällen üblichen. Wer du bist, dass ich dich liebe, dass ich dich heiraten will, dass du mein Kind im Leib trägst, dass sie dir alle Unterstützung gewähren soll, die du benötigst, dass mein bisschen Besitz auf dich übergehen soll … und so weiter.«
Agnès blickte erneut auf den Brief. Sie war verwirrt.
»Und wieso kamst du gerade jetzt darauf, um diese Uhrzeit?«
Er umarmte sie.
»Was weiß ich. Es fiel mir eben gerade ein.« Er gab ihr einen Kuss. »Aber mach dir keine Sorgen, meine Kleine, ich hab dir doch schon gesagt, dass ich nicht sterben werde, nicht einmal, wenn sie mich gewaltsam töten wollen. Du wirst schon sehen, dein Afonso ist zäh wie Leder, der hält was aus.«
Als Agnès eingeschlafen war, blieb der Hauptmann noch stundenlang wach und ließ die Ereignisse des Morgens Revue passieren, Sekunde für Sekunde, Bild für Bild, Gefühl für Gefühl. Er war erschöpft, doch als er sich schließlich hinlegte, konnte er nicht einschlafen. Es war das schlechte Gewissen, das ihn quälte, das Bild des Deutschen mit heraushängenden Gedärmen, das Flehen des Sterbenden, was in seinem Gedächtnis nachhallte.

Er hatte mehrere Alpträume in dieser Nacht und wachte schweißgebadet auf. Agnès beruhigte ihn jedes Mal aufs Neue. »Alles wird gut, mein Kleiner, alles wird gut«, flüsterte sie, doch als er nach dem letzten Alptraum aufwachte, erkannte er, dass durchs Fenster bereits das Tageslicht drang. Tastend suchte er im Bett nach der Französin, fand jedoch nur das Laken. Da begriff er, dass sie nicht mehr da war, dass sie arbeiten gegangen war. Er blieb noch eine halbe Stunde im warmen Bett liegen, döste träge und schläfrig vor sich hin, bis er Hunger bekam und gähnend aufstand. Er zog eine frische Uniform und darüber den Mantel an und verließ das Haus.
Draußen nieselte es, doch die Offiziersmütze schützte seinen Kopf. Er fütterte und tränkte das Pferd, das noch immer an dem Baum festgebunden war, und ging zu Fuß in die Kleinstadt. Das donnernde Geräusch der Artillerie war an diesem Tag besonders laut, und Afonso dankte dem Himmel, dass er nicht Dienst im Schützengraben hatte.

Er schlenderte durch die Straßen von Béthune und landete schließlich in einem kleinen Restaurant, das von den Offizieren des Portugiesischen Korps frequentiert wurde. Die Besitzerin war Madame Cazin, eine pausbackige, fröhliche Normannin und gute Freundin der Portugiesen. Afonso setzte sich an einen Fensterplatz, und Madame Cazin brachte ihm eine *Marmite Dieppoise,* einen schmackhaften Fisch- und Meeresfrüchteeintopf mit Sahne aus ihrer Heimatstadt Dieppe, als Nachtisch eine *tarte normande,* und zum Nachspülen einen *poiré,* den traditionellen Birnenschnaps der Normandie. Er kaute gerade noch auf seiner Apfeltorte herum, als er an der Tür ein vertrautes Gesicht erblickte.

»Mascarenhas«, rief er. »Hallo, Mascarenhas!«

Sein alter Freund von der Heeresakademie, eingefleischter Fan von Grupo Sport Lisboa, aus Trás-os-Montes stammend und nunmehr zweiter Kommandeur des dreizehnten Infanteriebataillons, kam auf ihn zu.

»Grüß dich, Afonso! Du auch hier?«

»Jawohl. Setz dich, Alter.«

Major Mascarenhas nahm ihm gegenüber Platz, durchs Fenster fiel helles Tageslicht und beschien seine rechte Gesichtshälfte.

»Was machst du denn hier?«, fragte der Neuankömmling. »Bist du desertiert, oder was? Soviel ich weiß, ist das achte Infanteriebataillon an der Front, und da geht es heute heiß her.«

»Das ist wahr, aber ich habe Gott sei Dank frei.«

»Ach ja? Und wen musstest du dafür bestechen, du alter Schurke?«

»Hör mir bloß auf, Mann. Ich war gestern früh bei dem Sturm auf den Mitzi Trench dabei.«

»Wie bitte? Beim Angriff des einundzwanzigsten Infanteriebataillons? Da warst du dabei?«

»Ja, war ich.«

»Aber was hast du mit dem Angriff des einundzwanzigsten Infanteriebataillons zu schaffen? Hast du das Bataillon gewechselt, oder was?«

»Das ist ziemlich kompliziert, Mascarenhas, ziemlich kompliziert. Das hat mit der Politik innerhalb des Korps zu tun. Es war eine Operation der ersten Division, aber die von der zweiten wollten ebenfalls

mitmachen, und deshalb musste dein guter Freund als Kanonenfutter herhalten.«
»Also so was«, sagte Mascarenhas lachend. »Das ist ja ein Ding. Erzähl mal, wie das war.«
»Na ja.«
»Na ja? Alle reden davon, dass es ein großer Erfolg war, dass alle Ziele erreicht wurden und es eine Masse Kriegskreuze mit entsprechender Beförderung geben wird …«
Afonso zuckte nur müde mit den Schultern.
»Ja, so gesehen ist es nicht schlecht gelaufen. Nimmt man alle Einheiten, die mitgemacht haben, zusammen, dann haben wir einen Haufen Boches umgebracht, einen Gefangenen gemacht, einen Decauville-Kutschenwagen und eine Reihe von Bunkern zerstört. Das war schon nicht schlecht.«
»Hattet ihr viele Verluste zu beklagen?«
»In meiner Truppe keinen einzigen. Aber bei den anderen gab es über zehn Verletzte, darunter auch ein Zugführer und ein Oberleutnant. Ich glaube, sie haben einen Bunker gefunden, der das reinste Wespennetz von Boches war, aber sie haben sie alle getötet. Oder besser gesagt, fast alle, einen haben sie gefangengenommen, immerhin.«
»Ich habe gehört, dass es unseren beiden verletzten Offizieren schlechtgeht«, bemerkte Mascarenhas leise. Für einen Augenblick herrschte bedrücktes Schweigen, doch der Mann aus Trás-os-Montes nahm die Unterhaltung schnell wieder auf, nun in lebhafterem Ton.
»Und du? Hast du viele Boches gesehen?«
»Nicht der Rede wert. Die sind alle abgehauen, ein paar haben wir noch auf der Flucht erwischt, wieder andere hatten sich in den Bunkern versteckt, aber die Ausbeute war nicht groß.«
»Ich hoffe, dieser Angriff hat die Kerle ein bisschen gedämpft. Sie werden immer frecher, haben uns am zweiten angegriffen und jetzt am siebten schon wieder. Ist dir aufgefallen, dass sie ihre Operationen ziemlich verstärkt haben?«
»Ja, es kommt das Frühjahr, der Schlamm trocknet allmählich, und das Ganze kann noch heiß werden.«
»Aber es sind nicht nur die Angriffe«, beharrte der Major. »Ich hab die Berichte gelesen. Sie haben auch die Patrouillen verstärkt. Diesen

Monat haben sie schon mehrmals versucht, heimlich in unsere erste Linie einzudringen. Und das kam vorher nur ganz selten vor.«

»Ach ja? Das wusste ich nicht ...«

»Und ist dir aufgefallen, dass auch die Artillerie der Deutschen in letzter Zeit um einiges aktiver ist als sonst?«

»Das ist mir aufgefallen. Ich frag mich, was die aushecken. Im Übrigen ist selbst Mardel beunruhigt, deshalb auch der gestrige Angriff.«

»Und heute ist es noch mal kritischer geworden. Unserem Kommando wurde zugetragen, dass die Deutschen jeden Augenblick angreifen können, und deshalb hat er unserer Artillerie befohlen, Piètre, Ligny le Petit und einige der Nachhutabschnitte zu bombardieren, auf Höhe von Illies. Da ist jetzt gerade die Hölle los.«

Sie lauschten beide den Artilleriegeräuschen in der Ferne, dem abwechselnden Feuer aus portugiesischen und deutschen Kanonen. Da kam Madame Cazin mit der Speisekarte. Mascarenhas studierte sie und bestellte *andouilles* mit Apfel. Die Wirtin ging wieder, und der Major zwinkerte Afonso zu.

»Keine Ahnung, was diese *andouilles* sind, aber vom Namen her klingt es nach irgendwelchen Vögeln. Sind das vielleicht Amseln?«

Afonso lächelte.

»Kutteln gefüllt mit Paprikawurst«, sagte er.

»Kutteln?«

»Gefüllt mit Paprikawurst. Und mit Apfel. Die Normannen machen alles mit Apfel.«

»Die Normannen?«

»Ja, Mann, die Normannen. Wusstest du nicht, dass die Wirtin Normannin ist?«

»Wie bitte? Die da? Eine Wikingerin?«

»Nein, Mann, die Normandie ist eine Region Frankreichs, ganz hier in der Nähe, an der Küste. Sie stammt von dort, mehr nicht.«

»Ach so«, rief er aus. Er schwieg einen Augenblick und dachte an das Gericht, das er bestellt hatte. »Ich mag ja eigentlich Kutteln, und Paprikawurst ebenfalls. Zu Hause in Vila Real essen wird das auch, und noch ganz andere Sachen.«

Sie schwiegen beide und blickten aus dem Fenster. Afonso nahm den letzten Schluck *poiré* und sagte: »Weißt du, was mich am meisten überrascht hat, als wir gestern im Mitzi Trench rumspaziert sind?«

»Was denn?«

»Deren Schützengräben.«

»Was ist damit?«

»Die sind sagenhaft luxuriös. Alles ganz ordentlich, der Boden trocken, Bunker mit Sofas, Kojen, Büchern, elektrischer Beleuchtung, Plattenspielern, Standuhren, Teppichen und so fort. Ich hab sogar einen mit Tapeten an den Wänden gesehen, stell dir das vor.«

»Du machst Witze.«

»Nein, im Ernst. Das ist unglaublich, man kommt sich vor wie in einer Wohnung, so sauber und aufgeräumt ist es da. Und dann sind sie auch noch absolut sicher. Die Bunker der B-Linie sind unter der Erde angelegt, haben Betonwände und sind durch unterirdische Tunnel miteinander verbunden. Das ist kaum zu glauben.«

»Stimmt das wirklich?«

»Wenn ich es dir doch sage. Tim hat mir das auch schon mal erzählt, nur hab ich's nicht geglaubt. Ich dachte, das seien Ammenmärchen. Aber jetzt, wo ich's selbst gesehen habe …«

»Wie schaffen die das, das alles so ordentlich hinzukriegen?«

»Sie haben ziemlich viel investiert in die Verteidigungsanlagen. Offensichtlich betrachten sie sie als eine Art Langzeitaufenthaltsposten, als einen Ort, von dem sie nicht wieder weggehen, während wir die Schützengräben als Übergangsort sehen, als kurzfristigen Unterstand, bevor wir den Gegner in die Flucht schlagen. Unsere Kommandeure meinen, wir müssen es ungemütlich haben, damit wir den Wunsch entwickeln, sie zu vertreiben. Das hält unseren Angriffsgeist wach, sagen sie. Deren Kommandeure hingegen sind der Meinung, die Truppe soll es bequem haben, damit ja nicht der Wunsch nach Rückzug aufkommt. Also aalen die sich in prachtvollen Herrenhäusern, während wir im Schweinestall sitzen.«

Mascarenhas hob resigniert die Hände.

»*C'est la vie!*«

XV

Vicentes Finger krümmten sich, die Nägel waren schwarz von der dunklen, glitschigen Erde, von dem zähen, klebrigen Schlamm, der alles durchdrang, heimtückisch und allgegenwärtig. Sie hatten sich längst damit abgefunden. Er fuhr sich mit der Hand unters Hemd und kratzte sich an der linken Schulter.

»Scheißflöhe!«, rief er aus und wandte seinen Kopf der juckenden Stelle zu. Er hob das Hemd am Kragen ein wenig hoch und erblickte den roten, dicken Stich, den der Parasit hinterlassen hatte. Gleich darauf kratzte er sich mit derselben Hand an der behaarten Brust und ärgerte sich über die Läuse. Er ließ den Blick über den Unterstand schweifen und seufzte entnervt. »Nur uns stecken sie in diesen Hühnerstall«, knurrte er. »Wer gesehen hat, in was für fürstlichen unterirdischen Palästchen die Boches leben, und dann uns in diesem Loch voll Schlamm und Scheiße sieht, muss doch denken, dass wir ein bisschen dumm sind.« Er schwieg kurz und überlegte. »Und wisst ihr, was? Wir sind es wirklich. Wir sind dumm, sind absolute Dummköpfe, weil wir diese Bedingungen akzeptieren und nicht den Mund aufmachen, während diese verdammten Offiziere sich die besten Behausungen schnappen, das beste Essen, den besten Wein und die tollen Weiber. Und auf uns scheißen sie, ja, die scheißen einfach auf uns.«

»Das kannst du laut sagen, Manápulas«, stimmte Baltazar zu, der mit im Nacken verschränkten Armen auf seiner Pritsche lag. »Das ist doch kein Leben hier, das ist einfach kein Leben. Wir schleppen uns mit letzter Kraft hierher, kriegen diesen jämmerlichen Fraß vorgesetzt und müssen obendrein noch diese fürchterlichen Bombardierungen aushalten, die kein Ende nehmen wollen.«

Die Artillerie war an diesem Tag besonders aktiv, und zwar auf beiden Seiten, viel aktiver als sonst. Schon in den letzten beiden Wochen war viel los gewesen, doch nun schien es über das übliche Maß hinauszugehen. Die Kanonen spuckten in regelmäßigem Rhythmus ihre Granaten aus, Explosionen folgten, zwar nicht allzu heftig, doch unaufhörlich, eine Detonation hier, eine da, die andere dort. Das war kein Sperrfeuer mehr, sondern ein unaufhörliches, zermürbendes Hämmern.

»Du sagst es, die hören einfach nicht mehr auf«, beschwerte sich Abel, dessen Nerven blanklagen. »Das ist für mich das Schlimmste. Seit zwei Tagen schlaf ich schon nicht mehr. Ich weiß nicht, was plötzlich in die gefahren ist, ich weiß nur, dass sie uns ärgern wollen, indem sie uns mit ihren Granaten und all den anderen Geschossen bombardieren. Da kann man doch kein Auge zutun.«

»Das Schlimmste sind für mich die großen Haubitzen«, erwiderte Vicente. »Wenn die explodieren, wackeln sogar meine Eier, verdammt!«

Die Soldaten lächelten müde. Und der Kanonenbeschuss ging weiter, unaufhörlich.

»Die Bombardierungen sind wirklich grauenhaft«, fing Baltazar erneut an. »Aber das Essen ist fast noch schlimmer.« Er setzte sich auf seine Pritsche und sah die Kameraden an, bemüht, die Aufmerksamkeit von den heftigen Bombardierungen abzulenken. »Und deshalb hab ich mir in der Kantine einen kleinen Käse gekauft, einen kleinen, aber feinen Käse, so eine Art Edamer. Den hab ich dann hierher mitgebracht, und jetzt ist er auf einmal weg!«

»Wie ist er denn weggekommen?«, wollte Matias wissen, der bisher mit dem Reinigen seiner Lewis beschäftigt gewesen war.

»Er war einfach weg. Ich hab ihn da drüben aufgehängt, dann haben wir das Licht ausgemacht, ich hab ein bisschen geschlafen, und beim nächsten Hinsehen war er futsch.«

»Sag mal, bist du doof? Lässt deinen Käse einfach hier hängen und wunderst dich, dass er wegkommt?«

»Ja, natürlich wunder ich mich darüber. Ich hätte nie gedacht, dass meine Kameraden mir mein Essen klauen, verdammt.«

»Wir? Wir sollen dir deinen Vorrat geklaut haben?« Matias legte seinen Lappen auf einen Stein und tippte sich mit dem Zeigefinger an die Stirn. »Oh, Mann, denk doch mal nach! Siehst du denn nicht, dass hier alles voller Mäuse ist?«

»Was haben denn die Mäuse mit meinem Käse zu tun?«
Matias konnte es nicht fassen.
»Was sie damit zu tun haben? Es sind nun mal Mäuse …«
»Ja und, dann sind es eben Mäuse, verdammt! Willst du mich verarschen?« Baltazar sprang auf und gestikulierte wild herum. »Wenn ich den Käse doch aufgehängt habe! Ich hab ihn aufgehängt, kapierst du? Hier.« Er zeigte mit der Hand auf die Stelle. »Siehst du diesen Haken da an der Decke?« Er berührte den Haken. »Hier hab ich den Käse hingehängt. Wie sollen die Mäuse ihn sich da holen? Kannst du mir das erklären? Es sei denn, es sind fliegende Mäuse …«
»Oh, Baltazar, streng doch mal deinen Grips an!«
»Ich? Meinen Grips anstrengen?«
»Ja, du! Weißt du denn nicht, dass die Mäuse sich an Haken hängen, um an das Essen zu kommen?«
»Sie hängen sich an Haken? Die Mäuse? Rede doch keinen Unsinn!«
»Wenn ich's dir doch sage, sie hängen sich an alles, Baltazar. An alles. Sogar an Haken.«
»Hast du das schon mal gesehen?«
»Ja, hab ich.«
Baltazar sah ihn ungläubig an.
»Du machst Witze.«
»Ich sag's dir, ich hab's gesehen. Einmal, als ihr alle Entwässerungsgräben ausgehoben habt, und ich allein vom Wachdienst zurückkam, hab ich ein *baguette* in einem Sack mit einem Nagel an der Decke aufgehängt. Ich hab mich hingelegt, und als ich gerade am Einschlafen war, hab ich gespürt, wie die Viecher über mich drüber liefen. Kurz darauf musste ich pinkeln. Ich hab die Kerze angemacht und gesehen, wie die ganzen Mäuse an dem Brot hingen, wie eine Weintraube sah das aus, mit all den schwarzen Schwänzen in der Luft. Als sie das Licht bemerkten, haben sie das Baguette losgelassen, sich auf den Boden fallen lassen und sich verpisst, allesamt, aber ich weiß ganz genau, dass sie da oben gehangen haben. Ich hab dann noch ein bisschen rumgesucht, um sie aufzustöbern, hab ihre kleinen Äuglein in den Löchern aufblitzen sehen, und da wurde mir alles klar. Sie haben ein ganzes Tunnelsystem in den Wänden der Schützengräben errichtet und legen sich dort auf die Lauer. Sobald das Licht ausgeht,

kommen sie raus und stürzen sich wie bekloppt auf das Essen. Aber wirklich, wie bekloppt. Sie riechen es und kommen aus allen Löchern hervor. Und so haben sie bestimmt auch deinen Käse gefressen.«

»Also so was!«, rief Baltazar überrascht aus. »Hat man so was schon gehört? Aber es stimmt, sie schnüffeln immer hier herum, und nachts, wenn das Licht aus ist, kommen sie in Scharen. Aber ich hätte nie gedacht, dass sie's schaffen würden, an unsere aufgehängten Vorräte zu kommen, Teufel noch mal. Das gibt's doch nicht!«

»Die Mäuse sind eine echte Plage!«, grunzte Vicente, der sich noch immer seine Flohstiche kratzte. »Ich weiß auch schon nicht mehr, wo ich mein Essen verstecken soll. Und ich werd wahnsinnig, wenn ich nachts spüre, wie sie auf mir rumspazieren. Die Mäuse hüpfen ja irgendwie, das geht noch, das würde man gar nicht spüren, wenn man ein bisschen gepolstert wäre. Aber diese anderen, diese fetten, gemästeten Ratten, ihr wisst, was ich meine? Die sind so richtig schwer, verdammt, die kann ich nicht mehr ignorieren. Und vor allem dann nicht, wenn ich mein Brot unterm Kopfkissen versteckt habe, damit sie nicht rankommen. Dann lassen mir diese Biester keine Ruhe mehr und schnuppern ständig an meinen Haaren rum.«

»Das stimmt, sie kommen einem vor wie Fischotter«, pflichtete Abel mit Kennermiene bei. »Habt ihr schon mal bemerkt, dass sie nach den Kämpfen immer viel dicker sind? Habt ihr das schon mal bemerkt?«

Sie verstummten und dachten einen Augenblick lang über Lingrinhas' verwirrende Beobachtung nach, während im Hintergrund der Lärm der Explosionen zu hören war. Matias erinnerte sich an den Leichnam, den er vor ein paar Wochen aus dem Niemandsland gerettet hatte, halb zerfressen von den Ratten, und schüttelte sich. Damals hatte er niemandem davon erzählt, und auch diesmal tat er es nicht.

»Aber wieso rottet man die Mäuse und Ratten nicht einfach aus?«, fragte Vicente, den es ebenfalls schüttelte bei dem Gedanken, die Ratten könnten sich von Menschenfleisch ernähren. »Dann wär man diese Plage los …«

»Das Oberkommando lässt es nicht zu«, antwortete Baltazar. »Die Majore halten die Ratten angeblich für nützlich.«

»Nützlich? Die Ratten? Wieso denn?«

»Die meinen, die Ratten verhindern, dass das Fleisch der Toten ver-

west, und deshalb dienen sie der Hygiene in der Avenida Afonso Costa«, sagte der Alte und wies mit einer vagen Handbewegung auf das Niemandsland.
»Das ist ja unerhört!«, brüllte Vicente los. »So was Ekliges können sich doch nur diese Schweine von Offizieren ausdenken! Diese Scheißkerle! Diese Hurensöhne! Und was würd'n sie sagen, wenn wir ihn'n ein paar ausgehungerte Ratt'n auf die Eier hetzen würden? Würde das etwa nicht der Hygiene der Schütz'ngräb'n dienen? Das wär vielleicht sogar noch besser, dann wär'n wir nämlich dieses Pack von Schwanzlutschern und Arschfickern ein für alle Mal los und könnt'n alle nach Hause gehen!« Wenn Vicente wütend wurde, sprach er noch schneller und verschluckte noch mehr Silben. »Verdammte Scheiße!«
Genau in diesem Augenblick verstummte die Artillerie, und die Soldaten atmeten erleichtert auf. Matias stellte seine Lewis in eine Ecke, rieb sich die Hände und stand entschlossen auf.
»Los, Leute«, sagte er. »Jetzt kümmern wir uns mal um die Gesundheit der Ratten.«
»Was soll das heißen, wir kümmern uns um die Gesundheit der Ratten?«, wunderte sich Baltazar.
Der Zugführer überhörte die Frage.
»Abel und Vicente, ihr geht raus und holt vier Schaufeln.«
Die beiden Soldaten standen auf, hängten sich die Gasmasken um den Hals, man konnte ja nie wissen, und verließen den Unterstand, um der Anweisung Folge zu leisten. Matias hockte sich neben dem Vorratslager auf den Boden, kramte eine Büchse Corned Beef hervor und öffnete sie. Die beiden Soldaten waren inzwischen mit vier Schaufeln zurückgekehrt und warteten auf weitere Anweisungen. Der Zugführer nahm sich zwei Schaufeln, behielt eine für sich und reichte die andere an Baltazar weiter. Anschließend verteilte er ein wenig Corned Beef auf dem feuchten Boden und sah die Männer an.
»Jetzt machen wir das Licht aus. Wenn die Viecher rauskommen und anfangen, das Fleisch zu fressen, bearbeiten wir sie auf meinen Befehl hin mit den Schaufeln. Verstanden?«
Alle murmelten zustimmend und löschten die Lampen. Als der Unterstand in Dunkel gehüllt war, vernahm man alsbald das vertraute

Trappeln der Pfoten auf dem feuchten Boden. Es lief an dem Ort zusammen, wo sich das Essen befand. Man hörte, wie die kleinen Körper sich aufgeregt und gierig aneinanderdrängten, vermutlich stiegen sie sogar aufeinander, ungeduldig und hungrig, in dem wilden Kampf um ein mickriges Stück Fleisch.

»Los!«, rief Matias.

Die vier Männer ließen ihre Schaufeln auf das unsichtbare Knäuel aus Ratten und Mäusen niederfallen, zielten auf die Stelle, an der sich das Fleisch befand, und vernahmen ein unterdrücktes Quieken am Boden. Dann holten sie im Dunkeln erneut aus und schlugen ein weiteres Mal zu, diesmal mit der scharfen Kante, die sie wie eine riesige Schneide benutzten. Danach ließen sie die Schaufeln noch ein- oder zweimal niederfahren, kamen sich dabei gegenseitig in die Quere, trafen aber dennoch. Sie hörten, wie die Mäuse und Ratten voll Panik hin und her rannten, und der Gewaltakt endete so schnell, wie er begonnen hatte. Als wieder Ruhe eingekehrt war, zündete Baltazar die Lampen an. Das Licht enthüllte kleine schwarzbraune Körper, sieben an der Zahl, blutig und verstümmelt, zwei davon tot, drei sterbend und zwei verletzt. Die, die sich noch bewegten, wurden umgehend mit den Racheschippen bearbeitet. Als das Töten der Überlebenden beendet war, luden die Soldaten die zerquetschten Körper der Tiere auf ihre Schaufeln und brachten sie zu den Schützengräben. Draußen regnete es. Sie warfen die toten Tiere in die dreckigen Pfützen jenseits der Brustwehre und stellten fest, dass es dort bereits Ratten gab, lebende, die mit hoch erhobenen Schnauzen herumschwammen und sich auf die neu angekommenen Kadaver stürzten.

»Fresst euch doch gegenseitig auf!«, rief Baltazar mit angewidertem Gesichtsausdruck aus. »Guten Appetit.«

Da erklang das Sirenensignal. Die Soldaten setzen ihre Gasmasken auf und kehrten eilends zum Unterstand zurück. Es gab einen Gasangriff.

Am Morgen des achtzehnten März gingen Afonso und Pinto zum Laventie East Post, um den Nachschub für die ersten Linien zu klären. Das Frühjahrserwachen war sehr turbulent gewesen, und die portugiesischen Positionen hatten mehrere heftige Bombardierungen durch die Deutschen aushalten müssen. Danach hatte der Feind weitere Angriffe gestartet, einmal am zwölften und jetzt wieder am achtzehnten März, was verstärkte Kampfhandlungen zur Folge hatte, die bei den entkräfteten portugiesischen Truppen hohe Verluste nach sich zogen. Als der letzte Angriff vorüber war und die Deutschen sich zurückgezogen hatten, gingen die beiden Offiziere die Harlech Road entlang. Sie waren auf dem Weg zum *Red House* in der Rue du Bacquerot. Da trafen sie mitten auf der Straße, in der Nähe von Harlech Castle, auf Leutnant Cook, der in die Gegenrichtung unterwegs war.

»*What ho,* Afonso, *my lad!*«, grüßte der Engländer und salutierte. Danach sah er Cenoura an. »Wie geht's, mein lieber Pinto?«

»Hallo, Tim«, grüßte Afonso. »Du hier?«

»Ja, ich bereite einen *report* für meinen *boss* vor.«

»Läuft ganz schön schlecht hier, was?«

»*Right ho*«, stimmte Leutnant Cook mit düsterer Miene zu. »*Not good, not bloody good.*«

»Komm doch mit, lass uns zusammen einen Tee trinken.«

Der Engländer nahm die Einladung der beiden Portugiesen an. Sie gingen die Harlech Road entlang, bogen beim *Red House* links in die Rue du Bacquerot ab, gingen weiter bis zur Picantin Road und gelangten schließlich zum Picantin Post.

»Joaquim, Tee für uns drei«, sagte Afonso zu seiner Ordonnanz, als er den Posten betrat.

Der Soldat setzte den Teekessel auf, während die drei Offiziere sich in dem Unterstand des Hauptmanns auf den Munitionskisten niederließen. Cook holte seine Pfeife und ein Säckchen hervor, dessen Inhalt wie dunkles Kraut aussah.

»Tabak aus Aleppo«, erklärte er, als er den fragenden Blick der Portugiesen bemerkte.

Der englische Leutnant stopfte seine Pfeife und steckte sie mit einem Streichholz in Brand. Afonso räusperte sich.

»Was haben diese Typen vor, was meinst du?«

»Wer? Die *Jerries*?«

»Ja.«

Der englische Leutnant zog heftig an seiner Pfeife, während er das brennende Streichholz noch immer an den Tabak hielt, und schaffte es schließlich, eine Rauchwolke auszustoßen. Angenehmer Pfeifenduft erfüllt den Unterstand.

»*Hard to say*«, sagte er schließlich. Er zog noch einmal an der Pfeife und stieß eine weitere Rauchwolke aus. »Sicher ist, dass die *Jerries* bald angreifen werden. *No doubts whatsoever.* Das Oberkommando selbst spricht ganz offen darüber. Wir müssen nur noch rauskriegen, wo.«

»Glaubst du, sie greifen hier an?«

»*Hardly.*« Er stand auf und trat an die Wandkarte. »Sicheren Quellen zufolge wird es irgendwo im Abschnitt von Arras sein, weiter im Süden.« Er wies mit der Pfeife auf den Punkt von Arras. »Hier.«

»Und warum bombardieren sie uns dann so heftig und führen all diese Angriffe durch?«

»Das Oberkommando glaubt, dass das Ablenkungsmanöver sind. Die *Jerries* wollen uns im Ungewissen halten, damit wir versuchen rauszukriegen, wo sie angreifen. Deshalb haben sie diese Front wiederaufleben lassen.«

»Aber weißt du, was wir festgestellt haben?«, fragte Afonso und rutschte unruhig auf seiner Kiste hin und her. »Die Boches haben angefangen, uns systematisch zu beschießen.«

Cook sah ihn überrascht an. »*What do you mean?*«

»Das Artilleriefeuer ist nicht willkürlich. Ganz im Gegenteil, sie haben angefangen, gezielt auf bestimmte Objekte zu schießen. Zum Beispiel beschießen sie Straßen, Kreuzungen und Kommandoposten.« Er kniff die Augen zusammen. »Es sieht so aus, als wollten sie schon mal proben. Weshalb sollten sie denn sonst Straßen bombardieren? Sie wollen sie markieren, um später bei einem Großangriff den Nachschub blockieren zu können.«

»Das ist in der Tat merkwürdig«, sagte Cook und setzte sich wieder auf seine Kiste. »Ich muss jedoch gestehen, dass ich mehr zu der These tendiere, dass sie ein Ablenkungsmanöver durchführen, doch was du sagst, gibt mir zu denken.« Er zog an der Pfeife und stieß eine weitere duftende Rauchwolke aus. »Irgendwie hat es den Anschein, als seien all diese Angriffe nur dazu da, eure Verteidigung zu testen. Vielleicht starten sie ja tatsächlich eine Operation hier, aber das wird bestimmt nur eine kleine Sache, um uns zu ärgern, verstehst du?«

Afonso und Pinto sahen sich an. Der Hauptmann stand auf, zog eine Aktentasche unter dem Feldbett hervor und setzte sich wieder auf seine Kiste. Er öffnete die Tasche und holte ein Bündel mit Durchschlagpapieren hervor. Es waren die Kopien von Berichten.

»Siehst du das?«, fragte er und wedelte damit vor dem Gesicht des Engländers herum. Das sind unsere Tagesberichte. Sie wurden von den Offizieren der Minho-Brigade erstellt und beziehen sich auf die Aktivitäten hier in Fauquissart, dem uns unterstellten Abschnitt.«

Afonso blätterte die Dokumente durch, las hier und da etwas, blätterte um, las weiter, blätterte wieder um, ging zurück auf die vorherige Seite, dann wieder auf die nächste und zurück auf die vorherige.

»Da steht es«, rief er auf einmal aus. Er zeigte auf die Mitte der Seite. »Sieh dir das an!«

»*What?*«

»Das ist der Bericht vom siebten März, also von vor knapp zwei Wochen. In dieser Nacht sind mehrere Patrouillen ins Niemandsland vorgedrungen, und hier heißt es« – er machte eine Pause und las dann laut vor: »›Es wurden viele Geräusche von Fahrzeugen auf den Linien der feindlichen Nachhut wahrgenommen.‹« Er hob den Kopf und sah den Engländer an. »Hast du das gehört? Es ist das erste Mal, dass in einem Bericht Fahrzeuggeräusche bei der deutschen Nachhut festgestellt werden.« Er blätterte weiter. »Hier der Bericht vom achten März.« Er las den betreffenden Abschnitt vor. »›Bei der Nachhut der ersten feindlichen Linie war das Zirkulieren von Kippwagen zu hören.‹« Ohne den Kopf zu heben, blätterte er weiter. »Das ist der Bericht vom neunten März.« Kleine Pause. »›Während der ganzen Nacht war bei der Nachhut der ersten feindlichen Linie das Zirkulieren von Kippwagen zu hören.‹« Neue Seite. »Bericht vom zwölften März.« Er hielt überrascht inne. »Oh, da fehlen ja die Berichte vom zehnten und elften März.« Er suchte sie in dem Stapel, blätterte vor und zurück, fand jedoch nichts. Da zuckte er resigniert mit den Schultern. »Macht nichts, dann sehen wir uns eben den vom 12. an.« Kurze Pause. »›Alle Patrouillen berichten, dass es bei der Nachhut der feindlichen Linien in der Nacht große Fahrzeug- und Kippwagenbewegungen gegeben hat.‹« Nächstes Blatt. »Bericht vom dreizehnten …«

»*All right, all right, I got it*«, unterbrach ihn Cook. »Ich hab verstanden, dass es große Fahrzeugbewegungen auf den deutschen Linien gegeben hat.«
Afonso hob den Kopf und sah ihm in die Augen.
»Richtig. Sie bringen Truppen an unsere Front.«
»Das kann vieles bedeuten.«
»Ja, kann es.«
»Es kann auch bedeuten, dass sie Truppen an andere Punkte der Front verlagern.«
»Ja. Aber es kann auch bedeuten, dass sie Truppen von anderen Punkten hierherbringen. Im Übrigen fällt dies zusammen mit der Intensivierung der Bombardierung und den feindlichen Angriffen auf unsere Linien. Da muss man doch nur zwei und zwei zusammenzählen.«
Joaquim kam mit Blechbechern und einer Kanne dampfenden Tees herein. Die beiden portugiesischen Offiziere bedienten sich, während der Engländer sich auf seine Pfeife konzentrierte und heftig daran zog. Die Lippen umschlossen das Mundstück, doch es kam kein Rauch.
»*Damn!*«, fluchte er und untersuchte den Tabak, mit dem er die Pfeife gestopft hatte. »Sie ist ausgegangen.«
Verärgert legte er die Pfeife beiseite und goss bedächtig Tee in seinen Becher.
»Das Problem ist, dass die Aktivitäten der Boches sich negativ auf die Moral der Truppen auswirken«, sagte Afonso.
»Das hab ich bemerkt«, erwiderte Cook. »Ich habe Wachsoldaten gesehen, die in den Schützengräben eingeschlafen sind, Munition, die einfach so auf dem Boden rumlag, Brustwehre, die nicht mehr repariert wurden. Das ist nicht gut, wirklich.«
Afonso seufzte.
»Wir sind schon zu lange hier, viel zu lange. Sieh mal, Tim, als unsere Brigade im September an die Linien kam, hatten die Boches die zweihundertneunzehnte Division hier. Im November wurde deren Division von der fünfzigsten abgelöst. Im Januar ging die fünfzigste, und es kam die vierundvierzigste. Diesen Monat konnte sich die vierundvierzigste ausruhen, und wir haben es mit der einundachtzigsten deutschen Division zu tun. Das heißt, in sechs Monaten haben sie

hier vier verschiedene Divisionen eingesetzt, haben die Leute ausgetauscht und sie ausruhen lassen. Und wir haben in diesen sechs Monaten nie ausgeruht, hatten es aber ständig mit frischen Truppen zu tun.« Er trank einen Schluck Tee. »Selbst eure Truppen wurden immer wieder abgelöst. Links von uns waren seit September zuerst die achtunddreißigste britische Division, dann die zwölfte und nun die siebenundfünfzigste. Und rechts war es zuerst die fünfundzwanzigste, dann die zweiundvierzigste und jetzt die fünfundfünfzigste. Und bei uns bleibt alles beim Alten, als hätten wir hier Wurzeln geschlagen. Wie soll man denn da die Moral der Truppe erhalten? Was meinst du?«
Cook nickte zustimmend.
»Ihr müsst abgelöst werden, daran zweifelt bestimmt keiner. Weder ich noch das Oberkommando. Das ist übrigens auch meine Empfehlung an meinen *boss*.« Er trank den restlichen Tee auf einmal aus und stand auf.
»*Look*, Afonso, ich muss los, meinen *report* machen. Wenn ich was Neues erfahre, melde ich mich, in Ordnung?« Er salutierte. »*Cheerio, old chap.*«

Anfangs war es nur ein Gerücht gewesen, es hieß, ein anderer hätte gehört, und das wurde von Mund zu Mund weitergetragen, flatterte über die Schützengräben, sprang von Unterstand zu Unterstand. Am Funkerposten wurde es jedoch zur Gewissheit.
»Ja, Herr Hauptmann, die Boches haben eine Großoffensive gestartet«, bestätigte der diensthabende Offizier, ein Oberleutnant.
»Und wo?«, wollte Afonso wissen.
»Zwischen Arras und St. Quentin, Herr Hauptmann.«
Afonso ging zu der Landkarte.
»Hm, das liegt gegenüber von Amiens«, stellte er fest und schätzte die Entfernung bis nach Armentières und Paris ab. »Und wie ist die Lage?«
»Schlecht, nehme ich an, Herr Hauptmann. Wir haben wenig Informationen, doch es heißt, es sei die bisher schlimmste Bombardierung, und angeblich rücken eine Unmenge von Boches gegen die Tommys vor.«

»Bis wohin sind sie denn vorgedrungen?«, wollte Afonso wissen, den Blick unverwandt auf die Karte gerichtet.

»Das weiß ich nicht, Herr Hauptmann.«

Afonso spürte, wie ihm ein Stein vom Herzen fiel. Man schrieb den einundzwanzigsten März, und das war mit Sicherheit die große Frühjahrsoffensive. Die Deutschen gaben ihr Äußerstes, um die Linien der Alliierten zu durchbrechen, doch das Wichtigste an dem Ganzen war, dass sie nicht den Abschnitt am Fluss Lys dafür ausgewählt hatten. Der Hauptmann lächelte beinahe vor Zufriedenheit. Das schlimmste Szenario, das, was er am meisten gefürchtet, was ihm am meisten Sorgen bereitet hatte, war nicht eingetreten. Tim hatte recht gehabt, als er meinte, sichere Informationen zu haben, dass die Deutschen eher im Abschnitt von Arras angreifen würden.

Afonsos Glaube, es gäbe keinen Grund mehr, eine Großoperation der Deutschen gegen das Portugiesische Korps zu fürchten, wurde außerdem dadurch gefestigt, dass die feindlichen Kampfhandlungen gegen portugiesische Positionen an den Tagen nach dem Großangriff vom einundzwanzigsten März drastisch zurückgingen. Die Patrouillen registrierten zwar immer noch starke Fahrzeugbewegungen bei der feindlichen Nachhut, doch ab dem fünfundzwanzigsten März war Ruhe.

Afonso atmete erleichtert auf.

XVI

Was? Du kommst gleich mit einem Trumpf raus?«, fragte Afonso überrascht, als er die Herz-König-Karte auf dem rohen Holztisch liegen sah.

»Ja. Und jetzt schau mal, ob du stechen kannst«, forderte Leutnant Pinto ihn spöttisch auf.

Der Hauptmann zog eine Karte aus seinem Blatt und warf sie auf den Tisch. Es war das Herz-As.

Der Leutnant lächelte. »Wusst ich's doch, dass du das As hast!«

»Ja, das hab ich«, sagte Afonso und sammelte die Karten ein. »Und mit dem hab ich dir deinen König weggenommen.«

Pinto betrachtete sein Blatt. Ohne den Blick von den Karten zu heben, kam er auf das zu sprechen, was ihn beschäftigte.

»Ich versteh nicht, wie die ihre Offensive geplant haben.« Er schüttelte den Kopf. »Ich versteh das einfach nicht.«

»Wer? Die Boches?«, fragte Afonso, obwohl er genau wusste, dass der Leutnant die Deutschen meinte. »Vielleicht haben ja unsere Männer auch was dazu beigetragen, schließlich haben wir sie hier nicht einfach so rumspazieren lassen, oder?«

»Trotzdem.«

Es war der Nachmittag des dritten April, die beiden Offiziere saßen auf Sandsäcken neben einem Maschinengewehrposten des Picantin Post, spielten Karten und kommentierten den Ausgang der deutschen Offensive. Der Feind hatte es geschafft, Ham und Bapaume einzunehmen, und war gefährlich nah an Amiens und Arras herangekommen, was bei den Alliierten Panik ausgelöst hatte. Doch eine improvisierte Mauer, die ausschließlich aus Artillerietruppen des portugiesischen Abschnitts bestand, hatte den Vormarsch der Deutschen stoppen können, und die Offensive lief ins Leere.

Afonso wollte gerade die Herz-Drei ausspielen, um seinem Gegner den letzten Trumpf zu rauben, als eine Fahrradstafette ankam und einen Umschlag aus der Umhängetasche zog. Der Hauptmann quittierte den Empfang, nahm den Umschlag entgegen, riss ihn auf, holte das darin befindliche Schreiben heraus und faltete es auseinander. Es war der Befehl R.O./23. Er las ihn, und sein Mund verzog sich zu einem Lächeln.

»Was ist los, Afonso?«, wollte Pinto wissen, dem die Reaktion des Freundes nicht entgangen war.

»Cenoura, mein Lieber, mir scheint, wir werden bald in Paris spazieren gehen.«

»Du willst mich wohl verarschen«, rief der Leutnant aus und streckte seine Hand nach dem Befehl aus. »Lass mal sehen.«

Der Hauptmann lachte auf und zog den Arm zurück, damit der Freund das Schreiben nicht zu fassen bekam.

»Immer langsam«, sagte er lachend. »Immer langsam.«

»Das ist unfair. Lass mal sehen …«

Pinto setzte sich, wenngleich widerwillig, und Afonso las den Befehl ein zweites Mal.

»Also«, sagte er zu dem erwartungsvollen Leutnant. »Morgen Abend verlässt die erste Brigade die Linie und ruht sich aus. Sie wird von der zweiten Brigade ersetzt. Übermorgen verlässt die dritte Brigade die Linie, und die Übrigen verteilen ihre Truppen, um die Lücke zu schließen, die sie hinterlassen hat. Die zweite Division wird mit Unterstützung der ersten Brigade den ganzen Abschnitt überwachen, während die erste Division sich endlich ausruhen darf. Und in drei Tagen werden wir alle in das elfte Korps der Tommys integriert.«

Der Leutnant zögerte.

»Ich versteh nicht, warum dich das so freut«, stieß er enttäuscht aus. »Ausruhen darf sich doch nur die erste Division, die machen bestimmt gerade Luftsprünge. Wir bleiben hier und ärgern uns. Was ist denn daran gut?«

»Das Gute daran ist, mein lieber Cenoura, dass das bedeutet, dass auch wir uns bald ausruhen dürfen. Verstehst du denn nicht, dass die zweite Division, selbst wenn sie von einer Brigade der ersten unterstützt wird, nicht dauerhaft einen Abschnitt halten kann, der vorher

von zwei Divisionen verteidigt wurde? Das machen die Tommys nicht mit. Sobald wir Bestandteil des elften Korps sind, werden sie uns kontrollieren und – wusch! – ersetzen.« Er machte eine schnelle Handbewegung, um das »wusch« zu verstärken. »Sie wissen, dass wir am Ende unserer Kräfte sind.«
Da lächelte auch Pinto.
»Vielleicht hast du recht«, gab er zu. »Und was passiert mit unserer Brigade?«
»Das, mein lieber Cenoura, ist die Rosine in dem Kuchen. Die zweite Brigade geht nach Ferme du Bois, die sechste nach Neuve Chapelle und die fünfte nach Fauquissart. Und die Minho-Brigade, mein Lieber, unsere Minho-Brigade zieht sich von Fauquissart zurück und bildet die glorreiche Reserve!«
Der Leutnant klatschte sich begeistert auf die Schenkel und lachte.
»Das ist gut! Das ist eine gute Entscheidung! Wirklich! Leb wohl Minho-Brigade, es lebe die Vinho-Brigade!«
Eine Stunde später wurde der Befehl R.O./23 durch den von der Minho-Brigade ausgestellten Operationsbefehl Nr. 19 ergänzt, der detaillierte Instruktionen über den Ablauf der Ablösungsmodalitäten enthielt. Dieses zweite, vom Interimskommandeur Oberst Mardel unterschriebene Papier legte fest, dass die Ablösung innerhalb von drei Tagen erfolgen sollte, wobei das achte Infanteriebataillon unterstützend mitwirken und anschließend in die Reserve gehen sollte. Die Stimmung bei der Minho-Brigade besserte sich merklich, und Afonso konnte seine Vorfreude, Agnès wiederzusehen, kaum verbergen. Der nächste Tag, der vierte April, war erneut ruhig. Die Männer sprachen fast ausschließlich über die bevorstehende Ablösung und betrachteten sie als Vorboten einer längeren Erholung oder gar der Rückkehr nach Hause, wer weiß. Man sah lächelnde und scherzende Soldaten, der Alptraum schien ein Ende zu haben.

Am Morgen des fünften März wurde der Hauptmann nach Laventie bestellt, zu einer Sitzung mit Oberst Mardel. Die Kommandeure der vier Minho-Bataillone und der anderen Kompanien versammelten sich im Konferenzraum des Hauptquartiers. Die Unterhaltungen waren lebhaft, es wurde viel gelächelt und gelacht. Entspannt zogen die

Offiziere an ihren Zigaretten, die Stimmung war heiter und gelöst wie an einem Festtag.

Das leise Stimmengewirr verstummte, als die Tür aufging und Mardel hereinkam. Der Gesichtsausdruck des Interimskommandeurs der Minho-Brigade war verschlossen und ernst. Er grüßte die Anwesenden mit einer knappen Geste und forderte sie auf, Platz zu nehmen. Die Offiziere verstummten und setzten sich um den großen Tisch, mit einem Mal beunruhigt. Mardels düsterer Blick deutete auf Schwierigkeiten hin.

»Teufel noch mal!«, zischte Afonso Montalvão zu. »Das verheißt nichts Gutes.«

Mardel wartete ab, bis alle saßen. Afonso bemerkte, dass seine Augenbrauen gerunzelt waren und seine Nase nervös zuckte. Das war kein gutes Zeichen.

»Meine Herren«, begann der Oberst schließlich und ließ seinen Blick über die Runde schweifen. »Letzte Nacht haben die Männer des siebten Infanteriebataillons zu den Waffen gegriffen und sich erhoben.«

Ein entsetztes Murmeln ging durch die Runde. Das siebte Infanteriebataillon, aus Leiria stammend, gehörte der zweiten Brigade an, und alle wussten, dass sie die einzige Brigade der ersten Division war, die nicht ausruhen durfte. Mardel ließ die Nachricht erst einmal wirken.

»Die Soldaten des siebten Infanteriebataillons haben es nicht hingenommen, dass sie an der Front bleiben müssen, während die anderen Brigaden sich zurückziehen dürfen. Laut der soeben eingegangenen Informationen haben sich die Soldaten geweigert, nach Ferme du Bois, in den Abschnitt, der ihnen zugedacht war, aufzubrechen. Sie haben angefangen zu schießen und dadurch verhindert, dass das dreiundzwanzigste und vierundzwanzigste Infanteriebataillon zu ihren Positionen gelangten.« Diese beiden Infanteriebataillone gehörten ebenfalls der zweiten Brigade an. »Deshalb muss ich Ihnen leider mitteilen, meine Herren, dass ich aus St. Venant die Anweisung erhalten habe, dass die Minho-Brigade in Fauquissart bleibt.«

Die Offiziere sahen sich enttäuscht an. Sie dachten alle daran, was diese Nachricht für ihre Männer bedeutete, die sich schon so darauf freuten, die Linien endlich verlassen und in die Reserve gehen zu können.

»Herr Oberst, was gilt dann jetzt für uns?«, fragte Major Xavier da Costa, der Kommandeur des neunundzwanzigsten Infanteriebataillons, das ebenfalls aus Braga stammte.
»Es bleibt alles beim Alten. In den ersten Linien links das achte Infanteriebataillon und rechts das zwanzigste. Hinten das neunundzwanzigste und das dritte.«
»Und die fünfte Brigade geht nach Ferme du Bois?«, wollte Major Monatalvão, der Kommandeur des achten Infanteriebataillons, wissen.«
»Richtig. Sie wird die zweite Brigade ersetzen. Außer uns ist noch die dritte Brigade angeschmiert, die sich eigentlich ausruhen sollte und jetzt nicht mehr darf. Sie stellt die Reserve, wegen des Aufstands in der zweiten Brigade.«

Wie vermutet, fassten die Soldaten die Nachricht nicht gut auf. Man hörte Beschimpfungen und Proteste, doch im Grunde verstanden die Männer, dass die Soldaten der ersten Division mehr Recht auf Rückzug hatten als die der Zweiten, da sie schon länger an der Front waren.
Afonsos Befürchtungen verschlimmerten sich in dieser Nacht. Der Hauptmann hatte Feldwebel Rosa und dessen Truppe auf eine Aufklärungspatrouille geschickt und blieb selbst an der Frontlinie des Great Northern Trench zurück, um auf die Männer zu warten. Als die Patrouille gerade im Niemandsland unterwegs war, hörte er mehrere Maschinengewehrsalven und fürchtete um die Sicherheit seiner Männer. Als er nach zwei Stunden jedoch Matias' Stimme und das Kennwort des Tages vernahm, war er wieder beruhigt. Der riesenhafte Zugführer erschien an der ersten Linie, gefolgt von Abel, Feldwebel Rosa, Vicente und Baltazar.
»Und?« Alles ruhig?«, fragte Afonso den Feldwebel.
»Die haben ordentlich rumgeballert mit ihren Maschinengewehren, Herr Hauptmann, daher war es recht aufregend.«
»Das habe ich gehört. Und sonst?«
Der Feldwebel verzog den Mund und sah die anderen Patrouillenmitglieder mit sorgenvollem Blick an.
»Ich weiß nicht, Herr Hauptmann, ich weiß nicht.«
»Was weißt du nicht?«, wunderte sich Afonso.

Rosa seufzte.
»Wissen Sie, Herr Hauptmann, es gehen merkwürdige Dinge vor auf der anderen Seite …«
»Merkwürdige Dinge? Was für Dinge?«
»Wir haben Motorengeräusche gehört bei der deutschen Nachhut, Busse und Laster waren das, ganz viele hintereinander, es war ein unglaublicher Verkehr.« Rosa kratzte sich seinen spärlichen Bart. »Und dann haben wir auch noch ein anderes Geräusch gehört, so was wie ratter, ratter, ratter, es klang, wie soll ich sagen, es klang wie ein Zug …«
»Wie ein Zug?«
Rosa sah Matias an.
»War es ein Zug, oder nicht?«, vergewisserte sich der Feldwebel.
Matias nickt wortlos, und die anderen Männer taten es ihm gleich.
»Ein Zug?«, sinnierte Afonso, ernstlich beunruhigt. Er sah Rosa an. »Und das war alles?«
»Nein, da gab es noch mehr«, meinte der Feldwebel. »Wir haben auch viele Männer in Zivil gesehen, weiter hinten, und eine Gruppe, die Telefonleitungen repariert hat.«
Afonso kehrte nachdenklich und beunruhigt zum Picantin Post zurück. Er ging zu Leutnant Pinto und teilte ihm die Neuigkeiten mit, und sie beschlossen, die Männer zu befragen, die an den Vortagen die Patrouillen durchgeführt hatten. Am nächsten Morgen, es war der sechste April, machten sie die betreffenden Soldaten ausfindig, und was sie erfuhren, beunruhigte sie sehr. Die an den Aufklärungsaktionen beteiligten Soldaten erklärten, sie hätten seit dem zweiten April immer wieder Geräusche von zirkulierenden Lastern bei der deutschen Nachhut gehört. Aufgeregt erzählten die Soldaten von großen Truppenbewegungen beim Feind und dass sie Männer gesehen hätten, die Telefonleitungen geflickt, Schilder montiert, Holz transportiert, Säcke und Kisten geschleppt, künstliche Krater errichtet und die Kommunikationswege ausgebessert hätten. Einer der Soldaten behauptete sogar, einen deutschen Offizier beobachtet zu haben, der die portugiesischen Linien mit seinem Fernglas ausgespäht und sich Notizen gemacht hätte, während die anderen den Einsatz von Periskopen festgestellt hatten.

Äußerst alarmiert verlangte Afonso nach einem Pferd und ritt die Harlech Road entlang nach Laventie. Er sprach im Hauptquartier der Brigade vor und bat um eine Unterredung mit Oberst Mardel. Nach einer Wartezeit von nur fünf Minuten wurde er vom Interimskommandeur der Minho-Brigade empfangen, und Afonso überbrachte ihm die gesammelten Informationen. Als er seinen Vortrag beendet hatte, lächelte Mardel.

»Sie machen sich zu viele Sorgen, mein lieber Hauptmann Brandão.«

Afonso errötete verlegen.

»Meinen Sie, Herr Kommandeur?«

»Ja, das meine ich.«

»Aber finden Sie diese Aktivitäten denn nicht beunruhigend?«

»Doch. Ich denke, sie sind beunruhigend, Herr Hauptmann, sehr beunruhigend sogar.«

Der Hauptmann war verwirrt und verstand Mardels merkwürdige Reaktion nicht.

»Aber …«

»Die Aktivitäten sind beunruhigend, aber nicht für uns«, unterbrach ihn der Kommandeur. »Sie sind beunruhigend für die Tommys.«

»Für die Tommys?, wunderte sich Afonso. »Aber das passiert doch alles hier an unserer Front, Herr Kommandeur, das trifft doch uns.«

»Nein, Herr Hauptmann. Es wird die Tommys treffen.«

Afonso zögerte.

»Aber … wie …«

»Ganz ruhig, Herr Hauptmann, ganz ruhig«, fuhr Mardel fort. Er öffnete eine Schreibtischschublade und zog ein paar maschinenbeschriebene Blätter hervor. »Sehen Sie das?«

Er zeigte ihm die erste Seite, und Afonso erkannte, dass es ein auf Englisch abgefasstes Dokument war.

»Das ist der Ablösebefehl Nr. 329, der heute Morgen von General Haking, dem Kommandeur des elften britischen Korps, ausgestellt wurde und den ich soeben erhalten habe, vor ungefähr zwanzig Minuten. Und wissen Sie, was er beinhaltet?« Mardel sah Afonso in die Augen und versuchte, in seinem Gesicht zu lesen, als er den nächsten Satz aussprach. »Der Ablösebefehl Nr. 329 bestimmt den Abzug des

gesamten portugiesischen Korps von der Front.« Er machte eine dramatische Pause. »Des gesamten.«
Afonso blieb der Mund offenstehen, und er versuchte, die Bedeutung der Nachricht zu erfassen.
»Des gesamten portugiesischen Korps? Wir werden abgezogen?«
»Ja, Hauptmann Brandão. Wir werden abgelöst.«
»Aber vor ein paar Tagen …«
»General Haking hat unsere Linien besucht«, beeilte sich Mardel zu erklären. »Er hat den Zustand der Truppen gesehen und entschieden, dass die Männer nicht mehr an der Front bleiben können, sie sind nicht mehr in der Lage dazu. Daher werden wir gehen, mein Lieber, und die fünfzigste britische Division kommt.«
»Aber das ist ja wunderbar, Herr Kommandeur. Einfach wunderbar!«
Afonso konnte sich vor Freude kaum halten. Begeistert sprang er auf und streckte Mardel seine Hände entgegen. Der Oberst drückte sie und erwiderte Afonsos Lächeln.
»In ein paar Tagen fahren wir nach Paris, Herr Hauptmann, zu den Weibern!«
Afonso sah zum Fenster hinaus und spürte, wie ein zarter Duft seine Lungen erfüllte. Er verhieß die langersehnte Freiheit, war ein unbeschreibliches, unaussprechliches Gefühl. Er hatte Lust, in die Luft zu springen, zu singen, hinauszurennen, um Agnès die große Neuigkeit zu erzählen, wollte Mardel umarmen und an Blumen riechen, lachen und weinen, Gedichte aufsagen und lieben. Die Farben erschienen ihm leuchtender, die Luft wohlriechender, die Geräusche melodischer. Doch da schlich sich leise und verräterisch ein Anflug von Skepsis in seine Freude.
»Und wann soll die Ablösung stattfinden?«, fragte er misstrauisch.
»In der Nacht vom neunten April beginnen wir mit dem Abzug, und in der darauffolgenden Nacht schließen wir ihn ab.«
»Am neunten April?«
»Ja, am neunten April.«
Afonso zählte im Geiste.
»Heute ist der sechste April.« Er zählte an den Fingern ab. Sieben, acht, neun. »Drei Tage.« Er entspannte sich. »Noch drei Tage.«

Zwei Tage später, als Hauptmann Afonso Brandão gerade damit beschäftigt war, seinen Unterstand Picantin Post aufzuräumen, erschien Joaquim an der Tür.

»Herr Hauptmann, wir haben eine Mitteilung von der Brigade erhalten, dass Leutnant Cook Sie dringend sprechen möchte, deshalb sollen Sie sich noch heute im Hauptquartier der vierzigsten britischen Division in Fleurbaix melden.«

Afonso sah seine Ordonnanz überrascht an. Was, zum Teufel, hatte Tim ihm so Dringendes mitzuteilen? Man schrieb den achten April, alles war ruhig, und in der kommenden Nacht sollten die portugiesischen Streitkräfte abgelöst werden. Was mochte es da noch so Dringendes geben, das nicht vierundzwanzig Stunden warten konnte? Der Hauptmann erwog sogar die Möglichkeit, die Anweisung einfach zu ignorieren, doch dann überlegte er es sich anders und fand, dass es ein wunderbarer Vorwand war, um bei der Nachhut vorbeizuschauen und Agnès zu besuchen.

Er ließ sich ein Pferd bringen, es war eine Stute, und verließ Fauquissart. Als er nach Laventie kam, bog er, statt nach Norden Richtung Fleurbaix weiterzureiten, nach Westen ab. Er gelangte zu dem Krankenhaus für Allgemeinmedizin und Chirurgie, stieg vom Pferd, band die Stute neben dem Portal fest und ließ die Krankenschwester Agnès Chevallier rufen. Die Französin rannte sofort auf ihn zu, als sie ihn erblickte. Sie hatte einen weißen Kittel an, eine Uniform, die das Weibliche der Krankenschwestern eliminieren sollte, doch es gelang dieser Uniform ganz offensichtlich nicht, ihrem Körper die Sinnlichkeit zu nehmen. Agnès umarmte Afonso ungestüm, sie küssten sich auf den Mund, den Hals und überall im Gesicht.

»*Salut*, mein Liebling«, sagte sie schließlich und hielt sein Gesicht zwischen ihren Händen. »Geht's dir gut? Bis du aus dem Krieg zurück?«

»Noch nicht, aber ich hab eine Neuigkeit für dich«, verkündete er.

»Wirklich? Eine gute oder eine schlechte?«

»Eine gute, eine sehr gute.« Er lächelte beruhigend. »Morgen verlassen wir die Schützengräben und beginnen eine lange Erholungsphase in der Nachhut. Für mich ist der Krieg vorbei. *C'est fini!*«

»*Oh la la!*«, rief Agnès aus, und ihre grünen Augen strahlten. Sie

umarmte ihn erneut mit aller Kraft. »*Merci, merci!* Ach Gott, bin ich froh, du kannst dir gar nicht vorstellen, wie froh ich bin!«
Sie hauchte ihm Küsse aufs Ohr, und ihre rosigen Lippen flüsterten Zärtlichkeiten, sanfte, honigsüße Worte.
»Mein Liebes«, murmelte er mit geschlossenen Augen und spürte, wie sie sich an ihn presste.
»Ich bin so erleichtert!«, seufzte Agnés. »*Ah, oui,* wie gut, dass dieser Alptraum ein Ende hat.«
Sie hatten große Mühe, sich voneinander zu verabschieden. Agnès begleitete Afonso zum Portal, sie küssten und umarmten sich, fühlten sich magisch angezogen. Da fasste der Hauptmann sich ein Herz und sprang auf sein Pferd. Langsam und widerwillig ritt er davon. Am Ende der Straße, vor der Kurve, wandte er sich ein letztes Mal um und sah Agnès dort stehen, wie angewurzelt, die Hände vor der Brust verschränkt, das helle Haar in der Sonne leuchtend, ein glückliches Lächeln auf dem Gesicht. Sie hoben beide einen Arm und winkten sich zu. Afonso gab dem Pferd die Sporen und verschwand in der Kurve.

Eineinhalb Stunden später sprach der portugiesische Hauptmann in Fleurbaix im Hauptquartier der vierzigsten britischen Division vor und bat um eine Unterredung mit Leutnant Timothy Cook. Kurz darauf kam Tim die Treppe herunter und trat in der Lobby auf Afonso zu.
»*What ho,* Afonso. *Jolly good to see you!*«
»Hallo Tim, wie geht's?«
»*Come on*«, lud Tim Afonso ein und führte ihn die Treppe hinauf.
»Du bist ein echter Tommy«, lächelte der Portugiese. »Also, was gibt es so Dringendes, dass ich herkommen musste?«
Der englische Leutnant blieb auf dem Treppenabsatz stehen.
»Wir haben Informationen, und die sind … *disturbing* … wie sagt man das?
»Beunruhigend.«
»*Right ho,* beunruhigend. Wir haben beunruhigende Informationen.«
Er stieg die Treppe hoch, die Augen auf die Stufen gerichtet. »Seit

dem einunddreißigsten März hat unsere Luftwaffe eine allgemeine Truppen- und Artilleriebewegung der Deutschen in Richtung Norden festgestellt, die die Straßen und Eisenbahnlinien verstopft hat. Am ersten April hat ein einziges Flugzeug in zwei Stunden fünfundfünfzig Züge gezählt, deren Endstation stets der Abschnitt gegenüber euren Positionen war. Diese Beobachtung wurde in den darauffolgenden Tagen von weiteren Flugzeugen gemacht.« Er warf dem Portugiesen einen Seitenblick zu. »Vorgestern wurde beobachtet, dass die Straßen und Eisenbahnlinien gegenüber dem portugiesischen Abschnitt alle mit Lastern und Bussen verstopft waren, und unsere Patrouillen haben außerdem beobachtet, dass die *Jerries* massenhaft Munitionskisten zu ihren Versorgungslinien geschafft haben.«

»Das ist keine große Neuigkeit für uns, Tim«, erwiderte Afonso. »Wir beobachten seit geraumer Zeit, dass die Kerle einen Großangriff auf unseren Abschnitt vorbereiten. Aber das ist, wenn ich das sagen darf, nicht mehr unser Problem, sondern eures. Morgen Nacht, mein lieber Freund, verlassen wir die Front.« Er deutete mit der Hand eine Abschiedsgeste an. »*Goodbye!*«

»*Wrong*, Afonso, es ist euer Problem«, sagte Tim, und die Betonung lag auf dem Wort »ist«. Sie waren im zweiten Stock angekommen und traten in den Flur. »Es ist euer Problem, und es ist ein großes Problem.«

Der Hauptmann sah ihn verwirrt an.

»Was soll das heißen?«

»Das soll heißen, dass unsere Experten der Meinung sind, dass die Vorbereitungen abgeschlossen sind und die *Jerries* euch jetzt mit geballter Kraft angreifen werden.«

Afonso spürte, wie ihm die Luft wegblieb.

»Wie … wie können die das wissen?«, stammelte er. »Die Boches können doch auch erst in ein paar Tagen angreifen. Warum genau morgen?«

»Wegen dem, was heute passiert.«

»Und was passiert heute?

»Nichts.«

»Nichts? Aber wo ist denn dann das Problem?«

»Das Problem ist, dass nichts alles bedeutet.«

»Also hör mal, spinnst du jetzt oder was? Was willst du denn damit sagen?«
»Ich will damit sagen, dass heute auf den deutschen Linien gar nichts passiert ist. Rein gar nichts.«
»Ja und?«
Sie waren an einer Tür angelangt, und Tim blieb stehen.
»Afonso, wenn Vorbereitungen für einen Angriff im Gang sind, dann herrscht immer Hochbetrieb hinter den Linien. In dem Augenblick, wo der Hochbetrieb aufhört, bedeutet das, dass die Vorbereitungen abgeschlossen sind.« Er hob seinen Zeigefinger. »Sie sind fertig und werden angreifen.«
Der Hauptmann rang erneut nach Luft. Er seufzte schwer und sah den Freund hilfesuchend an.
»Na schön, die Vorbereitungen sind abgeschlossen, das hab ich kapiert. Aber wer sagt denn, dass sie genau morgen angreifen? Warum nicht an irgendeinem anderen Tag?«
Tim antwortete nicht sofort. Er drückte die Türklinke nieder, öffnete die Tür und bat Afonso einzutreten. Es war ein großer Raum, in dem reger Betrieb herrschte. An den Wänden standen Tische mit riesigen Apparaten, vor denen Männer mit Kopfhörern saßen und sich Notizen machten. Tim trat auf einen von ihnen zu und bat ihn, seinen Platz zu räumen. Der Mann stand auf, salutierte und ging hinaus. Daraufhin forderte der Leutnant den Hauptmann auf, sich zu setzen.
»Das hier ist ein System, das es uns ermöglicht, die Telefongespräche der *Jerries* abzuhören«, erklärte er und reichte ihm die Kopfhörer. »Das hier sind *listening sets*. Da du Deutsch sprichst, wirst du die Unterhaltungen bestimmt sehr interessant finden.«
Afonso nahm auf dem Stuhl Platz und setzte die Kopfhörer auf. Seine Ohren vernahmen ein merkwürdiges metallisches Klacken, außerdem Funksignale und ein Krachen und Pfeifen. Der Hauptmann wartete eine Minute ab, doch der Lärm hörte nicht auf. Er bedeutete Leutnant Cook, dass es nichts zu hören gab, woraufhin Tim ihn mit einer Handbewegung zu Geduld mahnte. Afonso blieb nichts anderes übrig, als mit den Kopfhörern auf dem Kopf sitzen zu bleiben. Es vergingen zehn Minuten, fünfzehn, zwanzig, die Lider wurden ihm

schwer, er war müde, die Funkgeräusche lullten ihn langsam ein. Da hatte er plötzlich eine Stimme im Ohr.
»Hallo, Spandau«, rief die Stimme.
»Hallo«, erwiderte eine andere.
»Bleiben Sie am Apparat.«
»Was gibt es?«
»Bleiben Sie am Apparat. Und geben Sie mir das Kennwort.«
»Jawohl.«
Man hörte ein elektrisches Signal.
»Hallo. Ist die Verbindung in Ordnung?«
»Jawohl.«
»Also, jetzt gut aufpassen, verlassen Sie auf keinen Fall den Apparat.«
Es wurde still. Afonso klammerte sich an den Kopfhörer, angespannt, hellwach, in Erwartung weiterer Worte. Fünf Minuten lang war es still, bis wieder die erste Stimme in der Leitung ertönte.
»Spandau. Passen Sie auf … fünf Uhr sechsunddreißig. Rufen Sie oben an und geben Sie es weiter. Merken Sie sich … fünf Uhr sechsunddreißig. Es muss genau stimmen.«
Entsetzt nahm Afonso die Kopfhörer ab, die Augen angstvoll aufgerissen.
»Mein Gott!«, flüsterte er. »Sie gleichen die Uhren ab.«

Dritter Teil
Der Sturm

I

Es war, als hätte jemand auf einen Schalter gedrückt. Zuerst war alles friedlich und still. Frösche quakten in den dreckigen Pfützen, Grillen zirpten auf den verwüsteten Feldern, und auf einmal setzte mit unvorstellbarer Wucht der Sturm ein. Es begann nicht mit einem Schuss, auf den weitere folgten, nein, sämtliche Kanonen feuerten gleichzeitig und mit brutaler Heftigkeit ihre Geschosse ab. Es war eine geschlossene Feuerwalze, war wie eine Springflut, die ohne Vorwarnung aufs Festland trifft und mit zerstörerischer Wut den Strand einnimmt; ein Orchester, das mit einem Schlag die Stille durchbricht und eine wilde Höllensymphonie anstimmt.

Seit seiner Rückkehr aus Fleurbaix war Hauptmann Afonso Brandão in panische Angst verfallen. Er hatte Major Montalvão erzählt, was er im Hauptquartier der vierzigsten britischen Division erfahren hatte, doch der Kommandeur des achten Infanteriebataillons hatte sich nicht beunruhigt gezeigt, vermutlich dachte er, es sei nur ein weiterer falscher Alarm eines überreizten Offiziers. Mit dem Gefühl, die Dinge nicht aufhalten zu können, ergab Afonso sich in sein Schicksal und kehrte nach Picantin Post zurück, insgeheim hoffend, seine Befürchtungen könnten unbegründet sein. Er konnte nicht schlafen und verbrachte eine unruhige Nacht, in der er Schützengräben inspizierte, Waffen säubern und Waffendepots kontrollieren ließ. Immer wieder schweiften seine Blicke zu der feindlichen Linie, versuchten, Bewegungen zu erspähen und herauszufinden, was dort ausgeheckt wurde. Doch er sah nichts. Es war, als erhebe sich vor ihm eine schwarze, unheilvolle Wand, unergründlich und undurchdringlich. Gegen vier Uhr morgens kehrte er ziemlich müde zum Posten zurück und setzte sich neben das MG-Nest, um mit den beiden Männern, die an dem Vickers Dienst hatten, einen Tee zu trinken.

Obgleich er darauf eingestellt war, hätte Afonso fast seine Teetasse umgeworfen, so groß war der Schock, den die riesige Explosionswelle auslöste, die schlagartig den Horizont entflammte und das Dunkel erhellte. Ein Tosen erfüllte die Nacht, der Boden erzitterte mit wütender Intensität, als werde er von einem beängstigenden Erdbeben erschüttert, die Luft flimmerte, dass man kaum noch richtig sehen konnte, und der Lärm war so ohrenbetäubend, dass der Hauptmann Schwierigkeiten hatte, zu verstehen, was ihm einer der Männer aus dem nur knapp zwei Meter entfernten MG-Nest zurief.

»...om...ie...in...ung.«

»Wie bitte?«

»...om...ie...in...ung.«

Afonso sah den Soldaten verwirrt an. Er verstand einfach nicht, was er ihm zurief. Da tat er einen Schritt in seine Richtung und hielt sein Ohr an seinen Mund.

»Kommen Sie in Deckung!«, brüllte der Mann.

Der Hauptmann schüttelte den Kopf. Es war zwar gut gemeint von dem Soldaten, doch war immer noch er derjenige, der die Befehle erteilte. Er sah auf die Uhr und stellte fest, dass es Viertel nach vier war. Er reckte seinen Kopf über den Berg aus Sandsäcken, der das Nest schützte, und sah den brennenden Horizont. Ein roter Höllenschein lag über den Schützengräben, und Hunderte und Tausende von leuchtenden Blitzen durchzogen zischend den Himmel. Es waren weißglühende Geschosse, mit denen die Deutschen die portugiesischen Linien bombardierten und die zunächst die Kommandozentralen der Nachhut trafen. Die Kanonenschüsse waren so zahlreich, dass kein einzelner Schuss zu hören war, sie bildeten vielmehr ein einziges Brüllen, dumpf und unheilvoll. An der Richtung, aus der die Explosionen kamen, konnte man ersehen, dass es keine willkürliche Bombardierung war, sondern dass sie gezielt auf Straßen, Kreuzungen und Kommandoposten gerichtet war. Feuerblitze leuchteten in dem Gebiet um Laventie auf, vermutlich brannte das Hauptquartier der Brigade.

Major Gustavo Mascarenhas war mit einem Schlag wach. Er entdeckte Scherben von Dachziegeln und Klumpen aus Erde und Mörtel auf seiner Bettdecke. Er sprang aus dem Bett und blickte bestürzt aus dem zertrümmerten Fenster. Seine Ohren sausten. Der Nachthimmel brannte, erhellt von zahlreichen Explosionen, und das Flachland erzitterte unter einer Feuerwalze, wie die Portugiesen sie noch nie gesehen hatten. Verwirrt zog der zweite Kommandeur des dreizehnten Infanteriebataillons den Schlafanzug aus und schlüpfte in die Uniform. Angekleidet und bewaffnet, verließ er das Zimmer und eilte hinunter in den Raum, der als Schreibstube diente, wo auch die anderen Offiziere des Bataillons aus Trás-os-Montes zusammengekommen waren.

»Haben Sie so was schon mal gesehen, Herr Major?«, fragte ihn Unterleutnant Veiga, der sich noch den zweiten Stiefel anzog. »Nicht mal am letzten Tag lassen uns die Boches in Frieden, verdammt. Nicht mal am letzten Tag.«

»Das stimmt«, antwortete Mascarenhas gutgelaunt. »Ich glaube, sie vermissen uns schon jetzt und haben deshalb beschlossen, uns diesen netten Abschiedsgruß zu schicken.«

Sie lachten nervös, auch die beiden Feldwebel, die in der Schreibstube des Bataillons die Schreibarbeiten verrichteten. Die Kommandantur des dreizehnten Infanteriebataillons war in Lacouture in einem Gebäude namens Senechal Farm untergebracht, und dieser Posten war für Ferme du Bois das, was für Fauquissart Laventie war.

Der Krach der Detonationen war ohrenbetäubend. Das Haus erzitterte unter der Wucht der Explosionen, doch die Offiziere gaben sich ruhig.

»Wissen Sie, was das ist?«, fragte Hauptmann Ambrósio, nachdem das Haus ein weiteres Mal in seinen Grundfesten erschüttert wurde.

»Eine Vergeltung für unsere gestrige Bombardierung?« mutmaßte Veiga.

»Genau das. Jetzt zahlen sie es uns heim.«

Die portugiesische Artillerie hatte am Vortag die deutschen Positionen in Bois du Biez, in der Nähe von Neuve Chapelle, bombardiert, und alle waren sich einig, dass das nun die Antwort des Feindes war.

»Veigas, versuch doch mal rauszukriegen, ob diese Bombardierung nur uns zu Ehren geschieht oder ob sie auch andere Bataillone betrifft«, befahl Mascarenhas.

Der Leutnant war der Funker des dreizehnten Infanteriebataillons. Er ging zum Telefon, um eine Verbindung mit der Brigade herzustellen. Er nahm den Apparat, presste seinen Mund auf das Mundstück und drückte den Hörer gegen das linke Ohr.
»Hallo, hallo?«, rief er. Dann wartete er. »Hören Sie? Hallo, hallo?« Er versuchte es noch eine Minute lang, bis er sich sicher war, dass keine Verbindung zustande kam. Er sah Mascarenhas an und schüttelte den Kopf. »Da antwortet keiner, Herr Major. Wahrscheinlich wurde die Leitung von Granaten durchtrennt.«
»Schnapp dir zwei Männer und geh mit ihnen die Leitungen reparieren«, befahl der Major.
Veiga zog sich den Mantel über, rief zwei Soldaten herbei, nahm sich einen Werkzeugkasten und tauchte ein in das gefährliche Dunkel.

Schon seit einer Stunde duckte sich die von Feldwebel Rosa befehligte Truppe an der Frontlinie und musste zusehen, wie der Schützengraben der vordersten Linie systematisch von zischenden Granaten und Bomben zerstört wurde. Die ersten Bombardierungen hatten der Nachhut gegolten, doch dann hatte die deutsche Artillerie nach und nach die Reichweite der Schüsse verkürzt und die portugiesischen Positionen von hinten nach vorne plattgemacht, wie mit einer Kompressionswalze, um sich anschließend auf die erste Linie zu konzentrieren. Vicente war gerade von einem Bombensplitter an der linken Schulter gestreift worden, als ein weiteres Zischen zu vernehmen war und alle in Deckung gingen. Instinktiv hatten sie begriffen, dass die Granate genau bei ihnen einschlagen würde.
Die Explosion erfolgte mitten in der Frontlinie, an einer Stelle, wo ein paar Männer der Truppe postiert worden waren. Es war eine schreckliche Detonation, auf die ein heißer Lufthauch und staubiger Trümmerregen folgte. Es war, als fegte ein Höllenwind über sie hinweg. Matias Grande stand auf und untersuchte seinen Körper. Er stellte fest, dass er heil davongekommen war, obwohl die Uniform an den Ärmeln zerrissen war, und blickte in Richtung des Kraters, den die Granate hinterlassen hatte.
An Stelle der Kameraden war dort lediglich ein unheilvolles, qualmendes Loch zu sehen, offenbar waren ihre Körper zerfetzt worden

oder durch die Hitzeeinwirkung der Explosion verdampft. Feldwebel Rosa erhob sich ebenso mühsam. Ihn schwindelte. Er sah jeden Einzelnen der Truppe an und zählte die Männer.

»Es fehlen drei«, stellte er fest. Er sah noch einmal hin, suchte die Gesichter, die er nicht gefunden hatte, und rief: »Ribeiro?« Er versuchte es noch einmal »Ribeiro! Ribeiro!« Die anderen schwiegen mit ernsten, angespannten Gesichtern. »Parente? Oliveira?«

Es kam keine Antwort, und die Gruppe ging davon aus, dass die drei tot waren. Es gab wenig Hoffnung. In dem Krater waren ein paar vereinzelte Fleischstücke und sogar zwei Finger zu erkennen, einer davon ein Daumen. Es gab noch weitere Spuren, doch keiner wollte sie analysieren. Zwei weitere Männer waren verletzt. Sie stützten sich stöhnend auf die Reste der Brustwehr, die nur noch aus ein paar zerrissenen Sandsäcken bestand. Einer der Verletzten blutete heftig am Kopf, dem zweiten steckte ein Splitter im Bein.

»Pedroso«, rief Rosa, »hilf diesen beiden Männern und bring sie ins Lazarett.«

»Ja, Herr Feldwebel.«

Pedroso hängte sich sein Lee-Enfield um, hakte den am Bein verletzten Soldaten unter, nahm den anderen an der Hand und ging den Schützengraben entlang in die Richtung, wo Hoffnung auf Hilfe bestand.

Die Truppe war nun in der ersten Linie auf vier Mann reduziert, die liegend das Niemandsland ausspähten. Entlang des Schützengrabens verbargen sich weitere Einheiten der Kompanie, doch zu sehen war niemand. Zehn Minuten später gingen mitten auf der Frontlinie zwei weitere Granaten nieder, etwa fünfzehn Meter von den Überbleibseln aus Feldwebel Rosas Zug entfernt, und die Soldaten sahen sich an.

»Herr Feldwebel«, rief Matias, den Mund dicht an Rosas Ohr. »Wir ziehen uns besser in einen Kommunikationsgraben zurück, sonst sind wir verratzt. Auf dieser Linie halten wir nicht durch.«

Rosa betrachtete die Frontlinie, die sich vor seinen Augen erstreckte, und stellte fest, dass der Schützengraben völlig demoliert war. Streckenweise gab es gar keine Brustwehr mehr, nur noch eine Mischung aus Erde, Schlamm, zerbrochenen Brettern und aufgeplatzten Sandsäcken. Die Männer lagen auf dem Boden und hielten sich die Ohren zu, denn das war die einzige Möglichkeit, sich gegen die anhaltenden Explosionen zu schützen. Rosa stand auf, tippte die anderen an, um auf sich aufmerksam zu machen, gab ihnen mit dem Kopf ein Zeichen, schnappte sich das Telefon und rannte in gebückter Haltung zur Burlington Arcade, dem ersten Kommunikationsgraben, den er fand. Der magere Rest seines Zugs folgte ihm. In dem neuen, besser gegen seitliche Detonationen geschützten Graben richteten die Männer sich ein und warteten, ihre Lee-Enfields im Anschlag. Matias klammerte sich an sein Lewis.

Afonso blickte erneut auf die Uhr. Es war sechs Uhr morgens, und seit fast zwei Stunden saß er nun schon in dem Unterstand, wie erschlagen von der Heftigkeit dieses Trommelfeuers. Der Hauptmann fragte sich, wie lange das Bombardement wohl noch andauern würde. Überzeugt davon, dass es sich um eine Großoffensive handelte, glaubte er, dass der Bombenregen sich noch einen weiteren Tag hinziehen würde, und fragte sich dann, ob unter diesen Umständen wohl die Ablösung des Portugiesischen Korps durch die neuen, für diesen Abschnitt vorgesehenen britischen Streitkräfte möglich wäre. Besser wäre es, das Ganze vor dem Vormarsch der deutschen Infanterie durchzuführen, überlegte Afonso, doch er wusste auch, dass das immer unwahrscheinlicher wurde, da die Engländer bei einer derartigen Bombardierung niemals eine Truppenablösung vornehmen würden.
»Ich glaube, sie planen einen Sturmangriff«, mutmaßte Leutnant Pinto mit zitternder Stimme.
Alle Offiziere in dem Unterstand Picantin Post stimmten ihm zu. Das hier konnte nur die Bombardierung vor einem weiteren deutschen Sturm sein. Afonso war anderer Ansicht, zögerte jedoch, diese zu äußern, denn er wusste, dass es höchstens die Entschlossenheit und Moral der Truppe schwächen würde.
»André, ruf doch mal die Frontlinie an«, befahl er dem diensthabenden Telefonisten.
Feldwebel André umklammerte das Telefon und brüllte hinein.
»Hallo? Hallo? Erste Linie?« Er machte eine Pause. »Einen Augenblick, bitte, Hauptmann Brandão will Sie sprechen.«
Afonso ging zum Telefon.

»Hallo? Hier Hauptmann Brandão. Mit wem spreche ich?« Pause. »Feldwebel Rosa, wie sieht es an der ersten Linie aus?« Längere Pause. »Ja, das haben Sie gut gemacht.« Weitere Pause. »Ja.« Pause. »Herr Feldwebel, der Befehl heißt Widerstand leisten, haben Sie das verstanden? Falls es nötig sein sollte, ziehen Sie sich an die B-Linie zurück. Aber leisten Sie Widerstand, haben Sie gehört? Leisten Sie Widerstand!« Pause. »Bis bald, Herr Feldwebel. Bis bald.«
Er legte auf und sah die Gefährten in dem Unterstand an.
»Und?«, fragte Pinto.
»Die Frontlinie ist total zerstört«, sagte er. »Rosas Truppe wurde mit Granaten beschossen, dabei sind drei Soldaten getötet und zwei verletzt worden. Sie sind bereits auf dem Weg ins Lazarett. Der Rest der Truppe hat sich in den Burlington-Graben zurückgezogen.« Er sah den Telefonisten an. »André, verbinde mich mit den anderen Posten der ersten Linie.«
Der Feldwebel nahm das Telefon, doch bevor die neue Verbindung hergestellt war, trat Joaquim an Afonso heran. »Herr Hauptmann, hier ist eine Ordonnanz der Zentrumskompanie«, erklärte er und zeigte auf einen dünnen Soldaten mit verschrecktem Gesichtsausdruck.
»Was ist los, mein Junge?«
»Herr Hauptmann, mein Kommandeur lässt Ihnen ausrichten, dass er einen Teil der Kompanie nach rechts und einen anderen Teil nach links zurückgezogen hat, weil wir an der Stelle, an der wir uns befanden, nicht mehr bleiben konnten. Die Feuerwalze ist sehr heftig, und wir haben bereits zwei Tote und sechs Verletzte.«
»Das habt ihr gut gemacht«, erwiderte Afonso. »Sag deinem Kommandeur, dass ich es zur Kenntnis genommen habe und weitergeben werde.« Er wandte sich an Leutnant Pinto. »Cenoura, bring mir Augusto her. Ich will, dass er Major Montalvão diese Nachricht überbringt und ihn um Instruktionen bittet.«
»Herr Hauptmann«, unterbrach ihn André, ans Telefon geklammert, »ich hab hier den Zugführer Veloso von der ersten Linie am Apparat.«
Afonso sah die Blicke, die ängstlich auf ihn gerichtet waren, sah die Männer, die alle etwas von ihm erwarteten, und dachte sich, dass dieser Tag sehr schwierig werden würde.

Die Senchal Farm wurde von mehreren Detonationen erschüttert, und ihre Bewohner machten sich langsam ernstliche Sorgen. Leutnant Veiga war vor fast drei Stunden weggegangen, um die Telefonleitungen zu reparieren, doch die Telefone blieben weiterhin stumm.
»Es ist sieben Uhr, und wir werden schon seit drei Stunden bombardiert«, beschwerte sich Mascarenhas. »Das ist doch kein Vergeltungsschlag.«
»Das ist ein Sturmangriff, Herr Major, das kann nur ein Sturm sein«, mutmaßte Hauptmann Ambrósio. »Und was für ein Sturm!«
Plötzlich wurde die Eingangstür aufgerissen und ein Soldat kam atemlos hereingestürmt, gefolgt von mehreren anderen.
»Sie gestatten, Herr Major!«
»Was gibt es?«
»Wir haben Verletzte, Herr Major.«
»Kommen Sie herein, kommen Sie«, sagte er.
Es traten vier Männer ein, die drei weitere Soldaten in zerfetzten Uniformen über der Schulter trugen, an Armen, Beinen und am Kopf blutend. Hauptmann Ambrósio führte sie in die Schlafzimmer und half beim Verbinden. Feldwebel Cacheira, einer der Schreiber, lehnte am Fenster des großen Raumes und beobachtete die Explosionen, als er den Alarm auslöste.
»Es sind gerade leere Behälter runtergekommen«, rief er. »Sie qualmen!« Er reckte sich, um besser sehen zu können. »Achtung! Es ist Gas! Es ist Gas!«
Sie setzten alle die Gasmasken auf, selbst die Verletzten. Die Soldaten spürten, wie das Atmen mühsamer, die Luft knapper wurde und die Brillen beschlugen, doch widerstanden sie der Versuchung, die Masken wieder auszuziehen. Und so harrten sie aus.

Die Sonne ging hinter den deutschen Linien auf, doch keiner konnte sie sehen. Die Helligkeit des Tages schimmerte nur schwach durch den dichten Nebel hindurch, der sich über die Schützengräben gelegt hatte, eine undurchdringliche, trübe Suppe, die lediglich eine Sicht von dreißig, allerhöchstens fünfzig Metern zuließ. Afonso war es leid, durchs Fernglas zu blicken, um eventuell etwas beobachten zu können. Immer wieder stießen seine Augen auf eine undurchdringliche Nebelwand. Die Bombardierung der ersten Linien war nun deutlich schwächer, offensichtlich konzentrierte die deutsche Artillerie sich jetzt auf die Nachhut des portugiesischen Abschnitts. Diese mit Erleichterung aufgenommene Entwicklung war eigentlich äußerst besorgniserregend, denn sie bedeutete, dass der Feind aller Wahrscheinlichkeit nach mit seiner Infanterie vorrückte. Das Problem war, dass man wegen des dichten Nebels nicht erkennen konnte, was im Niemandsland vor sich ging, und das verschaffte den angreifenden Truppen einen Riesenvorteil.

»André, kannst du mich nicht mit der ersten Linie verbinden?«, fragte Afonso.

Der Feldwebel schüttelte den Kopf. »Ich glaube, die Telefonleitungen wurden durchtrennt, Herr Hauptmann. Da meldet sich niemand.«

Afonso seufzte. Er musste dringend mit der Frontlinie reden, um in Erfahrung zu bringen, ob feindliche Soldaten gesichtet worden waren, denn ohne Kommunikation ließ sich die Lage der Kompanie nur schwer einschätzen. Das Telefon funktionierte nicht, und aufgrund des Nebels konnte man die *very lights* nicht erkennen, die von den verschiedenen Einheiten und Kompanien abgefeuert wurden, um Unterstützung anzufordern oder das Aufgeben der Linie mitzuteilen. Der Hauptmann erkannte, dass er ohne jegliche Informationen handlungsunfähig war. Er trat an die Tür des Unterstands und rief seine Ordonnanz.

»Joaquim! Joaquim!«

Der Soldat kam aus seinem Unterstand geeilt.

»Ja, Herr Hauptmann?«

»Ich möchte, dass du zur ersten Linie gehst, um herauszufinden, was dort los ist. Falls du auf irgendeinen Boche triffst, will ich keinen Schusswechsel. Du kommst schleunigst zurück und gibst mir Bescheid, verstanden?«

»Ja, Herr Hauptmann.«

»Na, dann los.«

Nachdenklich kehrte Afonso in den Unterstand zurück. Die Bombardierung war bestimmt deswegen schwächer geworden, überlegte er, weil die deutsche Infanterie vorrückte. Der Nebel diente lediglich dazu, den Vormarsch der Truppen zu verbergen.

»Cenoura«, sagte er, an Leutnant Pinto gewandt, »sag den Leuten an den Maschinengewehren, sie sollen ein paar Gewehrsalven in Richtung Niemandsland abfeuern. Sie sollen einfach drauflosschießen, auch wenn sie nichts sehen.«

Matias wurde in seinem Schützengraben unruhig, weil er keine Sicht auf das Niemandsland hatte. Er hörte Maschinengewehr- und Gewehrsalven, doch zu erkennen war nichts, man vernahm lediglich Geräusche, die von irgendwoher kamen. Dummerweise war die Sicht nicht nur des dichten Nebels wegen schlecht, sondern auch aufgrund der Position, die die Einheit innehatte. Der Burlington-Arcade-Graben mochte zwar während einer Bombardierung sicherer sein als die erste Linie, doch war er wegen seines senkrechten Verlaufs zur Frontlinie bestimmt nicht der beste Platz, um sich einem eventuellen Vormarsch der feindlichen Infanterie auszusetzen. Im Übrigen war es kein Zufall, dass der Burlington-Graben nicht für den Kampf, sondern nur für die Kommunikation konzipiert worden war.

»Herr Feldwebel«, rief er nach hinten.

Es bestand keine Notwendigkeit mehr zu brüllen, zwar detonierten noch immer Granaten, doch nicht mit der Intensität wie in den ersten drei Stunden.

»Was gibt es, Matias?«

»Die deutsche Infanterie rückt bestimmt jeden Augenblick vor, wenn sie nicht längst vorgerückt ist«, meldete der Zugführer. »Hier in diesem Graben können wir sie nicht sehen. Wir hören die Schüsse, erkennen aber nichts. Wir müssen hier weg.«

»Und wohin sollen wir gehen, Matias?«, fragte Feldwebel Rosa. »Du siehst doch, dass die erste Linie nicht mehr zu gebrauchen ist! Eigentlich gibt es gar keine erste Linie mehr.«

»Ich weiß, Herr Feldwebel. Am besten gehen wir zurück zur B-Linie.«

»Hauptmann Brandão hat befohlen, dass wir bis zum Schluss Widerstand leisten.«

»Ja, Herr Feldwebel«, erwiderte Matias. »Aber hier können wir keinen Widerstand leisten. Wenn die Boches auftauchen, sehen wir sie erst, wenn sie sich bereits auf uns stürzen. Außerdem ist es angesichts der Tatsache, dass die deutsche Artillerie ihren Beschuss bereits reduziert hat, gut möglich, dass sie versuchen, uns einzukesseln, um uns von hinten zu fassen. Daher müssen wir zurück zur B-Linie, da können wir besser Widerstand leisten.«

»Er hat recht, Herr Feldwebel«, stimmte Baltazar zu, der hinter Matias lag.

Rosa überlegte eine Weile. Dann hob er den Kopf, blickte in die eine und dann in die andere Richtung, stellte fest, dass er in der Tat nicht sehen konnte, was rechts und links von ihm passierte, und wandte sich wieder seinen Männern zu.

»In Ordnung«, rief er. »Wir gehen zur B-Linie.«

Es war acht Uhr morgens, als die Einheit von Feldwebel Rosa ihre Position in der Burlington Arcade nahe der Frontlinie verließ und in diesem Kommunikationsgraben in Richtung B-Linie zurückwich. Die Männer schritten in gebückter Haltung schnell voran und stießen schließlich auf die Rue Tilleloy, die die zweite Linie bildete. Sie rannten weiter, um die große Straße zu überqueren, doch als sie in der Mitte angelangt waren, spürten sie plötzlich Kugeln um ihre Ohren sausen.

Verwirrt hielten sie inne, zu ihrer Rechten war das Rattern eines Maschinengewehrs zu vernehmen, einer von ihnen fiel mit einem dumpfen Geräusch zu Boden, war getroffen worden. Rosa tat einen Satz nach vorn und landete im Straßengraben, der Rest der Truppe wich zurück und blieb auf der anderen Seite.

»Boches!«, brüllte Matias entsetzt und presste sich auf den Boden. »Boches hier in der Tilleloy!«

Die Männer hoben die Köpfe und beobachteten den Kameraden, der mitten auf der Straße umgefallen war, getroffen von einer feindlichen Kugel. Es war Abel, der magere, stille Junge aus Gondizalves. Die Verletzung war ernst, seine Lage verzweifelt. Abel Lingrinhas hielt sich den Hals, aus dem ein erschreckend heftiger dunkelroter Strahl schoss. Seine Hände, die diesen zu stoppen suchten, waren blutüberströmt, und aus dem Loch im Hals erklangen schreckliche Pfeiftöne. Abel erstickte wortlos, unfähig, auch nur ein Stöhnen hervorzubringen, und niemand konnte ihm helfen. Vicente richtete sich auf. Er wollte auf die Straße springen und dem Freund beistehen. Da

eröffnete ein Maschinengewehr das Feuer. Matias packte ihn an den Beinen und warf ihn zu Boden.
»Lass mich!«, rief Vicente aus und versuchte sich loszureißen. »Lass mich, ich muss ihm helfen!«
»Sei still, Manápulas!«, brüllte der Zugführer. »Du kannst ihm nicht helfen. Und wenn du zu ihm hingehst, bringen sie dich auch um.«
Matias war viel stärker als Vicente und hielt diesen mit seinen riesigen Armen fest. Vicente begriff, dass er sich nicht würde befreien können. Er streckte eine Hand nach Abel aus, der sich mitten auf der Rue de Tilleloy wand, und begann verzweifelt und hilflos zu weinen. Er hatte bereits Kameraden sterben sehen, aber bei diesem war es etwas anderes, er gehörte zu seinem engsten Freundeskreis innerhalb der Truppe. Lingrinhas zuckte heftig, es war offensichtlich, dass es mit ihm zu Ende ging, und alle Männer außer Matias wandten das Gesicht ab oder schlossen die Augen. Sie wollten das Sterben des Jungen nicht mit ansehen. Nur der Zugführer erlebte, wie dieser seinen letzten Atemzug tat, wie die Beine heftig zuckten, die Augen nach oben blickten und der Körper sich ein letztes Mal aufbäumte und einen tiefen, dumpfen Seufzer ausstieß. Er sah, wie er endlich zur Ruhe kam, wie das Blut aufhörte, aus dem Hals zu strömen.
Eine Minute lang schwiegen die Männer. Vicente hatte seine Gefühle wieder unter Kontrolle und verharrte ebenfalls still. Doch sie wussten, dass sie sich in einer weit schwierigeren Lage befanden, als sie angenommen hatten.
Matias fragte sich, was ein deutsches Maschinengewehr in der Rue Tilleloy, im Abschnitt Fleurbaix, links der portugiesischen Linien, in einem Gebiet, das angeblich von den britischen Truppen der vierzigsten Division kontrolliert wurde, zu suchen hatte.
»Herr Feldwebel«, rief er.
»Was gibt es?«, antwortete eine Stimme von der anderen Seite der Rue de Tilleloy.
»Sehen Sie keine Tommys?«
»Nein.«
Matias wurde nachdenklich.
»Sie sind bestimmt getürmt«, überlegte er laut in Richtung Rosa. »Die Tommys sind getürmt, und die Boches marschieren da drüben

gerade ein.« Er machte eine Pause, um erneut nachzudenken. »Das bedeutet, dass sie begonnen haben, uns einzukesseln, Herr Feldwebel, sie umzingeln uns, um uns von hinten zu fassen. Wir sind verratzt!«

»Wir müssen noch weiter zurück«, sagte der Feldwebel. »Was schlägst du vor?«

Matias betrachtete die Einheit. Vicente und Baltazar lagen noch immer reglos hinter ihm. Der Zugführer kroch zu einem zehn Meter entfernten, völlig verkohlten Baum, hob langsam den Kopf und spähte an dessen Stamm vorbei nach rechts. In der Ferne waren Männer zu sehen. Er betrachtete ihre Helme und erkannte, dass es Deutsche waren. Dann duckte er sich und kroch zu seinen Männern zurück.

»Dort hinten sind tatsächlich Deutsche, die die Tilleloy überwachen«, sagte er, laut genug, damit Rosa es hören konnte. »Wir machen Folgendes.« Er machte eine Pause, um Atem zu schöpfen. »Ich hab sie ja bereits im Visier und werde daher mit meinem Luísa das Feuer auf sie eröffnen. Sobald ich schieße, springt ihr auf die andere Seite«, befahl er den beiden Soldaten neben sich, »anschließend müsst ihr auf die Boches schießen, und ich springe rüber. Verstanden?«

Die Männer nickten, und Rosa bejahte ebenfalls. Matias bedeutete den beiden Kameraden, sich bereitzuhalten, griff entschlossen nach seinem Lewis, atmete tief durch, stand auf und eröffnete das Feuer. Augenblicklich erhoben sich Vicente und Baltazar und sprangen auf die andere Straßenseite. Die Deutschen erwiderten das Feuer, und der Zugführer duckte sich. Er wartete einen Augenblick.

»Alles in Ordnung?«

»Ja«, bestätigte Rosa. »Warte noch ein bisschen, wir machen uns bereit. Auf mein Zeichen hin eröffnen wir das Feuer und du springst.«

Sie warteten, bis die drei Männer ihre Lee-Enfields vorbereitet hatten. Augenblicke später erklang die Stimme des Feldwebels. »Jetzt!«

Die drei Männer richteten sich auf und entluden ihre Gewehre. Matias sprang auf die andere Seite der Rue Tilleloy und wälzte sich über den Seitenstreifen, während die Kugeln des deutschen Maxim in die Straße einschlugen und Staub und Schlamm aufwirbelten.

»Bist du in Ordnung?«, fragte Rosa, der wieder in Deckung gegangen war.

»Ja, ich …«
Ein Geräusch in ihrem Rücken ließ sie für einen Augenblick erstarren. Sie richteten ihre Waffen auf den Picadilly Trench, den Kommunikationsgraben, der die Burlington Arcade verlängerte, und wollten gerade abdrücken, als sie die blaue Uniform des an der Linie auftauchenden Mannes erkannten. Der Neuankömmling war Portugiese.
»Na, Leute?«, grüßte der Unbekannte.
Die Mitglieder der Truppe stöhnten auf.
»Oh, Mann, fast hätten wir dir den Garaus gemacht«, rief Feldwebel Rosa aus. »Was machst du denn hier?«
»Hauptmann Brandão hat mich geschickt. Ich soll nachsehen, was an der ersten Linie los ist«, sagte der Soldat und richtete sich auf, bevor er weiterredete. »Ich muss da hin.«
»Wie heißt du?«
»Joaquim.«
»Also, Joaquim, die Frontlinie ist hier.«
»Hier? Aber das ist doch die Tilleloy. Ich muss doch …«
»Joaquim«, unterbrach ihn Rosa, »die erste Linie existiert nicht mehr, sie ist völlig zerstört. Verstehst du? Hier links von uns sind ein paar Boches mit einem MG und warten nur darauf, uns abzuknallen. Deshalb kannst du nicht weiter, das hier ist die Frontlinie. Hast du das verstanden?«
Joaquim sah die vier Männer misstrauisch an. Doch ihre ernsten, müden Gesichter und auch der Leichnam mitten auf der Straße sagten ihm, dass sie die Wahrheit sprachen, so unglaublich das auch war. Die Deutschen waren an die Rue Tilleloy gelangt.
»Die Boches sind hier?«
»Ja«, bestätigte Matias und zeigte nach links, »da hinten.«
»Ihr habt sie gesehen?«
»Wir haben sie gesehen, wir haben auf sie geschossen, sie haben auf uns geschossen und einen unserer Kameraden getötet.«
Joaquim wandte sich halb um.
»Dann kommt ihr besser mit zum Picantin Post. Hauptmann Brandão wird mit euch reden wollen.«

Zur selben Zeit, um acht Uhr morgens, betrat Leutnant Viegas mit einem Soldaten das Gebäude der Senechal Farm. Letzterer war völlig außer Atem, verdreckt und unbewaffnet, was den Offizieren des dreizehnten Infanteriebataillons besonders auffiel.

»Herr Major«, sagte Viegas. »Ich habe diesen Deserteur hier aufgegriffen, als er wie ein aufgescheuchtes Huhn auf der Straße herumrannte. Er bringt Neuigkeiten von der Front.«

Major Mascarenhas trat auf den völlig verschreckt wirkenden Mann zu. »Können Sie sich ausweisen?«

»Ich bin der Soldat Fonseca, Herr Major.« Er keuchte. »Fußsoldat Nr. 173, Musikmeister der Hornisten des siebzehnten Infanteriebataillons.«

»Des siebzehnten Infanteriebataillons?«, wiederholte Mascarenhas und rekonstruierte im Geiste die Truppenverteilung auf dem Gelände. »Wenn ich mich nicht irre, müsstest du in Ferme du Bois sein. Ich glaube, deine Kommandostelle ist Landsdowne Post. Was machst du dann hier? Wer hat dir erlaubt, deinen Posten zu verlassen?«

Der Mann sah ihn entsetzt an.

»Aber Herr Major … verstehen Sie denn nicht?«, rief er verwirrt aus. »Die Boches … die Boches sind eingefallen, ganze Heerscharen, wie Ameisen … sie haben alle festgenommen, das Kommando des siebzehnten Infanteriebataillons, das Kommando des vierten, sämtliche Soldaten … es hauen alle ab, alle, es ist die reinste Massenflucht, Herr Major … die Deutschen kommen, wir müssen flüchten.«

»Du willst mich wohl veräppeln, was?«, fragte Mascarenhas mit hartem Gesichtsausdruck. »Was für Boches denn, was soll das Ganze? Ein Deserteur bist du, deine Kameraden hast du im Stich gelassen, das ist alles!«

»Herr Major … bitte.« Der Mann stammelte und stöhnte, verdrehte die Augen, die Worte purzelten aus seinem Mund und überschlugen sich, er redete wirr, war sichtlich erregt und stand offenbar kurz vor dem Nervenzusammenbruch. »Wir müssen hier weg … bitte, lassen Sie mich von hier weg!«

Ein Wachposten des dreizehnten Infanteriebataillons trat ein.

»Herr Major, auf der Straße sind weitere Deserteure aufgetaucht, sie flüchten von den ersten Linien. Was sollen wir tun?«

Mascarenhas zögerte. Er sah den Musikmeister der Hornisten des siebzehnten Infanteriebataillons an und erkannte, dass seine Geschichte stimmte. Dafür sprachen seine nervliche Verfassung und auch das Auftauchen weiterer Flüchtlinge. Er wandte sich an den Wachposten.

»Treiben Sie die Deserteure zusammen und nehmen Sie sämtliche Informationen auf, die Sie kriegen können«, befahl er. »Anschließend bereiten Sie sie darauf vor, dass sie Widerstand leisten müssen. Es wird Zeit, dass dieses Flüchten ein Ende hat und sie wieder kämpfen.« Er deutete auf den Soldaten Fonseca. »Und nehmen Sie den Kerl da auch mit.«

Der Major winkte die Offiziere seines Generalstabs zu sich heran und holte eine Landkarte hervor, die er auf einem der Tische ausbreitete. Er nahm einen Bleistift und erklärte ihnen die Lage vor dem Angriff.

»Also, an der Linie von Ferme do Bois war am Lansdowne Post das siebzehnte Infanteriebataillon und am Path Post das zehnte und gleich dahinter am Chavattes Post das vierte«, sagte er und schrieb die Zahlen der entsprechenden Bataillone auf die Posten, die sie laut Plan einnehmen sollten. »Also, wenn wir diesem Idioten Glauben schenken, und alles deutet darauf hin, dass er die Wahrheit sagt, dann kämpfen das siebzehnte und das vierzehnte Infanteriebataillon nicht mehr. Vom zehnten haben wir keine Nachricht, aber wenn das vierte, das dahinter kämpft, geschlagen wurde, hat das zehnte den Kampf bestimmt auch schon aufgegeben.« Er machte jeweils ein Kreuz bei Lansdowne, Path und Chavatte, zum Zeichen, dass mit diesen Truppen nicht mehr zu rechnen war. Dann hob er den Kopf und sah die Offiziere an. »Das bedeutet, dass wir jetzt die Frontlinie sind und die Boches bald hier sein werden.« Es wurde still. »Irgendwelche Vorschläge?«

Hauptmann Ambrósio räusperte sich.

»Herr Major, sollten wir nicht den Verteidigungsplan anwenden?«

»Ja«, stimmte Mascarenhas zu. »Das Problem ist nur, dass wir keinen Verteidigungsplan haben. Wir haben ihn gestern von Major Passos e Souza erbeten, und er meinte, er würde sich darum kümmern, hat uns aber nichts weiter mitgeteilt. Daher gibt es keinen Plan, und wir müssen selbst einen erfinden.«

Er sah erneut auf die Karte und seufzte. »Ich sehe nur eine Möglichkeit. Wir müssen einen Vorstoß wagen und Feindkontakt aufnehmen.« Wieder sah er seine Offiziere an. »Freiwillige?«
»Ich, Herr Major«, rief Oberleutnant Alcídio de Almeida, Kommandant der zweiten Kompanie.
»Sehr schön, Alcídio«, sagte Mascarenhas lobend und wandte sich mit seinem Bleistift wieder der Landkarte zu. »Die zweite Kompanie wird hier den Schützengraben Nummer fünf besetzen und Patrouillen aussenden, die das Gebiet davor ausspähen. Der Auftrag für diese Patrouillen lautet, den Feind zu lokalisieren, sich mit allen Männern unserer Truppe, die ihnen über den Weg laufen, zusammenzutun und bis zum Äußersten Widerstand zu leisten.« Der Major hob den Kopf und blickte Leutnant Martins, den Adjutanten des Bataillons, an. »Das Gleiche gilt für die erste und die dritte Kompanie. Deshalb werden Sie diese Befehle an Leutnant Gonçalves und an Hauptmann Magno weitergeben, Herr Leutnant.«
Er richtete sich auf, zum Zeichen, dass die Sitzung beendet war.
»Meine Herren, wir werden Widerstand leisten, bis Verstärkung kommt. Vorgesehen ist, dass die Engländer uns heute Nachmittag ablösen. Eine Stunde, selbst zehn Minuten, können entscheidend sein. Wir müssen auf sie warten, um anschließend die Boches in einer großangelegten Aktion zum Teufel zu jagen. Deshalb, meine Herren, rechne ich damit, dass Sie das Unmögliche schaffen, dass Sie durchhalten, bis die Engländer kommen. Ich wünsche Ihnen allen viel Glück.«
Die Offiziere salutierten und zogen sich zurück. Mascarenhas begleitete Oberleutnant Alcídio zu den Männern der zweiten Kompanie und stellte fest, dass die Versorgung mit Munition kritisch war. Es fehlten Patronen. Jeder Soldat verfügte nur noch über seine individuelle Ration. Außerdem gab es weder Handgranaten noch Granaten für die Mörser. Da fiel dem Major ein, dass die Männer des vierundzwanzigsten Infanteriebataillons, die vor ihnen die Senechal Farm belegt hatten, ein paar Kisten mit Einzelpatronen dagelassen hatten, die vom Standort Lacouture verteilt worden waren, und die brachte er mit den Soldaten in die Schreibstube. Anschließend wurden die Patronen auf alle verteilt. Und als die zweite Kompanie schließlich

aufbrach, machte Mascarenhas sich auf die Suche nach weiterer Munition.

Als Agnès sich gerade ankleidete, spürte sie zum ersten Mal, dass an diesem Tag etwas nicht normal war. Sie trat ans Fenster des Anbaus und bemerkte, dass der Hintergrundlärm der Artillerie lauter war als sonst. Mitten in der Bewegung hielt sie inne und lauschte auf die Geräusche. Statt der gewohnten gelegentlichen Schüsse aus fernen Kanonen war nun ein stetes Grollen, ein unaufhörliches, erschreckendes Brausen zu hören. Sie öffnete die Tür, streckte ihren Kopf hinaus, und der Eindruck bestätigte sich.

Sie bekam es mit der Angst zu tun und dachte unwillkürlich an einen Sturmangriff. Um sich zu beruhigen, rief sie sich immer wieder ins Gedächtnis, dass Afonso Verwaltungsaufgaben wahrnahm und nicht an vorderster Front kämpfte. Außerdem musste es ja gar kein feindlicher Sturmangriff sein, wenn es überhaupt einer war. Es konnte sich schließlich genauso gut um eine Operation der Portugiesen handeln. Sie beruhigte sich ein wenig. Die Panik wandelte sich in leichte Nervosität.

Eine Viertelstunde später verließ sie in einem Zustand starker innerer Unruhe das Haus. Sie nahm das Fahrrad und fuhr eilends zum Krankenhaus, um ihre Schicht zu erfragen. Sie trat in die Pedale, die Augen nach Osten gewandt, in Richtung des Lärms, und merkte an der Reaktion der Passanten, dass diese die Artilleriegeräusche ebenfalls als ungewöhnlich empfanden. Auch der Verkehr von Militärfahrzeugen schien deutlich stärker zu sein als sonst, was die allgemeine Nervosität noch verstärkte.

Gleich beim Betreten des Krankenhauses merkte Agnès, dass Unruhe und Chaos herrschten. Der Innenhof war mit Verletzten übersät, in der Luft lag eine undefinierbare Erregung. Mit einer bösen Vorahnung in der Seele betrat die Französin das Sekretariat.

»*Oh, Mademoiselle!*«, rief die portugiesische Oberschwester aus, als sie Agnés an der Tür zu ihrem Büro erblickte. »Heute brauchen wir Sie bei den Traumatisierten, Sie glauben gar nicht, was da los ist!«

»Bei den Traumatisierten? Wieso?«

Die Oberschwester stutzte.

»Wieso? Was für eine Frage! Sie sehen doch, wie viele Verletzte wir heute hier haben!«
Agnes fühlte sich wie gelähmt. Sie wollte ihr die Frage stellen, die ihr auf der Seele brannte, die entscheidende Frage, die sie unaufhörlich beschäftigte, seit sie den ungewöhnlich lauten Artillerielärm vernommen hatte. Doch verspürte sie gleichzeitig ein lähmendes Entsetzen. Sie hatte Angst vor der Antwort, fürchtete die Wahrheit. Eine ewige Sekunde lang zögerte sie, ängstlich und unentschlossen, bis sie schließlich doch die Worte hervorbrachte, die sie zu ersticken drohten.
»Was ist denn passiert?«
Die Oberschwester füllte gerade den Eintrag über die letzten Eingänge aus und hob nicht einmal den Kopf.
»Ach, das wissen Sie nicht? Die Boches haben eine Großoffensive gestartet.«
Agnès blieb fast das Herz stehen.
»Wo?«
»Im ganzen portugiesischen Abschnitt. Ferme du Bois, Neuve Chapelle, Fauquissart. Es ist die absolute Katastrophe, wir haben zahlreiche Tote, und es treffen immer mehr Verletzte ein. Es sind bereits einige hundert.«
Agnès starrte entsetzt auf den Eintrag, den die Oberschwester gerade machte, riss ihn der Vorgesetzten, die mit offenem Mund dastand, aus der Hand und suchte angstvoll und verzweifelt nach dem Namen von Hauptmann Afonso Brandão. Dreimal ging sie die Liste durch. Als sie die Gewissheit hatte, dass er nicht auf der Liste stand, ließ sie das Schriftstück einfach zu Boden fallen und rannte hinaus auf den Hof. Tränenüberströmt, die Hand auf den Mund gepresst, blickte sie Richtung Horizont.
»*Alphonse*«, murmelte sie erschüttert.
Sie wollte schreien, hatte aber nicht die Kraft dazu, nur ein trockenes Schluchzen entrang sich ihrer Kehle. Verlorenen Blickes blieb sie stehen, in schlimmen Vorahnungen gefangen. Verzweiflung und Hoffnungslosigkeit bemächtigten sich ihrer Seele. Sie fühlte sich verloren, vom Schicksal im Stich gelassen, umzingelt von unheilvollem Schlachtenlärm, erdrückt von finsteren Rauchsäulen, die wie schreck-

liche Todesomen in den Himmel aufstiegen. Sie waren das Orakel, die Vorboten einer schrecklichen Tragödie.

Es war kurz nach neun, und Afonso wusste, dass die Lage äußerst kritisch war. Feldwebel Rosa hatte ihm die Nachricht überbracht, dass die Deutschen die portugiesischen Truppen von der Seite angriffen und durch den englischen Abschnitt von Fleurbaix eindrangen, und das bedeutete, dass ihr Posten in Gefahr war, umzingelt zu werden.

»Ich versteh einfach nicht, warum die Tommys uns nicht informiert haben«, machte er sich Pinto gegenüber Luft. »Da ziehen sich diese Kerle einfach zurück und geben nicht mal Bescheid!«

Leutnant Pinto sah ihn mit verstörtem Gesichtsausdruck an.

»Wir sollten es machen wie sie, Afonso«, sagte er. »Wenn die abgehauen sind, müssen wir auch abhauen, es ist zu gefährlich, hierzubleiben.«

Afonso war fassungslos über diesen vor versammelter Mannschaft abgegebenen Kommentar.

»Herr Leutnant, jetzt reißen Sie sich mal zusammen!«, brüllte er, energisch auf seine Vorgesetztenrolle pochend. »So etwas will ich hier nicht hören! Wir haben eine Pflicht zu erfüllen, und die werden wir auch erfüllen. Sorgen Sie bitte dafür, dass meine Männer ihren Kampfgeist bewahren.«

Der Leutnant erwiderte nichts und setzte sich mit gesenktem Kopf neben den Telefonisten.

Afonso betrachtete ihn besorgt. Pinto wirkte sehr verschreckt. Er weigerte sich unter Angabe der absurdesten Begründungen, den Unterstand zu verlassen, schwitzte extrem und mied Kommandoaufgaben, zu denen er als Offizier verpflichtet war. Der Hauptmann war der Meinung, dass das unter den gegebenen Umständen normal war, schließlich hatte er selbst auch schreckliche Angst, doch durfte Cenoura seine Angst nicht so deutlich zum Ausdruck bringen, vor allem nicht vor den Soldaten. Diese Haltung schadete nicht nur dem Ansehen der Offiziere, sondern war unter den gegebenen Umständen auch äußerst gefährlich.

Auf einmal war massives Gewehrfeuer zu vernehmen. Maschinengewehrsalven wurden abgefeuert, und überall hörte man es zischen.

Afonso verließ den Unterstand und rannte zu einem der drei Vickers-Nester, die es auf dem Kommandoposten gab. Der Soldat an dem Maschinengewehr feuerte wütend drauflos, während sein Helfer gerade einen zweiten Munitionsgurt zum Einlegen in die Waffe vorbereitete. Der Hauptmann trat dicht an ihn heran und versuchte, sich in dem Lärm verständlich zu machen.

»Was ist denn los?«

»Boches, Herr Hauptmann«, schrie der Helfer zurück. Er zeigte nach vorne, und Afonso erblickte Helme, die sich vor ihm auf den Linien bewegten, es waren mehrere hundert. »Da sind sie.«

Der Hauptmann sah sich um und sah die Soldaten, die Picantin Post verteidigten und Richtung Osten und Norden das Feuer eröffneten. Er kehrte in seinen Unterstand zurück, um sich ebenfalls ein Gewehr zu holen und die Verteidigung zu koordinieren. An der Tür erteilte er seine Befehle.

»André, du gehst mit einem Fußsoldaten zum *Red House* und bittest um Hilfe. Sag ihnen, dass wir umzingelt werden und Verstärkung und Munition brauchen.«

»Zu Befehl, Herr Hauptmann«, rief der Telefonist, sprang von seinem Stuhl auf und griff sich eine Waffe.

Afonso sah sich um.

»Wo ist Leutnant Pinto?«

André sah ihn verlegen an.

»Der Leutnant … ist weggegangen, Herr Hauptmann.«

»Weggegangen? Wohin denn?«

Der Telefonist zuckte mit den Schultern und senkte den Blick.

Der Hauptmann begriff, dass er nicht die ganze Wahrheit sagte. »André, hol ihn bitte, los.«

Afonso trat an den Schrank des Unterstands und nahm das letzte Lee-Enfield heraus. Er wandte sich zum Gehen und bemerkte, dass André sich nicht von der Stelle gerührt hatte. »Was ist denn? Was machst du noch hier?«

»Herr Hauptmann«, stotterte der Telefonist und verstummte sofort wieder.

»Was ist denn los, Mann?«, fragte Afonso ungeduldig, da er es eilig hatte. »Spuck es schon aus, los!«

»Herr Hauptmann, Leutnant Pinto ist nicht hier«, brachte André mit Mühe hervor.
»Das weiß ich bereits. Geh ihn holen.«
Der Telefonist zögerte.
»Herr Hauptmann, Leutnant Pinto ist abgehauen.«

Major Gustavo Mascarenhas betrachtete die Munitionskisten, die er hatte auftreiben können. Es war inzwischen zehn Uhr vormittags, und der zweite Kommandeur des dreizehnten Infanteriebataillons hatte lediglich dreitausend Patronen ergattern können. Er hatte sie vom Kommandeur eines englischen Fahrradsoldatenbataillons erbettelt, das im Blockhaus von Lacouture, neben der Kirche, untergebracht war. Viel ist das nicht, dachte er, aber man muss mit dem leben, was man hat. Die Frage war nur, wie brachte man die Munition zu den Kompanien, die sich auf die Suche nach dem Feind begeben hatten.
»Darf ich reinkommen, Herr Major?«
Mascarenhas wandte sich um und erblickte Leutnant Viegas.
»Was gibt's, Viegas?«
»Es sind Truppen des fünfzehnten Infanteriebataillons hier angekommen, Herr Major.«
Der Major folgte dem Leutnant und traf vor der Kirche die Mitglieder des fünfzehnten Infanteriebataillons an, die alle aus Tomar stammten. Dieses Bataillon hatte sich hinter Vieille Chapelle in Reserve gehalten, und seine Ankunft war die erste gute Nachricht des Tages. Anschließend ging Mascarenhas zu Major Peres, dem Kommandeur des fünfzehnten Infanteriebataillons, der sich im Keller eines der umliegenden Häuser aufhielt, und erläuterte ihm das Problem der fehlenden Munition.
»Ich habe keine Patronen, die ich Ihnen geben könnte«, erwiderte Peres.
Mascarenhas seufzte entmutig.
»Dann weiß ich nicht, wie wir Widerstand leisten sollen«, entfuhr es ihm. »Ohne Kugeln können wir den Feind nicht aufhalten.«
Major Peres dachte nach und breitete schließlich eine Landkarte auf dem Tisch aus. Er zeigte auf einen Punkt.

»Major Mascarenhas, alles, was wir tun können, ist, Nachschubtruppen über die einzelnen Posten bis nach Vielle Chapelle aufzubauen. Ihr geht zu den einzelnen Posten, holt die Munition und verteilt sie an die Truppe. Wäre das was?«
»Es ist besser als nichts«, tröstete sich Mascarenhas. »Aber ich bräuchte auch Verstärkung.«
Major Peres trommelte mit seinen Fingern auf den Tisch, auf dem die Landkarte lag, und erwog die verschiedenen Möglichkeiten. Schließlich entschied er.
»Ich gebe euch eine Kompanie«, sagte er. »Die von Hauptmann Brito.«
In diesem Augenblick betrat Leutnant Viegas den Keller, begleitet von einem keuchenden Soldaten.
»Entschuldigen Sie, Herr Major«, sagte er zu Mascarenhas.
»Was gibt es?«
»Hier ist der Soldat Camacho von der zweiten Kompanie. Er bringt uns neue Informationen.«
»Was passiert da draußen?«
Der Soldat salutierte heftig keuchend, er war den ganzen Weg gerannt.
»Herr Major, die Deserteure sagen, dass die Boches durch die Lücken zwischen den einzelnen Posten eindringen und sie dann einkesseln und alle Soldaten gefangen nehmen.« Er machte eine Atempause. »Oberleutnant Alcídio lässt fragen, was er tun soll.« Alcídio war der Kommandant der zweiten Kompanie. »Er bittet auch um Munition.«
»Also, Camacho«, sagte Mascarenhas, »du kehrst jetzt zurück an die Linien und nimmst etwas Munition mit. Sag Oberleutnant Alcídio, dass wir ihm Truppen des fünfzehnten Infanteriebataillons zur Verstärkung schicken werden. Habt ihr schon Feindkontakt gehabt?«
»Nein, noch nicht, Herr Major.«
»Wenn ihr ihn habt, lautet der Befehl, Widerstand zu leisten, dauerhaft Widerstand zu leisten. Hast du das verstanden?«
»Ja, Herr Major.«
»Dann mach dich jetzt auf den Weg.«

Vicente Manápulas spürte, wie sein rechter Arm von der ständigen Wiederholung der Bewegung lahm wurde. Er zielte auf einen Deutschen, drückte ab, öffnete den Verschluss der Waffe, zog ihn zurück, ließ eine neue Kugel in den Lauf gleiten, machte den Verschluss wieder zu, zielte, drückte ab, öffnete ihn erneut, zog ihn zurück, ließ die nächste Kugel in den Lauf gleiten, machte den Verschluss wieder zu, zielte, drückte ab und so weiter und so fort, bis nach zwei Minuten die zehn Kugeln des Magazins seines Lee-Enfield verbraucht waren. Dann ersetzte er das Magazin, und das Ganze begann von vorne. Das Leeren des Magazins dauerte eigentlich nur deshalb volle zwei Minuten, weil Hauptmann Brandão angeordnet hatte, man solle Kugeln sparen und nur gezielt schießen. Sonst hätten die Soldaten die zehn Kugeln auch in fünfzig Sekunden verschießen können, zumal das Laden nur etwa fünf Sekunden in Anspruch nahm.

»Die Leute am MG sind getroffen worden!«, schrie jemand. »Kommt schnell!«

Vicente erkannte an der Veränderung des Lärms um ihn herum, dass eines der Vickers ausgefallen war. Es folgte ein ziemliches Durcheinander, bei dem nur die Gewehre und ein weiteres Vickers zu hören waren. Er wurde von jemandem an der Schulter angetippt. Manápulas wandte sich um und sah Afonso, in dessen Augen ein alarmierter Ausdruck lag.

»Kannst du mit dem Vickers umgehen?«, fragte ihn der Offizier.

»Mehr oder weniger, Herr Hauptmann.«

»Dann komm. Sérgio hilft dir mit den Munitionsgurten.«

In gebückter Haltung lief Vicente zu dem MG-Nest und sah die beiden Männer, die es bedient hatten, am Boden liegen. Einer lag unbeweglich da, der andere rührte sich noch und wurde gerade von einem Kameraden untersucht. Mit einem Seitenblick erkannte er, dass sie getroffen worden waren, vermutlich von Maschinengewehrkugeln. Er spähte durch die Schießscharte, den offenen Spalt zwischen den Sandsäcken, und suchte die feindliche Waffe, die die beiden Männer an dem Vickers niedergestreckt hatte. Links an einem Baumstamm entdeckte er tatsächlich ein Maxim, das vermutlich gerade erst von den Deutschen dort aufgestellt worden war, ohne dass die Leute an dem Vickers dies bemerkt hatten. Manápulas packte das schwere Maschinengewehr an den Griffen, zielte auf das Maxim, hoffte darauf, dass Sérgio gleich kommen würde, wegen des Munitionsnachschubs, und drückte dann in aller Ruhe ab. Staub und Schlamm spritzten neben dem Baumstamm auf. Das Maxim schoss zurück, Vicente ließ nicht locker, feuerte eine Salve nach der anderen ab, bis das feindliche Maschinengewehr schließlich verstummte. Als die Staubwolke sich gelegt hatte, sah man, dass das Maxim umgekehrt dalag, es war eindeutig getroffen worden.

»Wir haben es erwischt!«, jubelte Vicente und lächelte Sérgio zu.

Der Helfer lächelte zurück.

»Prima, Manápulas.«

Vicente sah ungefähr dreißig Männer in der Nähe der Stelle zusammenlaufen, an der das Maxim gestanden hatte. Er drückte ab, und die neuerlichen Salven trafen ein paar weitere Deutsche. Doch plötzlich kamen aus dem portugiesischen Maschinengewehr keine Kugeln mehr. Vicente wunderte sich, untersuchte es und sah, dass der Munitionsgurt leer war.

»Gib mir neue Munition«, befahl er Sérgio. »Schnell, schnell!«

Der Assistent nahm einen neuen Gurt und griff an die Trommel des Vickers, um ihn einzulegen. Als er die Waffe berührte, schrie er vor Schmerz auf. »Verdammt, das Scheißding kocht!«, rief er und schüttelte seine Hand.

Vicente prüfte mit einem schnellen Fingertippen die Temperatur des Metalls und stellte fest, dass das Maschinengewehr tatsächlich kochte.

»Wasser«, verlangte er und sah sich hektisch um. »Wo gibt's hier Wasser?«

Sie fanden kein Wasser, um die Trommel zu kühlen, und Sérgio ging zu Afonso, um welches aufzutreiben. Der Hauptmann eilte zu dem MG-Nest, testete ebenfalls die Temperatur des Vickers und sah Vicente an.

»Das bisschen Wasser, das wir haben, muss rationiert werden. Es ist nur zum Trinken bestimmt«, sagte er.

»Aber, Herr Hauptmann, wie sollen wir denn das Gewehr abkühlen? Es glüht doch richtig, und wenn wir so weitermachen, schmilzt uns noch der Lauf.«

Afonso sah ihm in die Augen.
»Du musst nicht zufällig gerade pinkeln?«
Vicentes Gesicht erstarrte fragend, doch zwei Sekunden später lächelte er. Er hatte verstanden. Manápulas holte ein Gefäß, zog das Vickers aus der offenen Scharte zwischen den Sandsäcken, legte das Gefäß unter den vorderen Teil des Wasserkühlers und schraubte den Deckel ab. Aus dem Inneren des Kühlers strömte kochendes Wasser in das Gefäß. Als kein Wasser mehr kam, setzte er den Deckel wieder auf, während Afonso einen anderen Deckel oben auf dem Kühler, gleich hinter dem Zielfernrohr, abschraubte. Die beiden Männer, zu denen sich nun auch Sérgio gesellt hatte, richteten sich mit gebeugtem Oberkörper auf, um sich nicht dem feindlichen Feuer auszusetzen, öffneten ihre Hosenschlitze und zielten auf die oben gelegene Kühleröffnung. Als der Urin mit dem glühenden Metall in Berührung kam, hörte man sofort das typische Zischen. Ein Teil der Flüssigkeit verdampfte und der andere Teil sammelte sich im Kühler. Dort hinein entleerten beide ihre Blase, und Afonso holte weitere Männer, die in das Vickers pinkelten. Als der Kühler voll war, schraubte Sérgio den Deckel wieder zu und Vicente prüfte mit den Fingern die Temperatur des Metalls.
»Es ist immer noch heiß, aber es ist schon viel besser«, sagte er. »Warte noch fünf, höchstens zehn Minuten.«
»Wenn es noch mal zu glühen anfängt, leerst du den Kühler wieder aus und füllst ihn mit dem Wasser aus dem Behälter«, ordnete Afonso an und sah auf die Uhr. Es war zehn Uhr.
»Ja, erwiderte Vicente. »Bei der Kälte, die hier herrscht, ist das Wasser bis dahin bestimmt abgekühlt.«
Afonso beobachtete durch die Schießscharte die feindlichen Positionen.
»Versuch aber auf jeden Fall, Munition zu sparen, ja? Vergiss das nicht.«
Der Hauptmann ging und ließ Vicente und Sérgio an dem Vickers zurück. Manápulas stellte das Maschinengewehr zurück in die Schießscharte, sah, dass in der Ferne weitere Deutsche herumliefen, feuerte eine und gleich darauf die nächste Salve ab. Ein paar Deutsche fielen um, die anderen brachten sich in Sicherheit. Vicente drehte das

Vickers nach links und nach rechts, auf der Suche nach neuen Zielen. Aus dem Augenwinkel bemerkte er einen metallischen Gegenstand, der neben ihm zu Boden ging, es sah aus wie eine Flasche. Sérgio sprang wie von der Tarantel gestochen auf. »Granate!«, schrie er.
Da ging das Nest des Vickers in die Luft.

Die Kriegsgeräusche hallten mit aller Deutlichkeit auf der Senechal Farm wider. Es war bereits elf Uhr vormittags, und Major Mascarenhas war überrascht über die Hartnäckigkeit des Nebels. Er ahnte allmählich, dass dieser ganze Dunst nicht nur auf einen Morgennebel, sondern auf Nebelgranaten zurückzuführen war, mit denen die Bewegungen der angreifenden Infanterie verhüllt werden sollten. Er führte das Fernglas an die Augen und betrachtete den Nebel. Auf der linken Seite sah man nichts als weißen Dunst, und in der Mitte ebenfalls. Er bewegte das Fernglas nach rechts und entdeckte plötzlich zwischen den tief hängenden Wolken ein paar Gestalten, die über das Gelände schlichen. Er legte das Fernglas beiseite und sah sich diesen Bereich mit bloßem Auge an. In der Tat konnte man dort ein paar winzige, sich bewegende Punkte erkennen. Er nahm an, dass es sich um eine der Kompanien handelte, die er ausgesandt hatte, um Feindkontakt herzustellen, doch sicher war er sich nicht. Er blickte erneut durchs Fernglas, doch wegen des leichten Zitterns seiner Hände war das Bild unscharf. Daher legte er das Fernglas zur Stabilisierung auf einen Stein, hockte sich dahinter und sah hindurch. Das Bild war nun viel schärfer, und Mascarenhas konnte deutlich die Umrisse der Helme erkennen. Es waren deutsche.
»Maciel!«, rief er nach dem Leutnant, der ihn begleitete.
Der Gerufene kam herbeigeeilt.
»Ja, Herr Major?«
»Siehst du die Punkte da hinten?«, fragte Mascarenhas und zeigte nach rechts.
Leutnant Maciel wandte sich in die angegebene Richtung, reckte den Kopf nach vorne, kniff die Augen zusammen und bejahte schließlich nach kurzem Zögern.
»Ich sehe sie, Herr Major.«
»Das sind Boches. Setzt diesen Abschnitt unter massiven Beschuss,

aber seid vorsichtig, da halten sich auch ein paar von unseren Männern auf.«

Die portugiesischen MGs und Gewehre eröffneten ein Sperrfeuer zu ihrer Rechten und fegten das Gebiet leer, in dem die Deutschen gesichtet worden waren. Der Feind erwiderte das Feuer, und es kam zu einem massiven Schusswechsel rechts der Senechal Farm. Die Verteidiger verteilten die Aufgaben; das englische Fahrradbataillon sollte die linke Seite überwachen, wo es noch immer ruhig war, das dreizehnte Infanteriebataillon die Mitte und das fünfzehnte die rechte Seite. Eine Stunde später wurden auch links Deutsche gesichtet, und die portugiesischen Truppen nahmen das Gebiet mit zwei Maschinengewehren und zahlreichen anderen Gewehren unter Beschuss. Einige feindliche Soldaten gingen in dem Kugelhagel zu Boden, doch Mascarenhas machte sich keine Illusionen. Die Deutschen tauchten von rechts und von links auf, und bald schon wäre Senechal Farm umzingelt. Da die Angreifer vorerst nicht weiter vorankommen konnten, postierten sie sich auf dem Gelände. Mascarenhas wurde immer nervöser, nicht nur wegen der eigenen schwachen Position, sondern vor allem wegen der zunehmenden Isolierung der Kompanien, die er ausgesandt hatte, um sich dem Feind zu stellen.

»Maciel!«, rief er erneut.

»Ja, Herr Major.«

»Schick Ordonnanzen mit Munitionskisten zu den Kompanien an der Front.«

Leutnant Maciel führte den Befehl aus, und Mascarenhas kehrte zu seinem Fernglas zurück.

Auf Picantin Post leisteten nur noch ein paar wenige Männer Widerstand. Afonso zählte sie, es waren ungefähr zwanzig. Die drei *Vickers* waren außer Betrieb, eines war von der großen Granate zerstört worden, die Vicente Manápulas und Sérgio getötet hatte, das andere war blockiert, und bei dem dritten war der Lauf durchgeglüht. Daher blieben als Maschinengewehre nur noch die beiden Lewis übrig, von denen eines Matias Grande bediente.

»Herr Hauptmann«, schrie der Zugführer, »ich hab nur noch ein Trommelmagazin.«

Das Lewis wurde mit einem aus siebenundneunzig Kugeln bestehenden Trommelmagazin bestückt. Die Picantin-Garnison hatte bereits ein Munitionsdepot geplündert und sämtliche Trommelmagazine zu dem Lewis, sämtliche Munitionsgurte zu den Vickers und alle Magazine zu den Lee-Enfields geschafft, doch nun ging die Munition zu Ende, und die Verteidigung des Postens wurde zunehmend schwieriger. Afonso wusste, dass sie mit Bajonetten keinen Widerstand leisten konnten. Ohne Munition war es zwecklos, in Picantin zu bleiben.

»Wir evakuieren den Posten!«, schrie er. »Alle helfen den Verletzten beim Abmarsch. Tragt sie notfalls auf dem Rücken.« Er zeigte mit dem Finger auf Matias. »Zugführer, Sie bleiben hier und geben uns Deckung mit der Luísa, erst wenn der letzte Mann den Posten verlassen hat, gehen Sie auch.« Dann wies er seine Ordonnanz an. »Joaquim, du hilfst ihm.«

Joaquim bezog mit seinem Lee-Enfield im Nest des blockierten Vickers Position und spähte durch die Schießscharte, während Matias Grande sich an einer Stelle aufstellte, von der aus er gleichzeitig die rechte und die linke Seite überblicken konnte. Als der Rest der Garnison das Schießen eingestellt hatte und den Rückzug antrat, zielte Joaquim auf die Gestalten, die vor seinen Augen herumhuschten, während Matias das Feuer in verschiedene Richtungen eröffnete, mit jeweils kurzen Salven. Ziel der beiden Portugiesen war nun nicht mehr, feindliche Soldaten niederzustrecken, sondern den Eindruck zu erwecken, dass der Posten noch immer von vielen Männern verteidigt wurde.

Afonso registrierte die Uhrzeit, zu der sie den Posten verließen. Es war elf Uhr vormittags. Die Garnison von Picantin Post machte sich fast ohne Munition und mit circa zwanzig Verletzten im Schlepptau auf den Weg zu den Schützengräben. Die meisten gingen zu Fuß, einige stützten sich auf ihre Kameraden, da sie Beinverletzungen hatten und nicht mehr richtig laufen konnten. Drei lagen auf improvisierten Tragen, sie waren nicht mehr in der Lage zu gehen. Als die Kolonne sich in Bewegung setzte, blickte Afonso ein letztes Mal zurück zu dem Posten und fragte sich, wie lange Matias und Joaquim dort wohl allein aushalten würden.

Abwechselnd in die eine und in die andere Richtung gewandt, hielt der Zugführer noch immer den Feind auf Trab, während Joaquim im Nest des Vickers ausharrte. Doch die Illusion des noch immer besetzten Postens hielt nur fünf Minuten an, so lange, bis das letzte Trommelmagazin von Matias' Maschinengewehr aufgebraucht war. Das Lewis war glühend heiß, der Lauf schon fast durchgeschmolzen, und der Zugführer warf die Waffe, die ihm in den letzten Monaten so treue Dienste geleistet hatte, zu Boden und schnappte sich ein Lee-Enfield, das einer seiner Kameraden dagelassen hatte. Verwundert darüber, dass er aus Joaquims Gewehr keine Schüsse mehr hörte, eilte er zum Vickers-Nest und sah seinen Kameraden am Boden liegen, von einem treffsicheren Schuss aus einem feindlichen Mauser niedergestreckt. Er fühlte Joaquim den Puls und stellte fest, dass er tot war. Dann strich er ihm zum Abschied kurz übers Haar und rannte unverzüglich hinter der Kolonne her, die in Richtung *Red House* flüchtete.

Die deutschen Flugzeuge donnerten im Tiefflug über die Senechal Farm hinweg. Flieger vom Typ Gotha, Halberstadt und Roland attackierten die portugiesischen Positionen mit Bomben und Maschinengewehrfeuer oder zündeten Leuchtraketen zur besseren Koordinierung des Artilleriefeuers. Mascarenhas gelangte zu der Überzeugung, dass Senechal Farm nicht länger zu halten war. Keine der Ordonnanzen, die er ausgesandt hatte, um die Kompanien an der Front mit Munition zu versorgen, war zurückgekehrt. Außerdem ließ die Tatsache, dass immer mehr deutsche Soldaten auftauchten, das Schlimmste befürchten. Die Bestätigung, dass Senechal Farm nun buchstäblich die Frontlinie bildete, erhielt er, als eine Hand voll Überlebender der ersten und anderer Kompanien eintraf.

»Herr Major«, rief ein soeben angekommener Zugführer völlig verstört aus, »sie haben uns einfach niedergemäht, als wir sie mit unseren Bajonetten angegriffen haben. Ein paar Männer der dreizehnten Kompanie leisten noch immer Widerstand in den Gräben, aber sie sind eingekesselt und werden nicht mehr lange durchhalten.«

Mascarenhas sah sich um.

»Maciel!«, rief er, »verteil Patronen an diese Männer.«

Das feindliche Feuer wurde gegen halb eins deutlich stärker, die Deutschen verfügten eindeutig über mehr Soldaten in dem Abschnitt. Die Flugzeuge am Himmel wirkten wie ausschwärmende Schmeißfliegen. Mascarenhas betrachtete sie eingehend und konnte immer nur riesige schwarze Kreuze auf den Flügeln und Führerkabinen erkennen.
»Wo bleiben denn nur die Tommys«, fragte er sich laut und streckte frustriert die Arme aus. »Man sieht nur deutsche Maschinen!«

Das dreizehnte Infanteriebataillon und eine Kompanie des Fünfzehnten leisteten mit nur zwei Lewis und den Lee-Enfields der Soldaten Widerstand. Die Portugiesen griffen die Deutschen an den Flanken an und versuchten, ihren Vormarsch zu stoppen. Um ein Uhr war die Gegenwehr der Verteidiger auf das linker Hand gelegene Blockhaus, in das sich das Bataillon der englischen Fahrradsoldaten geflüchtet hatte, und den Friedhof, wo sich weitere Engländer aufhielten, beschränkt. In der Mitte harrten auf der Senechal Farm die Portugiesen aus und rechts, in der Nähe der King's Street, eine weitere portugiesische Einheit. Irgendwann war Leutnant Sevivas verschwunden, der auf der Senechal Farm eine der Lewis bedient hatte, und die gesamte Gegenwehr beschränkte sich nun auf ein einziges leichtes Maschinengewehr. Sichtlich verstört trat Leutnant Maciel an den zweiten Kommandeur heran.
»Herr Major, wir werden umzingelt«, sagte er.
»Das habe ich auch schon bemerkt«, antwortet dieser. Mascarenhas sah zu dem kompakten Zementbunker neben der Kirche von Lacouture hinüber. »Wir müssen uns ins Blockhaus zurückziehen.« Er betrachtete seine Männer. »Wer ist das da?«, fragte er und zeigte auf den Soldaten, der das einzige funktionierende Lewis in Händen hielt.
»Das ist Feldwebel Carvalho, Herr Major.«
»Er soll uns Deckung geben.«
Gleich darauf wurde der Befehl zur Evakuierung erteilt. Hunderte von portugiesischen Soldaten eilten Richtung Kirche, rannten gebückt durchs Gebüsch, sprangen über Krater, kletterten über Stacheldraht, durchquerten den Bach Loisne und gelangten schließlich ins

Blockhaus. Feldwebel Carvalho blieb allein zurück und hielt mit seiner Lewis die deutschen Truppen in dem hügeligen, üppig bewachsenen Gelände auf Distanz. Als Carvalho sich sicher war, dass alle seine Kameraden Senechal Farm verlassen hatten, verschwand er ebenfalls im Gebüsch und rannte und rannte, bis er den massiven Betonbunker erreichte.

Seit fast zwei Stunden schon irrte die von Afonso angeführte Kolonne durch das labyrinthartige Netz der Schützengräben, in dem verzweifelten Versuch, Feindkontakt zu vermeiden. Die Munition war fast verbraucht, und die hohe Anzahl der Verletzten machte die Männer zu einer nicht einsatzfähigen Truppe. Seit ihrem Abmarsch aus Picantin Post hatte die Kolonne die Hälfte ihrer Soldaten verloren.

Die Deutschen malträtierten diese Einheit so erbarmungslos, dass sie immer mehr Männer verlor, je öfter die Überlebenden des achten Infanteriebataillons auf den Feind stießen. Afonso hatte anfangs erwogen, ins *Red House* zu flüchten, wo sich das Kommando des neunundzwanzigsten Infanteriebataillons befand, doch diesen Plan hatte er längst aufgegeben. Alle Wege hatten sich als blockiert herausgestellt, die portugiesischen Positionen und Posten waren in die Hände des Feindes gefallen, und die aus Picantin Post evakuierte Kolonne versuchte nun nur noch zurückzuweichen, ganz gleich, wohin, einfach nur zurück.

Gegen zwei Uhr nachmittags wurden die Männer des achten Infanteriebataillons gleichzeitig von vorne und hinten beschossen. Afonso erkannte, dass er nur noch auf eine Karte setzen konnte, eine zerbrechliche, schwache und unsichere Karte. Die einzige, die ihm noch blieb.

»Die Verletzten, die noch gehen können, weichen weiterhin zurück«, schrie er, auf dem Boden liegend, während die feindlichen Kugeln über seinen Kopf hinwegfegten. »Sie werden von Zugführer Esperança und einem weiteren Mann eskortiert. Die Übrigen bleiben bei mir, wir locken den Feind an und decken den Rückzug. Wenn die Verletzten weit genug entfernt sind, weichen wir ebenfalls zurück. Verstanden?«

»Und die Verletzten, die nicht mehr laufen können, Herr Hauptmann?«, fragte Rosa und zeigte auf die drei Männer auf den Tragen.
»Die werden sich ergeben müssen, ich sehe keine andere Möglichkeit.«
Die Männer stimmten zu, in dem Wissen, dass es keine andere Wahl gab. Zugführer Esperança robbte sich an die Verletzten heran, die noch gehen konnten, und rief von dort aus Afonso zu: »Herr Hauptmann, welchen der Männer soll ich mitnehmen?«
»Was weiß ich«, erwiderte Afonso schulterzuckend. »Einen Ihrer Wahl, das ist mir egal.«
Der Zugführer wählte einen Soldaten seines Vertrauens, und gemeinsam schleppten sie die Verletzten weiter, bis sie an einen Graben mit hoher Brustwehr kamen. Dort konnten sie sich aufrichten und losmarschieren, die Beinverletzten auf Gewehre gestützt, die sie wie Krücken handhabten. Afonso zählte indessen, im Dreck liegend, seine Männer. Er hatte Zugführer Matias dabei, Feldwebel Rosa, den Soldaten Baltazar und einen weiteren, den er nur vom Sehen kannte. Zusammen waren sie fünf.
»Wie viele Kugeln haben wir?«, fragte Afonso.
Die Soldaten zählten ihre Patronen. Insgesamt waren es zweiundzwanzig Kugeln.
»Das reicht noch für zweiundzwanzig Boches«, scherzte Baltazar. »Klasse, was?«
Keiner lachte.
»Ihr schießt bitte nur ganz gezielt, wenn sie wirklich nah genug sind. Verstanden?« Afonso schloss mit einem lauten Klacken den Verschluss seines Gewehrs. »Jeder Schuss ein Treffer.«
Hinter ihren Sandsäcken hervor schossen die Deutschen auf die portugiesische Stellung, und das Ausbleiben des Antwortfeuers machte sie waghalsig. Langsam, ganz langsam kamen sie näher. Als sie ungefähr fünfzig Meter entfernt waren, erteilte Afonso den Befehl zum Schießen, und ein paar Deutsche fielen zu Boden. Die Übrigen gingen in Deckung und bombardierten die Portugiesen erneut mit Schüssen aus ihrem Mauser. Irgendwann gesellte sich ein Maxim dazu. Gleich bei der zweiten, willkürlich abgefeuerten Salve wurde Feldwebel Rosa am Kopf getroffen und fiel tot um. Der andere Soldat erlitt mehrere

Schüsse in den Rücken und gab ebenfalls kein Lebenszeichen mehr von sich. Einer der Verletzten auf den Tragen war ebenfalls getroffen worden und wand sich im Todeskampf. Afonso, Matias und Baltazar blickten sich an. Sie erkannten, dass sie nun am Ende waren. Bevor die dritte Salve abgefeuert wurde, hob Afonso den Kopf und schrie: »Kamerad!«

Der Erste, der mit hoch erhobenen Armen aufstand, war Baltazar. Der Alte richtete sich auf und wurde auf der Stelle von mehreren Schüssen niedergestreckt. Matias sah, wie er, ohne auch nur ein einziges Mal aufzustöhnen, zur Seite hin umfiel. Die Augen drehten sich nach oben und wurden weiß, in der Stirn hatte er ein Loch, im Brustkorb bestimmt noch ein paar mehr, eine Kugel hatte den Nacken durchschlagen, und aus dem Schädel trat weiße, schwammige Gehirnmasse aus. Der Zugführer betrachtete ihn bestürzt, konnte nicht glauben, dass es sein Freund Baltazar war, den er da tot umfallen sah, brutal niedergestreckt, als er sich gerade ergeben wollte. Matias glaubte zu träumen, verspürte ein Gefühl von Unwirklichkeit, ein stilles Befremden, hatte den Eindruck, dass nichts von alledem wirklich passierte. Er sah es und glaubte es nicht. Erst war es Lingrinhas gewesen, dann Manápulas, jetzt der Alte. Seine kleine Truppe existierte nicht mehr, war in wenigen Stunden ausgelöscht worden, seine Freunde hatten sich in reglose Fleischklumpen verwandelt. Er schloss die Augen und schüttelte den Kopf, öffnete erneut die Augen, in der Hoffnung, aus diesem Traum aufzuwachen, doch Baltazar lag weiterhin mit gläsernem Blick da, war wirklich tot. Er betrachtete ihn fassungslos, verwirrt, mit staunender Ungläubigkeit.

Die raue, kehlige Stimme des Hauptmanns riss ihn aus seiner Lethargie. »Kamerad!«, schrie Afonso aus vollem Hals. »Kamerad!« Da wurde der Beschuss endlich eingestellt. Die Pause nutzend, brüllte der Hauptmann erneut. »Ich bin Kamerad!«

In der Ferne war ein Gemurmel zu hören, und eine Stimme antwortete. »Ergebt euch!«, schrie sie. »Legt die Waffen nieder! Los! Los!« Dann versuchte eine zweite Stimme es mit dem Französisch der Schützengräben.

»Armes pas bonnes. Portugais prisoniers, bonnes. Portugais guerre, pas bonnes! Jetez les armes!«

Afonso sah Matias an. Der Zugführer hatte einen Schock, obgleich er bereits wieder aus seinem kurzzeitigen Trancezustand erwacht war. Das Gefühl der Unwirklichkeit war jedoch weiterhin sehr stark. Er glaubte immer noch, dass alles nur ein böser Traum sei, doch irgendeine Seite in ihm hatte vorsichtshalber beschlossen, sich klug zu verhalten, schließlich wirkte alles, was um ihn herum passierte, sehr real.

»Sie wollen, dass wir die Waffen wegwerfen«, erklärte Afonso.

Die beiden nahmen ihre Lee-Enfields und schleuderten sie nach vorne, hoch genug, damit es auf die Entfernung zu erkennen war. Dann standen sie langsam und ängstlich mit erhobenen Armen auf. Anfangs standen sie ganz krumm da, erwarteten jeden Augenblick das Schlimmste, doch dann, als sie ein wenig Vertrauen gefasst hatten, richteten sie sich mit zum Himmel gestreckten Armen auf.

Mascarenhas spähte durch die Schießscharte in die Richtung, die Leutnant Veiga ihm gezeigt hatte. Dort in der Ferne fuhren Laster mit Soldaten, und man sah Männer mit Fähnchen den Verkehr regeln. Es waren die Deutschen, sie brachten Nachschubtruppen, die in die Schneisen vordringen sollten, welche die Vormittagsoffensive geschlagen hatte. Der Himmel war mit feindlichen Flugzeugen übersät, und die Belagerten waren fassungslos.

»Das gibt es doch nicht!«, rief Mascarenhas aus. »Man sieht kein einziges Flugzeug von uns!«

Veiga stimmte ihm zu.

»Wir sind vollkommen isoliert, Herr Major, eine Insel in einem Meer von Boches.«

Es war bereits nach vier, als der Major beschloss, das Blockhaus zu inspizieren. Der Zementbunker, in dem er nun gefangen war, war als Haus getarnt. Es bestand aus zwei Stockwerken, beide mit Schießscharten versehen, in denen die britischen Fahrradsoldaten ihre schweren Maschinengewehre aufgebaut hatten und die feindlichen Positionen beschossen. Mascarenhas zählte die Einsatzkräfte, es waren siebzig Engländer und fast hundertsiebzig Portugiesen, die Mehrzahl vom dreizehnten Infanteriebataillon, doch auch einige vom fünfzehnten. Viele der Portugiesen waren verletzt und trugen Verbände. Im Innern des Blockhauses gab es außerdem eine zusätzliche Sicherheitszone, einen Betonbunker mit Sprengkammer, in der sich der britische Kommandeur mit dem Großteil der Munition verschanzt hatte. Dorthin ging Mascarenhas, um eine Munitionsaufstockung zu erbitten, und der englische Major gewährte ihm fünftausend Patronen. Der Major des dreizehnten Infanteriebataillons verteilte die Kugeln an seine Männer und kehrte, nun bereits ohne Aufgabe, zu den Schießscharten zurück.

Die Schatten der Nacht zogen bereits düster am Horizont auf, vor allem an der Seite, aus der der Feind kam, doch immer noch schwirrten tief fliegende Flugzeuge durch die Luft.

»Sie sehen aus wie Fliegen«, sagte Mascarenhas zu Zugführer Guedes.

»Ich würde ja zu gern eine davon mit meiner Luísa erwischen«, meinte der Zugführer.

»Von hier aus geht das nicht«, erklärte der Major. »Da müsstest du schon an einer höher gelegenen Stelle stehen.«

Der Zugführer zog die Augenbrauen hoch.

»Herr Major, Sie bringen mich da auf eine Idee«, sagte er mit einem bösartigen Lächeln. »Ich steig aufs Dach. Vielleicht hab ich ja Glück.«

Guedes schnappte sich sein Lewis und stieg auf das Dach des über dem Bunker errichteten Gebäudes. Er lehnte sich gegen den Schornstein und beobachtete den Anflug der Maschinen über Lacouture. Endlich kam frontal ein Flugzeug angeflogen und begann im Tiefflug den Betonbunker zu beschießen. Der Zugführer hob sein Lewis, zielte und feuerte eine Salve ab. Die Maschine schwenkte nach rechts ab und stieg, dem Feuer ausweichend, wieder auf. Enttäuscht kehrte Guedes ins Blockhaus zurück.

Afonso und Matias Grande liefen wortlos nebeneinander her. Sie waren zu müde zum Reden. Sie marschierten wie Roboter, gleichgültig gegenüber ihrer Umwelt, den Geist ganz auf die Ereignisse des Vormittags konzentriert. Sie erinnerten sich an sämtliche Geschehnisse, an die Bombardierungen und die Umstände, unter denen die Freunde zu Tode gekommen waren. Wie Schlafwandler stolperten sie einher, geistig vollkommen abwesend, verloren in der Vergangenheit, den Erinnerungen an diesen brutalen Vormittag. Noch einmal durchlebten sie alle Gefühle und Empfindungen, die Angst und den Schrecken, die Gerüche und Geräusche, die Explosionen und Schreie.

Der Nebel hatte sich gelichtet und legte eine qualmende Mordlandschaft frei. Die Schützengräben waren von den Bomben und Granaten fast bis zur Unkenntlichkeit zerstört worden. Die Gefangenen marschierten ohne Begleitschutz und begegneten Tausenden und Abertausenden von deutschen Militärs und Soldaten, die Fauquissart in Richtung Front durchquerten. Der Offizier, der sie durchsucht hatte, hatte ihnen die Gasmasken abgenommen, weshalb die beiden nun unbewusst das Gelände ausspähten. Auch wenn sie völlig abwesend wirkten, blieben sie doch im Geiste irgendwie wachsam, um jede verdächtige Wolke rechtzeitig zu entdecken. Sie schritten die Great Northern entlang und kamen am Flank Post vorbei. Afonso warf einen zerstreuten Blick auf den Unterstand, doch die Trostlosigkeit dieses so vertrauten Orts weckte seine Aufmerksamkeit. Der Posten war vollkommen verwüstet. Man sah ein paar Tote, zerfetzte Leichen, die bäuchlings oder in anderen, verqueren Stellungen dalagen. Die deutschen Soldaten hielten gelegentlich inne, um die Leichen zu durchsuchen. Sie zogen ihnen das Geld aus der Tasche, nahmen ihnen das eine oder andere Kleidungsstück ab, Stiefel, Uhren und vor allem das Essen.

Afonso und Matias gelangten an die ehemalige Frontlinie und stellten fest, dass von den portugiesischen Schützengräben nur noch ein vages Skelett übrig geblieben war. Von nun an stieg ihr Interesse an der Umwelt beträchtlich, es war, als erwachten sie auf einmal aus einem Traum. Sie betraten das Niemandsland und gingen in Richtung der ehemals feindlichen Linien. Afonso empfand es als merkwürdig, am helllichten Tag völlig unbesorgt über Gebiete zu gehen, auf denen er sich früher nur nachts und unter großer Angst bewegt hatte.

Ein deutscher, offensichtlich etwas korpulenter Soldat kam auf sie zu, zeigte auf Matias' Stiefel und schrie auf Deutsch: »Gib mir deine Stiefel!«

»Er will deine Stiefel«, übersetzte Afonso.

Matias war überrascht, gehorchte jedoch. Er setzte sich auf den Boden, zog fast mechanisch seine Stiefel aus und händigte sie dem feindlichen Soldaten aus. Der Deutsche zog die seinen aus und die des Portugiesen an, welche ungefähr dieselbe Größe hatten. Er stand auf und stampfte auf dem Boden auf.

»Mist, die sind kaputt!«, brüllte er verärgert.

Er riss sich Matias' Stiefel von den Füßen und schleuderte sie wütend auf den Zugführer. Dann zog er die seinen wieder an und ging weiter.

»Der hat wohl gedacht, unsere Stiefel sind wie die von den Tommys«, meinte Matias, als er seine Schuhe wieder anzog.

»Was ist denn mit deinen Stiefeln?«

»Die sind vorne aufgegangen«, erklärte der Zugführer und deutete auf die abgelöste Sohle. »Sehen Sie das?« Er streckte das Bein aus und hielt dem Hauptmann den Stiefel vors Gesicht. »Der Boche war ganz schön verärgert.«

Sie erreichten die erste Linie der Deutschen in Nut Trench und begaben sich dann in ein Netz von Schützengräben, bis sie schließlich an eine Straße gelangten. Afonso suchte sich die Lage der feindlichen Linien auf der Karte in Erinnerung zu rufen und kam zu dem Schluss, dass es die Rue Deleval sein musste, eine Straße, die für die Deutschen ebenso wichtig war wie die Rue Tilleloy für die Portugiesen. Wenn das die Rue Deleval war, überlegte Afonso, lag dort links die Farm Delaporte und Orchard und die Kurve, in der sie sich befanden, war Irma's Elephant.

Ein Offizier kam auf sie zu und befahl ihnen, die Rue Deleval nach rechts bis zu einem bestimmten Punkt zu gehen. Sie gehorchten und gelangten an einen Ort, an dem sich eine Handvoll portugiesischer Soldaten aufhielt.

»Hallo zusammen«, grüßte Afonso.

»Ruhe!«, brüllte ein Wachsoldat und brachte ihn zum Schweigen.

Wortlos wartete die Gruppe auf Instruktionen. Die Dunkelheit brach herein, und ein zweiter Offizier erschien, der ihnen befahl, zwei Soldaten zu folgen. Sie gingen zunächst Richtung Westen und bogen dann an einem Gebäude nach Süden ab, das Afonso als das »Haus Sousa« erkannte, das in der Karte des Portugiesischen Korps angegeben war und witzigerweise einem in Flandern ansässigen Portugiesen gehört hatte. Sie marschierten die Straße entlang, parallel zu den ehemaligen Frontlinien der Deutschen, sahen zu ihrer Linken die Rue Dante, doch die Wachsoldaten bogen nicht ab, sondern marschierten auf der Rue Deleval weiter. Man sah immer noch zahlreiche Soldatentrupps, die stolz in den Kampf zogen, Männer, die von berittenen Offizieren begleitet wurden, welche wiederum neugierige Blicke auf die Gefangenen warfen. Einige deutsche Offiziere verlangsamten sogar den Schritt ihrer Pferde, um die feindlichen Soldaten besser betrachten zu können. Die Portugiesen trotteten hinter den sie bewachenden Soldaten her und überquerten die Straßen Clara Trench und Butt House, doch als sie die Fauquissart Road erreichten, bogen sie in östlicher Richtung in diese Straße ein, Richtung Aubers, und verließen endgültig die Deleval und die Frontregion.

Um halb sechs Uhr abends wurde das Blockhaus auf einmal heftig mit Granaten beschossen. Man hörte das Zischen der ankommenden Geschosse, und die Wucht der Explosionen erschütterte das Gebäude bis in seine Grundfesten. Alles schien ins Wanken zu geraten, an einigen Stellen zeigten sich Risse, Schutt fiel herab, und eine Staubwolke lag in der Luft. Doch im Wesentlichen hielt der Bunker stand, war er doch solide und massiv gebaut.
Besorgt um die Moral seiner Männer, beschloss Mascarenhas, einen Streifzug durch die beiden Stockwerke zu machen. Nichts lenkte die Männer besser ab, nichts ließ sie die auf das Gebäude niedergehenden Granaten besser vergessen als eine Unterhaltung.
»Macht euch keine Sorgen, der Bunker wurde gebaut, um so etwas und noch einiges mehr auszuhalten«, erklärte er einer Gruppe des dreizehnten Infanteriebataillons, die eine der Schießscharten bewachte.
»Ach, Herr Major, hier haben wir doch keine Angst«, sagte ein Soldat gezwungen lächelnd. »Aber selbst wenn wir uns vor Schiss in die Hosen machen würden, könnten wir trotzdem nicht von hier flüchten!«
»Flüchten werden die Boches, das werdet ihr noch sehen. Die Tommys schicken uns bald Verstärkung, und dann vertreiben wir diese Scheißkerle und werden als Helden gefeiert.«

Eine Granate war eingeschlagen und ließ das Blockhaus erzittern, woraufhin alle verstummten. Sie wirbelte ein wenig Staub auf, hatte aber ansonsten keine schwerwiegenden Auswirkungen.
»Was mir am meisten zu schaffen macht, ist der Hunger«, rief ein Soldat.
Mascarenhas lächelte. »Wenn du jetzt ein Gericht bestellen könntest, was würdest du wählen?«
»Aber Herr Major, so eine Frage stellt man doch nicht!«
»Warum denn nicht, mein Junge? Wir haben zwar kein Essen, aber nichts hindert uns daran, davon zu träumen, oder?«
»Ach, Herr Major, ich würde mich mit einem guten Bohneneintopf à la Transmontana vollstopfen, verdammt, mit so einem, wie meine Mutter ihn macht …«
»Woher kommst du?«
»Ich bin aus Bisalhães, Herr Major, ganz in der Nähe von Vila Real.«
»Das kenn ich gut«, erwiderte Mascarenhas. »Das Land der schwarzen Erde.« Der Major wusste, dass ein Soldat über nichts lieber redete als über das Essen und die Heimat. Das waren die beiden Themen, für die man sie alle begeistern konnte, und natürlich für Gespräche über Frauen. Und unter den gegebenen Umständen konnte man sie mit einem Gespräch über diese Themen am besten ablenken und bei Laune halten. Daher wandte er sich an einen anderen Soldaten. »Und du, woher kommst du?«
»Ich bin aus Lamas de Olo, Herr Major.«
»Wo liegt das denn?«
»In Trás-os-Montes, Herr Major.«
»Das weiß ich wohl, guter Mann, schließlich sind hier alle aus Trás-os-Montes. Aber wo liegt dieser Ort?«
»Lamas de Olo liegt in der Nähe von Alvão, Herr Major. Zwischen Tâmega und Corgo.«
»Und ist es da schön?«
»Ob es da schön ist? Es ist das Paradies, Herr Major, das absolute Paradies! Man lebt mitten im Gebirge, badet in den Fisgas de Ermelo, wandert hinauf bis zum Alto das Caravelas, geht auf die Jagd, isst Rebhühner mit Trauben, Fasan mit Kastanien und noch vieles mehr.« Der Soldat seufzte. »Ach, Herr Major, ich hab solches Heimweh …«

»Redet bloß nicht übers Essen, verflucht, redet bloß nicht über irgendwelche Gerichte«, unterbrach ihn der erste Soldat. »So, wie mir der Magen knurrt, würde ich sogar dieses beschissene Corned Beef für Lammbraten halten!«
Eine neuerliche Explosion unterbrach die Unterhaltung, es war ein Minenwerfer, der gegen das Blockhaus gedonnert war. Die Explosion erhellte die Schießscharten, jetzt, da es Nacht geworden war und das Licht stärker leuchtete.

Der deutsche Soldat richtete sein Mauser auf den portugiesischen Leutnant und brüllte: »Die Jacke her!«
Der Leutnant starrte ihn verständnislos an, da er nicht verstand, was der Mann von ihm wollte.
»Geben Sie ihm Ihre Jacke«, sagte Afonso. »Er will Ihre Jacke.«
Verwirrt zog der Leutnant seine Jacke aus. Der Deutsche schnappte sie sich und verschwand.
»Also so was«, beschwerte sich der Leutnant. »Jetzt klaut man mir auch noch einfach die Jacke …«
Niemand erwiderte etwas darauf, denn es galt der Befehl zu schweigen. Die Gruppe marschierte weiter, und die Wachsoldaten ließen die plündernden deutschen Soldaten gewähren. Sie kamen am Bois du Biez vorbei, jener deutschen Stellung, die so oft von der portugiesischen Artillerie bombardiert worden war, und betrachteten neugierig die massiven Bunker, die dort im Wald errichtet worden waren, und die vielen Kanonen, die überall herumstanden. Es war das reinste Kanonenmeer. Man sah keine menschlichen Leichen, dafür jedoch zahlreiche Pferdekadaver, unschuldige Opfer der portugiesischen Bombardements. Sie setzten ihren Weg in der Fauqissart Road fort und gelangten nach Aubers. Das Dorf erwies sich als vollkommen zerstört, die Häuser wären nur noch Ruinen, ähnlich wie in Neuve Chapelle.
Von Aubers zogen sie weiter nach Illies, wo sie zu ein paar großen Baracken auf einem mit Stacheldraht abgesperrten Gelände gebracht wurden. Eine Stunde später wurde ihnen ein Abendessen serviert, Roggenbrot mit einer Fingerspitze Butter und dazu eine Wurst. Das war Afonsos erster Kontakt mit der Bratwurst. Zu trinken gab es

Wasser. Als die Gefangenen ihre bescheidene Mahlzeit beendet hatten, erhielten sie Besuch von einem gutmütig aussehenden General.
»Guten Abend. Willkommen in Illies«, begrüßte sie der Offizier. »Mein Name ist General Albert Zeitz. Wir Deutschen wollen Ihnen nichts Böses. Und Sie werden heute noch nach Lille gebracht.« Die Portugiesen sahen ihn verständnislos an, und der General wechselte schnell zu dem komischen Französisch der Schützengräben über.
»Moi Général Zeitz. Allemands bonnes. Portugais promenade aujourd'hui à Lille. Compris?«
Ein portugiesischer Major hob den Arm, und der General erteilte ihm das Wort.
»Compris. Portugais cansés, promenade pas bonne. Dormir bonne. Compris?«
Der General nickte. Er wusste nicht, was, zum Teufel, *cansés* hieß, dieses Wort hatte er noch nie gehört, doch er nahm an, dass es sich um einen besonders gewählten, vielleicht sogar literarischen Ausdruck für müde handelte. Wichtig war nur, dass ihm die übrigen Wörter bekannt waren. Er lächelte gutmütig, zufrieden darüber, dass er sich so fließend mit den Gefangenen unterhalten konnte, und es fiel ihm nicht schwer, dem Major den Wunsch nach Ausruhen zu erfüllen.
»Compris«, antwortete er großmütig.

Einige Männer dösten, an die Betonwand gelehnt. Die Bombenangriffe auf das Blockhaus hatten zwar aufgehört, doch alle fühlten sich schwach und müde vor Hunger und Erschöpfung.
»Was gäbe ich jetzt für dieses Corned Beef und die Marmelade der Tommys«, seufzte Leutnant Viegas.
»Wir haben alle Hunger, Viegas«, sagte Mascarenhas. »Aber wir müssen durchhalten, vielleicht kommt ja bald Verstärkung.«
Der Leutnant ließ den Kopf sinken.
»Glauben Sie das wirklich, Herr Major?«
Mascarenhas seufzte.
»Ich glaube, dass es möglich ist.«
»Möglich mag es ja sein, Herr Major«, räumte Viegas ein und verzog den Mund. »Aber es sieht schlecht aus. Da draußen sieht man nur

Boches, die Flugzeuge sind alles ihre, und der Artillerielärm klingt immer ferner. Es kommt einem so vor, als würden die Deutschen immer weiter vorrücken und unsere erste Linie immer weiter zurückfallen.«

Der Major trat an eine Schießscharte, die von einem Soldaten des fünfzehnten Infanteriebataillons bewacht wurde. Hinter der kleinen Öffnung herrschte vollkommene Finsternis.

»Ja, da draußen ist ordentlich was los«, sagte er und winkte den Leutnant heran. »Komm her, komm. Willst du mal was hören?«

Sie schwiegen und lauschten. In der Ferne war Motorenlärm zu vernehmen.

»Das sind Laster, Herr Major.«

»Richtig. Die verstärken ihre Linien, und wir sind für sie ein Hemmschuh, sind ihnen ein Dorn im Auge.«

Plötzlich erfolgte eine Reihe von Explosionen, und das Blockhaus wurde erneut mit Granaten beschossen. Der Bunker erzitterte bis in seine Grundfesten, und die Soldaten wachten auf, erschrocken über den Höllenlärm des Bombardements. Mascarenhas Armbanduhr, eine versilberte Longines, zeigte vier Uhr morgens an. Einige der Männer waren so müde, dass sie trotz der krachenden Explosionen wieder einschliefen, doch der größte Teil blieb in Alarmbereitschaft.

»Gas!«, rief plötzlich eine Stimme und löste den Alarm aus.

Hastig wurden die Gasmasken aufgesetzt, die Zähne umschlossen das Mundstück, eine Metallzange quetschte die Nasenflügel zusammen, um die Mundatmung zu erzwingen, die Gummibänder pressten die Maske ans Gesicht. Zwanzig Minuten lang verharrten sie auf diese Art, die Luft wurde knapp, die Atmung schwer und geräuschvoll. Als sie die Masken wieder abnahmen, zuerst einer, dann die anderen, war die Luft wieder normal, und die Nasenflügel nahmen lediglich den altbekannten Staubgeruch wahr, an den sie sich in den Kriegsgebieten bereits gewöhnt hatten.

Doch inzwischen plagte sie der Hunger stärker. Obwohl das Gebäude weiterhin von feindlicher Artillerie unter Beschuss genommen wurde und bei jedem Granateneinschlag auf erschreckende Weise erzitterte, beschloss Mascarenhas, eine Patrouille loszuschicken, die die Lage erkunden und etwas zu essen ausfindig machen sollte.

»Freiwillige?«, bat er.
Es meldeten sich fünf Männer, und der Major beschloss, dass der Überfall von dem Ranghöchsten, dem Gefreiten Macedo, angeführt werden sollte. Die Tür wurde entriegelt, und die Patrouille verschwand in der dunklen Nacht, mit dem Auftrag, ein benachbartes Haus zu durchsuchen. Es lag in der Schusslinie der Schießscharten des Blockhauses, deshalb hatten die Deutschen nicht gewagt, es zu besetzen oder auch nur zu inspizieren. Um sieben Uhr morgens wurde die Bombardierung des Bollwerks von Lacouture eingestellt, und die Patrouille kehrte zurück. Die Männer brachten Essen mit und händigten es den Offizieren aus. Es war Brot und Käse.

Die Gefangenen standen im Morgengrauen auf und stellten sich zitternd vor Kälte im Hof der Barackensiedlung auf. Ein deutscher Offizier teilte die Portugiesen in zwei Gruppen ein, auf der einen Seite die Offiziere, auf der anderen die Soldaten, die größtenteils recht elend wirkten, fast wie Landstreicher oder Bettler. Afonso und Matias sahen sich auseinandergerissen, Waffenbrüder, getrennt durch die Hierarchie und das Schicksal. Sie suchten sich mit den Augen, verabschiedeten sich aus der Ferne mit einem Winken, wünschten sich insgeheim viel Glück und schlugen dann getrennte Wege ein.
Die Kolonne des Hauptmanns marschierte nach Fournes. Auf den Seitenstreifen der Straßen hatten sich französische Zivilisten eingefunden, die die Kriegsgefangenen schweigend betrachteten. Einige winkten ihnen mit Brötchen oder traten mit Suppenschalen an sie heran, woraufhin die den Zug eskortierenden Lanzenreiter sofort intervenierten und sich zwischen Zivilisten und Gefangene stellten. Dadurch wurde der Kontakt vereitelt und die Menge auseinandergetrieben.
Am späten Vormittag marschierte die Kolonne durch die im Süden gelegene Porte de Béthune in die große Stadt Lille ein. Danach ging es weiter durch die Rue d'Isly, welche später, hinter der Place de Tourcoing, in den Boulevard Vauban überging. Deutsche Soldaten errichteten Sicherheitskordons entlang der Straße, um den Kontakt zwischen Zivilisten und Gefangenen zu unterbinden. Die Stadtbewohner bevölkerten die Bürgersteige und sahen die Gefangenen traurig an.

Einige warfen Brötchen oder Wurst in die Kolonne, andere weinten, die Hand auf den Mund gepresst. Sie weinten mit so viel Gefühl, dass Afonso ganz gerührt war und selbst zu weinen anfing. An einigen Stellen war der Kordon der Soldaten unterbrochen, vermutlich aus Mangel an Einsatzkräften, dort riskierten einige der Zivilisten ein paar liebevolle Worte, hingeworfen wie Blumen.

»Bist du Engländer?«, fragte eine junge Frau und sah Afonso eindringlich an.

»*Non*«, sagte der Hauptmann kopfschüttelnd, während er weiterging. »Ich bin Portugiese.«

Die Frau stutzte. Sie hatte nicht gewusst, dass es Portugiesen gab, die für Frankreich kämpften. Sie war noch jung, doch ihr Gesicht war früh gealtert. Das Leben unter feindlicher Besatzung war nicht einfach. Als sie die besiegten Soldaten, deren Niederlage sie bedauerte und die sie trösten wollte, vorbeimarschieren sah, lächelte sie traurig. Fast im Laufschritt, in dem rührenden Bemühen, auf dem Bürgersteig mit den marschierenden Gefangenen mitzuhalten, küsste die Französin ihre Finger und blies diesen Kuss in Richtung Afonso.

»*Merci, le Portugal.*«

Als die Gefangenen die Rue Colbert überquerten, begannen die Zivilisten auf den Bürgersteigen zu singen. Die *Marseillaise* war von den Besatzern verboten worden, doch die Franzosen fanden andere Möglichkeiten, die Gefangenen aufzumuntern und die Kerkermeister zu provozieren. Die Stimmen erklangen im Chor, falsch und herausfordernd, die Augen waren fest auf die besiegten Männer gerichtet.

Où t'en vas-tu, soldat de France,
Tout équipé, prêt au combat?
Où t'en vas-tu, petit soldat?
C'est comme il plaît à la Patrie,
Je n'ai qu'à suivre les tambours.
Gloire au drapeau,
Gloire au drapeau.
J'aimerais bien revoir la France,
Mais bravement mourir est beau.

Afonso fand den Text unpassend, war es doch ein Lied für französische Soldaten, die in den Krieg zogen, nicht für portugiesische, die als Gefangene zurückkehrten. Doch er verstand die Absicht, spürte die menschliche Wärme, die aus diesen Stimmen herausklang, den Stolz, der in dem Chor mitschwang, die Dankbarkeit jener Menge, die den Fremden, die für sie kämpften, die Ehre erwies. Der portugiesische Offizier ging nun nicht mehr gebeugt, schleppte sich nicht mehr niedergeschlagen und gesenkten Blickes über das Pflaster. Das war nicht die Haltung, die diese Franzosen erwarteten. Er hob den Kopf, richtete sich auf, schritt stolz über die grüne Promenade und trat schließlich durch die majestätische Porte Royale, das Tor zur befestigten Stadtmauer der Zitadelle.

Um acht Uhr morgens wurden sie erneut unter Beschuss genommen, doch diesmal konnten die Belagerten das feindliche Feuer erwidern. Die Sonne war bereits aufgegangen und beschien die verbrannten Felder von Lacouture und die Positionen, von denen aus die Deutschen unaufhörlich schossen. Die Munition ging zur Neige, und Mascarenhas stieg hinab in den Bunker, in den sich der Kommandeur des britischen Bataillons geflüchtete hatte. Er wollte weitere Patronen erbitten.

»*Take it*«, sagte der englische Major und zeigte auf ein paar Munitionskisten. »Die letzten, verstanden? Die letzten.«

Mascarenhas zählte die Patronen, es waren zweitausend. Die letzten. Die Munition wurde an die Männer an den Schießscharten verteilt, mit der Empfehlung, sparsam damit umzugehen und nur gezielt zu schießen. Der Major blickte über das Land und stellte fest, dass die Deutschen überall waren, dass das Blockhaus vollständig umzingelt war. Um elf Uhr war die Munition aufgebraucht, jedes einzelne Gewehr verfügte nun nur noch über das Bajonett und zwei bis drei Kugeln für den Ernstfall.

Da näherte sich ein Mann mit weißer Fahne in der Hand. Mascarenhas beobachtete ihn durch sein Fernglas. Er trug eine khakifarbene Uniform, es war ein britischer Soldat. Die Türen des Blockhauses wurden geöffnet, und er trat ein. Es handelte sich um einen englischen Sanitätshelfer, der von den Deutschen gefangengenommen

worden war und nun eine Botschaft des Feindes überbrachte. Diese wurde dem englischen Major übermittelt, der sich daraufhin hinter verschlossenen Türen mit den Kommandeuren des dreizehnten und fünfzehnten Infanteriebataillons beriet. Die Sitzung dauerte eine halbe Stunde. Anschließend rief der Kommandeur des dreizehnten Infanteriebataillons seine Männer zusammen und verkündete, das Kommando des Bunkers habe beschlossen, sich zu ergeben. Es gab keine Munition mehr, und der Feind, der erkannt hatte, dass das Feuer aus dem Blockhaus nahezu aufgehört hatte, drohte damit, alles in die Luft zu sprengen. Der Sanitätshelfer ging mit der Antwort der Belagerten hinaus und kam bald darauf mit den Instruktionen der Deutschen zurück.
Mascarenhas entwaffnete die hundert Soldaten des dreizehnten Infanteriebataillons, während die Offiziere des fünfzehnten Bataillons und die des englischen Bataillons das Gleiche mit ihren Soldaten taten. Sämtliche Lee-Enfields, Lewis und Vickers wurden in einer Ecke aufgetürmt. Die Männer weinten heftig, als sie sich im Blockhaus formierten. Sie weinten auch noch, als die Türen aufgingen und sie den Bunker verließen, um sich dem Feind zu ergeben. Der Major blieb am Ende des Zugs und war einer der Letzten, die den Bunker verließen. Da hörte er, dass Schüsse fielen, und sah die Männer in Panik zurückweichen, die Arme zum Zeichen der Kapitulation, aber auch der Verzweiflung, hoch erhoben.
»Die schießen auf uns!«, schrie ein Soldat, der um jeden Preis versuchte, wieder ins Blockhaus zurückzukehren.
Sprachlos und empört musste Mascarenhas mit ansehen, wie deutsche Soldaten ihre Waffen auf die Gefangenen entluden, doch da griff ein feindlicher Offizier ein, woraufhin das Feuer eingestellt wurde. Einige Männer lagen verletzt am Boden. Der deutsche Offizier mit weißer Armbinde und gezückter Pistole schrie seine Leute an. Dann gab er den Belagerten ein Zeichen, näher zu kommen, doch er schien mehr damit beschäftigt zu sein, die eigenen Soldaten in Schach zu halten als die portugiesischen oder englischen Männer.
Die Gefangenen erhielten den Befehl zum Abmarsch und schritten auf der Straße in Richtung Gefangenenlager. Die Männer des dreizehnten Infanteriebataillons, ungehobelte, sture Transmontaner,

Leute vom Land, die das harte Leben in Boticas, Alfândega, Mogadouro, Romeu und Moncorvo gewöhnt waren, diese Bauern mit ihren schlechten Manieren und rauen Worten, erhoben nun wie Kinder die Stimme und huben leise, in zartem Chor, zur Hymne des Bataillons an:

Es schlägt ein Eisenherz in jeder Uniform
Die dreizehnte Infanterie ist immer vorn.

Ein Deutscher gebot ihnen zu schweigen. Es war fünf nach zwölf, und man schrieb den zehnten April.

II

Die Gefangenschaft in Lille dauerte nur wenige Tage. Afonso wurde zusammen mit dreitausend portugiesischen Gefangenen hinter den eisernen Toren der Kaserne des ehemaligen Regiments der französischen Kürassiere einquartiert, in einer Militäranlage der gigantischen Zitadelle. Letztere wiederum war eine riesige Festung in Form eines fünfzackigen Sterns, im Nordwesten Lilles gelegen und durch den Fluss Deûle und verschiedene Kanäle von der Stadt getrennt.

Es waren ein paar harte Tage, an denen sich die Männer mit Brot, Wasser und dünnen Suppen begnügen mussten. Sie schliefen auf dem Boden und zitterten vor Kälte, weil es keine Decken gab. Kontakte zur französischen Zivilbevölkerung waren untersagt, ein Befehl, der angesichts der Isolierung, in der sich die Gefangenen befanden, ohnehin überflüssig war. Dennoch versuchte Afonso, in einem Französisch, das ihm für die Kantine passend erschien, eine Unterhaltung aufzunehmen.

»Sind Sie aus Lille?«, fragte er bei erstbester Gelegenheit den Mann, der ihm beim Essen die Suppe ausgab.

Der Franzose sah sich erschrocken um.

»Psst, ich darf nicht mit Gefangenen reden.«

Afonso sah ihm in die Augen.

»Kennen Sie Paul Chevallier? Er hat eine Weinhandlung in der Vieille Bourse.«

Der Mann sah ihn überrascht an. Afonso war klar, dass sein Gesprächspartner Agnès' Vater kannte.

Der Franzose fing sich wieder und gab vor, die Suppe des Portugiesen zu prüfen.

»Jetzt nicht«, murmelte er leise und hastig.

»Schreiben Sie auf einem Blatt Papier auf, was Sie wollen, und geben Sie mir den Zettel morgen, wenn Sie sich die Suppe holen.«
Afonso saß den ganzen Nachmittag über einem Blatt Papier und versuchte, einen Brief auf Französisch zu verfassen. Mehrmals konsultierte er dabei einen portugiesischen Offizier französischer Herkunft, ließ sich von diesem Wörter bestätigen und Sätze kontrollieren. Auf diese Weise suchte er Rechtschreibfehler und grammatikalische Ungereimtheiten zu vermeiden, ebenso wie falsche Konkordanzen oder Artikel, schließlich wollte er bei dem Empfänger, Agnès' Vater, einen guten Eindruck machen. Nach erneutem Durchsehen des Textes gab er sich zufrieden und schrieb die endgültige Version sauber auf ein neues Blatt ab.

Werter Monsieur Chevallier,

mein Name ist Afonso Brandão, Hauptmann des portugiesischen Heeres in Frankreich und derzeit Kriegsgefangener in der Zitadelle von Lille. Ich schreibe Ihnen diese wenigen Zeilen, um Ihnen mitzuteilen, dass ich Ihre Tochter Agnès in Armentières kennengelernt habe. Sie erzählte mir, dass sie seit Kriegsbeginn keinen Kontakt zu ihrer Familie mehr hatte. Daher möchte ich Ihnen mitteilen, dass ihr Mann Serge gleich bei den ersten Schlachten im Kampf gefallen ist, woraufhin sie im Hause des Barons Redier in Armentières lebte. Wir haben unsere Liebe füreinander entdeckt, und ich habe ihr einen Heiratsantrag gemacht und hatte das Glück, dass er von ihr angenommen wurde. Derzeit arbeitet sie als Krankenschwester in einem portugiesischen Kriegslazarett. Sie ist bei guter Gesundheit. Ich bitte Sie, ihr mitzuteilen, falls Sie Gelegenheit haben, sie vor mir zu sehen, dass ich noch lebe und gesund bin, jedoch nun von den Deutschen gefangengenommen wurde. Ich weiß nicht, welches Schicksal der Feind mir zugedacht hat, doch versichern Sie ihr bitte, dass ich sie sofort suchen werde, sobald ich wieder frei bin.

Mit freundlichen Grüßen

Afonso Brandão

Als er diese endgültige Fassung fertig hatte, las Afonso den Text ein weiteres Mal durch, faltete das Blatt zusammen und verwahrte es in seiner Tasche. Er überlegte kurz, ob es wirklich richtig gewesen war, nicht zu erwähnen, dass Agnès den Baron Redier geheiratet und sich wieder von ihm getrennt hatte und nun von ihm selbst schwanger war, doch fürchtete er, die Moralvorstellungen seines zukünftigen Schwiegervaters seien so streng, dass derlei Informationen alles verderben würden. Also beschloss er, den Text so zu belassen. Am nächsten Tag spielte er das Papier diskret dem Franzosen an der Suppenausgabe zu, während er murmelte, er möge es Monsieur Chevallier aushändigen.

Der Franzose brauchte eine Weile, bis er die Mission ausführte. Er behauptete, Paul Chevallier nicht angetroffen zu haben, sein Laden sei geschlossen gewesen. Die deutschen Behörden verkündeten bereits, dass die Portugiesen in ein Gefangenenlager in Deutschland weitergeschickt würden, und Afonso befürchtete, Lille verlassen zu müssen, ohne Kontakt mit Agnès' Vater aufgenommen zu haben. Doch am vierten Tag kam endlich die Antwort. Der Franzose überreichte sie ihm in einem Umschlag unter der Suppenschale, und Afonso fiel es während des Essens schwer, seinen Wunsch zu unterdrücken, den in der Hosentasche versteckten Brief auf der Stelle zu lesen. Er schlang die Suppe und das Stück Brot hinunter und zog sich sofort in den Schlafsaal zurück, wo er, gegen die Wand gelehnt, den Umschlag aufriss.

Werter Hauptmann Brandão,

Sie können sich gar nicht vorstellen, was für einen glücklichen Menschen Sie aus mir gemacht haben, weil ich endlich Nachricht über meine kleine Agnès erhalten habe. Ich bedaure den Tod von Serge, er schien mir ein guter Junge zu sein, aber ich muss auch gestehen, dass ich ihn nicht gut gekannt habe. Wichtig ist indes, dass meine Tochter offensichtlich gesund und glücklich ist.

Das Leben hier in Lille unter feindlicher Besatzung ist und war sehr schwierig. Meine arme Michelle ist vor drei Jahren gestorben, nach Angaben der Ärzte fiel sie einer Lungenentzündung zum Opfer, doch in Wahrheit war sie ein Opfer der Deutschen. Die Besatzer begannen 1914, sämtliche Güter aus den französischen Haushalten einzufordern. Sie nahmen uns Möbel, Fahrräder, Telefone und, was am schlimmsten war, sogar die Betten weg. Und wir mussten fortan auf dem Boden schlafen. Außerdem gab es in den Jahren 1914 und 1915 eine große Hungersnot. Aufgrund ihrer Schwäche und der Tatsache, dass sie jede Nacht auf dem kalten Fußboden schlafen musste, bekam meine Frau eine Lungenentzündung, die sie nicht überstand. Da hatte ich nur noch meine Tochter Claudette, die jedoch 1916 zusammen mit vielen anderen Mädchen von den Deutschen zur Zwangsarbeit aufs Land verschickt wurde. Es waren fünfundzwanzigtausend Menschen aus Lille, vor allem Frauen und Kinder, die zwangsweise aufs Land geschickt wurden, um Felder zu bestellen, Steine zu klopfen, Brücken zu bauen, Sandsäcke zu füllen und andere Sklavenarbeiten zu verrichten. Glücklicherweise dauerte diese Leidenszeit nur fünf Monate, und Claudette ist inzwischen wieder bei mir.

Verzeihen Sie mir diese Ausschweifungen eines alten Mannes, aber sie erfüllen auch einen Zweck. Ich erzähle ihnen all diese Dinge über unser Leben für den Fall, dass Sie, entgegen Ihren Befürchtungen, meine Tochter zuerst sehen. Trotzdem versichere Ihnen natürlich, Herr Hauptmann, dass ich ihr in dem Fall, dass ich sie als Erster sehe, sofort die Botschaft zeigen werde, die Sie mir freundlicherweise haben zukommen lassen. Ich gebe Ihnen meinen Segen für die Ehe, die Sie bereits gemeinsam beschlossen haben, und bin mir sicher, dass der Herr sie befürworten und aus meiner Tochter eine glückliche Frau machen wird.

Gott segne Sie,

Paul Chevallier

Ein paar Tage später befahlen die deutschen Wachsoldaten den Gefangenen, sich für den Abtransport nach Deutschland zu formieren. Afonso und seine Kameraden verließen die Zitadelle, überquerten eine große Prachtstraße, die ironischerweise den Namen Boulevard de la Liberté trug, und gelangten schließlich an den Güterbahnhof auf der anderen Seite der Stadt.

Die Zugfahrt dauerte vier Tage und endete in Rastatt, einem kleinen Ort am Rande des Schwarzwalds, wo die ausgehungerten und verzweifelten Gefangenen in das Russenlager gesperrt wurden. Das Lager umfasste eine Fläche von dreißig Hektar und war in verschiedene Blöcke gegliedert, die jeweils durch zwei Stacheldrahtzäune voneinander getrennt waren. Das Lager war anfänglich für russische Kriegsgefangene vorgesehen gewesen, doch da Russland im Vorjahr aus dem Krieg ausgeschieden war, beherbergte es nun Franzosen, Briten und Portugiesen.
Dort begann Afonsos Odyssee als Gefangener. Der Hauptmann und die übrigen Offiziere wurden einer harten Diät unterworfen. Das Essen bestand aus Rote Beete, Möhren, Kartoffeln und Mehl, gelegentlich auch ein paar Stückchen Fleisch oder Trockenfisch. Die portugiesischen Militärs beschwerten sich bei jeder Mahlzeit über das schlechte Essen, während die britischen Offiziere ruhig und gesittet am Tisch saßen.
Nach wenigen Tagen wurde Afonso in das Fort Friedrichfest, ebenfalls in Rastatt, verlegt, kehrte jedoch bald darauf in das Russenlager zurück. Ein paar Wochen später brachten die Deutschen ihn dann nach Karlsruhe und internierten ihn im dortigen Offizierslager, einer komfortablen Anlage für Kriegsoffiziere, in einem hübschen Stadtpark gelegen, wo die Portugiesen sich damit vergnügten, die kecken Fräuleins zu betrachten, die hinternwackelnd vor den ausländischen Häftlingen auf und ab spazierten. Einer von ihnen, Oberleutnant Ribeiro, freundete sich gar mit einer deutschen Blondine an, die sie *Bochona* nannten. Sie war zwar nicht gerade zierlich, sondern wirkte eher wie eine tapfere Walküre, doch ihm gefiel sie, und diese Liebesgeschichte wurde zum Hauptgesprächsthema unter den Häftlingen. Der Ribeiro war wirklich ein Held! Der Aufenthalt in diesem paradiesischen Gefängnis war jedoch nicht von langer Dauer, da der Hauptmann erneut verlegt wurde, diesmal in ein trostloses Lager in Hannover, wo er den Kommandeur seines Bataillons, Major Montalvão, wiedertraf, der ebenfalls in der großen Schlacht gefangengenommen worden war.
Während dieser ganzen Zeit, in der er von einem Gefangenenlager ins nächste kam, versuchte Afonso irgendwie Kontakt mit der Au-

ßenwelt aufzunehmen. Über das Rote Kreuz konnte er an seine Familie schreiben, doch Agnès ausfindig zu machen war äußerst schwierig, da er sich die Adresse des Anbaus von Béthune nicht gemerkt hatte. Daher schickte er die Briefe an das Krankenhaus für Allgemeinmedizin und Chirurgie, erhielt jedoch nie eine Antwort. Das Schweigen der Französin verunsicherte den Hauptmann und versetzte ihn in anhaltende Besorgnis. Seine Gemütsverfassung war äußerst schwankend, mal verfiel er in stille Melancholie, mal wurde er von nervöser Unruhe geplagt, und diese Stimmungen wechselten sich mit ermüdender Häufigkeit ab. In den Augenblicken der Melancholie erinnerte er sich in allen Einzelheiten an die mit ihr erlebten Augenblicke und gab sich wilden Phantasien über das Wiedersehen hin, doch schlimmer waren die Momente der Unruhe, in denen er sich fragte, wie es wohl um ihre Schwangerschaft stand, und sich das Gehirn zermarterte, weshalb sie seine verzweifelten Briefe mit hartnäckigem Schweigen beantwortete. Sollte die Post verlorengegangen sein? Oder arbeitete Agnès nicht mehr im Krankenhaus? Hatte sie ihn vielleicht schon vergessen? Aus diesen Momenten der Angst ging er stets völlig erschöpft hervor, was er mit zuversichtlichen Gedanken auszugleichen suchte, indem er sich einredete, dass alles gut sei, dass seine häufigen Lagerwechsel dem Roten Kreuz die Arbeit erschwerten und so die Zustellung der ersehnten Antwortbriefe verhinderten.

Zusammen mit Montalvão wechselte Afonso ein paar Monate später in das Lager von Breesen in Mecklenburg, das letzte Ziel seiner Reise durch Deutschland. Dort verbrachte er den Monat Oktober in einem Leben voller Eintönigkeit, und die einzige Abwechslung war eine von Oberstleutnant Malheiro ins Leben gerufene Theateraufführung, eine Komödie in drei Akten mit dem Titel *Die Liebe in einer Militärbasis des Portugiesischen Expeditionskorps*. Die Handlung spielte an den französischen Stränden Tréport und Paris-Plage, was der Hauptmann als sehr bezeichnend empfand, war doch die Wahl dieser Badeorte als Handlungsschauplatz typisch für die Art und Weise, wie einige Offiziere ihre Kriegspflichten betrachteten. In der Tat war es eine Geschichte von Stubenhengsten und Drückebergern, von an das Nichtstun und das gefällige Leben *au grand air* gewohnten Offizieren. Afonso kannte einige, die sich sogar damit brüsteten, für ihre

Strandbesuche bezahlt zu werden, da sie von einem absurden Beihilfesystem profitierten, das das Nichtstun belohnte. Während ein Hauptmann, der in den Schützengräben sein Leben riskierte, lediglich die Feldbeihilfe bekam, wurde den Offizieren, die in den großen Badeorten spazieren gingen, eine Extra-Beihilfe von zwanzig Francs pro Tag für Unterkunft und Verpflegung zugestanden und zusätzlich noch eine großzügige Benzinpauschale.
Obwohl das Stück ihm unweigerlich einige der absurdesten und bedauerlichsten Aspekte der Organisation des Korps vor Augen hielt, riss die Theateraufführung ihn doch aus seinen quälenden Sorgen heraus. Das Stück war ohne Zweifel ein Ereignis, zumal es auch sehr lustig war, vor allem, weil die verschiedenen weiblichen Rollen notgezwungen mit männlichen Offizieren besetzt werden mussten. Die Zuschauer lachten Tränen, als sie Hauptmann Grilo mit seinem prächtigen Schnauzbart und seinen dicken, behaarten Armen in der Rolle einer jungen Pariser Schauspielerin sahen, die schlank und bezaubernd schön sein sollte und die dem zarten Oberleutnant Santos schmachtende Liebeserklärungen machte. Es fehlte nur noch, dass die zwei Offiziere sich auf den Mund küssten, dann hätte das begeisterte Publikum bestimmt die ganze Baracke niedergerissen.
Für Afonso, der nur Agnès' Schwangerschaft im Kopf hatte, bedeutete die Aufführung jedoch nur eine flüchtige Zerstreuung. Laut der Berechnungen der Ärzte sollte das Kind in diesen Tagen zur Welt kommen, und der Hauptmann war verzweifelt, weil er nicht dabei sein konnte. Es gab Augenblicke, in denen die Angst ihn zu ersticken drohte, in denen er das Bedürfnis hatte, zu fliehen, im Sturmschritt das Portal zu durchqueren und die Absperrungen zu überwinden. Er verspürte einen Durst nach Freiheit und einen Hunger nach Liebe, erstickte fast in dem Lager und wollte um jeden Preis weg, doch der Krieg schien kein Ende zu nehmen.
Diese Gemütsverfassung änderte sich erst an einem grauen Novembermorgen. Afonso wachte wie alle Gefangenen früh auf, kleidete sich an und ging hinaus. Auf dem Weg zur Latrine spürte er den schneidenden, rauen Morgenwind. Als er am Portal vorbeikam, bemerkte er, dass sämtliche Wachsoldaten des Breensener Lagers Zeitungen in den Händen hielten. Sie wirkten verunsichert und bedrückt

und tauschten flüsternd Kommentare aus. Bereits am Vorabend hatte er bemerkt, dass die Stimmung bei den Aufsehern merkwürdig war, doch hatte er dieser Tatsache keine größere Bedeutung beigemessen. Nun jedoch fiel das seltsame Verhalten der Wachleute wirklich auf; alles schien sich um die Zeitungen zu drehen. Neugierig näherte sich Afonso der Gruppe.

»Hallo!«, grüßte er. »Wie geht's?«

Einer der Soldaten antwortete mit einem übellaunigen Grunzen, die übrigen blieben stumm und ignorierten ihn einfach, die Augen auf die Zeitung gerichtet, in die Nachrichten vertieft. Afonso, der diese Reaktion merkwürdig fand, warf einen Blick auf das Titelblatt und verspürte einen Stich in der Brust. Die Zeitung mit dem aktuellen Datum des zwölften Novembers 1918 verkündete, dass der Krieg am Vortag zu Ende gegangen sei. Die Alliierten hätten gesiegt.

Trotz des Waffenstillstands blieb Afonso noch zwei Monate in Gefangenschaft. Er wurde erst im Januar befreit, als sein Körper bereits von der Kälte und der schlechten Ernährung geschwächt war. Er nahm einen Zug nach Frankreich, in der Absicht, Agnès zu suchen, doch dann hatte er nicht genügend Geld. Außerdem fühlte er sich fiebrig und schwach. Er erkannte, dass er nicht in der Lage war, die Spur seiner Französin zu verfolgen, und ließ sich daher zusammen mit anderen Kameraden aus Breensen nach Brest bringen.

Am fünfundzwanzigsten Januar bestieg er in dem großen französischen Hafen den Dampfer *Gil Eanes* mit Kurs nach Portugal, der voll beladen war mit Exgefangenen und Kranken, zum Großteil Tuberkulosepatienten. Der Hauptmann suchte unter den Tuberkulosekranken nach Männern, die in dem Krankenhaus für Allgemeinmedizin und Chirurgie interniert gewesen waren, und fand auch bald jemanden, der sich an Agnès erinnerte.

»Das war ein tolles Mädchen, was?«, brachte einer der Tuberkulosekranken zwischen zwei Hustenanfällen hervor. Er sprach wie Vicente, war eine Art Manápulas mit Algarve-Akzent. »'türlich erinner ich mich an die, 'türlich, is doch klar. Das war vielleicht 'ne Frau, Kamerad, keine von diesen billigen Vogelscheuchen, die da sonst rumliefen, manchmal sogar mit Schnurrbart auf der Oberlippe.«

»Was ist aus ihr geworden?«

»Aus der Französin? Nach dem neunten April wirkte sie sehr traurig, die Arme.« Er hustete. »Das Mädel war schwanger, ich glaub von 'nem Portugiesen, der im Kampf gefallen ist.« Erneutes Husten. »Die Kleine war völlig verzweifelt. Irgendwann is sie dann krank geworden, und keiner hat sie mehr gesehen.« Weiteres Husten. »Es war ein Jammer, denn dieses Mädel hat Tote auferweckt, verdammt, war das 'ne Freude, wenn die mit ihrem tollen Hintern durch die Krankenstation wackelte.«

III

Energisch wurde das Brett aufgesetzt, und die Verbindung zwischen der *Gil Eanes* und dem Lissabonner Hafenkai war geschaffen. Der das Anlegemanöver leitende Offizier kratzte sich seinen spärlichen Bart, während er zusah, wie die Männer den Übergang sicherten. Als alles kontrolliert und das Anlegemanöver abgeschlossen war, wandte er sich an die Legion elender, zerlumpter Soldaten und Offiziere, die mit haltloser, gieriger Sehnsucht auf das Land blickten.

»Also los«, brüllte er. »Zuerst gehen die Offiziere von Bord, danach die Soldaten, und zum Schluss die Kranken. Ich will einen ordentlichen Abgang sehen und kein Durcheinander.« Er gab dem Unteroffizier, der neben dem Brett stand, ein Zeichen. »Los geht's.«

Die Offiziere traten heran und gingen an Land. Geduldig wartete Afonso, bis er an der Reihe war, die Augen verloren auf den Horizont gerichtet, an dem sich die vertrauten Ziegeldächer Lissabons abzeichneten. Ihr mattes Rot mischte sich mit dem blassen Blau des Winterhimmels. Ziellos schweifte sein Blick umher, blieb an den Möwen hängen, die melancholisch krächzend am Himmel ihre Kreise zogen, wie unruhige Wolken, wie Wellen, die kamen und gingen, die Luft durchschnitten und manchmal auch das kristallene Tejo-Wasser streiften, bis sie sich in den funkelnden Lichtreflexen der Schaumkronen verloren. Der salzige Geruch des Meeres, das sich ein liebevolles Stelldichein mit dem Fluss gab, stieg ihm in die Nase und erfüllte seine Lungen mit dem unvergesslichen Duft der Heimat, dem frischen, kräftigen Geruch nach Seetang, den die sanfte Meeresbrise mit sich brachte.

Schließlich überquerte auch der Hauptmann das Brett, betrat den Kai und stellte überrascht fest, dass die Schlange der Offiziere weiterbestand. »Was ist das denn für eine Schlange, Herr Major?«, fragte er Montalvão, der drei Plätze vor ihm stand.

»Das ist die Schlange bei der Schutzkommission der Kriegsgefangenen.«

»Ach ja? Haben wir bereits eine Schutzkommission? Und wovor schützt die uns?«

»Bestimmt vor den Boches.« Montalvão lachte.

Während die Schlange vorrückte, bemerkte Afonso, dass hinter einem Tisch ein paar Damen mittleren Alters saßen und den Offizieren kleine Zettelchen aushändigten. Als er an der Reihe war, gab ihm eine der Damen ebenfalls eine Handvoll Zettel.

»Was ist das, gnädige Frau?«

»Das sind Marken, Herr Offizier.«

»Marken? Wofür denn?«

»Das ist so etwas wie Gutscheine für Kleidung und Geld. Mit diesen Marken können Sie all das erwerben, was Sie benötigen, Herr Offizier.«

Afonso verstaute die Marken in seiner Tasche und folgte der Offiziersgruppe. Sie standen alle um einen anderen, am Kai aufgestellten Tisch herum und diskutierten heftig. Einige von ihnen erhoben zornig die Stimme, andere wiederum wirkten entmutigt und resigniert. Verwundert über diesen Menschenauflauf, wandte der Hauptmann sich an Montalvão.

»Herr Kommandeur, was ist denn hier los?«

Der Major zuckte mit den Schultern.

»Ich weiß auch nicht recht«, sagte er zögernd. »Offensichtlich gibt es irgendein Problem, und wir können nicht nach Braga weiterreisen.«

»Wir können nicht nach Braga weiterreisen? Warum denn das?«

»Ich weiß nicht, ich hab es nicht verstanden.«

Afonso drängte sich vor und wandte sich an den Leutnant am Tisch. Es war ein junger Mann mit schmalem Schnurrbart und einem nervösen Zucken um den Mund. Der Leutnant nahm die Namen der Neuankömmlinge auf.

»Herr Leutnant, was geht hier vor?«

Der Leutnant blickte nicht einmal auf.

»Sie werden wohl hier in Lissabon in der Kaserne bleiben müssen«, sagte er geschäftig, ohne seine Arbeit zu unterbrechen. »Stellen Sie sich bitte hinten an.«

Afonso sah den jungen, gerade erst der Heeresakademie entsprungenen Mann eindringlich an und dachte sich, dass dieser Junge bestimmt noch nie einen aus Wut abgefeuerten Schuss gehört hatte. Offensichtlich hatte er keine Ahnung, was für eine verzweifelte Angst diese Männer plagte, was für eine schmerzliche, stechende Sehnsucht sie nach einem Wiedersehen mit der Familie verspürten. Stattdessen blieb er einfach kalt angesichts dieses Hungers nach Zärtlichkeit, dieses Durstes nach Trost, den die Kriegsrückkehrer empfanden. Statt ihnen Respekt zu zollen, tat dieser junge Leutnant so, als erweise er ihnen einen Gefallen, indem er einer Horde stinkender Bettler seine geschätzte Aufmerksamkeit zuteil werden ließ. Der Hauptmann spürte eine blinde, heftige und befreiende Wut in sich aufsteigen. Sie breitete sich in seinem Magen aus, erfüllte seine Brust und strömte schließlich in seinen Kopf ein, wo sie ihn einfach übermannte.

»Leutnant«, brüllte er mit einem Mal im Befehlston. »Nehmen Sie bitte Haltung vor einem Vorgesetzten an!«

Der Leutnant zuckte zusammen, sah Afonso erschrocken an, erhob sich verwirrt von seinem Stuhl und nahm eine stramme Haltung ein. Um ihn herum wurde alles still.

»Was ist das hier für eine Scheiße?«, fuhr Afonso in drohendem Ton fort. »Seit wann salutiert man nicht mehr vor einem Vorgesetzten?«

»Jawohl, Herr Hauptmann«, erwiderte der leichenblasse Leutnant und salutierte.

Afonso musterte ihn von oben bis unten, inspizierte ihn regelrecht. Dann zeigte er auf seine Füße.

»Sollen das geputzte Stiefel sein? Ja oder nein? Sollen das geputzte Stiefel sein?«

Der Leutnant warf einen schnellen Blick auf seine Stiefel.

»Herr Hauptmann … äh … entschuldigen Sie«, stotterte er, ohne zu verstehen, was an seinen Stiefeln nicht stimmte.

»Wenn ich mit Ihnen fertig bin, möchte ich, dass diese Stiefel glänzen wie das Bajonett eines Boche, verstanden? Wie das Bajonett eines Boche!«

»Jawohl, Herr Hauptmann.«
Afonsos Gesicht war dunkelrot angelaufen. Er atmete tief durch und versuchte, sich zu beruhigen, plötzlich überrascht über die eigene Wut, und mehr noch darüber, dass er ein Schimpfwort benutzt hatte. Denn seit dem Priesterseminar war er nicht mehr in der Lage gewesen, das Wort »Scheiße« auszusprechen.
»Und jetzt erzählen Sie uns mal, warum wir hier in Lissabon einquartiert werden sollen«, befahl der Hauptmann in ruhigerem Ton.
Beifallsgeschrei erhob sich aus den Reihen der Offiziere. Der Kleine war in seine Schranken verwiesen worden und musste nun auf die Frage antworten, die alle brennend interessierte.
»Das ist … das ist Befehl von General Figueiredo, Herr Hauptmann.«
»Und wer ist dieser Nichtsnutz?«
»Er ist mein Kommandeur, Herr Hauptmann.«
»Und weiß dieser Hampelmann von General etwa nicht, dass die Leute aus den Schützengräben ihre Familien seit über einem Jahr nicht mehr gesehen haben? Reden Sie! Weiß er das etwa nicht?«
Der Leutnant senkte den Blick.
»Äh … ehm … das weiß ich nun wirklich nicht, Herr Hauptmann.«
Afonso betrachtete ihn mit zusammengezogenen Augenbrauen und misstrauischem Gesichtsausdruck, innerlich verwirrt darüber, ein zweites Schimpfwort gebraucht zu haben. Niemals hätte er es für möglich gehalten, dass er je einen Vorgesetzten als Hampelmann bezeichnen würde.
»Und Sie?«, fragte er schließlich. »Wissen Sie zumindest, aus welchem Grund wir nicht nach Braga weiterreisen können?«
»Es ist wegen des Aufstands, Herr Hauptmann.«
»Wegen des Aufstands? Was für ein Aufstand denn?«
»Wegen des Aufstands im Norden, Herr Hauptmann.«
»Aufstand im Norden? Sind Sie jetzt völlig verrückt geworden? Was für ein Aufstand soll das denn sein? Erklären Sie doch mal, Mann! Na los, reden Sie endlich!«
Der Leutnant schwitzte. Ängstlich sah er um sich.
»Es waren die Monarchisten, Herr Hauptmann«, stammelte er. »Sie haben sich vor ungefähr zehn Tagen erhoben. Die Militärjunta des

Nordens hat in Porto die Monarchie ausgerufen und Dom Manuel II. zum König von Portugal erklärt. Hier in Lissabon haben sie sich auch erhoben. Sie haben sich in Monsanto niedergelassen, und letzte Woche gab es eine große Keilerei, aber die Republikaner haben sie niedergeschlagen.«

Der Leutnant verstummte, und die Offiziere blickten sich verblüfft an.

»Das ist ja eine schöne Bescherung«, bemerkte ein Major.

»Da sind wir also genau in die Unruhen reingeplatzt.«

»Es ist doch immer das Gleiche«, äußerte ein anderer Offizier.

»Immer dieselbe Scheiße«.

»Und Sidónio? Unternimmt der nichts dagegen?«, erkundigte sich Montalvão.

Der Leutnant sah ihn überrascht an.

»Der Präsident der Republik ist doch tot.«

In der Gruppe wurde es still.

»Was haben Sie da gesagt?«, fragte eine Stimme. »Sidónio ist tot?«

»Er wurde am Bahnhof Rossio ermordet«, erklärte der Leutnant. »Das war vor ungefähr anderthalb Monaten, kurz vor Weihnachten.«

Da das Land kurz vor einem Krieg stand und der Norden sich erhoben hatte, wurden die Militärs aus dem nördlich gelegenen Minho in einer Kaserne in Lissabon untergebracht, bis sich die Lage entspannte. Doch Afonso stammte nicht aus dem Minho, seine Familie lebte in Rio Major, jenseits dieser unsichtbaren Grenze, die das Land während dieser quälenden fünfundzwanzig Tage nördlicher Monarchie spaltete. Da ihn nichts in der Hauptstadt hielt, ging er zum Hauptquartier, füllte die Formulare zur Regelung seiner Situation aus, beantragte Urlaub, der ihm sofort bewilligt wurde, und begab sich zwei Tage später, ausgeschlafen und mit vollem Bauch, zum Bahnhof Rossio. Man schrieb die ersten Februartage des Jahres 1919, als er den Zug nach Caldas da Rainha und anschließend, mit vor Sehnsucht fast zerspringender Brust, eine Kalesche nach Rio Maior bestieg.

Das Wiedersehen mit der Familie war bewegend und traurig. Afonso musste erfahren, dass sein Vater im Vorjahr an den Folgen eines

Sturzes bei der Obsternte gestorben war. Noch am selben Tag ging der Hauptmann auf den Friedhof und besuchte das Grab. Er legte einen Blumenkranz auf dem Stein nieder, murmelte ein Gebet und bestellte beim Pfarrer eine Messe für Rafael Laureano.

Am Abend versammelte sich die Familie in Carrachana zum Abendessen. Es kamen die Geschwister Manuel, Jesuína, João und Joaquim und ihre jeweilige Familien. Sie wollten gemeinsam die Rückkehr des Jüngsten feiern. Senhora Mariana stellte einen Topf Bohnen-Kohlsuppe auf den Tisch, und Afonso verschlang seine Portion mit einem solchen Genuss, dass er selbst überrascht war, denn er erinnerte sich nicht daran, dieses Gericht in seiner Kindheit besonders gemocht zu haben.

»Das schmeckt vielleicht gut, Mutter, das ist wirklich lecker«, rief er aus und tunkte ein Stück Brot in die Suppe.

»Warum denn auch nicht«, amüsierte sich Manuel, der Älteste. »Für einen, der nur diesen Fraß der Franzosen und Deutschen gegessen hat, muss das ein königliches Mahl sein.«

»Unser Essen ist doch besser als das von diesen Ausländern, oder? Nun sag schon«, forderte Jesuína ihn heraus.

»Aber ganz bestimmt«, bejahte Afonso. »Wo gibt es in Frankreich schon eine Bohnen-Kohlsuppe?«

»Was essen die denn da, mein Junge?«, wollte Mariana wissen.

»Na ja, die essen schon ungefähr das, was wir auch essen, nur wird es anders zubereitet und trägt einen feinen Namen. Statt gebratener Seezunge sagen sie dann Seezunge *à la meunière*, das finden sie schick.«

»Und das hast du gegessen, mein Junge?«

»Manchmal, wenn ich in die *estaminets* oder die *bistrots* gegangen bin.«

»Oh, was für merkwürdige Namen!«, rief Jesuína aus. »Lieber Gott, da wird's mir ja ganz anders!«

»Also, Jesuína, stell dich doch nicht so an«, unterbrach Manuel sie. »Was für Namen sollten die Franzosen ihren Wirtshäusern denn sonst geben? Wirtshaus zum Zé Russo vielleicht?« Er lachte herzhaft. »Das wäre was, wenn die Franzosen sagen würden: Also, ich geh jetzt mal ins Wirtshaus zum Zé Russo ein Schnitzel verdrücken!«

Sie lachten alle. Manuel konnte sehr witzig sein, wenn sie alle beisammen waren. Er fühlte sich nun als Oberhaupt der Familie, denn seit dem Tod des Vaters war er der älteste Mann in der Familie, und er hatte Spaß daran, Stimmung in die Familientreffen zu bringen.
»Ach Manuel, das mein ich doch nicht«, erwiderte Jesuína, verärgert darüber, dass sie Zielscheibe des brüderlichen Spotts geworden war. »Ich hab mich doch bloß gewundert, weil Afonso diese ausländischen Wörter kann, mehr nicht.«
»Aber musstest du wirklich dieses Zeug von den Franzosen essen, Afonso?«, fragte die Mutter noch einmal nach, besorgt über die Ernährung ihres Sohnes während des Krieges, zumal sie feststellen konnte, dass der Junge spindeldürr war. Man sah sogar die Rippen, bestimmt hatte der Arme nichts Gescheites zu essen bekommen!
»Ja, Mutter, ich hab das auch gegessen, aber nur, wenn ich nicht an der Front war. In den Gräben hat man uns englisches Dosenfleisch vorgesetzt, und das war schlimmer als das französische Essen, glaube mir. Und als wir dann in deutsche Gefangenschaft gerieten, wurde es noch schlimmer, die Boches hatten nicht mal Fleisch für ihre eigenen Soldaten, geschweige denn für uns.«
»Wirklich, mein Junge? Und was essen die dann?«
»Wer? Die Tommys oder die Boches?«
»Beide.«
»Die Tommys essen Corned Beef«, sagte er. »Die Boches stopfen sich mit Würstchen voll, und die sind grauenhaft, absolut fettig, aber es war das einzige Fleisch, das ich dort zu Gesicht bekommen habe. Alles andere war Gemüse, Kartoffeln und dergleichen.«
»Und keiner macht dir da die leckeren Gerichte deiner guten Mama, was?«
»Aber natürlich nicht, Mutter.«
»Es gibt nichts Besseres als das Essen von unserem Mütterchen«, pflichtete Manuel bei, noch immer bestens gelaunt und bereits leicht angeheitert vom Wein. Da fiel sein Blick auf seine Frau, und er fügte hinzu: »Unser Mütterchen ist natürlich meine liebe Aurinda.«
»Ich hab schon verstanden!«, erwiderte seine Frau.
Afonso blickte sich um, als suchte er etwas. Seit er nach Hause gekommen war, brannte ihm die Frage auf den Nägeln, ob Agnès ihm

geschrieben hatte. Er musste ihren Aufenthaltsort erfahren, Nachricht von ihr erhalten, mit ihr Kontakt aufnehmen, irgendwie nach Flandern kommen, um sie zu holen oder um dort zu bleiben. Außerdem war er seiner Schätzung nach bereits seit zwei oder drei Monaten Vater, und das wollte er bestätigt wissen. Sein Problem war jedoch, dass er nicht wusste, wie er die Frage formulieren sollte. Er schluckte, sah Senhora Mariana an und stellte dann mit bemüht selbstverständlichem Gesichtsausdruck die Frage.

»Ach Mutter, da fällt mir was ein, es ist nicht zufällig Post für mich gekommen?«, fragte er, als sei ihm das gerade in den Sinn gekommen.

»Post? Woher denn, mein Sohn?«

»Was weiß ich. Aus Frankreich, zum Beispiel.«

Die Mutter wirkte ehrlich überrascht, und der von Ungeduld und Angst geplagte Afonso hielt es nicht länger aus und äußerte sich ganz direkt.

»Weißt du, Mutter, ich warte auf einen Brief von einer französischen Dame.«

Zu Afonsos Verlegenheit brachen alle in schallendes Gelächter aus, und er bereute augenblicklich, diese Frage vor all den anderen gestellt zu haben. Die Mutter lächelte ihn mit einem Augenzwinkern an.

»Mein Sohn hat also französische Freundinnen, seh ich das richtig?«

Afonso errötete.

»Ach Mutter, es ist nicht das, was du denkst …«

»Unser guter Afonso!«, brüllte Manuel vom anderen Tischende her. »Wusst ich's doch, dass er den Männern in unserer Familie Ehre macht! Das nenn' ich einen Mann! Ich wette, die Französinnen haben dir alle aus der Hand gefressen, was? Ein tolles Leben muss das gewesen sein, da in Frankreich!«

»Halt den Mund, Manuel!«, befahl seine Frau, die energische Aurinda. »Es reicht jetzt mit den Späßen, lass den Jungen in Ruhe.«

Doch Mariana ließ ebenfalls nicht locker.

»Und was ist mit Carolina? Willst du von der nichts mehr wissen?«

»Was hab ich denn mit Carolina zu schaffen, Mutter? Die ist doch verheiratet, soll sie glücklich werden in ihrer Ehe!«

»Sie ist nicht verheiratet. Sie ist verwitwet.«

»Verwitwet? Was ist denn mit ihrem Mann passiert?«
»Er hat sich Typhus eingefangen. Letztes Jahr im März gab es hier eine schlimme Epidemie, und der Herr Ingenieur ist dabei draufgegangen.«
»Der Arme.«
»Von wegen arm! Er hätte sich nicht mit Carolina einlassen dürfen, schließlich war sie dein Mädchen. Aber vielleicht geht es ihr ja jetzt besser!« Sie sah ihn arglistig an. »Jedenfalls hat sie keinen Mann mehr.«
»Na dann, nichts wie ran!«, brüllte Manuel mit vor Rotwein triefendem Schnurrbart.
»Halt den Mund, Manuel«, wiederholte Aurinda.
Afonsos Geduld war nun erschöpft.
»Schluss jetzt, hört auf damit«, rief er verärgert aus. »Lasst mich in Ruhe!«
»Ist ja gut, ist ja gut, reg dich nicht auf.«
Afonso atmete tief durch. Er hatte die Frage gestellt und würde nun auch nicht mehr lockerlassen.
»Also Mutter, nun sag mir doch, ist Post für mich gekommen oder nicht?«
»Aus Frankreich?«
»Ja.«
Mariana verzog den Mund, während sie in ihrem Gedächtnis kramte.
»Nein … nein … oder, warte … ich kann mich erinnern, dass einmal der Inácio hier war …«
»Der Inácio?«
»Ja, der Briefträger. Jetzt, wo du's sagst, erinner ich mich, dass er hier mit einem Brief für dich ankam. Und da wir selbst keine Nachricht von dir hatten, hab ich deinem Bruder aufgetragen, den Brief zu lesen«, sagte sie und zeigte auf Joaquim.
Afonso sah den Bruder fragend an, doch dieser zuckte nur mit den Schultern.
»Mann, Afonso, natürlich hab ich den Brief aufgemacht, aber ich hab doch kein Wort von dem verstanden, was drinstand, es war alles Ausländisch.«
»Französisch?«

»Was weiß ich. Es hätte auch Chinesisch sein können. Man hat nichts kapiert, es war ein einziges Kauderwelsch.«
»Und was habt ihr mit dem Brief gemacht?«
»Ach, mein Junge«, mischte Senhora Mariana sich ein, »da wir nichts von diesem ganzen Kauderwelsch verstanden haben, hab ich den Brief zu Dona Isilda gebracht, die ist schließlich sehr gebildet und versteht dieses ganze Chinesisch. Sie hat ihn gelesen und mir gesagt, ich soll ganz beruhigt sein, es sei nichts Schlimmes.«
»Dona Isilda hat den Brief gelesen?«
»Ja, Afonso, sie hat ihn gelesen …«
Afonso stand vom Tisch auf und fiel ihr ins Wort.
»Entschuldige Mutter, aber ich muss unbedingt wissen, was in diesem Brief gestanden hat. Wann habt ihr ihn erhalten?«
»Was weiß ich, es war … es war vor Weihnachten, kurz vor Weihnachten.«
»Im Dezember?«
»Ja, mein Junge.«
Afonso zog sich die Jacke über und eilte zur Tür.
»Aber Junge, iss doch erst mal auf! Wohin willst du denn, um Himmels willen?«
»Ich geh zu Dona Isilda«, verabschiedete er sich. »Bin gleich wieder da.«

Der Hauptmann ging zu Fuß von Carrachana nach Rio Maior. Die *Casa Pereira* war bereits geschlossen und dunkel, doch Afonso wusste, dass die Hausherrin die obere Etage bewohnte, und klopfte an der Haustür. Er hörte Schritte, und die Tür wurde geöffnet. Carolina sah ihn überrascht, fast ungläubig an.
»Hallo, Carolina, wie geht's?«
Sie war reifer geworden, und ihr Haar war schlecht frisiert, dennoch war sie immer noch attraktiv. Zwar war sie weiterhin keine Schönheit, aber sie zog ohne Zweifel die Aufmerksamkeit der Männer auf sich.
»Afonso … was für eine Überraschung! Was machst du denn hier?«
»Ich wollte mit deiner Mutter reden. Ist sie da?«
Carolinas Augen trübten sich, nur mit Mühe konnte sie ihre Enttäu-

schung verbergen, dass Afonso zu ihrer Mutter und nicht zu ihr kam.

»Ja klar, komm rein«, sagte sie und öffnete die Tür. »Entschuldige, dass ich dich in diesem Aufzug empfange, aber ich habe wirklich nicht mit dir gerechnet.«

Sie gingen die Treppe hoch, und Carolina führte ihn zu ihrer Mutter. Dona Isilda kam ihm sehr gealtert vor. Mager und fast hinfällig saß sie, in eine Decke gehüllt, vor dem Kamin. Ihre Augen leuchteten, als sie ihren ehemaligen Schützling eintreten sah, der in seiner blauen Uniform sehr stattlich wirkte.

»Na, wer kommt denn da!«, rief sie aus. »Unser Held.«

Afonso küsste ihr die Hand.

»Wie geht es Ihnen, Dona Isilda?«

»Besser«, lächelte sie, »jetzt, wo ich dich sehe. Du bist ein Mann geworden, mein Junge, ein Mann.«

»Und Sie sind immer noch rüstig ...«

»Rede keinen Unsinn, Afonso. Das Alter kennt kein Pardon.«

»Wie geht es Ihrem Bruder?«

»Gut, dem geht es gut. Er wurde nach Chaves versetzt, stell dir vor, aber er ist ganz zufrieden. Und er fragt oft nach dir, sehr oft!«

»Grüßen Sie ihn von mir, Dona Isilda. Und sagen Sie ihm, dass ich ihn vermisse.«

»Wird gemacht. Er wird froh sein, wenn er hört, dass du aus dem Krieg zurück bist. »Das ist eine schreckliche Sache, so ein Krieg, nicht wahr!«

Afonso seufzte.

»Ja, er ist etwas Unvorstellbares«. Er machte eine Pause. »Aber ich habe viele Freundschaften in Frankreich geschlossen, und meine Mutter hat mir gesagt, sie hätte einen an mich adressierten Brief erhalten, der in einer Sprache geschrieben war, die sie nicht verstand, und von der ich annehme, dass es Französisch war. Sie sagt, sie hätte ihn zu Ihnen gebracht, damit Sie ihn lesen. Haben Sie diesen Brief noch?«

Dona Isilda rutschte unruhig auf ihrem Stuhl hin und her. Ihr Gesicht verdüsterte sich, und sie warf Carolina, die der Unterhaltung im Stehen beigewohnt hatte, einen Seitenblick zu.

»Carolina, mein Kind, sei doch so nett und mach deiner Mutter und Afonso einen Kräutertee.«
Carolina verbeugte sich leicht und zog sich in die Küche zurück. Kaum dass die Tochter das Wohnzimmer verlassen hatte, bedeutete Dona Isilda Afonso, sich zu setzen. Sie nahm seine Hand.
»Mein Junge, du musst jetzt ganz stark sein«, sagte sie nur.
Afonso sah sie entsetzt an, ein schreckliches Vorgefühl lastete auf seiner Seele.
»Was ist passiert, Dona Isilda?«
»Ich habe diesen Brief verbrannt.«
»Sie haben ihn verbrannt? Aber warum denn?«
»Ich habe ihn verbrannt, weil er schrecklich war, Afonso, einfach schrecklich.«
Der Hauptmann verspürte einen Stich in der Brust.
»Was wollen Sie damit sagen? Was stand in dem Brief?«
Die Alte senkte den Blick und seufzte.
»Ich erinnere mich nicht an die Einzelheiten, nur an das Wesentliche. Der Brief wurde in Lille aufgegeben und war von einem Herrn geschrieben.«
»Von einem Herrn?«
»Ja, von einem Herrn.«
Das konnte nur Paul Chevallier sein, dachte Afonso.
»Und was hat er geschrieben?«
Dona Isilda drückte seine Hand noch stärker.
»Er hat gesagt, dass die Tochter gestorben ist.«
Afonso öffnete entsetzt den Mund. Er wollte nicht glauben, was er da hörte.
»Welche … welche Tochter?«, stammelte er.
»Ich erinnere mich daran, dass sie Agnès hieß«, sagte Dona Isilda. »Sie ist gestorben. Sie und … das Baby. Verstehst du? Das Baby. Sie haben sich die spanische Grippe eingefangen und sind in Lille gestorben.«
Afonso war eine Minute lang wie gelähmt. Mit offenem Mund saß er da und stand völlig unter Schock. Er versuchte, etwas zu sagen, brachte aber nichts heraus. Da kam ihm sein letztes Bild von Agnès in den Sinn, die Französin am Krankenhausportal, wie sie sich lächelnd und

glücklich von ihm verabschiedete, mit verliebtem Blick, froh über die Nachricht, dass Afonso bald die Schützengräben hinter sich lassen würde. Unvermittelt stand der Hauptmann auf und verließ schweren Schrittes das Wohnzimmer. Er hatte das Gefühl, das Gleichgewicht zu verlieren, hörte undeutliche Stimmen um sich herum, es waren die von Dona Isilda und Carolina, er verstand jedoch nicht, was sie sagten. Er wankte die Treppe hinab, fand kaum das Geländer, fühlte sich wie in einem bösen Traum und trat schließlich wie ein Schlafwandler auf die Straße. Die Nacht war tränentrüb, und er weinte, weinte, wie er seit seiner Kindheit nicht mehr geweint hatte, weinte aus Verlassenheit, aus Verzweiflung, aus bitterem Schmerz und stieß dabei ein schreckliches Gebrüll aus. Er fühlte sich verloren, vom Glück verstoßen, vom Schicksal gequält. Und er erkannte, dass er schrecklich einsam war.

IV

Afonso saß auf der Stufe einer Brustwehr des Picantin Post und rauchte gerade eine Zigarette, als das Sirenensignal den Giftgasalarm auslöste. Das Signal ertönte genau neben dem Hauptmann und schmerzte ihn in den Ohren. Erschrocken blickte er in die Richtung, aus der der Ton kam, und erkannte zu seiner Verblüffung, dass es Agnès war, die das Horn blies. Verwirrt sprang er auf. Er traute seinen Augen nicht. Doch im nächsten Augenblick war jeglicher Zweifel verflogen, sie war es wirklich. Er spürte, wie seine Seele mit einem Glücksgefühl und sein Körper mit befreiender Euphorie erfüllt wurden. Er rannte auf sie zu, erleichtert, dass sie am Leben war, und vor lauter Freude wunderte er sich nicht darüber, sie dort in den Schützengräben zu sehen. Doch als er auf seine Französin zulief und sie in einer innigen Umarmung umfangen wollte, sah er den grauen Schatten eines Deutschen über dem Schützengraben auftauchen, genau hinter Agnès. Er zückte die Pistole und streckte ihn nieder. Gleich darauf tauchte ein weiterer Deutscher auf, und noch einer und noch einer. Er zerrte Agnès hinter sich her und streckte sie alle nieder. Doch es wurden nicht weniger, sie waren wie Ameisen, die unerbittlich auf ihn zumarschierten und ihn zu umzingeln drohten. Afonso verzweifelte, weil er spürte, dass er diese Angriffswelle nicht stoppen konnte. Er schützte Agnès mit seinem Körper und schoss unermüdlich weiter, nach rechts und nach links. Wie im Fieberwahn tötete er einen nach dem anderen, und trotzdem wurden es immer mehr. Es waren so viele, dass der portugiesische Offizier in Panik geriet. Er versuchte, Agnès in den Arm zu nehmen und gleichzeitig zu schießen, spürte, dass die Deutschen sie ihm nehmen, sie ihm rauben, sie töten wollten, und das durfte nicht sein, das konnte er nicht zulassen, nie im Leben, nie im Leben. Eine ungeheure Angst erfüllte seine Seele, ein unsagbares Entsetzen erfasste sein Herz bei der Vorstellung, sie wieder zu verlieren. Er begann zu weinen, flehte die göttliche Vorsehung an, sie zu verschonen, sie ihm zu belassen. Agnès war nur noch eine zerbrechliche Gestalt in seinem Rücken. Sie waren umzingelt von bedrohlich näherrückenden Deutschen, und der verzweifelte Afonso konnte sie nur unzureichend beschützen.

»Was ist los, mein Junge?«

Afonso kam zu sich und erkannte, dass er schreiend und weinend im Bett saß. Er hatte einen Kloß im Hals, an der Tür stand seine Mutter und sah ihn besorgt an. Auf der Stirn spürte er Schweißtropfen, sein Atem ging schwer, und in seinen Augen standen Tränen. Er blickte um sich, war einen Augenblick lang verwirrt, doch dann begriff er und seufzte.

»Es ist nichts, Mutter. Es war nur ein Alptraum.«

Dona Mariana fasste sich mit den Händen an die Brust.

»Du hast mir vielleicht einen Schrecken eingejagt, Afonso! Du hast so laut geschrien, dass es einem richtig Angst machen konnte. Lieber Gott!«

»Es war nur ein Alptraum.«

»Noch einer in dieser Woche, mein Junge. Sieh zu, dass du von heiteren Dingen träumst, hast du gehört?«

»Ja, Mutter. Gute Nacht.«

»Gute Nacht, mein Junge. Schlaf jetzt!«

Afonso schloss die Augen, sank zurück ins Bett und versuchte, sich zu beruhigen. Seit er von Agnès' Tod erfahren hatte, litt er unter diesen Alpträumen. Sie waren stets anders und doch immer gleich. Das Thema wiederholte sich, und der Traum kehrte immer wieder. Er erinnerte sich an die Gespräche mit seiner Geliebten über Freud und die Bedeutung der Träume und stellte sich vor, was Agnès ihm wohl über diesen speziellen Alptraum gesagt hätte. Vielleicht offenbarte er ja ein Begehren und eine Schuld, das Begehren, sie lebend zu sehen, und die Schuld, sie nicht vor dem Tod bewahrt zu haben, nicht bei ihr gewesen zu sein, als sie krank war. Vielleicht wäre sein Beistand ja entscheidend gewesen, hätte dieses tragische Ende verhindert. Afonsos Bewusstsein wurde von anderen Wahrnehmungen überfallen, von anderen Möglichkeiten, quälte sich unaufhörlich mit dem Wört-

chen »wenn«. Wenn ich nur irgendetwas anders gemacht hätte, dachte er. Wenn ich ihr nicht diese Stelle im Krankenhaus besorgt hätte, wenn ich an dem Tag bei ihr geblieben wäre, als ich sie zum letzten Mal im Krankenhaus besucht habe, oder wenn ich aus dem deutschen Lager geflüchtet wäre oder sonst irgendetwas gemacht hätte, das den Lauf der Dinge verändert hätte, dann wäre sie vielleicht jetzt noch am Leben. Es waren so viele »wenns«, so viele kleine Details, die nicht verändert worden waren, so viele winzige Steinchen, die diese schmerzliche Lawine ausgelöst hatten. Das Schuldgefühl fraß ihn auf, grausam und unerbittlich, obsessiv und unaufhörlich.
Zwei Monate lang schloss sich der Hauptmann in Carrachana im Haus seiner Mutter ein, vergrub sich mit seinen Dämonen in seinem Zimmer, gepeinigt von schrecklichen Bildern. Carolina kam ihn in den ersten beiden Wochen mehrmals besuchen. Ab der dritten Woche kam sie täglich. Anfangs sprach nur sie, und er blieb stumm, deprimiert, gefangen in den Erinnerungen und Schuldgefühlen. Er wollte nicht einschlafen und fürchtete sich gleichzeitig davor, wach zu bleiben. Er wollte nicht mehr essen, fühlte sich schwach und kraftlos, sein Mund war trocken, der Kopf schmerzte, er hörte auf, sich zu waschen, zu rasieren und die Kleidung zu wechseln. Er wirkte apathisch, in sich gekehrt, schweigsam, einsam, und es vergingen keine fünf Minuten, in denen er nicht an Agnès dachte, in denen er sich nicht selbst bemitleidete. Seine Träume und Gedanken kreisten immer wieder um dasselbe Thema, wie besessen, als suchte er seine Vergangenheit neu zu gestalten, einen anderen, glücklicheren Ausgang zu finden. Er wollte die Wahrheit nicht wahrhaben, hegte insgeheim die Hoffnung, einen Brief zu erhalten, der alles widerriefe, wachte morgens mit der flüchtigen Illusion auf, alles sei nur ein Alptraum gewesen. Doch diese Illusion währte nur einen kurzen, trügerischen Augenblick. Er begriff rasch, dass das Drehbuch bereits geschrieben und die Vergangenheit nicht zu ändern war, dass das, was geschehen, unwiderruflich geschehen war. Es war ein Weg ohne Wiederkehr, der bereits beschritten, eine traurige Oper, die bereits gesungen worden war. Kleine Dinge, Wörter, Klänge, Melodien, Düfte erinnerten ihn an Agnès. Es schmerzte ihn, dass alles so schnell gegangen war, dass er nicht hatte Abschied nehmen können. Er quälte sich mit der Frage,

was wohl ihrem Tod vorangegangen war, fragte sich, ob sie gelitten, ob sie Angst gehabt, ob sie gespürt hatte, dass der Tod nahte, heimtückisch und unerbittlich wie ein schrecklicher Sturm, der auf die Erde niedergeht. In diesen Augenblicken wurde er noch schwermütiger, deprimierter und unzugänglicher, er fühlte sich leer, verschloss sich in sich selbst, tauchte ein in die Finsternis eines bodenlosen Abgrunds.

Irgendwann jedoch begann er zu reagieren. Nach dem anfänglichen Schock und den ersten Monaten der Depression, die später zu einem dunklen Fleck in seiner Erinnerung werden sollten, erwachte er aus seiner Lethargie. Er erinnerte sich an Agnès' Worte über den therapeutischen Effekt des Begreifens des Traumas und des Äußerns der Gefühle und spürte, wie auf einmal eine unerwartete Energie in ihm aufkeimte. Mit Hilfe der Erinnerung an die Französin und an das, was sie ihn über die menschliche Psyche und deren Leid gelehrt hatte, versuchte er nach und nach, seinen eigenen, lähmenden Schmerz zu verarbeiten. Der erste Schritt war, Carolina zuzuhören, vor allem, wenn sie über das Trauma sprach, das der Tod ihres Mannes bei ihr ausgelöst hatte. Sie verstanden sich gut, hatten dasselbe durchgemacht, hatten beide ihren Partner verloren und kamen nun mit der Realität nicht mehr zurecht. Sie waren fast so etwas wie Zwillingsseelen, Bruder und Schwester, vereint im selben Schmerz.

Ganz langsam wurde Afonso zugänglicher. Vom passiven Zuhörer entwickelte er sich zum aktiven Erzähler, anfangs noch vorsichtig, da es schwierig war, die Gefühle in Worte zu fassen. Der Schmerz war unsagbar, unaussprechlich. Doch mit der Zeit wurden die Worte des Hauptmanns flüssiger und klarer. Und mit ihnen kämpfte er sich aus dem Abgrund, in den er gestürzt war. Im Bett sitzend oder am Fenster lehnend, sprach er über Agnès, über sein Leben, seine Träume, seine Pläne mit ihr, über die nicht gelebte Liebe und den Schmerz, der ihn quälte. Er weinte wie ein Kind, als er erstmals an der tiefen Wunde in seinem Herzen rührte, sprach schluchzend und unter Anstrengung. Er fürchtete dieses Leid, stellte sich ihm jedoch, um es zu überwinden, stellte sich ihm mit einer solchen Entschlossenheit, dass es fast schon an Selbstgeißelung grenzte. Es tat weh, ihn so leiden zu sehen.

Eines Nachmittags tauchte gleich nach dem Mittagessen Pater Álvaro in seinem Schlafzimmer auf. Carolina ließ die beiden allein, und der Pfarrer setzte sich an Afonsos Bett. Er war ziemlich erschrocken über das Aussehen seines ehemaligen Schülers. Das ungekämmte, zerzauste Haar erweckte den Eindruck eines Kranken oder Verrückten. Der Hauptmann indes sah den Pfarrer an, der ihn in seiner Jugend nach Braga gebracht hatte, und empfand ihn als alt. Seine Haut war runzelig, der Körper ausgemergelt und gebeugt, fast buckelig, Kopf- und Barthaare waren grau und kräuselten sich widerspenstig.
»Nun, mein Sohn?«, fragte der Pfarrer Afonso mit sanfter Stimme. »Was ist mit dir?«
Afonso blieb stumm. Er musterte den Pfarrer kurz und ließ dann den Blick in die Ferne schweifen, jenseits des Fensters. Erst nach drei Minuten sagte er etwas.
»Warum?«, fragte der Hauptmann.
Der Pfarrer sah ihn überrascht an.
»Wie bitte?«
»Warum?«
»Warum was?«
»Warum? Warum ist mir das alles passiert?« Afonso sah ihn an. »Ich habe den Krieg überstanden, obwohl ich die ganze Zeit dachte, ich müsste sterben und würde vielleicht nicht davonkommen. Und genau in dem Moment, da ich erkenne, dass ich entkommen bin, da ich merke, dass alles vorbei, dass der Krieg aus ist und ich endlich leben kann, da stirbt sie. Was macht das alles für einen Sinn? Warum ist das passiert? Warum?«
»Es war Gottes Wille, mein Sohn.«
»Afonsos Blick wurde hart und schweifte wieder in die Ferne ab.
»Gott gibt es nicht«, stellte er schließlich fest.
Pater Álvaro richtete sich auf, peinlich berührt von dieser Gotteslästerung, und sah sich um, als müsste er sich vergewissern, dass der Herr nicht im Zimmer anwesend war und die Ketzerei gehört hatte. Dann sah er erneut seinen Zögling an.
»Aber mein Sohn? Was hat das zu bedeuten? Wir müssen doch an Gott glauben, müssen an seine Güte glauben.« Er hob warnend den

Zeigefinger, und seine Stimme wurde lauter, bis er sich sicher war, dass der Herr sie hören konnte. »Und außerdem müssen wir Gott fürchten!«
»Unsinn!«, unterbrach Afonso ihn und sah ihm fest in die Augen, wodurch er seine ganze innere Revolte zum Ausdruck brachte. »Ist Gott nun gütig oder schrecklich? Was denn nun? Worauf einigen wir uns? Das ist doch ein absoluter Widerspruch! Entweder ist er gütig oder schrecklich. Aber er kann nicht beides gleichzeitig sein.«
Pater Álvaro sah ihn ernst an.
»Gott ist gütig, wir müssen auf ihn vertrauen, aber wir müssen ihn auch fürchten.«
Afonso seufzte ungeduldig.
»Wissen Sie, Herr Pfarrer, ich habe in diesen letzten beiden Jahren sehr viel gesehen. Dinge, über die ich nicht sprechen will, Dinge, über die ich gar nicht sprechen kann. Ein paar davon hab ich sogar schon wieder vergessen, glauben Sie mir das. Und wenn ich mir das alles ansehe, kann ich nach reiflicher Überlegung nur zu dem Schluss gelangen, dass wir uns irren, wenn wir von Gott reden.«
»Jungfrau Maria, was redest du denn da, mein Sohn?«
»Es ist doch alles nur Lüge«, rief er aus. Er erhob seine linke Hand, die Handfläche nach oben gerichtet. »Sehen Sie, die Kirche sagt, wir müssen an Gott glauben, müssen auf ihn vertrauen, müssen beten. Und ich frage Sie, weshalb? Kommen denn die, die nicht an ihn glauben, in die Hölle, nur weil sie nicht an ihn glauben? Also, wenn ich jetzt ein Nichtsnutz wäre und jeden Tag ganz fromm beten würde, und jemand anders wäre ein guter Mensch, rechtschaffen und ehrlich, nur glaubt er nicht an Gott und betet auch nicht, dann komme ich in den Himmel und er in die Hölle? Ich, der ich ein Nichtsnutz bin im Vergleich zu ihm, der rechtschaffen ist? Und das soll irgendeinen Sinn ergeben? Was ist denn das für ein Gott, der so egoistisch ist, zu verlangen, dass wir ihn vergöttern, der die Vergötterung über die Güte stellt?«
Der Pfarrer wandte die Augen ab und stieß ein leises Gebet aus. Möge der Herr gerade abgelenkt sein und diesen Schwall sündiger Worte nicht gehört haben. »Gott ist der Schöpfer, wir müssen ihn achten, ihn lieben und fürchten.«

»Wenn es sein muss, bin ich sogar bereit, an seine Existenz zu glauben«, lenkte Afonso ein. »Aber ich garantiere Ihnen, falls Gott wirklich existiert, ist es bestimmt nicht der Gott, von dem die Kirche spricht. Gott ist weder gut noch böse, Gott kann man nicht beschreiben, er steht außerhalb aller Wörter und Vorstellungen, außerhalb jeder Moral. Er ist einfach nur der Schöpfer, die Quelle der Dinge, der Ursprung des Todes und der Hauch des Lebens. Gott ist es doch schnurzegal, ob zehn, hundert oder tausend Soldaten sterben, was gehe ich ihn an, oder Sie, oder Agnès oder wer auch immer? Für Gott ist ein Stein ebenso viel wert wie eine Schwalbe, wie ein Mensch, wie ich oder Sie. Alles, was existiert, ist Gottes Werk, alles ist gleich viel wert.« Afonso räusperte sich nachdenklich. »Wissen Sie, was die große Frage ist, die Frage, die all dies beinhaltet?«
»Was für eine Frage denn?«
»Die große Frage ist der uralte Zweifel, weshalb er uns eigentlich erschaffen hat, warum er uns so viel Leid auferlegt, welchen Zweck das eigentlich erfüllt. Das ist die große Frage, das große Geheimnis.« Er biss sich auf die Lippen. »Ich glaube, der Schlüssel zu diesem Geheimnis liegt darin, dass wir uns entscheiden müssen, ob wir die Zukunft als offen oder als vorgegeben betrachten, sprich, in der Frage, ob die Dinge vorbestimmt sind oder nicht, ob wir wirklich frei sind, Herr unserer Zukunft, oder ob wir nur die Illusion von Freiheit besitzen und in Wahrheit lediglich Sklaven des Schicksals sind, reine Statisten dieses göttlichen Theaters.« Afonso betrachtete angelegentlich seine Fingernägel, ohne sie wirklich zu sehen. Seine Augen suchten das Geheimnis zu durchdringen, das ihn quälte. »War Agnès' Tod vorbestimmt? Ich glaube, die Antwort auf diese Frage würde uns die Absicht erkennen lassen, die hinter der Schöpfung stand.« Sein Blick verlor sich erneut in der Ferne. »Das Problem ist natürlich, dass ich keine Möglichkeit sehe, eine Antwort auf diese quälende Frage zu finden. Stand Agnès Tod wirklich von Anfang an fest?« Er seufzte erneut. »Wenn ihr Tod seit Anbeginn der Zeit feststand, dann bedeutet das, dass Gott alles ist, dass er alles beherrscht und alles entscheidet, und wir nur ein winziger Teil seines Seins sind. So wie eine Zelle nicht weiß, dass sie Teil des Körpers ist, wissen wir nicht, dass wir Teil Gottes sind. Der Körper besteht aus Millionen von Zellen, jede davon

ist eine lebende Einheit mit eigener Individualität, die nicht weiß, dass sie Teil eines komplexen Ganzen, des Körpers, ist. Und genau wie die Zellen leben wir in der Illusion, dass wir eine Individualität besitzen, dass wir eine Sache sind und dass die Welt, das Universum, Gott, die andere Sache ist, wo doch letztlich alles dasselbe, alles ein winziger Teil des Ganzen, ein Teil Gottes ist.«

»Und wenn die Zukunft nicht vorbestimmt ist?«

»In dem Fall fürchte ich, dass es Gott nicht gibt. Oder aber, falls es ihn doch geben sollte, dass er sehr wenig Macht hat.«

»Aber mein Junge, ist das nicht eher ein Zeichen dafür, dass Gott den Menschen als freies Wesen erschaffen hat?«

»Das glaube ich nicht. Wissen Sie, ich glaube nicht an die Vorstellung, der Allmächtige hätte die Macht, alles zu entscheiden, abgetreten. Wäre dem so, dann wäre er nicht mehr allmächtig. Wenn es tatsächlich einen allmächtigen Schöpfer gibt, können Sie sich sicher sein, dass er das Universum nicht geschaffen hat, um die Dinge dem Zufall zu überlassen. Wenn er allmächtig ist, hat er auch alles entschieden. Und wenn die Zukunft nicht vorbestimmt ist, dann nur deshalb, weil Gottes Macht beschränkt ist. Und ein Gott mit beschränkter Macht ist kein Gott. In dem Fall existiert Gott vielleicht wirklich nicht.«

»Oh mein Gott, wie kannst du nur so etwas sagen?«, rief Pater Álvaro aus und wandte erneut den Blick zum Himmel, fast so, als wollte er Gott um Vergebung für die Gotteslästerung seines ehemaligen Schülers bitten, als fühlte er sich für diese Beleidigung Gottes verantwortlich. »Heilige Jungfrau Maria!«

»Wissen Sie, ich sage das aus einem ganz einfachen Grund. Wenn die Zukunft nicht vorbestimmt ist, dann bedeutet das, ich habe einen freien Willen, und Gott lenkt weder mich noch mein Schicksal. Und wenn ich mein Schicksal selbst lenke, dann heißt das, Gott ist nicht allmächtig. Die Dinge geschehen nicht, weil sie geschehen müssen, sondern sie sind lediglich Produkte des Zufalls und des Willens der Einzelnen, ohne höhere Bestimmung oder Sinn. In diesem Fall ist Gott vermutlich nicht mehr als das Bedürfnis der menschlichen Schöpfung, dem Leben einen Sinn zu geben.«

»Und du, mein Junge, was glaubst du?«

Afonso lehnte sich zurück und blickte an die Zimmerdecke. Das gekalkte Mauerwerk war mit der Zeit dunkel und feucht geworden, und in einer Ecke konnte der Hauptmann zwei Spinnen in einem Netz beobachten, die zwischen den gefangenen Insekten hin und her wanderten. Waren die Bewegungen dieser Spinnen seit Anbeginn der Zeit vorbestimmt? Die Frage quälte ihn wirklich.

»Ich würde gern daran glauben, dass die Zukunft vorbestimmt ist«, sagte er schließlich. »Denn nur dadurch bekommt das, was ich durchgemacht habe und immer noch durchmache, einen Sinn.«

»Und wenn du daran glaubst, fürchtest du dann Gott?«

»Das ist Unsinn, das habe ich Ihnen bereits gesagt. Wozu dient Gott die Furcht der Menschen? Die Gottesfurcht ist doch ein lächerliches Konzept, zumal sie nahelegt, dass Gott unsicher ist, vielleicht auch übermächtig oder verwöhnt, kleinlich und egoistisch. Denn wenn die Zukunft vorbestimmt ist, und zwar durch ihn, was bringt es ihm dann, wenn die Menschen ihn lieben oder fürchten, da doch er selbst alles entschieden hat, als er diese kosmische Oper, die wir in jedem Augenblick aufführen, geschrieben hat?«

Afonso schüttelte den Kopf und zog eine Grimasse. »Nein, Gott muss weder geliebt noch gefürchtet werden. Gott ist, er ist einfach nur. Er handelt mit geheimer Absicht, und ich glaube, wir alle – Menschen, Tiere und Pflanzen – sind Teil dieser Absicht, dieses Vorhabens. Nichts passiert zufällig, alles beruht auf Ursache und Wirkung. Agnès ist gestorben, und das ist, im Maßstab des Universums betrachtet, ein unbedeutendes Ereignis. Dennoch glaube ich, dass dieser Tod Bestandteil des Universums ist, dass das Universum sich verändert hat durch das Ableben von Agnès und das meiner Kriegskameraden. Ihr Tod ist ein weiterer Akt dieses grandiosen Theaterstücks, das der göttliche Dramatiker sich ausgedacht hat, auch wenn der Sinn dieses Todes uns nicht einleuchten will. Sein wahrer Sinn bleibt uns verborgen.«

»Gottes Wille ist unergründlich«, entschied Pater Álvaro salbungsvoll.

Afonso sah ihn nachdenklich an.

»Das ist möglicherweise die einzige große Wahrheit, die die Kirche lehrt, Herr Pfarrer. Alles hat eine Absicht, denke ich, doch diese Absicht bleibt uns verborgen.« Er senkte den Kopf. »Die Alternative

dazu wäre schlichtweg unerträglich. Nämlich, dass die Dinge um ihrer selbst willen geschehen, ohne Sinn und Zweck. Das wäre unerträglich.«
Afonso verspürte Sehnsucht nach Pater Nunes, glaubte, dass nur sein ehemaliger Lehrer ihn wirklich verstehen würde, und so schwieg er.
Der Nachmittag schleppte sich dahin, leise und kraftlos. Pater Álvaro verabschiedete sich, als es dunkel wurde, unruhig und besorgt zog er von dannen, doch Carolina blieb. An diesem Tag und an den folgenden. An sie wandte Afonso sich bei seiner Suche nach innerem Frieden, nach Erlösung. Sie konnte zwar seinen Überlegungen nicht folgen, bot ihm jedoch emotionalen Trost. Carolina nahm in den schwersten Augenblicken seine Hand, umarmte ihn, wenn er sich verzweifelt, verloren und leer fühlte. Sie schenkte ihm Kraft und menschliche Wärme, half ihm, sich den Schrecken der Vergangenheit zu stellen, den Erinnerungen an Agnès, dem Schmerz über den Verlust, den Gewissensbissen und Schuldgefühlen, der Wut und Verzweiflung über das erlittene Schicksal, über diesen Weg ohne Wiederkehr. In seiner Schwäche klammerte Afonso sich an diesen Anker, verweilte in diesem sicheren Hafen, ließ seine Gefühle zu und öffnete ihr seine Seele.
Er öffnete sich so sehr, dass er ihr ganz langsam, fast unmerklich, auch sein Herz öffnete.

Carolina und Afonso heirateten im Sommer 1920. Es war eine schlichte Hochzeit, die in der kleinen Kirche von Rio Maior stattfand. Die Messe hielt der alte Pater Álvaro, Onkel Carolinas und Beschützer Afonsos in Braga, ein begeisterter Zeremonienmeister, der seine Rolle sehr ernst nahm und der Hochzeit unbedingt einen feierlichen Anstrich verleihen, sie unvergesslich machen wollte.
Doch einer der Heiratenden hörte ihm kaum zu. Vor dem Altar und dem Pater, der auf Lateinisch die Messe zelebrierte, stand der Hauptmann und nahm über einen langen Zeitraum gar nicht wahr, was um ihn herum vor sich ging. Seine Gedanken schweiften in die Vergangenheit ab, als seien sie ein verirrter Landstreicher auf der Suche nach Agnès. Er stellte sich vor, dass sie neben ihm stand, bildete sich ein, nicht in der kleinen Kirche von Rio Maior, sondern in der großen

Kathedrale von Amiens zu sein. So perfekt malte er sich dieses Bild aus, dass er gar einen französischen Akzent aus dem Latein des Pfarrers heraushörte. Irgendwann kehrte er jedoch zurück in die Wirklichkeit und erahnte die Ungeheuerlichkeit seines Verrats, erkannte, dass er dieser Frau nicht seinen ganzen Körper schenkte, fehlten diesem doch Herz und Seele, beides Geiseln der Liebe zu einer anderen. Er begriff die Falschheit des Augenblicks, die Doppelbödigkeit der Situation. Seine Gefühle weilten in weiter Ferne, er heiratete die eine Frau, und doch verging kaum eine Stunde, in der er nicht an die andere dachte. Er bereute seinen Schritt, hatte das Bedürfnis, zu fliehen, aus der Kirche zu eilen, den Altar hinter sich zu lassen und Zuflucht zu suchen in der mütterlichen Geborgenheit seines Zimmers in Carrachana. In dem verzweifelten Bemühen, dies zu verhindern, tauchte er schleunigst zurück in seinen Traum, in seine Phantasie, kehrte zurück auf diese Phantasiestraße, die er wie im Delirium durchschritt, auf diesen Pfad der Erinnerungen und Gefühle, des Gedenkens glücklicher Zeiten und unerfüllter Wünsche.

Im Augenblick der Wahrheit, als Pater Álvaro ihm die entscheidende Frage stellte, sagte Afonso ja. Neben ihm stand Carolina und vernahm sein Ja, in der Annahme, er sage ja zu ihr, nichtsahnend, dass er in Wahrheit zu einer anderen ja sagte, die nicht mehr da sein konnte, zu einem Geist, der fortan ihr Schatten wäre.

Sie errichteten ein Haus auf der Praça do Comérico in Rio Maior, hinter dem alten Kaufhaus von José Ferreira Lopes. Dona Isilda wies Afonso in die Geschäfte der *Casa Pereira* ein. Sie nahm ihn mit zu den Fabriken, wo die Waren abgeholt wurden, stellte ihn den Lieferanten vor, erklärte ihm die Rechnungen und lehrte ihn Verkaufsstrategien. Sie zeigte ihm auch, wie man Waren zur Schau stellte, Kunden empfing und Angestellte beurteilte, wie man entschied, wann und wie viel Kredit man einem Kunden gewährte, und für wie lange.

»Ein Kaufmann hat kein Herz«, sagte sie ihm immer wieder. »Er muss in erster Linie an sein Geschäft denken, und nur das zählt. Entscheidungen dürfen nie vom Mitleid, sondern nur von der Vernunft diktiert sein.«

Afonso strich sich über seinen Schnurrbart und dachte über diese

Worte nach. Er bezweifelte, dass er in der Lage war, das, was hier so leicht gesagt wurde, umzusetzen.

»Aber Dona Isilda, manchmal gibt es doch Situationen im Leben …«

»Die soll die Kirche regeln«, fiel ihm seine Schwiegermutter ins Wort. »Wenn du barmherzig bist und allen Leuten, die nicht bezahlen können, Kredit gibst, wenn du unfähige Verkäufer nicht entlässt, nur weil du Mitleid mit ihnen hast, dann bist du ganz schnell bankrott. Und wenn das passiert, mein Junge, hast du allen geschadet. Du hast dir geschadet, deiner Familie, deinen guten Angestellten und den guten Kunden.« Sie machte eine Pause und sah ihm in die Augen. »Und weißt du, was die Ironie an dem Ganzen ist? Weißt du das? Dass es nämlich am Ende den schlechten Angestellten und schlechten Kunden so ergeht, wie es ihnen ergangen wäre, wenn du dich früher gegen sie gestellt hättest. Die einen verlieren genauso ihre Anstellung und die anderen ihren Kredit, weil das Haus pleite ist. Die Barmherzigkeit hätte nicht einmal ihnen etwas genützt. Nicht einmal ihnen.«

»Aber jemandem einen Kredit zu verweigern, der die Ware benötigt, und jemanden zu entlassen, der Arbeit braucht, um zu leben, ist eine Grausamkeit«, sagte der Hauptmann. »Ich weiß nicht, ob ich dazu in der Lage bin.«

Isilda seufzte.

»Stell dir vor, Afonso, du bist im Krieg und wirst am Bein von einer Kugel getroffen. Du kommst ins Krankenhaus, und die Ärzte stellen einen Wundbrand an deinem Bein fest. In dem Fall haben die Ärzte nur zwei Möglichkeiten. Entweder sie nehmen das Bein ab und retten dir damit das Leben, oder sie lassen alles, wie es ist, weil es ihnen leid tut um das Bein, und dann stirbst am Ende du. Du stirbst und das Bein auch, was für eine Ironie des Schicksals. Jetzt stell dir mal vor, dein Körper ist die *Casa Pereira*, du bist der Arzt, und das Bein mit Wundbrand ist ein schlechter Angestellter oder schlechter Kunde. Nimmst du das Bein ab, rettest du den Körper. Nimmst du es nicht ab, stirbt der Körper und das Bein ebenfalls. Was machst du wohl? Was meinst du?«

»Nun ja …«

»Was machst du?«

»Hm … ich nehme an, ich muss den Körper retten, nicht wahr?«
»Braver Junge.« Sie hob den Zeigefinger. »Vergiss das nicht, mein Junge. Ein Kaufmann hat kein Herz und muss immer zuerst an sein Geschäft denken.«
Die Umstellung war nicht einfach, doch nach und nach gewöhnte Afonso sich an die Erfordernisse der Aufgabe, an die Unmöglichkeit, es allen recht zu machen, an die Notwendigkeit von Meinungsverschiedenheiten und an den Vorrang des Kollektiven vor dem Individuellen. War es letztlich nicht das, was er während des Krieges gemacht hatte? Er wurde sich einer merkwürdigen Ironie bewusst, dass nämlich in heiklen Situationen das Individuelle die allgemeine Sympathie auf sich zog, obgleich das Kollektive von den Entscheidungen profitierte. Wenn er beispielsweise einen schwachen Angestellten entließ, bedauerten das alle, und ihm wurde vorgeworfen, kein Herz zu haben und unmenschlich zu sein. Niemand verstand, dass es dem Wohle der Allgemeinheit diente. Das Kollektive war etwas Abstraktes, das Individuelle etwas Konkretes, die Menschen erkennen sich im Einzelnen wieder und nicht in der Gruppe. So gesehen war der Tod seiner Ordonnanz in Picantin Post eine Tragödie gewesen, während der Tod von vierhundert Männern während der gesamten Schlacht nichts weiter als bloße Statistik war. Das Kollektive war wichtiger, überlegte er, und dennoch identifizierten sich die Menschen nur mit dem Einzelnen.
Am Ende teilte sich der Hauptmann sein Leben in Familiengeschäft und militärische Karriere auf. Er verwendete viel Zeit darauf, zwischen Braga und Rio Maior hin- und herzufahren, bis er schließlich zu dem Schluss kam, dass es so nicht weitergehen konnte. Er erwog gar die Möglichkeit, eine Versetzung nach Santarém zu beantragen, doch nach zwei Jahren heftiger Auseinandersetzungen mit Dona Isilda gelangte er zu der Überzeugung, dass es eine bessere Möglichkeit gab.
»Du musst dein militärisches Leben aufgeben, Afonso«, sagte sie zu ihm. »Wie lange sage ich dir das schon? Ein Geschäft ist wie eine Ehe. Es verlangt Ausschließlichkeit.«

V

Weiche, weiße Fetzen lagen wie reglose Wattestreifen über dem tiefblauen Himmel. Es waren Morgenschleier, hohe, majestätische Wolken, die die Ankunft des Frühjahrs 1922 verkündeten. Mit wachen Sinnen überquerte Afonso das Campo do Conde Agrolongo. Berauscht von der Atmosphäre dieses Morgens suchte er jeden Augenblick des Abschieds in sich aufzunehmen. Aufmerksam lauschte er dem melodischen Zwitschern der kürzlich eingetroffenen Schwalben, atmete den Duft der Pinien in der frischen Morgenbrise ein. Sie war ein mildes, reines Lüftchen, das sein Gesicht liebkoste und sanft über die Bäume strich, deren Blätter leise raschelten. Er warf einen langen, wehmütigen Blick auf die weiße Fassade der Pópulo-Kaserne und wusste, dass es vermutlich das letzte Mal war, dass er diesen Ort, an dem er Offizier geworden war, betrat.

Der Hauptmann besuchte die Kaserne, um seine Papiere vorzulegen und sich von den Kameraden, die mit ihm den Krieg durchgemacht hatten, zu verabschieden.

Die Ereignisse des neunten April waren immer noch das große Thema bei den Kriegsveteranen. In ihren Gesprächen auf den Fluren oder in der Offiziersmesse ließen sie die einzelnen Episoden wiederaufleben, erinnerten sich an gefallene Kameraden und zogen Bilanz. Merkwürdig war, dass offensichtlich nur die malerischen Seiten des Kriegs im Gedächtnis haftenblieben, während das, was diese Erfahrung zu etwas Schrecklichem machte, lieber verdrängt wurde. Es gab niemanden in der Pópulo-Kaserne, der nicht stolz gewesen wäre auf das Kriegskreuz erster Klasse, mit dem das achte Infanteriebataillon für sein Verhalten während der großen Schlacht ausgezeichnet worden war, niemanden, der den *Torre e Espada*-Orden nicht für gerechtfertigt gehalten hätte, welcher vor zwei Jahren der Stadt Lille für die

Unterstützung der portugiesischen Gegangenen verliehen worden war.
Afonso ging an allen vorbei, winkte hier, grüßte da, stieg die breite Freitreppe des Innenhofs hinauf und trat schließlich melancholisch an den Schalter zum Sekretariat.
»Guten Morgen«, grüßte er und spähte nach drinnen.
Ein Leutnant saß in gekrümmter Haltung an der Schreibmaschine. Der Mann hob den Kopf und stand auf, als er den Vorgesetzten erblickte. »Guten Morgen, Herr Hauptmann«, sagte er und salutierte. Dann trat er an den Schalter. »Kann ich etwas für Sie tun?«
Afonso blickte sich um und sah anschließend den Leutnant an.
»Was muss ich tun, um aus der Armee auszutreten?«
»Wie bitte?«
»Ich möchte aus der Armee austreten. Was muss ich tun?«
Der Leutnant zögerte.
»Nun ... hm ... Sie müssen ein paar Formulare ausfüllen und einen Antrag beim Herrn Kommandanten stellen.«
»Und wie hat dieser Antrag auszusehen?«
»Ich habe hier einen Entwurf, wollen Sie ihn sehen?«
»Ja, geben Sie ihn her.«
Der Leutnant öffnete eine Schublade, zog ein Blatt Papier heraus und reichte es Afonso.
»Hier. Aber bitte geben Sie es mir wieder zurück, Herr Hauptmann, es ist meine einzige Kopie.«
»Natürlich, keine Sorge.«
Der Leutnant räusperte sich bedeutungsvoll.
»Wissen Sie, der Herr Kommandant kann Ihren Antrag nämlich auch ablehnen ...«
»Machen Sie sich darüber keine Sorgen«, sagte Afonso lächelnd, »ich spreche mit dem Kommandanten, und er wird ihn bestimmt nicht ablehnen. Nach allem, was ich in Flandern durchgemacht habe, wäre das wohl das Letzte.«

Der scheidende Hauptmann füllte gerade, auf einer Bank neben dem Sekretariatsschalter sitzend, die Formulare aus, als er einen Schatten neben sich wahrnahm.

»Na, Herr Hauptmann, schreiben Sie einen Brief an eine *Demoiselle?*«
Der Hauptmann blickte auf und erkannte Eugénio Mardel, den inzwischen zum Oberst beförderten Mann, der während der großen Schlacht die Minho-Brigade befehligt hatte. Mit einem freudigen Lächeln sprang er auf.
»Herr Kommandeur«, rief er aus und salutierte. »Wie schön, Sie zu sehen!«
Mardel reichte ihm ganz informell die Hand.
»Wie geht es Ihnen, Herr Hauptmann? Wie ist es Ihnen auf Ihrer Reise durch Deutschland ergangen? Haben die Boches Sie gut behandelt?«
Sie drückten sich kraftvoll die Hand.
»Ausgezeichnet, Herr Kommandeur. Es war das reinste Fünf-Sterne-Hotel. Mit Kaviar als Vorspeise und Champagner gegen den Durst.«
Mardel lachte.
»Das kann ich mir denken.«
»Was machen Sie denn hier in der Pópulo-Kaserne, Herr Kommandeur?«
»Nun, ich bin gekommen, um die Regimenter unserer Brigade zu besuchen, es ist so eine Art Nostalgiereise, verstehen Sie?«
»Oh ja, das verstehe ich gut.«
»Haben Sie schon zu Mittag gegessen?«
»Nein, noch nicht. Aber ich muss gestehen, dass ich halb verhungert bin.«
»Dann kommen Sie doch mit mir. Gibt es hier irgendwo ein ordentliches Wirtshaus?«
»Wir haben das Hotelrestaurant, auf der anderen Seite des Platzes.«
»Und isst man da gut?«
»Besser als in den Schützengräben, Herr Kommandeur.«
Sie verließen die Kaserne und aßen im Grand Hotel Maia zu Mittag, das genau gegenüber der Kaserne lag, auf der anderen Seite des Campo do Conde Agrolongo. Sie bestellten Leber à la Braga und tauschten alte Erinnerungen aus. Auf Mardels Wunsch hin erzählte Afonso alles, was ihm seit dem Tag der Schlacht widerfahren war. Als er seinen Bericht beendet hatte, schwieg der Oberst mit abwesendem Blick.

»Woran denken Sie, Herr Kommandeur?«
Mardel räusperte sich.
»Ich frage mich, ob sich das alles gelohnt hat«, brach es aus ihm heraus. »Wir haben unsere Pflicht getan, das ist wahr, aber war es wirklich zu irgendwas gut?«
Afonso sah ihm in die Augen.
»Der Krieg wird von den Jungen gemacht, die opfern sich, und die Alten erlangen den Ruhm. Für die Jungen hat es sich bestimmt nicht gelohnt. Für die Alten ...«
Der Satz blieb unvollendet, und Mardel führte ihn zu Ende.
»Den Alten bleibt ein Ruhm, den sie nicht verdienen«, sagte er. »Ich weiß.« Er zog eine Grimasse. »Sehen Sie, Hauptmann Brandão, es wurden lediglich sechs Bataillone für ihre Tapferkeit in der Schlacht vom neunten April ausgezeichnet. Darunter unsere vier Bataillone der Minho-Brigade und die zwei aus Trás-os-Montes, nämlich das zehnte Infanteriebataillon aus Bragança, das rechts von Ferme du Bois gekämpft hat, und das dreizehnte aus Vila Real, das in Lacouture Widerstand geleistet hat.
»Mit Major Mascarenhas, dem zweiten Kommandeur des dreizehnten Infanteriebataillons, bin ich seit der Heeresakademie befreundet.«
»Ach ja? Da sehen Sie's, Ihr Freund war ein Held.«
»Ich weiß.«
»Und damit will ich sagen, dass nur die Soldaten aus dem Minho und aus Trás-os-Montes wirklich gekämpft haben. Sämtliche übrigen Bataillone, einschließlich aller Brigaden aus Lissabon, dem vierten Infanteriebataillon aus dem Algarve und dem elften aus dem Alentejo, sind vor dem Feind geflüchtet oder haben sich nahezu widerstandslos ergeben, und deshalb sind sie nicht ausgezeichnet worden.«
Afonso runzelte die Stirn.
»Das ist merkwürdig«, bemerkte er nachdenklich. »Sind die Leute aus dem Norden vielleicht mutiger als die aus dem Süden?«
»Ich bin mir nicht sicher, ob die Frage so richtig gestellt ist. Ich denke, es geht eher darum, ob die Leute vom Land tapferer sind als die aus der Stadt.« Mardel fuhr sich mit der Hand durchs Haar. »Wissen Sie, Hauptmann Brandão, es gibt keinen gefährlicheren Krieger als einen

Bauern. Die Leute vom Land sind an das harte Leben gewöhnt, an die Landarbeit, an die Unbilden der Natur, und lassen sich daher nicht so leicht beeindrucken von den Härten des Kriegs. Zäh wie Leder sind die! Und die Gecken aus der Stadt, die kennt man ja, die wollen doch nur Luxus und Fado, Frauen und ein gutes Leben, Fußball und immerzu einen gedeckten Tisch. Wenn es brenzlig wird und irgendwas schiefläuft, hauen sie ab.«

»Damit lässt sich das Verhalten der Lissabonner erklären, das ist richtig. Aber was ist mit den Leuten aus dem Alentejo und dem Algarve?«

»Ich muss gestehen, dass ich dafür auch noch keine Erklärung gefunden habe. Es heißt, sie seien von ihrem Naturell her eher träge, aber ich bezweifle, dass es die Trägheit war, die sie zur Flucht veranlasst hat. Zumal Wellington ein paar Einheiten aus der Algarve hatte, die er über alle Maßen gelobt hat.«

»Na ja, ist auch nicht so wichtig«, erwiderte Afonso mit einer ungeduldigen Handbewegung. »Tatsache ist, dass wir die einzige Brigade waren, die geschlossen Widerstand geleistet hat. Aber was hat uns das gebracht?«

»Nichts vermutlich«, seufzte Mardel. Er zuckte mit den Schultern. »Nichts. Es sind vierhundert Portugiesen in dieser Schlacht gefallen, und über sechstausend wurden gefangengenommen. Genaugenommen haben die Lissabonner es am schlausten gemacht, weil sie abgehauen sind und jetzt putzmunter mit ihren Frauen über den Rossio und die Rotunda spazieren. Wir und die Transmontaner, die wir gekämpft haben, sind die Dummen, statt dass wir das Leben genießen, beklagen wir die Toten und trösten die Witwen. Und das Tragische, mein lieber Herr Hauptmann, ist, dass die, die gekämpft haben, sich umsonst geopfert haben. Die Boches sind in unsere Linien eingefallen wie ein Orkan, sind einfach durchgefegt. Die Tommys konnten sie kaum aufhalten, und die Lage der Alliierten wurde so kritisch, dass sie sogar den Befehl gaben, die Truppen sollten auf ihren Linien sterben. Können Sie sich das vorstellen, Hauptmann Brandão, einen Befehl zu erhalten, man solle auf seiner Linie sterben?«

Der Hauptmann schüttelte den Kopf.

»Gut, dass wir nie einen solchen Befehl erhalten haben.«

Mardel schwieg nachdenklich.

»Da täuschen Sie sich«, sagte er schließlich. »Dieser Befehl wurde auch uns erteilt.«

»Uns Portugiesen?«

»Richtig.«

»Dass wir auf unseren Linien sterben sollen?«

»Richtig.«

Dieser Befehl wurde von den Tommys ausgegeben?«

»Richtig.«

»Während der Schlacht?«

»Nein, vor der Schlacht.«

»Vor der Schlacht? Wie?«

»Sechs Tage vor dem Angriff der Boches hat General Haking, der Kommandeur des elften Korps, den Befehl für die zweite Division ausgegeben, dass die Soldaten auf der B-Linie sterben sollen, falls der Feind vorrückt. Der Befehl enthielt genau diese Anweisung, sterben auf der B-Linie.«

»Und was haben Sie gemacht?«

»Was hätten wir wohl machen sollen, was meinen Sie? Wir haben den Befehl entgegengenommen, haben geschwiegen und niemandem etwas mitgeteilt. Schließlich wollten wir keine Panik verbreiten. Deshalb haben Sie es auch nicht erfahren.«

»Das versteh ich«, rief Afonso aus. »Das sind ja vielleicht Neuigkeiten.«

Er schwieg einen Augenblick und beobachtete, wie der Hotelangestellte die Leber mit Reis und Röstzwiebeln servierte. Als der Angestellte gegangen war, begannen die beiden Offiziere schweigend zu essen. Afonso schnitt ein Stück Leber ab und nahm das Gespräch wieder auf. »Sie wollen mir also erzählen, Herr Oberst, dass die Boches immer weiter vorgerückt sind und die Tommys langsam schwarzgesehen haben.«

»Ja, aber dann hat sich alles von allein gelöst, zumal sich herausstellte, dass das wirklich die letzte große Offensive der Boches war. Die Alliierten konnten das Loch stopfen, das sich in unserem Abschnitt aufgetan hat. Sie sind zum Angriff übergegangen und haben schließlich den Krieg gewonnen.«

»Na sehen Sie, dann hat unser Ruf ja doch nicht gelitten …«
Mardel hörte für einen Augenblick auf zu kauen und verzog den Mund.
»Doch, Hauptmann Brandão, doch. Unser Ruf war völlig ruiniert. Denn von da an haben die Tommys uns nur noch misstraut. Sie meinten, wir seien nicht in der Lage zu kämpfen, seien geflüchtet und überhaupt völlig desorganisiert, wollten nur die *Demoiselles* verführen und so weiter und so fort. Deshalb haben sie unsere Truppen Straßen ausbessern lassen, wie drittklassige Bauarbeiter oder Fremdarbeiter. Es war eine echte Schande.«
»Also so was! Aber wussten die denn nicht, was passiert war?«
Der Oberst beugte sich über den Tisch und sah dem Hauptmann in die Augen.
»Was ist denn passiert, sagen Sie's mir!«
Afonso erwiderte den Blick verwirrt.
»Na ja … nun … alles eben«, stammelte er.
»Aber was? Sagen Sie mir, was wir den Tommys hätten sagen sollen?«
»Was weiß ich … vielleicht, na ja, vielleicht, dass sechs von unseren Bataillonen Widerstand geleistet haben oder dass unsere Division, die bereits müde und erschöpft war, allein gegen vier Divisionen Boches ankämpfen musste, die alle frisch wie Salatköpfe waren. Oder dass unsere Division allein eine Linie verteidigt hat, die eigentlich von zwei Divisionen hätte verteidigt werden müssen, dass wir also weit weniger Soldaten pro Kilometer Schützengraben hatten.« Der Hauptmann machte ein fragendes Gesicht. »Oder stimmt das vielleicht nicht? Das muss man doch berücksichtigen, oder? Was kann man unter solchen Bedingungen schon erwarten?«
Mardel wandte sich wieder seinem Teller zu und schnitt sein zweites Stück Fleisch an.
»Ein paar von den Tommys wussten, was wirklich passiert ist, das stimmt, doch die anderen haben nur gesehen, dass die Boches in unserem Abschnitt eingedrungen sind. Sprich, wir sind zurückgewichen, weil wir schwach waren. Fertig, aus. Was anderes wollten sie nicht hören.«
Afonso seufzte.

»Na ja, Herr Oberst, da ist zugegebenermaßen auch was dran. Tatsache ist, dass unsere Truppen völlig erschöpft waren, und daran waren nicht die Tommys schuld. Wenn Truppen müde sind, dann sollen sie sich ausruhen, verdammt! Die portugiesische Regierung hätte sie austauschen müssen. Sie hat es deshalb nicht getan, weil sie sich in dieser ganzen Sache als unfähig erwiesen hat. Und wenn Portugal nicht in der Lage ist, einen solchen Krieg auszuhalten, dann sollte es sich auch nicht auf solche Abenteuer einlassen. Die Regierung hätte so vernünftig sein und uns wieder abziehen müssen.«
»Das stimmt«, bestätigte Mardel kauend. »Die Tommys können nichts dafür, dass Lissabon uns im Stich gelassen hat. Alles, was sie wussten, war, dass wir nicht mehr in der Lage waren zu kämpfen, und das stimmte schließlich.«
Afonso schluckte das letzte Leberstückchen hinunter.
»Wenn ich das also richtig verstanden habe, haben sie uns nie mehr an die Front geschickt.«
»Ganz so stimmt das auch nicht«, antwortete Mardel. »Unsere Artillerie hat weitergekämpft, in englische Einheiten integriert, und wir haben sogar noch zwei Infanteriebataillone zum Einsatz gebracht, ganz am Ende des Kriegs. Sie haben die Boches an den Ufern des Aisne verfolgt.«
»Ach ja? Dann hat Lissabon also doch noch Verstärkung geschickt?«
Mardel lachte belustigt.
»Lissabon? Lissabon hat auf uns geschissen!« Er hob den Zeigefinger. »Nicht einen einzigen Mann haben sie uns geschickt, keinen einzigen Alibifeigling. Sie wollten einfach nichts mehr von uns wissen!«
»Aber was für ein Infanteriebataillon war das dann?«
»Das alte, Mann, die Leute, die vor Ort waren.«
»Wirklich? Und wie haben die darauf reagiert?«
»Schlecht, wie Sie sich sicher denken können. Es gab mehrere Aufstände, sogar bei der Minho-Brigade, und am Ende kam es zu einem Zwischenfall, über den ich aber nicht reden möchte.«
Afonso wurde neugierig.
»Ein Zwischenfall? Was für ein Zwischenfall?«
»Ich hab doch gesagt, darüber will ich nicht reden.«
»Nun sagen Sie schon! Sie haben davon angefangen, und jetzt ma-

chen Sie bitte auch weiter! Lassen Sie mich nicht hängen, das macht man nicht.«
Mardel zögerte. Er atmete tief durch, beugte sich über den Tisch und senkte die Stimme. »Was ich Ihnen jetzt erzählen werde, darf niemand erfahren, ist das klar? Es darf niemand erfahren.«
»In Ordnung, ich werde den Mund halten, seien Sie unbesorgt. Aber erzählen Sie schon.«
»Also«, begann Mardel in verschwörerischem Tonfall und beugte sich noch weiter nach vorn. »Das Ganze passierte Mitte Oktober, genauer gesagt in der Nacht vom sechzehnten. Einen knappen Monat vor Kriegsende also. Es war die Zeit, in der man versucht hat, Einheiten zusammenzuziehen, um sie an die Front zu schicken. Und auch das Portugiesische Korps sollte neu organisiert werden. Davon haben die Fußsoldaten des wiederhergestellten elften und siebzehnten Bataillons Wind bekommen. Und deshalb haben sie während eines Biwaks zu den Waffen gegriffen. Sie würden nicht gehen, hieß es, würden sich niemals freiwillig in dieses Gemetzel begeben, man solle doch andere schicken, sie hätten schon mehr als genug gedient, wollten nach Portugal zurück, hätten die Schnauze gestrichen voll, na ja, Sie können es sich vielleicht vorstellen. Das Kommando hat sofort reagiert. Am nächsten Tag, es war der siebzehnte Oktober 1918, das Datum werde ich nie mehr vergessen, haben sie beschlossen, hart durchzugreifen. Sie riefen das dreiundzwanzigste Infanteriebataillon zusammen, die Aufständischen wurden umstellt und bum!, mit Maschinengewehren erschossen.«
Es folgte eine Pause.
»Wie bitte?«, flüsterte Afonso ungläubig. »Wie bitte?«
»Sie haben sie einfach mit ihren Maschinengewehren erschossen.«

Afonsos letzter Besuch in Braga diente dazu, mit der Vergangenheit abzuschließen. Der scheidende Hauptmann hatte nie mehr auch nur ein einziges Wort mit Leutnant Pinto gewechselt. Begegnete er diesem zufällig auf dem Kasernenflur, so wandte er das Gesicht ab. Er konnte ihm einfach nicht verzeihen, dass er im schwierigsten Augenblick, den die neunte Kompanie durchmachte, nämlich als Picantin Post umzingelt wurde, geflohen war.

Es gab jedoch einen Menschen, einen einzigen Menschen, den Afonso unbedingt wiedersehen wollte. Das Problem war nur, dass er nicht wusste, wo dieser sich aufhielt.
Er befragte mehrere Personen, und zwei Tage vor seiner Rückkehr nach Rio Maior entdeckte der in der Schreibstube tätige Leutnant zufällig ein Dokument mit der Anschrift des von Afonso gesuchten Mannes. Er wohnte nördlich von Braga, in einem abgelegenen Ort namens Palmeira. Unverzüglich forderte der Hauptmann ein Pferd an und machte sich auf den Weg. Er ritt die Feldwege entlang, bis er schließlich an den Ort gelangte, dessen Namen er auf einen Fetzen Papier gekritzelt hatte.
»Wohnt hier ein Matias Silva?«, fragte Afonso von seinem Pferd herab.
Eine alte, auf ihren Stock gestützte Dorfbewohnerin mit tiefen Falten um die blauen Augen und einem schwarzen Tuch um den Kopf zeigte mit zitternder Hand auf das Nachbarhaus.
»Da wohnt der Matias, mein Herr.«
Afonso erblickte ein Steinhaus. Es kam ihm vor wie die Minho-Variante der alten Häuser von Carrachana. Offenbar teilte er mit seinem ehemaligen Zugführer die einfache Herkunft. Er stieg ab, band das Pferd an einem Baum fest und legte die letzten Schritte bis zum Haus auf dem Ziegenpfad zurück. Die rohe Holztür stand halb offen, und der Hauptmann trat zögernd ein.
»Hallo, ist da jemand?«, rief er.
Er hörte das Klappern von Besteck und einen bellenden Husten. Er sah in die Richtung, aus der die Geräusche kamen. Eine riesenhafte Gestalt saß, über eine Schüssel gebeugt, im Halbdunkeln am Tisch. Man sah kein Gesicht, doch Afonso erkannte ihn sofort wieder. Die Gestalt erstarrte und stand erst nach einer langen Sekunde des Schweigens langsam auf.
»Herr Hauptmann.«
Die beiden Männer gingen aufeinander zu und blieben etwas unbeholfen voreinander stehen. Sie hatten sich vier Jahre nicht gesehen, seit die Deutschen sie in Illies getrennt hatten. Doch schließlich umarmten sie sich. Sie umarmten sich herzlich, wie Geschwister es tun, wie alte Freunde, die die Lebensumstände auseinandergerissen

hatten, wie Weggefährten, die sich nach einer langen, schwierigen Reise wiedersehen.

»Setzen Sie sich zu mir, setzen Sie sich«, sagte Matias und zerrte Afonso zum Tisch. Der Hauptmann machte es sich bequem, und der ehemalige Zugführer holte eine weitere Schale mit Suppe. »Das ist eine traumhaft gute Hühnersuppe, Herr Hauptmann. Wenn der Baltazar hier wäre, würde er sie als klasse bezeichnen.« Er hustete. »Meine Francisca hat sie gemacht, nun probieren Sie schon!«

Afonso nahm einen Löffel und zwinkerte Matias zu.

»Die ist wirklich gut.«

»Sag ich doch! Meine Francisca ist eine großartige Köchin, das muss man ihr lassen. Schade, dass sie nicht da ist, sie ist zum Fluss runter, Wäsche waschen und auslegen. Aber sie kommt bald wieder.« Er hustete. »Sie war meine Freundin, verstehen Sie? Und als ich aus Deutschland wiederkam, hab ich mir gedacht: Matias, das Mädchen ist vernünftig und ehrlich, weder falsch noch ordinär, sondern einfach nur gutherzig, also heirate sie, los.«

Er hustete erneut, diesmal länger.

»Das klingt aber nicht gut«, bemerkte Afonso beunruhigt.

Er kannte diesen Husten und wusste, dass er kein gutes Zeichen war. Matias' Gesicht hatte sich dunkelrot verfärbt, doch schließlich bekam er wieder Luft.

»Das kommt von diesen Scheiß-Gasen, Herr Hauptmann.« Er hustete erneut. »Die Boches bringen mich noch nachträglich um mit ihrem Gas, das sie mir eingeflößt haben. Ich spür richtig die Flüssigkeit hier drin in meiner Brust.« Er atmete tief durch, wollte seine Behauptung beweisen, und in der Tat schienen seine Lungen zu rasseln. »Die Gase schaffen das, was die Maschinengewehre und Bomben in den Schützengräben nicht geschafft haben, sie rauben mir den letzten Rest Gesundheit.« Er lächelte traurig. »Das war schon ein merkwürdiges Leben dort in den Schützengräben, was? Mit dem Tod ständig auf den Fersen. Er hat uns gerochen, uns gestreift, und trotzdem hatte ich immer den Willen zu leben.«

»Sie waren ein Optimist«, erwiderte Afonso. »Aber da gab es auch andere, die dauernd meinten, sterben zu müssen, die die ganze Zeit nur die Katastrophe heraufbeschworen haben. Alles hat sie fertiggemacht, ständig hatten sie irgendwelche bösen Ahnungen, echte Schwarzseher waren das.«

»Der Manápulas war so einer …«

»Und auf der anderen Seite gab es Kerle wie Sie, die den kleinsten Dingen was abgewinnen, die eine Pause genießen konnten, die das Glück in den kleinen Nichtigkeiten suchten, in einem Kanten Brot, einer singenden Nachtigall, einem Sonnenstrahl, der die düstere Wolkendecke durchbricht.«

Ein neuerlicher Hustenanfall erschütterte den Raum. Matias atmete tief durch und schluckte.

»Man konnte dort doch nur leben, wenn man es geschafft hat, die schlimmen Seiten zu ignorieren, wenn man eine Mauer um sich herum aufgebaut hat, die einen vor diesem ganzen Elend schützte.« Matias hustete. »Wissen Sie noch, mit welcher Gleichgültigkeit wir einen Toten betrachtet haben, Herr Hauptmann, oder einen Verstümmelten? Das war die Mauer, die uns geschützt hat. Wir haben so sehr unserer selbst wegen gelitten, dass wir gar nicht mehr wegen anderen leiden konnten. So sah es aus, die Toten waren uns gleichgültig.«

»Außer wenn es Kameraden waren«, erwiderte Afonso.

»Außer wenn es Kameraden waren«, bestätigte der ehemalige Zugführer. Er hustete. »Die Kameraden waren das Beste an dieser ganzen Scheiße. Das Einzige, was überhaupt gezählt hat.« Er hustete erneut. »Ich hab nicht für das Vaterland gekämpft, das ist Blödsinn! Ich hab für meine Kameraden gekämpft. Wir haben zusammen gegessen, zusammen geschlafen, zusammen gelitten, waren Freunde, Brüder, alles. Dort im Krieg hab ich die Menschen erst kennengelernt, sie richtig kennengelernt, im Guten wie im Schlechten, aber vor allem im Guten, in der gegenseitigen Hilfe, der Freundschaft, den kleinen Dingen und großen Gesten.« Er senkte den Kopf. »Schwierig wurde es nur, wenn sie starben, das war unerträglich.« Er starrte Afonso an. »Wissen Sie, dass ich eine Pilgerreise hier durch den Minho gemacht habe, um die Familien der gefallenen Kameraden aus meiner Truppe zu besuchen? Ja, das hab ich gemacht. Es war hart, es war absolut grausam. Ich bin nach Barcelos gefahren, um mit der Mutter von Vicente Manápulas zu reden, bin in Gondizalves gewesen, um die Eltern und Geschwister von Abel Lingrinhas aufzusuchen, und bin bis ins Gerês gereist, nach Pitões das Júnias, um Frau und Kinder von Baltazar Velho kennenzulernen. Und hier ganz in der Nähe, in Palmeira, leben Frau und Kind von Daniel Beato, einem Kameraden, den Sie nicht kennengelernt haben, Herr Hauptmann, der aber auch von einer Granate geköpft wurde.«

»Warum hast du das gemacht?«

Matias seufzte.

»Wegen der Gewissensbisse, denke ich«, sagte er. »Wissen Sie, ich träume ganz oft von den Kameraden. Und komischerweise sind sie niemals tot. Ich träume, dass wir unseren alltäglichen Beschäftigungen nachgehen, dass wir Mäuse jagen, Abwassergräben ausheben, uns gegenseitig Witze erzählen und einen Riesenspaß dabei haben. Wenn ich zwei Wochen lang nicht von ihnen träume, vermiss ich sie und will wieder von ihnen träumen.« Er hustete. »Das ist doch merkwürdig, oder?«

»Das ist der Krieg, der in unseren Köpfen weitergeht.«

»Vielleicht. Aber da gibt es eine Sache, die ich nicht verstehe, die ich nicht akzeptieren kann.« Er hustete wieder. »Wissen Sie, was das ist?«

»Nein.«

»Ich verstehe nicht, warum ich überlebt habe. Ich begreife einfach nicht, warum all die anderen gestorben sind und ich überlebt habe. Was habe ich getan, dass ausgerechnet ich überlebt habe? Was für einen Sinn macht es, dass ich entkommen bin? Warum gerade ich? Ich versteh das nicht, versteh es einfach nicht.« Er senkte die Stimme. »Ich fühl mich schuldig, gequält, verzweifelt, als hätte ich sie verraten, als hätte ich sie verlassen, als hätte ich sie nicht verdient. Sie haben bis zum Tod gekämpft, und ich hab mich ergeben, hatte nicht den Mut, bis ans Ende zu gehen, habe überlebt, ohne sie zu retten, und dafür verfluche ich mich jeden Tag.«

»Daran denke ich auch oft«, gestand Afonso. »Aber unter den gegebenen Umständen hatten wir gar keine andere Wahl. Was hätten wir denn tun sollen? Uns wie Hunde abknallen lassen?«

Matias blickte in die Ferne, verloren in seinem inneren Widerstreit.

»Wissen Sie, Herr Hauptmann, ich habe für mich herausgefunden, dass das Schwierigste nicht ist, einen Krieg mitzumachen«, murmelte der ehemalige Zugführer. »Das Schwierigste ist, ihn zu überleben, mit ihm zu leben, nachdem man ihn erlebt hat. Verstehen Sie, was ich meine?«

Afonso stieß einen tiefen Seufzer aus.

»Und ob ich das verstehe, Matias! Ich träume doch selbst jede Nacht davon.« Er schwieg einen Augenblick. »Ich weiß nicht einmal, ob ich wirklich überlebt habe. Manchmal träume ich beispielsweise, dass ich im Schützengraben sitze, umgeben von lauter Toten. Ich drehe einen Leichnam um, um sein Gesicht zu betrachten, und entdecke, dass die Leiche ich selbst bin.« Er schauderte bei dem Gedanken. »Ich habe lange gebraucht, bis ich diesen Traum begriffen habe, aber ich glaube, jetzt hab ich ihn verstanden. Er bedeutet, dass ein Teil von mir in den Schützengräben gestorben ist und dass ich meinen eigenen Tod betrauere.«

»Genau das ist es, Herr Hauptmann. Wir betrauern uns selbst.« Er seufzte. »Wenn wir kämpfen, passieren die Dinge einfach, und wir merken es gar nicht oder beachten es nicht, machen einfach weiter, ohne nachzudenken, ganz mechanisch. Morgen ist ein neuer Tag, wir müssen nach vorne blicken.« Er machte eine Pause und sah auf seine Hand, er schaute darauf und sah sie nicht, so sehr war er in seine Gedanken vertieft. »Und jetzt, wo der Krieg vorbei ist, wo er vorbei ist, Herr Hauptmann, beginnt da drin eine Mühle zu mahlen, und sie mahlt ohne Unterlass.« Er tippte sich mit dem Finger an die Stirn. »Auch wenn es nicht so aussieht, bleibt doch hier in der Birne alles drin, und später wird es langsam, ganz langsam verdaut.« Erneute Pause. »Der Tod von Lingrinhas, zum Beispiel, da waren Sie ja nicht dabei, das war so was … ich weiß gar nicht, wie ich das sagen soll. Wir haben uns gerade von der ersten Linie zurückgezogen, und ihn hat eine Maschinengewehrsalve der Boches erwischt. Er blieb mitten auf der Rue Tilleloy liegen, hatte ein Loch im Hals und ist einfach erstickt, einfach abgekratzt. Der Manápulas hat noch versucht, ihm zu helfen, wollte zu ihm, und wissen Sie, was ich gemacht habe? Wissen Sie das?«

Afonso schüttelte den Kopf.

»Ich hab den Manápulas festgehalten und hab ihn nicht dem Lingrinhas helfen lassen.« Eine dicke Träne rann über Matias' grobschlächtiges Gesicht. »Ich hab ihn ganz fest gepackt, mit aller Kraft, und hab ihn nicht dem armen Lingrinhas helfen lassen, der da allein, ganz allein gestorben ist, mitten auf der Tilleloy, ohne dass wenigstens jemand seine Hand gehalten hätte.« Er schluchzte. »Ich träume ganz oft von Lingrinhas und Manápulas, träume, dass ich den Manápulas dem Lingrinhas helfen lasse und dass der Lingrinhas gerettet wird, und dann bin ich glücklich … Aber dann, wenn ich aufwache … wenn ich aufwache, dann seh ich, dass alles nur ein Traum war, dass der Lingrinhas gestorben ist, weil ich den Manápulas nicht habe helfen lassen.« Er schniefte und putzte sich die Nase. »Und der Baltazar, der auf so idiotische Weise umgekommen ist! Wenn Sie seine armen Kinder gesehen hätten, Herr Hauptmann! Sie waren so glücklich, als ich ihnen erzählt habe, dass der Baltazar sie geliebt hat, dass er nur von ihnen gesprochen hat … was für einen idiotischen Tod hatte doch der Alte, Herr Hauptmann! Sterben, wenn man sich gerade ergibt!«

Das Wiedersehen mit Matias erschütterte Afonso. Zwar hatte das Gespräch auch eine kathartische Wirkung, doch war er sich nicht sicher, ob er ein Zweites davon überleben würde. Eigentlich hatte er die Absicht gehabt, in Vila Real vorbeizuschauen, um Major Mascarenhas, seinen alten Freund aus der Heeresakademie und Fan von Grupo Sport Lisboa, zu umarmen, den Mann des dreizehnten Infanteriebataillons, der über vierundzwanzig Stunden lang in Lacouture Widerstand geleistet hatte. Doch die schmerzliche Erfahrung mit Matias hielt ihn davon ab. Er fürchtete, dass er es nicht ertragen würde, und kehrte daher lieber direkt nach Rio Maior zurück. Carolina würde nun den Krieg aushalten müssen, den er in seinem Kopf herumtrug.

VI

Die Abrechnung der Casa Pereira stimmte nicht. Afonso schob die Brille zurück und beschloss, die Tageseinnahmen noch einmal durchzugehen. Auf den Quittungsdurchschlägen stand das Datum, es war der neunte April 1928. Afonsos Blick blieb an dem Datum hängen. Neunter April? Erschüttert lehnte er sich zurück. Zehn Jahre. Genau zehn Jahre war die große Schlacht nun her. Afonso kam es vor, als hätten sich die tragischen Ereignisse von Flandern erst letzte Woche zugetragen. Der ehemalige Hauptmann war inzwischen achtunddreißig Jahre alt und hatte noch immer nicht alles verarbeitet, was in dem unheilvollen Jahr 1918 passiert war.
Er betrachtete die Fotos auf seinem Schreibtisch. Auf dem einen Bild war er zu sehen, in schmucker Offiziersuniform und gebieterischer Pose, die Augen voller Hoffnung und Ruhmesträume, in der Hand ein Spazierstock. Das andere war ein Familienfoto von ihm, Carolina und den drei Kindern Rafael, Joaquim und Inês. Jeder der Namen war eine Widmung: der des Ältesten ein Tribut an den Vater, der des Mittleren an seine Ordonnanz in Flandern und der des Mädchens an Agnès. Hätte ich einen weiteren Sohn, würde ich ihn Matias nennen, dachte er, zum Gedenken an den alten Zugführer, den Waffenbruder, der ein paar Monate nach ihrer letzten Begegnung gestorben war. Gut fünf Jahre war das nun her. Jemand hatte ihm erzählt, Matias habe sein Leben in seinem armseligen Haus in Palmeira ausgehaucht, sei erstickt, weil seine Lungen voller Flüssigkeit waren. Ein weiteres Spätopfer der Giftgase in den Schützengräben.
An diesem Abend beschloss er zu trinken, zum Gedenken an seine Kameraden und seine Französin, Menschen, die noch immer in ihm lebendig waren, die ihn tagtäglich begleiteten, in seinen Gedanken, Träumen und Alpträumen. Seit er nach Portugal zurückgekehrt war,

hatte er jede Nacht Alpträume. Er träumte von Joaquim, den er zum Sterben in Picantin Post zurückgelassen hatte. Er träumte von Feldwebel Rosa, der an seiner Seite in einem elenden Schützengraben umgekommen war. Er träumte von Baltazar, der fiel, als er die Arme hob, um sich zu ergeben. Er träumte von Matias, dem großen Matias, tapfer und großzügig, mit goldenem Herzen und kaputten Lungen. Und er träumte vor allem von Agnès, sah sie sein Haus betreten und mit ihm reden. Sie sprachen über Freud und das Leben, über Gott und die Medizin, die Kunst und die Wissenschaft, sie redeten viel, so viele Nächte lang, dass Afonso sich irgendwann fragte, ob seine Träume nicht eine Art Kontakt mit dem Jenseits waren, der Aufbau einer Verbindung zu den Menschen, die ihm wirklich wichtig waren.
Er schüttelte den Kopf, vertrieb die Gespenster wie eine Rauchwolke und kehrte zurück aus dieser fernen Welt. Er durfte sich jetzt nicht seinen Phantasien hingeben, dachte er, musste zurückfinden in die Gegenwart und die Abrechnung noch einmal machen. Er beugte sich über den Schreibtisch und vertiefte sich erneut in die Rechnungen.
Da hörte er aufgeregte Stimmen auf dem Flur, die Bürotür wurde aufgerissen, und Carolina stürmte tränenüberströmt herein.
»Afonso! Afonso!«
»Was ist denn, meine Kleine?«
»Meine Mutter … meiner Mutter geht es nicht gut.«

Dona Isilda wurde am nächsten Tag, einem frühlingshaften Aprilmorgen, beerdigt. Carolina war ihr einziges Kind gewesen und daher die Alleinerbin, doch sie war nicht in der Lage, sich um die Formalitäten zu kümmern, weshalb Afonso mit dieser Aufgabe betraut wurde. Er brachte zwei Tage damit zu, die Unterlagen der alten Dame durchzusehen. Er kümmerte sich um Wertpapiere, Hypotheken, Rechnungen und machte sich ganz zum Schluss an die Mappe mit der Korrespondenz. Es waren vor allem Briefe von Geschwistern, Vettern und Cousinen, von Freundinnen, Verkäufern, Gläubigern und Lieferanten. Als Afonso die Mappe gerade schließen wollte, bemerkte er inmitten all dieser Briefe einen kleinen Umschlag, der an ihn adressiert war. Er wunderte sich, unter Dona Isildas Post einen an ihn gerichteten Brief zu entdecken, und betrachtete die Briefmarke.

Sie war französisch. Er untersuchte den Poststempel und stellte fest, dass der Brief in Lille aufgegeben worden war. Mit offenem Mund stand er da und starrte ungläubig auf den Umschlag, fragte sich, was er wohl enthielte, und überlegte, was er tun sollte. Mit zitternden Fingern zog er den zusammengefalteten Briefbogen aus dem Umschlag und las, was dort auf Französisch geschrieben stand:

Lille, 9. Dezember 1918

Werter Hauptmann Alphonse Brandão,

mit tiefstem Bedauern und Leid muss ich Ihnen mitteilen, dass meine geliebte Tochter Agnès Chevallier verstorben ist. Sie ist der schrecklichen Spanischen Grippe zum Opfer gefallen, die so viele Menschen in Europa das Leben gekostet hat.
Ich weiß nicht, ob Sie bereits aus der Gefangenschaft zurückgekehrt sind, doch ich bete zu Gott, dass Sie gesund sind, wenn Sie diesen Brief erhalten. Meine Tochter selbst hat mir die Adresse Ihrer Frau Mutter gegeben, die Ihnen hoffentlich diesen Brief, den ich niemals habe schreiben wollen, zukommen lassen wird.
Lille wurde am 17. Oktober dieses Jahres von den britischen Truppen befreit, und Agnès tauchte gleich am 20. Oktober hier auf. Sie können sich gar nicht vorstellen, wie sehr wir uns gefreut haben und wie glücklich sie war, als ich ihr den Brief zeigte, den Sie mir aus der Zitadelle zukommen ließen. Sie hatte geglaubt, Sie seien auf dem Schlachtfeld umgekommen. Agnès war, wie Sie bestimmt wissen, schwanger und brachte am 27. Oktober ein wunderschönes Mädchen zur Welt, das sie Marianne nannte, offensichtlich zu Ehren Ihrer Frau Mama.
Doch unser Glück währte nicht lange. Letzte Woche beklagte Agnès sich auf einmal über starke Kopfschmerzen, die wie Hammerschläge hinter den Augen waren. Außerdem begann sie ganz schrecklich zu husten und aus der Nase zu bluten. Zutiefst beunruhigt, brachten wir sie ins Krankenhaus St.-Sauveur, aus dem sie nie mehr zurückkehrte. Sie wurde auf eine spezielle Station verlegt, und wir durften nicht mehr zu ihr. Ein Freund von mir, der im Institut Pasteur arbeitet, bat seine Kollegen aus dem Krankenhaus um Informationen und

sagte uns noch am selben Abend, dass es ihr sehr schlecht gehe. Der Husten sei äußerst heftig geworden, und das Bluten habe sich auch auf die Ohren ausgeweitet. Agnès hatte die spanische Grippe und war deshalb in eine Quarantänestation verlegt worden, in der alle von der Epidemie betroffenen Menschen untergebracht waren. Wir verfielen, wie Sie sich sicherlich denken können, in Panik, umso mehr, als unser Freund uns mitteilte, ihre Haut sei inzwischen dunkelblau geworden und sie sähe aus wie eine Afrikanerin. Ohne Zweifel hatte sie sich die schwarze Pest zugezogen, nur dass niemand es als solches bezeichnen wollte, um die Leute nicht noch mehr zu verschrecken. Unser Freund versicherte mir, dass viele der an der spanischen Grippe erkrankten Menschen auch wieder gesund würden, aber leider traf das nicht auf meine Agnès zu. Sie verschied nach drei Tagen Leid und Delirium.
Ich schreibe Ihnen diesen Brief, mein lieber Freund, um Ihnen die traurige Nachricht von Agnès' Ableben zu überbringen und um Ihnen mitzuteilen, dass sie Ihnen ein hübsches Mädchen hinterlassen hat, das nun einen Monat alt ist und von Claudette aufgezogen wird, bis Sie uns weitere Anweisungen erteilen.
Ich warte auf Nachricht Ihrerseits und bitte Sie, nicht zu verzagen in diesen schwierigen Zeiten, in denen wir leben.
Gott segne Sie,

Paul Chevallier

Völlig erschlagen las Afonso den Brief zweimal durch.
»Diese alte Teufelin!«, flüsterte er nach dem zweiten Lesen. »Diese alte Hexe.«
Er begriff, dass Dona Isilda ihm nicht die ganze Wahrheit gesagt hatte, ihn sogar bewusst angelogen hatte, als sie ihm erzählte, das Kind sei ebenfalls gestorben. Er erkannte, dass seine Heirat mit Carolina von der alten Dame eingefädelt worden war und dass die Existenz dieses Kindes dabei ein Stolperstein gewesen wäre. Um das Problem aus der Welt zu schaffen, hatte sie den Stolperstein unter den Teppich gekehrt. Sie hatte ihm den Brief vorenthalten und seine wesentliche Information, nämlich die Nachricht, dass auf den Hauptmann eine Tochter wartete, abgewandelt.

Afonso dachte zwei Tage über die Sache nach, ohne irgendjemandem etwas davon zu erzählen. Ganz langsam wurde ihm bewusst, dass Dona Isilda auf seltsame Weise die wichtigste Person in seinem Leben gewesen war. Sie war es gewesen, die seine Eltern davon überzeugte, Afonso ins Priesterseminar zu schicken, wodurch er eine Ausbildungschance erhielt, die er sonst niemals gehabt hätte. Als dieses Mittel, ihn von der Tochter fernzuhalten, nicht fruchtete, war sie es gewesen, die auf die Idee kam, ihn in der Heeresakademie anzumelden, was seinem Leben wiederum eine neue Richtung verlieh. Und vor zehn Jahren, als er aus dem Krieg zurückkehrte, war sie es gewesen, die seine Heirat mit ihrer Tochter in die Wege leitete. Bei all diesen Machenschaften hatte sie gelogen, verheimlicht, gelenkt, verführt, manipuliert, hatte alles getan, um ihre Ziele zu erreichen, getreu ihrer Maxime, ein Kaufmann habe kein Herz und müsse in erster Linie an sein Geschäft denken. Afonso begriff, dass er ihr letztlich alles verdankte, was ihm im Leben widerfahren war, das Gute und das Schlechte, und dass alle wichtigen Entscheidungen seines Lebens nicht von ihm selbst, niemals von ihm selbst, sondern stets von ihr getroffen worden waren. Nun jedoch sah Afonso sich mit einer schwerwiegenden Entscheidung konfrontiert, einer jener Entscheidungen, die die ganze Zukunft bestimmen. Und Dona Isilda war nicht mehr da, um hinter den Kulissen die Fäden für ihn zu ziehen. Und nun konnte er sogar das, was sie vor zehn Jahren heimlich beschlossen hatte, wieder rückgängig machen. Worum es bei der Entscheidung ging, war klar. Sollte Afonso die Vaterschaft für sein Kind annehmen oder nicht? Einerseits war dieses Kind eine Peinlichkeit für seine Familie, brachte sein Leben durcheinander, bedeutete für Carolina Kummer und für die Kinder die Schande, eine uneheliche Schwester zu haben. Doch andererseits betrachtete er die Kleine keineswegs als Schande, war sie doch Agnès' Vermächtnis, Frucht der größten Liebe seines Lebens, also hatte er auch nicht das Recht, sie abzulehnen. Außerdem war es nicht seine Art, sein eigen Fleisch und Blut im Stich zu lassen.

Am dritten Tag traf er die Entscheidung. Er wollte nach Lille fahren und seine Tochter kennenlernen, wollte sie herholen, wäre dies auch noch so schmerzlich für andere, koste es, was es wolle. Wenn Carolina ihn wirklich liebte, würde sie sich in ihr Schicksal fügen und die Schwester ihrer Kinder aufnehmen. Mit dieser Überzeugung lud er seine Frau nach dem Frühstück zu einem Spaziergang in die Salzwerke ein. Carolina reagierte mit Befremden.

»Was willst du denn in den Salzwerken?«, fragte sie. »Du kommst vielleicht auf Ideen …«

»Es gibt da eine Sache, über die ich mit dir reden muss.«

»Dann rede doch.«

»Nicht hier.«

Die Frau sah ihn misstrauisch an, doch er wich ihrem Blick aus, was sie noch mehr verwirrte. Sie überließen die Kinder dem Kindermädchen und stiegen in den Hispano-Suiza, den sie im Vorjahr erstanden hatten, als Belohnung für die gute Führung der Casa Pereira. Der schöne blaue Wagen, ein H6B Torpedo Scaphandrier, war Afonsos ganzer Stolz und Rio Maiors größte Attraktion, die selbst einen Heiligen neidisch machen konnte.

Sie fuhren den Feldweg entlang und gelangten schließlich zu den Salzwerken. Dort sahen sie Männer, die das Salz aufhäuften und mit ihren Schippen in Säcke schaufelten. Die Sonne, noch nicht sehr hoch am Himmel, warf die Schatten der Tannen auf den Boden, Nebelfetzen klebten wie Wattestückchen in den Wipfeln der Bäume. Sie waren das gelangweilte, überdrüssige Gähnen jener faulen Stille, die sich über diesen kühlen Frühjahrsmorgen gelegt hatte.

Afonso parkte das protzige Auto unter einer Edeltanne und zeigte anschließend seiner Frau den Brief, den er in Dona Isildas Nachlass gefunden hatte. Er erzählte ihr, was sich damals zugetragen hatte, und übersetzte ihr den Inhalt das Briefs. Danach war Carolina leichenblass.

»Was soll ich dazu sagen?«, fragte die Frau mit düsterer Miene.

»Du sollst mir gar nichts sagen«, erwiderte Afonso und sah ihr in die Augen. »Aber ich habe einen Entschluss gefasst.«

»Ach ja?«

»Ich fahre nach Lille und hole meine Tochter.«

»Wie bitte?«, rief Carolina entgeistert aus, die Augen vor Entsetzen geweitet.

Afonso hatte diese Reaktion erwartet und zeigte sich unbeeindruckt.

»Du hast richtig gehört. Ich werde meine Tochter holen.«
»Bist du denn verrückt geworden, Afonso? Was soll denn, um Himmels willen, dieser Unsinn?«
Carolina gestikulierte wild.
»Das ist kein Unsinn. Ich habe eine Tochter, die in Frankreich lebt, und die werde ich holen, so einfach ist das.«
»Das wirst du nicht tun. Das wäre ja noch schöner!«
»Doch, das werde ich.«
»Und was ist mit unseren Kindern?«
Afonso verzog fragend das Gesicht, als verstünde er nicht, worauf sie hinauswollte.
»Was haben denn unsere Kinder damit zu tun?«
Carolina antwortete mit einer ungeduldigen Handbewegung.
»Ach, Afonso, jetzt stell dich doch nicht blöd! Was sollen denn unsere Kinder denken, wenn plötzlich ein ausländisches Mädchen vor der Tür steht und mit uns zusammenleben will?«
»Sie werden sich freuen, weil sie eine große Schwester dazugewonnen haben.«
»Und was werden die Leute sagen? Du lieber Gott!«
»Welche Leute denn?«
»Na ja … Dona Maria Vicência, zum Beispiel.« Das war die Frau des Lehrers Manoel Ferreira. »Und Dona Constança.« Das war die Frau des Arztes. »Und Dona Isabel.« Die Frau des Anwalts. »Siehst du denn nicht, was für eine Schmach du mir antust, wenn du dein uneheliches Kind nach Hause bringst? Siehst du das wirklich nicht?«
Afonso seufzte.
»Ach, Carolina, es ist mir egal, was diese Hennen denken! Das hat mich noch nie interessiert. Es geht doch darum, dass ich erfahren habe, dass ich eine Tochter habe, und ich werde mich nicht meiner Verantwortung entziehen.« Er zeigte mit dem Finger auf sie. »Wärst du vielleicht imstande, ein Kind im Stich zu lassen?«
»Afonso, komm mir nicht mit solchen Tricks! Ich habe kein Kind, das ich im Stich lassen kann, Gott sei Dank. Aber ich will auch keinen Skandal wegen unehelicher Kinder in meinem Haus, tut mir leid, aber das geht wirklich nicht.«
Der Mann sah ihr in die Augen und versuchte, die Situation einzu-

schätzen. Diese negative Reaktion ist normal, dachte er. Die Nachricht bedeutete ohne Zweifel einen Schock für sie. Einerseits vermittelte sie ihr einen unvorhergesehenen Einblick in die Intimität seiner Beziehung zu Agnès, machte ihr auf brutale Weise klar, dass diese nicht rein platonisch gewesen war, und das war mit Sicherheit schmerzlich. Andererseits zog sie einschneidende Veränderung in ihrem Leben nach sich und verletzte zudem die Moral der guten Gesellschaft Rio Maiors. Doch letztlich würde Carolina, so viel sie auch protestierte, sich doch mit der Situation abfinden, daran zweifelte Afonso nicht. Es blieb ihr auch gar nichts anderes übrig. Schließlich war die Entscheidung bereits gefallen.

Mit unendlicher Geduld ertrug Afonso ihre Empörung und Wut, ihre Vorwürfe, Drohungen und Tränen, und eines Morgens im Mai stieg er entschlossen und hoffnungsvoll in den Zug nach Lissabon, von wo aus er nach Madrid und Paris und schließlich nach Flandern weiterfuhr. Es war eine lange Reise, die er schweigend zurücklegte, während in seinem Kopf wilder Aufruhr herrschte. Er sorgte sich, was ihn wohl erwarten, wie seine Tochter ihm und wie er ihr gegenübertreten würde. Ob sie wohl Fremde wären, einzig vereint durch eine Frau, sie Mutterwaise, er Witwer einer nicht gelebten Liebe, beide Opfer von Geschehnissen, die sie nicht selbst bestimmen konnten, Spielbälle des Schicksals, hin und her geschleudert von der Gewalt eines schrecklichen, unheilvollen Sturms.

Als der Zug durch die melancholische Ebene von Flandern ratterte, verspürte Afonso das unwiderstehliche Bedürfnis, in die Vergangenheit zurückzugehen, sich noch einmal den Gespenstern zu stellen, die ihm tagtäglich im Traum erschienen. So beschloss er spontan, in Aire-sur-la-Lys Station zu machen, bevor er nach Lille weiterfuhr. Er stieg im Bahnhof von Aire aus und war verblüfft über den vertrauten Anblick, den alles um ihn herum bot, verwundert über die kleinen Veränderungen, die neu errichteten Mauern, die wiederhergestellten Straßen. Zwar gab es noch viele Ruinen, doch man spürte bereits den Geruch des Neuen. Er nahm sich ein Taxi und bat den Fahrer, ihn zu den ehemaligen Schützengräben des Abschnitts zwischen Fauquissart und Ferme du Bois zu bringen. Der kleine Peugeot fuhr nach

Laventie und kam dabei an den Kriegsgräbern vorbei. Afonso ließ den Fahrer anhalten und besuchte den Friedhof. Er fragte einen Aufseher und entdeckte schließlich zwei der gesuchten Gräber. Es waren die von Joaquim und Vicente Manápulas, die beide in Picantin Post gefallen waren, doch auf die Grabstätten von Feldwebel Rosa, Abel Lingrinhas und Baltazar Velho fand er keinerlei Hinweis. Wahrscheinlich waren die drei von den Deutschen in einem Massengrab beerdigt worden. Die Gräber von Joaquim und Manápulas waren wie alle übrigen schlecht gepflegt, überhaupt machte der Friedhof einen recht verwahrlosten Eindruck. Ergriffen kniete er vor den Grabsteinen nieder und betete für diese beiden Männer, die er bis zu ihrem Tod befehligt hatte.
Danach kehrte er zum Taxi zurück und fuhr weiter nach Fauquissart. Er erkannte die Rue Tilleloy, nunmehr in gutem Zustand und mit ordentlicher Fahrbahn, grüne Wiesen auf der einen, frischer Weizen auf der anderen Seite. Die Bäume waren kräftig, die Blumen prachtvoll, und auf den bunten Blütenblättern glitzerten Tautropfen wie frische Tränen. Am Horizont sah man Pappeln, Platanen, Linden und Ulmen, und dort, wo es früher nur Verwüstung gab, weideten nun träge Kühe. Das Leben war wiedererstanden auf den Kratern, und alles hatte sich verändert. Keine Granaten, sondern landwirtschaftliche Geräte durchpflügten nun die Erde, Kartoffeln, Möhren, Rote Beete und Getreide wurden angebaut. Die ehemaligen Schützengräben waren völlig überwuchert und kaum noch zu erkennen. Die Natur hatte es übernommen, die offenen Narben der Erde mit Pflanzen zu bedecken. Afonso konnte ungefähr abschätzen, wo Picantin Post, der Schauplatz so vieler Alpträume, gelegen hatte. Erneut erinnerte er sich an Joaquim und Vicente Manápulas, die beide dort gefallen waren. Er empfand eine tiefe Rührung, als er vor seinem ehemaligen Posten stand, doch ohne Zweifel hatte sich alles verändert, war anders geworden, gefälliger, nahezu anheimelnd.
Er fuhr hinunter bis Neuve Chapelle und besuchte das Kriegerdenkmal im Rathaus und die Kirche St. Christophe, die bereits wiederaufgebaut war und eine der berühmtesten Christusfiguren der Schützengräben beherbergte, welche die portugiesischen Soldaten im Krieg sehr beeindruckt hatte. Dieser Christus am Kreuz hatte die Zerstö-

rung der Kirche überlebt. Inmitten der Trümmer war das Kreuz stehen geblieben, unter freiem Himmel, der Körper der Statue praktisch unversehrt, ein Akt des Widerstands, der den verschreckten portugiesischen Soldaten einen heiligen Respekt eingeflößt hatte. Zum Schluss fuhr Afonso noch in Béthune vorbei, um den Anbau wiederzusehen, in dem er mit Agnès gewohnt hatte. Das Haus war unverändert, doch der Anbau war umgestaltet worden. Eine Wand war herausgerissen und durch ein großes Tor ersetzt worden, und das Ganze diente nun als Garage. Als er diese kleine Unterkunft sah, in der er so unendlich glückliche Tage verlebt hatte, verspürte er einen Stich in der Brust, die alte Wunde meldete sich wieder. Mit feuchten Augen und zugeschnürter Kehle verließ er eilig diesen Ort. Diese schmerzliche Sehnsucht wollte er nicht noch einmal aufleben lassen, jedenfalls nicht mit dieser Intensität.

Als die Sonne unterging, bat er den Taxifahrer müde und niedergeschlagen, erfüllt von einer Melancholie, die das Aufbrechen einer nicht verheilten Wunde, das Rühren an altem Leid mit sich bringt, ihn nach Lille zu bringen. Es war nicht allzu weit, nun, da die Deutschen den Weg nicht mehr blockierten. Als der Peugeot anfuhr, presste er sein Gesicht gegen die Fensterscheibe, blickte ein letztes Mal auf die Landschaft seiner düsteren Alpträume, verabschiedete sich still von den gefallenen Kameraden, von der Vergangenheit und den quälenden Erinnerungen. Er beobachtete, wie die ehemalige Frontlinie mit dem dunklen Horizont verschmolz, der von den letzten goldenen Strahlen der Abendsonne beschienen wurde, und richtete sich dann auf seinem Sitz auf. Mit einem Mal fühlte er sich leicht und frei, ruhig und im Frieden mit sich selbst.

Wie vor zehn Jahren gelangte er durch die Porte de Béthune nach Lille und fuhr dann die Rue d'Isly und den Boulevard Vauban hoch bis zur Zitadelle. Dort bog das Taxi rechts in den Boulevard de la Liberté ab und danach wieder links in die Rue Nationale, bis es an die Grande Place kam. Er bat den Taxifahrer zu warten und suchte in der Vieille Bourse das *Château du Vin*. Er fand die Weinhandlung, doch diese hatte bereits geschlossen, was nicht weiter verwunderlich war, da es schon nach acht Uhr war. Keineswegs entmutigt, klingelte er an sämtlichen Türen der Nachbarschaft, um die Wohnanschrift des alten

Paul Chevallier zu erfahren. Eine Frau mittleren Alters riet ihm, mit dem zuständigen Schutzpolizisten zu sprechen, und sagte ihm, wo dieser anzutreffen sei. Afonso fand den Mann schließlich, hatte jedoch Mühe, ihn dazu zu bewegen, ihm die Adresse des Besitzers des *Chateau du Vin* zu verraten. Das gelang ihm erst, als er mit einer Zehn-Francs-Note winkte.

Um neun Uhr hielt das Taxi vor der Tür in der Rue du Palais Rihour an, einer Nebenstraße der Grande Place. Afonso betrachtete die Fassade des Hauses. Es war ein Altbau mit gepflegten, bunten Balkonen, mitten im Zentrum der Stadt gelegen. Kalt wie in alten Zeiten war die Nacht hereingebrochen, die Luft war feucht, vor dem Mund bildete sich eisiger Hauch. Nebelschwaden klammerten sich eifersüchtig an die Hausdächer. Afonso atmete tief ein und überquerte die Straße. Er drückte auf die Klingel und vernahm im Innern des Hauses ihr Läuten. Er wartete einen Augenblick. Langsame Schritte kamen näher. Die Tür ging auf, und vor ihm stand ein hochgewachsener, hagerer Mann mit faltigem Gesicht und markanten Wangenknochen. Seine Augen waren von kristallklarem Blau und das Haar so weiß, dass es wie Schnee wirkte.
»*Oui? S'il vous plaît*«?
»*Monsieur Paul Chevallier?*«
»Ja, das bin ich.«
»Guten Abend. Ich bin Hauptmann Afonso Brandão aus Portugal.«
Es folgte ein Schweigen. Der Alte riss die blauen Augen auf und starrte ihn entgeistert an. Er schnappte nach Luft und stammelte: »Hauptmann *Alphonse?*«
Afonso lächelte, dieses *Alphonse* kannte er doch.
»Ja, ich bin es. Endlich.«
Der Alte sah ihn ungläubig an.
»Sie sind wirklich Hauptmann *Alphonse?*«
»Ja, der bin ich.«
»Aus Portugal?«
»Ja, aus Portugal.«
Der Alte war verwirrt.
»Aber das gibt es doch nicht!«, rief er aus. »Es hieß doch, Sie seien

tot! Das hat mir vor zehn Jahren Ihre Mutter geschrieben.« Er zögerte. »Sie hat mich sogar gebeten, ihr nicht zu antworten.«
Nun war Afonso verblüfft. Verfluchte Isilda, dachte er. Sie hat wirklich an alles gedacht, diese alte Teufelin, hat für alle Fälle vorgesorgt. Schmoren soll sie in der Hölle!
»*Monsieur*«, begann er. »Der Brief, den Sie erhalten haben, war gefälscht und diente dazu, mir die Existenz meiner Tochter zu verheimlichen. Und der Brief, den Sie mir vor zehn Jahren geschrieben haben, in dem Sie mir mitteilten, was passiert war, fiel mir erst letzten Monat in die Hände. Deshalb komme ich erst heute.«
Der Alte sah ihn an. Er konnte das Gehörte kaum fassen, entschied sich jedoch dafür, dem Portugiesen zu glauben, und schenkte ihm ein offenes Lächeln.
»Hauptmann *Alphonse,* ich verstehe diese ganze Geschichte zwar nicht, aber das macht nichts, die Hauptsache ist, dass Sie noch am Leben sind. Seien Sie willkommen im Haus von Agnès.«
Afonso stieg die Eingangsstufe hinauf und trat ein.
»Ist meine Tochter da?«
»Marianne?«
»Ja.«
Agnès' Vater wandte sich um und blickte in Richtung Flur, dorthin, wo das Licht brannte.
»Marianne!«, rief er. »Marianne! Komm doch mal!«
Ganz hinten war ein zartes Stimmchen zu vernehmen.
»Oui papy?«
»Komm, schnell!«
Ein zierliches Mädchen erschien am Ende des Flurs und blieb wie angewurzelt stehen, als sie den Fremden neben ihrem Großvater erblickte. Afonso sah sie an und erkannte das lockige, braune Haar, die grünen, sanften Augen, die schlanke, hübsche Mädchengestalt. Er streckte ihr die Arme entgegen. Sie sah die Tränen in seinen Augen, sah die Rührung des Großvaters, doch es waren vor allem die Worte des Fremden, seine erstickte Stimme, die sie zu streicheln schien und die sie sich bisher nur in ihren Träumen ausgemalt hatte, und es war dieser einfache und mächtige Satz, der ihre Seele rührte und ihr Herz entflammte.

»Mein Mädchen, mein kleines Mädchen.«
Marianne sah ihn noch immer an, zögernd und ungläubig. Dann trat sie ängstlich einen Schritt nach vorn, und noch einen und noch einen. Sie ging auf ihn zu, und das Gehen verwandelte sich in Laufen, sie lief auf ihn zu, als hätte sie ihn schon immer gekannt. Niemand hatte ihr gesagt, dass er es war, doch sie wusste es, vielleicht weil sie es sich gewünscht, es sich erträumt hatte oder weil sie sich als Kind stets geweigert hatte zu glauben, dass ihr Vater im Himmel sei. Gewiss war nur, dass sie ihn erkannte. Sie erkannte ihn, rannte auf ihn zu und umfing ihn in einer langen, unvergesslichen Umarmung. Einer innigen Umarmung. Wie die Glut, die uns verzehrt, wie die Leidenschaft, die uns erstickt, so innig war diese Umarmung zwischen Vater und Tochter. Und als Afonso sein Mädchen mit tränenblinden Augen und einem Kloß im Hals an sich drückte, als er spürte, wie ihr kleiner Körper sich an ihn schmiegte, erinnerte er sich an Pater Nunes. Er wusste nicht, weshalb, aber er musste an seinen alten Lehrer aus dem Priesterseminar denken und fragte sich, ob dieser Augenblick nicht vielleicht von Anbeginn der Welt für ihn vorgesehen war, ob sein Leben und diese Begegnung nicht einer merkwürdigen, geheimnisvollen Bestimmung folgten, ob all dies nicht letztlich von vorneherein vorgegeben war. Doch dann kamen ihm Zweifel. Vielleicht war es ja doch anders. Vielleicht versuchte er nur, dem Chaos einen Sinn zu geben, dem Leben eine Bedeutung, strebte danach, einen Grund zu finden für alles, was ihm widerfahren war, während es in Wahrheit weder einen Sinn noch eine Bedeutung gab. Die Dinge sind, was sie sind, und sie geschehen, wie sie geschehen. Sie geschehen einfach, so selbstverständlich wie diese Umarmung zwischen dem Hauptmann und seiner verlorenen Tochter, wie diese gestammelten Worte, die er dem Mädchen, das die Arme um seinen Hals schlang, immer wieder ins Ohr flüsterte.
»Mein kleines Mädchen.«

Schlussbemerkung

Dieser Roman ist eine Fiktion, und dennoch sucht er die historischen Ereignisse nachzuzeichnen, die sich in den Jahren 1917 und 1918 in Flandern zugetragen haben. Die zentralen Figuren sind Schöpfungen des Autors, doch das von ihnen Erlebte orientiert sich an tatsächlich Geschehenem. In einigen Fällen wurde dies zeitlich gerafft oder an die Romanhandlung angepasst. Doch hat zum Beispiel die Sitzung von Mons am 11. November 1917 tatsächlich stattgefunden, obgleich nicht im Rathaus. Dort wurde der erste Plan für die Operation Georgette geschmiedet, für den Angriff auf die portugiesischen Streitkräfte. Die Dialoge geben die in diesen Sitzungen angestellten Überlegungen des deutschen Oberkommandos wieder. Die im Roman beschriebenen Sturmangriffe fanden tatsächlich statt, insbesondere der vom 22. November 1917 und der vom 9. März 1918 ebenso wie die Ereignisse an Weihnachten 1917 und natürlich die große Schlacht vom 9. April 1918, in der vier deutsche Divisionen eine einzige, diesen Abschnitt verteidigende portugiesische Division angriffen.

Es wurden jedoch zugunsten der Erzählhandlung einige Details abgewandelt. Die Namen der Straßen und Schützengräben von Fauquissart, Neuve Chapelle und Ferme du Bois sind korrekt wiedergegeben. Einige Personen der portugiesischen, britischen und deutschen Oberkommandos sind ebenfalls real, außerdem die Figuren des damaligen Oberstleutnants Eugénio Mardel, des Majors Montalvão und der Mehrzahl der in Lacouture Widerstand leistenden Soldaten: ferner der Apotheker Francisco Barbosa, der Lehrer Manoel Ferreira und der in der Mannschaft von Grupo Sport Lisboa spielende Angestellte der Apotheke Franco. Der Text auf dem Hinweisschild von St. Venant zur Latrinenbenutzung ist ebenfalls echt, ebenso wie sämtliche Zitate

aus Zeitungen und Berichten. Gleiches gilt für den Schützengrabenjargon.
Um diesen Roman überhaupt schreiben zu können, war eine gründliche Recherche erforderlich. Ich habe Tausende von Dokumenten des Historischen Militärarchivs und der Nationalbibliothek studiert und Hunderte von Büchern über die unterschiedlichsten Thematiken gelesen, beginnend beim Krieg, bis hin zu zeitgeschichtlichen Themen wie Mode, Militäruniformen, Mobiliar, Elektrik, Gebrauchsgegenstände, Konsumgüter, Züge, Autos, Kunst, Philosophie, Medizin. Ferner habe ich Postkarten und Wirtschaftsjahrbücher unterschiedlichster Art studiert, Zugfahrpläne, Kutschenfahrpreise, Eisenbahnstrecken, damals existierende Verbindungsstraßen, Märkte, Restaurants, Hotels, Konditoreien, Bäckereien, Zeitungen, Straßen etc.
Eigentlich habe ich alles verwendet, was hilfreich war, um diese Zeit nachzeichnen und ihren Geist wiedergeben zu können. Gleichzeitig habe ich versucht, nervtötende Anachronismen zu vermeiden. Es wäre zu langweilig, die gesamte verwendete Literatur hier aufzuführen, daher werde ich mich auf das Wesentliche beschränken. Die wichtigsten bibliographische Quellen für den Konflikt der Jahre 1914 bis 1918 waren für mich die Berichte von Militärs, die selbst am Krieg teilnahmen. Sie erschienen in folgenden Büchern: *A batalha do Lys* von General Gomes da Costa; *Livro da Guerra de Portugal na Flandres* von Hauptmann David Magno; *O Soldado-Saudade* und *Ao Parapeito* von Oberstleutnant Pina de Morais; *A Malta das Trincheiras* des Hauptmanns, Dramatikers, Journalisten und Humoristen André Brun; *Os Portugueses na Flandres* von Oberstleutnant Fernando Freiria; *A Brigada do Minho na Flandres* von Hauptmann Eugénio Mardel; *João Ninguém, Soldado da Grande Guerra* von Hauptmann Menezes Ferreira; *O Bom Humor no C.E.P.* von Major Mário Affonso de Carvalho; *Good-bye to All That* des Hauptmanns und Dichters Robert Graves; und *War Letters of Fallen Englishmen* von Laurence Housman. Außerdem wurden Studien über die das Portugiesische Expeditionskorps, CEP, betreffenden Ereignisse in Flandern herangezogen, wie z.B. *La Lys* von Castro Henriques und Rosas Leitão; *Guerra e Marginalidade* von Alves de Fraga; *Portugal e a Guerra* von Nuno Severiano Teixeira; und *Portugal na Grande Guerra* von Ani-

ceto Afonso und Matos Gomes, ferner Informationsquellen über den Konflikt und die Umstände, unter denen er ausgetragen wurde, mit Werken wie *The Trench* von Richard van Emden; *To the Last Man* von Lyn McDonald; *Over the Top* und *1918* von Martin Marix Evans; *A Foreign Field* von Ben MacIntyre; *The Swordbearers* von Correlli Barnett; *Christmas Truce* von Malcolm Brown und Shirley Seaton; *History of the First World War* von Sir Liddell Hart; *The First World War* von Stephen Pope und Elizabeth-Anne Wheal; *The World War I Source Book* von Philip Haythornthwaite; *True World War I Stories* von Jon Lewis; *The Western Front* von Malcolm Brown; *The Battle of Neuve Chapelle* von Geoff Bridger; *Les soldats de la Grande Guerre* von Jacques Meyer; *La Grande Guerre* von Marc Ferro; und *Première Guerre Mondiale* von Pierre Chavot und Jean-Denis Morenne.

Sämtliche geschichtliche Fehler, die der Roman enthalten mag, sind einzig und allein mir zuzuschreiben. Doch möchte ich an dieser Stelle betonen, dass sich alles Gute, was der Roman möglicherweise aufweist, der unschätzbaren Hilfe einiger Menschen verdankt, die meine Forschungsarbeit mit wertvollen Hinweisen unterstützt haben. Mein herzlicher Dank gilt Luís Cunha vom ACP Clássicos (portugiesischer Automobilclub), Augusto Lopes von der Stadtverwaltung Rio Maior, Valdemar Abreu von der CP (portugiesische Bahngesellschaft), Oberstleutnant Vieira Borges von der Militärakademie, José Paulo, Direktor des *Seminário Conciliar de São Pedro e São Paulo*; José Manuel Mendes und Luís Costa, meinen begeisterten Führern durch die Vergangenheit Bragas, Ziza und Nicole für die Hilfe bei der deutschen Sprache und Guilherme Valente, meinem Verleger, der sich für dieses Buch eingesetzt hat. Einige dieser Freunde waren ebenfalls an der Redaktion des Manuskriptes beteiligt, und daher gehört dieses Werk auch ihnen.

Mein letzter Dank gilt Florbela, meiner ersten Leserin und großen Muse. Sie steht am Anfang und Ende dieses Romans.

Frank Delaney
Schwert und Harfe

Die große Irland-Saga

Irlands Süden in den fünfziger Jahren: Der neunjährige Ronan ist das einzige Kind im Haus der Familie O'Mara, und als eines Tages ein wandernder Geschichtenerzähler erscheint und mit seinen Anekdoten, Sagen und Balladen den ganzen Reichtum der irischen Geschichte ausbreitet, wird für den wissbegierigen Jungen die Tür in eine faszinierende neue Welt aufgestoßen. Noch als Erwachsener ist Ronan von dem alten Geschichtenerzähler so tief beeindruckt, dass er alles daransetzt, ihn ausfindig zu machen. Eine abenteuerliche Suche quer durch seine irische Heimat beginnt.

»*Schwert und Harfe* ist so leicht bekömmlich
wie ein Glas guter Bushmill's Whiskey.«

Sunday Herald

Droemer